Prologue

Le camion, moteur coupé, descend lentement le chemin sablonneux, et s'arrête en couinant sous un sapin.

Annabelle Weaver jette un coup d'œil par la lucarne arrière de la cabine. A une centaine de mètres en contrebas, elle aperçoit le toit en bois de la maison qui surplombe les taillis et les rochers défendant l'accès de *Rocky Roost*. Derrière le repaire de René Verne, le lac Tahoe scintille sous le soleil et les montagnes encore enneigées du Toiyabe se profilent sur le bleu intense du ciel.

— Le *Rocher-Perché*! Cette maison porte bien son nom, dit Annabelle en se tournant vers Robert Kane, assis devant les écrans de contrôle, ses écouteurs sur les oreilles. Alors, qu'est-ce que ça donne?

L'agent du Federal Bureau of Biological Supervision émet un grognement satisfait tout en tripotant les boutons du tableau de commande.

— Tout va bien, patronne, il n'y a plus aucun brouillage. Ça devait provenir du transformateur électrique de Kings'Beach.

— Après l'opération, vous renverrez John à Washington, répond-elle d'un ton sec. Il a failli tout faire rater. C'est inadmissible dans notre Service. Vérifie que tout le monde est à son poste.

Kane murmure quelques mots dans son micro HF, et se gratte machinalement la tonsure. Des lampes témoins s'allument sur la console.

— Tout est OK, grogne-t-il finalement en s'enfonçant dans son siège. Il n'y a plus qu'à attendre. J'espère seulement qu'on n'y passera pas la semaine.

— Il y a peu de chances, ricane Annabelle Weaver en prenant place près de lui.

Elle se verse un verre de cola-coke qu'elle avale d'un trait.

— Montrez-moi ce que ça donne, ajoute-t-elle, euphorique à l'idée que la coke va se répandre dans ses artères.

Kane appuie sur une série de boutons, et les douze écrans de télévision disposés devant lui s'allument l'un après l'autre. L'intérieur de la maison apparaît, sous différents angles.

— On va pouvoir les suivre depuis l'entrée, dit-il. Voilà le salon, la cuisine. Ça, c'est la chambre de l'enfant. Et voilà le plus important. Ces quatre écrans surveillent la chambre à coucher. Les caméras fonctionnent aux infrarouges et sont munies d'un zoom télécommandé. Tout est enregistré en permanence. Vous voyez, on est paré.

— Ils ne risquent pas de repérer les caméras? demande Annabelle.

— Elles ne sont pas plus grosses qu'une punaise. Il faudrait vraiment qu'ils les cherchent. Ça fait presque un mois qu'on les a posées, et...

— Avec Verne, je m'attends à tout. Bon. Et si ça les prenait ailleurs que dans la chambre?

— Tout est couvert, même les toilettes, dit Kane en se rengorgeant.

— Très bien. A Dieu vat. Il n'y a plus qu'à attendre.

Le bateau continue sur son erre et, avec un léger choc, heurte un poteau d'accostage. Debout derrière le gouvernail, René Verne regarde Clara sauter lestement sur le ponton pour aller nouer la corde d'arrimage. Il sent sa gorge se serrer.

— Eh, René, réveille-toi! crie-t-elle du ponton d'un ton moqueur. Julia et moi, on crève de faim.

— J'arrive, répond Verne. On a eu de la chance, au

moment où les Watson nous ont croisés. Il ne faudra plus sortir en bateau dans ces conditions.

— Je t'assure qu'ils n'ont rien vu, dit Clara, d'un ton soudain grave. Julia était dans la cabine. De toute façon…

Elle fait un geste d'impuissance et se détourne pour qu'il ne voie pas les larmes lui monter aux yeux.

Plus que vingt-quatre heures de répit. Demain, Hercule viendra chercher la petite, pense Verne. Clara et lui ne verront plus Julia avant son troisième anniversaire. Ensuite, si tout se passe bien, elle sera adoptée par une famille, grâce à la complicité d'un membre du Réseau infiltré dans le Centre d'eugénisme appliqué d'Alcatraz. René et Clara pourront alors la revoir, à condition de s'installer tout près de sa famille « officielle », au cas où le FBBS ferait un contrôle. Ils devront également changer d'identité pour échapper à la police. Ils ont déjà beaucoup trop tardé.

Verne entre dans la cabine étroite du bateau. Dans son berceau, sa fillette de quatre mois joue avec un hochet. Il la prend dans ses bras et, malgré ses protestations, la dissimule entièrement sous une couverture.

Serrant son étrange fardeau sur sa poitrine, il saute sur le bastingage et grimpe rapidement le long escalier en bois qui conduit à la maison.

Clara le suit. Elle ne cesse de se retourner.

— Les voilà, dit Kane.

Deux lampes s'allument sur la console. Le piège vient de se refermer sur *Rocky Roost*.

— Maintenant, on ne les lâche plus, dit Annabelle, en regardant sur l'écran le couple entrer dans la maison. Ça fait presque deux ans que j'attends cet instant. Vous vous rendez compte ? C'est en janvier 2015 que j'ai entendu parler pour la première fois de la lettre de Joseph Milner. Montez le son, que j'entende ce qu'ils disent.

Dans la cuisine, Clara tend le biberon à Verne. Julia happe goulûment la tétine.

— Elle a la même énergie que toi, remarque son père.
— Oh, je n'en sais rien. Mon énergie, ton intelligence... Que restera-t-il de tout ça dans trois ans?
— Une merveilleuse petite fille. La meilleure part de notre vie. On a de la chance, Clara. Pense à ces millions de gens qui ne...
— J'y pense, mais ça ne me console pas. Allons la coucher, ajoute-t-elle brusquement, en sortant de la cuisine.

— Les salauds! dit Kane.
— Allons, ne vous énervez pas, mon cher, dit Annabelle, qui se sent maintenant tout à fait bien. Vous n'avez encore rien vu. Il nous manque l'essentiel pour réussir complètement le plan « Terre Promise »
— Vous croyez qu'ils vont oser?
— Je sais comment ça se passe, dans ces cas-là, murmure-t-elle avec un sourire entendu.
L'agent du FBBS tourne la tête vers la jeune femme. Il a l'air surpris.
— Comment pouvez-vous affirmer...
— Ecoutez, Kane. Les femmes en savent plus long que vous sur ces choses-là, tenez-vous-le pour dit. Et pas seulement à cause de l'Aspic que vous portez sur la tête, vous les hommes... ou du moins que vous êtes censés porter, ajoute-t-elle en reportant son attention sur les écrans.
Les parents de Julia sont en train de la coucher dans son berceau.
— Faites-moi un gros plan sur Clara Hastings. Je veux voir ça.
La caméra cadre la jeune femme au moment où elle se penche pour embrasser tendrement sa fille.
— Quelle obscénité! C'est incroyable, s'esclaffe Annabelle.
Kane se tourne vers elle. De nouveau, il a l'air surpris par la jubilation de sa patronne.

Sur le balcon, René Verne relit pour la troisième fois la même ligne du livre de Kess Sherman.

Depuis un an, l'ancien chef du Réseau de Californie-Sud croupit dans un pénitencier de l'Arizona. Verne se demande par quel miracle Clara a réussi à dénicher son roman.

Il laisse tomber le livre sur ses genoux et suit des yeux le vol d'un faucon. Le soleil vient de disparaître derrière le pic Barker, et les premières lumières de Homewood s'allument de l'autre côté du lac.

Verne est inquiet. Le moindre bruit le fait tressaillir. Pourtant, rien n'a changé depuis qu'il a reçu le message d'Hercule, lui annonçant sa venue pour la nuit prochaine.

Soudain, il se lève et gagne l'intérieur de la chambre.

— N'allume pas la lumière, murmure Clara dans l'ombre. Viens t'allonger près de moi.

— Ça y est, s'exclame Annabelle. Vous allez voir.

Kane ne répond pas, fasciné par le spectacle que les caméras à infrarouges restituent dans les moindres détails.

Verne vient de prendre la jeune femme dans ses bras. Le serrant de toutes ses forces, Clara couvre son visage de baisers mouillés de larmes. Il se sent envahi par le désir de se fondre en elle.

— A partir de maintenant, monsieur le Pr René Verne n'aura plus aucun moyen de s'en tirer, ricane Annabelle. Tout le pays va être au courant. Prenez-en de la graine, Kane. Vous n'aurez pas souvent l'occasion de voir ça. Je ne vous le souhaite pas, d'ailleurs.

Les yeux écarquillés, Kane ne quitte pas les écrans du regard.

— Bon, ça suffit. Kane? Eh, Kane! Revenez à vous, bon sang! Prévenez les hommes de se tenir prêts. Allez, dépêchez-vous!

Sorti de sa stupeur, il marmonne quelques mots dans le micro.

Un détachement inattendu empêche Verne de se donner entièrement au plaisir qu'il sent monter en lui. Clara est assise sur lui. Elle est nue. Une étrange mélopée surgit de sa gorge, pareille au roulement des galets dans le ressac de la mer. Il devine plus qu'il ne voit son visage penché dans l'ombre, attentif à l'épanouissement de sa jouissance.

— Chut ! murmure-t-il soudain, saisissant les poignets de Clara.

— Quoi ? Qu'y a-t-il ? C'est Julia...

— Non. Ecoute.

Un bruit insolite se fait entendre par la fenêtre ouverte.

— Un bateau vient d'accoster au ponton. Vite, habille-toi.

Il la repousse presque brutalement.

— C'est un bateau, dit Kane, qui vient de recevoir un message dans ses écouteurs.

Annabelle hésite.

— On a tout ce qu'il nous faut, reprend l'agent spécial du FBBS. Intervenons tout de suite !

— Non, décide Annabelle. C'est peut-être quelqu'un du Réseau. Attendons de savoir ce qu'il vient faire ici. De toute façon, ils ne peuvent plus nous échapper.

Verne se précipite dans l'entrée, un pistolet-mitrailleur Uzi à la main. Il s'immobilise, aux aguets, et entend les pas de quelqu'un qui gravit rapidement les marches de l'escalier extérieur.

Au moment où l'inconnu atteint la porte, il fait un pas en arrière et brandit son arme.

On frappe à la porte : deux longues, trois brèves, une longue... C'est le code du Réseau ! Verne ouvre avec un soulagement indicible.

— Hercule ! s'écrie-t-il en serrant dans ses bras l'immense personnage qui vient d'apparaître. Mais qu'est-ce...

— Alors, ça va les amoureux ? l'interrompt Hercule d'une voix retentissante, en l'embrassant avec effusion.

Verne sent qu'il lui glisse quelque chose dans la poche.

— Va lire ça dans la cave, lui murmure-t-il à l'oreille.

Verne a l'impression qu'un coup de poignard lui transperce la poitrine. Il se passe quelque chose d'anormal.

— Et où se trouve ta petite famille? continue Hercule, d'une voix toujours aussi forte.

A cet instant, Clara apparaît, portant Julia.

— Hercule! Mais...

Hercule lui ferme la bouche d'un baiser sur les lèvres, qui la laisse sans voix.

— Je suis venu vous surprendre, dit-il d'un ton jovial. J'ai eu envie de venir passer quelques jours avec vous. On aura tout le temps de parler.

Puis, à Verne :

— Si tu allais chercher une bonne bouteille à la cave? J'ai besoin d'un remontant.

— Vous avez vu, ces salauds? s'exclame Annabelle. Ils boivent! Mais qu'est-ce que c'est que cette histoire de cave? Vous êtes au courant?

— Euh... non, il n'y a pas de cave sur le plan du cadastre, répond Kane.

— Je n'aime pas ça. Dans une minute, on intervient.

Dans la cave, un souterrain que Verne a aménagé au moment où il s'est installé dans son repaire, le savant prend connaissance du message.

« Extrême urgence. Source : Siège central du FBBS. *Rocky Roost* surveillé par Annabelle Weaver depuis un mois. Maison truffée de caméras. Encerclée. Application immédiate du plan "Calypso". Sinon, essayer "Longue Marche". Signé : Mercure. »

Verne ouvre la trappe dissimulée sous l'escalier.

— Où est-il passé? demande Annabelle qui commence à s'énerver.

Depuis une minute, elle cherche Verne sur les écrans. Il s'est volatilisé.

— Vous n'auriez pas un zoom? Qu'est-ce qu'il dit?

La voix amplifiée de Verne retentit dans la cabine du camion.

— Il les appelle, dit Kane.
— Il les appelle ? Mais d'où ? Déclenchez immédiatement l'opération !

Dans le souterrain, Hercule marche devant, la tête penchée, portant Julia. Il éclaire le chemin avec une lampe de poche. Clara le suit, haletante. Verne ferme la marche, son Uzi à la main.

Au bout du tunnel, une vive lumière apparaît.

— Les salauds, murmure Hercule. Ils ont des projecteurs.

Il tend l'enfant à Clara, lui fait signe de ne pas bouger, et se dirige avec précaution vers la sortie. Il revient quelques secondes plus tard.

— On a encore une chance. Tous les projos sont braqués sur la maison. L'embarcadère n'est pas éclairé. Il va falloir courir.

Il tend les bras vers Julia. Clara hésite à lâcher sa fille.

— Soyez raisonnable.

Il ajuste la couverture autour de l'enfant, prend une inspiration et se précipite dehors.

Pendant quelques secondes, rien ne se passe. L'embarcadère, éclairé par les reflets des projecteurs, est nettement visible à une trentaine de mètres.

Brusquement, des cris retentissent, suivis de coups de feu.

— On est repérés, crie Verne qui le suit de près. Je vous couvre !

En quelques secondes, tous les projecteurs se pointent sur eux.

Verne se jette à plat ventre et tire de courtes rafales en direction des lumières.

Brusquement, un des projecteurs explose. Un cri retentit. Verne se retourne et voit Hercule sauter dans le bateau avec Julia. Clara n'a plus que quelques mètres à parcourir.

Verne se relève et court vers elle, plié en deux. Les balles sifflent à ses oreilles. Soudain, il trébuche sur une pierre et s'étale de tout son long.

Il relève la tête. Clara s'est arrêtée. Elle fait un geste vers lui.

— Saute dans le bateau, bon Dieu !

Elle hésite. Un coup de feu claque. Une tache rouge apparaît sur son chemisier blanc. Elle ouvre la bouche et bascule d'un seul coup dans le lac.

Verne se lève et court comme un fou en criant son nom. Il plonge dans l'eau noire.

Lorsqu'il refait surface, il entend le moteur du bateau qui s'éloigne à toute allure. Julia est sauvée.

La panique au ventre, il plonge à la recherche de Clara.

Il heurte son corps inanimé. Au prix d'un violent effort, il réussit à l'agripper par son chemisier et à la remonter à la surface.

Lui tenant la tête hors de l'eau, il nage sur le dos. Il n'a qu'un seul but : rejoindre la petite crique, à quelques dizaines de mètres de l'embarcadère, où le *Aleph*, un sloop de huit mètres, est ancré, prêt à appareiller.

Un sanglot lui monte à la gorge. Il lutte contre l'envie irrépressible de se laisser couler avec Clara dans l'obscurité sans limites de la nuit.

Première Partie

DIX-HUIT MOIS PLUS TÔT

Chapitre premier

1

— Monsieur Verne?

René Verne sursauta et se retourna.

— Oui, c'est moi.

L'homme vacilla.

Verne fut frappé par sa pâleur cadavérique. L'inconnu qui venait de l'interpeller dans un anglais teinté d'accent germanique se tenait immobile devant lui, le fixant avec des yeux globuleux de thyroïdien. Grand, ses rares cheveux gris-jaune soigneusement peignés sur le côté, il était vêtu d'un costume en flanelle grise sorti tout droit d'une gravure de mode du siècle dernier. Le col de sa chemise, décoré d'un nœud papillon mauve, flottait largement autour de son cou décharné.

Par habitude, Verne nota immédiatement les signes indiquant que l'inconnu en était arrivé au dernier stade du Feu Sacré : le regard fiévreux, le teint terreux, l'extrême maigreur, l'instabilité motrice, le tremblement des membres...

A cet instant, l'étranger se mit à se gratter furieusement la tonsure qu'il portait sur le sommet de la tête, comme tous les hommes en cet an de grâce 2015.

— Que puis-je faire pour vous? demanda Verne, réalisant qu'il l'examinait en silence. Je n'ai pas beaucoup de temps. Je dois assister à une conférence dans — il regarda sa montre — trois minutes, et...

René Verne fut brusquement frappé par la douceur de son sourire.

— Je ne prendrai qu'une de vos précieuses minutes, professeur. Je viens d'Autriche.

— D'Autriche ?

— De Vienne. J'ai des nouvelles du Pr Joseph Milner.

Verne resta quelques secondes sans voix.

— Ce n'est pas possible. Vous l'avez rencontré ?

L'homme jeta un regard angoissé autour de lui.

La population cosmopolite habituelle déambulait dans l'immense hall du premier étage des Nations Unies. Personne ne semblait faire attention à eux.

— Ne restons pas là, murmura Verne. Voyons. Où pourrions-nous aller ? Vous faites partie d'une délégation ?

— De la délégation autrichienne.

L'inconnu se mit à tousser.

— Allons à la cafétéria.

— Ce ne sera pas nécessaire, professeur. Je n'ai qu'une chose à vous dire. Je ne connaissais pas personnellement le Pr Joseph Milner.

— Vous ne connaissez pas... Mais alors... Je vous en prie !

L'homme inspira profondément, comme si l'air venait à lui manquer.

« Il n'en a plus que pour quelques jours », pensa machinalement Verne, malgré son angoisse grandissante.

— Le Pr Joseph Milner est mort, dit brusquement l'inconnu, dans un souffle.

Verne ouvrit la bouche, mais resta pétrifié.

— Il s'est suicidé. Chez lui, dans la soupente où il vivait depuis deux ans. On l'a retrouvé mort il y a neuf jours. Le 8 janvier dernier. Il a pris des comprimés.

— Mort ? réussit enfin à dire Verne. Joseph Milner est mort ?

L'inconnu ne semblait pas remarquer l'émotion du savant.

— Mais, comment ? Vous dites, des comprimés ?

— Oui, professeur. Des comprimés. Il s'est suicidé.

— Mais personne n'a rien dit. Mon Dieu, vous êtes sûr ?

— Oui, malheureusement. La nouvelle s'étalera dans tous les journaux, dès que les autorités de mon pays lèveront le black-out qu'ils imposent à la presse. C'est à cause de l'enquête.

Pour la première fois, l'inconnu fit un mouvement, et saisit timidement le bras du professeur.

— Je suis désolé, dit-il.

Verne était sur le point d'éclater en sanglots.

— L'enquête... réussit-il à articuler. Comment vous appelez-vous ?

— Karl Schiele. Je suis le nouveau secrétaire de la délégation autrichienne. Je suis également membre de Socrates, murmura soudain l'inconnu.

Il jeta un nouveau regard autour de lui.

— De qui ?

— De Socrates. Monsieur...

— Mais parfaitement. Socrates. Merci, mon ami. Je crois que je vais y aller. Vous comprendrez... Où puis-je vous revoir ?

— Ici. Tant que Dieu me prêtera vie.

— Au revoir, je vous téléphonerai. Karl Schiele, disiez-vous ?

— C'est cela. Schiele, comme le peintre.

— Le peintre, oui...

— Au revoir, monsieur. J'aurais préféré vous rencontrer dans d'autres circonstances.

Verne s'éloignait.

— Professeur. Eh, professeur...

Verne se retourna.

— Oui ? Qu'y a-t-il ?

— Vous vous dirigez vers la sortie. Vous tournez le dos à la salle de conférences.

— C'est vrai. J'ai changé d'avis.

— Ah, eh bien... Au revoir, professeur.

— Au revoir.

Dans un brouillard, Verne descendit l'escalier qui le menait vers la sortie.

— Conduisez-moi à Central Station, demanda brusquement Verne au chauffeur de taxi.

— Faudrait savoir. D'abord vous me demandez de vous amener à Kennedy, maintenant c'est Central Station !

— Je vous paye le trajet jusqu'à l'aéroport.

— Dans ce cas...

Le taxi vira dans la 72e Rue.

« C'est de la folie », pensa Verne. Mais l'idée d'annoncer la mort de Joe à Melissa lui était insupportable. Elle réagirait avec son excès habituel. Ils se mettraient à parler, à se souvenir, à mettre en commun leurs émotions... Or, il n'avait pas envie de mettre en commun. Pas cette fois. Pas avec Melissa.

Elle connaissait Joe presque aussi bien que lui. Pourtant, elle ne comprendrait rien à ce qu'il ressentait. Tout serait passé au crible de son intuition, dont tout le monde vantait le mérite.

Or, ce qui se passait en lui n'avait rien à voir avec ce que Melissa pouvait imaginer. Ou partager. Il voulait rester seul avec Milner, avec sa mort, prendre le poids de l'événement, méditer. Un acte de fidélité à l'égard de celui qui, malgré leur brouille, était resté son maître et son ami.

Il serait toujours temps, ensuite, de se sentir coupable comme chaque fois que Melissa était malheureuse. Même s'il n'en était pas responsable. Il haïssait ce sentiment qu'elle provoquait en lui, mais il n'y pouvait rien. Dans ces cas-là, il la prenait dans ses bras, sans savoir pourquoi. Sans doute en avait-elle besoin. Bien qu'elle ne demandât rien. Au contraire. Elle prenait un malin plaisir à ne rien dire. C'était à lui de deviner. Et il devinait. Cela se passait ainsi, depuis qu'ils se connaissaient.

Joe s'est suicidé. Nom de Dieu. Quatre jours pour rentrer à San Francisco, il pouvait se permettre ça. Quatre journées de solitude et de méditation. Il téléphonerait à Melissa dans le train. A l'Institut, on pourrait se passer de lui pendant quelques jours.

Verne s'enfonça dans le siège du taxi. Il avait mal au ventre.

2

– C'est chaque fois la même chose, dit Clara Hastings au chauffeur de taxi. A cette heure, on ne sait jamais s'il faut prendre l'autoroute ou La Cienega. On aurait mieux fait de passer par l'autoroute, ajouta-t-elle en serrant son sac sur ses genoux.

Le conducteur, un homme d'une soixantaine d'années, la considéra dans le rétroviseur d'un œil glauque. Depuis qu'elle était montée dans son taxi sur Sunset Boulevard, il n'avait pas cessé de mâcher un chewing-gum.

Il accéléra pour garder sa place dans la file qui s'étirait au croisement de Venice Boulevard.

Clara poussa un soupir exaspéré. Elle avait beau savoir que les hommes répugnaient à adresser la parole à une femme qu'ils ne connaissaient pas, elle n'arrivait pas à s'habituer à cette nouvelle attitude qui s'était généralisée en quelques années. Aujourd'hui, une femme ne pouvait tout simplement plus parler à un homme sans se faire rabrouer. Même son plus vieil ami, Donald Burger, qu'elle venait de quitter, était de plus en plus mal à l'aise en tête à tête avec elle.

Une demi-heure plus tôt, lorsqu'il lui avait remis la lettre soigneusement dissimulée dans le menu du *Dôme*, le célèbre restaurant de Sunset Boulevard, il avait détourné les yeux d'un air gêné, sans même prononcer les paroles d'encouragement qu'elle attendait.

Clara eut un geste d'agacement et se passa une main dans les cheveux qui, contrairement à la mode ultra-courte, descendaient librement sur ses épaules. Ses yeux bruns étaient à peine maquillés, et son long cou blanc s'harmonisait avec un chemisier clair en coton indien.

Elle jeta un regard désespéré sur les voitures qui attendaient, pare-chocs contre pare-chocs, que le feu passe au vert. Elle n'arriverait jamais à temps pour l'avion-fusée de l'American United. Il ne lui resterait plus qu'à prendre un avion subsonique qui mettrait cinq heures pour aller à New York. Son voyage serait inutile, si elle manquait le contact du Réseau qui l'attendait à l'aéroport Kennedy. Elle ne pourrait même plus téléphoner à Don, comme convenu.

Avec une maladresse délibérée, elle ouvrit son sac à main et en renversa le contenu sur le sol du taxi.

Le chauffeur, qui n'avait pas cessé de l'observer du coin de l'œil dans le rétroviseur, ricana et enfourna un nouveau chewing-gum dans sa bouche.

Clara se pencha, saisit l'enveloppe que Don lui avait confiée, et la glissa derrière la doublure de son sac qu'elle avait décousue. Elle s'assura que l'enveloppe était bien descendue au fond du sac, puis y fourra rapidement ses affaires. La cachette ne résisterait pas à une fouille sérieuse, mais elle n'avait pas le choix.

Elle se redressa, et constata avec agacement que le chauffeur continuait à l'observer.

— Je double votre course si vous arrivez à l'aéroport avant une demi-heure, dit-elle.

— Vous voyez bien que je n'y peux rien, répondit-il avec humeur.

C'étaient ses premières paroles.

— A votre place, j'irais à pied. Parce que votre argent...

Le feu passa au vert.

Le chauffeur embraya et s'engagea sur Baldwin Hills, une colline pelée sur laquelle se dressaient d'énormes pompes à pétrole abandonnées qui ressemblaient à des arbres pétrifiés. A cet endroit, La Cienega Boulevard quittait Culver City, et se transformait sur deux kilomètres en une véritable autoroute, avant de retrouver l'agglomération d'Inglewood.

La voiture prit de la vitesse. La chaleur était insupportable. Clara sentait la sueur perler sur son front. Pour la première fois depuis qu'elle s'était installée dans le taxi, elle remarqua la kipa transparente que le chauffeur portait sur le sommet du crâne, par-dessus sa tonsure.

— Vous êtes juif? demanda-t-elle d'un ton aimable.

— Qu'est-ce que ça peut vous faire?

— Votre kipa...

— Elle est réglementaire.

L'homme posa une main aux doigts boudinés sur le sommet de son crâne.

— Ça fait cinq ans que je la porte. Depuis que le grand rabbin Isaac Horowitz a signé un accord avec le Bureau fédéral de bio-sociologie. Moi, ça ne me gêne pas qu'elle soit transparente. Je ne fais pas partie de la NJO. Vous en avez entendu parler?

— Pardon?

— La New Jewish Organisation.

— Non.

— Ils se retrouvent tous en prison. Je me demande à quoi ça les avance.

Les autos roulaient sur quatre files en direction du sud.

Il donna un léger coup de volant pour éviter une voiture qui le serrait sur sa gauche.

Il était devenu intarissable.

« Il a suffi que je parle de lui », pensa Clara.

Pendant que le chauffeur de taxi continuait à lui parler des conflits entre les différentes communautés juives, Clara se souvint d'une scène à laquelle elle avait assisté sur Wilshire Boulevard. Trois jeunes gens marchaient côte à côte en distribuant des tracts, conscients de la provocation que représentait pour les passants la « vraie » kipa qu'ils arboraient sur le sommet du crâne. Les gens se retournaient en chuchotant sur leur passage. La plupart refusaient les tracts. Soudain, dans un bruit strident de sirènes, deux voitures de police avaient stoppé au bord du trottoir. Les flics avaient brutalement ceinturé les contestataires, qui n'avaient opposé aucune résistance.

Le taxi descendait maintenant la colline vers Inglewood.

A travers l'épais smog roussi par un soleil presque invisible, Clara aperçut un avion qui décollait au-dessus de Venice en direction de la mer. Elle reprit espoir.

— Tiens, qu'est-ce qui se passe ? s'exclama soudain le chauffeur.

Dans un halètement assourdissant, un hélicoptère de la police passa au-dessus de la voiture. Il parcourut une centaine de mètres, fit demi-tour et s'immobilisa en l'air. Le conducteur stoppa son moteur.

— Ne vous arrêtez pas, dit Clara.

— Mais où voulez-vous que je passe ? Réveillez-vous, ma bonne dame. C'est bourré de voitures jusqu'au feu rouge de Centinela. Tiens, ils se posent en plein dans le carrefour ! Ils sont gonflés, quand même. Ils doivent chercher quelqu'un. En tout cas, c'est foutu pour votre avion. On ne va pas pouvoir passer pendant un bon bout de temps.

Il sortit de la voiture.

Clara le suivit sur la chaussée et claqua la portière.

— Je vais suivre votre conseil, dit-elle en lui tendant un billet de vingt dollars.

Elle sortit sa valise du coffre, et partit à pied dans la direction opposée à celle de l'aéroport.

3

Le train siffla et ralentit à la sortie de la courbe. René Verne aperçut un panneau signalant des travaux sur la voie.

Il se leva.

A l'approche du train, les ouvriers s'étaient redressés, et les conducteurs des énormes pelleteuses avaient stoppé leurs machines. La couleur crue de la terre fraîchement remuée contrastait avec le gris de la neige qui s'étendait jusqu'à l'horizon, où la chaîne des Alleghanys se devinait à peine dans la lumière du soir.

Avec leurs anoraks orange, les ouvriers évoquaient des soldats au garde-à-vous assistant à quelque enterrement fastueux. Le rythme lent des cahots du train accentuait l'atmosphère lugubre dans laquelle Verne se laissait glisser avec un plaisir morbide.

Il salua de la main un ouvrier qui le suivait du regard, appuyé sur le manche d'une pioche.

C'est alors qu'il remarqua un garde en uniforme tenant un fusil à hauteur de sa hanche, et comprit qu'il observait un camp de travail. L'hostilité des forçats lui devint perceptible. Il imagina que, comme lui, les voyageurs devaient se presser aux fenêtres par dizaines, pour se repaître du spectacle.

Sous la neige, le paysage tourmenté de la Pennsylvanie se remit à défiler rapidement.

Verne revint s'asseoir dans le confortable fauteuil qui, avec le lit et le rabattant formant une table, constituaient les seuls meubles de son luxueux single.

Il regrettait de devoir changer de train à Chicago pour continuer sa route en direction de l'Ouest. Il n'avait aucune envie de quitter le *Broadway Limited* qu'il avait emprunté à New York dans l'après-midi, ce vendredi 17 janvier 2015. En outre, il n'avait pu faire confirmer sa réservation dans le *California Zephir* pour San Francisco, et cette incertitude planant sur la poursuite de son voyage l'irritait au plus haut point.

René Verne paraissait une quarantaine d'années. Grand, les tempes grisonnantes, les yeux noirs profondément enfoncés dans des orbites surmontées d'épais sourcils broussailleux, il était vêtu de la classique veste en velours brun aux coudes garnis de cuir redevenue à la mode dans certains milieux, bien que l'usage du plastech se soit généralisé dans la confection des vêtements. De temps en temps, des gestes nerveux trahissaient sa tension intérieure, contredisant l'impression de calme qui se dégageait de sa personne.

Il aurait souhaité que le voyage dure une éternité. Quatre journées de solitude lui semblaient insuffisantes pour faire le point sur ce qui se passait en lui. Il était taraudé par l'idée qu'il devait saisir cette occasion pour prendre ses distances avec l'Institut Reiss-Kierkegaard du Marin County, en Californie, dont il assumait depuis douze ans la direction scientifique.

Le temps était venu d'entreprendre le voyage en France auquel il pensait depuis si longtemps. L'idée de retourner à Colmar, sa ville natale, était la seule chose qui lui semblât une nécessité impérieuse depuis la mort de Joseph Milner.

Le savant se leva et entra dans la salle d'eau. Sans y penser, il approcha son visage de la glace surmontant le lavabo, et resta immobile à se contempler, jusqu'à ce qu'il ressente un vertige intolérable.

Dans ces cas-là, Melissa ne manquait jamais de lui

reprocher sa tendance à se détourner de la réalité. Cela provoquait en elle des angoisses qui pouvaient durer plusieurs jours. Depuis quelque temps, elle devenait agressive. Elle ne cessait d'ironiser sur son « fameux regard intérieur »...

Il se passa de l'eau sur le visage, et retourna dans le compartiment.

En fait, la nausée qui le taraudait depuis son départ de New York ne l'avait pas quitté un seul instant.

Agacé par la morosité de ses pensées, il prit une revue de biologie qui traînait sur le lit, décidé à reprendre la lecture d'un article sur les rétrovirus. Mais les mots se brouillaient, et il glissa peu à peu dans une rêverie dont le point de départ était l'ongle de son index gauche.

Quand il était préoccupé, Verne pouvait passer des heures à contempler son ongle. Cette manie lui venait d'un phanère dont la forme étrange était différente des ongles de ses autres doigts. Après bien des tentatives nosologiques, il s'était décidé à le qualifier de « cunéiforme », par opposition aux autres qu'il dénommait « ovoïdes ». Quand il était enfant, cette singularité lui faisait honte, et il avait pris l'habitude de cacher son doigt en le tenant replié dans le creux de sa main. Un jour, sa mère lui avait dit en riant que sa « difformité » lui venait de son grand-père, un homme à la longue barbe blanche, mort quelque part en Pologne pendant la Deuxième Guerre mondiale, et dont la photo trônait dans la chambre maternelle.

Soudain, Verne réalisa que, depuis quelques minutes, ses doigts étaient parcourus par un picotement incompréhensible.

Il voulut se lever, mais ses jambes refusèrent de le porter. Il se sentit perdre connaissance avec une étrange lucidité.

Sa tête s'abattit en avant, au moment précis où la porte du compartiment s'ouvrait lentement.

4

Kess Sherman prit appui sur la rambarde de la terrasse.

Comme chaque fois qu'il apprenait une mauvaise

nouvelle, sa faim semblait encore s'accentuer. Les amphétamines que le Dr Heathrow lui procurait depuis six mois ne réussissaient finalement qu'à l'empêcher de dormir. Sherman en venait à se demander si son Aspic ne lui avait pas esquinté Dieu sait quel noyau cérébral. Il portait sa prothèse anti-érection depuis 2006, comme tous les hommes du territoire depuis l'adoption mouvementée de la loi Fuchs.

L'Anti-Sex Pick, ou Aspic, avait été mis au point en 1994 au National Institute of Health de Bethesda, près de Washington DC, pour le compte de l'armée américaine. A l'origine, le but des recherches qui avaient permis la mise au point de la prothèse répondait au désir du ministère de la Santé de trouver, en accord avec le Pentagone, un moyen d'empêcher les soldats revenant d'un pays d'endémie de transmettre le SIDA.

Toutes les mesures prophylactiques destinées à protéger la population des porteurs du virus — carte d'identité sanitaire, isolation, tatouage, très tôt adoptées en Allemagne fédérale — s'étaient révélées inefficaces.

Ainsi, la mise au point de l'appareil fut-elle saluée par l'opinion comme un premier pas vers l'éradication de la maladie, en attendant la découverte d'un traitement permettant de résoudre le casse-tête biologique des mutations répétées du rétrovirus.

D'un centimètre de circonférence, épais d'un millimètre et demi, l'implant se plaçait sous la peau du crâne, à peu près au niveau de la tonsure que portent les moines en signe de renoncement aux plaisirs de ce monde.

Constitué par une puce électronique, l'Aspic était connecté par deux fils microscopiques aux zones neurologiques contrôlant l'activité sexuelle. L'un des fils, après avoir traversé les os du crâne et les méninges, plongeait entre les deux hémisphères cérébraux vers le plancher du quatrième ventricule de l'hypothalamus, où se trouvent les noyaux inhibiteurs de l'activité sexuelle. L'autre parcourait sous la peau l'axe de la colonne vertébrale jusqu'à la deuxième vertèbre sacrée, rejoignant la zone de la moelle épinière dont dépend la motilité de l'organe mâle.

Dès que la puce électronique contenue dans l'Aspic décelait l'ébauche d'une érection par l'électrode vertébrale, elle la stoppait instantanément en envoyant une décharge de quelques milli-ampères dans le centre inhibiteur cérébral par l'électrode intracérébrale.

Malheureusement, cette castration programmée — véritable camisole électronique — provoquait une série de troubles dus à la densité exceptionnelle des noyaux régulateurs de l'hypothalamus, où l'impulsion électrique ne pouvait que déborder, faute de précision : somnolences, frayeurs, nausées, douleurs, tristesse, faim insatiable, etc. Mais l'objectif principal était atteint : l'aspicien était définitivement mis hors d'état de nuire. On traitait le reste par neuroleptiques et psychothérapie intensive.

Cependant, un problème pratique avait freiné la diffusion de cet ingénieux appareil. La pose de l'implant exigeait une intervention chirurgicale, ce qui lui interdisait de répondre aux besoins considérables de l'armée. Compte tenu de l'importance du marché, une véritable frénésie s'empara de tous les chercheurs du pays.

Une première amélioration fut apportée par la suppression du fil centrifuge, et la possibilité d'agir à distance sur les noyaux inhibiteurs de l'hypothalamus par l'intermédiaire d'un fin rayon laser, dont la décharge éclair se révéla beaucoup plus précise que l'électrode. Bientôt, l'appareil put mesurer directement les potentiels intracérébraux induits par les érections, ce qui permit de faire l'économie de l'électrode vertébrale.

La consommation d'électricité de l'appareil ayant considérablement augmenté, il devint nécessaire d'y adjoindre une cellule photoélectrique au cadmium. C'est ainsi que, pour favoriser la recharge de la batterie photosensible, les aspiciens furent contraints de porter une tonsure au sommet du crâne. On leur interdit, pour les mêmes raisons, de porter un couvre-chef.

Quant à se débarrasser de l'Aspic une fois posé, il ne fallait pas y compter : outre le danger d'une telle opération — chaque implant possédait un code particulier dont l'ignorance risquait de provoquer une mutilation cérébrale définitive —, les condamnations pénales encourues étaient sans appel.

Etroitement surveillés, les aspiciens devaient se présenter régulièrement dans un Centre de contrôle agréé — les centres CA —, où un appareillage spécial permettait de vérifier en quelques secondes le bon fonctionnement de l'Aspic.

Malgré les protestations solitaires de quelques idéalistes choqués par la brutalité du procédé, un consensus général concernant la pose des Aspics sur tout soldat porteur du virus du SIDA s'établit dans le pays.

En dépit des pressions des lobbies favorables à la généralisation de l'Aspic à toute la population contaminée, la résistance trouva suffisamment d'échos pour que l'implantation reste limitée à quelques dizaines de milliers de victimes.

Personne ne se doutait, alors, que l'apparition du Feu Sacré allait faire de l'Aspic, quelques années plus tard, l'unique arme contre la disparition de l'espèce. Depuis neuf ans, en effet, plus aucun homme n'échappait à « l'araignée du plafond »...

Chaque fois qu'il y pensait, Sherman sentait la colère l'envahir. Un an plus tôt, malgré le danger, le Dr John Heathrow avait réussi l'extraordinaire prouesse de déconnecter son Aspic, ce qui n'avait malheureusement pas changé grand-chose à sa polyphagie. Quant à ses facultés sexuelles, elles avaient disparu, semblait-il, après la mort de Jane, emportée par le Feu Sacré au fond d'un Special Hospital de Downtown, une douzaine d'années plus tôt.

De sa terrasse de West Hollywood, Sherman devinait les tours de Century City à travers l'épais smog qui recouvrait la ville en permanence.

Tout près, sur sa gauche, se dressaient les ruines du *Château Marmont*, le célèbre hôtel des stars du siècle dernier. Depuis le tremblement de terre de 2003 qui avait ravagé une partie de la ville, il n'en restait presque rien. Les grands studios avaient profité de la destruction de leurs bâtiments pour émigrer dans la région de San Francisco. Lucas Valley était ainsi devenue un énorme complexe où se confectionnaient en série la plupart des films vidéos diffusés par les chaînes américaines.

Quant aux salles de cinéma, elles avaient disparu. Seules subsistaient quelques cinémathèques d'universités ou de musées.

Natif de Los Angeles, Sherman s'était fait connaître du grand public une dizaine d'années plus tôt avec un roman qui racontait la décadence de la grande métropole. Mais depuis la promulgation de la loi Fuchs, qui avait rendu obligatoire le port de l'Aspic pour les hommes, il n'avait plus écrit une ligne et se consacrait avec une détermination féroce à la lutte contre le nouvel ordre social.

Sherman se gratta la tonsure, comme la majorité des hommes en avait pris l'habitude. Donald Burger était passé en moto en demi-heure plus tôt pour l'informer que tout s'était passé conformément aux instructions. La lettre de Joseph Milner se trouvait entre les mains de Clara Hastings.

Maintenant, le chef du Réseau de la Californie-Sud attendait un coup de téléphone qui devait lui faire savoir si Clara avait réussi à prendre l'avion de l'American United.

Faire du professeur René Verne un allié serait à coup sûr une victoire extraordinaire, mais il n'y croyait pas beaucoup. Un membre de la Commission de biosociologie dans le Réseau!

Il rentra à l'intérieur de la maison. L'immense salon qui ouvrait sur la terrasse par une baie vitrée se trouvait en piteux état. La peinture était écaillée, la moquette usée jusqu'à la corde et le canapé, qui datait du XXe siècle, défoncé en plusieurs endroits. Au fond, dans une grande cage, une dizaine de colombes se mirent à roucouler dès qu'elles aperçurent leur maître.

Après avoir vérifié que les portes vitrées donnant sur la terrasse étaient bien fermées, Sherman ouvrit la cage. Dans un grand bruit d'ailes, les colombes se répandirent en piaillant dans la pièce.

L'une d'entre elles vint se percher sur son épaule. Au même instant, le téléphone sonna.

Sherman décrocha l'appareil posé sur une immense cheminée en marbre surmontée d'une glace fendue.

— Hector... Enfin. Alors ?... Quoi ? Le colis n'est pas arrivé ? Mais bon Dieu, où est-il passé ?... Continuez à surveiller le comptoir d'enregistrement. S'il n'arrive pas, envoyez un message à Pollux. Qu'il le transmette à Troie. Prévenez-moi s'il y a du nouveau.

Sherman raccrocha rageusement. Si le FBBS coinçait Clara, les flics risquaient de remonter jusqu'à lui. Depuis quelque temps, d'ailleurs, il se demandait s'il n'était pas sur table d'écoute.

Tous ces noms de code empruntés à la mythologie grecque qu'on utilisait dans le Réseau lui paraissaient stupides. Ils ne cachaient pas grand-chose et risquaient surtout d'attirer l'attention. L'idée avait germé dans l'esprit du philosophe Peter Alexos, au cours de la réunion du Comité national de la résistance, à Boston, en 2003, un an jour pour jour avant l'élection du président Glen Monroe.

Sherman entra dans la cuisine, où régnait un désordre indescriptible.

Il sortit une cuisse de poulet du réfrigérateur et se versa un verre de cola-coke, la boisson à la cocaïne lancée sur le marché après l'arrêté de la Cour suprême du 12 avril 2005, qui avait confirmé la constitutionnalité de la loi Fuchs. Une giclée de dope lui ferait du bien, bien qu'Heathrow lui en eût formellement déconseillé l'usage en même temps que les amphétamines.

Il retourna dans le salon et s'écroula dans un fauteuil.

La colombe n'avait pas quitté son épaule. Sherman tourna la tête et lui tendit un morceau de poulet posé sur le bout de sa langue, qu'elle saisit délicatement dans son bec.

5

Son père le tenait par la main.

René était très excité. La lourde porte venait de se refermer derrière eux avec un bruit sourd. Son père lui sourit et l'entraîna. René eut peur. Il faisait trop sombre. Il aurait voulu qu'on allume la lumière.

— Viens, mon petit René, viens. Tu vas voir, lui disait son père.

Il avait envie de crier.

— Papa, allume, je t'en prie, je ne vois rien!

Malgré ses efforts, aucun son ne sortait de sa gorge.

Terrorisé, l'enfant suivait l'homme, toujours plus avant dans le noir.

Comment papa y voit-il quelque chose? Et M. Steiner, le conservateur du musée, il devrait être là, papa...

Dans la pénombre, il lui sembla discerner la fontaine de la cour intérieure. Mais comment était-ce possible, s'il n'était jamais venu ici?

Son père lui avait dit :

— Pour tes six ans, je t'emmènerai voir le *Retable*.

Aujourd'hui il avait six ans, et sa mère les attendait à la maison.

Un rai de lumière apparut au ras du sol. Les jambes de son père devinrent visibles. Il se pencha.

René vit son sourire crispé. Des gerçures fendillaient sa lèvre supérieure, et ses yeux exprimaient une fierté que l'enfant ne comprenait pas.

En quoi ce qu'ils faisaient ici était-il si important?

La lumière revenue, sa peur s'estompait. Il lâcha la main de son père, passa devant lui et poussa la porte, surpris qu'elle cède si facilement.

Mais quand il pénétra dans la pièce, deux projecteurs l'aveuglèrent brutalement.

Il se retourna, et poussa un cri de terreur.

Son père gisait nu en travers de la porte, un linge en lambeaux noué autour des reins, le corps tuméfié couvert de plaies, les bras écartés, les mains ouvertes dans une crispation douloureuse. L'axe de son corps était figé dans une torsion irréelle, les jambes et le bassin tournés vers l'extérieur de la pièce, le haut du corps et la tête tournés vers lui. Son père le fixait sans ciller, un sourire immobile sur ses lèvres.

Dans un mouvement né au plus profond de son être, René se précipita vers lui, et heurta violemment une vitre qui le séparait de son père.

Il se releva, la bouche grande ouverte.

Mais son cri s'étrangla dans sa gorge : il venait de se jeter contre la surface d'un tableau qui représentait son père, peint en grandeur réelle sous les traits du Christ du *Retable* d'Issenheim.

René Verne ouvrit les yeux.

Il était allongé sur le côté, en travers de la porte de sa cabine. Son buste, qui dépassait dans le couloir, formait un angle forcé avec ses jambes qui se trouvaient à l'intérieur du compartiment. Au rythme des cahots du train, la porte venait heurter son dos à intervalles réguliers, provoquant une douleur sourde.

Hébété, Verne desserra le nœud de sa cravate qui l'étranglait, et se mit à quatre pattes dans le couloir. Une nausée lui souleva l'estomac, et il vomit de la bile. Avec un curieux détachement, il remarqua que le motif de la moquette ressemblait aux blessures qui, dans son rêve, recouvraient le corps nu de son père.

Il se leva péniblement en se tenant à la poignée de la porte. Le couloir était désert. Sa veste et sa chemise étaient maculées de vomissures. Sa tête le faisait horriblement souffrir, et il crut plusieurs fois qu'il allait à nouveau s'évanouir.

La nuit était tombée. Dans un demi-brouillard, il découvrit que sa cabine avait été fouillée. Ses papiers personnels étaient répandus sur le sol, sa valise ouverte, ses vêtements éparpillés. On avait retourné le matelas du lit et les coussins du fauteuil.

Verne ferma la porte. Pris d'un étourdissement, il se laissa tomber sur le lit.

Cette fouille était incompréhensible. Il ne comprenait pas non plus ce qui avait pu provoquer son évanouissement. Il n'avait rien mangé depuis son départ de New York, et n'avait bu que de l'eau minérale achetée à la gare. Pourtant, le médecin qu'il était reconnaissait les symptômes typiques d'une intoxication chimique.

Il se leva avec difficulté et remit ses papiers personnels dans sa serviette, après s'être assuré que rien ne manquait. Même son argent n'avait pas été touché. C'était du travail de professionnels qui cherchaient quelque chose de précis. Mais quoi ? Verne n'avait rien à cacher.

Il alla se laver dans la salle d'eau et se donna un coup de peigne. Puis il ôta sa veste, passa un pull-over sur sa chemise sale, et remit en vrac ses affaires dans la valise.

Il sortit dans le couloir, ferma soigneusement la porte à clé, et prit la direction du wagon-bar.

Mal assuré sur ses jambes, il passa devant la porte de deux « bedrooms » identiques au sien, et arriva dans la zone des « roomettes », petits compartiments individuels qui ouvraient sur les deux côtés du couloir. Au bout, en face du compartiment à bagages, la porte de la cabine du contrôleur était ouverte.

Un homme en uniforme d'une trentaine d'années était assis devant une tablette qui lui servait de bureau. Au moment où Verne apparut, il leva la tête.

— Monsieur Verne, vous vous réveillez enfin. Quelque chose ne va pas?

Verne le regarda, interloqué.

— Mais ce n'est pas vous qui étiez à New York! Où est passé le contrôleur?

— Vous vous trompez, répondit l'homme avec un sourire. C'était moi.

— Je ne suis pas fou, dit Verne, avec une brusque colère. Vous étiez... Il avait la cinquantaine, et...

L'homme se leva.

— C'était moi, je vous assure. Je vous ai rendu la monnaie sur cinquante dollars. Vous vous souvenez?

— Oui, je me souviens, en effet. Pourtant...

— Vous feriez peut-être mieux d'aller dîner. On pourra sûrement vous servir encore quelque chose.

— Je n'ai pas faim, répondit Verne. Je vais juste prendre un café au bar.

Et, après un instant d'hésitation :

— Mais dites-moi, vous n'avez rien vu, tout à l'heure, dans le couloir?

— Non, rien.

Verne le regarda.

Il était persuadé que cet homme n'était pas celui qu'il prétendait être. Mais à quoi bon discuter?

Profondément troublé, il décida de se rendre au wagon-bar, et emprunta le soufflet qui se trouvait devant la cabine.

6

Hillsdale Street était une véritable oasis de paix, comparée à La Cienega Boulevard. Les petites maisons modestes de Inglewood se succédaient par dizaines, derrière des pelouses mal entretenues donnant directement sur la chaussée. Quelques vieilles voitures stationnaient le long du trottoir.

Clara marchait d'un pas vif, en se retournant constamment. Elle entendait toujours les klaxons des conducteurs bloqués dans l'énorme embouteillage. La rue formait une courbe à quelques dizaines de mètres du boulevard, qu'elle dépassa avec soulagement.

Impossible de savoir si les flics étaient à sa recherche. Les consignes du Réseau étaient strictes : au moindre doute, elle devait disparaître dans la nature. L'enjeu était trop important. Elle repensa à la lettre cachée dans le fond de son sac, sous la doublure. « C'est de la dynamite », lui avait dit Don. Elle n'avait aucune chance de s'en tirer si elle était arrêtée avec la lettre sur elle.

Elle avait demandé à Don ce que le célèbre biologiste René Verne avait à voir avec le Réseau, mais il s'était contenté de hausser les épaules. Peut-être n'en savait-il pas plus qu'elle sur sa mission. Elle se demanda si Don avait vraiment fait déconnecter son Aspic, comme elle l'avait entendu dire dans le Réseau.

Etrange destinée qui, depuis deux ans, la mettait en danger de passer les plus belles années de sa vie dans un pénitencier pour activités séditieuses contre la loi Fuchs. Elle, une « bio »... Impensable. Pourtant, elle n'aurait pas changé de place pour un empire.

Clara était née en 1996 à Los Angeles dans le premier Centre d'eugénisme appliqué créé aux Etats-Unis. A six mois, elle avait été adoptée par les propriétaires d'un supermarché de Santa Monica, à une époque où l'adoption était encore libre. Depuis quelque temps, le Feu Sacré se répandait comme une traînée de poudre dans le pays. Ses parents adoptifs avaient suivi les conseils de plus en plus pressants du corps médical qui, par tous les moyens, cherchait à convaincre les couples de renoncer à la procréation naturelle. On les incitait à adopter un bio cultivé in vitro depuis la conception, à partir de souches saines sélectionnées dans les Gamete Conservation Centers.

La gestation artificielle, que la loi Fuchs allait rendre obligatoire, était le résultat de l'extraordinaire prouesse scientifique réalisée par l'équipe australienne du Pr Kelvin Fast au milieu des années 90. La création de Centres d'eugénisme appliquant la découverte du Pr Fast devait rapidement apparaître comme l'unique solution pour enrayer la contagion par voies cellulaire et placentaire.

Clara était l'une des premières bios sorties du CEA de Los Angeles. Elle avait huit ans quand ses parents adoptifs étaient morts, à quelques mois d'intervalle, d'un FS contracté par son père à l'occasion d'un voyage « en célibataire » aux îles Hawaii. Recueillie par une tante, son modeste héritage lui avait permis, quelques années plus tard, d'entreprendre un Master's Degree of Fine Arts à l'université de Los Angeles, dans le but de devenir photographe.

Appartenant à une génération d'étudiants utériens — nés par voie naturelle —, Clara avait vite senti qu'on la traitait comme une pestiférée. On la rendait responsable du destin tragique de toute une génération victime des ravages de l'épidémie.

Pourtant, Clara refusa de se mêler aux luttes qui, sur le campus, opposaient de plus en plus fréquemment utériens et bios. L'idée que son identité soit uniquement définie par les modalités de sa conception dépassait son entendement. La plupart des bios avait coutume de se distinguer par des moyens qui lui semblaient ridicules : ils avaient leur club, leur mode, leur argot...

Mais ce refus de se plier aux usages la faisait rejeter par les bios, après l'avoir été par les utériens. Paradoxalement, ses convictions s'en trouvèrent renforcées. Rien ne pouvait justifier une telle débauche de haine. Au cours de ces années difficiles, elle se fit un seul ami utérien, Donald Burger, un Noir qui comprenait ses problèmes pour les avoir vécus.

C'est ainsi que le jour où Donald Burger lui proposa d'adhérer au mouvement clandestin d'opposition contre la loi Fuchs, elle accepta sans hésiter.

Comme tout le monde, elle avait entendu parler du Réseau. Au journal télévisé, on annonçait régulièrement l'arrestation d'hommes et de femmes qui refusaient de se plier aux exigences de la loi Fuchs. On les accusait des pires turpitudes, et notamment d'être affiliés au mouvement fanatique des Adorateurs du Feu Sacré qui, sous le couvert d'une phraséologie pseudo-humanitaire, prônait la disparition de l'espèce dans des orgies apocalyptiques censées accélérer la venue des nouveaux temps messianiques.

Mais Clara avait pris la peine de lire les tracts clandestinement distribués à l'université, et ses réflexions l'avaient depuis longtemps amenée à partager les préoccupations des militants du mouvement. Elle ne fut pas surprise d'apprendre que le seul homme pour lequel elle ressentait une certaine affection faisait partie du Réseau.

L'organisation était parfaitement cloisonnée. Depuis plus d'un an qu'elle militait, elle ne connaissait que Don et deux autres membres. Son travail consistait essentiellement à porter des messages d'un bout à l'autre de la ville. Plusieurs fois, elle s'était plainte à Don de l'inaction dans laquelle on la confinait.

Aujourd'hui, elle était servie!

Une voix la fit sursauter.

— Faut pas vous presser comme ça, ma petite dame. Avec cette chaleur, vous allez attraper du mal!

Une Noire d'une quarantaine d'années, coiffée dans le style « afro » revenu à la mode, surgit de l'ombre d'une véranda, suivie d'une fillette qui tenait une corde à sauter.

Clara posa sa valise par terre, sortit un Kleenex de son sac à main et s'essuya le visage.

— Vous avez raison. Mais je ne sais plus quoi faire. Il faut absolument que je sois à l'aéroport dans une demi-heure, sinon, je vais rater mon avion.

— Ce n'est pas une raison, répondit la dame. Un avion de plus ou de moins, ça ne devrait pas avoir une telle importance. N'importe comment, vous n'êtes pas dans la bonne direction.

— Je sais. Mais on ne passe plus sur La Cienega. Les flics font un contrôle. Alors, j'ai quitté mon taxi.

— Les flics, hein? dit la femme.

Clara craignit d'en avoir trop dit.

— A pied, vous en avez pour une bonne heure. A moins que...

L'inconnue se tourna vers sa fille.

— Esther. Sois gentille. Va voir si le vieux Ted est chez lui. Peut-être qu'il pourra l'emmener à l'aéroport.

La fillette partit en courant. Clara remercia la femme avec effusion.

— Je m'appelle Joany, Joany King. Et ça, c'est ma fille, dit la femme. Venez boire un verre d'eau sur la véranda. Nous serons vite fixées.

Clara s'assit avec un soupir de soulagement sur une vieille chaise en paille.

Quelques secondes plus tard, Joany lui tendait un verre d'eau dans lequel flottaient des glaçons.

— Tenez. Buvez ça. Ça vous fera du bien.

— Elle est mignonne, votre fille, dit Clara après s'être désaltérée. Vous l'avez adoptée près d'ici?

— Oui. Je suis allée la chercher au Centre d'eugénisme appliqué réservé aux Noirs, à Santa Monica, répondit Joany, en s'asseyant. Vous savez, le CEA du boulevard Pico. Ils m'ont fait passer des tests pendant trois mois, avant de me dire que j'aurais une fille. Moi, j'aurais préféré un garçon. Mais maintenant que j'ai ma petite Esther, je suis contente. Elle est intelligente. Tiens, la voilà, elle a réussi à trouver Ted. Ça a l'air de s'arranger, votre histoire.

Un vieux Noir sans âge, les cheveux crépus d'un blanc neigeux, le sourire édenté, une invraisemblable série de bagues dorées aux doigts, se présenta avec cérémonie, et dit à Clara qu'il serait très flatté de l'amener à l'aéroport, si elle consentait à lui payer l'essence.

Clara accepta, ravie, et, après s'être confondue en remerciements auprès de Joany et de sa fille, monta avec le vieil homme dans une antique guimbarde qui devait dater des années 1980.

— Nous y serons dans un quart d'heure, dit-il en faisant grincer les vitesses.

— Vous allez où? demanda abruptement Ted, qui pilotait sa voiture avec une habileté surprenante dans un dédale de ruelles presque vides, bordées par les éternels jardinets.

— A New York. Je vais voir ma famille, répondit Clara.

Concentré sur la conduite de la voiture, le vieux resta silencieux un long moment.

— Ça fait une éternité que je n'ai pas pris l'avion, reprit-il soudain. C'était en 1970. La guerre du Vietnam, vous en avez entendu parler?

— Bien sûr... Et contrairement à ce qu'on raconte, je crois bien qu'on l'a perdue!

Le vieil homme partit d'un éclat de rire qui se termina par une quinte de toux.

— Excusez-moi, je fume trop, finit-il par dire, les larmes aux yeux. Ah, c'est bien vrai qu'on l'a perdue, cette putain de guerre. Enfin... j'étais jeune.

Et, après quelques instants :

— Vous avez de la famille, disiez-vous? J'espère que je ne vous ennuie pas, avec mes questions. Mais on n'a plus tellement l'occasion de parler avec une femme.

— Mais, pas du tout. Vous savez, je ne suis pas conformiste.

Le vieil homme lui jeta un regard aigu.

— Vous êtes une bio? demanda-t-il, soudain sérieux.

Clara sursauta. C'était la première fois qu'on lui posait cette question de manière aussi impudique. Des années d'éducation lui avaient appris à ne jamais parler de ses origines.

— Vous voyez : conformiste ou pas, c'est pareil, dit alors le vieil homme d'un air déçu, devant son silence. Moi, je peux vous dire que je n'ai jamais porté d'Aspic, sans que ça me gêne.

Clara était abasourdie par son audace.

— Je vous trouve drôlement confiant, dit-elle avec un petit rire.

— Mais non, ma petite. Je vous connais. Enfin, je devine. Il n'y a qu'à voir votre façon de vous habiller. Pas de pantalon bouffant. Pas de queue de cheval. Des cheveux normaux, quoi. Pas de maquillage sous les yeux. C'est rare, à votre âge. Si vous voulez passer inaperçue...

— Pourquoi voudrais-je passer inaperçue? demanda la jeune femme, soudain sur ses gardes.

— Moi, je dis ça comme ça, dit Ted, d'un ton sec.

Le visage fermé, il accéléra et la voiture déboucha sur Century Boulevard, bordé de chaque côté par les grands hôtels internationaux.

— J'ai dix-neuf ans. Je suis une bio, dit alors timidement Clara.

Le vieil homme reprit la parole sans quitter la route des yeux.

— Dix-neuf ans. Ça nous donne... 1996, si je calcule bien. Une des premières, quoi. Tout a commencé à cette époque. Le Feu Sacré, toute cette foutue infection sexuelle, ce n'est rien à côté de ce qu'ils ont inventé là. Moi, j'aurais une fille de trente-six ans aujourd'hui, si elle ne s'était pas suicidée après avoir été arrêtée parce qu'elle était enceinte.

Il se tourna vers elle, une lueur de colère dans les yeux.

— Je n'ai rien contre vous, ma petite. Rien contre les bios. Il faut bien vivre, et la vie, c'est sacré. Mais vous ne connaîtrez jamais le bonheur de serrer un homme dans vos bras. Et ça, c'est un péché plus grave que tout. La guerre, la misère, la mort, on pouvait tout accepter, parce qu'il y avait l'amour. Souvenez-vous de ça.

Ils arrivaient.

Le vieux Ted gara la voiture devant le bâtiment de l'American United. Clara n'avait jamais entendu un homme lui parler d'amour. Troublée, elle fouilla dans son sac, et lui offrit un billet de vingt dollars. Il prit le billet en faisant un grand sourire de sa bouche édentée.

Sur le trottoir, il lui souhaita un bon voyage.

Toujours aussi déroutée par les manières du bonhomme, Clara lui serra gauchement la main. Alors, il rit aux éclats, ravi de l'avoir obligée à faire un geste tombé en désuétude.

7

La porte se referma en claquant derrière Verne. Les occupantes du wagon se retournèrent et le dévisagèrent avec étonnement.

Le bar se dressait dans le fond. Quelques tables étaient réparties de chaque côté de l'allée centrale. Des appliques dispensaient une lumière tamisée. Une forte odeur de haschisch imprégnait l'atmosphère.

Verne remarqua un groupe de trois femmes, les cheveux rasés. L'une d'elles tenait ostensiblement un joint. « Elles se dépêchent de terminer leur hasch avant notre passage dans l'Ohio », pensa-t-il.

Une femme d'âge mûr, en pantalon bouffant serré aux chevilles, était perchée sur un tabouret devant le bar. En face, la barmaid, vêtue d'une robe grise en plastech s'arrêtant à mi-cuisses, essuyait des verres.

Elles détournèrent la tête, et reprirent leur conversation. Le contrôleur avait prévenu Verne : c'était l'heure des femmes. L'usage se répandait de plus en plus de séparer les sexes à la première occasion.

Mais Verne tenait à son café.

D'un pas mal assuré, il se dirigea vers les deux femmes et passa sa commande. Sans daigner le regarder, la barmaid lui répondit d'un ton rogue qu'il n'y en avait pas. Verne jeta un coup d'œil sur la cafetière fumante posée derrière le bar et, sans se départir de son calme, réitéra sa demande, s'attendant à une nouvelle rebuffade. Mais il eut la surprise d'entendre l'autre femme intercéder en sa faveur.

— Donne-lui son café, va, dit-elle. Il nous foutra la paix.

— Tu es gonflée, toi, répondit la barmaid. Après, je me fais engueuler ! A moins que ces dames...

Elle laissa sa phrase en suspens, et montra les trois jeunes femmes qui fumaient.

— Donne-lui son café en souvenir du guignol de sa mère ! dit alors la plus jeune, une adolescente qui arborait une longue natte au sommet de son crâne rasé.

Tout le monde s'esclaffa.

Verne ne broncha pas. Il connaissait l'expression qui avait cours chez les bios pour désigner l'utérus des femmes ayant porté un enfant. Il était en effet né d'un utérus, d'un « guignol », comme d'ailleurs la femme qui avait pris sa défense. Il se demanda si la jeune bio qui venait de parler était consciente qu'à travers lui elle insultait une femme. Sans doute était-ce le cadet de ses soucis. Qu'il fût homme et utérien suffisait amplement à motiver son hostilité.

Verne se passa machinalement la main sur la tonsure, comme pour vérifier que l'Aspic était toujours tapi sous la peau de son crâne.

La barmaid lui servit son café, le visage fermé ! Dans le silence général, Verne avala son breuvage à petites gorgées, sans bouder son plaisir. Puis il posa un billet de dix dollars sur le comptoir. La barmaid le prit en silence.

Verne voulut la remercier, mais elle s'était déjà retournée vers son interlocutrice. Alors, il fit un discret signe de reconnaissance à la femme à qui il devait son café, qui ne broncha pas, et se dirigea vers la sortie.

Il se sentit ragaillardi en voyant que l'adolescente, qui l'avait interpellé au sujet du « guignol » de sa mère, évitait son regard.

8

Dans son bureau de Pennsylvania Avenue, à Washington DC, Annabelle Weaver ne tenait pas en place. L'assistante de Claudia Lombard, la directrice du FBBS — le Federal Bureau of Biological Supervision — venait de s'entretenir au téléphone avec l'agent spécial Robert Kane, envoyé à Los Angeles pour prendre en charge l'affaire Joseph Milner.

Kane venait de lui apprendre que le dénommé Donald Burger était sorti à 14 heures 35 du restaurant *Le Dôme,* avait enfourché sa moto, et s'était rendu Sunset View Drive, chez Kess Sherman. Grâce aux micros ultra-sensibles dissimulés dans la maison, Kane avait appris que le Noir venait de remettre la lettre de Milner à une certaine « Antilomme », ou « Antiplome »...

— Comment ça, « Antilomme » ou « Antiplome » ! avait crié Annabelle exaspérée. Vous n'avez pas encore compris qu'ils utilisent des noms grecs ? Vous voulez parler d'« Antigone » !

— Mais on n'entendait rien, madame.

— Comment ça, on n'entendait rien ?

— A cause des pigeons.

— Des pigeons ? Quels pigeons ?

— Les pigeons de Sherman. Ils font un raffut infernal.

Annabelle Weaver aurait éclaté de rire si l'échec de cet imbécile de Kane ne l'avait mise dans une situation particulièrement délicate vis-à-vis de sa patronne. Claudia Lombard n'attendait qu'une défaillance pour la réduire à sa merci. Et Kane n'avait même pas réussi à repérer la mystérieuse Antigone, alors que le message avait été transmis en public !

Dès qu'il avait compris son erreur, l'agent spécial du FBBS avait remué ciel et terre pour retrouver la messagère. La police avait contrôlé des centaines de voitures sur la route de l'aéroport. Elle avait épluché la liste des vols pour New York, fouillé les passagers sous prétexte de rechercher un trafiquant d'alcool. En vain.

— Vous avez retardé le départ de l'avion, j'espère, avait demandé Annabelle.

— Impossible. Le sénateur Green prenait le même vol, avait répondu Kane.

A défaut de retrouver Antigone, il ne restait plus à Annabelle qu'à faire surveiller encore plus étroitement le Pr Verne. Là aussi, elle avait été déçue : la fouille de son compartiment n'avait rien donné. Elle connaissait pourtant les risques qu'elle prenait à importuner un Public Official... A cette heure, Verne ne devait plus être très loin de Pittsburgh. Mais quelle mouche l'avait piqué pour qu'il décide soudain de prendre le train, et non l'avion comme tout le monde? Elle devait absolument rétablir la situation avant que la directrice ne s'en mêle.

A trente-huit ans, Annabelle Weaver en paraissait dix de moins. Grande, bien faite, les cheveux blonds taillés en brosse, un trait d'eye-liner sur le bord de la paupière inférieure rehaussant l'éclat de ses yeux clairs, elle portait un gilet en plastech bleu à manches courtes sur un chemisier beige décolleté, un pantalon bouffant noué aux chevilles, et des chaussures plates décorées de demi-lunes transparentes qui laissaient voir la racine de ses orteils. A peine engagée par Claudia Lombard, elle avait pris conscience de la séduction qu'elle exerçait sur sa directrice, et était froidement décidée à en tirer parti pour faire avancer sa carrière.

Annabelle consulta sa montre. Six heures du soir. Du haut du cinquième étage du J. Edgar Hoover Building, le célèbre bâtiment du FBI qui, depuis 2007, abritait également le FBBS, elle jeta un regard distrait sur le dôme illuminé du Capitole qui dominait la perspective de Pennsylvania Avenue. En ce moment, Claudia Lombard était en conférence avec le directeur du FBI, Howard J. Black, une relation personnelle d'Elizabeth Hughes, la présidente des Etats-Unis.

Black avait fait une carrière foudroyante que bien des gens lui enviaient à Washington. Grâce à ses liens d'amitié avec la Présidente, il avait des contacts réguliers avec elle, au grand dam de l'attorney général ministre de la Justice, Harris B. Taylor, qui était théoriquement son patron. C'est à la suite de la disparition tragique du président Glen Monroe — dans un mystérieux accident d'avion —, que la nouvelle Présidente l'avait nommé à la tête de la police fédérale, quelques heures seulement après avoir prêté serment sur la Bible.

Première présidente des Etats-Unis, Elisabeth Hughes, avant de se faire élire en 2008, puis en 2012 pour un deuxième mandat, avait été vice-présidente sur le *ticket* républicain de Glen Monroe, en 2004. Au cours de la campagne, elle s'était distinguée par la virulence avec laquelle elle dénonçait le laxisme des démocrates, prônant l'adoption des mesures draconiennes contre l'épidémie de FS proposées par Larry Fuchs, le député de l'Alabama.

Après la victoire du *ticket* Monroe, la vice-présidente Elizabeth Hugues avait pris la direction de la Commission de biosociologie créée par le Président démocrate, Donald Adams, mais en lui donnant une tout autre ampleur.

La loi Fuchs, jugée conforme à la Constitution par la Cour suprême en 2005, attribuait en effet à la Commission des pouvoirs étendus pour les aspects sociaux, médicaux et légaux du Feu Sacré. A peine investie de la charge suprême, la nouvelle présidente confia la direction du FBI à Howard Black, alors simple assistant de l'attorney général, avec mission de créer l'instrument qui manquait à la Commission pour faire appliquer ses directives : le Federal Bureau of Biological Supervision.

La nouvelle section spéciale du FBI fut chargée de contrôler l'exécution de la loi, qui stipulait en particulier que « tout citoyen mâle des Etats-Unis devra être muni d'un Anti-Sex Pick, dit Aspic, jusqu'à ce qu'un traitement assurant l'entière éradication de la Fièvre Spermatique ait été trouvé... »

Howard Black avait nommé l'officier du FBI Claudia Lombard à la tête du FBBS, mais il continuait à superviser personnellement ses activités.

Une discrète sonnerie retentit.

Annabelle sursauta. Sa secrétaire lui annonçait que la directrice venait d'arriver. La jeune femme vérifia son maquillage. Elle inspira profondément avant de frapper à la porte de Claudia Lombard.

9

Le hall de l'aéroport était noir de monde. Clara se dirigea vers le tableau électronique où s'affichaient les départs. Un clignotant rouge indiquait que le vol pour New York était en partance immédiate, porte n° 12. Peut-être lui restait-il une chance.

Elle se précipitait vers le comptoir d'embarquement de l'American United, quand elle fut violemment heurtée par un inconnu. Sous le choc, elle faillit perdre l'équilibre et lâcha sa valise. L'homme qui l'avait bousculée, un barbu vêtu d'une salopette, tenait dans une main un seau et un balai. Il bredouilla des excuses puis, tout naturellement, ramassa la valise de Clara et s'éloigna d'un pas vif.

Furieuse, la jeune femme le suivit en courant, et le rattrapa au moment où il ouvrait une porte de service dissimulée derrière le tableau électronique.

— Mais qu'est-ce...

— Pas d'histoires, murmura-t-il d'une voix pressante. Vous êtes surveillée!

La saisissant par le bras, il la fit passer devant lui.

Abasourdie, Clara se retrouva dans un réduit où était entreposé le matériel de nettoyage de l'aéroport. Une ampoule brillait au-dessus d'un capharnaüm de cireuses, balais, aspirateurs. L'inconnu ferma soigneusement la porte et, sans un mot, commença à se dévêtir.

Clara le regarda faire, sans même penser à détourner le regard. L'homme fit une boule de sa salopette qu'il jeta sous une remise, enleva sa barbe postiche, et commença à enfiler un uniforme. Reconnaissant une tenue de la police de l'air, la jeune femme lança un coup d'œil anxieux vers la porte.

— Ne vous inquiétez pas, c'est Achille qui m'envoie, dit le policier, en bouclant son ceinturon muni d'un revolver et de cartouches multicolores.

Il passa sa visière réglementaire, qui laissait à découvert le sommet de son crâne tonsuré.

— Les cartouches bleues contiennent du gaz toxique, continua le policier, manifestement fier de son métier. Les rouges, des plombs explosifs capables de faire un trou de trente centimètres dans n'importe quelle partie du corps. Quant aux jaunes, elles traversent un mur en béton de quinze centimètres. Vous voyez, on est paré.

— Vous êtes vraiment de la police? demanda Clara.

— Oui, je suis le lieutenant Lobell. Je travaille pour le service de sécurité de ce bâtiment. Venez.

Le policier saisit la valise, sortit de sa poche un trousseau de clés et se dirigea vers une porte qui s'ouvrait dans le fond du réduit.

Clara déboucha dans une immense salle éclairée par une verrière, dans laquelle des manutentionnaires en bleu de travail récupéraient, sur des tapis roulants, les bagages à destination des avions. Ils ne prêtèrent aucune attention au couple qui venait de faire irruption dans la salle.

Sans perdre une seconde, Clara et le policier se dirigèrent vers un portail ouvrant sur la piste, au milieu du va-et-vient de containers à bagages tirés par des tracteurs.

— Je vous mets dans un vol de la WA, dit Lobell. Impossible d'attraper le vol de l'AU. C'est trop risqué.

Clara avait du mal à le suivre. Elle aperçut une femme en salopette qui épongeait son visage blême avec un mouchoir.

— Ils tombent comme des mouches, dit le policier. On les prend sur des listes qui nous sont communiquées par le service de post-cure du comté, soi-disant parce qu'ils ont une rémission du FS. En fait, ils ne tiennent pas plus de trois mois.

Le Feu Sacré continuait inexorablement ses ravages. Clara savait qu'on faisait travailler les effésiens pour rentabiliser, dans la mesure du possible, les soins que leur prodiguaient diverses organisations charitables. Ils n'avaient pourtant plus que quelques mois à vivre.

Les pistes de l'aéroport s'étendaient à perte de vue. Les avions stationnaient de chaque côté du bâtiment, auquel ils étaient reliés par des passerelles gigognes, comme d'énormes oiseaux tétant leur mère.

— Suivez-moi, dit Lobell. Si on vous interroge, c'est moi qui réponds. OK ?

Un bip retentit. Le policier décrocha un walkietalk pendu à sa ceinture, et murmura quelques mots dans le combiné.

— Ils vous cherchent, dit-il en remettant l'appareil à sa place. Mais on a de la chance.

— De la chance ? demanda Clara, qui courait presque derrière lui.

— Ils ne connaissent ni votre signalement, ni votre identité. Ça, c'est un coup d'Achille.

Ils s'approchèrent du 777 à deux ponts de la WA qui stationnait devant eux.

Un sifflement de turbines retentit. C'était l'avion de l'American United, que Clara aurait dû emprunter. Ils s'arrêtèrent pour admirer la ligne élancée du TX 17. Avec son nez effilé, ses immenses ailes en delta minces comme des feuilles de papier, et ses énormes tuyères groupées deux par deux à l'arrière, par où allaient jaillir les flammes de la combustion hydrogénique, l'avion semblait sortir tout droit d'une bande dessinée de science-fiction.

— Une belle machine, non? dit le policier, admiratif. Trois quarts d'heure pour aller à New York par le cercle polaire. Je l'ai pris une fois. On ne se rend compte de rien, à 12 000 kilomètres à l'heure!

— Ne retournez pas le couteau dans la plaie, dit Clara.

Pendant que l'avion s'éloignait en direction de la piste d'envol, Lobell se mit à gravir l'escalier qui menait directement à la passerelle d'embarquement du 777.

10

Le contrôleur était sorti. La porte de sa cabine était restée ouverte, lumière allumée.

Pris d'une impulsion, Verne entra et poussa le loquet.

Sur le bureau se trouvaient une liasse de billets de train entourée d'un élastique, une bouteille Thermos et le *New York Times*.

Verne déplia le journal, et lut rapidement l'article en première page, qui rendait compte de la conférence de presse tenue la veille, à Washington DC, par le porte-parole de la Commission de biosociologie. L'article énumérait la série habituelle de décisions prises par la Commission : augmentation des subventions aux Special Hospitals affectés au FS ; nouvelles mesures pour coordonner les recherches entre laboratoires publics et privés ; nomination d'un nouvel administrateur au National Institute of Health ; propositions visant à obliger les Etats à consacrer un tiers de leur budget au Feu sacré...

Aucune mention n'était faite du discours que Verne avait prononcé quelques jours plus tôt devant la Commission au grand complet.

Il avait proposé que les hommes puissent choisir entre l'implantation d'un Aspic et une intervention neurochirurgicale, qui aurait l'avantage de les libérer des contrôles tatillons de FBBS. Le représentant du département de la Justice, John J. Maxwell, avait objecté que la mesure préconisée ne ferait que compliquer la tâche déjà trop lourde de la police biomédicale. Il s'était ensuite gaussé de ce qu'il avait désigné comme les « préoccupations d'humaniste de la vieille Europe du Pr René Verne ». On ne lui pardonnait pas facilement ses origines françaises.

Découragé, Verne remit le journal à sa place. Son regard se tourna machinalement vers la corbeille à papiers. Un éclat métallique attira son attention. Il se pencha, plongea une main dans la corbeille et, malgré un nouvel étourdissement, trouva l'objet qu'il cherchait sous un amoncellement de papiers.

C'était un vaporisateur d'aspect inhabituel, manifestement vide. De la taille d'un flacon de mousse à raser, le spray en aluminium ne portait aucune marque. Son embout se prolongeait par un tuyau en plastique transparent d'une vingtaine de centimètres de long, et de quelques millimètres de diamètre. Verne approcha son nez du bout du tuyau et reconnut immédiatement l'odeur légèrement écœurante du fluothane. Il avait trouvé la cause de son évanouissement.

Près de la fenêtre se trouvait un placard portant la mention « Air conditioning ». Verne l'ouvrit : des manettes de réglage graduées correspondant à chaque compartiment étaient réparties sur deux colonnes. Il chercha celle de son compartiment, et s'aperçut que l'un des écrous qui fixaient la manette était fraîchement entaillé. Pour le droguer, il avait suffi de desserrer l'écrou et d'introduire directement le gaz dans la tuyauterie qui alimentait son compartiment.

Verne posa le vaporisateur en évidence sur le bureau du contrôleur, et ressortit de la cabine.

Sans hésiter, il reprit la direction du bar, et s'enferma dans la cabine téléphonique de l'autre côté du soufflet. Il composa son numéro, après avoir introduit sa carte de crédit universelle portant l'estampille de l'Administration fédérale.

Une voix de femme lui répondit.

— Melissa?

— René ! répondit Melissa, avec un immense soulagement. Mais d'où appelles-tu? Tu devais rentrer cet après-midi par le vol de New York. Tu as été retenu à l'ONU?

— Non, pas du tout. Ecoute, Melissa. Je ne vais pas rentrer tout de suite.

— Mais ça ne va pas du tout. On t'attend à l'Institut demain matin, et...

— Melissa, écoute-moi. Je sais tout ça. Mais il va falloir que vous vous passiez de moi pendant quelques jours.

— Mais René, que se passe-t-il? Pourquoi ce mystère?

— J'ai pris le train.

— Le train? Le train pour rentrer à San Francisco?

— J'ai besoin d'un peu de temps pour moi, répondit Verne, d'un ton las. J'ai besoin de réfléchir. D'être un peu seul. Tu comprends?

— Bon. Bien. Mais je ne vois pas pourquoi tu n'aurais pas pu...

— Melissa, bon sang, écoute-moi. Arrête de penser toujours à ce putain d'Institut!

— Ça, c'est la meilleure, dit Melissa avec un rire sarcastique. C'est toi qui me dis ça? A moi qui te demande depuis des années de partir ne serait-ce qu'une semaine en vacances?

— Joe est mort, dit Verne, d'une voix cassée.

— Quoi?

— Joseph Milner est mort.

— Ce n'est pas possible, dit Melissa après un long silence. Tu l'as appris quand?

— A l'ONU, à New York, ce matin, par un membre de la délégation autrichienne.

— Il est mort de quoi?

— Je n'en sais rien. Je t'en parlerai mardi.

— Tu veux que je vienne te chercher à la gare?

— Non, ce n'est pas la peine. J'irai directement à la maison. A mardi. Je t'aime.

Verne voulut interrompre la communication.

— René, dit précipitamment Melissa. Attends. Ne coupe pas. René...

— Oui?

— Tu reviens, n'est-ce pas?

En passant devant la cabine du contrôleur, Verne vit que la porte avait été refermée.

Chapitre 2

1

La nappe de brouillard venant du nord progressait telle une immense vague d'écume. En quelques secondes, la lumière dorée du couchant disparut, comme si la maison s'était brusquement trouvée plongée dans une eau savonneuse. La netteté des plans intérieurs contrastait avec l'impression d'irréalité qui se dégageait du paysage que contemplait Melissa à travers les larges baies vitrées de son salon. La silhouette estompée des conifères sauvages évoquait une armée d'ombres pétrifiées.

Elle se leva du canapé de cuir fauve où elle venait de répondre au téléphone, alluma un lampadaire et monta le thermostat du chauffage. La température extérieure allait descendre de dix degrés. Tobee, son setter irlandais, aboya dans le jardin, comme s'il essayait, une dernière fois, d'éloigner les coyotes et autres renards qui, pendant la nuit, pénétraient régulièrement dans la propriété malgré les grillages, pour étrangler les poulets que Melissa s'obstinait à élever.

Elle ouvrit la porte et appela son chien qui entra bruyamment dans la maison, grimpa aussitôt les quelques marches qui séparaient le salon de la cuisine et plongea son museau dans son écuelle vide.

— Doucement, Tobee, s'exclama Melissa

Elle prit un sac de croquettes dans un placard et remplit l'écuelle.

— Ton maître ne rentre pas ce soir, dit-elle, en le regardant se précipiter sur la nourriture.

La queue du chien se mit à frétiller, pendant qu'il engloutissait ses croquettes avec un bruit de crécelle.

— Tu vas encore pouvoir dormir avec moi. Tu es content, hein ?

Elle jeta un coup d'œil sur le sac à provisions plein de victuailles qu'elle avait achetées dans un supermarché de San Rafael en revenant de l'Institut. Sa faim avait disparu. Elle prit une pomme et s'accouda au bar qui surplombait le salon. Par temps clair, elle avait une vue aérienne sur tout Tomales Bay, qui s'enfonçait comme un doigt liquide sur trente kilomètres entre le continent et la presqu'île du parc national de Point Reyes.

Le visage de Joseph Milner s'imposa à son esprit. Leur dernière rencontre avait eu lieu au *Zack's*, à Sausalito, il y avait tout juste neuf ans. Joe avait décidé de ne plus les revoir, René et elle, depuis le jour fatidique où René avait pris position en faveur de la nouvelle politique de la Commission de biosociologie.

Après deux mois de silence, Melissa avait laissé un message sur le répondeur automatique de leur vieil ami, le suppliant de venir les rejoindre sur la terrasse du restaurant où ils avaient passé tant d'heures, tous les trois, à rire des histoires juives que Joe racontait avec son inimitable accent viennois.

Ils étaient arrivés les premiers au *Zack's*. René avait demandé à Carlos, le vieux serveur mexicain, de les prévenir dès que Joe arriverait... s'il venait. Car le vieux cabochard pouvait tout aussi bien décider d'ignorer cette dernière tentative de réconciliation, comme il l'avait déjà fait plusieurs fois.

Ils l'avaient attendu sur la terrasse, dans le coin d'ombre que Joe affectionnait. Le vieil homme avait l'habitude de dire, en riant, qu'il ne supportait plus le soleil depuis son séjour dans les plaines de Silésie, doux euphémisme pour évoquer son séjour dans le camp d'Auschwitz, dont il avait survécu par miracle à treize ans.

Joseph Milner, sans doute le plus grand savant en

biologie moléculaire que la terre ait porté ces trente dernières années, ne parlait jamais de cet épisode tragique. Melissa avait appris, par un de ses vieux amis, qu'il avait perdu ses parents et son unique frère dans les camps. Après l'armistice, il était revenu à Vienne pour s'occuper de sa jeune sœur, miraculeusement épargnée grâce à un couple de catholiques qui l'avait cachée. Mais la jeune fille n'avait pas supporté les suites de la guerre, elle s'était fait hospitaliser dans une clinique psychiatrique.

Joe ne devait faire allusion à sa sœur qu'une seule fois, au cours d'une soirée improvisée où ils s'étaient retrouvés tous les trois, dans leur maison d'Inverness. A la fin du dîner, il leur avait soudain annoncé la mort d'Esther Milner. Melissa se souvenait de leur émotion quand ils avaient vu les larmes couler sur les joues de leur vieil ami.

A l'heure fixée pour leur rendez-vous, ce jour-là au *Zack's*, Joe n'était toujours pas arrivé. René tuait le temps en lançant des graines de maïs que les mouettes attrapaient en plein vol. La journée était radieuse, et la baie de San Francisco brillait comme un miroir sous le soleil printanier. A l'horizon, les tours de la ville semblaient se fondre dans l'intensité bleue du ciel.

Quand Joe était finalement apparu — derrière lui, le vieux Carlos agitait les bras d'un air désolé, pour s'excuser de n'avoir pas eu le temps de les prévenir... —, René s'était levé si brusquement que sa chaise était tombée.

Le savant semblait avoir vieilli de dix ans. Les cheveux hirsutes, le teint pâle, une veste défraîchie sur les épaules, il s'était dirigé vers Melissa qui, dans sa confusion, s'était également levée.

— Je ne fais que passer, lui avait-il murmuré à l'oreille en la serrant dans ses bras. Prends bien soin de René. C'est le plus doué d'entre nous.

Puis il s'était tourné vers René, paralysé par l'émotion, et avait pris sa main dans les siennes. Immobiles, les deux amis s'étaient regardés pendant une éternité.

Puis le visage de Joe s'était illuminé.

— Adieu, mon ami, avait-il dit à René. Tu me manqueras. Nous nous reverrons sûrement un jour.

Milner s'en était retourné comme il était venu par la salle du restaurant. Depuis, Melissa s'était souvent demandé pourquoi ils ne s'étaient pas précipités derrière lui pour le retenir.

Sur le chemin du retour, un chevreuil avait traversé la Shoreline Highway qui longe la côte sauvage du Pacifique, au nord de San Francisco. En essayant de l'éviter, René avait failli précipiter l'auto dans le ravin où bouillonnait l'océan. Un rocher avait retenu la voiture. Sous le choc, René était resté immobile un long moment. Puis il avait murmuré :

— Je l'aime, ce vieux con. Mais je lui montrerai...

Que voulait-il lui montrer? Melissa n'avait jamais vraiment su à quoi il faisait allusion. Sans doute souhaitait-il lui « démontrer » quelque chose. Entre savants...

Quelque temps plus tard, René et Melissa apprenaient que leur ami était retourné vivre à Vienne.

Dans la maison d'Inverness, la nuit était tombée.

En montant dans sa chambre, Melissa se demanda si elle avait pris soin de René, comme Joe le lui avait demandé avant de disparaître. Cette pensée provoqua en elle un tel malaise qu'elle manqua une marche et faillit tomber dans l'escalier.

2

Une échelle menait à la plate-forme de la passerelle gigogne accolée à l'avion.

Clara faillit déraper sur l'une des étroites marches métalliques. Elle se rattrapa à la rampe, au moment où elle vit le lieutenant Lobell ouvrir la porte de service et disparaître avec sa valise.

Elle reprit sa progression pour le suivre, mais, au moment où ses yeux arrivèrent à hauteur du plancher de la passerelle, le bruit d'une altercation l'arrêta net.

— Vous dites qu'elle a disparu dans la zone des bagages? Mais que portez-vous là?

Clara redescendit précipitamment deux échelons et se colla contre les marches. Après quelques secondes, elle vit le bras du policier saisir la poignée de la porte de service au-dessus d'elle et la refermer. Les éclats de voix s'éteignirent aussitôt. Elle fut prise de panique. Seule, recherchée par toutes les polices de l'aéroport, perchée à dix mètres au-dessus de la piste. Impossible de rester, à attendre que le premier employé venu alerte la police.

Un petit bruit insistant attira soudain son attention.

— Psst... Psst...

Elle se retourna, et faillit crier de surprise.

L'escalier sur lequel elle se trouvait passait tout près de la cabine de pilotage. Deux pilotes la regardaient en riant à travers une lucarne ouverte.

— Vous pouvez venir, dit l'un des pilotes. Ils sont partis.

— Comment? répondit-elle abasourdie.

— Je vous dis que les flics sont partis. Si vous montez tout de suite, on vous embarque.

— J'arrive! cria Clara, qui se précipita en haut des marches.

La porte de service s'ouvrit. Une hôtesse de l'air l'accueillit en souriant, et l'accompagna dans la cabine de pilotage.

— Asseyez-vous là, dit l'homme qui l'avait interpellée, en lui désignant un strapontin derrière lui. Attachez votre ceinture. On causera après le décollage. Je suis le commandant Orwell, Lee Jonathan Orwell. Et voici mon copilote, le capitaine Dany Young.

— Enchanté, dit le copilote, avant de reprendre la vérification de la checking-list.

Clara s'assit avec un soupir de soulagement.

Tout son corps était douloureux. Pour la première fois de la journée, elle pouvait se reposer. Elle sombra dans une douce léthargie, bercée par la voix du copilote qui parlait avec la tour de contrôle.

Au moment où l'appareil s'ébranlait, elle aperçut une escouade de policiers envahissant la bagagerie qu'elle avait traversée un quart d'heure plus tôt.

Elle s'endormit au moment où l'avion s'élançait au-dessus du Pacifique.

3

Claudia Lucia Lombard, quarante-cinq ans, avait fait enlever le i de Lombardi après sa nomination à la tête du Federal Bureau of Biological Supervision, peu après la création du Service en 2006. Elle avait été choisie par le directeur du FBI, Howard Jefferson Black, parmi les dizaines d'officiers supérieurs du FBI, probablement parce qu'elle était la première femme ayant atteint ce grade.

Après que la commission sénatoriale chargée de superviser la création du Service eut donné son accord sur le choix de Claudia Lombard, le directeur Howard Black l'avait convoquée pour lui expliquer que l'avenir du pays reposait sur ses épaules. Tout simplement.

Sa démonstration était limpide : soit les mesures draconiennes imposées par la loi Fuchs réussissaient à enrayer l'épidémie de FS et à stabiliser la population de l'Union, soit les Etats-Unis seraient emportés dans le cercle infernal de la mort et de la désolation, comme la plupart des pays du monde.

Claudia Lombard, ex-Lombardi, était profondément pénétrée de la gravité de sa mission. Sous sa poigne de fer, le FBBS avait rapidement pris une importance telle qu'il était aujourd'hui redouté par les membres les plus puissants de l'Administration.

Mis à part son attachement pour ses deux chattes siamoises qu'elle retrouvait tous les soirs dans sa maison de Georgetown, Claudia Lombard, célibataire, nourrissait une passion secrète pour la jeune Annabelle Weaver. Elle avait fait sa connaissance dans une de ces soirées ennuyeuses réunissant la haute société de la capitale, et avait été séduite par l'aisance avec laquelle la jeune femme faisait son chemin parmi les membres les plus aguerris de l'Administration.

Depuis, Claudia Lombard n'avait plus qu'une idée en tête : inviter Annabelle Weaver chez elle pour un week-end. Mais la jeune femme trouvait toujours un prétexte pour refuser : elle avait rendez-vous avec une « huile » pour un match de tennis à Rock Creek Park, ou pour une représentation théâtrale au John Kennedy Center ou à l'Arena Stage... En outre, depuis quelque temps, la directrice du FBBS soupçonnait sa protégée d'avoir une liaison avec une jeune employée du Département d'Etat. Et cette idée la bouleversait.

Quand Annabelle pénétra dans son bureau, son attention était ostensiblement accaparée par un volumineux dossier, dont elle ne détacha le regard qu'après avoir fait lanterner Annabelle pendant plusieurs minutes.

La beauté de son assistante lui apparut alors dans tout son éclat, et ne fit qu'accentuer sa mauvaise humeur.

— Approchez-vous, ordonna-t-elle d'un ton rogue.

Annabelle, très consciente de l'effet qu'elle produisait sur sa patronne, avança lentement, une expression butée sur le visage.

— Vous ne devriez pas mettre tant d'eye-liner sur votre paupière inférieure, ça vous durcit le regard, dit Lombard.

Annabelle lui lança un regard ironique.

— ... Enfin, c'est mon avis. Venez vous asseoir, ajouta-t-elle, en désignant un canapé et deux fauteuils entourant une table basse.

Derrière la fenêtre, le dôme illuminé du Capitole disparaissait à moitié dans les nuages chargés de neige.

— Vous avez de bien jolies fleurs, aujourd'hui, dit Annabelle, en s'installant dans le canapé en face de sa directrice.

— N'est-ce pas qu'elles sont jolies, répondit Claudia Lombard, qui ne put s'empêcher de montrer le plaisir que lui causaient ces paroles.

Annabelle semblait réellement s'intéresser à ses fleurs.

— Mais parlez-moi de la lettre de Joseph Milner. Tout le monde n'a plus que cette histoire en tête. Que s'est-il passé à Los Angeles?

Dissimulant son inquiétude, Annabelle raconta l'échec de Robert Kane, en insistant subtilement sur la responsabilité de l'agent spécial. Quant à René Verne, pour une raison mystérieuse, il avait pris le train à New York avec un billet pour San Francisco, après être passé à l'ONU. La fouille de son compartiment n'avait rien donné.

— Rien ? dit Claudia Lombard avec humeur. Décidément, ma chère, je me demande si je ne vais pas faire superviser cette opération par quelqu'un d'autre.

— Mais Claudia, se défendit Annabelle, c'est Robert Kane qui...

— C'est votre problème. Un exécutant fait des erreurs quand il ne se sent pas soutenu. Votre direction n'est pas assez ferme.

Annabelle Weaver baissa la tête. Claudia Lombard jubilait.

— Je tiens à ce que vous découvriez dans les deux jours qui est cette femme et comment elle envisage d'entrer en contact avec Verne. Le cas échéant, vous devez l'arrêter avant qu'elle ne le rejoigne. Le contenu de cette lettre est de la plus haute importance. Il est suffisant, en tout cas, pour compromettre le professeur Verne. Mais faites attention avec lui... Vous devez être absolument sûre de vous. Au moindre doute, contentez-vous de le surveiller. Je ne veux pas d'ennuis avec la Commission. Vous avez quelqu'un dans le train ?

— Oui. Notre agent est changé à chaque frontière. Je reste tout le week-end au bureau pour garder le contact.

— Bien. Et Sherman ?

— On ne le lâche pas.

Claudia Lombard se leva, fit quelques pas, puis se tourna vers Annabelle.

— Si j'ai bien compris, dit-elle d'une voix radoucie, pour suivre l'affaire, il suffit que vous soyez à proximité d'un téléphone codé du Service. Rester au bureau tout le week-end n'est pas vraiment nécessaire, vous ne pensez pas ?

— J'aimerais en effet rester chez moi, répondit Annabelle. Mais je ne pourrai pas travailler en dispatching avec les autres agents qui sont sur l'affaire. Je n'ai pas l'installation nécessaire. A moins que...

— A moins que... ? demanda Lombard.

— A moins que vous n'acceptiez de me recevoir chez vous, Claudia. Vous avez ce qu'il faut, et je pourrais vous demander conseil...

Annabelle laissa sa phrase en suspens. Son visage exprimait la plus vive inquiétude.

Dans son for intérieur, Claudia Lombard triomphait. Elle savait que la soudaine soumission de la jeune femme était liée aux difficultés qu'elle rencontrait dans l'affaire Milner. Mais elle n'en était pas moins décidée à profiter de la situation.

— D'accord, dit-elle finalement. Je vous attends chez moi demain matin à dix heures.

Annabelle la remercia, se leva et passa devant Claudia, une lueur ironique dans ses yeux.

Claudia Lombard se sentit à nouveau envahie par l'inquiétude, comme chaque fois qu'elle croisait la route de la voluptueuse Annabelle Weaver.

4

Avec sa prudence habituelle, Kess Sherman descendait lentement Olympic Boulevard au volant de sa Volkswagen. Bien qu'il ne risquât pas grand-chose, l'idée d'être contrôlé par une patrouille de police lui était intolérable.

Une nouvelle fois, il pensa que son antique Coccinelle attirait beaucoup trop l'attention. Dans sa situation, posséder une Volkswagen âgée de quarante ans ou plus était une erreur incontestable. Mais sa passion pour cette voiture était trop forte. Comme une centaine de fanatiques de Los Angeles, il payait à prix d'or les services d'un garagiste qui bichonnait avec amour les dernières VW de la grande époque dans un garage de Market Street à Venice.

Après le carrefour de Hoover Street, Sherman quitta la ville coréenne et pénétra dans l'ancien quartier des affaires de Los Angeles, le fameux Downtown. En bon Américain, il ne prêta aucune attention au complet changement d'univers qui se produisit du simple fait de traverser une rue.

Depuis le tremblement de terre, la décrépitude de Downtown s'était considérablement accentuée. Les grandes banques et les groupements financiers avaient émigré du côté de Century City, à l'ouest de la ville. Les tours étaient occupées par la multitude de petits trafics qui gangrenaient le quartier depuis la fin du XXe siècle. Bien que l'émigration clandestine eût complètement cessé depuis l'érection, au début du siècle, de la ligne Barkovski le long de la frontière mexicaine, la foule qui noircissait les trottoirs d'Olympic Boulevard était essentiellement composée de Latino-Américains, d'Asiatiques, et de Noirs — les émigrés de l'intérieur, comme disait ironiquement Don Burger.

Sherman passa sous la Pasadena Freeway et tourna dans Broadway. Il gara sa voiture au coin de la 9e Rue, et acheta un ticket de parking à un énorme Noir installé dans une guérite vitrée, qui ne leva pas les yeux de la BD posée sur ses genoux.

Le rendez-vous était fixé à dix-huit heures tapantes au coin de Broadway, en face du parking où on devait venir le chercher.

Appuyé contre le mur d'un immeuble, les mains dans les poches de son pantalon en toile usée, une veste en coton râpé sur les épaules, Kess Sherman regardait la foule déambuler autour de lui. Un dealer de haschich, un chicano, essayait de vendre sa marchandise à la sauvette. Sherman se demanda ce que le hasch pouvait bien valoir, maintenant que, suprême hypocrisie des pouvoirs publics, sa consommation était devenue légale, mais non son commerce. Le cola-coke, en revanche, cette douce boisson pour aspiciens abrutis, se vendait par centaines d'hectolitres dans n'importe quel débit de boissons, depuis la deuxième prohibition de l'alcool instaurée avec le port obligatoire de l'Aspic, qui rendait dangereuse l'absorption d'alcool.

Finalement, la seule différence avec l'ancien temps, pensa Sherman en voyant une prostituée racoler une femme, c'est qu'on ne voyait plus de couples hétérosexuels. Et la coiffure des hommes, aussi, avait changé : chapeaux, casquettes et bérets étaient interdits, sous peine d'amende, voire d'emprisonnement. On avait tout juste droit à une visière pour se protéger le nez des rayons du soleil, comme en portaient les deux flics qui passaient devant lui.

Sherman consulta sa montre. Déjà six heures et demie. Il s'avança au bord du trottoir. On l'observait sans doute d'une fenêtre. Ce rendez-vous avec Michael Angelhardt l'intriguait. Qu'est-ce qu'un padrone de la Mafia pouvait bien vouloir au Réseau ? se demandait-il pour la centième fois.

— Ne vous retournez pas, dit une voix. Traversez Broadway droit devant vous, et continuez à droite, jusqu'au numéro 812. Vous attendrez qu'on vienne vous chercher.

Sherman traversa aussitôt.

Une fois de l'autre côté de la rue, il risqua un coup d'œil derrière lui. La foule continuait à déambuler. Impossible de savoir qui lui avait parlé.

Sherman remonta deux blocs et s'arrêta devant le 812, un building crasseux d'une vingtaine d'étages, qui avait connu des jours meilleurs. Sous la crasse, on discernait encore des décorations florales en mosaïque multicolore. En revanche, le porche d'entrée métallique était récent.

Brusquement, il se sentit saisi par le bras. On le poussa sans ménagement vers une petite porte qui venait de s'ouvrir dans le porche, et qui se referma derrière lui en claquant.

Il se retrouva dans une entrée violemment éclairée par des tubes de néon.

Deux hommes l'entouraient.

— C'est un kidnapping, gémit comiquement Sherman. Mais que portez-vous là ?

Il désignait les chapeaux Bogart qu'arboraient les deux hommes. Derrière eux, d'autres chapeaux identiques étaient accrochés à une patère. Pris d'un fou rire, il se laissa fouiller des pieds à la tête.

— Ça, ça me la coupe, c'est le cas de le dire. Bravo, messieurs, je vous félicite !

La fouille terminée, l'un des hommes invita Sherman à le suivre dans l'ascenseur, pendant que l'autre restait en faction devant la porte.

L'ascenseur démarra automatiquement. Sherman remarqua l'absence de bouton d'appel et de lampe témoin indiquant les étages. Au plafond, une caméra était braquée sur lui.

La porte s'ouvrit. L'homme qui apparut avait le visage fendu d'une cicatrice.

— Monsieur Kess Sherman ? Veuillez me suivre, s'il vous plaît.

C'étaient les premières paroles que Sherman entendait depuis qu'il avait pénétré dans l'antre de Michael Angelhardt.

Sherman s'arrêta, cloué de surprise. L'ascenseur ouvrait directement sur un immense salon luxueux. Installés dans de grands fauteuils, trois hommes vêtus comme les précédents — costume et cravate noirs, chemise bleu clair, et chapeau sur la tête —, regardaient un match de base-ball sur un écran de télévision d'un mètre de large.

Précédé de son nouveau cicérone, Sherman passa derrière les trois hommes qui lui jetèrent à peine un regard. Son guide frappa à une porte capitonnée au fond de la pièce. Une voix à peine audible répondit. Le garde s'effaça pour laisser passer Sherman.

Le bureau où il venait d'entrer était presque aussi grand que le salon. Enfoncé dans un fauteuil, un homme chauve en peignoir, étonnamment petit, un cigare à la main, suivait le match sur un immense écran haute définition à cristaux liquides accroché au mur. On aurait dit un tableau animé.

Sherman se trouvait enfin face au célèbre Michael Angelhardt, dit Cœur d'Ange, le chef de la Mafia californienne.

— Prenez un siège, Sherman. Je suis à vous dans une minute, dit Angelhardt, le toisant rapidement des pieds à la tête. Servez-vous. Il y a du scotch sur la table. Surpris ? Non ? Vous aimez le base-ball ?

Sherman s'assit dans le fauteuil que lui avait désigné Cœur d'Ange, et remarqua avec amusement les nombreuses bouteilles d'excellents alcools qui se trouvaient près de lui sur une table-bar. Il ne savait pourquoi, mais le regard d'Angelhardt le troublait.

— Pas tellement. Moi, c'est plutôt le basket-ball. Mais ne vous gênez pas pour moi.

Quelques minutes passèrent. Puis Angelhardt interrompit l'émission à l'aide d'une télécommande, et fit pivoter son fauteuil.

— Les Yellow Pants vont gagner... Ça me rapporte cinquante mille dollars. Vous ne vous servez pas?

— Non, pas d'alcool, répondit Sherman. Ça n'a rien à voir avec mon Aspic. Il est désactivé depuis des mois. Tout simplement, je n'aime pas l'alcool.

— Je considère votre aveu comme une marque de confiance, mon cher. Mais vous avez tort. Pour l'alcool, je veux dire.

Il se versa une rasade de whisky. Sherman jeta un coup d'œil autour de lui.

— Pas mal, hein? dit Angelhardt. C'est mon bureau.

Il but une gorgée d'alcool et fit claquer sa langue. Puis il alluma posément un nouveau cigare, tout en observant Sherman. Ce dernier compris soudain la raison de son trouble : Angelhardt avait les yeux vairons — l'un bleu, l'autre marron —, et il ne savait lequel fixer.

— Vous avez remarqué les chapeaux de mes hommes? demanda Angelhardt.

Sherman acquiesça.

— C'est bien, non? Evidemment, ils les enlèvent pour sortir. La provocation, c'est mauvais pour les affaires. Mais ici, chez moi, le principe ne souffre pas d'exception : le port du chapeau est obligatoire.

— Et en cas de perquisition?

— Justement. A eux de faire ce qu'il faut pour ne jamais se trouver dans l'obligation de l'enlever. Ils semblent avoir compris. Aucun flic n'est encore entré dans cet immeuble, tout au moins officiellement.

— C'est un bon principe. Très pédagogique. Bravo! Non, je suis sérieux, ajouta-t-il devant l'expression soudain crispée d'Angelhardt. Je ne connais pas, dans l'histoire, d'interdictions qui n'aient été contournées par un biais ou par un autre.

— Comme votre Aspic...

— C'est cela. Je peux vous indiquer qui m'a aidé, si ça peut vous rendre service.

— Jeff, appela Angelhardt.

La porte s'ouvrit. Sherman sursauta. L'homme à la cicatrice apparut, une main dissimulée dans la poche de sa veste.

— Apporte la boîte, ordonna Angelhardt.

Jeff revint aussitôt, tenant une boîte en carton dans les mains.

— Montre notre bijou à notre invité.

Jeff ouvrit la boîte et la tendit à Sherman. Celui-ci reconnut aussitôt le fin appareillage exposé sur du velours.

— Vous savez ce que c'est? demanda Angelhardt.

— C'est un Aspic. Je ne vois pas où vous voulez en venir.

— Il ne voit pas où je veux en venir, répéta Angelhardt à son garde du corps.

Les deux hommes se sourirent d'un air entendu.

— Ce n'est pas un Aspic, dit alors Angelhardt, en ménageant ses effets. C'est un Non-Operating Aspic, un NOX, un faux-Aspic, indétectable sous contrôle AS. Vous commencez à comprendre?

Incrédule, Sherman observait Angelhardt. Un faux-Aspic indétectable ! Voilà pourquoi le mafioso buvait de l'alcool. Il n'avait rien à craindre. Ce serait un événement extraordinaire, le premier moyen vraiment efficace pour échapper au FBBS.

— Vous êtes sûr de ce que vous dites? demanda Sherman. Je veux dire... Ça marche vraiment?

— Oui, ça marche, dit Angelhardt, avec un sourire énigmatique. Aujourd'hui, avec un peu d'habileté, on peut enlever un Aspic sans faire trop de bobo. Vous pouvez en témoigner. Le problème, c'est d'en trouver un faux. Un faux qui porte le code de l'Aspic, sa signature. Avec l'appareillage de contrôle, n'importe quel imbécile est capable de voir s'il a affaire à un faux. Mais pas avec mon bijou, qui est capable de reproduire à la perfection le code de l'original. Vous m'avez vu boire de l'alcool. Depuis six mois, j'en consomme autant que je veux, sans la moindre décharge aspique. Je vous raconterai peut-être un jour comment nous avons mis cette merveille au point.

Sherman prit la boîte des mains de Jeff, qui interrogea son patron du regard avant de la lâcher.

Sherman était fasciné par le NOX. Pour le Réseau, cet appareil pouvait devenir un atout extraordinaire.

5

Allongé dans le noir, Verne ne trouvait pas le sommeil.

Après avoir vérifié le verrou de son compartiment et coupé le chauffage, il avait, par acquit de conscience, également fermé l'arrivée de l'air pulsé. Il s'était glissé tout habillé dans les draps. Malgré les deux couvertures et le pardessus en plastech qu'il avait étalés sur le lit, il grelottait. Le café mélangé aux restes du somnifère provoquait une ivresse qui le retenait au bord du sommeil. Il avait l'impression que son corps était entraîné dans une chute vertigineuse, et qu'il allait s'écraser d'un instant à l'autre sur le sol. Le moindre cahot le faisait sursauter.

Après une heure agitée, le train ralentit. A en juger par les bruits extérieurs, on entrait dans une ville.

Mais quelle ville? Colmar?

Il sentit la panique le gagner. Incapable de bouger, frissonnant au fond de son lit, il se mit à lutter contre la folle certitude qu'il était encore un enfant, et que le train le ramenait de Suisse où il venait de passer des vacances chez ses grands-parents paternels.

Le train entra en gare. Les freins crissèrent. Verne devait se lever. Colmar, trois minutes d'arrêt... Ses parents l'attendaient sur le quai. Mais une masse invincible pesait sur lui. Sa détresse devenait insupportable. Il imaginait l'affolement de ses parents, qui ne le voyaient pas apparaître sur le quai.

Un haut-parleur annonça le nom de la ville :

— Pittsburgh. Cinq minutes d'arrêt.

Un cri silencieux jaillit de sa poitrine. Il put enfin bouger.

Craignant que ses jambes ne le lâchent à nouveau, il se

leva avec précaution, s'approcha de la fenêtre, et ouvrit le store. Les lumières de la gare inondèrent le compartiment.

Dans un demi-brouillard, Verne distingua la cohue des voyageurs descendant du train. Il referma le store, s'assit sur son lit dans la pénombre, et but une rasade d'eau minérale à la bouteille. La fraîcheur de l'eau lui fit du bien. Soulagé, il s'allongea sur le lit sans se couvrir, malgré le froid, et croisa ses mains derrière la tête.

Verne était surpris. Il n'avait plus rêvé de son enfance depuis des années. Or, en quelques heures, il avait fait deux cauchemars qui le ramenaient à cette époque.

Il se rappelait dans les moindres détails sa première visite au *Retable* d'Issenheim, à six ans. Objet de vénération de son père, l'œuvre monumentale de Grünewald constituait la pièce maîtresse du musée Unterlinden, un ancien couvent gothique de Dominicaines qui se dresse au cœur de Colmar.

Son père aurait aimé faire des études de peinture aux Beaux-Arts de Paris. Mais la guerre de 40 et trois années passées dans le maquis du Jura l'en avaient empêché. Employé de mairie, marié à une Polonaise rencontrée dans le maquis, il avait élevé son fils unique dans le culte de la peinture. Verne gardait en mémoire l'odeur d'amandes douces de la colle qu'utilisait son père pour fixer, dans des albums, les reproductions de tableaux achetées dans les musées d'Europe pendant les vacances d'été.

Mais le *Retable* restait la référence primordiale d'Henri Verne. Curieusement, le thème religieux des multiples panneaux qui constituaient les trois ouvertures — la Crucifixion, les scènes de la vie de Jésus et de ses saints — ne l'intéressait guère. Seuls le passionnaient la technique du peintre et la valeur plastique de l'œuvre.

Bien qu'élevé dans la religion catholique, Henri Verne était libre penseur, et ne voyait dans la religion qu'un ramassis de superstitions. Il se moquait de la mère de René, qui avait conservé certaines traditions familiales et se rendait à la synagogue les jours de fête.

La veille du sixième anniversaire de René, son père lui

avait annoncé solennellement qu'il allait l'emmener voir l'œuvre qui comptait le plus dans sa vie. Maintenant, il était en âge de comprendre.

Verne se souvenait de sa frayeur lorsqu'il avait découvert, dans la chapelle de l'ancien couvent, l'immense Christ en Croix couvert d'ecchymoses et de blessures sanguinolentes. Une souffrance indicible émanait du corps meurtri littéralement enroulé autour de la Croix. Pendant qu'il se forçait à contempler le tableau, René se demandait avec angoisse s'il réussirait jamais à exprimer l'admiration que son père attendait.

Mais son père semblait n'avoir rien deviné de son conflit intérieur. Le souvenir de cette première tromperie restait dans la mémoire de Verne comme la plus douloureuse de toutes celles qu'il avait pu commettre. Et comme chaque fois qu'il se rappelait le moment où son père l'avait pris dans ses bras, à la sortie du musée, pour l'embrasser avec effusion, l'émotion le submergea.

Les bruits du quai s'étaient peu à peu estompés. Un coup de sifflet retentit, et le train s'ébranla lentement.

Etourdi de fatigue, Verne s'endormit en pensant que le *Retable* d'Issenheim n'avait sans doute pas fini de jouer un rôle énigmatique dans sa vie.

6

L'avion tournait depuis une demi-heure au-dessus de Long Island. Clara distinguait les lumières de l'énorme agglomération new-yorkaise, qui dessinaient une ligne capricieuse au bord de l'étendue d'encre de l'océan Atlantique.

Le commandant Orwell lui montra les étoiles, et lui expliqua qu'au train où allaient les choses on ne pourrait bientôt plus voir le ciel nocturne tel que les hommes l'avaient contemplé depuis l'origine de l'humanité. Les centaines de satellites artificiels qui tournaient dans l'environnement terrestre étaient perçus par l'œil comme autant d'étoiles mouvantes traversant le ciel en tous sens. L'immobilité souveraine des astres, qui avait été un sujet d'inspiration pour les hommes en proie au sentiment de l'infini, appartenait au passé. Seuls les voyageurs de l'espace avaient encore une chance de comprendre de quoi il était question. Encore étaient-ils limités par les contingences techniques de leurs machines : les lucarnes, le casque des scaphandres... Ce qu'un simple promeneur apercevait autrefois par temps clair, à n'importe quel moment de l'année, demandait aujourd'hui une prouesse scientifique, pour un résultat moindre. Pour le commandant, ce simple fait était beaucoup plus significatif que bien des événements décisifs survenus depuis cent ans.

Clara était émue. C'était la deuxième fois en quelques heures qu'elle bavardait avec un homme sur ce ton d'amicale complicité. Après son départ de Los Angeles, elle avait dormi plusieurs heures d'un sommeil de plomb. A son réveil, le commandant lui avait fait porter un dîner, et il lui avait demandé depuis combien de temps elle connaissait son vieil ami le lieutenant Lobell. En bafouillant, elle avait cherché à raconter son étonnante aventure sans compromettre l'officier de la police de l'air. Le commandant l'avait interrompue :

— N'en dites pas plus. Moins j'en saurai, mieux cela vaudra pour nous tous. Lobell sait ce qu'il fait. Je me contente de lui rendre service, un point c'est tout.

Dans la nuit, le commandant montra du doigt un éclat orangé qui se déplaçait à une allure vertigineuse en direction de la ville.

— C'est un TX 17, dit-il. Ces salauds ont toujours la priorité pour se poser.

Le copilote échangea quelques paroles avec la tour de contrôle.

— On y va, dit-il, le pouce tourné vers le sol.

Fascinée, Clara observa les manœuvres des deux pilotes assis devant leurs cadrans lumineux, tandis que l'appareil amorçait sa chute vertigineuse en direction de l'aéroport John Kennedy.

Elle se demandait ce qu'elle allait pouvoir inventer pour éviter le contrôle de police. Le lieutenant Lobell ne lui avait rien dit concernant un contact à l'aéroport de

New York. L'homme qui devait l'attendre à l'arrivée du TX 17 de Los Angeles avait dû joindre le Réseau pour signaler qu'elle avait raté son avion. En dehors de Lobell, qui se trouvait probablement entre les mains du FBBS, personne ne savait qu'elle avait réussi à prendre un autre vol. Or le contrôle à la frontière risquait d'être d'autant plus strict que la police ne connaissait pas son identité.

Les balises de la piste apparurent devant l'habitacle, formant deux lignes lumineuses qui semblaient se rejoindre à l'horizon. Pendant un temps indéfini, l'avion resta suspendu au-dessus de la piste.

Le choc des roues fit sursauter Clara. Lorsqu'elle vit avec quelle vitesse la neige défilait sous les phares éblouissants de l'avion, la panique la gagna. Le bout de la piste, barré de trois lignes transversales de lumières rouges, se rapprochait à toute allure. D'un geste précis, le copilote renversa les manettes des gaz. Dans le bruit strident des moteurs, l'avion freina en quelques dizaines de mètres, et tourna vers la piste balisée de bleu qui conduisait aux bâtiments illuminés de l'aéroport.

— C'est ici que nous nous quittons, dit alors le commandant à Clara. L'hôtesse vous attend dans la cabine.

Clara se leva et lui tendit la main.

— Je ne sais comment vous remercier. Je voudrais vous dire...

Un instant surpris par le geste inusité de la jeune femme, le commandant finit par lui serrer la main en souriant d'un air gêné.

— Désolé de ne pas pouvoir vous aider plus, dit-il. Comme vous le savez, nous passons également les contrôles de police.

Clara salua le copilote et sortit de la cabine. Tandis que l'avion roulait vers son lieu de parking, elle s'assit à côté de l'hôtesse. Malgré tous ses efforts, aucun plan n'avait germé dans son esprit. Elle vivait sans doute ses derniers instants de liberté.

Clara sortit de l'avion avec les premiers passagers. Serrant son sac sous son bras, elle déboucha dans le hall d'embarquement, et prit la direction de la salle de contrôle.

Elle ne pouvait plus tergiverser : soit elle franchissait le contrôle de police, soit elle était arrêtée. Son sort allait se jouer au bout de ce long couloir.

Elle arriva dans une immense salle séparée en deux zones par une ligne continue de guérites, devant lesquelles une double barrière canalisait les voyageurs.

Elle n'attendit pas longtemps. Une Noire en uniforme lui fit signe. Elle lui tendit son passeport.

L'agente introduisit la carte à mémoire dans un terminal. A peine eut-elle pris connaissance des renseignements affichés sur l'écran que son expression changea.

— Attendez ici, dit-elle en appuyant sur un bouton.

Clara sentit le cœur lui manquer. Impossible de fuir.

Un policier en civil se présenta presque aussitôt.

— Je crois que c'est elle, dit l'agente.

— Suivez-moi, dit l'homme d'un ton sec.

Clara jeta un regard affolé autour d'elle. Elle était prise au piège. Toutes les issues étaient gardées. La mort dans l'âme, elle suivit le policier, décidée à saisir la première occasion de s'enfuir.

Elle remarqua le bas effiloché de son pantalon, et pensa que dans les pires moments, elle fixait toujours son attention sur des détails insignifiants.

L'homme l'emmena dans un bureau au fond de la salle. Il invita Clara à s'asseoir, et lui apporta une valise.

— C'est à vous ?

Abasourdie, Clara reconnut la valise qu'elle avait confiée au lieutenant Lobell.

— Oui, mais comment est-elle arrivée jusqu'ici ? Je l'ai perdue à l'aéroport de Los Angeles. Je croyais qu'on me l'avait volée. J'avais justement l'intention de faire une déclaration.

— Elle nous est adressée par le vol AX d'Honolulu qui a fait exceptionnellement escale à Los Angeles. Il y a une lettre pour vous, ajouta-t-il, en lui tendant une enveloppe. Si vous voulez bien signer ici.

Il poussa une feuille de papier dans sa direction.

— Je peux partir ? demanda-t-elle après avoir signé.

— Oui, tout est en règle, répondit le policier en lui rendant son passeport. La prochaine fois, surveillez mieux vos affaires.

Clara sortit du bureau sa valise à la main. Les jambes flageolantes, elle se dirigea vers la sortie, sous le regard attentif d'un policier.

Dans le hall d'embarquement, elle s'enferma dans les toilettes. Elle s'assit sur la cuvette, et ouvrit la lettre du lieutenant Lobell, écrite sur papier à en-tête de la police de l'air et des frontières.

« Chère mademoiselle,

Je suis désolé de ne pas avoir eu le temps de vous présenter à l'excellent ami qui vous a reçue dans son avion. J'espère que sa compagnie vous a été agréable. Comme vous avez pu le constater, j'ai été appelé d'urgence par un collègue. Après vous avoir quittée, je me suis aperçu avec stupeur que vous aviez oublié votre valise. Heureusement, j'ai trouvé un moyen de vous l'envoyer par courrier séparé. Si vous avez besoin d'aide à Kennedy, je connais quelqu'un qui pourra vous être utile. Il vous suffira de composer le 63-14 sur n'importe quel téléphone public de l'aéroport, et vous serez immédiatement en contact avec lui. Il vous faudra malheureusement attendre six heures du matin, heure à laquelle il reprend son service.

Bonne chance,
Votre dévoué lieutenant Lobell. »

Clara ressentit un immense soulagement. Non seulement elle était libre, mais elle avait renoué avec le Réseau.

Elle se leva, posa sa valise sur la cuvette, et en sortit un manteau en plastech, qu'elle étala soigneusement sur le sol. Elle régla la sonnerie de sa montre-bracelet sur six heures du matin, et s'allongea tant bien que mal dans l'espace étroit, après avoir roulé un pull sous sa tête.

Quelques minutes plus tard, elle dormait à poings fermés.

7

Dans l'ascenseur, Sherman jubilait. L'alliance pour l'écoulement des NOX qu'Angelhardt proposait au Réseau lui paraissait parfaitement envisageable. Ce n'était pas la première fois qu'un mouvement de résistance s'alliait à la Mafia. Il se souvenait d'avoir lu un livre qui racontait comment le parrain sicilien Lucky Luciano avait facilité le débarquement américain en Sicile, en 1942. Echapper aux contrôles AS grâce à un faux-Aspic, cela valait bien une mésalliance...

Sherman imaginait les perspectives que l'existence des NOX ouvrirait au Réseau. Pour la majorité des hommes, se débarrasser de cette épouvantable sujétion était un rêve inaccessible. Or, pour la première fois, ce rêve pourrait devenir une réalité. Le mouvement d'opposition à la loi Fuchs se répandrait comme une traînée de poudre, et le FBBS serait définitivement réduit à l'impuissance ! Euphorique, Sherman décida de prendre immédiatement contact avec le Comité national de la résistance.

Il sortit de l'ascenseur, et se retrouva dans l'entrée de l'immeuble où deux gardes du corps étaient en faction.

A cet instant, une sonnerie retentit.

— Restez où vous êtes, ordonna l'un des hommes, en décrochant le combiné d'un téléphone mural.

L'autre avait déjà porté sa main à l'intérieur de sa veste.

— Attendez ici, dit l'homme en raccrochant.

Haussant les épaules, Sherman se dirigea vers la patère où étaient accrochés les chapeaux.

— Je peux en essayer un ? demanda-t-il, en décrochant un feutre.

Sans attendre la réponse, il le posa sur sa tête, et alla se regarder dans l'une des glaces fixées au mur.

— Angelhardt sait ce qu'il fait, dit-il en souriant à son

image. Mettre un galurin n'est pas qu'une simple coquetterie.

Brusquement, la porte de l'ascenseur s'ouvrit et Jeff apparut, le visage fermé.

— Enlevez ce chapeau, ordonna-t-il d'un air rogue à Sherman, en saisissant son couvre-chef d'un geste rapide.

Il le raccrocha à la patère et se retourna vers l'un des gardes du corps.

— Va chercher la Chevy et attends-nous dans la cour, dit-il d'un ton sec.

L'homme enleva son chapeau et disparut par une porte du fond.

Du coin de l'œil, Sherman observait Jeff. La cicatrice qui lui barrait le visage depuis l'œil gauche jusqu'au menton lui donnait une expression sardonique.

— Que se passe-t-il? demanda-t-il. Des ennuis?

— Vous êtes suivi, répondit Jeff. Des pros. On les a repérés presque par hasard. Heureusement, on avait laissé quelqu'un dans le parking où vous avez garé votre voiture. Le patron n'est pas content, monsieur Sherman. Il n'aime pas que la police vienne fourrer son nez dans ses affaires. Il m'a demandé de vous dire que votre organisation devra trouver un moyen pour nous sortir de là. Il ne vous recontactera que si vous réussissez. Sinon...

Jeff ne termina pas sa phrase, mais le message était clair. Le supprimer n'arrangerait rien. Mais c'est ce qu'ils avaient l'intention de faire s'il échouait à redresser la situation.

Il était sous le choc. Si on l'avait pris en filature, c'est que le Réseau était repéré, voire infiltré. Une catastrophe. Il devait contacter Don Burger avant qu'il ne soit trop tard. Le Réseau devait immédiatement appliquer le plan d'urgence et disparaître dans la nature. Juste au moment où on lui offrait un moyen de reprendre l'initiative. Sa chance semblait avoir tourné.

Le garde du corps qui était allé chercher la voiture annonça que la voie était libre. Jeff accrocha son chapeau à la patère, et fit signe à Sherman de les suivre.

Dans l'arrière-cour de l'immeuble, une Chevrolet les attendait. Il faisait nuit. Des monceaux d'ordures jonchaient le sol. Jeff et Sherman montèrent à l'arrière tandis que le garde s'installait au volant.

— Prends Central en direction de Watts, dit Jeff au chauffeur.

La voiture démarra en trombe et déboucha sur Hill Street. Elle piqua vers le nord et vira presque immédiatement à droite dans la 7e Rue, en faisant crisser ses pneus. L'homme conduisait à tombeau ouvert, obligeant Sherman à s'accrocher aux accoudoirs. Sans freiner, la voiture franchit un carrefour en trombe. Sherman eut à peine le temps d'entendre un concert de klaxons.

— Vous avez peur, monsieur Sherman ? dit Jeff en ricanant. Vous en faites pas. Billy est un as, n'est-ce pas, Billy ?

Billy émit un rire grinçant au moment précis où il donnait un coup de volant pour éviter une voiture qui sortait d'un parking.

— Il va y avoir du sport, dit Billy. On est suivis.

Sherman et Jeff se retournèrent. A quelques mètres, une voiture de police les talonnait tous phares allumés.

— Attends qu'on soit sur Central, dit Billy, en accélérant encore. On va voir si tu pourras encore me suivre, mon salaud.

Vert de peur, Sherman pensa que son problème allait probablement trouver une solution définitive dans les cinq minutes. Il ne voyait pas comment il pourrait échapper à la police autrement qu'en faisant le grand saut.

La voiture traversa Main Street comme un bolide. En essayant de l'éviter, un camion alla s'encadrer dans une vitrine au carrefour de San Pedro Street. Malheureusement, la voiture de police les suivait encore, sirènes hurlantes.

Imperturbable, Jeff sortit de sa poche un étui à cigarettes. Il en offrit une à Sherman, qui refusa en jurant. Une forte odeur de haschich se répandit dans la voiture.

— Vous ne pourriez pas attendre qu'on soit sortis de la merde pour fumer votre hasch ! s'écria Sherman.

Jeff éclata de rire. La voiture vira brutalement à droite dans Central Avenue. Sherman vint s'écraser sur le gangster, qui faillit avaler son joint.

— Vous pourriez essayer de mieux vous tenir, monsieur Sherman, dit alors Jeff, pris d'un fou rire qui lui fit venir les larmes aux yeux. On n'est pas encore arrivés!

— Maintenant, on va voir ce qu'on va voir, dit Billy, écrasant l'accélérateur.

Le turbo du moteur vrombit et la voiture fit un bond en avant. En quelques secondes, ils se retrouvèrent à 150 kilomètres à l'heure au milieu de la chaussée. De chaque côté, les voitures se rangeaient en catastrophe pour éviter le bolide.

— Je veux descendre! hurla Sherman.

— Impossible, dit Jeff, hilare. On va trop vite.

— Regardez, on les sème, les salauds, dit Billy.

Il donna un coup de volant pour éviter une auto qui tournait sur la gauche en direction de Santa Monica Freeway. La voiture partit en dérapage et passa latéralement sous le pont de l'autoroute. Billy rattrapa le dérapage en contre-braquant et réussit à reprendre l'axe de la route. Sherman et Jeff se retournèrent. Les phares de la voiture de police s'étaient éloignés d'une centaine de mètres.

— Tu prends Adams sur ta gauche, dit Jeff, qui avait repris son souffle.

A cet instant, l'auto freina brutalement et partit en tête à queue. Sherman eut à peine le temps de voir les deux voitures de police qui barraient la route. Dans une manœuvre désespérée, Billy réussit une nouvelle fois à rétablir le véhicule, qui se retrouva dans la direction opposée.

C'est alors que le pare-brise vola en éclats.

Sherman se laissa tomber sur le sol de la voiture, la tête dans les mains. Il sentit que l'auto redémarrait, et entendit Jeff jurer. Des coups de feu retentirent. Il risqua un œil. Agenouillé sur le siège arrière, Jeff tirait avec son revolver par la lunette arrière.

Au moment où Sherman voulut lui crier que ça ne servait à rien, le mafioso reçut une balle dans le cou et s'effondra dans les bras de Sherman, couvert de sang. Un choc terrible secoua la voiture qui se retourna sur le toit et s'immobilisa enfin, comme dans un film au ralenti.

Après le tumulte de la bataille, le silence parut miraculeux. Etourdi mais conscient, Sherman rampa hors de la voiture par la lunette arrière. Sa hanche gauche lui faisait horriblement mal. Il entendit les sirènes de la police, et jeta un regard autour de lui. Les quatre roues en l'air, la voiture se trouvait au beau milieu d'une rue étroite, à une vingtaine de mètres du carrefour de Central Avenue. La tête en bas, Billy gisait effondré sur le volant, les genoux remontés sous le menton, inconscient.

— Tu as gagné, mon salaud, murmura Sherman.

En face de lui, une ruelle sombre s'enfonçait entre deux immeubles. Gémissant de douleur, Sherman réussit à se lever et à disparaître dans la nuit en titubant.

8

Verne fut brusquement arraché au sommeil. On frappait à la porte de son compartiment.

— Beaver Falls. Poste frontière. Tout le monde descend, dit une voix.

Verne entendait l'employé de l'Amtrack frapper aux autres portes en continuant sa litanie. Il alluma sa lampe de chevet : minuit et demi. Le train avait quitté Pittsburgh depuis une heure. Verne s'assit dans son lit en frissonnant. Sa tête lui faisait toujours aussi mal, et il avait un goût de cendre dans la bouche.

Il se leva, enfila son manteau en plastech et, après avoir vérifié sur la lampe témoin la réserve des surgénérateurs, régla le chauffage au maximum.

Le couloir était vide. Un policier se tenait à l'entrée du wagon. Sur l'épaule, il portait l'insigne de la brigade des frontières de l'Etat de Pennsylvanie.

— Il fait bigrement froid dans votre patelin, lui dit Verne.

— A qui le dites-vous! répondit le policier. Ça fait une demi-heure qu'on vous attend. Le train a du retard.

De l'autre côté du quai, un bâtiment préfabriqué était éclairé par des projecteurs. Le givre accumulé sur les fenêtres empêchait de voir à l'intérieur. Les drapeaux des Etats de Pennsylvanie et de l'Ohio flottaient de part et d'autre.

Deux agents de police en anorak, un protège-oreilles sur la tête et une arme passée à l'épaule, guidaient les voyageurs vers une porte automatique qui couinait en se refermant. Le vent glacial soulevait une poussière de neige qui scintillait dans la lumière.

L'impression était cauchemardesque. On aurait dit le décor d'un des films d'anticipation sur les lendemains d'une guerre nucléaire.

— Vous ne devez pas rester là, monsieur, dit le policier.

Verne descendit sur le quai et se dirigea vers la porte affichant en lettres capitales : PASSEPORT CONTROL.

En entrant, il fut saisi par la chaleur, et débrancha le chauffage de son pardessus.

Il se trouvait dans une longue salle qui occupait presque toute la surface avant du bâtiment. Aux extrémités de la salle se dressaient deux tables munies d'un terminal d'ordinateur et d'un fanion à l'emblème de chaque Etat, derrière lesquelles était assis un agent de contrôle. Après avoir passé le premier contrôle, les voyageurs franchissaient une ligne jaune symbolisant la frontière pour se rendre au second. Peinte sur le sol, la ligne se prolongeait sur les murs et au plafond.

Les deux postes de contrôle étaient séparés par une dizaine de mètres. De chaque côté, plusieurs policiers en uniforme surveillaient les voyageurs.

Verne prit place dans la queue qui s'étirait devant le poste de Pennsylvanie. Devant lui, une femme tenait un jeune garçon par la main. Un profond silence régnait, à peine troublé par la toux d'un voyageur, ou par une brève parole de l'agent de contrôle.

Incommodé par la chaleur, Verne enleva son pardessus et le plia sur son bras. L'odeur de désinfectant qui flottait dans la salle accentuait son malaise. Il ricana en pensant que William Penn, en donnant son nom à cet

Etat au XVIIe siècle, l'avait dédié à tous les persécutés de la terre.

Après le premier contrôle, les voyageurs traversaient la frontière pour aller s'agglutiner devant le poste de l'Ohio. En s'approchant de la table, Verne remarqua que les hommes étaient invités à se rendre dans une pièce s'ouvrant derrière le contrôleur, alors que les femmes étaient autorisées à se rendre directement au deuxième contrôle. Après quelques minutes, les hommes ressortaient par une autre porte et rejoignaient le deuxième poste-frontière.

Manifestement inquiet, le jeune garçon qui précédait Verne s'était retourné à plusieurs reprises. Il ne devait pas avoir plus d'une dizaine d'années. Verne lui sourit et passa la main sur sa tonsure. La mère sembla sur le point de dire quelque chose. Mais le garde lui fit signe d'approcher. Elle sortit de son sac deux passeports magnétiques, que le policier fit passer dans le terminal.

Au moment où l'agent rendit les cartes à l'inconnue, une brève dispute éclata entre eux, dont Verne ne comprit que les dernières paroles.

— Je vous demande d'aller attendre votre fils de l'autre côté, lui disait le contrôleur d'un ton cassant, en désignant le territoire de l'Ohio. Il doit passer son contrôle AS comme n'importe quel homme, un point c'est tout.

La femme jeta un regard éperdu en direction de Verne. Désemparée, elle se pencha vers son fils, lui dit quelques mots à l'oreille, et finit par s'éloigner vers le contrôle de l'Ohio. Elle se retourna plusieurs fois, jusqu'à ce que son fils ait disparu par une petite porte.

A son tour, Verne tendit son passeport. Le contrôleur remarqua immédiatement l'emblème fédéral imprimé sur la carte à mémoire.

— Excusez-nous, monsieur, vous auriez dû nous signaler que vous aviez un passeport Public Official, dit le policier en lui rendant sa carte sans la passer dans le terminal. Vous pouvez traverser directement.

— Je tiens à subir le contrôle AS comme tout le monde, rétorqua Verne.

Surpris, le contrôleur fit un signe en direction d'un officier en uniforme, qui s'approcha.

— Qu'y a-t-il? demanda l'officier.

— Monsieur est un PO et veut subir le contrôle AS, répondit le contrôleur, embarrassé. Je viens de lui dire que...

A cet instant, un cri retentit, et le jeune garçon jaillit de la cabine de contrôle AS, poursuivi par un policier qui le rattrapa aussitôt.

— Maman, hurlait-il, ils disent que je ne peux pas passer!

La mère qui, entre-temps avait franchi la frontière, poussa un cri et courut vers son fils. Un garde l'arrêta.

— Dave!

Elle éclata en sanglots et se laissa tomber aux pieds du garde. Les voyageurs s'étaient retournés.

— Laissez-le partir, demanda Verne à l'officier. Je m'en porte garant.

L'officier hésita.

— Je vais voir ce qui s'est passé, dit-il finalement.

De part et d'autre de la ligne jaune, les gardes retenaient le garçon et la mère, qui ne se quittaient pas des yeux. Seuls leurs sanglots troublaient le silence pesant. Tout le monde attendait le retour de l'officier, qui ressortit après quelques minutes.

— Je ne peux rien faire, dit-il à Verne d'une voix forte. Son Aspic ne fonctionne pas. Impossible de le laisser continuer. On va le ramener à Pittsburgh pour vérification. Dans deux jours, il pourra rejoindre sa mère, si tout est normal. Elle devra l'attendre à Canton, au siège du FBBS.

— Mais ne pourrait-elle au moins rester avec lui? demanda Verne.

L'officier haussa les épaules.

— C'est contraire au règlement. Elle est entre les mains de mes collègues de l'Ohio. Elle pourra téléphoner, on lui donnera tous les renseignements. Désolé...

L'officier fit un signe. Le garçon fut emmené. Seuls, les gémissements de la mère continuaient à retentir dans la grande salle silencieuse.

— Vous vous comportez comme un barbare, siffla Verne.

L'officier haussa à nouveau les épaules.

— C'est vous qui faites les lois, monsieur, dit l'officier. Moi, je me contente de les appliquer!

Il se retourna sans le saluer et regagna son poste.

Verne passa la porte du contrôle AS. Dans une petite pièce, une technicienne en blouse blanche, assise sur un tabouret surélevé, tenait une paire d'électrodes. L'appareil était relié par un câble à une console munie d'écrans, devant laquelle une autre technicienne enregistrait les résultats sur un terminal.

« Cela ressemble à un appareil à électrochocs, comme il en existe encore dans certains hôpitaux psychiatriques », pensa Verne, surpris de n'y avoir jamais pensé.

Sans un mot, il pencha la tête pour que la femme puisse appliquer les électrodes sur l'Aspic qu'il portait sous la peau, au sommet de son crâne, comme tous les hommes de l'Union depuis 2006.

9

A deux heures du matin, le téléphone sonna dans l'appartement de M. Street, à Washington DC, où Annabelle Weaver dormait dans les bras de Mary Peale. Les deux amies s'étaient retrouvées dans la soirée chez Annabelle, et avaient longuement fait l'amour avant de s'endormir.

Réveillé en sursaut, Annabelle se dégagea des bras de son amie, et se précipita nue vers le téléphone du Service sans prendre le temps d'allumer.

— Ce n'est pas trop tôt, dit une voix. J'allais raccrocher. C'est Bob. On a un problème. On a perdu la piste de Sherman.

— Que s'est-il passé? demanda Annabelle, qui sentait la rage l'envahir.

Kane lui raconta la folle poursuite dans les rues de Los Angeles, après la visite de Sherman à Angelhardt.

— Angelhardt? Le patron de la Mafia?

— C'est la grosse surprise de la soirée. Mais on a été repérés par ses hommes. Par miracle, on a vu leur voiture sortir par l'arrière du QG d'Angelhardt. J'avais fait encercler l'immeuble, me disant que...

— Cessez de vous envoyer des fleurs, Kane, l'interrompit Annabelle. Jusqu'à présent, vous n'avez fait que des conneries. La suite!

— Ils se sont crashés à un barrage de police. On a retrouvé les deux hommes d'Angelhardt qui accompagnaient Sherman. L'un est mort, l'autre à l'hôpital.

— Et Sherman?

— Il a disparu. Mais il était dans la voiture au moment de l'accident. Il est sûrement blessé. Il ne doit pas être bien loin. J'ai fait boucler le quartier. Je vous téléphone dès que j'ai du nouveau.

— Demain matin, à partir de dix heures, vous m'appelez chez la patronne.

— Chez la patronne? Vous voulez dire, chez elle?

— Exactement. C'est le moment d'avoir des résultats, mon cher Kane. Elle n'est pas très contente.

— Vous en faites pas, Weaver, on l'aura... Ah, je voulais aussi vous dire : on va peut-être avoir des nouvelles de la messagère de Milner.

— Comment ça?

— Une histoire de valise. Mais ce n'est pas sûr. Je vous tiens au courant.

Robert Kane raccrocha.

Qu'est-ce que le Réseau avait à voir avec la Mafia? L'histoire se compliquait, pensa Annabelle. Tant que le FBBS avait à faire à une poignée d'idéalistes, il jouait sur du velours. Cela faisait partie de la routine du service. Mais avec la Mafia, c'était une autre paire de manches. Ces gens avaient des appuis à tous les niveaux du pouvoir, et représentaient une puissance avec laquelle il fallait compter. Elle se demanda si elle devait en parler à Lombard. Cette découverte était de toute première importance. Mais elle décida d'attendre d'en savoir plus. Si Kane avait découvert quelque chose d'important, ce serait tout bénéfice pour elle. La capture de Sherman devenait une nécessité urgente.

Assise au bord du lit, Annabelle réfléchissait aux conséquences des révélations de Kane. Dans son sommeil, Mary se retourna sur le dos. La lueur diffuse émanant de la fenêtre enveloppait son corps d'une lueur douce qui accentuait l'opacité de sa peau. En se retournant, Mary avait replié une jambe et écarté les bras comme si elle cherchait, dans son sommeil, à prendre possession de toute la surface du lit. Le regard d'Annabelle s'attarda sur le corps offert. Elle se demanda si Mary faisait semblant de dormir.

Depuis six mois qu'elle connaissait la jeune femme, Annabelle avait souvent regretté la retenue qui l'empêchait de s'offrir pleinement à ses caresses. Annabelle lui en avait fait la remarque un jour, mais Mary s'était contentée de lui répondre, en souriant, que c'était la première fois qu'elle faisait l'amour avec une femme.

Evitant de la toucher, Annabelle se pencha pour scruter le corps de son amie avec un plaisir ineffable. L'idée qu'elle allait lutter le plus longtemps possible contre la tentation de porter les mains sur sa chair satinée accentua la tension qu'elle sentait monter en elle. Elle approcha son visage du sien et huma l'impalpable odeur de mousse humide qui émanait du creux obscur situé sous l'oreille. Ses yeux se posèrent sur les seins, légèrement dissymétriques, dont les bouts durcis se dressaient comme une invitation à la morsure.

Le fantasme de les prendre tous les deux à la fois entre ses dents traversa son esprit. Depuis qu'elle connaissait Mary, cette impossibilité symbolisait ce qui, dans son désir compulsif de la posséder, restait inaccessible. Une douleur familière se mêla au plaisir qu'elle sentait grandir dans tout son corps. Son impatience devint alors intolérable. Pourtant, elle vivait chaque fois dans la crainte de ne pas retrouver cette souffrance, et accueillait son retour avec une reconnaissance éperdue.

Son regard se porta sur le nombril finement plissé, puis descendit jusqu'au triangle flou du pubis le long de la ligne d'ombre que dessinait un léger duvet frémissant au rythme de la respiration de Mary.

A cet instant, la jeune femme bougea la jambe repliée

et voulut la serrer contre l'autre, comme pour échapper au regard insistant de sa maîtresse. Aussitôt, Annabelle plongea son visage entre les cuisses de Mary, et n'eut aucun mal à trouver son sexe humide, qu'elle se mit à lécher avec une légèreté impérieuse.

Mary resta d'abord sans réaction. Puis, elle poussa un gémissement et écarta lentement les cuisses, en avançant son pubis à la rencontre de l'étreinte.

Au moment où Mary saisissait la tête d'Annabelle pour mieux guider sa caresse, cette dernière sentit la jouissance l'envahir comme un triomphe.

10

— Je m'appelle Rachel Lewis. Mon fils, c'est Dave. Il adore les trains. Je lui avais dit qu'il valait mieux prendre l'avion...

Après l'arrestation du garçon, Verne avait rejoint la mère du côté de l'Ohio pour l'aider à passer les formalités de contrôle. L'agent de police avait remis une convocation à la femme l'invitant à se présenter le matin même à Canton, une centaine de kilomètres plus loin, au poste de la section locale du FBBS. Elle avait alors timidement demandé à Verne s'il accepterait de lui tenir compagnie le reste du trajet.

Les veilleuses du coach de deuxième classe, où Verne avait pris place à côté d'elle, dispensaient une lumière bleue qui accentuait l'ambiance funèbre qui régnait dans le wagon. Après le passage de frontière, les voyageurs avaient regagné leur siège et s'étaient assoupis.

La mère, une brune d'une quarantaine d'années dont le maquillage un peu trop appuyé avait coulé sous les larmes, s'adressait à Verne d'une voix chuchotée étonnamment bien timbrée, d'où toute trace de passion avait disparu.

— Je dis ça, continua-t-elle, mais peut-être que ça n'aurait rien changé. De temps en temps, ils font aussi passer le contrôle AS dans les aéroports... J'habite à Phoenix, dans l'Arizona. On est venus passer quinze jours chez mes parents à Pittsburgh. C'est là que je suis née. Mon père était contremaître dans la métallurgie. Il dirigeait une chaîne automatique. Maintenant, c'est fini. Il a pris sa retraite. Ma mère, elle vit encore au XXe siècle. Elle dit toujours que sa place est à côté de son mari... Je me demande pourquoi je vous parle de mes parents... Je voulais prendre un avion directement pour Phoenix, mais Dave voulait prendre le train. Il n'a jamais pris le train, vous comprenez? Il a une collection de trains électriques. C'est une passion, chez lui. Il aurait voulu être conducteur de train au temps du Far West, des Indiens, tout ça. Mais ce n'est plus un métier, aujourd'hui. C'est fini, les trains. Ou alors, les trains de marchandises... Excusez-moi, je ne sais plus ce que je dis. C'est la première fois que je suis séparée de Dave depuis que je l'ai adopté. Ça me rend folle de le savoir entre les mains du FBBS. Qu'est-ce qu'ils vont lui faire?... Rien, je sais. Ils vont lui remettre son Aspic en marche. Ce n'est qu'un môme. Le contrôleur du poste de l'Ohio m'a dit que je l'aurai récupéré dans deux jours. Vous avez vu? Il était gentil, celui-là. Ils font un sale boulot, et ils le savent... J'ai proposé à Dave d'aller en train jusqu'à Chicago. Nous allions prendre l'avion là-bas. Vous auriez vu la fête que c'était, pour le petit. Pendant des heures, il m'a expliqué qu'on allait prendre la ligne de chemin de fer des pionniers qui partaient vers l'Ouest. Et voilà qu'il est en prison... Enfin, même si ce n'est pas une prison, c'est la même chose. Vous l'avez entendu m'appeler? Je me demande pourquoi on leur met un Aspic dès six ans. On ne pourrait pas attendre qu'ils soient pubères? Ça me dépasse. C'est peut-être pour qu'ils prennent l'habitude. En tout cas, ça les rend malades, moi je vous le dis. On nous raconte que c'est inoffensif, mais c'est des histoires. Quelquefois, il ne peut pas dormir. Ou alors, il a des fringales qui durent des semaines, et un jour ça disparaît aussi vite que c'est venu. Ou alors, il ne mange rien. Je lui donne le traitement palliatif, comme ils appellent ça. Pauvre petit. Au moins, il n'attrapera pas le FS, c'est déjà ça... Je l'ai adopté dans un Centre d'eugénisme de Los

Angeles, à Burbank, vous connaissez ? Il fallait voir ça, tous ces tests qu'ils m'ont fait passer. Ils ont décidé que ce serait un garçon. Que ce serait mieux pour moi. Pour ça, ils ont vu juste, ils connaissent leur métier... Avant de me marier, j'étais actrice de cinéma. J'ai vécu en Californie pendant douze ans. Ce n'était pas une vie. On vous promet monts et merveilles, et au dernier moment, il y a toujours un petit détail qui cloche. J'ai vécu pendant des années avec l'impression que j'étais à la poursuite d'une image de moi qu'on me retirait au moment où j'allais l'attraper. Ce qui est drôle, c'est que les gens vous collent cette image dès qu'ils vous voient sur l'écran. Quand ils vous rencontrent, ils vous comparent avec l'image qu'ils ont dans la tête. Ils disent : tiens, elle se ressemble, ou au contraire : tiens, elle ne se ressemble pas ! C'est bizarre, vous ne trouvez pas ? Un jour, vous comprenez que cette image, elle est plus forte que vous, elle va vous terrasser. Parce que vous vous prenez au jeu. Vous vous dites : ce matin, ça ne va pas, je ne vais pas me montrer — au producteur, au metteur en scène. Vous ne ressemblez pas assez à votre image, il faut vous soigner, vous reposer, bronzer. Vous vous cachez, en attendant qu'elle vous revienne, cette putain d'image... Charles, il avait compris ça. C'est la seule chose qu'il ait comprise, d'ailleurs. Charles, c'est mon mari. Charles Lester Kennedy. Un banquier. Je l'ai rencontré dans une soirée, un an après la loi Fuchs. Il y avait un savant, français, René Verne. Je l'avais vu à la télé. Il était pas mal, je dois dire. Bon. Voilà que mon Charles me propose de l'épouser. Malgré l'Aspic, et tout ça ! Moi, les rapports sexuels, j'en avais fait le tour, si vous voyez ce que je veux dire. J'ai eu de la chance, je n'ai rien attrapé. C'est pourquoi, la prohibition sexuelle, ça ne me gêne pas. Charles m'avait vue dans *Silicon Valley*. Vous l'avez vu ? C'est dommage. J'avais un joli rôle... Bon. Pour en revenir à Charles, je croyais qu'il était comme les autres, intéressé par l'image. Mais non ! Il voulait que j'arrête mon métier, que je vienne avec lui à Phoenix. Malheureusement, depuis, il est devenu membre de l'Eglise de Scientologie. Ils expliquent le FS en disant que c'est une malédiction du Bon Dieu. Moi, je n'y crois pas du tout. On y arrivera bien, à trouver la guérison. Et mon Dave n'aura plus à porter une araignée au plafond. Vous ne le répéterez pas ? Il a trouvé un moyen de le bloquer. Oui, monsieur, c'est à peine croyable. Il paraît qu'il suffit de fumer de l'ortie mélangée avec de l'os de poulet réduit en cendres. Il m'a dit ça hier. Moi, je n'y croyais pas trop. Mais avec ce qui vient de se passer... C'est peut-être vrai, après tout. Vous pensez que c'est pour ça qu'ils l'ont arrêté ? Vous pensez que l'araignée peut s'arrêter toute seule ?

– Oui, dit Verne, qui prononçait ses premières paroles. Elle peut s'arrêter toute seule.

– Ah bon, vous devez savoir ce que vous dites, poursuit la femme. Dans ce cas, je le reverrai vraiment dans deux jours... On arrive à Canton. Il paraît que c'est le nom d'une ville chinoise. Merci, monsieur, vous avez été très aimable. Je ne vous ai pas demandé votre nom.

– Je m'appelle René Verne, je suis d'origine française.

– Verne ? D'origine française ? Mon Dieu, je me disais bien que je vous avais déjà vu quelque part. Excusez-moi. Je suis confuse. J'ai trop parlé. Vous auriez eu tant de choses à me dire. Merci, monsieur, bonne chance, que Dieu vous bénisse.

Chapitre 3

1

Le plafond faiblement éclairé surplombait l'aéroport comme un gigantesque parachute en béton clair. Autour du hall, d'immenses verrières verticales couvertes de buée, censées protéger les voyageurs de la froideur de la nuit, emplissaient les corolles que dessinait la voûte en prenant appui sur le sol.

Clara frissonna et resserra son col. La température était anormalement basse, comme dans tous les bâtiments publics depuis l'embargo sur le pétrole en provenance d'Union soviétique. Malgré le chauffage de son manteau, le froid l'avait plusieurs fois réveillée dans la nuit.

A six heures dix du matin, la plupart des bureaux de l'aéroport étaient encore fermés. Un groupe de Japonais faisait la queue devant deux guichets d'enregistrement. Le silence était à peine troublé par le chuchotement des voyageurs qui regardaient Clara.

Après une seconde d'hésitation, elle se lança à travers l'immensité étincelante du hall, avec l'impression qu'elle se jetait à la mer en plein hiver sous le regard de spectateurs venus d'une autre planète. Le bruit sec de ses talons sur le marbre lui donna envie de courir.

Avec soulagement, elle atteignit une rangée de cabines téléphoniques séparées par des cloisons ajourées, et se réfugia dans la plus isolée. Elle sortit la lettre du lieutenant Lobell de sa poche, et composa le numéro du contact. Une voix d'homme répondit.

— C'est Antigone, chuchota Clara. Je vous appelle de la part de...

— Pas de nom ! Je sais qui vous êtes, interrompit la voix nasillarde. Antigone ? Drôle de pseudonyme ! Ça me rappelle un homosexuel que j'ai connu dans le temps. Il s'appelait Antiman. Ça lui a joué des tours.

— Monsieur, je n'ai pas beaucoup de temps, et vous me rendriez service... articula Clara, désagréablement surprise par la logorrhée de son interlocuteur.

— Antigone, ne vous inquiétez pas, je n'ai pas le Feu Sacré, coupa l'homme, en imitant le ton anxieux de Clara. Moi, j'aime bien parler. Et vous avez choisi un drôle de nom. Vous avez d'ailleurs tout le temps. On vous demande de vous rendre par vos propres moyens au Metropolitan Museum, dans Manhattan. Le musée n'ouvre qu'à dix heures. Le rendez-vous est fixé dans la section consacrée à la peinture européenne du XIXe siècle. C'est au premier étage... Edouard Manet, vous connaissez ?

— Oui, c'est un peintre français.

— Bravo ! Moi, je n'en avais jamais entendu parler.

— Ça ne m'étonne pas, répondit Clara, qui commençait à s'énerver.

— Je vois. Vous êtes du genre à me faire le numéro de la femme cultivée s'adressant à son chauffeur. Vous êtes bien toutes les mêmes, allez... Vous ne changerez jamais. Sachez, miss, que de mon temps, on savait encore parler aux femmes. On n'hésitait pas à les remettre à leur place. Maintenant, avec cette saloperie d'Aspic...

Un rire aigre retentit dans l'écouteur.

Consternée, Clara se demandait comment en finir avec cet énergumène. Elle l'entendait respirer lourdement. A quoi pouvait-il ressembler ? La soixantaine, les traits blêmes marqués par la haine. Il fallait trouver quelque chose pour le faire taire. Cet homme était prêt à lui raconter n'importe quelle horreur pour se venger de la frustration dont il rendait les femmes responsables.

— Le lieutenant Lobell..., commença-t-elle.

— Je sais. Pas la peine de vous exciter. Là-bas, il y a un tableau du dénommé Manet : *Jeune femme en costume d'espada*. J'ai eu assez de mal à m'en souvenir. On vous contactera devant le tableau à dix heures trente précises. On vous demandera : « Aimez-vous la peinture hollandaise ? » Vous répondrez : « Oui, mais je préfère la peinture française. » Voilà, c'est tout. Répétez.

Clara répéta le message.

— Bien, reprit la voix. Je vous souhaite bonne chance. Bien que, s'il ne tenait qu'à moi...

— Ce n'est pas le cas, heureusement. Merci quand même, répondit Clara, soulagée d'être débarrassée de lui.

Elle l'entendit bougonner avant de raccrocher.

Elle se dirigea vers la sortie. Elle était libre et avait repris contact avec le Réseau. C'était la seule chose qui comptait. Elle se demanda ce que cet homme faisait dans le Réseau. Sans doute ne poursuivait-il qu'un seul but : se débarrasser de son Aspic, pour reprendre ses activités sexuelles. Sans doute pas n'importe lesquelles...

Elle avait largement le temps de prendre le bus pour aller à Manhattan.

Il faisait encore nuit. Un vent glacial soufflait sur l'immence parking qui s'étendait devant l'aérogare. Emmitouflée dans son manteau, sa capuche sur la tête, elle attendit près de l'arrêt d'autobus avec trois autres voyageurs. Personne ne parlait.

Un policier s'approcha du groupe. Clara sentit son angoisse la reprendre. Le policier les dévisagea, puis alla se mettre en faction à quelques mètres. Le bus arriva enfin, et stoppa dans un bruit de freins pneumatiques.

Clara s'installa au fond de la cabine à côté d'une fenêtre. Sur le qui-vive, elle surveillait les rares voyageurs qui montaient aux différents arrêts de l'aéoport. Elle s'endormit au moment où le bus gagnait l'autoroute.

Elle se réveilla en sursaut. Le bus venait de s'engager dans le tunnel de Queens qui passe sous l'East River.

Clara regarda l'heure. Huit heures moins dix. Dans quelques minutes, elle serait dans l'île de Manhattan. Pendant qu'elle dormait, une femme avec un baluchon sur ses genoux s'était assise à côté d'elle.

Clara se tourna vers la fenêtre. Un flot ininterrompu de voitures roulaient tous feux allumés dans l'atmosphère saturée d'humidité. La lumière jaune dispensée par l'éclairage du tunnel donnait à la neige accumulée sur les carrosseries une allure de camouflage militaire.

Lorsque le bus sortit du tunnel, Clara fut surprise de voir que le jour s'était levé. Dans la lumière grise, les immeubles disparaissaient derrière un épais rideau de neige qui tombait et recouvrait les trottoirs sur un mètre d'épaisseur.

Le bus tourna dans la 38e Rue, et s'arrêta devant le bâtiment de l'East Side Air Terminal.

Clara prit un taxi jusqu'au *Plaza Hotel*, au sud de Central Park, où elle était décidée à prendre un copieux petit déjeuner.

Une heure plus tard, elle marchait dans le parc en longeant la Cinquième Avenue, en direction du Metropolitan Museum.

La neige avait cessé de tomber. Autour d'elle, les tours de Manhattan jaillissaient au-dessus des arbres décharnés. L'étang central du parc était gelé. De temps en temps, la queue d'un écureuil apparaissait furtivement dans la neige.

Clara marchait d'un pas alerte. L'angoisse sourde qui ne l'avait pas quittée depuis qu'elle transportait la lettre de Joseph Milner avait momentanément disparu. Tout au plaisir de sentir ses muscles fonctionner, elle jouissait du froid vif qui lui piquait la peau du visage.

Un clochard emmitouflé de chiffons s'arrêta pour la regarder passer. Il avait manifestement pris son sourire pour un signe de connivence...

A dix heures précises, elle était devant les marches du Met. L'énorme bâtiment, construit dans le pur style pompier de la fin du XIXe siècle, dominait de toute sa hauteur la Cinquième Avenue. Clara gravit l'escalier monumental qui menait à l'entrée et pénétra dans un hall immense et désert. Elle prit un ticket au guichet, déposa sa valise à la consigne. Un vieux gardien la suivit du regard avec curiosité alors qu'elle montait l'escalier en marbre.

Au premier étage, elle traversa une salle étroite tout en longueur, où trônait une incroyable collection de pianos anciens.

Clara s'arrêta devant un crapaud finement décoré d'une marqueterie en bois précieux. Le couvercle était ouvert. Oubliant où elle se trouvait, elle posa un doigt sur une touche d'ivoire jauni et, après une brève hésitation, appuya sur la note. Le son grave de l'instrument la fit sursauter. Prise d'inquiétude, elle sortit précipitamment de la salle. Elle avait l'impression que l'écho n'en finissait pas de résonner.

Elle se retrouva dans un long couloir en pente douce, semblable à un tunnel d'une vingtaine de mètres débouchant sur une vive lumière. Tout en marchant rapidement, Clara aperçut un homme qui, du bout du tunnel, la regardait approcher, tandis que l'écho du piano continuait de retenir dans ses oreilles. Mal à l'aise, elle ralentit. Mais son angoisse grandit lorsqu'elle réalisa que l'homme flottait : il était littéralement assis en l'air ! Elle dut se forcer pour ne pas faire demi-tour, et mit un temps infini pour comprendre que les jeux croisés de la perspective et de la lumière lui faisaient prendre le personnage d'un tableau pour un être vivant.

Prise de fou rire, elle déboucha dans la salle sous le regard étonné d'un jeune gardien qui se mit à rire avec elle. Aussitôt, elle reprit son sérieux et s'approcha du tableau.

Il faisait partie d'un groupe de trois toiles rassemblées sur un panneau. Celle du milieu représentait un gitan qui tenait une guitare. Il était assis sur un banc peint en vert qui, de loin, pouvait se confondre avec le fond brun de la toile, d'où l'impression qu'elle avait eue de le voir suspendu en l'air. Le guitariste chantait en jouant. Son visage tourné vers la droite semblait regarder le tableau voisin avec une expression d'intense surprise. Clara, qui ne connaissait Manet que par des reproductions, reconnut immédiatement, en suivant le regard du gitan, le tableau devant lequel elle avait rendez-vous.

— La *Jeune femme en costume d'espada*, murmura-t-elle.

Elle ignorait ce qu'était un costume d'espada. Ce qu'elle voyait, c'était une jeune femme déguisée en toréador, une épée à la main. Clara recula pour mieux la contempler. Elle éprouvait une étrange jubilation. Au premier plan, la jeune femme se tenait de profil, une épée dans la main droite, une cape dans la main gauche. Son costume était sombre, la veste courte, la culotte s'arrêtait sous les genoux sur des bas blancs. Elle portait un chapeau noir à large bord posé sur un foulard rose noué derrière la tête à la manière des gitans. Elle semblait avoir été prise sur le vif, comme sur un instantané, un talon levé. Son visage sérieux était tourné vers Clara. Elle se tenait sur la piste circulaire d'une arène, dont on devinait la barrière esquissée dans le fond, derrière quelques personnages imprécis. Au second plan, sur la droite, selon une perspective manifestement fausse, un picador travaillait le taureau avec une lance.

Clara était intriguée par l'effet que ce tableau produisait sur elle. Elle n'avait jamais entendu parler d'une femme toréador. Sa manière désinvolte de tenir l'épée ne semblait pas conforme à celle d'un matador prêt à donner l'estocade. Il y avait quelque chose de vaguement obscène dans cette arme dressée au-dessus d'une cape qui ressemblait à une robe froissée. Une parodie de virilité, pensa Clara. L'intention satirique du peintre lui semblait évidente.

Elle recula d'un pas pour avoir une meilleure vision de l'ensemble.

— Si vous voulez bien rester immobile encore une minute, dit une voix derrière elle, j'ai presque terminé.

Surprise, Clara se retourna. Derrière un chevalet, une adolescente lui souriait.

— Je vous demande pardon? dit Clara.

— J'ai profité de votre immobilité pour faire une esquisse de vous, répondit l'inconnue. Ne m'en veuillez pas, le spectacle était si joli. Voilà, j'ai fini.

Elle arracha une feuille d'un bloc à dessin et la tendit à Clara.

Gauchement, Clara prit la feuille. Le dessin était étonnamment réussi. Il la représentait de dos, de trois quarts, le visage légèrement penché. Mais, étrangement, la jeune fille l'avait représentée les bras tendus en avant, comme si elle portait un objet.

— Ce sont vos bras qui vous étonnent? En fait, j'ai eu envie de vous donner la même position que la femme du tableau. Vous aviez l'air fascinée par elle. J'espère que je ne vous ai pas blessée, ajouta-t-elle d'un air soudain timide.

Clara se sentait effectivement blessée d'avoir été surprise, comme si l'inconnue avait brutalement fait effraction dans son intimité.

Avec brusquerie, elle lui rendit le dessin, signifiant qu'elle souhaitait en rester là. La jeune fille, qui avait pris un air désolé, lui demanda alors :

— Vous aimez la peinture hollandaise?

Il fallut quelques secondes à Clara pour reconnaître la phrase du code. D'une voix blanche, elle prononça la réponse convenue.

— Oui, mais je préfère la peinture française.

La jeune fille sourit et entreprit aussitôt de ranger son chevalet. Clara s'aperçut qu'elle avait gardé le dessin dans la main.

— C'est moi qui ai donné l'idée du mot de passe à ma tante, dit la jeune fille qui semblait ravie. Nous allons chez elle.

Ses affaires sous le bras, elle se dirigea vers la sortie, suivie par Clara, qui se dit qu'elle aurait peut-être dû prendre le temps d'aller regarder les autres Manet.

2

L'obscurité était à peine atténuée par la faible lueur des étoiles. Sherman avançait dans le noir en tâtonnant. De la main, il suivait un mur qui l'entraînait droit devant lui. Chaque pas provoquait une vive douleur dans sa hanche gauche. Bientôt, il ne pourrait plus marcher du tout.

Partagé entre le désir de s'éloigner le plus vite possible du lieu de l'accident et celui de s'asseoir pour se reposer, il fit encore quelques pas et heurta violemment un objet qui lui barrait la route. Dans un bruit infernal, il s'étala de tout son long sur le sol.

Une fenêtre s'ouvrit aussitôt au-dessus de lui, et un rai de lumière vint trouer l'obscurité.

— Qui va là? cria une voix d'homme.

Sherman leva la tête. Il gisait à plat ventre au milieu de détritus dans l'arrière-cour d'un immeuble. La poubelle qu'il avait heurtée avait roulé sur le côté. Après quelques secondes d'attente, l'homme referma la fenêtre, et l'obscurité revint.

Sherman s'assit en grimaçant et s'adossa au mur. Les flics devaient avoir cerné le quartier. Il n'avait aucune chance de leur échapper. Il tendit l'oreille, et n'entendit aucun bruit, hormis une vague rumeur provenant de Central Avenue toute proche. Il remarqua alors que depuis quelques minutes, il triturait un liquide poisseux entre les doigts de sa main gauche. Il prit son briquet dans la poche de sa veste et l'alluma. Sa main était rouge de sang. Il palpa son bras et ressentit une vive douleur. La manche de sa veste était déchirée sur plusieurs centimètres à hauteur du biceps.

Ses blessures étaient plus graves qu'il ne l'avait cru. Il avait dû laisser des traces de sang sur le mur. Une véritable piste pour les flics. Sherman glissa sa main blessée dans la poche de sa veste et se leva en jurant. Il devait absolument trouver un moyen de téléphoner à Donald Burger avant d'être arrêté.

Il reprit sa progression en suivant le mur de sa main valide. Sa jambe gauche refusait pratiquement de bouger, et il devait faire un effort considérable pour marcher.

Soudain, il buta sur un autre mur, perpendiculaire au précédent. Il fit un pas de côté et le palpa du plus loin qu'il put sur sa droite. Sa main finit par rencontrer une surface lisse et froide qui contrastait avec la matière grumeleuse du mur. En tâtonnant, il finit par découvrir une poignée de porte. Le cœur battant, il fit jouer précautionneusement le pêne. La porte s'ouvrit sans bruit. Sherman franchit le seuil et referma la porte.

Une lumière froide tombant d'un vasistas éclairait un garage où stationnaient deux camions bâchés. Des effluves d'huile de moteur se mêlaient à une odeur douceâtre qu'il ne reconnut pas. Il s'approcha en boitant du camion le plus proche. A l'arrière se dressait un escabeau. Sans hésiter, il gravit les échelons en prenant appui sur sa jambe valide.

Au moment où il enjambait le volet de garde du camion, il fut pris d'un étourdissement, et tomba la tête la première à l'intérieur. Mais, au lieu du choc attendu, il eut l'impression d'être littéralement happé par une matière moelleuse. L'odeur inconnue qu'il avait sentie en entrant dans le garage emplit ses narines.

Ayant repris ses esprits, Sherman s'assit et alluma son briquet. Avec une surprise amusée, il découvrit autour de lui un amoncellement de paquets de fourrures liées par des ficelles, ainsi que des manteaux sans doublure jetés en vrac.

Sans aucun doute, il s'agissait d'une livraison clandestine. Depuis une vingtaine d'années, le commerce de la fourrure d'animaux sauvages était strictement interdit sur le territoire américain. En revanche, le port en était toléré, les manteaux pouvant provenir d'un héritage. Dans certains milieux, posséder un exemplaire de cette denrée rare était devenu le comble du snobisme. Les manteaux de renard, de phoque et autre marmotte se revendaient à prix d'or, alimentant un trafic très lucratif organisé par des bandes spécialisées.

Sherman sortit un mouchoir de sa poche, et confectionna hâtivement un pansement qu'il noua autour de son bras blessé en s'aidant de ses dents. Puis il s'allongea au milieu des manteaux. Il serait plus facile de trouver un téléphone dans quelques heures si, d'ici là, il n'avait pas été découvert par la police.

Allongé dans le noir, Sherman restait sur le qui-vive. Le moindre bruit le faisait sursauter. A tout instant, il s'attendait à être ébloui par le faisceau d'une lampe de poche tenue par un flic ou le propriétaire du camion. Mais peu à peu, il sentit son corps s'engourdir et se laissa aller à rêvasser.

Les images de la course folle en voiture défilaient dans son esprit. Depuis quand les flics l'avaient-ils repéré? Jeff avait affirmé qu'il était suivi. Il ne pouvait s'agir que du FBBS, la sinistre section spéciale du FBI. Sherman connaissait le tarif : vingt ans de réclusion dans un camp de rééducation. Et ce, au moment même où Cœur d'Ange lui proposait un moyen imparable pour contourner le casse-tête des contrôles AS. Il se demanda quel effet aurait sur les gens le fait de se débarrasser de leur araignée au plafond...

Depuis que le Dr Heathrow avait réussi à lui enlever la sienne, l'idée qu'il pourrait à nouveau avoir des relations sexuelles excitait sa curiosité, à supposer qu'il trouve une partenaire, ce qui était loin d'être acquis. La vieille douleur familière qui l'accompagnait depuis la disparition de Jane se réveilla dans sa poitrine.

Il se rappelait le bonheur qu'il avait éprouvé la première fois qu'il l'avait serrée dans ses bras. Ils s'étaient rencontrés au cours d'un dîner. La suite s'était déroulée comme dans un rêve. Un jour, l'épidémie avait commencé à faire ses ravages. Contrairement à beaucoup de ses amis, il souhaitait avoir un enfant malgré les risques. Un pari sur la vie, répondait-il à ceux qui lui reprochaient son inconséquence. Jane était d'accord. Seulement, elle souhaitait attendre qu'il ait terminé son livre. Et puis, un jour, elle avait contracté le FS dans le Special Hospital où elle était infirmière, à la suite d'une blessure au doigt qu'elle s'était faite au cours d'une manipulation. Une blessure insignifiante, disait-elle en riant, pas de quoi fouetter un chat. Elle était morte quelques jours avant la sortie du livre.

Une porte claqua violemment.

Sherman sursauta. Incapable de se lever, il se blottit derrière un paquet de fourrures. Il entendit des voix de femmes. Elles étaient trois. L'une d'elles parlait l'anglais avec un fort accent mexicain. Il était question d'itinéraires compliqués pour échapper à de mystérieux Compadres. Elles changèrent de sujet, et l'attention de Sherman redoubla.

— Le sergent Elipas nous laissera passer, il me l'a promis, dit une voix jeune. Ce n'est pas après nous qu'il en a. Il cherche quelqu'un qui a eu un accident de voiture. Il a rigolé quand je lui ai annoncé que tu serais dans le camion, ajouta-t-elle, semblant s'adresser à la patronne. Il a dit : « J'espère seulement qu'elle se souviendra que je n'ai pas cherché à profiter de la situation pour contrôler sa cargaison. »

— Qu'il essaye seulement, répondit la femme à l'accent mexicain. Avec tout ce qu'on lui donne! Vamos! Toi, Ania, referme la porte dès que le camion sera sorti. Et attends de nos nouvelles à l'appartement.

Sherman entendit les deux femmes monter dans la cabine avant. Le moteur démarra, le camion s'ébranla.

Sherman essaya de se caler du mieux qu'il put. Chaque cahot déclenchait une douleur fulgurante dans sa hanche. Tout son côté gauche était paralysé. Maintenant, même s'il en avait l'occasion, il n'aurait plus la force de sortir. Il était pris au piège.

Soudain, le camion s'arrêta dans un crissement de freins.

— C'est vous, Loca? dit une voix d'homme à l'extérieur.

— Oui, répondit la voix à l'accent mexicain.

— OK. Le sergent nous a prévenus. Vous avez de la chance. On est après un gros poisson. Sinon, ça se passerait pas comme ça.

— On parie? dit la femme d'un ton ironique.

— Allez, ça va, allez-y, répondit l'homme.

Le camion redémarra. Sherman entendit les deux femmes s'esclaffer.

Loca! Il était tombé entre les mains de la « folle », la chef de Las Virginas. Comme tout le monde, il avait entendu parler de l'audace et de la cruauté de ce gang de filles qui portaient une rose tatouée sur la joue gauche, et régnaient en maîtresses sur tout un quartier d'East Los Angeles. Les chances de téléphoner à Donald Burger diminuaient sérieusement...

Le camion roulait depuis un bon quart d'heure et ne cessait de virer. Les deux femmes avaient manifestement emprunté un des itinéraires compliqués dont il avait été question dans le garage. De temps en temps, elles échangeaient quelques mots brouillés par le bruit du moteur.

Brusquement, les pneus crissèrent. Le camion stoppa net, arrachant un gémissement à Sherman. Si une bagarre se déclenchait, il n'aurait pas même le temps d'expliquer sa présence dans le camion avant d'y laisser sa peau.

— Prenez Eagle Street, cria une voix de femme. Ils vous attendent sur Lorena !

Aussitôt, le camion vira sur les chapeaux de roues, et descendit une rue à tombeau ouvert. Sherman se mit à valdinguer d'un côté à l'autre de la cabine arrière. Malgré les fourrures qui amortissaient les chocs, la douleur devint vite intolérable, et il se mit à hurler.

Quand le camion arriva à destination, les Virginas découvrirent Sherman, à moitié inanimé au milieu des fourrures maculées de sang.

3

— Je m'appelle Kathy Cornfeld, je suis étudiante en art à l'université de New York, déclara la jeune fille en sortant du Met.

Clara ne répondit pas, mais Kathy ne sembla pas s'en offusquer.

Elles traversèrent la Cinquième Avenue et gagnèrent la 85e Rue, qui s'enfonce entre les luxueux immeubles de Central Park East.

Clara avait l'impression que le froid avait encore augmenté. Sur les trottoirs, quelques rares passants emmitouflés se hâtaient, le dos courbé. Des volutes de vapeur montaient des bouches de chaleur ouvertes sur la chaussée, et les pneus à clous des voitures crissaient sur la neige.

Les deux jeunes femmes pénétrèrent dans un

immeuble cossu au coin de Park Avenue. Dans l'entrée, un vieux gardien noir en uniforme était assis derrière un bureau. Il salua Kathy et jeta un regard soupçonneux sur Clara. Avec son pardessus en plastech, sa valise dans une main et le dessin offert par Kathy dans l'autre, elle ressemblait plus à une vendeuse de cosmétiques qu'à une amie personnelle des riches bourgeois de l'immeuble.

— Une amie qui arrive de Miami, dit Kathy en entraînant Clara vers l'ascenseur.

L'appartement se trouvait au dernier étage. Clara attendit dans l'entrée. Les murs étaient décorés d'affiches publicitaires datant de l'ère coloniale, représentant des paysages colorés, bédouins en djellaba, caravane de dromadaires passant au pied d'une forteresse, oasis perdues au fond du désert et survolées par d'antiques avions à hélice. Elles devaient valoir une fortune.

Le salon où Kathy la fit entrer au bout de quelques minutes semblait sortir tout droit des paysages mythiques qu'elle venait de contempler : tapis d'Orient aux murs et sur le sol, poufs en cuir, lampes ouvragées posées sur des tables basses en cuir ciselé, narguilés, tout un bric-à-brac d'objets venus d'une lointaine Arabie. D'épais rideaux en tapisserie cachaient les fenêtres. Dans d'antiques lampes à huile, des ampoules électriques peintes en jaune dispensaient une lumière dorée. L'atmosphère était féerique.

Kathy s'était éclipsée.

— Venez vous asseoir près de moi, Antigone. C'est bien comme ça qu'on vous appelle chez nous ? dit une voix étonnamment claire, teintée d'un accent indéfinissable.

Surprise, Clara sursauta.

La tante de Kathy était installée dans un fauteuil tapissé d'un tissu mordoré qui, dans la pénombre, se confondait avec sa robe. Elle avait rassemblé ses cheveux blancs au sommet de sa tête en un chignon piqué d'une grosse épingle, à la manière japonaise. Elle tenait un tricot dans ces mains fripées. Mais Clara fut surtout impressionnée par l'intensité extraordinaire de ses yeux noirs, dont l'éclat surprenait dans un visage si profondément ridé.

— Prenez ce pouf, dit-elle.

Clara s'assit à ses pieds.

— Ne m'en veuillez pas, mais je suis si petite que j'en profite un peu quand je reçois chez moi.

Clara répondit par un sourire. Elle ressentait vivement l'ascendant de cette femme étonnante.

— Chez nous, on m'appelle Hestia. Mais je ne crois pas trop à toutes ces histoires grecques. C'est une idée de Peter Alexos, ce vieux fou, bien qu'excellent organisateur.

— Qui est Peter Alexos?

— Un philosophe. Il y a vingt ans, une jeune femme comme vous ne m'aurait pas posé cette question, répondit la vieille femme avec un soupir. Ne vous vexez pas. On a changé d'époque, c'est tout... Vous pouvez m'appeler par mon nom, Mira Cornfeld. Je ne risque pas grand-chose. Il y a longtemps qu'on me prend pour une vieille dame inoffensive. Les agents fédéraux sont venus me rendre visite il y a deux ans. Ils connaissaient mes anciens liens avec certains des membres du Groupe de Boston. Ils sont repartis bredouilles. Vous avez entendu parler du Groupe, tout de même?

— Très vaguement...

— C'est le Groupe de Boston qui est à l'origine du Réseau. Nous étions... Ils étaient neuf, reprit la vieille dame, cherchant à cacher sa confusion.

Avec stupeur, Clara comprit alors qu'elle se trouvait devant l'un des membres fondateurs du Réseau.

— Peter Alexos en faisait partie. Personne ne sait ce qu'il est devenu. Le bruit court qu'il vit quelque part au Canada, d'où il jouerait un rôle important dans la stratégie du Réseau. Si c'est vrai, il ne doit plus avoir beaucoup le temps d'écrire. Mais la philosophie, pour lui, c'était d'abord un mode de vie. Enfin, je parle, je parle... Ce n'est pas très prudent. Vous devez tout de même savoir que la première réunion a eu lieu à Boston, le 6 janvier 2003, dans l'arrière-boutique d'un magasin de parapluies, un an jour pour jour avant l'élection du président Glen Monroe, qu'il rôtisse en enfer... Ce jour-là, les membres du Groupe ont fait le serment solennel d'entrer dans la clandestinité si Monroe était élu et s'il appliquait son programme.

La vieille femme se passa une main devant les yeux.

— Voilà... Neuf Américains, comme tant d'autres. Deux sont morts : Simon Bishop, un médecin-psychiatre pour enfants, qui a été arrêté à Chicago. Il est mort dans un pénitencier, à Dubuque. Et Pamela Vogt, journaliste au *Boston Times*. Elle s'est suicidée quand ils ont voulu l'envoyer comme donneuse d'ovules dans un CEA. Depuis, les neuf sont devenus des milliers. Et maintenant, vous êtes là, devant moi. Je ne vous ai même pas demandé si vous avez fait bon voyage. Un peu mouvementé, j'imagine ?

Un énorme chat persan à la fourrure fauve sortit de sous le fauteuil et se mit à fixer Clara de ses yeux verts.

— C'est Maïa. En voilà une qui mérite bien son nom.

La vieille femme eut un rire étouffé.

— Le lieutenant Lobell est une bonne recrue, continua-t-elle. Il s'est joint à nous il y a deux mois. Il a perdu un fils. Mais je vous raconterai ça une autre fois. Ce qui compte, c'est que vous soyez là. Cette lettre est très importante. Vous l'avez toujours, au moins ?

Clara ouvrit son sac. Elle passa une main derrière la doublure et en extirpa la lettre, qu'elle tendit à Hestia. Cette dernière s'en saisit avec une surprenante expression de joie. Elle ajusta sur son nez des binocles cerclés qui pendaient à son cou au bout d'une chaîne en or, et scruta l'enveloppe avec la plus grande attention.

— Il n'y a rien d'écrit dessus, dit-elle finalement d'un air déçu. L'important est à l'intérieur. J'aurais donné beaucoup pour la lire !

Elle tendit la lettre à Clara.

— Reprenez-la. Je vous expliquerai tout à l'heure ce que nous allons faire pour mieux la protéger.

Mira Cornfeld soupira de nouveau et se leva avec difficulté. Elle était en effet minuscule. Sur une table, elle prit un plateau où se trouvaient une théière en cuivre finement ouvragée et deux tasses, et le déposa devant Clara.

— Servez-nous, chère mademoiselle, dit-elle en se rasseyant. J'espère que l'obscurité ne vous dérange pas. Mes yeux ne supportent plus la lumière du jour.

— Mais pas du tout.

Clara versa le thé.

— C'est du thé russe. Vous savez, j'ai bien connu l'auteur de cette lettre, Joseph Milner. Vous en avez entendu parler?

— Vaguement, répondit Clara, un peu engourdie par l'atmosphère irréelle qui régnait dans l'appartement.

— C'était un grand savant. Le seul qui aurait pu nous sortir de l'horreur quotidienne dans laquelle nous vivons. Malheureusement, on ne l'a pas écouté. Il pensait que rien au monde ne pouvait justifier qu'on porte atteinte aux libertés individuelles. C'était un idéaliste. Des gens intelligents, et pas des moindres, ont dit qu'il avait tort, que l'existence de l'humanité était en jeu. Tous les grands mots, quoi, pour justifier l'irréparable. Mais moi, je crois qu'il avait raison. Pour lui, la science n'avait aucune chance de réussir sa lutte contre le FS sans un climat de liberté. Il pensait qu'il fallait en payer le prix, un point c'est tout. Regardez le retard que la science a pris dans les autocraties comme la Russie. Avec toutes nos mesures, ce qu'on a tué, c'est l'homme vivant. Vous avez remarqué? Il n'y a plus de musique, plus de poésie, plus de peinture véritables. Il n'y a jamais eu autant de musées, mais plus rien ne se crée. La nation entière est devenu un musée qui s'entretient tout seul, pour des spectateurs qui ont perdu leur âme. Si on avait écouté Joseph, on aurait eu une chance de gagner la bataille. Maintenant, même si on trouvait un traitement contre la Fièvre Spermatique, ça ne servirait plus à rien. Nous sommes allés trop loin. Autant essayer de réveiller des morts.

Elle se tut et se mit à boire son thé à petites gorgées.

Clara désapprouvait ce défaitisme. Elle ne comprenait pas qu'une personne ayant l'expérience de Mira Cornfeld tienne un tel discours. Après tout, le Réseau était là pour que ça change! Sinon, à quoi servaient les risques que prenaient des milliers de gens à travers le pays?

Mais elle n'arrivait pas à répondre. En d'autres circonstances, elle serait intervenue dix fois pour dire sa façon de penser. Mais pas avec Mira Cornfeld. Cette femme exerçait sur elle une étrange fascination. Peut-être était-ce son âge, ou le merveilleux sourire qui avait éclairé son visage au moment où elle avait touché la lettre de Milner.

Clara croisa et décroisa ses jambes.

— Vous n'êtes pas d'accord ? demanda Mira Cornfeld en souriant. Je le vois bien. Heureusement, d'ailleurs. Vous savez, je ne parle pas toujours de cette façon. Peut-être est-ce d'avoir appris la mort de Joseph. Vous possédez sans doute la dernière chose qu'il ait écrite.

Elle caressa sa chatte, qui était venue se coucher sur ses genoux.

— Bon, assez philosophé. Venons-en à votre mission. Nous n'avons pas de chance. Verne n'est plus à New York. Il est reparti pour la côte ouest.

— Vous voulez dire que j'ai fait tout ce chemin pour rien ? s'exclama Clara, consternée.

— Peut-être, je n'en sais rien. Aux dernières nouvelles, il se trouverait dans un train, quelque part dans l'Ohio.

— Dans un train ?

— Oui. C'est incompréhensible. Il a brusquement quitté le bâtiment de l'ONU, sans qu'on sache pourquoi. Or, c'est là que vous deviez lui remettre la lettre. Ce détail était, paraît-il, de la plus haute importance. Sinon, on aurait pu attendre qu'il soit rentré en Californie, où la lettre nous a été confiée. Mais il est peut-être encore temps. En fait, il est seul à savoir ce qu'il en est. Nous cherchons le moyen de vous faire monter dans ce train le plus vite possible.

Mira appuya sur une sonnette placée sur le bras de son fauteuil. Sa nièce entra.

— Kathy, fais venir notre ami.

La jeune fille ressortit aussitôt.

— Je vais vous expliquer comment nous allons faire, reprit Mira Cornfeld.

La leçon de philosophie était terminée.

4

Le passage de frontière entre l'Ohio et l'Indiana, près de Lima, avait été considérablement simplifié grâce à l'absence de contrôle FS. Les policiers étaient montés dans le train à sept heures du matin. Verne les avait entendus passer devant sa porte sans s'arrêter. Sans doute avaient-ils reçu des instructions le concernant.

Depuis que Mrs Lewis était descendue, il était resté allongé toute la nuit dans son compartiment, sans fermer l'œil. Il avait finalement décidé de rebrancher le chauffage. Ses assaillants ne recommenceraient pas leur tentative : ils savaient qu'ils ne trouveraient rien dans sa cabine, hormis quelques écrits scientifiques. Quant à découvrir leur identité, cela paraissait inutile à Verne. Ils faisaient probablement partie de l'un des services plus ou moins officiels qui, depuis quelques années, pullulaient dans le pays. D'ailleurs, il avait déjà eu affaire à eux...

Trois ans plus tôt, il avait été convoqué au bureau du FBBS de San Francisco, quelques jours après son retour de Rome où il avait assisté à un congrès international. C'était en mai 2012. A cette occasion, il avait appris, avec stupeur, que tous ses faits et gestes étaient soigneusement observés et répertoriés dans un des ordinateurs centraux de Washington DC. Un agent, probablement de la CIA, l'avait interrogé pendant plusieurs heures sur ses contacts avec un collègue indien avec qui il n'avait pourtant rien fait d'autre que parler du développement du FS dans le sous-continent. A aucun moment le « Fed » n'avait consenti à lui communiquer la raison de ses investigations. Verne était ressorti du FBBS dans un état de rage qui avait duré plusieurs jours. Les nombreuses lettres qu'il avait adressées à Washington pour se plaindre des agissements des agents fédéraux étaient restées sans réponse. Un jour, alors qu'il était en voiture, deux individus l'avaient bloqué en rase campagne, et l'avaient laissé à moitié assommé sur la route. Avant de s'éclipser, ils lui avaient conseillé de ne plus écrire à Washington. Il avait en effet renoncé à se plaindre...

Dans le compartiment, la lumière laiteuse du matin avait peu à peu chassé les reflets indécis de la nuit. Verne était épuisé. Il décida de prendre une douche et de se raser, puis, ragaillardi, commanda son petit déjeuner.

Au cours de la nuit, après le passage de frontière de Beaver Falls, le contrôleur avait à nouveau changé. Trois contrôleurs depuis New York, voilà qui prouvait l'importance qu'on accordait à leur mission.

Un vieil homme affable lui apporta son plateau. Verne s'installa près de la fenêtre et se versa l'habituel café américain insipide. Comme chaque fois, il eut la nostalgie du parfum des expressos qu'il prenait au comptoir dans un café parisien, à l'aube, lorsqu'il était étudiant.

Le train venait de passer Valparaiso et se dirigeait vers Hammond, la dernière ville avant la frontière de l'Illinois et les faubourgs de Chicago. Par la fenêtre, Verne regardait distraitement les énormes bâtiments industriels enneigés qui envahissaient le paysage. Les cheminées d'usine se dressaient comme de hautes colonnes d'où s'échappait une fumée grise qui se fondait dans le ciel lourd.

Gagné par cette désolation, il repensa à la dernière image de son rêve, où son père empruntait le visage du Christ. Le Christ du *Retable* d'Issenheim l'obsédait depuis son enfance, mais c'était la première fois qu'il le confondait avec l'image de son père, mort d'un infarctus depuis dix ans.

Saisi d'une brusque inspiration, Verne ôta le plateau de la table, prit un bloc-notes et un crayon, et entreprit de dessiner cette image. Mais une question interrompit son geste : devait-il représenter le Christ sur la Croix, comme dans le panneau central de la première ouverture du *Retable*, ou au moment de la Mise au tombeau, comme sur la prédelle située juste au-dessous ?

La deuxième option semblait la plus logique. Il se souvenait dans les moindres détails du cadavre du Christ soutenu par saint Jean avec, à ses pieds, le rectangle en pierre du tombeau ouvert. Pourtant, dans la scène de la Crucifixion, le Christ était également représenté mort, le corps tuméfié couvert des mêmes plaies et des mêmes fragments d'épines enfoncées dans la chair.

Son hésitation l'empêchait de dessiner, et suscitait en lui une curieuse irritation. Il aurait donné cher pour se trouver à Colmar, et vérifier lequel des deux panneaux était apparu dans son rêve.

Agacé, il jeta un regard par la fenêtre. Son attention fut alors attirée par un drap suspendu à un fil, dans l'arrière-cour d'une maisonnette isolée dans une cour d'usine. Sous l'action du vent, le drap s'était déchiré, et se tordait comme une méduse emprisonnée dans un courant liquide. Verne reporta son attention sur la feuille, et s'aperçut avec surprise que, pendant sa rêverie, ses doigts s'étaient libérés comme par magie. A coups de crayon rapides, il n'eut plus aucun mal à esquisser le corps de son père tel qu'il lui était apparu en rêve.

Il sentit une étrange exaltation l'envahir alors qu'il dessinait les détails du corps meurtri : l'expression de souffrance du visage, la crispation des mains, les plaies sanglantes... Mais il dut s'arrêter à nouveau au moment de représenter le linge qui ceignait les reins du mort. A cet instant, la vision fugace du drap se tordant dans le vent lui traversa l'esprit, et sa main dévia brusquement, cassant la mine de son crayon. Interdit, il resta plusieurs secondes fasciné par le trait gras qui barrait le dessin à l'emplacement du sexe de son père. D'un geste rageur, il arracha la feuille du bloc-notes, la froissa et la jeta dans le cendrier.

Irrité par son échec, il se leva et se mit à déambuler dans le compartiment. Une conversation à propos du *Retable* d'Issenheim, qu'il avait eue avec son père alors qu'il était adolescent, lui revint alors en mémoire.

Ce jour-là, il lui avait en effet demandé pourquoi, selon lui, Grünewald avait jugé utile de remplacer le perizonium en lambeaux que le Christ portait autour des reins sur la Croix, par un linge neuf sans déchirures dans la scène de la Mise au tombeau. Son père avait éclaté de rire et l'avait complimenté pour ses dons d'observation, mais il avait évité de répondre à sa question. Verne se souvenait encore de sa surprise devant ce qu'il avait considéré, à juste titre, comme une omission délibérée de son père.

Par la suite, il lui était souvent arrivé d'imaginer les différents personnages représentés sur les deux panneaux — la Vierge Marie, Marie-Madeleine et saint Jean — occupés à dénuder le corps du Christ pour changer son linge après la descente de la Croix. Il était persuadé que si son père avait refusé de lui répondre, c'était précisément à cause de cette évocation. Non que le blasphème suscitât quelque réprobation de sa part. Son évitement visait les paroles que le père et le fils auraient pu échanger à propos d'une scène d'une telle puissance évocatrice.

Verne se demandait si sa vie aurait été autre s'il avait connu une véritable complicité d'homme avec son père. Henri Verne avait toujours gardé le silence le plus complet sur sa vie sexuelle, et le jeune René ne lui avait jamais parlé de ses premières expériences. Cela n'aurait probablement pas changé grand-chose. Tout juste tempéré, peut-être, la froideur qui les avait éloignés dans les dernières années de sa vie...

René Verne s'assit sur le lit. Il était surpris par la tournure que prenaient ses pensées. Une nouvelle fois, à un moment important de sa vie, le *Retable* jouait un rôle décisif dans la floraison de nouvelles questions, telles de nouvelles branches sur un arbre séculaire. Il en était ainsi depuis son enfance...

C'est ainsi qu'il repensa à sa première conversation avec Joseph Milner, des années avant qu'il ne découvre le Feu Sacré.

En 1996, à vingt-huit ans, Verne était venu, comme beaucoup d'étudiants, assister avec ferveur aux cours du célèbre savant autrichien. Après des études de médecine et un doctorat en biologie moléculaire, il avait quitté la France pour compléter sa formation en Californie. Il devait retourner à Paris l'année suivante, comme chargé de recherches au laboratoire d'immunologie de l'institut Curie. En fait, sa décision de se rendre en Californie était liée à la découverte qui avait valu le prix Nobel au vieux Milner, et qui le fascinait.

Après des années d'efforts, Milner avait réussi à cloner des fragments d'ADN cellulaire recueillis dans des restes de tissus cérébraux vieux de huit mille ans, qui avaient été retrouvés en 1986, miraculeusement conservés dans des tourbières de Floride. Bien que de masse réduite, on pouvait encore aisément observer certaines structures internes de ces cerveaux ayant appartenu à une femme de quarante-cinq ans et à trois hommes de vingt-cinq à trente-cinq ans. On distinguait encore nettement la différence entre la matière grise du cortex et la matière blanche sous-jacente. L'organisation cellulaire n'était plus perceptible mais les traces des neurones et des fibres axonales purent être mises en évidence. Dans les mois qui suivirent cette découverte, les savants firent subir à un fragment de quinze grammes toute une série de traitements biochimiques qui révélèrent la présence stupéfiante d'ADN, l'acide désoxyribonucléique porteur du patrimoine génétique.

Une question primordiale se trouva alors posée : cet ADN était-il celui des cerveaux humains eux-mêmes, ou bien était-il celui des micro-organismes qui avaient proliféré dans les cadavres ? La présence de mitochondries, ces enclaves contenant un ADN différent de celui du noyau et n'existant que dans les organismes pluricellulaires, devait confirmer qu'il s'agissait bien de la matière grise d'êtres humains ayant vécu huit mille ans plus tôt.

Plusieurs laboratoires se mirent à la tâche, à partir de cette extraordinaire découverte. En 1995, Joseph Milner réussissait à cloner plusieurs fragments de cet ADN, autrement dit à les multiplier in vitro, ouvrant ainsi la voie à une discipline nouvelle : l'étude de l'évolution génétique de nos lointains ancêtres. Cette réussite exceptionnelle lui permit de découvrir dans la matière grise, presque par hasard, une séquence du patrimoine génétique totalement inconnue de nos jours. Il émit alors l'hypothèse que cette séquence, dont on ignorait la fonction, pouvait avoir joué un rôle essentiel dans l'hérédité des hommes préhistoriques. Or, on ne trouvait nulle part un génome de ce type dans le patrimoine des hommes contemporains, et le mystère de sa disparition restait total. Depuis, les laboratoires du monde entier s'étaient fébrilement mis au travail, dans l'espoir de trouver une réponse qui permettrait de franchir un pas décisif dans la compréhension de l'évolution biologique de l'espèce humaine.

Un jour, par le plus grand des hasards, Verne se trouva en tête à tête avec le vieux savant. Il avait été invité à une réception chez le directeur de l'hôpital. Fuyant le bruit, il s'était éloigné vers le fond du jardin qui donnait sur la baie de San Francisco resplendissant sous la lune.

Une voix surgie de la nuit l'avait fait sursauter.

— C'est beau, n'est-ce pas?

Il avait immédiatement reconnu le lourd accent germanique du professeur.

— Je n'arrive jamais à me faire à l'idée que tout est pareil, la lune, les arbres, l'odeur de l'herbe, et pourtant, nous sommes à dix mille kilomètres de l'Europe. Vous êtes français, n'est-ce pas?

— Oui, de Colmar, avait répondu Verne. C'est une petite ville d'Alsace, et...

— Je connais très bien Colmar. Je suis de Vienne, vous savez. Le Danube est le frère jumeau du Rhin, et rien de ce qui concerne le Rhin ne m'est étranger. Les deux fleuves forment l'axe liquide de l'Europe. Vous y avez déjà pensé?

— Oui... C'est-à-dire, pas vraiment. Je veux dire, les deux fleuves ne coulent pas dans la même direction, et...

Le vieux Milner avait éclaté de rire.

— Vous avez raison. Tout de même, on y parle la même langue. Vous parlez l'alsacien?

— Pas vraiment.

— Dommage... Cela dit, vous n'avez pas l'air de vous amuser. Que diriez-vous d'une promenade?

Verne avait suivi le professeur. Ils étaient sortis discrètement de la maison au moment où les invités se ruaient vers un énorme gâteau que venait d'apporter la maîtresse de maison.

Bordée de jardins derrière lesquels on apercevait des maisons luxueuses, la rue descendait vers l'agglomération de Sausalito. C'était la pleine lune et il faisait presque aussi clair qu'en plein jour.

Verne était heureux. Il adorait ce petit bonhomme. Milner lui arrivait en effet à hauteur des épaules. Comme toujours, il était vêtu d'un pull-over trop petit sur un pantalon tire-bouchonné, ce qui accentuait la rondeur de sa bedaine. Des cheveux blancs en bataille autour d'une calvitie prolongeant un front immense, un nez imposant qu'il passait son temps à tripoter, lui donnaient un air comique que nuançait l'expression enfantine de ses yeux.

— Vos études vous plaisent ? avait demandé Milner tout en marchant d'un pas alerte.

— Oui. Je suis très content d'être ici.

— Vous vous intéressez plus particulièrement à quel domaine, si je peux me permettre ?

— Au SIDA. Le syndrome d'immunité déficitaire acquis est sûrement le problème le plus difficile auquel la médecine se soit confrontée depuis des années.

Tout en marchant, Milner avait jeté un regard aigu vers Verne, qui avait poursuivi :

— La vaccination n'a rien réglé. A chaque mutation du virus, des milliers de gens restent sur le carreau. C'est une course contre la montre épuisante. Il doit y avoir autre chose à trouver.

— Et que faudrait-il faire, selon vous ? avait demandé Milner. Dans quelle direction faut-il orienter les recherches ?

— Il faudrait trouver un anticorps qui agisse en même temps sur les capacités de mutation du virus. Votre travail actuel sur l'origine des séquences carcinogènes me paraît être une des clés du problème.

Milner s'était arrêté. Comme chaque fois qu'il réfléchissait, il se frotta les narines entre le pouce et l'index replié de sa main gauche.

— Vous avez sûrement raison. C'est par là qu'il faut chercher. Il faud qu'on en reparle, avait-il ajouté, en reprenant la marche. Dites-moi, mon cher Verne... Vous connaissez le *Retable* d'Issenheim, à Colmar ?

Ç'avait été au tour de Verne de s'arrêter.

— Bien sûr, avait-il répondu, surpris. Mais pourquoi cette question ?

— Elle a tout à fait à voir avec ce qui vous préoccupe, mon ami. Le peintre Grünewald était un Antonin, vous le saviez ?

— Je l'ai entendu dire, mais je ne vois pas...

— Eh bien, les Antonins étaient un ordre monastique dont la principale mission, au Moyen Age, était de soigner la maladie de l'ergot de seigle, l'ergotisme, qu'on appelait à l'époque le Feu Sacré. D'après ce que j'ai lu, le mal subsistait de façon endémique, et les pauvres bougres qui en étaient atteints venaient au monastère d'Issenheim prier saint Antoine. Evidemment, on ne savait rien sur l'origine de la maladie, mais les Antonins connaissaient des herbes qui amélioraient leur état clinique, d'où leur immense prestige. Les malades se croyaient possédés par le diable. Et comme saint Antoine avait une certaine expérience du diable... Vous avez lu *La tentation de saint Antoine*, de Flaubert ? Non ? Vous devriez. On a cru la même chose au XVe, lorsque la syphilis est apparue. La même chose s'est reproduite avec le SIDA. De ce point de vue, on ne peut pas dire que l'humanité ait beaucoup évolué... Pour en venir au Feu Sacré, vous devriez vous intéresser aux symptômes de l'ergotisme. Par certains côtés, ils ressemblent à ceux du SIDA : atteinte cérébrale, nécroses multiples, délire...

Ils étaient arrivés au bas de la colline, et s'étaient dirigés vers le bord de l'eau. Au loin, San Francisco brillait de tous ses feux.

— Ecoutez, Verne, avait alors dit Milner. On n'a pas si souvent l'occasion de s'amuser dans la vie. Grâce à vous, j'ai passé une excellente soirée. Pourquoi ne viendriez-vous pas travailler dans mon laboratoire ?

Le nom d'Hammond apparut en lettres blanches sur toute la largeur du mur de soutènement d'une cabine d'aiguillage. La motrice siffla et le train commença à ralentir. Verne s'assit et se frotta les paupières des deux poings dans un geste enfantin. Depuis quelques minutes, il ressentait à nouveau le picotement qui n'avait pas cessé de l'importuner depuis New York.

Ce jour-là, il n'avait pas répondu à la proposition du vieux savant. Le lendemain il avait téléphoné à Colmar, mais il n'avait fait aucune allusion à sa conversation.

— Je voulais juste savoir comment tu allais, avait-il dit à son père.

Il s'était rendu ensuite à l'hôpital de l'université, où il avait passé la matinée dans le service de traitement du SIDA. L'après-midi, il avait pris rendez-vous avec Joseph Milner et lui avait annoncé qu'il acceptait sa proposition.

5

Le claquement de la porte fit sursauter Melissa Verne. Le docteur Steve Jackson venait de pénétrer dans le laboratoire. Sous ses cheveux roux d'Irlandais, ses yeux bleus brillaient de colère.

— Qu'est-ce que c'est que cette histoire? cria-t-il. C'est vrai que René n'arrive que dans quatre jours?

— Oui. Mais ce n'est pas une raison pour hurler comme ça, lui répondit Melissa d'un ton las.

— Mais te rends-tu compte de la situation dans laquelle il nous met? Sais-tu que Margaret Britten arrive à onze heures? Je vois d'ici le rapport qu'elle va concocter pour Gilbert Chamberlin quand elle sera de retour à Santa Barbara!

Melissa ne trouva rien à répondre. Au milieu de la nuit, elle avait réalisé que Verne avait complètement passé sous silence son rendez-vous avec l'avocate du célèbre magnat de la finance. Bouleversée par l'annonce de la mort de Joseph Milner, elle avait elle-même oublié d'en parler.

Steve se laissa tomber sur une chaise et prit un air désespéré.

— Quand je pense en plus qu'elle va être reçue par Doris Hathaway, dit-il d'une voix mourante.

Melissa sourit. Elle connaissait les dons de comédien de Steve. Ils avaient fait leurs études ensemble, et elle se souvenait du succès qu'il avait remporté dans une pièce de Ionesco montée par les étudiants un soir d'Halloween.

— Ecoute, Steve, on va s'en sortir comme on peut, dit-elle en se forçant à prendre un ton enjoué. Si on la recevait dans ton service? Tu n'aurais pas un patient qu'on pourrait lui présenter? Quelqu'un qui ne l'impressionnerait pas trop... Tu vois ce que je veux dire?

Steve se plongea dans un abîme de réflexions, le menton appuyé sur la paume de la main. Sa blouse blanche accentuait son air juvénile. Pour la centième fois peut-être, Melissa se demanda pourquoi elle n'avait pas cédé à ses avances, une vingtaine d'années plus tôt. La vie aurait sans doute été plus simple. Mais elle avait rencontré René Verne, et aucun autre homme n'avait plus compté pour elle. Elle émit un petit ricanement, au moment où le Dr Jackson reprenait la parole.

— Mely, ne te moque pas de moi. Je t'assure que je suis très affecté par l'absence de René.

— Je ne me moque pas de toi.

— Je ne sais jamais sur quel pied danser, avec toi. Ce matin, je dois voir une jeune instituteur en consultation. Il pourrait faire l'affaire. Mais Doris Hathaway ne marchera jamais. Elle va profiter de l'absence de René pour kidnapper Margaret Britten. Elle va le démolir. Il y a longtemps qu'elle attend ça.

L'inimitié entre René Verne, responsable des destinées de l'établissement, et Doris Hathaway, la vice-présidente imposée par le Comté, datait de la fondation de l'Institut de recherche et de soins, en 2008. Entre le scientifique, pour qui seuls comptaient les résultats thérapeutiques, et la bureaucrate qui ne percevait le monde qu'à travers ses livres de comptes, l'antipathie avait été immédiate. La lutte sourde qui les opposait à la tête de la direction s'était répercutée dans l'Institut Reiss-Kierkegaard, et partageait le personnel en deux groupes à peu près homogènes : celui des scientifiques et des thérapeutes d'une part, celui des administratifs de l'autre.

La situation financière de l'établissement privé, fortement compromise par l'augmentation vertigineuse des cas de FS sans ressources, n'arrangeait pas les choses, au point que le dernier conseil d'administration avait menacé de déclarer l'Institut en faillite, si Verne ne prenait pas les mesures nécessaires.

Mais ce dernier refusait de ne recevoir que les patients solvables, sous prétexte que l'Etat avait créé les Special Hospitals, destinés aux malades ayant des revenus modestes. De guerre lasse, il s'était résolu à demander l'aide du richissime Gilbert Chamberlin, membre du « board » des donateurs bénévoles. Avant de prendre une décision, le financier avait demandé à sa principale conseillère Margaret Britten un rapport sur la situation de l'Institut.

Aussi Doris Hathaway, qui essayait de profiter des difficultés de Verne pour prendre la direction de l'Institut, attendait-elle la déléguée de Gilbert Chamberlin de pied ferme.

— Nous pourrions kidnapper Margaret Britten! s'exclama soudain Melissa.

— Comment cela? demanda Steve. En voilà une idée tordue!

— Ecoute, Steve, j'ai une idée, dit Melissa, très excitée. Quelle heure est-il?

Elle regarda sa montre.

— Dix heures et quart. Il n'y a pas une seconde à perdre. Voilà ce que tu vas faire : tu vas prendre l'ambulance et te poster à l'entrée de l'embranchement de l'Institut. Tu dégonfles un pneu. Emmène Cassius, il est malin, et te donnera un coup de main. Dès que Margaret Britten arrive, tu lui fais signe. S'il le faut, mets-toi carrément au milieu de la chaussée, il ne faut pas qu'elle passe. Elle possède une Cadillac blanche dernier modèle. Tu vois? Très bien. Comme elle te connaît, elle te proposera de te ramener. Une fois dans sa voiture, tu lui expliques que tu reviens d'une urgence.

— Ça ne m'est pas arrivé depuis que j'étais interne!

— Qu'est-ce que ça peut faire? Elle n'y verra que du feu. Elle ne connaît rien au fonctionnement de l'hôpital.

— Un chef de service en urgence, c'est un peu gros.

— Ecoute, Steve, tu soigneras ton ego un autre jour.

— Bon. Mais à une condition : tu m'invites à dîner.

— Mais bien sûr, mon petit Steve, tout ce que tu voudras. N'importe comment, avec ton Aspic...

— Qu'est-ce qui te fait croire que j'en porte un ?

— Tu es beaucoup trop trouillard pour prendre un tel risque ! Allez, s'il te plaît, Steve... On n'a presque plus le temps.

Steve jeta un regard ironique à Melissa qui, étrangement, se sentit troublée. Elle se demanda si cet idiot n'avait pas trouvé un moyen pour se débarrasser de son Aspic.

— Très bien, dit Steve. Qu'est-ce que je fais ensuite ?

— Tu lui expliques que c'est une chance de la rencontrer, que Verne a organisé une réception en son honneur à l'hôpital, mais qu'il a été appelé à Washington DC.

— Il est à Washington ?

— Non, mais je suis la seule à savoir où il est. Je t'expliquerai cela plus tard. Ça peut marcher, Steve, dit Melissa, de plus en plus excitée. Fais-la entrer directement par les urgences. Doris doit l'attendre dans son bureau. Je suis sûre que depuis ce matin, sa secrétaire fait le pied de grue en bas, dans l'entrée. Pendant ce temps, je mets tout le monde au courant dans le service.

— Bon, O.K, je vais essayer. Au moins, on va s'amuser.

Steve sortit de sa poche son téléphone personnel, et composa le numéro de son service.

— Docteur Jackson à l'appareil, dit-il. Voulez-vous prévenir la consultation que je ne pourrai pas recevoir Mr Simmons avant trois quarts d'heure ? C'est ça, l'instituteur de Mill Valley. A tout à l'heure.

Steve raccrocha.

— On va y arriver, dit-il avec un large sourire. Tu es une sacrée bonne femme, Mely... Mais ça, je l'ai toujours su.

Il sortit de la pièce. Elle le regarda disparaître avec une bouffée de tendresse.

Melissa emprunta l'ascenseur et descendit au deuxième étage. De là, elle n'avait que le service de radiologie à traverser pour gagner directement l'hôpital. Dans le couloir, des malades allongés sur des brancards attendaient leur tour pour passer au scanner, à la résonance magnétique ou à la scintigraphie.

Depuis quelque temps, elle évitait de se rendre dans le bâtiment hospitalier de l'Institut, et se cantonnait dans son laboratoire. Le spectacle de la déchéance des malades atteints du FS lui était devenu insupportable. En fait, elle n'y avait pas remis les pieds depuis le jour où elle avait croisé une vieille femme assise dans le couloir...

D'évidence, il s'agissait d'une paysanne : entièrement vêtue de noir, un châle sur les épaules, ses cheveux blancs soigneusement peignés, elle se tenait silencieuse, ses mains déformées par les rhumatismes croisées sur son giron. Toute son attitude témoignait de sa volonté de se faire toute petite, pour ne pas déranger le personnel soignant qui circulait autour d'elle. En passant devant elle, Melissa avait croisé son regard blanchi par l'âge. Des larmes coulaient silencieusement sur ses joues fripées. Le spectacle de cette douleur l'avait ébranlée jusqu'au tréfonds. Timidement, elle lui avait demandé si elle pouvait lui être utile. Dans un mauvais anglais teinté d'un accent qu'elle n'avait pu identifier, et avec une douceur confondante, la vieille lui avait répondu que son fils était en train de mourir dans la chambre à côté. Le docteur avait eu la générosité de lui permettre de demeurer à son chevet pour l'assister dans ses derniers instants. Depuis trois jours, elle dormait sur un lit de camp dans la chambre. De temps en temps, elle sortait dans le couloir pour pleurer, parce qu'elle ne voulait pas que son fils la voie. Elle n'avait besoin de rien. Tout le monde était très gentil avec elle.

Melissa avait compris que le moribond faisait partie du contingent de malades traités gratuitement par l'Institut. Elle avait quitté la vieille femme avec la sensation de commettre un acte irréparable, et n'avait pu la chasser de son esprit le reste de la journée. Le lendemain, elle avait essayé de la revoir, mais on lui avait appris que le fils était mort pendant la nuit. Comme la loi l'exigeait depuis le début de l'épidémie de FS, le cadavre avait été immédiatement incinéré, et la mère avait déjà quitté l'Institut avec ses cendres. Melissa avait surtout compris qu'on l'avait laissée partir sans lui demander son adresse.

Alors, elle était allée trouver Steve, et lui avait vivement reproché d'avoir laissé partir la vieille femme sans s'inquiéter de ce qu'elle allait devenir. Le médecin s'était défendu comme il l'avait pu, lui rappelant les dizaines de cas dont il avait la charge. Le soir, elle lui avait téléphoné pour s'excuser de ses critiques qu'elle trouvait effectivement injustes. Mais depuis, le souvenir de la vieille femme lui revenait en mémoire chaque fois qu'elle devait retourner dans le bâtiment hospitalier.

Melissa pénétra dans le service de Steve, qui occupait tout le bâtiment nord de l'Institut. Elle emprunta un long couloir laqué en ocre, dont le sol brillait sous les plafonniers. De part et d'autre s'ouvraient les chambres des malades. D'un pas rapide, elle se dirigea vers le bureau de l'infirmière en chef, saluant au passage un groupe de soignants.

Cindy Price était une forte femme d'une cinquantaine d'années aux cheveux prématurément blanchis, qui terrorisait ses collaborateurs par la brusquerie de ses manières. Mais personne n'avait son talent pour consoler un malade ou soutenir une infirmière défaillante.

— Où est passé le patron? râla-t-elle, dès qu'elle vit apparaître Melissa. Sa consultation est bourrée. Il n'aura jamais le temps de faire la visite!

— Il arrive d'un moment à l'autre avec Margaret Britten, répondit Melissa.

— Avec qui?

— Ecoutez, Cindy, c'est un peu spécial aujourd'hui. Le Dr Jackson va faire visiter le service à la conseillère de Gilbert Chamberlin. Vous savez comme c'est important pour nous, et...

— Et le Dr René Verne? Il prend des vacances?

— Pas exactement. Il est retenu à Washington DC.

— Il aurait pu faire de la politique un autre jour ! Le Dr Jackson a autre chose à faire. Margaret Britten, et puis quoi encore ?

— Cindy, supplia Melissa. Je vous en prie, c'est très important.

— Et qu'est-ce qu'on est censé en faire, de madame la conseillère ?

Melissa lui expliqua le plan qu'elle avait mis au point avec Steve.

— C'est plutôt drôle, votre histoire, dit finalement l'infirmière.

Un sourire était apparu sur ses traits bourrus.

— On va lui passer une blouse, et elle fera la visite avec le patron. Si elle veut en voir, elle en verra !

— Je ne suis pas sûre qu'on viendra là. L'important, pour le moment, c'est que tout le monde soit prêt. Vous pouvez vous en charger ? Je descends à la consultation.

— Très bien, Melissa. Mais tout ça n'est pas normal, c'est moi qui vous le dis...

Melissa se dirigea vers l'ascenseur.

Au rez-de-chaussée, elle traversa la salle d'attente. Tous les regards convergèrent sur sa blouse blanche. Mal à l'aise, elle pressa le pas. Elle s'était souvent demandé si, contrairement à René Verne, elle ne devait pas sa vocation de chercheuse à la phobie de la maladie qu'elle s'était découverte en entrant pour la première fois dans un service hospitalier.

Elle pénétra dans la salle de consultation de Steve. Une dizaine de médecins et d'étudiants étaient installés en demi-cercle. En face d'eux se dressaient un lit et une table sur laquelle se trouvaient les instruments nécessaires à l'examen du malade. Le fauteuil de Steve était disposé latéralement, à côté d'un petit bureau destiné à son infirmière.

Tout le monde se leva pour saluer Melissa. Elle refusa la place qu'on lui offrait pour s'asseoir sur l'une des chaises situées derrière le cercle d'initiés, après s'être assurée auprès de l'infirmière que tout avait été prévu pour la visite de la conseillère. Dans la mesure du possible, elle souhaitait rester dans son coin. La discussion passionnée, qui portait sur une forme clinique de FS, reprit aussitôt entre les médecins.

Bercée par le brouhaha, Melissa repensa au coup de téléphone de René. Ce n'était pas son genre d'oublier un rendez-vous aussi vital pour l'avenir de l'Institut. C'était même la première fois qu'elle le voyait faire preuve d'une telle inconséquence. Au cours de leurs années de vie commune, elle avait appris à admirer la détermination avec laquelle il défendait son œuvre. Elle se souvenait de ses démarches harassantes pour ouvrir cet Institut de traitement, l'un des mieux équipés dans la recherche contre le FS. Un projet qui avait pris corps à la suite d'une visite qu'ils avaient faite ensemble à l'un des nombreux Special Hospitals qui s'ouvraient dans le pays.

L'hôpital de Tipton était installé dans une ancienne caserne désaffectée située au milieu de la San Joaquin Valley qui parcourt l'intérieur de la Californie sur plusieurs centaines de kilomètres du nord au sud. René et Melissa avaient rendez-vous en fin de matinée avec le directeur pour étudier l'organisation de l'hôpital. Ils avaient traversé des kilomètres de cultures maraîchères et d'arbres fruitiers en plein été, avant d'arriver devant la grille du SH.

Il faisait une chaleur épouvantable. Melissa se souvenait qu'à l'entrée le garde armé qui avait vérifié leurs papiers portait un curieux chapeau ajouré au niveau de la tonsure, muni d'une hélice supposée apporter de la fraîcheur au crâne. Ce chapeau, qui avait fait fureur pendant quelque temps, avait finalement été interdit par les autorités, sous prétexte qu'il déréglait les Aspics.

Le domaine du SH était composé d'une dizaine de bâtiments de deux étages, aux murs crépis de gris, qui se dressaient au milieu d'un jardin mal entretenu planté d'eucalyptus rabougris. Des malades en robe de chambre se traînaient d'un banc à un autre. Pour tout horizon, ils n'avaient que des plantations d'orangers qui s'étalaient à l'infini au-delà de la grille. Des gardes jouaient aux cartes à l'ombre d'une guérite tout en surveillant les allées et venues des pensionnaires.

Melissa avait jeté un regard affolé vers René. Il était blême. Il s'était garé devant le bâtiment de la direction, dans une cour encombrée de voitures. Il était resté un moment immobile, le regard vide.

Une femme d'une quarantaine d'années en blouse blanche était arrivée en courant.

— Docteur Verne? Monsieur et madame Verne? avait-elle demandé d'un ton curieusement enjoué. Je suis très flattée. Je suis le Dr Blanche Smith. Le directeur vous attend dans son bureau. Si vous voulez bien me suivre...

— Nous n'avons pas beaucoup de temps, avait répondu Verne. Nous voudrions voir les malades. Nous retrouverons le directeur après, si vous n'y voyez pas d'inconvénient.

Le Dr Smith était restée bouche bée, puis avait finalement désigné le bâtiment qui se trouvait en face d'eux, de l'autre côté de la cour. Des patients entraient et sortaient par la porte, mais Verne avait remarqué qu'aucun mouvement n'affectait un autre bâtiment situé sur leur droite. Seul, un camion peint en blanc, sans signes distinctifs, stationnait devant l'entrée.

— Et ce bâtiment? avait-il demandé.

Leur hôtesse avait soudain pris un air gêné.

— Il n'est pas prévu... Je ne sais pas..., avait-elle balbutié.

— C'est là que nous allons, avait rétorqué Verne. Viens, Mely.

D'un pas décidé, il s'était dirigé vers le bâtiment, suivi de Melissa. Revenue de sa surprise, le Dr Smith avait poursuivi le couple.

— Docteur Verne, cria-t-elle. Docteur Verne! Vous ne pouvez pas...

Le trio était entré dans l'immeuble en courant presque.

Dans l'entrée, Melissa se souvenait qu'un homme corpulent, en blouse blanche, était en train de manger, assis devant une table où trônait une bouteille de cola-coke. Il s'était levé précipitamment.

— Mais qu'est-ce...

Sans hésiter, Verne était passé devant lui, et s'était dirigé vers la porte du vestibule. Il l'avait ouverte et avait disparu de l'autre côté. Melissa, qui s'était précipitée derrière lui, s'était arrêtée, littéralement foudroyée par le spectacle.

L'immense salle, éclairée des deux côtés par des fenêtres espacées à intervalles réguliers, occupait la totalité du rez-de-chaussée. Du côté de la cour, les rideaux suffisaient à peine à filtrer le soleil. L'atmosphère était surchauffée, l'odeur pestilentielle. Les lits étaient disposés sur quatre rangées. En dehors de deux infirmières qui s'étaient retournées vers eux, il semblait n'y avoir personne. Peu à peu cependant, Melissa avait discerné les formes humaines qui gisaient dans les lits.

— Ils doivent être au moins deux cents, avait murmuré Verne.

Il lui avait pris la main et l'avait serrée dans la sienne. La salle entière retentissait de quintes de toux sèches ou stertoreuses, de râles, de soupirs, de bruits de draps froissés... Jamais Melissa n'avait perçu les bruits d'une salle d'hôpital avec une telle acuité. Jamais non plus elle ne s'était trouvée devant autant des malades réunis.

Elle avait senti que Verne l'entraînait, et s'était mise à marcher lentement à ses côtés entre deux rangées de lits, suivie par le gardien-infirmier. En découvrant que le malade du lit le plus proche était un enfant, elle avait compris qu'elle atteignait le comble de l'horreur.

Elle se souvint qu'à cet instant elle avait regardé Verne. Son profil marqué ne disait pas grand-chose sur ce qui se passait en lui. Elle avait seulement réalisé qu'elle lui broyait les doigts de toutes ses forces.

L'enfant avait une dizaine d'années, peut-être plus. Impossible de savoir de quel sexe il était. Il avait perdu tous ses cheveux. Sa peau grise était couverte de papules violacées. Il gisait sur le côté, en chien de fusil. Ses yeux noirs, agrandis par la maigreur, ne bougeaient pas. De temps en temps, il était secoué par une quinte de toux incoercible, mais ne changeait pas de position. Il suçait un coin de son drap, en s'y agrippant comme au seul lien qui le retenait encore à la vie.

Melissa avait fait un pas dans sa direction, mais Verne l'avait retenue.

— Cet enfant sera mort dans une heure, avait-il dit d'une voix blanche. Laisse-le. Il ne sait plus ce qui se passe autour de lui.

Ils étaient de toutes les couleurs, de tous les âges, quelques-uns couverts d'un drap, d'autres pratiquement nus sur leurs lits, exhibant les stigmates de la maladie. D'une maigreur cadavérique, immobiles, ils attendaient la mort. Rares étaient les enfants dont Melissa pouvait accrocher le regard. C'était toujours la même immobilité, la même absence de réaction à leur approche.

— Viens, on en a assez vu, avait dit Verne.

Effondrée, Melissa s'était laissé guider par la main vers la sortie du bâtiment. Le directeur les attendait. Melissa gardait le souvenir vague d'une altercation entre Verne et lui, mais aucun de leur sortie en voiture du Special Hospital, ni de leur voyage de retour vers Inverness. En revanche, elle se rappelait très bien qu'au moment où Verne lui avait annoncé son intention de créer un Institut, le *Douzième Quatuor* de Beethoven retentissait dans la voiture, et que Tomales Bay était déjà visible dans la lumière du soir.

Margaret Britten, suivie du Dr Jackson, pénétra dans la salle de consultation.

Tout le monde se leva.

La visiteuse était vêtue d'un ensemble rose haute couture qui venait manifestement de Paris. La veste courte, qui s'arrêtait à la taille, s'ouvrait sur un chemisier en dentelle blanc transparent qui mettait en valeur la pointe maquillée de ses seins. La culotte s'arrêtait au-dessous des genoux sur des bas blancs. Les bottines en plastech de même couleur mettaient en valeur la finesse de ses chevilles. Ses cheveux blonds étaient coupés en brosse, et ses yeux soulignés d'un trait d'eye-liner sur la paupière inférieure. Le fond de teint pâle, presque blanc, achevait de lui donner une allure de gravure de mode.

Le Dr Jackson la présenta à l'équipe et à Melissa.

Sans sourire, elle refusa de revêtir la blouse que lui présentait l'infirmière, et prit place au premier rang au milieu des médecins, non sans avoir jeté un regard intrigué vers Melissa. Un profond silence régnait maintenant dans la pièce. Le Dr Jackson, resté debout, s'adressa à son équipe.

— Mesdames et messieurs, chers collègues, nous allons procéder comme nous en avons l'habitude, lorsque nous avons affaire à un nouveau cas dont le diagnostic pose problème. Je me contenterai de vous donner les résultats des examens cliniques, et les antécédents. Je vous montrerai également quelques radios. Nous recevrons ensuite le jeune homme pour un examen rapide. J'espère que chacun d'entre vous aura trouvé le diagnostic quand le patient repartira. Ceux qui seront restés dans l'expectative nous exposeront les raisons de leur hésitation. Comme vous le savez, c'est la règle du jeu, ajouta-t-il avec un sourire. Nous sommes d'accord?

Melissa se demanda quel jeu jouait Steve. Elle ne l'avait jamais vu faire un pareil numéro, ni tenir si peu compte des aléas qu'impliquait un diagnostic. Steve semblait avoir oublié le moment le plus important de toute consultation de groupe, celui où tous les éléments du diagnostic sont systématiquement critiqués. Cette unanimité qu'il revendiquait était tout simplement ridicule.

— Mr X. — je ne donnerai pas son nom, naturellement —, continua-t-il, en souriant à Margaret Britten. Mr X., donc, est un utérien fils unique âgé de vingt-neuf ans. Instituteur de son métier, il ne présente aucun antécédent médical particulier, si ce n'est une opération de l'appendicite à huit ans, et une tendance à l'asthme dans sa petite enfance, qui a disparu depuis. Son père, retraité, se porte bien. Sa mère a fait des crises d'angine de poitrine. Elle est actuellement bien équilibrée par le traitement. Aucun antécédent de SIDA dans la famille. Rien que de très banal, comme vous le voyez.

« En 2006, notre patient ne fait aucune difficulté pour la pose de son Aspic, du moins le prétend-il. Il passe régulièrement les contrôles AS depuis leur institution en

Californie en 2008. Depuis quelque temps cependant, il fait des rhino-pharyngites à répétition, et la famille signale une mycose buccale traînante soignée sans succès depuis six mois. Voilà ! Pas de questions ? Faites entrer le patient », dit Steve, en se tournant vers son infirmière.

Mr X. entra, soutenu par un infirmier. Manifestement, l'homme était profondément atteint. D'une pâleur cadavérique, il marchait difficilement, avec une tendance plus marquée à traîner la jambe droite.

L'infirmier aida le malade à s'asseoir sur le lit.

— Ce monsieur se plaint depuis deux ans de douleurs à la nuque qui sont allées en s'amplifiant, reprit Steve. Il est également atteint de vertiges fréquents, de nausées, et de céphalées persistantes. N'est-ce pas, monsieur ?

L'homme mit quelques secondes à comprendre que le Dr Jackson venait de s'adresser à lui. Avec une énorme difficulté, il se mit à balbutier quelques mots.

— Oooui, docteueueur, dit-il la bouche pâteuse.

— Notez ses difficultés d'élocution, reprit le Dr Jackson. Elles se sont installées de manière progressive, au point que depuis quelques mois, il ne peut plus travailler. C'est ce qui l'a décidé à venir nous consulter.

Steve se saisit d'un marteau à réflexes.

— Ses réflexes sont un peu exacerbés, continua-t-il, en portant un léger coup sur chacun des tendons rotuliens...

Pendant que Steve poursuivait l'examen neurologique de son patient, Melissa sentait monter son inquiétude. Elle se demanda si elle n'avait pas eu la plus mauvaise idée de sa vie en suggérant cette présentation de malade. Elle jeta un coup d'œil vers Margaret Britten qui écoutait Steve, sans laisser paraître ses sentiments.

— ... Vous noterez le déficit de l'hémicorps droit, ainsi que la parésie de la face droite. J'ajouterai au tableau clinique les ganglions des creux axillaires et des aires inguinales. Sa température est de 38°6 centigrades, ajouta-t-il en jetant un coup d'œil sur le thermomètre électronique. Bien. Vous pouvez vous rhabiller, jeune homme, dit-il à son patient.

Puis, se tournant vers son infirmière :

— Nous allons l'hospitaliser immédiatement.

— Mais..., prononça difficilement l'homme.

— Raccompagnez monsieur, je vous prie, dit-il à l'infirmier.

Le malade sortit.

Steve plaça les radios que lui tendait son infirmière sur une rampe éclairée.

— Regardez ces tomographies à résonance magnétique du crâne. Les clichés révèlent des zones d'hypodensité dans les régions frontales droite et gauche, ainsi que...

Melissa bouillait de colère. Si Margaret Britten n'avait pas été présente à cette farce, elle aurait immédiatement quitté la pièce.

— Enfin, sachez qu'il existe une leucopénie importante à la numération-formule sanguine. A présent, je vous laisse la parole, dit-il à son auditoire, en prenant place d'un air satisfait dans son fauteuil.

Tout le monde se mit à parler à la fois. A n'en pas douter, il s'agissait d'une toxoplasmose cérébrale révélant probablement un FS.

— Je crois en effet qu'il s'agit d'une complication de FS, dit Steve. Mais, si c'est le cas, on doit se demander comment cet homme a pu attraper un FS, alors que son test sanguin était négatif au moment de la pose de son Aspic?

Le silence revint instantanément dans la pièce.

— Je vois que vous donnez votre langue au chat, dit-il de plus en plus content de lui.

Il jeta un coup d'œil vers la conseillère.

— Eh bien, il n'y a pas trente-six solutions. A mon avis, cet homme nous a menti. Il a eu des relations sexuelles, évidemment passives, avec un homme sans Aspic. Son partenaire est selon toute probabilité l'un de ceux qui ont réussi, pendant quelque temps, à échapper au FBBS. Cela ne nous empêchera évidemment pas de le soigner, car...

— Pourquoi? l'interrompit soudain une voix.

Tous les visages se tournèrent vers Margaret Britten.

— Pourquoi pensez-vous qu'on doive le soigner?

répéta-t-elle. Si vous détenez la preuve qu'il a transgressé la loi, ne doit-il pas être livré au FBBS ?

Le Dr Jackson avait pâli. Il jeta un regard inquiet vers Melissa qui baissait la tête, effondrée.

— Je ne crois pas que ce soit vraiment possible, dit Steve, d'une voix inquiète. Le code de déontologie...

— Docteur, je suis avocate. Ne me donnez pas une leçon de déontologie, je vous prie, rétorqua sèchement la conseillère. Vous n'avez pas répondu à ma question. Je ne pense pas que Gilbert Chamberlin apprécie que l'on utilise les fonds qu'il distribue généreusement à cet Institut pour soigner des repris de justice !

Elle se leva.

— J'aimerais maintenant rencontrer miss Doris Hathaway, dit-elle à la consternation générale.

Elle se tourna vers Melissa, et s'adressa directement à elle.

— Auriez-vous l'amabilité de me conduire chez votre vice-présidente ?

— Bien sûr, répondit Melissa en se levant.

Dans le silence général, les deux femmes quittèrent la salle de consultation du Dr Jackson.

6

Claudia Lombard habitait Georgetown, sur les hauteurs de l'ancien village devenu le quartier résidentiel de Washington DC. Sa maison en briques rouges typiquement géorgienne, qui datait de la fin du XVIIIe siècle, était reliée directement au siège du FBBS par une installation ultramoderne permettant à la directrice d'être jour et nuit en communication multiplex avec toutes les antennes du Service réparties sur le territoire.

Annabelle Weaver était arrivée à dix heures. Un vieux serviteur noir l'avait introduite directement dans le bureau de la patronne. Depuis plus de trois heures, elle attendait que Claudia Lombard daigne sortir de sa chambre.

Elle avait laissé plusieurs messages au bureau de Los

Angeles à l'intention de Robert Kane, l'agent spécial qui dirigeait les opérations pour retrouver Kess Sherman. Quant à René Verne, elle venait d'apprendre par un appel en provenance de Chicago qu'il attendait dans le salon des premières de Union Station le départ du *California Zephyr* prévu à 14 h 40, heure locale. Le savant n'avait plus contacté qui que ce soit depuis sa rencontre avec la dénommée Rachel Lewis, qu'on interrogeait sans relâche à Canton, au siège du FBBS, bien qu'elle ne semblât jouer aucun rôle dans l'affaire de la lettre. Elle ne cessait de réclamer son fils, Dave Lewis III, qui avait été arrêté à Beaver Falls à la suite d'un contrôle AS. Par acquit de conscience, son histoire était en cours de vérification.

Annabelle poussa un soupir d'exaspération. Elle n'avait qu'une envie : téléphoner à Mary, qui devait se prélasser au fond du lit qu'elle avait quitté deux heures plus tôt. Mais elle n'osait prendre aucun risque, les communications étant probablement surveillées. Elle fut traversée par une bouffée de haine en pensant à sa patronne qui l'obligeait à faire le pied de grue devant un téléphone, alors que le week-end s'annonçait fastueux.

Elle s'approcha de la fenêtre. Le temps était maussade. Quelques flocons de neige venaient se poser en voltigeant sur les branchages décharnés. Les mains dans les poches, un agent de police en faction faisait les cent pas devant la grille, se retournant chaque fois qu'une voiture passait en ronronnant devant la propriété.

On frappa à la porte, et le vieux serviteur de Claudia Lombard apparut, un plateau dans les mains.

— Madame me prie de vous dire qu'elle vous verra après le déjeuner, dit-il en posant le plateau sur le bureau. Elle m'a demandé de vous apporter cette collation.

— Auriez-vous une bouteille de cola-coke ? demanda Annabelle.

— Je ne crois pas, madame. Madame n'est pas amateur...

Il fit la grimace.

— Mais si madame le désire, je peux essayer de lui en procurer.

— Ça n'a aucune importance, dit Annabelle. Je m'en passerai.

— Comme madame voudra, répondit le vieux Noir, avant de quitter la pièce.

« Il va immédiatement aller le répéter à cette vieille peau. Et puis merde... », pensa Annabelle, en allant s'asseoir à la place de la patronne devant le bureau anglais en bois précieux.

Sa demande serait reçue par Lombard comme une provocation. Bien que la consommation de cola-coke fût parfaitement légale depuis des années, la patronne détestait qu'on se défonce pendant le service.

Annabelle jeta un regard dégoûté sur son déjeuner — un sandwich accompagné d'eau minérale —, et repoussa le plateau. A cet instant, son attention fut attirée par une photo posée sur le bureau dans un cadre. Un homme mûr, les tempes argentées, un foulard noué autour du cou, faisait un discours sur une estrade bardée de micros. Derrière lui, des panneaux multicolores, portant l'inscription « Sullivan for Senator », indiquaient que le cliché avait été pris au cours d'une campagne sénatoriale. A ses côtés, un homme brun vêtu d'un costume anthracite le regardait avec un demi-sourire sans gaieté. Intriguée, Annabelle nota qu'au moment où la photo avait été prise, l'homme observait le candidat, pourtant plus grand que lui, en penchant légèrement la tête en avant, ce qui l'obligeait à lever exagérément les sourcils, et lui donnait un regard méfiant.

Sullivan... Ce nom lui rappelait quelque chose. Soudain, elle se souvint d'une affaire qui avait défrayé la chronique quelques années plus tôt. Six mois après son élection, le dénommé John Theodor Sullivan, sénateur de l'Indiana, avait été trouvé mort chez lui dans des circonstances mystérieuses. Après enquête, le coroner avait conclu à un suicide, mais certains journaux avaient mis en doute la thèse officielle.

Intriguée, la jeune femme se leva pour regarder de plus près une série de photos accrochées sur un mur près de l'entrée. Sur la plupart, Claudia Lombard, qui devait avoir une vingtaine d'années, se trouvait en compagnie de l'homme brun qu'Annabelle venait de remarquer sur la photo du bureau. Leur ressemblance sautait aux yeux. Selon toute vraisemblance, il s'agissait de son père. Annabelle se souvenait de l'émotion avec laquelle Lombard avait évoqué un jour son père, la seule fois où elle l'avait vue se départir de sa sécheresse habituelle.

Une autre photo portait une dédicace :

« A mon ami Peter Lombardi, sans l'aide duquel je n'aurais jamais été élu sénateur de l'Indiana, son ami John T. Sullivan. »

Le père et sa fille se trouvaient en compagnie du sénateur et d'une inconnue, au bord d'un lac dans une région montagneuse. La photo avait été prise en été.

Annabelle se sentait excitée. La nature des liens qui unissaient, à l'époque, le père de la patronne au sénateur Sullivan l'intriguait. Cela méritait qu'elle aille jeter un coup d'œil dans le rapport d'enquête que le FBI avait forcément établi pour le compte de la Civil Service Commission, sur la personne de Claudia Lombard, comme pour toutes les nominations à un poste de responsabilité dans l'Administration fédérale. Mettre la main sur ce dossier ultra-secret ne serait pas une mince affaire, même pour elle. Mais le jeu en valait la chandelle. Quel triomphe, si elle réussissait à trouver un indice jetant un doute sur le passé familial de la directrice du FBBS !

Soudain, une lumière rouge se mit à clignoter sur la console du téléphone. Annabelle appuya sur le bouton du décodeur. Elle reconnut la voix de Robert Kane.

— Weaver ? C'est Kane.

— Où étiez-vous passé ? s'exclama Annabelle. J'ai cherché à vous joindre toute la matinée.

Un léger déclic avertit Annabelle. Quelqu'un avait intercepté la ligne. Lombard avait dû décrocher le poste de la chambre. La jeune femme sentit la rage la gagner.

— On a un problème, dit Kane.

— Je vous avais prévenu, répondit Annabelle, en se retenant pour ne pas l'insulter.

— Depuis hier soir, Sherman est entre les mains d'une bande d'illuminées, des métèques qui règnent sur tout un quartier d'East Los Angeles. D'après Williams, le chef de la police, elles ont tout ce qu'il faut pour intercepter nos conversations sur hautes fréquences. C'est pour ça que je n'ai pas pu vous appeler. Je devais revenir au bureau, pour bénéficier du codage.

— Kane, je vous jure que si cette fois vous...

— Ne vous en faites pas. On va l'avoir ! Mais il va falloir donner l'assaut.

— Qu'est-ce que vous attendez, alors ? dit Annabelle, qui s'était mise à crier.

Se savoir écoutée par la patronne la mettait au supplice. L'idée du week-end chez Lombard était une connerie. A moins que cette histoire de photos...

— C'est ce qu'on est en train de préparer, continua Kane. Donnez-moi un peu de temps, Weaver. C'est une affaire compliquée. On va devoir prendre les gros moyens.

— Que voulez-vous dire ?

— Il faut donner l'assaut dans un quartier où les flics ne mettent jamais les pieds ! Les Virginas sont armées jusqu'aux dents. Leur quartier général est un véritable blockhaus. Dès qu'on sera passé à l'action, toutes les bandes de chicanos les soutiendront. On va devoir affronter plusieurs centaines de jeunes armés, dans un quartier qu'ils connaissent comme leur poche. Je ne vois malheureusement pas d'autre moyen. A moins...

— A moins ? reprit Annabelle.

— A moins de laisser tomber Sherman. C'est la raison pour laquelle je vous appelle, Weaver. Il faut que vous en parliez à Lombard. Si elle veut qu'on l'attrape, j'ai besoin du feu vert de Washington. Un coup de téléphone au maire, ça ne ferait pas de mal non plus. Mais ça va faire du foin, c'est moi qui vous le dis !

— O.K, Kane, dit la jeune femme. J'en parle à la patronne. Rappelez-moi dans une heure.

Annabelle avait à peine raccroché que le vieux serviteur de Lombard vint lui annoncer que Madame l'attendait. La jeune femme suivit le Noir au premier étage. Il frappa à une porte, et s'effaça pour la laisser entrer.

Une odeur de vieilles roses flottait dans la pièce,

ajoutant à l'atmosphère étouffante. Lombard était assise devant une cheminée où brûlait un simulacre de feu de bois. Les flammes d'une rampe à gaz sifflaient sous des bûches artificielles rougeoyantes. Face à la fenêtre, un lit à baldaquin était recouvert d'un édredon jaune où dormaient les deux siamois dont la patronne lui avait si souvent parlé. Une console téléphonique identique à celle du bureau trônait sur la table de nuit.

C'était la première fois qu'elle voyait Claudia Lombard ainsi, les cheveux mi-longs dénoués sur ses épaules. Elle portait une robe de chambre chinoise en soie multicolore.

« Cette vieille peau a l'air dix fois plus vieille comme ça, se dit Annabelle, avec un ricanement intérieur. Quelle horreur, cette bonne femme ! »

— Venez vous asseoir, ma petite Anny, dit la directrice en lui indiquant un fauteuil. Vous avez mangé ?

— Non, Claudia. Merci, je n'ai pas très faim.

— On est entre amies. Je vous ai fait un peu attendre, je crois, continua-t-elle. J'avais un peu mal à la tête. Tout à l'heure, Billy vous montrera votre chambre. Elle est juste en face de la mienne. Des nouvelles, ce matin ?

— Vous êtes au courant, je pense, dit Annabelle.

— Au courant ? Que voulez-vous dire ?

— Eh bien, je crois que vous avez entendu la conversation que j'ai eue avec Kane.

Un instant désarçonnée, Lombard éclata de rire.

— C'est bien, Anny, c'est bien. Mais comment vous êtes-vous rendu compte... ?

— Ça n'a pas d'importance, répondit Annabelle, d'un ton plus sec qu'elle ne l'aurait souhaité.

L'air inquiet, Lombard se passa les doigts dans les cheveux.

« Elle flippe, ça lui fera les pieds », pensa Annabelle, satisfaite de la tournure que prenaient les événements.

— C'est le téléphone, n'est-ce pas ? continua Lombard. Il faudra que je fasse vérifier ça. On ne devrait pas s'en apercevoir... Bon, n'en parlons plus. Vous avez confiance dans ce Kane ? dit-elle brusquement.

— Pas trop, répondit Annabelle avec prudence.

— Vous avez raison. Je ne suis pas sûre qu'il soit à la hauteur. Sherman, c'est un gros morceau. On ne peut pas le laisser s'échapper. On le fera parler. Dites à Kane qu'il prenne contact avec Samuel Burger. Vous le connaissez ?

— C'est un Noir, je crois.

— C'est ça. Il a été dans les marines. Une excellente recrue. Il est en Californie pour une autre affaire. S'il y a du grabuge, il saura quoi faire. De mon côté, je vais téléphoner au maire de Los Angeles. Il sera ravi qu'on mette un peu d'ordre chez lui. Dites à Kane qu'il ne bouge pas avant que Burger soit dans le coup. S'il y a un assaut, Burger prendra la direction des opérations. Pour le reste, ça continuera à être Kane. C'est important de savoir ce qu'il vaut. Vous savez que c'est le fils de Steven Kane, le président du Rule Committee sénatorial. Il faut le ménager. Voilà. Je vous rejoins dans mon bureau d'ici une demi-heure. J'espère qu'on aura une soirée détendue. J'ai demandé à Billy de nous préparer un bon dîner. Vous aurez faim, j'espère...

Annabelle se leva. En passant devant le lit, elle tendit la main pour caresser l'un des chats, mais le matou lui donna un coup de griffe. Elle poussa un cri. Lombard jaillit de son fauteuil.

— Que faites-vous là, malheureuse... On ne doit jamais réveiller un chat. Vous l'avez surpris. Mon pauvre Titus !

Elle prit le chat dans ses bras, et se mit à l'embrasser avec effusion.

Tout en frottant la griffure sur le dos de sa main, Annabelle contemplait le spectacle pitoyable de cette femme au pouvoir démesuré, qui caressait son chat avec désolation. Puis, elle sortit de la chambre, sans un mot, pensant qu'elle devait absolument trouver un moyen pour que la directrice du FBBS cesse de peser sur son destin.

Chapitre 4

1

– Vous savez, Doris Hathaway se sentira sûrement plus libre, si je ne vous accompagne pas dans son bureau, dit Melissa Verne.

Du coin de l'œil, elle admirait l'aisance de Margaret Britten traversant la salle d'attente, indifférente à l'attention que lui témoignaient les malades. Melissa n'arrivait pas à la trouver antipathique, malgré son style si différent du sien. Elle se souvint de son malaise, une heure plus tôt, en traversant la salle d'attente. Maintenant, elle se sentait protégée des regards, comme chaque fois qu'elle se trouvait avec une femme dont elle admirait l'allure.

Elle retrouvait un sentiment qu'elle avait connu avec sa mère. La première fois, c'était à une présentation de mode. Elle n'était encore qu'une adolescente. A l'époque, sa mère, qui tenait une chronique dans un magazine féminin de New York, s'était rendue célèbre par son élégance et par la qualité de ses articles. Melissa avait éprouvé la même émotion, au moment où des murmures flatteurs avaient salué son arrivée dans le salon du couturier.

Les deux femmes se retrouvèrent devant les ascenseurs, dans le grand hall de l'Institut.

– Pour l'instant, je n'ai pas du tout envie de rencontrer Doris Hathaway, dit Margaret Britten, avec une nonchalance qui contrastait avec la tension qu'elle avait manifesté pendant la consultation. En fait, je souhaiterais avoir une discussion avec vous.

— Avec moi ? Mon mari serait sans doute plus qualifié, et...

— Mais non. Le fait que Verne ne soit pas à San Rafael est excellente occasion pour faire connaissance. Vous pourriez me montrer votre laboratoire.

— Le laboratoire ? répondit Melissa sans enthousiasme. C'est que... la plupart de nos collaborateurs sont partis en week-end, et si vous voulez voir comment il fonctionne..,

— Juste quelques minutes, insista Margaret. Cela m'intéresse beaucoup.

Ce soudain intérêt de la conseillère de Gilbert Chamberlin pour le laboratoire — et pour Melissa — ne cadrait pas du tout avec les raisons qui l'avaient officiellement amenée à l'Institut. Normalement, elle aurait dû vouloir rencontrer Doris Hathaway. Melissa se méfiait d'autant plus de sa demande qu'elle trouvait l'avocate séduisante.

Au dernier étage, un jeune gardien en uniforme actionna la gâche électrique commandant l'unique porte du palier.

Margaret Britten eut une exclamation de surprise devant l'invraisemblable désordre régnant dans le long couloir qui apparut devant elle.

— Voilà le labo, annonça Melissa.

— Je ne m'attendais pas du tout à ça, s'exclama Margaret Britten.

— C'est pourtant comme ça dans tous les labos du monde. Il n'y a jamais assez de place pour tous les appareils scientifiques.

Suivant Melissa, Margaret Britten se faufila dans le capharnaüm en lançant de temps à autre un regard curieux à travers les vitres donnant sur les différentes pièces du laboratoire. La plupart des portes étaient largement ouvertes, et quelques laborantins en blouse blanche saluèrent Melissa au passage.

— En temps normal, nous sommes presque quarante,

dit Melissa. Le labo est organisé en blocs regroupant les différentes techniques, et selon une logique qui va du propre au sale.

— Du propre au sale ?

— Exactement. Certaines techniques exigent une grande propreté, tant pour le contrôle que pour le déroulement des manipulations. Je vous montrerai tout à l'heure le labo où sont cultivés les virus du FS. Schématiquement, la zone propre est celle où sont cultivées les cellules vivantes, alors que la zone sale concerne tout ce qui est subcellulaire. Cela signifie qu'aucun germe pathogène vivant n'est manipulé dans la zone sale, mais seulement ses composants moléculaires, tel l'ADN génétique, ou telle protéine entrant dans la composition de la matière vivante. Dans notre domaine, la moindre erreur peut avoir des conséquences incalculables. L'organisation très stricte de la circulation des expériences est une précaution élémentaire.

Margaret Britten écoutait les explications de Melissa avec une grande attention. Cette femme était finalement sympathique...

Elle lui expliqua succinctement le mode de fonctionnement des ultracentrifugeuses et autres compteurs à radioactivité qui encombraient le couloir, avant de l'entraîner dans une pièce où étaient cultivées en incubateur les cellules humaines et animales nécessaires aux expériences. Elle lui montra la technique de préparation des cultures, effectuée dans des hottes à flux laminaire. Pendant les manipulations, on empêchait toute fuite de cellules vivantes vers l'atmosphère de la pièce, grâce à une aspiration constante qui formait un rideau d'air pulsé devant l'ouverture de la hotte où se tenait le manipulateur. Dans les pièces suivantes, elle lui montra les hottes à solvants, les lyophilisateurs, les congélateurs où étaient conservées les cellules jusqu'à moins 80°, les fours...

Seul dans une pièce, un jeune homme aux cheveux longs était assis devant un microscope. Il portait une blouse ouverte sur un gros pull à col roulé et un blue-jean.

— Voici notre baba cool, dit Melissa en présentant le chercheur à Margaret. Ne me demandez pas pourquoi on l'appelle comme ça, je n'en sais rien. Je ne sais pas ce que ça veut dire. Claude Georges, un espoir de la recherche. Il travaille sur les mutations du rétrovirus HIV.

— Je vous l'ai déjà expliqué, dit Claude Georges, en se détournant à peine du microscope posé sur une paillasse de céramique blanche.

Devant lui, une large baie vitrée s'ouvrait sur le parc de l'Institut. Au loin, les premières maisons de San Rafael apparaissaient entre les arbres.

— Baba cool est l'expression qu'on utilisait en France au siècle dernier pour désigner les gens qui prenaient la vie au sérieux, ajouta-t-il, l'œil à nouveau vissé sur son microscope.

— C'est-à-dire? demanda Margaret Britten.

— Je veux dire qu'ils préféraient regarder le ciel plutôt que la télé, par exemple. Moi, j'aime beaucoup regarder le ciel. C'est ce que je vois dans mon microscope.

Il ne se retourna pas quand les deux femmes quittèrent la pièce.

— Il est français? demanda Margaret Britten dans le couloir.

— Non, canadien, mais c'est pire, dit Melissa en souriant. C'est un original. Il admire beaucoup mon mari. Mais il le cache soigneusement. C'est un ami merveilleux.

Elles passèrent rapidement devant le grand laboratoire, dont la particularité, expliqua Melissa, était de n'en avoir aucune. C'était le lieu où s'ébauchaient les expériences, avant de subir un protocole rigoureux dans l'une des unités de recherche. Elles passèrent quelques secondes dans la chambre noire, où un microscope à fluorescence permettait de prendre des clichés de cellules préalablement marquées à la fluorescéine, avant d'arriver dans la partie dite sale du labo.

Elles commencèrent par visiter la chambre froide encombrée de « containers » d'azote liquide, d'agitateurs, d'éprouvettes, de flacons de mille couleurs. Puis, elles passèrent dans les pièces consacrées à la biochimie et à la biologie moléculaire, où l'on mesurait la densité optique des éléments biologiques par spectrophotométrie, le taux d'acidité par le pH-mètre, et le poids par la balance électronique sensible au cent millième de gramme. L'opération la plus importante consistait dans le décryptage de la composition moléculaire des séquences biochimiques. Des chromatographes à haute performance permettaient d'obtenir un résultat en quelques secondes.

— Toutes nos expériences sont gérées par l'ordinateur du labo, connecté avec la banque de données de l'Institut national de Bethesda, précisa Melissa.

— Mais, dites-moi, ma chère Mely. Je peux vous appeler par votre prénom ? J'aimerais que vous m'appeliez Maggie.

Melissa acquiesça en souriant.

— Oui ? Ça me fait vraiment plaisir, reprit Margaret. Il y a une question qui me trotte dans la tête depuis un moment. Ça va peut-être vous paraître idiot, mais j'aimerais savoir où se trouvent les virus du FS. Est-ce que vos collaborateurs en disposent librement ? Ne m'avez-vous pas parlé d'une pièce spéciale ?

— Nous y venons... Maggie.

Melissa entraîna la conseillère dans un petit couloir perpendiculaire au précédent, entièrement barré par une porte munie d'une lucarne.

— Voici le P3, selon la codification internationale, dit Melissa. Regardez par la fenêtre.

Margaret se pencha en avant.

— Vous voyez, c'est un sas. De l'autre côté, une porte identique à celle-ci donne directement dans le laboratoire. Pour y pénétrer, il faut se déshabiller entièrement dans le sas et revêtir une combinaison. Au retour, on fait l'opération inverse, après avoir pris une douche. Enfin, on passe sous une rampe de désinfection avant de ressortir. Vous souhaitez y aller tout de même ?

Margaret Britten hésita un court instant.

— Il n'y a aucun danger ?

— En principe, non. A moins de déraper sous la douche !

Elles se mirent à rire.

— Mais allons-y, dit Melissa. Il n'y a personne aujourd'hui, profitons-en.

Elle appuya sur la touche d'un interphone accroché au mur près de la porte.

— Nous pénétrons dans le « sous-marin », dit-elle dans l'appareil, Margaret Britten et moi.

— OK, fit une voix.

Le bruit d'une gâche électrique retentit, et la porte s'ouvrit.

2

Verne se demandait s'il n'avait pas commis une erreur en renonçant à prendre l'avion pour San Francisco. Les quatre journées de liberté qu'il s'était octroyées lui semblaient insuffisantes pour faire le point sur ce qui se passait en lui depuis qu'il avait appris la mort de Joseph Milner. Avec une terrible lucidité, il réalisait que, depuis des années, il s'était détourné d'une part essentielle de lui-même, persuadé que son travail acharné pour trouver une issue à l'épidémie de FS suffirait à remplir sa vie.

Assis depuis le début de l'après-midi dans le salon des premières de Union Station, la gare centrale de Chicago, il imagina qu'il décidait brusquement de disparaître sans laisser de trace. Sans doute s'apercevrait-il que sa présence n'était pas indispensable à l'Institut. Pas plus qu'auprès de Melissa, d'ailleurs.

Abstraction faite du chagrin de sa femme — parfaitement normal, après tant d'années de vie commune —, la crise qu'elle allait traverser ne pourrait que lui être salutaire. Depuis le temps qu'il était devenu l'exutoire de toutes ses frustrations, elle avait besoin d'une renaissance.

Verne ricana. Lorsqu'il était dans cet état d'esprit, il cédait immanquablement à son péché favori, qui consistait à mettre tous les enjeux d'une rupture imaginaire sur le dos de Melissa. En fait, il était incapable de concevoir ce qui se passerait pour lui. Dans son for intérieur, c'était le silence. Un « blank point », comme on disait en anglais. Un vide traversé parfois par une tendresse tiède. Il lui arrivait de penser que s'il demeurait près d'elle, c'était dans le but paradoxal de pouvoir se dire, tous les jours, qu'elle ne lui manquait pas. L'indépendance dans la dépendance. Curieux credo, qui avait l'avantage d'expliquer, en particulier, qu'il n'ait jamais eu la moindre réticence à proclamer qu'il aimait sa femme. Pourtant, aujourd'hui, il lui semblait bien que, vraiment, elle ne lui manquait pas.

Verne jeta un coup d'œil à sa montre. Encore deux heures avant le départ du *California Zephyr*. Il était épuisé. L'atmosphère de la salle d'attente était étouffante, malgré le froid. Peut-être était-ce le luxe suranné de la décoration qui le mettait mal à l'aise, ou les autres voyageurs qui, comme lui, attendaient le train dans des fauteuils clubs en cuir. Sous une plante grasse en plastique, un couple se disputait à voix basse. Dans un coin, sous un chapeau ridicule, une vieille dame les observait d'un air réprobateur. Seules les femmes portaient encore des chapeaux.

Verne se leva. Il préférait encore se promener.

L'immense hall rectangulaire de la gare était glacial. Au centre, derrière un guichet qui ressemblait vaguement à un kiosque de jardin public, deux employées de la compagnie Amtrak, emmitouflées jusqu'aux dents, frissonnaient en attendant un éventuel client. Plus loin, des bancs de bois disposés en cercle étaient occupés par des voyageurs isolés. D'immenses colonnes à chapiteaux corinthiens s'élevaient autour du hall sur trente mètres de hauteur, soutenant une verrière qui dispensait une lumière blafarde.

Union Station occupe un block entier à l'intersection de quatre rues du Loop, le quartier d'affaires de Chicago. La gare proprement dite est construite en sous-sol. Un escalier majestueux descend directement dans le hall depuis l'entrée principale de Canal Street. Un tunnel, qui mène aux quais souterrains, s'ouvre dans la salle sur le côté opposé.

Verne ne savait pas où aller. Il se sentait pris de claustrophobie à l'idée de se trouver sous la terre. Mais il n'avait aucune envie d'errer dans les rues enneigées de Chicago, balayées par un vent glacial venu des grandes plaines du Canada.

Il se dirigea vers un kiosque à journaux et acheta l'édition du jour du *New York Times*, son journal favori.

Un titre barrait la première page : « Mort du prix Nobel Joseph Milner. »

Il n'apprenait rien, et pourtant le choc lui coupa les jambes. C'était écrit. La mort de Milner était une réalité pour d'autres que lui seul. Un événement médiatique.

Il s'assit sur un banc et se mit à lire l'article.

Il y avait déjà quinze jours que Joseph Milner avait été trouvé inanimé dans sa soupente. Les circonstances du décès demeuraient obscures. L'autopsie n'avait rien révélé sur les circonstances de sa mort. Selon la police, il semblait s'être préparé à disparaître depuis plusieurs jours. L'hypothèse d'un suicide était vraisemblable, bien qu'aucun fait ne permît de l'affirmer de façon catégorique. Les raisons du long silence de la presse restaient également inexpliquées. Le correspondant du journal new-yorkais laissait entendre qu'il s'agissait d'un silence délibéré des pouvoirs publics autrichiens, lié à une enquête en cours sur une organisation internationale secrète dont Milner était un des chefs.

Suivait une courte notice biographique, rappelant l'opposition farouche du savant au projet de loi du représentant Larry Fuchs, au début du millénaire. Le journaliste faisait allusion à une séance du Comité de biosociologie, à Washington, à laquelle Verne avait assisté.

A cette époque, en 2003, quelques mois avant l'élection triomphale de Glen Monroe, la discussion battait son plein dans le Comité pour savoir s'il devait ou non se transformer en une Commission plus structurée, aux pouvoirs beaucoup plus étendus. A l'origine, le Comité avait été créé par le président démocrate Donald Adams — celui qui allait être battu par le républicain Glen

Monroe en 2004 — sur le modèle des Comités de bioéthique qui existaient dans la plupart des pays démocratiques. Son but était de susciter une réflexion sur les conséquences médicales, sociales, morales, etc., de l'apparition quasi concomitante du FS et de la gestation in vitro. Ces deux événements, bien que de nature différente, étaient liés dans leurs implications, et on avait décidé de les soumettre à la réflexion d'une assemblée de sages.

Les instances morales y étaient largement représentées : un prêtre catholique, un pasteur, un rabbin, un philosophe, un homme de lettres, une psychiatre, une sociologue, une politologue et une ethnologue. Quant aux scientifiques, ils étaient minoritaires : un virologue, une spécialiste des techniques de gestation artificielle, Joseph Milner en tant que généticien de renommée internationale — le seul non américain —, et René Verne, le biologiste qui avait découvert le FS. En somme, le gratin de l'intelligentsia du pays.

En fait, les réunions du Comité étaient rapidement devenues un lieu de discussions oiseuses. D'où le succès que rencontrait la proposition du candidat Glen Monroe de le transformer en Commission, d'autant qu'il avait eu la suprême habileté de promettre qu'en cas d'élection il conserverait les mêmes membres que le Comité.

La réunion évoquée dans le *New York Times* s'était tenue à Washington DC, dans la luxueuse salle de conférences de l'hôtel *Madison*, à quelques centaines de mètres de la Maison Blanche. La proposition de transformer le Comité en Commission avait été faite au Président par le sénateur démocrate George Dale quelque temps plus tôt. Il s'agissait de couper l'herbe sous le pied du *ticket* républicain Monroe-Hughes, qui en avait fait l'un de ses chevaux de bataille. Par courtoisie, le Président avait demandé au sénateur de soumettre le problème au Comité.

George Dale venait de terminer son discours devant les treize membres du Comité réunis en session plénière, en présence de la presse et des chaînes de télévision nationales. Il avait défendu son projet avec une conviction de vieux professionnel de la politique, et invité les membres du Comité à réfléchir sur les décisions draconiennes que l'Administration fédérale allait immanquablement devoir prendre, dans un avenir proche, compte tenu de l'augmentation foudroyante des cas de FS dans le pays et dans le monde. Ces décisions allaient avoir besoin du soutien d'un noyau restreint de spécialistes jouissant d'une autorité politique.

Pour masquer qu'il reprenait en fait l'essentiel du projet républicain, le sénateur, un trémolo dans la voix, en avait appelé au consensus de la classe politique américaine.

Verne, pourtant favorable au projet, avait eu plusieurs fois la tentation de rejoindre la position de Milner. Le cynisme politique de Dale l'exaspérait. Comme la plupart des commentateurs politiques en cette année 2003, il pensait que le président Adams ne serait pas réélu. Adams avait eu trop de scrupules politiques devant des décisions qui impliquaient une remise en cause des libertés fondamentales. Verne estimait profondément le vieil homme. Il imaginait sa solitude, et comprenait sa réticence à devenir le premier président à porter atteinte à l'esprit de la Constitution des Etats-Unis.

Mais ces hésitations, tout à son honneur, passaient de plus en plus pour un aveu de faiblesse. Des décisions radicales étaient devenues inéluctables. Une immense majorité d'électeurs se tournait aujourd'hui vers le candidat républicain et son programme de salut public, comme il l'avait nommé par analogie avec celui de la Convention française de 1791.

Verne pensait qu'il n'y avait en effet plus le choix, quel que fût son mépris pour les jeux politiciens. En fait, ce qui le préoccupait le plus était l'opposition irréductible de Milner au projet.

Il était consterné par l'obstination du vieux savant. Milner ne voulait pas entendre parler d'une quelconque participation des hommes de science à des décisions impliquant une limitation de la liberté et de la démocratie. Il ramenait chaque fois le problème à la période du nazisme, dont il avait subi la persécution dans son enfance. C'était insupportable. Cela empêchait toute discussion. Toujours ce tout ou rien des idéalistes, pensait Verne. Mais il aimait trop son maître pour s'opposer ouvertement à lui. Ainsi, chaque fois qu'il était question du projet entre eux, Verne avait réussi à esquiver la discussion.

En fait, depuis qu'il avait appris le retournement de l'Administration démocrate, Milner ne décolérait plus. Pour lui, il s'agissait d'une question de principe mettant en jeu ses convictions les plus profondes. Avant la réunion de Washington, il avait demandé au président de séance l'honneur d'être le premier à répondre au sénateur.

Verne aurait donné cher pour ne pas se trouver ce jour-là dans la salle de conférences de l'hôtel *Madison*. Un instant, il avait pensé se faire excuser. Mais ce n'aurait été que partie remise. Mieux valait faire face au moment où, pour la première fois, la question était abordée par le Comité. Peut-être cela permettrait-il, finalement, de désamorcer un conflit qu'il craignait pardessus tout.

Il se souvenait avec une précision extraordinaire du visage de Milner quand il s'était levé, pâle, déterminé, pour se diriger vers le pupitre destiné aux orateurs. Pour l'occasion, il avait passé une veste en tweed trop grande sur une chemise blanche rayée et une cravate fripée, ce qui accentuait son allure d'éternel vieil enfant. Ses lunettes cerclées sur le nez, il avait sorti un papier froissé de sa poche et, selon son habitude, avait tripoté ses narines pendant toute son intervention.

Au début, il avait essayé de lire son discours d'une voix marquée par son lourd accent germanique.

— Mesdames et messieurs, veuillez excuser le vieil homme que je suis, avait-il dit au bout de quelques minutes de lecture, mais je ne m'en sors pas avec ce papier. Je vais essayer de vous dire ce que je pense comme ça me vient...

Des applaudissements avaient spontanément éclaté parmi la trentaine de journalistes qui assistaient à la réunion. On aimait bien le vieux Milner dans la presse, son affabilité et son humour caustique. Verne sentait que l'angoisse le prenait à la gorge. Cette fois, il n'échapperait pas à une explication.

Par instants, la voix de Milner était traversée de brusques accès de passion. Il se mettait alors à sourire, de son air enfantin, cherchant manifestement à s'excuser de rappeler, devant une telle assemblée, les principes éthiques universels dont devait s'inspirer, selon lui, toute démarche scientifique. De temps en temps, son regard quêtait en vain une approbation de Verne. Ce dernier s'était volontairement tourné sur le côté. Pendant que son ami parlait, il observait le sénateur qui, assis à quelques mètres de lui, menait une conversation à voix basse avec son secrétaire.

Verne frissonna et regarda autour de lui. Depuis tout à l'heure, le hall s'était un peu rempli. Personne ne faisait attention à lui. Il regarda sa montre. Il ne lui restait plus qu'une heure. Il reporta son attention sur son journal, et tomba sur une page de publicité pour soutiens-gorge qui le fit sourire. La lingerie semblait portée par une femme invisible. L'image évoquait les objets et les vêtements rendus fluorescents, dans le noir, sous l'effet d'une lampe à ultraviolets. « Dans le noir, une femme noire sur fond noir avec un soutien-gorge fluo », songea Verne comme une litanie... C'était le maximum de ce que l'on tolérait aujourd'hui. Il se rappela les photos des mannequins qui se montraient nues, vingt ans plus tôt.

En mille neuf cent... il ne savait plus très bien, il avait fait la connaissance d'un modèle professionnel dans une soirée à la campagne, en France. Elle posait dans une publicité pour lingerie féminine sur toutes les affiches du métro parisien. Mais Verne n'avait établi aucun rapport entre la jeune femme souriante qui se tenait devant lui et la photo du métro. Troublé, il avait passé la soirée à lui expliquer qu'il était sûr de l'avoir déjà rencontrée quelque part. Elle lui avait répondu avec ironie qu'il ferait mieux de trouver autre chose que cette formule éculée de dragueur, s'il souhaitait faire plus ample connaissance. Il se souvenait de la stupeur et du trouble qu'il avait éprouvés lorsqu'elle avait fini par lui dire la vérité à la porte de son hôtel. Ils ne s'étaient plus quittés pendant un mois. Puis elle était repartie au Danemark rejoindre son mari... à moins que ce ne fût en Finlande ? Il avait essayé quelque temps de ne pas regarder les fameuses affiches...

Une brusque angoisse tira Verne de sa rêverie. Il ressentait les premiers signes d'une décharge aspique. Il se leva d'un bond, et se précipita vers l'escalier qu'il grimpa à toute vitesse.

Dans la rue, il fit quelques pas en titubant, essayant de ne pas déraper sur la neige.

Bien que le vent glacial s'insinuât sous son pardessus en plastech, il renonça à mettre le chauffage en marche. Une gorgée de bile lui remonta dans la bouche. Il se plia en deux. Un instant, il regarda fixement le trou fumant que la bile avait creusée dans la neige sale. Enfin, il put se redresser et marcher. L'air froid lui faisait du bien.

Heureusement, il avait évité la plus grosse partie de la crise. Mais que lui arrivait-il ? C'était vraiment incroyable que l'annonce de la mort de Milner ait de telles résonances en lui ! Ce qui l'impressionnait le plus, c'était de constater les effets de ce deuil sur son état physique.

Verne était arrivé à l'un des angles de la gare. A quelques dizaines de mètres, la tour de Sears, la plus haute du monde, surplombait le boulevard Jackson qui filait tout droit vers le port de Chicago. Un instant, Verne eut envie de marcher jusqu'au lac Michigan. Mais il renonça : il n'en aurait probablement pas la force.

Il s'adossa contre l'une des colonnes de la gare, les mains dans les poches. En fait, il était ébranlé moralement par son ébauche de décharge aspique. A trente-neuf ans, l'implantation d'un Aspic n'avait pas été une partie de plaisir.

A sa grande surprise, il s'en était finalement assez bien accommodé. Il y avait même trouvé des avantages, la question sexuelle étant réglée une fois pour toutes. Il avait des choses plus importantes à faire. Melissa avait eu du mal à accepter la situation. Mais il n'y avait pas d'autre issue.

Brusquement, alors que la décharge aspique semblait s'être éloignée, une violente nausée le secoua, et il vomit tripes et boyaux sur le trottoir. Un passant voulut lui venir en aide — car il n'était pas rare de rencontrer un homme plié en deux contre un édifice en cette époque de misère. Mais Verne refusa en balbutiant. Il voulait être seul. Au moment où il avait senti la nausée monter, l'image de Milner, ses cheveux blancs en bataille, s'était à nouveau imposée à lui.

Derrière le pupitre, il se tenait immobile, silencieux, ses yeux bleus fixés sur Verne.

— Et vous, René Verne, que pensez-vous de tout cela ? venait-il de lui demander. Je ne vous ai pas encore entendu. Le célèbre découvreur du Feu Sacré a-t-il une opinion ? ajouta-t-il avec ironie.

Le discours de Milner était terminé depuis plusieurs minutes. Certains membres du Comité étaient déjà intervenus pour exposer en quelques mots la position qu'ils allaient prendre au moment du vote final. Les avis étaient partagés. Peu de membres soutenaient sans restriction la position irréductible de Milner. Plus nombreux étaient ceux qui soutenaient le sénateur Dale. D'autres enfin comptaient s'abstenir et demandaient un complément d'information.

Verne n'avait rien dit, espérant encore qu'il n'aurait pas à s'opposer au vieux devant les dizaines de millions d'Américains qui suivaient le débat télévisé. Il avait pensé à Melissa, assise devant un poste à l'université de Californie avec quelques-uns de leurs amis. Elle l'avait supplié, avant son départ, de ne pas intervenir après Milner. Mais ce n'était plus possible. Ce vieil imbécile venait de l'interpeller devant le pays tout entier, avec une ironie qui ne lui laissait aucune échappatoire.

La mort dans l'âme, Verne s'était levé pour prendre la parole depuis sa place. Le silence s'était fait dans la salle.

Son prestige de découvreur du FS était considérable. Verne se souvenait presque mot pour mot de son intervention. Dès ses premières paroles, une expression de surprise douloureuse était apparue sur le visage de Milner.

— Les principes de l'éthique scientifique et médicale, qu'aucun homme digne de ce nom ne peut décemment réfuter, ont permis à notre civilisation de connaître un épanouissement sans précédent. Je tiens à remercier du fond du cœur mon maître et ami le Pr Joseph Milner de nous avoir rappelé ce que nous devons à nos maîtres qui, depuis des générations, nous ont transmis leurs idéaux...

« ... Chaque fois que la science a failli à sa mission d'éclairer les hommes dans leur marche vers le progrès et la démocratie, les conséquences ont été redoutables pour tous. Notre civilisation a malheureusement eu l'occasion, au cours du siècle dernier, de montrer les périls qu'une science dévoyée pouvait faire courir. Certains parmi nous en ont été marqués dans leur chair, et c'est le cas de notre ami, le Pr Joseph Milner. Cependant, le dilemme terrifiant qui se pose aujourd'hui est sans précédent : devons-nous, pour une position de principe, aussi noble soit-elle, envoyer des millions de gens à une mort certaine, ou devons-nous, au contraire, passer un compromis transitoire avec nos grands principes, et sauver l'espèce humaine ? Pour ma part, c'est après avoir longuement hésité que je réponds oui à la proposition du sénateur Dale. Ma tristesse est grande de me séparer aujourd'hui sur ce point particulier du professeur Milner. Oui, il faut suspendre transitoirement la liberté, et en particulier la liberté sexuelle. Oui, il faut prendre certaines mesures coercitives pour essayer de ralentir l'épidémie, en attendant de voir les courbes de mortalité s'inverser. Ce qui est en jeu, ne l'oublions pas, c'est la survie de l'humanité...

« ... Les scientifiques ne doivent pas fuir leurs responsabilités. Il est impératif qu'ils participent à tous les stades des décisions politiques, administratives, sociales, etc., qui devront être prises. Leur présence sera une garantie contre les risques que cette nouvelle politique ne se transforme en répression. Seuls les scientifiques possèdent une juste perception de ce qui est en jeu dans l'infection directe des gamètes par le FSV à laquelle nous assistons aujourd'hui...

« En conséquence, je considère qu'il est en effet nécessaire que le pays possède une Commission investie des plus grands pouvoirs, afin que notre nation et le monde guérissent d'un mal dont nous commençons seulement à percevoir jusqu'où il risque d'entraîner l'humanité. Si le président des Etats-Unis se résout à soutenir le projet du sénateur Dale, que ce soit avec ou sans notre vote, je propose que les membres de ce Comité s'engagent solennellement à veiller à ce que toutes les libertés publiques et privées soient rétablies, conformément à la Constitution, dès qu'une solution aura été trouvée à l'épidémie de FS...

Verne s'était assis dans un tonnerre d'applaudissements. Il avait compris que, s'il existait encore le moindre doute, son intervention avait fait pencher la balance du côté du nouveau projet. Une immense tristesse l'avait envahi. « De quelque manière qu'on le prenne, avait-il pensé, je l'ai trahi... »

Milner n'avait pas bougé. Dès que le silence s'était rétabli, il avait repris la parole d'une voix étonnamment douce. D'un même mouvement, ses auditeurs s'étaient penchés en avant pour mieux l'entendre.

— Je ne saurais décrire ce que je ressens, après avoir entendu, à l'instant, un de mes anciens élèves, sans doute l'un des plus doués de sa génération, prendre une position contraire à tout ce qui a constitué, jusqu'à présent, ma fierté d'homme de science. Oh ! certes, ce qu'il a dit est intelligent et plein de bon sens. Mais comme beaucoup d'entre nous sans doute, il semble penser que la nature humaine se résume à quelques équations plus ou moins manipulables, dont certaines resteraient simplement à découvrir...

« ... C'est un grand malheur pour le monde si les scientifiques de ce pays sont incapables de maintenir une position qui, bon an mal an, a eu pour effet, jusqu'à présent, de limiter le pouvoir formidable qu'ils ont conquis sous la pression des événements. Quoi qu'il lui en coûte, en effet, un scientifique ne saurait exercer quelque pouvoir politique que ce soit. Il ne doit concourir à aucune mesure coercitive, quand cette dernière a pour corollaire des conséquences contraires à son éthique...

« ... Cette nécessité est non seulement le fruit d'une éthique, mais la condition même du progrès de la science, qui n'est elle-même qu'une infime partie du problème que pose le progrès de l'humanité. J'ai déjà eu l'occasion de le développer à plusieurs reprises : pour un scientifique, l'éthique prend sa source dans l'expérience scientifique elle-même. Elle fait partie de ses conditions d'existence, au même titre que la matérialité du protocole. Dans cette mesure — et dans cette mesure seulement — on peut soutenir que ce que l'homme de science observe et découvre du règne vivant est indissociable des intentions qui le guident. Qui peut dire comment nous apparaîtrait le virus FSV, si nous ne savions pas qu'il est l'agent responsable du FS ? C'est là toute la difficulté, car la science agit sur le monde, et elle est agie en retour. Nos enjeux philosophiques, éthiques, religieux imprègnent le réel, et le transforment. C'est la raison pour laquelle je suis convaincu, mesdames et messieurs, que la question soulevée aujourd'hui déborde le cadre de la confrontation de nos opinions personnelles...

« ... Conserver la démocratie, toute la démocratie, garantir la liberté de l'individu quoi qu'il nous en coûte, c'est finalement la meilleure chance que nous ayons de vaincre le FS. Dans cette perspective, je dirai volontiers que la question soulevée par mon éminent collègue, le Pr René Verne, concernant la nécessité de restreindre momentanément le fonctionnement de notre démocratie, est proprement une question scientifique, inséparable de ce qui nous occupe dans nos laboratoires.

Milner s'était arrêté, comme pris d'une extrême fatigue. Il avait soigneusement rangé ses lunettes dans la poche de sa veste. Puis il avait ajouté, en relevant la tête :

— Mesdames et messieurs, je tiens à ce que vous

sachiez que, quel que soit le destin de ce Comité, j'ai été fier et heureux de travailler avec vous pour le bien de votre grand pays.

Puis, dans le silence général, il avait quitté la salle de conférences d'un pas lent, sans se retourner.

Le froid était devenu intenable. Verne eut l'impression que les larmes commençaient à geler sous ses paupières. Il ne savait plus très bien où il en était, mais la crise semblait cette fois s'être éloignée. Il jeta un regard vers le ciel, qui éclatait d'un bleu sans nuance, et retourna à la gare.

3

— Je voudrais vous poser une question, demanda Melissa. Ne vous sentez pas obligée de répondre. Avez-vous des raisons personnelles de vous intéresser à la découverte du FS?

— Je ne me sens pas obligée, répondit Margaret d'une voix hésitante. Je vous en dirai quelques mots tout à l'heure. Mais, je vous en prie. Racontez-moi d'abord.

— Comme vous voudrez. Asseyons-nous là. Nous serons mieux pour parler.

Melissa désigna deux tabourets hauts sur pieds installés devant une paillasse de céramique blanche où se trouvait un terminal d'ordinateur.

Elle s'assit de profil. Margaret ne la quittait pas des yeux.

Les deux femmes avaient revêtu une blouse de chirurgien et un bonnet en jersey. Un masque en coton leur dissimulait le bas du visage.

Le « sous-marin » était grand, sans fenêtres, et encombré d'appareils scientifiques. L'éclairage du plafond ne laissait rien dans l'ombre. Une porte ronde en acier brillant d'un mètre de diamètre munie d'un volant, se trouvait à mi-hauteur sur le mur opposé. Melissa avait expliqué à Margaret qu'il s'agissait d'un autoclave permettant de stériliser le matériel sortant du P3.

— J'ai rencontré René Verne quelques mois avant sa découverte, commença-t-elle à mi-voix. Je suis originaire du Connecticut où j'ai fait mes études. Avant de venir en Californie, je travaillais au laboratoire de l'université de Yale, où je préparais une thèse sur l'écologie du système hôte-virus dans le déclenchement des épidémies : c'est ainsi qu'on appelle l'entité formée par l'être infecté — une salade, un mouton ou un homme... — et le virus qui l'infecte. Le système hôte-virus. Je m'intéressais à l'idée qu'on ne peut rien comprendre aux épidémies si on n'étudie pas les conditions écologiques qui font qu'un groupe-hôte est immunisé, alors qu'un autre est emporté par une infection foudroyante... Vous me suivez?

— Oui, continuez.

— Vous savez qu'une des hypothèses, concernant le virus du SIDA, est qu'il existait à l'état endémique dans certaines tribus africaines, peut-être depuis l'Antiquité. Ce serait le changement d'équilibre du système écologique mondial qui serait à l'origine de l'épidémie à laquelle nous faisons face depuis trente ans. Les changements de condition de vie, l'arrivée massive de coopérants, la rapidité des communications, etc. D'accord?

— Oui, oui.

— Bon. Quand j'ai appris que le Pr Milner s'était installé à San Francisco, j'ai décidé de le rejoindre. C'est lui qui a pris position contre la loi Fuchs, vous vous souvenez?

— Bien sûr.

Melissa se tut un instant.

— C'était un grand homme, un ami.

Elle décida de ne pas évoquer la tragique nouvelle que lui avait communiquée René.

— A l'époque, il travaillait sur la phylogenèse des virus, et Verne travaillait avec lui. Je n'avais d'yeux que pour René. Pendant les trois premiers mois, il ne m'a pas regardée une seule fois. C'était à désespérer. Jusqu'au jour où je l'ai rencontré chez Micha Oblomov.

Margaret Britten fit un geste brusque, qui faillit la déséquilibrer. Elle s'excusa, confuse d'avoir interrompu Melissa.

— Ce n'est rien, répondit Melissa, qui avait remarqué la nervosité de Margaret. Tout ce que je vous raconte a son importance...

— J'ai tout mon temps, dit Margaret.

— Micha était un peintre mystique, d'origine russe. Il avait profité d'une exposition à New York, concernant je ne sais quel échange culturel, pour rester aux Etats-Unis. Il était obsédé par les icônes. Il en peignait toute la journée. C'était un admirateur d'Andreï Roublev, un peintre du Moyen Age. Vous en avez entendu parler? Un dénommé Tarkovski en a fait un film admirable, dans les années 1970. Un chef-d'œuvre. Selon Micha, Roublev était le plus grand peintre d'icônes de tous les temps. Il vivait dans un atelier sur Telegraph Hill, à San Francisco. Je l'avais rencontré dans le parc de l'hôpital, où il était venu passer un test. J'allais souvent le regarder peindre. Il vendait toute sa production. Il était homosexuel. La moindre idée d'infection le terrorisait. Il ne parlait jamais de ses expériences sexuelles, mais chaque fois qu'il prenait un air innocent pour me poser certaines questions, je savais qu'il avait encore peur d'être allé trop loin. Un jour, en arrivant chez lui, je l'ai trouvé dans un état d'excitation extraordinaire. Il m'a dit qu'il venait de recevoir un cadeau somptueux d'un ami français. J'ai immédiatement pensé à René Verne. René lui avait en effet offert un livre d'art consacré au *Retable* d'Issenheim. Vous connaissez?

— Non. Je suis désolée de vous paraître aussi inculte.

— Je ne le connaissais pas non plus, et ne l'aurais sans doute jamais connu sans René. C'est une œuvre religieuse sur plusieurs panneaux qui se trouve en France dans sa ville natale. Micha, lui, en avait entendu parler. Mais il ne l'avait jamais vue. Ça a été pour lui une véritable révélation. Il ne parlait plus que de partir pour la France voir le *Retable*. Il disait que ça allait changer sa manière de peindre. Il disait tant de choses... C'était un enfant. Deux jours plus tard, je rencontrais René Verne chez lui. Nous sommes sortis ensemble. Quand Micha a compris ce qui se passait entre nous, il est devenu fou de joie. Pendant quelques mois, ça n'a été que rires et balades à trois en voilier. Quelquefois, Joseph Milner se joignait à nous. Et un jour, ça a mal tourné...

— Continuez, dit Margaret.

— Oui. Micha nous a fait appeler, René et moi. Nous étions au laboratoire, et nous ne l'avions pas vu depuis dix jours à cause d'un travail urgent. Il nous attendait dans une salle de consultation. Il était pâle comme un mort. Ses yeux bleus si clairs étaient injectés de sang. On l'a hospitalisé. Dans les semaines suivantes, tous les traitements que nous avons essayés ont échoué. Le plus inquiétant était sa fièvre, torride, rebelle, qu'aucun antipyrétique ne réussissait à faire descendre au-dessous de 39°. Micha avait un herpès génital, énorme, dont nous n'arrivions pas à le débarrasser. Il était couvert d'une éruption violacée. Il se grattait sans arrêt. Il absorbait huit litres de liquide tous les jours par toutes les voies : boissons, perfusions... Il vomissait tout ce qu'il avalait : ce n'était plus qu'un squelette. Sa fièvre n'était pourtant justifiée par aucune infection intercurrente, aucune inflammation, rien. Tous les examens biologiques se révélaient négatifs. Or, comme vous le savez, lorsqu'un SIDA se déclare, ce n'est pas l'infection virale elle-même qui est la cause de la détérioration clinique, mais les maladies intercurrentes que le malade développe du fait de la destruction de son système immunitaire. Mais, dans le cas de Micha, on ne trouvait rien. Le SIDA paraissait silencieux. La formule sanguine était presque normale. Nous avions la curieuse impression que tout se passait comme si cette fois, c'était le virus HIV qui était directement la cause de la détérioration clinique. Or, c'était bien le cas, en effet.

« René travaillait dans son laboratoire comme un forcené. Il voulait comprendre. Avant de commencer la chimiothérapie — il existe une série de produits qui, tant qu'ils sont bien supportés, stoppent l'évolution du SIDA ; malheureusement, à la longue, ils ont des conséquences négatives sur l'organisme —, il attendait d'en savoir plus. Il pensait qu'une maladie intercurrente évoluait à bas bruit. Qu'aurait-il pu croire d'autre ? Micha subissait tous les examens imaginables. Chaque jour, je lui expliquais qu'il devait patienter, qu'il était urgent d'attendre. Nous voulions agir à coup sûr. Une décision thérapeutique aveugle risquait de brouiller les cartes.

« Et puis, un jour, René a eu une idée saugrenue. Il a décidé de lui faire passer une scintigraphie. C'est un examen radiographique. On injecte au patient un anticorps marqué à l'iode radioactif. Les cellules infectées par le virus portent en surface un antigène sur lequel vient se fixer cet anticorps. Ensuite, on peut visualiser les lieux où se développe l'infection à l'aide d'un appareil sensible à la radioactivité. Sur l'écran, les zones où se concentrent les cellules infectées apparaissent en rouge sur le fond bleu du corps. Cet examen est surtout utilisé chez les cancéreux, pour détecter d'éventuelles métastases. Chez Micha, on s'attendait à trouver les zones de concentration habituelles des cellules infectées par le HIV : essentiellement le système lymphatique et ses ganglions, l'appendice, et l'encéphale... Or, imaginez notre surprise quand nous avons découvert une concentration incroyablement dense de virus dans les testicules !

« Que s'était-il passé ? Nous avons aussitôt examiné le sperme de Micha. En cas de SIDA, et contrairement à ce que croient beaucoup de gens, la concentration en lymphocytes infectés par le HIV n'est pas beaucoup plus grande dans le liquide séminal que dans les autres humeurs du corps. Si le sperme est plus « infectant », c'est parce qu'il possède la capacité de déprimer transitoirement le système immunitaire de son hôte. Après tout, la finalité du sperme est bien de favoriser la pénétration d'un élément étranger dans le corps d'une femme. Autrement dit, nous savions que la maladie se répandait par le biais des lymphocytes infectés contenus dans le sperme ou dans le sang. Mais les spermatozoïdes, quant à eux, étaient intacts. Or, dans le cas de Micha, il ne nous a pas fallu longtemps pour découvrir que les spermatozoïdes étaient eux-mêmes infectés dans une proportion phénoménale ! Le virus avait pénétré le noyau du spermatozoïde comme s'il s'était agi d'un lymphocyte T4 du sang. Cela ne pouvait signifier qu'une seule chose : il avait muté.

« Nous n'avions plus affaire au même agent infectieux. Paradoxalement, cette mutation, qui a eu les conséquences que vous savez, est relativement minime du point de vue biologique. Elle est même insignifiante. Après tout, un spermatozoïde est une cellule comme une autre. En mutant, le virus aurait pu prendre pour cible n'importe quelle autre cellule de l'organisme. Malheureusement, le destin a voulu que ce soient les cellules germinales qui aient été visées par la mutation du FSV !

— Le destin... vous pensez que c'était inéluctable ?

— Comment voulez-vous répondre à cette question ? Un ami a calculé que la probabilité pour que cette mutation ait lieu était de un sur dix milliards. Rationnellement, c'est tout ce qu'on peut dire. Le reste est de la poésie. Le problème, dans le FS, c'est que l'infection se transmet directement au fœtus par l'intermédiaire des gènes du spermatozoïde, chaque fois qu'un ovule est fécondé. C'est pourquoi on parle de SIDA héréditaire : la lignée est directement atteinte. On pourrait dire qu'une fois installé dans le noyau du spermatozoïde, le virus fait partie du patrimoine génétique des effésiens, au même titre que la couleur de leurs yeux ou de leur peau... Dès que Verne communiqua sa découverte, on diagnostiqua des dizaines de cas de ce nouveau type de SIDA. En fait, la maladie courait à bas bruit depuis plusieurs mois, sinon plus. Une maladie qui allait changer notre civilisation, jusqu'à interdire tout rapport sexuel.

— Et Micha Oblomov ? demanda Margaret, d'une voix blanche.

— Il est mort en trois mois. Je crois qu'il n'avait plus envie de vivre, quand il a compris ce qui se passait.

Elle se passa une main dans les cheveux.

« René voulait appeler le nouveau SIDA la Fièvre Spermatique, continua-t-elle, pour la différencier de la forme commune. La veille de sa communication à un congrès international qui se tenait à Atlanta, en Georgie, Joe Milner lui a suggéré de surnommer la Fièvre Spermatique le « Feu Sacré », du nom donné, au Moyen Age, par les Antonins d'Issenheim à la maladie de l'ergot de seigle. Provoquée par une moisissure du seigle, l'épidémie atteignait des populations entières. Les gens mouraient comme des mouches dans une déchéance physique épouvantable. Ils déliraient, etc. Evidemment, on les croyait possédés par le diable. Deux siècles plus tard, ç'allait être la même chose avec la syphilis... René m'a parlé de l'idée de Milner le matin de sa communication. Il la trouvait trop théâtrale. Mais elle le fascinait incontestablement. Une heure plus tard, nous apprenions la mort de Micha.

« Quand René a pris la parole, il a commencé par un hommage à Micha Oblomov. Puis, il a surpris tout le monde — sauf Milner — en disant qu'il souhaitait nommer cette nouvelle maladie le Feu Sacré. Dans la salle, c'était la consternation générale. Le bouleversement qui nous attendait était sans commune mesure avec tout ce qui s'était passé jusque-là. Les virus, inclus dans les cellules germinales, faisaient dorénavant partie de la constitution biologique de l'embryon dès la fécondation. Il n'y avait plus aucun moyen d'y échapper. Enfin, vous savez ça aussi bien que moi.

Voilà. Micha a été incinéré. Selon ses dernières volontés, ses cendres ont été dispersées au-dessus de l'océan.

Melissa se tut. Un long silence s'installa.

Puis Margaret prit la parole. Sa voix avait changé. Elle ne cherchait plus à dissimuler son émotion.

— J'avais un frère unique, mon aîné de trois ans. Freddy était professeur d'histoire de l'art à l'université de Berkeley. Il vivait seul depuis deux ans. Sa femme était repartie avec leur fils habiter dans l'Oklahoma, où se trouvait toute sa famille. Un soir, nous avons dîné ensemble. Je ne l'avais pas revu depuis des mois. Freddy ne tenait pas en place. Il avait l'air malade : il avait maigri, son teint était terreux, ses yeux cernés de noir... Je lui ai posé une foule de questions, il a fini par se mettre en colère. Il refusait de consulter les médecins. Il est mort quelques semaines plus tard. C'était en 1998.

— En 1998? Vous voulez dire qu'il est mort...

— Il est mort du FS, à l'hôpital de San Francisco. C'est du moins ce que l'on m'a dit. Le choc a été terrible.

Je n'arrivais pas à comprendre pourquoi on faisait des mystères sur les circonstances de sa mort. Quand on m'a enfin dit la vérité, j'ai compris. C'étaient les débuts. Tout le monde n'avait que le FS à la bouche. Et voilà qu'il y a quelques semaines...

Elle reprit sa respiration.

— Il y a quelques semaines? insista Melissa.

— ... je suis allée à Berkeley pour rencontrer un client de Gilbert Chamberlin. Comme j'avais un peu de temps, je suis entré chez un marchand de tableaux. J'ai eu la surprise d'y rencontrer un vieux camarade de Freddy, Stephen Javitt, un prof de littérature. Stephen m'a invitée à prendre un verre. Il avait l'air bizarre. Nous avons parlé de Freddy. Il a fini par me dire ce qu'il aurait dû me raconter depuis des années, a-t-il précisé : à la fin de sa vie, mon frère avait fait la connaissance d'un peintre homosexuel, dont il était tombé éperdument amoureux. La découverte de son homosexualité a dû être pour Freddy une véritable tragédie.

— Et ce peintre...

— ... était Micha Oblomov. Steph m'a rappelé les circonstances de la découverte du FS. Mon frère en a été l'une des premières victimes. La deuxième, peut-être. Je voulais que vous me parliez de l'homme qui a tué mon frère.

— Ne dites pas de bêtises. On n'est pas responsable...

A cet instant, la sonnerie du téléphone mural retentit.

— C'est le Dr Jackson, dit Melissa, dès qu'elle eut raccroché. Il est inquiet à cause de votre réaction à son égard.

— Je comprends son inquiétude, répliqua Margaret qui avait du mal à retrouver son sang-froid. Nous avons du travail. Allons dans votre bureau, voulez-vous?

En se rhabillant dans le sas du P3, Melissa eut l'impression, pour la première fois, de comprendre la raison qui avait poussé Joseph Milner à proposer de surnommer la Fièvre Spermatique le Feu Sacré. Sans doute avait-il pressenti que le FS allait dévorer non seulement les corps, mais également les âmes des hommes.

4

Sherman crevait de faim à en avoir la nausée. Il aurait donné n'importe quoi pour avaler une pilule d'amphétamines. Ça l'aurait peut-être un peu calmé. Mais là, enfermé dans le noir depuis des heures, il n'en pouvait plus. Curieusement, sa hanche ne lui faisait plus mal. Il se demanda ce que les Virginas lui avaient fait. Ça ne leur ressemblait pas de soigner un « wasp », un Blanc, anglo-saxon, protestant, et en plus un homme : un « male wasp », c'était pire que tout.

Il se demanda si elles se comportaient différemment avec les Mexicains. Probablement pas. Les gangs de femmes contrôlaient pratiquement tout le territoire de East Los Angeles et, parmi elles, les Virginas avaient la réputation d'être les pires. Les Compadres étaient le seul gang d'hommes survivant : quinze ans plus tôt, à l'époque où il s'était intéressé aux chicanos de Los Angeles pour un vague projet de film, les barrios étaient exclusivement aux mains des hommes...

Sherman tendit l'oreille. Pas un bruit, pas un brin de lumière. Mais où avait-on bien pu l'enfermer? Une angoisse incoercible l'envahit. Ces folles l'avaient peut-être enterré vivant. Voilà pourquoi il ne pouvait plus bouger. Il chercha à se raisonner. Dans ce cas, il aurait dû sentir le contact glacial de la terre sur son visage. Il n'aurait pas pu respirer...

Mais la panique ne le quittait plus. Il voulut ouvrir la bouche pour crier. Mais rien ne se produisit. Sa mâchoire refusait obstinément de bouger.

Paradoxalement, l'idée délirante qu'il était mort alors qu'il continuait de penser le calma un peu. Au moins il ne souffrait pas, c'était l'essentiel. En fait, il ne ressentait rien. A moins que... Tout cela n'avait aucun sens. Il respirait ! De l'air pénétrait dans ses poumons. Et puis, il y avait cette faim, qui lui tenaillait le ventre.

Le staccato rapide d'un pas contribua à le ramener à la réalité. Deux flammes éblouissantes jaillirent brusquement du fond de la nuit, lui vrillant les yeux jusqu'au fond du crâne. Il voulut fermer les paupières et tourner la tête. Mais en vain.

La fureur l'envahit.

— Passe-moi la seringue, entendit-il.

A travers les larmes qui lui troublaient la vue, il discerna le visage d'une femme qui se penchait sur lui.

— Alors, mon coco, on revient à la vie?

La douleur qu'il ressentait à la hanche était en effet en train de se réveiller. Il émit un curieux borborygme en réalisant qu'en fait, il se tenait debout, entièrement ligoté. Il ne pouvait absolument pas bouger.

— On t'a fait une piqûre au curare, mon petit bonhomme, dit alors la personne qui se tenait devant lui. Histoire que tu nous foutes la paix. Maintenant, on va s'occuper de toi. Ça ne va plus tarder. L'effet du curare va disparaître. On va pouvoir te faire jouir un peu...

Peu à peu, la vision de Sherman redevenait normale. Devant lui se tenait une femme d'une trentaine d'années, vêtue d'un ensemble en cuir noir composé d'une redingote sans manches et d'un pantalon décorés d'une invraisemblable quincaillerie. Ses cheveux bruns, ultra-courts, formaient une sombre auréole hirsute autour de la tête. D'une main couverte de bagues, elle agitait en grimaçant le sparadrap qu'elle avait arraché des yeux de Sherman. A ses côtés, une femme plus jeune tenait la seringue avec laquelle elle venait de lui injecter l'antidote. Toutes deux portaient le signe distinctif des Virginas, une rose tatouée sur la joue gauche.

Devant ce spectacle digne d'un music-hall, Sherman put enfin fermer les yeux. Il fut pris d'un fou rire qui se transforma rapidement en une toux violente. Une douleur fulgurante dans le bas-ventre lui arracha alors un hurlement.

— Toi, tu as intérêt à ne pas faire le malin, dit la femme qui tenait le sparadrap.

Un coup d'œil lui suffit pour vérifier qu'elle venait de lui tordre violemment le sexe à pleine main. Sherman retint son souffle. Une éternité s'écoula. Enfin la femme le lâcha, et disparut en ricanant.

Avec horreur, Sherman découvrit qu'on avait découpé son pantalon au niveau de son entre-jambes sur une trentaine de centimètres. La zone ainsi dénudée avait été entièrement passée à la peinture rouge. Dans un réflexe, il voulut porter les mains devant son pubis, mais des ceintures entravaient ses poignets, lui maintenant les bras en croix. Ses chevilles étaient également attachées. Devant lui, s'étendait une immense salle à demi plongée dans la pénombre. En apercevant les travées de fauteuils vides, il comprit qu'il se trouvait sur une scène de théâtre. Cette découverte, qui aurait dû le plonger dans l'effroi le plus complet, le plongea dans une gaieté paradoxale.

Un léger bruit attira son attention. Il tourna la tête, et aperçut la jeune femme qui lui avait injecté l'antidote. Elle était assise dans un coin de la scène, et l'observait avec curiosité. Elle devait avoir dix-huit ans, et avait un visage ravissant.

— Pourriez-vous me dire où nous sommes? demanda Sherman.

— A New York, répondit-elle finalement avec réticence.

— Où ça?

— Dans le quartier de New York Street. C'est le nom de notre quartier à East Los Angeles. Tu en as entendu parler?

— Non, mais j'ai entendu parler des Virginas.

— Eh bien, c'est nous.

— Et... pourriez-vous m'expliquer ce qui va arriver maintenant?

— Ce qui va t'arriver?

— Oui, ça m'intéresse, vous comprenez...

Sherman sentait que la douleur de sa hanche s'accentuait. Il se demanda combien de temps il pourrait tenir sans s'écrouler, seulement retenu par des lanières. Et puis, il avait envie de pisser.

— C'est comme ça qu'on procède avec les hommes qui s'occupent de trop près de nos affaires.

— Et le trou dans mon pantalon?

— C'est pour le sacrifice, dit-elle d'un ton sec.

— Le sacrifice?

— Tu verras bien, répliqua-t-elle agacée.

— Et... quand cela va-t-il se passer?

— Ce soir, ou demain soir, ça dépend de Loca. Toutes les copines seront là. Avant, on passait des films ici, il y a des années. Maintenant, c'est à nous.

— Pourriez-vous au moins me donner un peu d'eau ?

— C'est interdit.

— Vous voulez dire que je vais rester comme ça ?

— Il faudra bien. Tu n'es pas le premier. Tiens, tu as de la visite.

Trois femmes venaient de pénétrer dans la salle. Elles remontèrent l'allée centrale en bavardant, et gagnèrent la scène par un escalier latéral.

Sherman les regarda approcher. Sa gaieté avait disparu. La panique lui tordait le ventre. Le besoin d'uriner qui le tenaillait devint presque irrésistible. Il se demanda avec terreur ce qui se passerait s'il se mettait à pisser devant lui. Quant à demander de l'aide, cela lui semblait tout bonnement inconcevable.

Les femmes se tenaient maintenant autour de lui, silencieuses. Son interlocutrice s'était jointe au groupe. Toutes observaient son sexe avec curiosité. Sherman, les yeux écarquillés, était sur le qui-vive. Il sursauta lorsque l'une d'elles saisit brusquement sa verge. Des rires fusèrent. Par dérision, la femme se mit à chantonner une vieille berceuse tout en caressant le membre avec dextérité. Sherman avait fermé les yeux. Conditionné par l'Aspic qu'il avait porté pendant des années, il attendait la décharge nerveuse qui allait se répandre à travers tout son corps, suivie d'une épouvantable nausée.

Il savait par expérience que, même sans implant, une caresse trop précise avait encore le pouvoir de provoquer en lui cet horrible symptôme. Aucune désaccoutumance n'avait pu en venir à bout. Quand ça le prenait, plus rien au monde ne comptait.

Un souvenir exprimait ce qu'il pouvait ressentir : lors d'une traversée en paquebot avec sa famille, dans son enfance, une violente tempête s'était déclenchée sur la Méditerranée. Il avait passé deux jours dans le fond d'une cabine sans hublot, allongé sur un lit en compagnie de sa mère aussi malade que lui. Epuisé, il avait fini par la supplier de l'aider à mourir. Par la suite, malgré les rires que ce souvenir déclenchait régulièrement dans sa famille, Sherman avait toujours gardé la certitude que ses supplications avaient été sincères. Des années plus tard, la première fois qu'il avait eu a subir les effets d'une décharge aspique, il avait compris qu'il ferait tout ce qui était en son pouvoir pour éviter cette épouvantable sensation. Durant des semaines, il avait lutté contre un sentiment d'intense dépression, qui était réapparu chaque fois qu'une DA s'était déclenchée. Depuis qu'il avait réussi à se débarrasser de son Aspic, la DA avait malheureusement subsisté, bien qu'atténuée.

— Les salopes, les salopes, ne cessait de répéter Sherman.

A moitié étouffé par la bile qui remontait dans sa gorge à chaque hoquet et se répandait sur lui, il se sentait envahi par une haine qui l'aidait à ne pas s'effondrer. Dès que la DA avait commencé, les femmes avaient reculé, fascinées, pour mieux observer les manifestations de souffrance de l'homme.

— Vous n'êtes qu'une bande d'enculées! finit par articuler Sherman, tandis que les lanières s'incrustaient un peu plus dans ses poignets.

Il sentit le sang chaud s'écouler le long de ses bras. En fait, il était surpris par la brièveté de la crise.

— Vous aurez beau faire, vous ne saurez jamais ce qu'on ressent, hurla-t-il soudain d'une voix étonnamment claire.

Une étrange euphorie s'était emparée de lui. Il se demandait si, pour la première fois, il ne comprenait pas la perversion de ces hommes qui avaient réussi la gageure d'érotiser les décharges aspiques. Une décharge purement intérieure, en somme, sans sperme, et sans érection!

L'une des femmes se rapprocha et le fouetta violemment avec une baguette qu'elle tenait dans une main.

— Tu pues, tu es laid, tu n'es qu'une merde, cria-t-elle. Je vais te couper les « corones » et te les faire bouffer.

La jeune femme qui avait parlé avec Sherman quelques minutes plus tôt la saisit par le bras.

— Déconne pas, il y a encore le sacrifice. Loca ne sera pas contente, dit-elle.

— Le sacrifice, oui, il ne l'aura pas volé, répondit la femme, en crachant aux pieds de Sherman.

Alors que le groupe s'éloignait vers le fond de la salle, Sherman, qui nageait en pleine euphorie, avait l'impression de flotter à travers l'espace de la salle.

Chapitre 5

1

Kane rappela Annabelle Weaver comme convenu. Il confirma que Sherman était retenu prisonnier dans un ancien cinéma de East Los Angeles, qui servait de quartier général à la bande des Virginas.

— Mais il y a autre chose, ajouta-t-il avec jubilation. Je sais enfin ce qui est arrivé à la messagère du Réseau.

— Ce n'est pas trop tôt!

— Vous vous rappelez la valise dont je vous ai parlé hier? Elle a été envoyée de LA en colis non accompagné, et est arrivée hier soir à Kennedy Airport par le vol TX 17 d'Honolulu. Or, c'est un flic de la sécurité de l'aéroport qui l'a expédiée. Qu'est-ce que vous dites de ça?

— Un flic?

— Oui, un lieutenant. Il s'appelle Michael Lobell. Je l'ai repéré après avoir demandé une enquête systématique sur tous les événements, même les moins significatifs, survenus dans l'aéroport pendant l'après-midi d'hier. C'est comme ça que je suis tombé sur cette histoire de valise. Elle a été trouvée, puis expédiée par colis spécial à New York par un lieutenant de la police de l'air. L'enquête a montré que le policier a payé le fret de sa poche.

— Vous l'avez arrêté?

— Pas encore. Il est simplement consigné chez lui. Il

nous a raconté une histoire sans queue ni tête, prétendant que la valise appartenait à une de ses amies personnelles, une certaine Clara Hastings, dix-neuf ans, une bio née dans un CEA de Los Angeles. Il dit la connaître depuis longtemps, et se porte garant pour elle. Ils ne s'étaient pas revus depuis longtemps, et ont soi-disant laissé passer l'heure d'embarquement de son avion. L'enregistrement des bagages étant terminé, il lui a alors proposé de lui envoyer sa valise par le prochain vol. Tout ça ne tient pas debout. A mon avis, il s'agit de la dénommée Antigone. Et le lieutenant travaille également pour le Réseau. L'un de nos agents nous a dit qu'il avait une valise à la main, lorsqu'il l'a rencontré sur la passerelle d'embarquement d'un vol pour New York. Or Lobell affirme que la jeune femme lui a donné la valise dans le hall de l'aéroport. Dans ce cas, pourquoi l'aurait-il gardée ? Mais on est en train de vérifier son histoire.

— Vous dites qu'il s'agit d'une bio ? Vous êtes sûr ?

— Oui, aussi étrange que cela puisse paraître. J'ai également du mal à croire qu'une bio travaille pour le Réseau. Mais enfin, elle est de 1996, c'est peu-être une explication... Elle se trouve à New York depuis hier. Il faut prévenir nos gars là-bas.

Annabelle félicita Kane. Elle le garda en ligne, et appela le chef du bureau de New York, Paul Crick. Ils tinrent une conférence téléphonique multiplex au sujet d'Antigone.

Puis, avant de se séparer de Kane, Annabelle lui demanda de contacter Samuel Burger, l'ancien Marine désigné par Claudia Lombard pour diriger l'assaut du repaire des Virginas. Le maire de Los Angeles était prévenu. Il ne faisait aucune objection pour prêter main-forte à l'opération.

Annabelle mit Claudia Lombard au courant de sa conversation avec Kane, ainsi que de sa décision de mettre aussitôt le bureau de New York à la recherche de la dénommée Clara Hastings. Cette fois, elle s'abstint de faire allusion au déclic qu'elle avait encore perçu sur la ligne. Pour toute réponse, Lombard se contenta de lui demander à être tenue informée heure par heure de l'évolution de la situation. Il ne restait plus à Annabelle qu'à attendre un appel de New York, ou de Los Angeles.

Elle lança un regard torve sur le jardin enneigé. Elle n'aimait pas les jardins en hiver. Tout ce froid, cette humidité, cette terre grasse, c'était payer trop cher les plaisirs de l'été. Décidément, cette maison était sinistre. L'idée de passer la nuit à quelques mètres de la chambre de Claudia Lombard lui était de plus en plus insupportable. Mais comment échapper au piège où elle s'était elle-même fourvoyée? Pour l'instant, elle n'entrevoyait aucune issue.

Elle repensa à sa conversation avec Kane. Sa curiosité était piquée au vif par cette Clara Hastings. Un bio-membre du Réseau. Incroyable!

Elle se souvenait de l'événement extraordinaire qu'avait constitué l'annonce de la première naissance biotique, la petite Sally...

Vingt ans plus tôt, un certain Dr Kelvin Fast avait brusquement annoncé à la face du monde qu'il avait réussi à mener à terme une gestation in vitro dans son hôpital de Sydney. La nouvelle avait déclenché un véritable cataclysme. Des communautés religieuses, des peuples entiers s'étaient révoltés contre cet exploit de la technique, qu'ils avaient dénoncé comme l'œuvre la plus diabolique jamais entreprise par l'homme. D'autres, au contraire, avaient proclamé qu'il s'agissait de l'une de ses réalisations les plus géniales, et avaient proposé la candidature de Kelvin Fast aux plus grandes récompenses internationales. Pas une société ou religion, pas un parti politique ou mouvement éthique, pas un courant d'opinion dans le monde qui ne fût bouleversé et déchiré par les luttes intestines qu'avait provoquées cette réussite extraordinaire. En cette année 1995, l'humanité avait été soumise à un violent électrochoc, dont les répercussions dépassaient celles qui avaient suivi l'explosion de la première bombe atomique à Hiroshima.

Annabelle venait d'avoir dix-huit ans et ne comprenait

rien à ce déchaînement de passions. Avant tout, elle tirait les conclusions pratiques de la réussite du scientifique australien. Elle y voyait une manière élégante de se débarrasser définitivement de l'esclavage de la grossesse et de tous les désagréments qu'elle entraînait pour le corps et l'esprit de la femme. Selon elle, la réussite du Dr Fast mettait un point final à une controverse née à l'aurore de l'humanité, et dont le mythe d'Adam et Eve était l'incarnation ontologique. Elle y voyait une juste revanche contre les hommes qui, grâce à l'alibi du péché originel dont ils rejetaient l'entière responsabilité sur la femme, lui avait fait endosser le tribut biologiquement le plus lourd. Dans les années 60, on avait cru que la pilule libérerait les femmes. On s'était trompé. Il fallait encore qu'elle se débarrasse de la grossesse. Le reste n'était que vain bavardage.

Or le grand jour était arrivé, et le devoir des femmes ne souffrait aucune contestation. La charge de tout ce qui concernait la gestation artificielle devait naturellement leur incomber. Les scientifiques, obnubilés par l'endémie des maladies sexuellement transmissibles, ne percevaient pas encore ce qui se jouait dans cette formidable découverte. C'était le moment d'en profiter. Plus ils prêchaient l'abstinence sexuelle dans un but prophylactique, plus ils apportaient d'arguments au mouvement de libération des femmes. L'apparition du FS ne faisait que renforcer ce mouvement ébauché dans les dernières années 60.

C'est ainsi qu'Annabelle s'inscrivit au Mouvement de libération contre la Grossesse — Movement for Liberation Against Pregnancy, ou MLAP — qui s'était constitué à l'initiative d'une poignée de femmes dans les quelques jours suivant l'annonce de la réussite éclatante du Dr Fast, et qui faisait des adeptes dans tout le pays. Ouvert aux membres des deux sexes — de nombreux hommes soutenaient le Mouvement pour des motifs à la fois idéologiques et pratiques —, il proclamait que la gestation artificielle était l'affaire de chaque citoyen. Ce qui n'empêcha nullement les femmes les plus déterminées de constituer une branche exclusivement féministe au Mouvement, le W.MLAP. – le Women's MLAP, le Mouvement de libération des femmes contre la grossesse –, jugeant contraire à leur éthique de libération de côtoyer des hommes. Ne restaient-ils pas, quels que pussent être leurs remords, les responsables devant l'Histoire des grossesses et de leurs conséquences désastreuses ?

Annabelle était ainsi devenue une militante déterminée du Mouvement à l'université de Georgetown. Elle n'avait que mépris pour les femmes qui continuaient à attendre des hommes un soutien ou quelque autre satisfaction, à une époque où cela était encore licite. Dans un article paru dans le *Student Voice*, le journal de l'université, qui la rendit célèbre parmi les étudiants, elle dénonça la compulsion de certaines femmes « à se remplir, gaver, combler, panser, à se faire piétiner, avaler, pénétrer, autres versants de leur ouverture, appel, écartement, embrasement, attente de l'infini... » Grâce au succès du Dr Fast, et bien qu'elle fût elle-même utérienne, elle prophétisait l'apparition d'une femme nouvelle qui ne devrait rien à l'influence phallocratique du futur père auquel une femme parturiente n'avait d'autre issue que de se référer. La femme bio, née en dehors de toute contingence familiale, aurait enfin le loisir de se consacrer à l'épanouissement de ses dons naturels, c'est-à-dire « l'autosuffisance, le juste milieu, le contrôle des moyens et des fins, la résistance, la solidarité systématique avec les autres femmes, débarrassée enfin des pesanteurs que des milliers d'années d'histoire phallocratique ont déposées sur ses épaules... »

Voilà pourquoi Annabelle, ce jour-là, attendait avec impatience croissante que son agent de New York la rappelle. A cette heure, il n'y avait rien au monde qu'elle désirât davantage que de rencontrer Clara Hastings. Comment une bio avait-elle pu en venir à épouser la cause d'un mouvement clandestin qui s'opposait aux bienfaits du nouvel ordre actuel, si positif pour les femmes ? Elle avait bien entendu parler comme tout le monde du WomRUT – Women for Return to Uterus,

Les femmes pour le retour à l'utérus —, qui prônait le retour aux grossesses naturelles dès que la question du FS serait réglée. Mais ce mouvement n'était constitué que d'utériennes qui n'avaient pas eu le courage de se dégager de l'influence de siècles de conditionnement. Mais une bio! Cela dépassait l'entendement. A moins que cet imbécile de Kane ait fait une erreur, ce qui était toujours possible.

Le téléphone sonna. Annabelle se leva d'un bond et décrocha.

— C'est vous, Crick? Alors?

— On a retrouvé votre bonne femme, Weaver. Elle a récupéré sa valise hier soir. Ce matin, un flic l'a vue prendre un car pour Manhattan. Elle a dû passer la nuit dans l'aéroport.

— Ce qui semblerait prouver qu'on a bien affaire à la messagère du Réseau, répondit Annabelle, tout excitée. Sinon, elle ne serait pas restée toute la nuit à faire le pied de grue à Kennedy.

— C'est exactement ce que je pense, dit Crick, surtout avec le froid qu'il fait ici. L'aéroport est à peine chauffé. On a eu un coup de bol : on a également retrouvé le chauffeur de taxi qui l'a prise en charge au terminus de Manhattan. Elle était la seule femme de son âge à être descendue du car, ce qui nous a facilité les choses. Malheureusement, on la perd plus loin.

— Où s'est-elle fait déposer?

— Devant le *Plaza*. Le chauffeur du taxi dit qu'il l'a vue entrer dans l'hôtel. Après, plus rien. On a épluché la liste des personnes arrivées ce matin, mais sans résultat. Elle avait peut-être un rendez-vous dans l'un des deux bars de l'hôtel. Personne ne l'a remarquée, en tout cas. Je dois dire que de n'avoir ni photo ni fiche signalétique en notre possession ne nous facilite pas les choses. Peut-être que son complice de Los Angeles pourrait nous en dire plus. Il faudrait voir ça avec Kane.

— On n'a pas le temps, répondit Annabelle. Il doit y avoir un autre moyen. Cette fille n'est peut-être pas loin. Je ne vois pas pourquoi elle aurait attendu toute la nuit à Kennedy. On serait venu la chercher. Tout ça me paraît un peu compliqué.

— Elle attendait peut-être un message ?

— Peut-être, mais, dans ce cas, ça n'explique pas le rendez-vous au *Plaza*. Je connais la manière de penser des gens du Réseau. Moins il y a de points de contact, moins il y a de chances de se faire repérer. Ecoutez Crick, il faut partir de l'hypothèse qu'elle avait un rendez-vous dans le coin, et qu'elle attendait l'heure de s'y rendre. C'est notre seule chance. Sinon, on l'a perdue. Jetez un coup d'œil sur la liste des personnes fichées qui habitent autour de Central Park South. Ça ne donnera peut-être rien, mais on ne sait jamais.

— J'en ai pour une minute, le temps de consulter l'ordinateur. Je vous reprends dans un instant.

Annabelle l'entendit poser son combiné. Rien n'était plus irritant, alors qu'on avait retrouvé sa trace... Au moins, elle savait maintenant qui avait la lettre de Milner. La surveillance de Verne s'en trouverait facilitée.

— Annabelle ? entendit-elle dans l'écouteur.

Elle sursauta. C'était la voix de Lombard. Non seulement elle écoutait toutes ses conversations, mais elle intervenait directement au téléphone ! Cette vieille peau n'allait donc jamais la laisser tranquille ?

— Oui, Claudia, répondit-elle d'une voix suave.

— Laissez tomber cette recherche à New York. Elle ne mènera à rien. Vous cueillerez la fille quand elle rencontrera Verne, et...

— Weaver ? Vous parliez avec quelqu'un ? dit soudain la voix de Crick, qui vint interrompre la directrice.

— Non, ce n'est rien. Je parlais à un chat.

— Ecoutez, je n'ai rien trouvé de bien excitant, à part peut-être... Mais je dois dire que ça me paraît improbable.

— Dites toujours.

— Vous vous rappelez Mira Cornfeld ? Cette vieille folle qui a traficoté avec le Réseau, à ses débuts ?

— Je me souviens très bien. Vous m'en avez parlé il y a un an quand vous êtes venu au Bureau. Il était question de peinture, c'est ça ?

— Tout à fait. Vous avez une excellente mémoire. Il

s'agissait d'un trafic de tableaux pour financer le Réseau. La vieille semblait en faire partie. Elle a une jeune nièce, étudiante en peinture. Mais on n'a rien pu prouver. Comme elle a des protections haut placées...

— Oui, je sais. Où voulez-vous en venir?

— En tombant sur son nom — elle n'habite pas loin du *Plaza*, au coin de la 85e Rue et de Park Avenue —, je me suis rappelé qu'elle était une vieille amie de Milner.

— De Milner? Vous êtes sûr?

— Parfaitement. Elle s'en est vantée elle-même quand je suis allé la voir.

— Mais qu'est-ce que vous attendez dans ce cas? Faites vérifier immédiatement...

— Le concierge de l'immeuble travaille pour nous. Je l'appelle tout de suite. Ne quittez pas.

— Qu'est-ce que vous en pensez, patronne? dit Annabelle dans le combiné.

Personne ne répondit, mais elle savait que Lombard n'en avait pas perdu une miette.

— Votre intuition était juste, dit Crick, après moins d'une minute. Le gardien est formel : la jeune Cornfeld est entrée dans l'immeuble en fin de matinée, accompagnée d'une jeune femme qui portait une valise.

— Extraordinaire! Ecoutez, Crick, faites immédiatement surveiller toutes les issues de l'immeuble. Je veux qu'on mette le paquet. Plusieurs voitures, etc. Si elle sort, je ne veux pas qu'on la perde d'une semelle, vous comprenez? Au moindre risque, vous l'arrêtez. N'oubliez pas qu'elle porte sur elle un message de la plus haute importance. D'accord?

— OK, je mets tout en place. Mais qu'est-ce qu'on fait si...

— Pas de si. J'arrive. Je serai là au plus tard dans une heure, une heure et demie. Envoyez un hélico à La Guardia. Laissez des instructions au pilote, pour que je sache où vous retrouver. Compris?

— D'accord. A tout à l'heure.

A peine Annabelle eut-elle raccroché que Claudia Lombard ouvrait la porte du bureau. Son visage exprimait une agitation qu'elle avait du mal à dissimuler.

— Anna, qu'est-ce que c'est que cette histoire ? Vous ne pouvez pas partir d'ici. On n'a pas besoin de vous à New York. Crick peut très bien s'en sortir tout seul… Je ne veux pas que vous partiez, dit-elle finalement d'un ton qu'elle essayait de rendre le plus ferme possible.

— Mais si, Claudia, je vais partir, dit Annabelle froidement.

Elle jubilait. Lombard cilla, et une lueur d'affolement passa dans son regard.

— Mais je viens de vous dire…

— Vous savez bien que cette affaire est de la plus haute importance, continua Annabelle, sans pitié. C'est vous qui me l'avez dit. Vous m'avez expliqué qu'elle intéressait directement Howard Black, et peut-être la Présidente elle-même. Imaginez mon rapport, si l'affaire ratait. Je devrais expliquer… Non, je vous aime trop pour ça, ce n'est pas possible. Je dois prendre mes responsabilités. C'est mon travail.

— Vous pensez vraiment ce que vous dites, quand vous dites… dit Lombard, d'une voix où toute autorité avait disparu.

— Mais bien sûr, répondit Annabelle.

— Faites-moi plaisir alors, prenez-moi dans vos bras, murmura alors la directrice.

Annabelle s'approcha d'elle, prit son visage entre ses mains, et l'embrassa sur la bouche. Son sentiment de triomphe était tel que Lombard le prit pour un véritable élan passionnel. Mais Annabelle recula dès qu'elle sentit que Lombard entrouvrait ses lèvres.

— Je dois m'en aller, maintenant, dit-elle.

— Oui, partez, chuchota Lombard, dans un souffle.

Elle jeta un long regard vers Annabelle, avant d'aller ouvrir la porte.

— Billy, appela-t-elle, voulez-vous descendre le sac de miss Weaver ?

Quand elle se retourna, Annabelle avait déjà décroché le téléphone, pour demander que l'hélicoptère du Service vienne la chercher à Rock Creek.

2

Clara se dit que ça allait sûrement lui faire un mal de chien. Mais c'était la seule solution. La vieille avait raison. Elle ne pouvait pas continuer à se balader avec le message de Milner dans son sac.

Quand Mira Cornfeld lui avait tendu le tube — un alliage en or de deux centimètres de diamètre, et de huit centimètres de long, avait-elle précisé — Clara avait à peine ébauché un geste de refus. Mais la lueur ironique qui était apparue dans les yeux de la vieille dame ne lui avait pas laissé d'autre issue.

Elle plia l'enveloppe qui contenait le message de Milner aussi serrée qu'elle put, et ne réussit qu'après plusieurs essais à la faire glisser dans le tube.

« Le plus difficile reste à faire, se dit-elle en s'enfermant dans la salle de bains. Après tout, ce n'est pas la première fois que j'essaie d'introduire quelque chose en moi... »

L'année de ses quatorze ans, elle avait passé une partie de l'été dans une ferme de l'Utah. L'exploitation était tenue par un couple de vieux Mormons qui ne plaisantaient pas avec les lois du Seigneur. Ils considéraient la procréation par les voies naturelles comme une sainte obligation, au même titre que le chômage du dimanche ou la prière avant le repas. Cette fervente obstination avait considérablement freiné l'application de la loi Fuchs sur le territoire mormon. La peur de l'infection, qui se transmettait automatiquement aux enfants depuis l'apparition du FS, ne les ébranlait en aucune manière. Les voies du Seigneur étaient impénétrables, et un bon chrétien devait se conformer à tout ce qu'Il avait fait advenir sur terre.

Aussi, bien que non violente, une opposition obstinée à l'Administration fédérale s'était-elle immédiatement manifestée dans l'Utah. Depuis deux ans, l'Etat était pratiquement géré par l'Administration centrale. La garde nationale était intervenue à plusieurs reprises pour briser la grève illimitée décrétée par les Mormons sur tout leur territoire. Aucun Centre d'eugénisme appliqué n'avait réussi à s'y implanter. Officiellement, le nombre des naissances était tombé à zéro, bien que tout le monde sût que des enfants continuaient à naître clandestinement dans le fond des campagnes. Quant à l'implantation des Aspics dans le cuir chevelu des hommes, elle rencontrait une résistance farouche, et la répression menée par le FBBS avait pris un tour féroce.

Mais, à l'époque des vacances de Clara, les choses n'en étaient pas encore venues à cette extrémité, et l'Utah restait un des rares lieux des Etats-Unis où l'on prônait encore ouvertement l'union sexuelle, bien que sous les auspices de la loi chrétienne la plus stricte. Sept des huit enfants de la famille Smith s'étaient déjà mariés dans la région. Seul Jonathan, un adolescent de quinze ans, vivait encore à la ferme. Taciturne, il ne manifestait aucun intérêt pour Clara, qui passait ses journées à lire et à se promener à vélo.

Un matin cependant, Jonathan lui proposa de l'emmener voir une chose qui allait sûrement l'intéresser.

— A la ville, tu n'as jamais vu ça, précisa-t-il d'un ton bourru.

L'événement mystérieux devait se produire à proximité, chez des voisins éleveurs de chevaux.

Clara accepta, ravie.

Ils partirent tous deux à vélo, et traversèrent sans s'arrêter le haras de la ferme. Clara remarqua que, malgré le temps radieux, tous les chevaux étaient restés enfermés dans leurs boxes. Elle suivit Jonathan dans une allée ombragée, franchit une haie, et déboucha finalement dans un espace où se tenait un groupe de gens. Silencieux, ils lui tournaient le dos, absorbés par le spectacle.

L'adolescent lui fit signe de ranger son vélo et de ne pas faire de bruit. Une odeur entêtante flottait dans l'air transparent.

Soudain, un long hennissement retentit.

Clara fut immédiatement saisie d'une angoisse inexplicable. Elle voulut rebrousser chemin, mais Jonathan, percevant son hésitation, lui saisit fermement la main et l'entraîna vers le groupe.

Une vingtaine d'employés de ferme se tenait derrière une barrière en bois entourant un enclos, accoudés ou assis sur les poteaux transverses. Personne ne faisait attention aux jeunes gens, qui s'installèrent sous un arbre.

Deux chevaux se trouvaient dans l'enclos. Le sol avait été recouvert de sable fin. L'un des chevaux, son pelage gris pommelé parcouru de tremblements nerveux, était fermement maintenu par deux hommes. L'autre, un pur-sang bai magnifique, était au contraire totalement libre de ses mouvements. Il tournait autour du cheval entravé, l'encolure et la tête allongées à l'horizontale, en poussant des ronflements impatients qui lui sortaient directement des entrailles.

— C'est le flehmen, dit Jonathan, l'allure typique d'un étalon lorsqu'il sent une femelle. Regarde sa gueule. Il retrousse sa lèvre supérieure, en montrant ses dents, la mâchoire serrée. Et ses yeux. Ils sont complètement dilatés. C'est comme s'il était devenu fou.

Clara comprit seulement à cet instant que Jonathan l'avait invitée à assister à une saillie. Elle sentit monter son angoisse.

— Allons-nous-en. Viens, Jonathan, partons d'ici.

— Pourquoi, de quoi as-tu peur?

Il la saisit par le bras.

— Tu vas voir une des plus belles choses qui soient au monde. Regarde, les deux hommes retiennent la femelle. Celui qui a un pull rouge la tient avec un tord-nez. C'est le bâton qu'il a dans la main. La ficelle qui se trouve au bout est enroulée autour du museau. On s'en sert pour empêcher la femelle de fuir, quand le mâle se sera décidé. Ça doit faire drôlement mal! L'autre homme lui tient une patte antérieure avec sa corde. Tu as remarqué? continuait-il d'un ton de plus en plus excité. Ils lui ont aussi attaché la queue avec du scotch... Ça y est, regarde, le vieux Western Dancer a l'air de se décider.

L'étalon s'était brusquement dressé en hennissant sur ses postérieurs. La femelle lui répondait maintenant, les oreilles couchées en arrière.

Fascinée, Clara ne pouvait plus quitter des yeux l'immense verge rose violacée d'un demi-mètre qui se dressait sous l'abdomen de l'animal. En un mouvement d'une puissance extraordinaire, le cheval s'abattit sur le dos de la jument, les pattes antérieures de chaque côté de sa croupe, et l'enserra aussitôt.

Des cris et des vivats retentirent parmi les spectateurs.

— Il l'a eue du premier coup, tu as vu ça? Quel animal, mais quel animal! cria Jonathan, extatique, qui semblait avoir soudain perdu toute timidité.

Les naseaux enfouis dans les crins de la femelle, l'étalon n'arrêtait plus de hennir. Sous l'effort, les muscles de sa croupe se nouaient par saccades. Après un laps de temps relativement bref — une trentaine de secondes, ou à peine plus —, les naseaux du mâle s'ouvrirent, ses yeux se dilatèrent, et sa queue fut prise de tremblements.

— Ça y est, il jouit, criait Jonathan en applaudissant avec le reste des spectateurs. Regarde, Clara, il jouit, le vieux satyre!

Clara regardait, en effet, de tous ses yeux. L'étalon semblait maintenant assoupi sur le dos de la jument. De temps en temps, il lui léchait l'encolure. Au bout de quelques minutes, il recula, et la verge encore turgescente coula hors de la vulve. Aussitôt, l'un des deux hommes la saisit et la trempa dans un seau.

— C'est pour la désinfecter, expliqua Jonathan. On ne sait jamais. Clara? Eh, Clara?

Pendant que les spectateurs se congratulaient en riant, Clara était restée littéralement hypnotisée par les deux animaux fabuleux.

— Viens, allons-nous-en maintenant, dit-elle finalement.

L'adolescent la suivit, brusquement repris par sa timidité.

Sur le chemin du retour, Clara n'avait pas soufflé mot, et elle avait couru s'enfermer dans sa chambre dès qu'ils avaient atteint la ferme. Malheureux, Jonathan était convaincu que son initiative l'avait définitivement brouillé avec la jeune fille.

L'adolescent était pourtant très loin des pensées de Clara. Bouleversée, elle était complètement accaparée par ses émotions. L'image de l'énorme verge entrant dans la vulve de la jument l'obsédait. Cette pénétration, incroyablement violente, suscitait en elle une sensation inconnue.

Depuis son plus jeune âge, elle avait toujours éprouvé un vif plaisir à se caresser le sexe. La découverte relativement récente de la jouissance n'avait fait qu'accentuer le plaisir qu'elle trouvait à cette activité qui rythmait sa vie. Quelquefois, cependant, l'absence de toute représentation masculine dans le cinéma intérieur qui accompagnait ses caresses l'intriguait. En fait, aucun homme ne l'avait jamais fait rêver. Ce n'était pas le cas des femmes, loin s'en fallait. Elle attendait l'occasion propice, qui ne s'était pas encore présentée, pour mettre à profit la science qu'elle avait acquise dans la connaissance intime de son propre corps. Elle éprouvait cependant une certaine surprise de ne rien percevoir des frustrations dont parlaient volontiers certaines femmes depuis que la pose de l'Aspic avait été rendue obligatoire pour les hommes.

Tout ce qu'elle avait entendu dire sur l'acte sexuel lui paraissait étranger à ce qu'elle ressentait. L'idée d'être pénétrée lui semblait incongrue. Comme toutes les bios qu'elle avait rencontrées — bien que peu d'entre elles aient déjà atteint l'âge de s'intéresser aux questions sexuelles —, elle pensait que la révolution des mœurs due à l'épidémie de FS était définitive, quels que puissent être les avatars de la recherche médicale.

Cette nuit-là cependant, elle fut réveillée par une angoisse, provoquée, semblait-il, par une sensation inconnue dans son bas-ventre. Les caresses qu'elle se prodigua sans hésiter ne la soulagèrent pas, au contraire. Animée d'une brusque résolution, elle alluma, et décrocha le miroir qui pendait au mur de sa chambre. L'ayant posé verticalement au pied de son lit, elle orienta la lampe de chevet, puis s'assit sur le lit, les cuisses écartées, de manière à se voir entièrement dans le miroir, et écarta délicatement les lèvres de sa vulve.

Après les caresses qu'elle venait de se donner, le contact se révélait encore trop sensible pour songer à recommencer. Ce qui l'intéressait, en fait, c'était de regarder l'intérieur de son sexe. Malgré toutes les contorsions qu'elle put faire, elle ne vit pas grand-chose et, fatiguée, finit par s'allonger.

Pour la première fois de sa vie, elle réalisait qu'elle était ouverte.

Depuis le choc de cet après-midi, elle prenait conscience de ce que représentait le schéma qu'on lui avait appris à l'école. Le mot anatomique, qu'elle chuchotait dans le noir pour désigner l'ouverture de son corps, prenait à son oreille une résonance de plus en plus étrange, comme si son attention finissait par être sensible, derrière le vocable, à l'existence d'un sens secret qu'elle désespérait de découvrir.

L'angoisse se transformait en une véritable souffrance. L'image des chevaux en rut avait peu à peu été remplacée par celle de monstres mi-hommes mi-chevaux, dont elle subissait les assauts ininterrompus. La sensation d'être pénétrée s'installait de façon quasi permanente, au point qu'elle eut l'impression de devenir folle.

De plus en plus agitée, elle se retrouva assise au bord du lit, en pleurs, couverte de sueur.

Il fallait trouver quelque chose.

D'un geste nerveux, elle saisit alors la bougie posée sur sa table de nuit, avant même de savoir ce qu'elle en ferait. Mais, dès qu'elle la sentit dans sa main, l'évidence de ce qu'elle désirait s'imposa à elle.

Lentement, sans hésiter, elle fit pénétrer le cylindre de cire dans son sexe.

La vive douleur qu'elle ressentit un court instant ne l'arrêta pas. Elle savait ce qu'était la virginité d'une femme. Ce qu'elle souhaitait cette nuit avec une énergie farouche, c'était enfoncer la bougie aussi profondément que possible à l'intérieur d'elle.

Elle y réussit, et se calma enfin.

Elle ne devait jamais recommencer cette expérience. Mais, à dater de ce jour, elle sut que quelque chose avait changé en elle, sans qu'elle puisse formuler ce dont il s'agissait. Car le désir d'être pénétrée avait disparu aussi rapidement qu'il était apparu.

Aussi, dans la salle de bains de Mira Cornfeld, fut-elle surprise de s'apercevoir que le tube prenait place à l'intérieur de son corps sans qu'elle ressente aucune gêne. Bien qu'elle connût parfaitement son anatomie, elle essaya de le faire ressortir à plusieurs reprises, comme pour s'assurer qu'il n'avait pas disparu dans quelque gouffre inconnu tapi au fond d'elle-même.

Et c'est finalement très contente qu'elle sortit de la salle d'eau pour aller retrouver son hôtesse, qui l'attendait en compagnie de l'homme qu'elle lui avait présenté sous le nom d'Hermès.

3

Le shuttle de Washington DC ne mit que trois quarts d'heure pour conduire Annabelle Weaver à New York, à l'aéroport de La Guardia où l'attendait un hélicoptère. Dix minutes plus tard, elle se posait sur le Great Lawn de Central Park, près de l'obélisque en granit rose nommé l'Aiguille de Cléopâtre.

Accompagné d'un agent, Paul Crick lui fit signe de loin. Petit, engoncé dans son énorme pardessus, il avait l'air d'une boule. Pendant le trajet en hélicoptère, il lui avait confirmé par radio que Clara Hastings se trouvait toujours chez Mira Cornfeld, et que le dispositif d'encerclement de l'immeuble était en place.

Annabelle jubilait. La messagère du Réseau ne pouvait plus lui échapper. Si elle sortait, on la suivrait jusqu'à son prochain contact. Cela ferait un joli coup de filet. Sinon, on envahirait l'appartement. Dans une heure, tout serait terminé.

Aidée par l'un des pilotes, Annabelle descendit de l'appareil. Elle jura en s'apercevant que ses jambes s'enfonçaient dans la neige jusqu'à mi-mollets. Les fines bottines en plastech qu'elle avait mises pour se rendre chez Claudia Lombard ne valaient rien dans la neige.

Elle rejoignit péniblement Paul Crick, qui l'attendait à quelques mètres.

— Allez, on se dépêche, dit-elle. Il ne fait pas meilleur ici qu'à Washington.

— Désolé, répondit Paul Crick.

Annabelle ne sembla pas percevoir la pointe d'ironie que le directeur du bureau de New York venait de glisser dans sa réponse.

Ils prirent la direction du musée.

— Je me souviendrai toujours de ces quelques heures passées chez vous, dit Clara.

Le visage de la vieille femme s'illumina d'un sourire qui la rajeunit d'une bonne dizaine d'années.

— Moi aussi, ma petite. Moi aussi je me souviendrai de vous. J'espère que j'aurai l'occasion de vous revoir avant de mourir. Dites à Verne...

Elle eut un moment d'hésitation.

— Dites à Verne que, malgré tout ce qui s'est passé, Joseph n'a jamais cessé de croire en lui, dit-elle finalement. Mais je pense qu'au fond, il l'a toujours su... Permettez que je vous embrasse.

Elle prit Clara dans ses bras. La jeune femme sentit l'émotion lui serrer la gorge. Une femme qu'elle ne connaissait que depuis quelques heures! Elle se tourna vers Kathy.

— J'ai mis votre dessin dans ma valise, lui dit-elle en l'embrassant.

Puis elle suivit Hermès sans se retourner.

La porte de l'appartement claqua derrière elle.

— Suivez-moi, dit l'homme avec lequel elle avait à peine échangé trois paroles.

Il négligea l'ascenseur, ouvrit la porte du palier, et se mit aussitôt à gravir l'escalier, la valise de Clara à la main.

— Mais pourriez-vous m'expliquer..., lui demanda-t-elle, surprise.

— Plus tard, répondit-il sèchement.

Clara fut tentée de le planter sur place. Mais sans Hermès, sa mission était terminée. Il le savait comme elle.

Elle le suivit, la rage au cœur. Elle n'aimait pas ce type, avec ses cheveux en brosse, sa fine moustache, et cette manière qu'il avait de la regarder comme si elle était transparente. Mira le lui avait présenté avec gravité comme un membre important du Réseau. Mais Clara n'était pas très impressionnée. Il la mettait mal à l'aise. Elle espérait que leur compagnonnage n'allait pas durer trop longtemps.

L'étage supérieur était occupé par les combles de l'immeuble. Un couloir s'enfonçait dans l'ombre. A quelques mètres, une échelle était accrochée au plafond à côté d'une trappe. Hermès sortit un canif de sa poche, et l'utilisa comme une clef pour ouvrir un casier pendu au mur. Il actionna le levier situé à l'intérieur pour faire descendre l'échelle.

— Je monte devant, dit-il à Clara. Vous monterez dès que je serai arrivé sur le toit.

Il grimpa et poussa la trappe.

Un rai de lumière grise vint éclairer le couloir. L'homme poussa la valise devant lui, et disparut par la trappe.

Clara le suivit aussitôt. Elle refusa la main qu'il lui tendait, et prit pied sur une terrasse couverte de neige balayée par un vent glacial.

Sans plus s'occuper d'elle, Hermès s'approcha du bord. Elle voulut le suivre, mais dérapa et tomba à genoux. Au bruit de sa chute, l'homme se retourna et revint l'aider à se relever.

— Si vous voulez avoir une chance de vous en sortir, dit-il d'un ton impersonnel, mais sans agressivité, vous avez intérêt à faire exactement ce que je vous indique. D'accord?

— D'accord. Mais ce n'est pas une raison pour vous comporter comme un goujat!

Sans répondre, il la prit par le bras pour la soutenir.

Un parapet bordait la terrasse. Frigorifiée, Clara n'avait aucune envie d'admirer le spectacle des tours de Manhattan se découpant sur le ciel déjà rose de cet après-midi hivernal.

— Nous allons descendre par là, dit Hermès en lui

montrant l'escalier de secours métallique qui courait le long du mur de l'immeuble. Mettez ça sur vos chaussures, sinon vous n'arriverez pas vivante en bas. L'escalier est probablement couvert de glace.

Il lui tendit des boots anti-dérapantes qu'il venait de sortir d'une poche intérieure de sa parka, et commença à passer les siennes.

« Il a l'air de savoir ce qu'il fait, en tout cas », pensa Clara, en s'agenouillant dans la neige pour enfiler ses boots.

— Castor à Major... Castor à Major..., se mit à cracher la radio.

Annabelle venait à peine de s'installer à l'arrière de la voiture banalisée, une Chevrolet des années 10, en compagnie de Paul Crick.

L'agent du FBBS qui conduisait la voiture répondit aussitôt.

— Major à Castor. Over.

— La cible vient d'apparaître à l'arrière de l'immeuble, répondit la voix. Un raton l'accompagne. Je répète : un raton l'accompagne. Ils sont probablement descendus par l'échelle de secours. Je demande des instructions. Over.

Paul Crick prit le micro des mains de l'agent.

— Ici le Major. Suivez-les. On applique le plan quatre. Je répète : le plan quatre. Pas question qu'ils vous repèrent. Compris? Répondez Over.

— Compris. J'applique le plan quatre. A tout à l'heure. Over.

— C'est quoi, le plan quatre? demanda Annabelle.

— Filature par relais, plus dispositif de sécurité dans le cas où la cible se présenterait accompagnée. On sera peut-être obligés de les alpaguer en pleine rue. Le raton qui accompagne la cible est sûrement armé. On va bien voir.

— Pas de connerie, hein? dit Annabelle. Au moindre doute, on les arrête.

— Ils ne sont que deux, répondit Crick, et j'ai quatorze agents sur le coup. Ils ne nous échapperont pas, ne vous en faites pas.

— Qu'est-ce qu'on fait maintenant ? demanda Clara. On ne va tout de même pas aller à pied jusqu'à l'aéroport !

— Qui vous parle d'un aéroport ? l'interrompit Hermès. On s'est mis d'accord, Antigone. Faites exactement ce que je vous dis. Les questions, ce sera pour plus tard. Suivez-moi à cinq mètres. Je vous préviendrai si on change de partition.

Hermès s'engagea dans la 85e Rue. Sans se retourner, il traversa le carrefour de Park Avenue en direction de l'ouest.

Clara avait du mal à le suivre. Son guide marchait à grands pas. Il ne semblait pas gêné par la chaussée glissante. Il lui avait déjà sauvé deux fois la vie, au cours de la descente vertigineuse qu'ils venaient de faire...

« Professionnel est bien le mot », pensa-t-elle, au moment où elle accélérait à l'approche de Lexington Avenue, pour ne pas le perdre de vue. Maintenant, cela lui semblait évident. La précision et la rapidité avec lesquelles il agissait dénotaient une longue habitude. Etait-il flic, comme le lieutenant Lobell ? En outre, il avait une curieuse raideur dans sa façon de marcher.

Hermès tourna dans Lexington en direction du nord. Un block plus loin, elle le vit traverser l'avenue et disparaître dans la bouche de métro de la 86e Rue. A cet instant, le feu passa au vert, et un flot de voitures l'empêcha de traverser.

Quand elle arriva enfin en bas de l'escalier du métro, Hermès avait disparu.

Hésitante, elle acheta un jeton au guichet, et franchit le tourniquet qui donnait sur le quai des trains se rendant *downtown*.

Il y avait peu de monde. Hermès était assis à une dizaine de mètres. Furieuse, elle se dirigea vers lui, mais il se leva et lui tourna ostensiblement le dos. Elle s'arrêta, ne sachant quelle contenance prendre.

A cet instant, la rame de métro pénétra dans la station avec un bruit d'enfer. Clara ne quittait pas Hermès des yeux. La rame s'arrêta, les portes s'ouvrirent, quelques voyageurs descendirent, d'autres montèrent. Hermès restait toujours immobile. Comme les portes étaient sur le point de se refermer, il fit un geste discret de la main et monta. Clara eut juste le temps de sauter dans le premier wagon. Le train démarra aussitôt.

Elle s'assit sur une banquette vide. En face d'elle, deux adolescentes noires, en grande conversation, ne lui prêtèrent aucune attention. Clara vit Hermès franchir le sas du wagon et se diriger vers elle. Sans chercher à se cacher, il vint s'asseoir à côté d'elle.

— Vous auriez pu me prévenir, quand vous êtes entré dans le métro, lui dit-elle avec une fureur contenue.

— Vous vous en êtes très bien tirée, répondit Hermès, ironique. Il faut quelquefois savoir improviser. Ce sont les risques du métier.

— Vous m'aviez pourtant dit qu'il fallait rester discrets sur nos relations coupables, lui dit-elle sur le même ton. Maintenant, c'est vous qui me rejoignez.

— En effet. Mais il y a du nouveau. Plus la peine de jouer la comédie. On nous a repérés.

— On nous a...

— Oui, on est suivis. Il y a deux agents du FBBS dans le wagon arrière, et un dans celui de devant. Pour celui-là, je suis moins sûr.

— Mais comment savez-vous?...

— J'en connais un de vue. Une femme, une tireuse d'élite. L'autre, j'ai eu affaire à lui dans une histoire de trafic d'alcool, quand il travaillait au FBI.

— Vous êtes incroyable. Mais comment nous ont-ils repérés?

— Je crains que ce ne soit pas de bon augure pour Mira Cornfeld, répondit Hermès.

— Vous voulez dire que son appartement est surveillé? Mais il faut la prévenir immédiatement, lui téléphoner!

— C'est sans doute un peu tard. Mais je ne crois pas qu'ils lui feront grand mal. C'est une institution, cette femme...

Ils se turent.

La rame de métro entra dans la station de la 77e Rue. Hermès surveilla discrètement les gens qui entraient et sortaient du wagon. Enfin, le métro redémarra.

— Bon, il va falloir essayer de nous en tirer, dit Hermès, en se penchant vers elle.

— Vous croyez qu'il y a encore quelque chose à faire ? demanda Clara.

Son aventure avait des chances de se terminer bientôt. L'idée d'être condamnée à plusieurs années de travaux forcés lui était intolérable. Elle préférait mille fois se suicider. Paradoxalement, cette pensée la réconfortait plutôt. Mais il y avait sa mission. Depuis qu'elle portait le message à l'intérieur d'elle, le désir de le délivrer à son destinataire s'était encore renforcé, comme si la lettre était littéralement devenue une partie d'elle-même. « Qu'ils m'arrêtent, mais seulement après », se dit-elle comme on prie.

— On a encore une petite chance, dit Hermès. Je connais bien leurs méthodes. Ils doivent chercher à identifier notre prochain contact. C'est la raison pour laquelle ils nous ont laissés en liberté. On va essayer d'en profiter.

— Dites-moi ce que je dois faire ? Si j'ai bien compris, avec vous, ça se passe comme à l'armée.

Une lueur de surprise traversa les yeux d'Hermès.

— Je crois que j'ai deviné ce que vous faites dans la vie, dit alors Clara. C'est peut-être votre manière de marcher qui vous a trahi. J'y ai pensé quand vous êtes venu vers moi, du fond du wagon. Vous êtes militaire.

— Possible, répondit Hermès, qui sourit pour la première fois. Mais pas sûr. Moins vous en saurez... Bon. Voilà ce que nous allons faire. Ecoutez bien. Nous descendrons à la 42e Rue, comme prévu...

La voiture descendait Lexington Avenue vers le sud. La circulation était fluide. Après les chutes de neige des derniers jours, peu de gens avaient sorti leur voiture.

— Ils viennent de passer la station de la 59e Rue. Over, dit la radio.

— Je me demande où ils vont comme ça, remarqua Annabelle. Cette femme est censée délivrer un message à René Verne, qui se prépare à prendre un train à Chicago pour San Francisco. On dirait que le Réseau ignore que Verne n'est plus à New York. Avouez que la situation n'est pas banale!

— Elle est même complètement absurde, si vous voulez mon opinion, répondit Crick. Faire venir quelqu'un de Californie, alors que Verne y habite... Pourquoi ne l'ont-ils pas attendu chez lui, tout simplement? Je me demande si le Réseau n'est pas en train de nous mener en bateau.

— Je ne crois pas. Si c'était un stratagème, tout cet imbroglio nous semblerait beaucoup plus logique. La teneur du message de Milner nous donnera sûrement la clef du mystère.

— La cible vient de descendre du métro à la 42e Rue, cracha soudain la radio. Elle est accompagnée du raton. Ils n'ont plus l'air de cacher qu'ils se connaissent. Ils marchent côte à côte. Pour l'instant, ils sont pris en filature par les équipes 2 et 5. L'équipe 4 est en surface. L'équipe 3 va prendre le relais de la 5 dans une minute. Je reprends contact dès qu'il y a du nouveau. Over.

— 42e Rue, et vite! lança Crick au chauffeur.

D'une main, le chauffeur plaça un gyrophare aimanté sur le toit de la voiture, et accéléra, toutes sirènes hurlantes.

— Si le raton ne donne plus le change, c'est qu'il se sait repéré, dit Annabelle. On les arrête dans cinq minutes s'ils prennent la direction de Grand Central Terminal. Ils ont peut-être l'intention de prendre un train.

— Vous avez raison, répondit Crick. Je me demande comment il nous a repérés.

— Bonne question...

Sans se presser, le couple traversa la 42e Rue. Hermès guida Clara entre les voitures qui, dans ce quartier de grands magasins, roulaient au pas, pare-chocs contre pare-chocs. Les trottoirs étaient noirs de monde.

Le couple prit la direction de l'est en bavardant. Clara éclata de rire à plusieurs reprises. Ils traversèrent ainsi Lexington et la Troisième Avenue, et s'arrêtèrent finalement devant un immeuble luxueux. Après avoir vérifié l'adresse, ils pénétrèrent dans le bâtiment.

A peine avaient-ils disparu que plusieurs individus convergèrent en courant vers l'immeuble.

— Ils viennent d'entrer dans un immeuble de la 42e, dit la radio, le 235 East, entre la Troisième et la Deuxième. Presque en face du *Daily News*. Over.

— On arrive dans deux minutes, dit Crick dans le micro. Ne faites rien avant notre arrivée. Repérez l'étage et l'appartement. Demandez au camion d'équipement de se garer devant l'immeuble. Over.

— OK, Major. A tout de suite. Over.

— Foncez, ordonna Crick au chauffeur. On a bien fait de temporiser un peu, dit-il en se tournant vers Annabelle. En fait, le raton ne nous avait pas repérés. Il a dû penser que les précautions n'étaient plus nécessaires.

— Oui, c'est probable. Mais voyez comme c'est amusant. En l'espace de quelques minutes, vous avez interprété le même comportement de deux manières complètement opposées. Et pourtant, votre raisonnement semblait chaque fois parfaitement logique !

Paul Crick éclata de rire.

L'inévitable concierge en uniforme des immeubles new-yorkais se tenait derrière une table dans le hall d'entrée.

— Bonjour, monsieur Kremer, dit-il avec un sourire dès qu'il vit Hermès. Tout est prêt dans votre appartement.

— Merci beaucoup, mon cher Johnson, répondit Hermès. Faites donc savoir au bureau que je me rends immédiatement à Flushing Meadow, ça me rendrait service.

— Au match de tennis ?

— C'est ça. A plus tard.

Le couple pénétra dans l'ascenseur.

— Il y a un match de tennis en plein hiver à Flushing Meadow ? demanda Clara, surprise.

— Quelque chose comme ça, répondit Hermès, qui pressa le bouton du 16e étage.

En sortant de l'ascenseur, Hermès tourna le dos au

couloir desservant les appartements, et entraîna Clara vers l'escalier de l'immeuble. Ils descendirent quelques marches jusqu'à une étroite porte métallique qui s'ouvrait au ras du mur. L'homme sortit un trousseau de clefs de sa poche.

— Venez, dit-il en prenant Clara par la main.

Ils pénétrèrent l'un après l'autre dans un étroit réduit, où ils eurent du mal à se caser. Hermès referma derrière lui, et alluma. L'ampoule dispensait une faible lumière.

— Nous n'allons tout de même pas rester là... voulut dire Clara.

Hermès posa un doigt sur ses lèvres. Avec le même trousseau de clefs, il ouvrit une nouvelle porte, et lui fit signe de passer devant lui.

Elle fit un pas et s'arrêta, stupéfaite. Elle venait de pénétrer de plein pied dans la chambre à coucher d'un confortable appartement bourgeois.

— Voilà, c'est ici que j'habite, dit Hermès, en refermant la porte du placard. Comme vous l'avez peut-être compris, nous avons changé d'immeuble. Nous sommes dans le bâtiment mitoyen.

— Et vous rentrez toujours comme ça chez vous? demanda Clara, qui n'était pas revenue de sa surprise.

— Oui, c'est plus discret. Si vous avez besoin de la salle de bains, c'est le moment. Nous repartons immédiatement. Nous prendrons ma voiture dans le parking de cet immeuble. Les gens du FBBS ne surveillent pas la sortie du 237. Ce qui les intéresse, c'est l'autre bâtiment.

Nous investissons tout l'immeuble, dit la radio. Le concierge prétend qu'il les voyait pour la première fois. Ils se sont présentés sous le nom de M. et Mme Betton. Ils étaient effectivement attendus au douzième, chez un certain Belmont. Over.

La voiture venait de tourner dans la 42e Rue.

— Nous arrivons, dit Crick. Over.

Il appuya sur un bouton rouge situé sur le côté du micro, qui le mit instantanément en communication avec le bureau central de New York.

— Vous avez suivi? Betton et Belmont. Vérifiez le

fichier, on ne sait jamais. Rappelez si vous trouvez quelque chose. Over.

Il se tourna vers Annabelle.

— Je crois qu'on les tient. Ça va nous faire un beau coup de filet.

— Je veux une heure en tête à tête avec Clara Hastings.

— Bien entendu, Weaver, aucun problème, répondit Crick.

Cette fois, Annabelle perçut l'ironie du policier. Elle lui jeta un regard circonspect, mais il s'était déjà tourné vers la fenêtre.

Le véhicule longeait une file ininterrompue de voitures en stationnement. En arrivant devant le 235, ils virent le camion du Service se ranger devant la sortie du parking de l'immeuble, l'unique place restée libre.

— Garez-vous devant le parking du 237, dit Crick, en faisant signe au chauffeur de reculer.

La voiture se rangea une dizaine de mètres en amont. Les trois occupants en sortirent aussitôt.

— Vous êtes prête? demanda Hermès.

Clara hocha la tête.

— Bon, on y va. Je tenais quand même à vous dire que ce chapeau vous va très bien.

Clara se força à sourire. Avant de quitter l'appartement, Hermès avait eu l'idée saugrenue de lui demander de mettre un vieux chapeau en paille qui traînait dans un de ses placards, pour dissimuler son visage.

— De l'extérieur de la voiture, on ne verra que lui, avait-il dit en riant.

L'auto remontait lentement la rampe du parking. Clara était terrorisée. Avant de démarrer, Hermès avait sorti son revolver, et l'avait posé entre ses cuisses.

Elle repensa à la remarque qu'il avait faite sur son chapeau.

Décidément, elle l'avait mal jugé. Les hommes du Réseau ne se comportaient pas de la même façon que les autres avec les femmes. Cette manière de trouver un prétexte pour faire un compliment... Elle repensa au lieutenant Lobell, au commandant du vol de Los Angeles. Elle repensa à celui qu'elle considérait comme son frère, Donald Burger, qui l'avait entraînée dans cette aventure. Tous portaient pourtant un Aspic, comme Hermès. La différence était psychologique. Une manière comme une autre de résister, de refuser l'ordre instauré par la loi Fuchs.

A quelques mètres de la sortie, Hermès stoppa la voiture et actionna l'ouverture du portillon. Clara regarda la lourde porte en acier basculer vers le plafond.

— Merde, il y a une voiture garée devant, s'exclama Hermès.

Par l'ouverture béante du parking, Clara vit l'auto qui barrait l'accès à la chaussée. Une femme et deux hommes qui venaient manifestement d'en descendre se tenaient sur le trottoir.

Clara ne saisit pas tout de suite les implications de ce qu'elle voyait. Elle se tourna vers Hermès au moment précis où il se mettait à crier :

— Ce sont des flics. Accrochez-vous !

La voiture fit un bond en avant. Hermès donna un violent coup de volant vers la gauche.

Annabelle était la seule à avoir vu la voiture. Quand elle aperçut le chapeau ridicule que portait la femme assise à l'intérieur, elle comprit immédiatement que quelque chose d'anormal se passait. Elle cria pour prévenir Crick, au moment où la voiture virait sur le trottoir en faisant une brutale embardée.

— Attention, hurla-t-elle, les voilà !

Crick et l'agent qui les accompagnait sortirent instantanément leur revolver. Ils visèrent la voiture qui s'éloignait à toute allure sur le trottoir.

— Attention, ne tuez pas la femme ! cria-t-elle à nouveau.

Crick et l'agent tirèrent en visant les pneus.

— Encore dix mètres et on a une chance, cria Hermès en donnant un coup de volant pour éviter une borne d'incendie.

Il venait de repérer un bateau dégagé. Dans quelques secondes, il pourrait gagner la chaussée. Par miracle, il n'avait encore renversé personne. Les piétons disparaissaient du trottoir comme par enchantement, en hurlant de terreur. Clara vit l'un d'eux plonger entre deux autos en stationnement.

Brusquement, la voiture fit une nouvelle embardée, et Hermès en perdit le contrôle. Comme dans un film au ralenti, Clara vit avec horreur le véhicule obliquer vers une vitrine de parfumerie, qu'il percuta avec une violence inouïe.

La voiture s'immobilisa dans un bruit épouvantable de verre brisé. L'alarme du magasin se mit à hurler.

Etourdie, Clara mit quelques secondes à réaliser qu'elle n'était pas blessée. La ceinture de sécurité l'avait protégée. Quant à Hermès, il n'avait pas cessé une seconde de parler.

— Les salauds, on avait presque réussi. Ils ont atteint les pneus. Bon. Ne bougez pas de votre siège, dit-il à Clara. Faites comme si vous étiez sonnée.

Elle le vit entrouvrir la portière et se glisser sur le sol à l'extérieur. Une odeur écœurante de parfums mélangés se répandit dans la voiture.

— Vous l'avez eu, patron, dit l'agent.

— Allez cherchez les hommes, ordonna Crick à son subordonné. Vous devriez rester ici, ajouta-t-il à l'intention d'Annabelle.

— Non, je viens avec vous.

Revolver au poing, Crick se dirigea vers le lieu de l'accident, suivi d'Annabelle. Un attroupement s'était aussitôt formé autour du magasin. L'arrière de la voiture, qui s'était soulevé sous le choc, sortait de la devanture de ce qui avait été une luxueuse parfumerie.

— Eloignez-vous, tout danger n'est pas écarté, cria le policier en agitant son revolver en direction des quelques badauds, qui reculèrent aussitôt.

Il s'approcha lentement de la voiture.

— Ils doivent être complètement sonnés, là-dedans, dit-il en enjambant une aile de carrosserie. Quelle odeur !

A travers la lunette arrière miraculeusement épargnée, Annabelle voyait la jeune femme, immobile sur son siège, la tête ballante. Elle s'approcha de la portière située de son côté.

— Faites attention, Weaver, vous n'êtes pas armée, la prévint Crick, qui contournait la voiture de l'autre côté.

Au moment d'atteindre son but, Annabelle sentit soudain qu'on lui enfonçait brutalement un objet dur dans le dos.

— Les mains en l'air. Au moindre geste, je tire, dit une voix derrière elle.

Elle venait de commettre la bêtise de sa vie.

— Vous„ là-bas, jetez votre arme, reprit la voix.

Crick apparut de l'autre côté de la voiture.

— Vous n'avez aucune chance, dit-il en jetant son revolver et en levant les mains.

— Antigone, sortez et allez ramasser son arme, dit Hermès.

Clara sortit de la voiture du côté du conducteur. Elle ramassa l'arme de Crick, et la pointa aussitôt sur lui.

— Maintenant, on va sortir bien gentiment tous les deux sur le trottoir, expliqua Hermès à Annabelle, et on va aller chercher votre voiture. Je vous abats au moindre geste de vos hommes. Antigone, ne bougez pas d'ici jusqu'à ce que je vienne vous prendre. Si cet homme tente quoi que ce soit, vous tirez.

— A vos ordres, dit Clara, qui n'en menait pas large.

Crick jeta un regard appuyé en direction de Weaver. Il espérait qu'elle comprendrait que le garde du corps de Clara Hastings n'avait strictement aucune chance. Pour l'instant, il fallait simplement lui obéir.

— On y va, dit Hermès. Je suis juste derrière vous.

Annabelle sortit dans la rue, les mains en l'air. Une foule de spectateurs se tenait à une centaine de mètres, maintenue par des policiers en uniforme qui formaient des barrages. Brusquement, l'homme la ceintura d'un bras.

— Nous allons marcher comme ça, de côté. Vous face à la rue, moi derrière, le dos au mur. Compris?

— Ça va, j'ai compris, répondit Annabelle.

— Alors, allons-y lentement.

Annabelle avançait en crabe, le bras de l'homme serré autour de sa taille. Du coin de l'œil, elle vit des hommes du FBBS traverser la chaussée. Elle reconnut Maud Lister, tireuse d'élite, un Mauser à la main, qui se glissait dans l'encoignure d'une porte.

— Vous là-bas! cria soudain l'homme en direction des agents du Service. Au moindre coup de feu, je descends votre chef.

— Comment savez-vous qui je suis? demanda Annabelle qui, à aucun moment, n'avait perdu son sang-froid.

— J'ai mes renseignements, miss Weaver, répondit l'homme en ricanant.

Annabelle était stupéfaite. Sa photo n'avait jamais circulé nulle part, et peu de gens connaissaient son rôle au sein du FBBS.

— Mais comment...?

— Je vous ferai une conférence une autre fois, dit Hermès. On est presque arrivés. Appelez quelqu'un pour qu'il apporte les clefs de la voiture. Allez!

— Et puis quoi encore?

— Comme vous voudrez. Que quelqu'un apporte les clefs de la voiture! cria-t-il soudain.

Une voix répondit par amplificateur.

— D'accord, on vous les apporte. Mais vous n'avez aucune chance. Jetez votre arme, et...

— Les clefs! hurla-t-il.

Avec le canon de son arme, il donna un léger coup dans le dos d'Annabelle qui sursauta en poussant un cri. Quelques secondes plus tard, l'agent qui avait conduit la voiture traversa la rue où toute circulation avait été interrompue.

— Mettez le contact et laissez la portière ouverte, ordonna Hermès.

L'homme s'exécuta, et s'éloigna aussitôt.

— Voilà, il nous reste à faire le plus difficile, ma petite chérie, murmura Hermès à l'oreille d'Annabelle. C'est maintenant que vos hommes vont essayer de m'avoir. Vous allez vous installer au volant dès que nous serons arrivés.

Il souleva brusquement Annabelle avec son bras, et se mit à courir jusqu'à la voiture. Quelques secondes plus tard, il se retrouvait le dos appuyé contre la carrosserie, dissimulé derrière Annabelle qui lui servait de bouclier.

— Voilà, le plus dur est fait, dit-il. Je vais aller m'asseoir à l'arrière de la voiture. Inutile de préciser que je continue à vous tenir en joue. Dès que je vous le dirai, vous viendrez vous asseoir gentiment à la place du conducteur.

Annabelle l'entendit ouvrir la portière arrière.

— Maintenant, cria-t-il soudain.

Elle se glissa sur le siège avant.

Au moment où elle claquait la porte, un coup de feu retentit. La vitre arrière vola en éclats. L'homme eut un hoquet. Annabelle voulut se retourner.

— Démarrez immédiatement, dit-il d'une voix éteinte.

Le moteur vrombit. Elle fit déboîter la voiture.

— Arrêtez-vous devant la parfumerie.

— Vous êtes touché? demanda-t-elle après un instant d'hésitation.

— Vos hommes ne font pas grand cas de votre vie, ma chère. Ils m'on raté. Je pourrais mettre ma menace à exécution. Le fait que je sois en train de réussir vous sauve la vie!

— Ils ont eu parfaitement raison, dit Annabelle avec véhémence. La preuve, c'est que vous ne mettez pas vos menaces à exécution. Vous savez aussi bien que moi que je suis votre unique garantie.

— Inexacte, dit Hermès. Il y a encore votre damné collègue Paul Crick. C'est bien son nom, n'est-ce pas?

Annabelle ne répondit pas. Elle fut tentée d'envoyer la voiture rejoindre l'autre dans la vitrine de la parfumerie. Mais son heure allait venir. Elle en était persuadée...

Pendant toute l'expédition d'Hermès, Clara était restée immobile dans ce qui restait de la parfumerie, le revolver pointé sur l'homme dont elle avait la garde. A plusieurs reprises, il avait essayé d'engager la conversation, mais elle avait obstinément refusé de répondre. Puis, un coup de feu avait retenti, et une épouvantable angoisse l'avait saisie.

— Votre garde du corps vient de se faire avoir, lui avait alors dit Crick, en ricanant. C'était couru d'avance. Rendez-vous. Vous n'avez plus aucune chance.

— Taisez-vous et ne bougez pas, avait-elle répondu.

Désespérée elle s'était demandé si elle devait exécuter cet homme. L'idée lui était insupportable. Et la lettre? Mais si Hermès était blessé, il n'y avait plus rien à faire... C'est alors que, sur le point de se rendre, elle vit la voiture se garer en double file devant la parfumerie avec un soulagement indicible.

— Antigone, c'est à vous, cria Hermès.

Elle fit signe à Crick d'avancer. Il la foudroya du regard, et s'avança en direction de la voiture. La porte arrière s'ouvrit.

— Venez vous asseoir, dit Hermès à Clara, d'une voix voilée, et laissez votre bonhomme dehors, on n'a pas besoin de lui.

Brusquement, Crick se retourna et, du tranchant de la main, donna un violent coup sur l'avant-bras de Clara. L'arme tomba sur le sol. Crick saisit aussitôt la jeune femme par le bras et, tout en pivotant, voulut la placer entre lui et la voiture. Clara résistait avec l'énergie du désespoir. Soudain, un coup de feu retentit. Elle vit l'homme qui la retenait contre lui pâlir, et s'effondrer d'un coup.

— Dépêchez-vous maintenant, dit Hermès, l'arme encore fumante à la main.

Clara se précipita dans la voiture, qui démarra aussitôt.

Chapitre 6

1

Robert Kane était fatigué. Cela faisait bien une heure qu'il attendait Samuel Burger au *Kenmore*, un bouge de Downtown Los Angeles donnant sur les palmiers décharnés du parc Lafayette. En outre, l'orgelet qu'il avait eu la désagréable surprise de découvrir sous un cil de sa paupière droite, le matin même, l'avait mis de mauvaise humeur.

Il avait laissé un message dans un hôtel miteux à quelques pas du bar, où l'homme de main qu'Annabelle Weaver lui avait demandé de contacter louait une chambre.

Sam Burger était en mission à Los Angeles pour le compte d'un des nombreux services de police parallèles de l'Administration fédérale. Kane l'avait déjà rencontré une fois, à l'occasion d'une expédition mouvementée dans le désert du Nevada, où des illuminés avaient organisé un camp paramilitaire dans l'espoir de résister au FBBS. Samy avait montré dans l'attaque du camp un incontestable savoir-faire. Il prétendait travailler en free-lance pour l'Administration, et n'intervenait que ponctuellement pour le compte du Bureau.

En fait, Kane s'était toujours demandé à quel service fédéral l'ancien marine était rattaché. Son statut personnel demeurait un mystère. Kane le soupçonnait parfois de dépendre directement du directeur du FBI, Howard

Black. Quoi qu'il en soit, son pouvoir était loin d'être imaginaire. Weaver avait exigé qu'il participât à l'assaut du repaire des Virginas. L'ordre émanait directement de Claudia Lombard. Cependant, malgré les mérites militaires de Burger, Kane ne comprenait pas la nécessité de sa présence. La police de Los Angeles ne manquait pas d'officiers compétents pour mener à bien cette opération...

Kane poussa un soupir d'exaspération et jeta un regard dégoûté sur les quelques consommateurs de cola-coke qui cuvaient leur drogue, affalés sur le bar. L'établissement, à peine éclairé par de pâles imitations de lampes à pétrole, était exclusivement occupé par des hommes. Ils rappelaient à Kane les « barflies » — les « mouches de bar » — dont on parlait dans un bouquin qu'il avait trouvé dans un avion. L'auteur s'appelait Bulovsky, ou Bukolsky, ou quelque chose d'approchant. Le roman évoquait la vie d'un demi-clochard alcoolique, comme celui qui était accoudé au bar, avec son teint de papier mâché mariné dans du vinaigre, sa barbe grise mal rasée, et son tee-shirt couvert de chiures.

Kane ricana. La drogue avait remplacé l'alcool, dont la consommation était incompatible avec le port de l'Aspic, mais le problème de la toxicomanie n'avait pas évolué d'un poil. Sans l'épidémie de FS, il serait probablement en train de siroter un whisky, au lieu de cet infâme cola-coke dont il ne supportait pas plus d'un ou deux verres par jour. Il avait entendu parler, à ce propos, d'une secte religieuse qui prescrivait de provoquer systématiquement des décharges aspiques par absorption d'alcool, jusqu'à réussir à en dominer les effets négatifs. Un psychiatre travaillant pour le FBBS avait confirmé que, dans certaines conditions, on pouvait en effet réussir à « érotiser la décharge aspique »... Mais Kane avait surtout retenu qu'on risquait d'y laisser sa peau.

Il s'épongeait le front pour la dixième fois de l'après-midi, lorsque la porte du bar s'ouvrit à la volée. Un jet de lumière troua l'obscurité.

Kane reconnut Samuel Burger. De taille imposante, le

Noir portait son éternelle veste à poches multiples, dont il pouvait à volonté tirer une de ces armes que les véritables tueurs façonnent à leur main à longueur de journée. Sans un regard pour Kane, il s'assit au bar et commanda un verre du meilleur cola-coke. Le barman, qui semblait le connaître, s'empressa de le servir. Le barfly assis à côté du Noir le dévisagea avec ostentation.

Burger but lentement sa drogue, sans se soucier le moins du monde de l'intérêt qu'il suscitait. Quand il eut vidé son verre, il sortit un billet froissé d'une de ses poches et régla sa consommation. Puis il se leva en bousculant volontairement son voisin, qui eut le plus grand mal à garder l'équilibre et sortit tranquillement du tripot en deux enjambées.

Kane lui emboîta le pas.

La lumière du jour était éblouissante. Il mit ses lunettes de soleil, et vit Burger entrer dans le parc Lafayette de l'autre côté de Wilshire Boulevard. Il le suivit quelques centaines de mètres, jusqu'à ce que le Noir s'assoie sur un banc, au milieu d'une pelouse mal entretenue.

Après s'être assuré que personne ne les observait, Kane s'assit à l'autre bout du banc.

— On a besoin de vous, Samy, murmura Kane, sans se retourner.

— Je suis déjà sur un coup, répondit Burger, sur le même ton.

— Juste vingt-quatre heures, peut-être moins, insista Kane. Ordre de la direction.

— Votre direction, vous pouvez...

— Je sais, Samy. Mais c'est un gros coup. On tient presque le chef du Réseau à Los Angeles. Il est dans les mains d'une bande de chicanas. On a besoin de vos compétences. Il faut donner l'assaut à leur repaire.

Burger se tourna vers Kane pour la première fois.

— Le chef du Réseau de Los Angeles? dit-il, intéressé. Vous voulez parler de Kess Sherman?

Kane resta muet de surprise. Que Samy connaisse le nom du chef et du Réseau local était la dernière chose à laquelle il s'attendait.

— Je peux vous demander comment vous connaissez son nom? demanda-t-il, sans se faire d'illusion sur la réponse du Noir.

Burger ricana.

— Par mon frère, répondit-il à la surprise de Kane. Celui-là, vous le rencontrerez sûrement un jour ou l'autre. Un intello. Il croit que les livres peuvent remplacer l'expérience sur le terrain. Il est encore étudiant. C'est un sympathisant du Réseau. Il voulait me convertir, après mon retour d'Amérique centrale. Il m'a parlé quelquefois de ce Sherman, un écrivain, ou quelque chose comme ça. On s'est brouillés quand il a compris pour qui je travaillais. Je l'ai rencontré par hasard au *Dôme*, il y a six mois. Il était avec une fille. Une drôle de nana, une Blanche. Mignonne. Elle ne s'habille pas comme tout le monde. Ils avaient l'air de bien se connaître.

— Clara Hastings? demanda Kane, intéressé.

— C'est possible, je n'en sais rien. Il a fait semblant de ne pas me reconnaître. Mon frère est un sale con, un mal blanchi. Bon, OK, je marche. Quand avez-vous besoin de moi?

— Tout de suite, dit Kane.

Burger réfléchit un court instant.

— Il me faut une heure. Dites-moi où je peux vous retrouver, dit-il finalement.

— Au coin de Brooklyn et d'Eastern Avenue, à East Los Angeles. Il y a une pompe à essence. Notre QG est installé dans un camion à côté. C'est à dix minutes d'ici.

— Je sais où c'est. Dans une heure.

Sans autre commentaire, Burger se leva et, de sa démarche athlétique, s'éloigna rapidement en direction de Wilshire Boulevard.

2

Le brouhaha augmentait au fur et à mesure que la salle se remplissait. Sherman comprit que son heure était arrivée.

Quand Loca apparut dans le fond, le silence tomba. Accompagnée d'une sister, la chef des Virginas s'avança d'un pas rapide dans l'allée centrale, et vint s'asseoir au premier rang.

Depuis qu'il était prisonnier, Sherman ne se faisait aucune illusion sur le sort qui l'attendait. Il avait eu le temps de découvrir la brutalité dont les Virginas étaient capables. Curieusement, la situation accablante dans laquelle il se trouvait suscitait en lui un détachement qui le protégeait du désespoir. Son corps était pratiquement anesthésié par les effets combinés de l'épuisement et de la coke qu'on lui avait donnée une heure plus tôt, sous forme d'un breuvage foncé légèrement sucré. En fait, il ressentait une réelle curiosité pour le spectacle dont il était pourtant la victime.

Depuis l'entrée de Loca, il ne quittait pas du regard la jeune chef du gang de rue le plus prestigieux de Los Angeles. Etonnamment petite, Loca était la seule à porter un bijou : une rose cramoisie en pierres précieuses, resplendissant entre ses seins sur son vêtement en cuir noir. Mais c'est quand il croisa le regard sombre de ses yeux immenses qu'il comprit la fascination qu'elle exerçait sur son entourage.

Loca, la folle des barrios d'East Los Angeles, était d'une beauté exceptionnelle. La pureté de ses traits d'Indienne évoquait certains masques aztèques qu'il avait vus dans un musée de Mexico. Ses paupières mi-closes d'un blanc d'ivoire accentuaient l'étrangeté de son regard noir.

« C'est une sorcière », se dit Sherman, qui eut envie de rire de sa propre puérilité. Il vivait probablement ses derniers instants. Le sacrifice — quel que fût le rituel barbare que désignait ce mot chez les Virginas — allait marquer la fin de son périple insensé sur la terre.

Avec un pincement au cœur, il vit la jeune femme qui avait passé l'après-midi avec lui rejoindre les autres dans la salle.

Trois femmes la remplacèrent sur l'estrade. Elles portaient de larges robes serrées à la ceinture et des chemisiers à petits cols blancs qui leur donnaient l'air de jeunes filles de l'époque victorienne. L'une d'elles tenait fermement sur sa hanche un fusil à laser dernier modèle qu'elle pointait sur lui d'un air farouche. Sherman reconnut aussitôt l'arme redoutable mise au point par les Japonais au début du siècle, que seuls les militaires étaient censés posséder.

La plus vieille des trois femmes s'approcha de lui, saisit sa verge et se mit à la caresser en chantant la même berceuse stupide qu'il avait entendue quelques heures plus tôt. La troisième femme attendait sur le côté, immobile.

Dans la salle, le brouhaha avait repris.

En guise de sacrifice, Sherman se dit que ces vierges folles avaient probablement l'intention de lui brûler le sexe avec le fusil à laser au moment de la décharge aspique. Décidément, la haine des hommes prenait des tours inattendus.

Il se sentait inquiet du calme étrange qu'il continuait à ressentir. Curieusement, il n'arrivait pas à être affecté par l'urgence de sa situation. C'était peut-être l'effet de la coke, ou l'épuisement, ou les deux à la fois... L'idée qu'une nouvelle décharge aspique allait se produire dans quelques minutes n'entamait en rien son humeur légèrement euphorique. Bien au contraire même. Sous la caresse, un étrange engourdissement se répandait peu à peu dans tout son corps. Pour la première fois depuis de longues heures, il sentit qu'il se détendait véritablement, et il ferma les yeux...

... Une nuit, un incendie s'était déclaré dans une maison près de chez lui, à West Hollywood. Les flammes avaient gagné la toiture en tuiles de bois. Dans l'attente des pompiers, Jane et lui avaient fait tout ce qui était en leur pouvoir pour aider le propriétaire. Soudain, un tison était tombé sur Sherman et avait enflammé sa chemise. Le souvenir du cri strident qu'avait poussé Jane, au moment où elle avait lancé sur lui le contenu du seau d'eau que, par chance, elle tenait entre ses mains, resterait pour toujours dans sa mémoire. Plus tard, elle avait préparé une décoction d'herbes fraîches dont elle avait le secret, et en avait longuement baigné ses épaules, jusqu'à ce que la douleur disparaisse. Puis, ils avaient fait l'amour la nuit entière, dans la veille comme dans le sommeil. Il avait bandé sans jamais réussir à l'atteindre, lui semblait-il, indéfiniment proche de l'épuisement...

... Au moment où il entendit les exclamations de la salle, Sherman réalisa ce qui était en train de se passer.

La femme avait brusquement figé sa caresse sur son membre durci.

Un silence de mort s'était installé dans la salle.

Sherman gardait les yeux fermés, réalisant qu'il avait enfin réussi à vaincre les séquelles de son Aspic. La certitude délirante que plus rien de grave ne pourrait lui arriver se fit jour dans son esprit enfiévré. Ces femmes n'avaient jamais vu un homme dans cet état. Pour la plupart, elles étaient trop jeunes. Un incroyable sentiment de triomphe s'empara de lui, pendant que dans la salle le silence s'éternisait.

Alors, Sherman hurla un nom :

— Jane !

et perdit connaissance.

Quand il se réveilla, Sherman était allongé sur un lit dans une petite chambre. Autour de lui, des portraits de femmes étaient accrochés aux murs crépis de blanc. Son corps le faisait terriblement souffrir, et sa hanche était bloquée. Ses mains, violacées et enflées, portaient la marque des courroies qui l'avaient tenu attaché presque toute une journée. Il remarqua qu'on l'avait lavé et revêtu d'une légère tunique en plastech d'un prix probablement prohibitif. Il porta la main sur son sexe, et vérifia à travers le fin tissu que ce qu'il redoutait ne s'était pas produit... Si telle était bien l'intention des Virginas, elles semblaient avoir renoncé, pour l'instant, à le mutiler.

Quelqu'un entra dans la chambre. Il eut le plus grand mal à tourner la tête, et reconnut sa gardienne, qui portait un plateau.

— Enfin réveillé ! s'exclama-t-elle, en posant le plateau sur une petite table à côté du lit. Comment ça va ?

Sherman émit un vague borborygme.

— Tu as dû perdre beaucoup de sang. J'ai eu un mal de chien à refaire ton pansement au bras. Il faudrait mettre des points de suture sur ta blessure. Je vais te donner du lait bleu.

— Du lait bleu? articula Sherman.

— C'est la boisson que tu as absorbée tout à l'heure, avant le sacrifice. La frangine qui a inventé le cocktail lui a donné ce nom. Je me demande bien pourquoi, d'ailleurs, parce que c'est un liquide rouge.

Elle versa le breuvage sombre dans un verre et fit boire Sherman, qui sentit presque aussitôt l'effet euphorisant de la coke.

— Je vois qu'il est à nouveau permis de me parler, dit-il, la bouche encore pâteuse.

— Ce qui s'est passé tout à l'heure a tout changé.

Elle resta songeuse un instant.

— Ça intrigue Loca, ça, dit-elle finalement. Elle se demande comment tu as fait, avec l'Aspic. Tu contrôles tes crises?

Sherman comprit enfin ce qui lui avait sauvé la vie.

— Je n'ai plus d'Aspic.

— Je ne te crois pas. La première fois, tu as eu une DA.

— Comme vous voudrez. Vous vous appelez comment?

— Ascension, mais tout le monde m'appelle Asu. Tu sais, chez nous, ça fait longtemps qu'on dit que les hommes réussiront un jour à contrôler les décharges rien qu'avec leur volonté, et l'aide de...

— Et l'aide de...?

— Non, rien. Tu es le premier qu'on rencontre, en tout cas. Quand je t'ai vu, j'ai tout de suite pensé...

— Asu. Laisse-nous, tu veux?

Loca venait d'entrer dans la chambre.

— Oui, Loca, répondit la jeune femme, qui sortit aussitôt.

Sherman se trouvait en tête à tête avec le chef des Virginas.

Il fut à nouveau captivé par son regard extraordinaire. La rose tatouée qu'elle portait sur sa joue gauche, comme toutes les Virginas, la rendait encore plus mystérieuse. Elle s'assit au pied du lit et le fixa longuement en silence.

« C'est sûrement son truc favori », pensa Sherman. Il la sentait capable de réduire à néant n'importe quelle tentative pour lui résister psychiquement. L'ascendant qu'exerçait la jeune chicana était vraiment étonnant.

— Vous voulez peut-être me demander quelque chose ? demanda Sherman.

Loca partit d'un éclat de rire tellement inattendu qu'il mit quelques secondes à réaliser qu'il entendait le rire d'une très jeune femme.

« Elle doit avoir dans les dix-huit ans », pensa Sherman, surpris.

— Je vais en effet te poser quelques questions, dit-elle après avoir repris son sérieux, avec un accent mexicain qui donnait à ses paroles, même anodines, une âpreté redoutable. Pour commencer, dis-moi qui tu es. Et ne me raconte pas d'histoires, j'ai les moyens de vérifier tout ce que tu vas me dire.

Tout en répondant aux questions de Loca, qui portaient sur son identité et son histoire personnelle, Sherman était tenaillé par un doute. Devait-il lui parler du Réseau ? Il connaissait les dangers qu'une parole intempestive pouvait faire courir à l'organisation. Mais le risque serait beaucoup plus grand, pour les centaines de membres que comptait le Réseau dans la région, s'il ne réussissait pas à prévenir Don Burger qu'il avait été repéré par le FBBS. La seule chance de le joindre se trouvait entre les mains de Loca. En l'absence de Sherman, Don était le seul à pouvoir prendre les dispositions prévues en cas d'urgence. Tant qu'on ne saurait pas comment Sherman avait été repéré, toute opération du Réseau devait être suspendue. L'étanchéité verticale de l'organisation protégeait en principe les cellules les unes des autres. Seules des informations provenant de membres clandestins en poste à Washington permettraient d'apprécier l'étendue de l'offensive du FBBS, et de prendre de nouvelles mesures. Le Réseau devait impérativement se protéger pour pouvoir reprendre contact dès que possible avec la Mafia. L'invention du NOX était un événement d'une portée considérable qui, selon toute probabilité, allait bouleverser les données de la lutte.

Depuis que Loca était entrée, Sherman était obsédé par l'idée qu'il devait la convaincre de lui venir en aide. L'expérience qu'il avait fortuitement acquise des gangs d'East Los Angeles ne l'incitait cependant pas à l'optimisme.

Les bandes vivaient en autarcie, chacune sur un territoire aux frontières strictement définies et défendues. L'organisation, de type militaire, n'admettait aucune faiblesse. Un postulant devait se soumettre à un rituel initiatique au cours duquel il devait risquer sa vie. En cas de succès, il était assuré de l'aide constante des membres du groupe, en échange de son obéissance. Son niveau de vie se trouvait considérablement amélioré, grâce aux multiples trafics organisés par la bande. Quant au chef, il était investi d'un pouvoir charismatique, conquis le plus souvent par la force.

Pourtant, Sherman ne connaissait pas grand-chose aux singularités d'un gang exclusivement féminin tel que les Virginas. Le mystère du sens et de la finalité de l'étrange cérémonie dont il avait été le principal protagoniste restait entier. A cet instant, une parole qu'Asu avait prononcée avant l'arrivée de Loca lui revint en mémoire et le décida à prendre tous les risques.

— J'aimerais à mon tour vous poser une question, dit-il à la jeune femme.

Loca fronça les sourcils.

— Tu n'as aucune question à me poser, répondit-elle froidement.

— Une tout de même. Ça m'aidera à mieux comprendre ce que vous souhaitez savoir de moi.

— Bon. Cours ta chance, Sherman. A tes risques et périls. Mais avant, je veux que tu saches que tu ne survivras pas à une tromperie, quelle qu'elle soit. C'est clair ? Alors, je t'écoute !

— Pouvez-vous me dire quel est le rite secret des Virginas ? A quel dieu vous dédiez les sacrifices ?

Immédiatement, Sherman pensa qu'il avait perdu la partie. Loca n'avait pourtant pas bronché. Mais, une brusque tension s'était emparée d'elle. Pendant un temps interminable, il eut l'impression qu'elle fouillait de ses yeux vertigineux les méandres les plus secrets de ses pensées.

— Qui t'a parlé d'un rituel secret? demanda-t-elle finalement avec colère. Qui t'a informé? Parle, Sherman, ou tu me supplieras dans quelques minutes!

— Personne ne m'a rien dit, Loca, croyez-moi. C'est ce qui m'est arrivé qui m'a fait comprendre. Vous avez arrêté le sacrifice, dès que vous avez vu que j'avais vaincu l'Aspic. N'est-ce pas?

A ces mots, une expression de surprise apparut sur le visage de Loca.

— Tu as vraiment vaincu l'Aspic? demanda-t-elle presque avec timidité.

A son grand étonnement, Sherman sentit qu'il s'était mis à trembler.

— Oui, je peux le dire, Loca, j'ai vaincu l'Aspic, et tous les hommes pourront bientôt faire la même chose.

— Et le nom que tu as crié? De qui s'agissait-il? demanda Loca, qui ne cachait plus sa curiosité.

— Peu importe, Loca. Le nom d'une femme que j'ai connue, à qui j'ai fait l'amour, il y a longtemps. Que j'ai aimée d'amour.

Ils se turent tous deux, surpris de leur soudaine exaltation. Pour la première fois, la jeune femme sourit.

— Je n'ai jamais rencontré un homme comme toi, dit-elle. Il y a longtemps que nous attendons, nous, les Virginas. Je commence seulement à te croire, Sherman.

— Oui, j'ai vaincu l'Aspic. Il faut vaincre l'Aspic, répéta Sherman.

— Nous, les Virginas, nous voulons que les hommes reviennent, déclara alors Loca.

Un éclair de colère passa dans son regard.

— Nous brûlons tous les ersatz. Nous faisons disparaître leur sexe inutile.

— Les ersatz? Vous voulez dire...

— Les hommes et le Serpent noir, celui qu'ils

appellent l'Aspic, qui les habite et les empêche d'être des mâles! Depuis nos ancêtres, une guerre sans merci est déclarée contre le Serpent noir.

— Vos ancêtres?

— Notre mère, Maria Alvares, celle qui a créé notre gang — je la remplace depuis deux ans, depuis sa mort dans une embuscade des Compadres, ces chiens! — Maria nous a enseigné la légende de notre dieu Quetzalcóatl.

— Le dieu aztèque? demanda Sherman, abasourdi.

— Oui, le Serpent à plumes, le dieu de nos ançêtres. Notre mère nous a raconté l'histoire du dieu de notre peuple, comment il est parti, avant que n'arrivent par l'Océan oriental toutes les horreurs qui nous ont frappés. Le Feu Sacré n'est que la dernière manifestation du triomphe du Serpent noir.

— Qui était Maria Alvarès?

— C'était une femme de chez nous, une ethnologue. Tu sais ce que c'est?

— C'est un savant qui étudie l'histoire des peuples, expliqua Sherman.

— Elle était savante, ça, c'est vrai. C'est elle qui m'a donné mon nom. Elle disait que chez les Aztèques, ça voulait dire béni des dieux. Elle est venue vivre avec nous il y a dix ans, quand tout a changé. J'étais encore petite.

— Après la loi Fuchs?

— C'est ça, la loi Fuchs. La punition des hommes.

Sherman avait presque oublié les douleurs qui tenaillaient son corps. Il était fasciné par ce qu'il découvrait.

Une femme probablement d'origine indienne, une ethnologue mexicaine, avait reconstitué en quelques années, avec un groupe de femmes de sa race, un mélange de religion et de tradition, dans le but de les organiser contre la loi Fuchs! Le sacrifice régulier de quelques hommes avait été la voie choisie pour maintenir, envers et contre tout, la haine de l'Aspic, qui symbolisait le nouvel ordre. La cruauté inhumaine du rituel devenait ainsi l'expression spectaculaire de leur déception devant l'impuissance des hommes — dans tous les sens du mot — à venir à bout du mal qui les rongeait.

— Dis-moi, Loca. Qu'est-ce qui me serait arrivé si j'avais eu une décharge aspique pendant la cérémonie?

— On t'aurait brûlé le sexe, répondit Loca, d'une voix dénuée de toute émotion. Chaque fois qu'on supprime une représentation du Dieu noir, le temps du retour de Quetzalcóatl, le dieu blond créateur des hommes et des arts, le Serpent qui porte des plumes d'oiseau quetzal sur la tête, se rapproche. Ce jour-là, les hommes seront débarrassés du Feu Sacré, la dernière forme du malheur que Tezcatlipoca, le Serpent noir, le dieu boiteux, souffle dans nos corps depuis le départ de son frère.

— Et peux-tu me raconter ce qui s'est produit entre les deux frères?

— Ça s'est passé il y a fort longtemps, dans la cité des dieux, bien avant que tes semblables n'arrivent par l'Océan oriental. Tezcatlipoca était jaloux de la beauté de son frère Quetzalcóatl. Lui, il était noir et boiteux, alors que Quetzalcóatl était blanc et blond. Un jour, pour se débarrasser de son frère, il l'a attiré dans un piège diabolique. Il l'a fait venir chez lui pour lui montrer son image dans un miroir fumé.

— Pourquoi est-ce un piège diabolique?

— Un dieu ne doit jamais voir son image, sinon il devient fou, répondit Loca, d'un ton méprisant devant l'ignorance du gringo.

Dans le feu du récit, la jeune femme paraissait encore plus belle.

— C'est ce qui est arrivé, continua Loca. Quetzalcóatl s'est mis à boire du pulque, et il s'est tellement soûlé qu'il a possédé sa sœur Quezaltépatl, que son frère avait également invitée à la fête. Quand il est sorti de son ivresse et qu'il a compris ce qu'il avait fait, il a quitté le pays, après avoir lancé une malédiction à tous les hommes qui, comme lui, cèdent à l'adoration de leur propre image. Depuis, le Serpent noir règne sur le monde. Nous, les Mexicains, nous attendons le retour de Quetzalcóatl, qui annoncera le retour de notre puissance.

Elle resta un instant silencieuse.

— Notre mère Maria Alvarès nous a appris que le jour viendra où les hommes domineront le Serpent noir. L'épidémie de FS est le signe que les temps approchent.

— Et que doivent faire les hommes pour réussir à dominer le Serpent noir? demanda Sherman.

— Ils doivent chasser le mal noir par où il se manifeste. Ils doivent apprendre à domestiquer le feu de leur désir, et non à s'y soumettre. Ce jour-là, le dieu Quetzalcóatl reviendra parmi nous, et nous pourrons à nouveau vivre comme nos ancêtres.

Les paupières blanches de Loca s'étaient presque refermées sur le noir immense de son regard.

Sherman était bouleversé. Comme beaucoup de ses contemporains, il avait été frappé par la coïncidence extraordinaire qui avait voulu que la malédiction du SIDA frappe les hommes juste au moment où ils avaient cru, pour la première fois dans leur histoire, être libérés des interdits et des tabous qui pesaient sur leur vie sexuelle depuis la nuit des temps. En tant qu'écrivain, il trouvait là matière à d'inépuisables réflexions.

Or, Loca venait de lui raconter une légende qui jetait une lumière étonnante sur cet événement. Quetzalcóatl, le dieu aztèque, s'était en effet mis à délirer le jour où il avait confondu sa puissance de dieu, par essence immatérielle, avec son image — et donc celle de son sexe —, qu'il avait découverte pour la première fois dans le miroir que lui tendait son frère. La tentation de prendre la mesure de sa puissance était alors devenue la plus forte, et l'avait entraîné à transgresser la seule loi qu'il partageait avec les hommes, dans la cosmogonie aztèque, et qui lui interdisait d'avoir des rapports sexuels avec sa sœur. Quand il avait pris conscience de la portée de son acte, il était trop tard. Il s'était alors retiré du monde sur la pointe des pieds. Tout le malheur de l'univers, expliquait la légende, venait ainsi du désir des hommes de prendre la mesure de leur puissance à l'aune de leur force virile.

— Ecoutez, Loca, dit Sherman, qui savait maintenant ce qui lui restait à faire. Je suis recherché par la police.

C'est en essayant de leur échapper que je me suis caché dans votre camion. Je suis un dirigeant du Réseau. Vous en avez entendu parler?

— Le Réseau? Oui, je sais de quoi tu veux parler.

— D'une certaine manière, nous luttons pour la même cause. Et j'ai quelque chose à te demander...

3

— Vous êtes blessé? demanda Clara, avec anxiété.

— J'ai reçu une balle dans la poitrine, à droite, juste après être entré dans la voiture, répondit Hermès en grimaçant. J'ai du mal à respirer, mais ça va aller. La balle n'a probablement fait qu'érafler les côtes.

Clara ébaucha un mouvement en direction du blessé.

— Gardez votre arme braquée sur Weaver! cria Hermès.

Annabelle s'esclaffa. Elle était seule à l'avant et conduisait la voiture.

— Je me demande comment vous connaissez mon nom, vous le « nam », dit-elle.

— J'en sais beaucoup plus que vous ne l'imaginez, Weaver, répondit Hermès. Tournez à droite sur Second Avenue. Ne dépassez pas quarante à l'heure. Pour l'instant, restez sur la file de gauche.

Un cahot lui arracha un gémissement.

— Merde! Ce n'est pas de chance, dit-il. On s'en était presque sorti, et il a fallu que je reçoive cette balle au dernier moment. C'est sûrement cette pute de Maud Lister!

Devant, Annabelle fit claquer sa langue.

— Décidément, vous êtes une véritable encyclopédie... Je m'en souviendrai, de retour à Washington.

— Si vous retournez à Washington. Attention, prenez à droite dans la 37e.

Clara ne disait rien.

— Où voulez-vous aller comme ça? continua Annabelle. Vous savez comme moi que vous êtes suivi et que vous n'avez aucune chance.

— C'est précisément ce que je veux que vos hommes pensent, dit Hermès.

Clara se retourna et jeta un coup d'œil par la lunette arrière. Elle aurait été bien incapable de dire, parmi les voitures anonymes qui les suivaient, lesquelles étaient occupées par les agents du FBBS. La situation lui semblait totalement désespérée. Elle se demanda ce que pourrait encore inventer Hermès pour les sortir de là.

— Clara Hastings ? dit Annabelle à cet instant, tout en conduisant.

Clara ne put retenir une exclamation de surprise : le FBBS connaissait son nom !

— Je suppose que c'est à moi que vous vous adressez, répondit-elle, décidée à garder son incognito.

Combien de fois Don Burger lui avait-il expliqué que cela commençait toujours ainsi : on donnait un nom, ou une adresse, pensant que la police les connaissait déjà. Après, on s'arrêtait plus de parler...

— J'ai vu votre photo il y a à peine une heure, dit Annabelle. Devinez entre les mains de qui ? Du collègue que votre charmant ami a descendu il y a quelques minutes.

Hermès se mit à rire.

— Vous voulez parler de Paul Crick ? dit-il. Il l'a bien cherché. Il se croyait plus fort qu'il n'était. Ça ne pardonne pas, dans notre métier. Vous devriez me remercier. Je vous en ai débarrassée. Comme vous voyez, presque tout le monde se connaît, dans cette voiture !

Il fut pris d'une brusque quinte de toux, et porta une main à sa bouche. Quand il la retira, du sang maculait son menton.

— Tournez dans Park Avenue à gauche, puis à nouveau dans la 34e, dit-il d'une voix faible, dès qu'il put à nouveau parler.

— Vous êtes... commença à dire Clara, qui n'avait rien perdu du manège d'Hermès.

— Votre revolver ! cria-t-il pour l'interrompre.

Il jura et essuya sa bouche avec la manche de sa parka.

— Hastings, votre garde du corps est complètement

fou, dit Annabelle. Sa blessure est beaucoup plus grave qu'il ne veut l'avouer. Son poumon est touché. Cela fait dix minutes que nous tournons en rond. Je vous le répète, tout ça ne sert à rien. Rendez-vous, et je m'occuperai de vous personnellement. Vous n'avez encore rien fait de mal. C'est votre homme qui a tiré sur mon collègue.

— Arrêtez de nous casser les oreilles, Weaver, rétorqua Hermès, d'une voix qui semblait soudain avoir retrouvé tout son mordant. Je n'ai encore rien décidé vous concernant. Vous avez intérêt à vous taire. Traversez tout droit Seconde Avenue, et continuez la 34e.

Annabelle obtempéra.

Depuis qu'elle s'était aperçue que la voiture tournait en rond, elle n'avait plus cessé de s'interroger sur le plan d'Hermès. Elle ne croyait pas à un signe d'indécision. L'homme avait suffisamment prouvé ses capacités : c'était un professionnel. Elle jeta un coup d'œil dans le rétroviseur, et croisa le regard de Clara Hastings, qui ne la quittait pas des yeux. Elle était plutôt jolie, avec ses cheveux longs. Elle se demanda à nouveau comment une bio pouvait travailler pour cette bande d'illuminés du Réseau. L'idée de se retrouver en tête à tête avec Clara Hastings la séduisait de plus en plus.

— Tournez maintenant à gauche dans la Première Avenue, dit Hermès, dont la voix s'était à nouveau affaiblie.

— Mais nous revenons sur nos pas! ne put s'empêcher d'objecter Annabelle. A quoi jouez-vous, bon sang?

Elle se mit à réfléchir à toute vitesse. Tout cela n'avait décidément aucun sens! Ils allaient bientôt se retrouver au coin de la 42e Rue, à quelques centaines de mètres de la parfumerie. Juste devant le...

« Ça y est, je sais ce qu'il veut, idiote que je suis, pensa-t-elle, en faisant une embardée. Il vise le bâtiment des Nations Unies! Toute la balade, c'était pour éviter que le FBBS ne mette un camion en travers de l'entrée de l'ONU! »

Elle jeta à nouveau un regard sur les fugitifs dans le

rétroviseur. Hermès avait l'air mal en point. Il s'était enfoncé dans la banquette, mais ses yeux continuaient à observer tout ce qui se passait dans la rue. Personne dans le Service n'avait pensé à l'ONU, seul territoire échappant à la juridiction du FBBS à New York.

S'ils réussissaient à pénétrer dans la cour du bâtiment, les fugitifs avaient encore une chance. Le Réseau avait probablement des complicités au sein de l'administration internationale. Le temps d'alerter les forces chargées de la police intérieure, qui allaient en référer au fonctionnaire dirigeant lesdites forces, qui lui-même soumettrait l'affaire au Secrétariat, voire au secrétaire général, ils auraient largement le temps de disparaître dans la nature. Elle devait empêcher cela à tout prix.

La tour des Nations Unies se dressait maintenant à une centaine de mètres sur la droite, entre l'avenue et l'East River. Dans le flot des voitures anonymes roulant devant elle, Annabelle avait repéré les numéros minéralogiques de deux autos appartenant au Service. Selon toute probabilité, sa voiture devait également être suivie. Pour la sauver, les agents du FBBS allaient essayer d'un instant à l'autre d'abattre les deux fugitifs.

Dans le rétroviseur, elle vit que l'homme s'était redressé. Sa tension était devenue perceptible. S'il lui restait le moindre doute, elle était maintenant convaincue de la justesse de ses supputations.

— Serrez à droite, dit l'homme au moment où la voiture arriva devant la librairie de l'ONU, au coin de la 42e Rue. Qu'est-ce que vous faites ? Je vous ai dit de...

Profitant d'une accalmie de la circulation, Annabelle accéléra brusquement et donna un violent coup de volant vers la gauche, en direction de l'hôtel *United Nation Plaza*, de l'autre côté de l'avenue. Presque en même temps, elle se jeta en boule sur le plancher de la voiture. Clara n'eut pas le temps de réagir. Sans conducteur, la voiture se mit à zigzaguer follement...

Dans un effort surhumain, Hermès repoussa Clara qui était tombée sur lui, et s'élança par-dessus le siège avant. Le corps plié sur le dossier du siège, il réussit à saisir le volant et à braquer vers la droite. La voiture fit plusieurs embardées, monta sur le trottoir, et finit brutalement sa trajectoire contre la grille des Nations Unies, à quelques mètres de l'entrée.

Deux gardes en uniforme, qui avaient suivi toute la scène, se précipitèrent. Ils ouvrirent la portière arrière et saisirent Clara, qui cherchait à retrouver ses esprits.

— Attendez, bredouilla-t-elle, en désignant Hermès qui, sous l'effet du choc, était passé par-dessus le dossier, et gisait recroquevillé sur le siège avant. Emmenez aussi cet homme. Attendez, je vous dis...

— Venez, c'est le Réseau qui nous envoie, chuchota l'un de ses deux sauveurs.

Surprise, Clara se laissa faire.

Elle était déjà entrée dans la cour des Nations Unies quand la voiture accidentée fut entourée par les agents du FBBS.

4

— L'ancien cinéma qui sert de repaire aux Virginas se trouve au coin de New York Street et de Dangler Avenue. Exactement ici, déclara le sergent Elipas, en désignant avec sa règle un point de la carte épinglée au mur.

Dans le camion qui servait de QG à la police, trois hommes l'écoutaient attentivement : le capitaine Paul Williams, chef de la police de Los Angeles, en uniforme ; Robert Kane, agent du FBBS, en civil, présentement en mission spéciale, un énorme orgelet sur la paupière supérieure droite ; et Samuel Burger, revêtu de sa vieille veste de baroudeur.

Ce dernier se tenait assis à califourchon sur une chaise, un peu à l'écart des deux autres, et fumait un cigarillo qui empuantissait l'atmosphère du camion, au grand dam du capitaine. L'officier adressait des regards meurtriers en direction de l'immense Noir, qui l'ignorait. Kane s'amusait à observer les deux hommes. Le capitaine n'avait manifestement pas l'habitude d'être traité de cette façon.

— Le quartier de New York que contrôlent les Virginas forme un rectangle situé entre le croisement des deux autoroutes de Long Beach et de Pomona à l'ouest, et l'intersection de Brooklyn et de Mednik Avenue à l'est. Plus loin sur la droite se trouve Belvedere Park, qui marque la frontière avec le quartier des Compadres. Si vous voulez mon avis, l'idée d'attaquer par surprise le QG des Virginas me paraît parfaitement irréaliste.

Content de sa conclusion, il jeta un regard en direction de son chef, et alla s'asseoir.

— Comme je viens de vous l'expliquer, dit le capitaine, non sans avoir émis une petite toux pour faire comprendre à ce sauvage de Burger qu'il ne supporterait pas longtemps ses cigares, je pense qu'il serait beaucoup moins risqué, pour réussir notre mission, de passer un accord avec Loca, la chef des Virginas. Je la connais un peu. Si ce que nous lui offrons l'intéresse, elle nous livrera Sherman sans problème.

— Et que comptez-vous lui offrir? demanda Kane, ironique.

— Je crois savoir ce qui l'intéresse, répondit Williams. Pour l'instant, elle trafique dans la fourrure. Hier soir, elle a reçu une cargaison. Nous pourrions...

— Comment savez-vous qu'elle a reçu une livraison? l'interrompit suavement Kane.

— Nous avons nos informateurs, dit le capitaine, qui ne comprenait pas où voulait en venir l'agent du FBBS.

— Et... quand comptez-vous la prendre sur le fait et l'envoyer devant le juge pour trafic illégal, violation de la législation commerciale, escroquerie, séquestre de biens volés, et j'en oublie sûrement?

Un silence pesant s'installa dans la cabine du camion. Mal à l'aise, le capitaine lança un regard vers le sergent Elipas, qui semblait soudain occupé ailleurs.

— Eh bien, dit finalement le capitaine, je dois vous expliquer comment nous fonctionnons dans cette ville pour garder un certain contrôle de la criminalité. En ce qui concerne les Virginas...

— Voici le plan que je vous propose, dit Samuel Burger en se levant brusquement sans prêter la moindre attention aux élucubrations du capitaine.

Une rougeur envahit les pommettes de Paul Williams. Kane se dit qu'il était sur le point d'avoir une attaque.

— Le problème, continua Samy Burger en s'approchant de la carte, c'est de réussir à s'approcher suffisamment du cinéma sans se faire repérer, pour ne pas laisser aux Virginas le temps de réagir. Sinon, elles risquent de descendre Sherman, ne serait-ce que pour le punir d'avoir provoqué notre intervention. Vous disiez que la porte du cinéma est en acier? demanda-t-il au sergent, en se tournant vers lui.

— C'est ça, chef. Je veux dire... monsieur, répondit Elipas, au comble de la confusion.

Kane avait du mal à réprimer le fou rire qu'il sentait monter en lui.

— Très bien, reprit Samuel Burger. Il faudra donc la faire sauter au plastic. On peut compter sur combien d'hommes? demanda-t-il en se tournant vers le capitaine.

— Cinquante, dit ce dernier d'un ton rogue. Si vous en voulez plus...

— Cinquante suffiront, le coupa à nouveau Burger.

Il se tut un moment, contemplant la carte.

— Bien, nous attaquons cette nuit, dit-il finalement.

Le capitaine sursauta.

— Cette nuit? s'exclama-t-il au comble de l'énervement. Mais c'est trop dangereux! Il vaudrait mieux attendre le jour. Les hélicoptères...

— Les hélicoptères, ça s'entend à des kilomètres. Ils ne serviraient à rien. Vous avez des jumelles à infrarouge, dans la police?

— Evidemment! dit le capitaine, avec humeur. La police de notre ville est une des plus modernes...

— Parfait. Il nous en faudra quatre ou cinq paires, ainsi que quelques fusils munis de lunettes à vision nocturne. Vous armerez les hommes de riot-guns à pompe, de balles à chevrotines, et du matériel habituel : grenades lacrymogènes, grenades offensives, etc. Ah! On aura également besoin de deux ou trois boucliers blindés. Vous en possédez?

— Oui, répondit le capitaine, d'une voix éteinte.

Sam Burger étira son corps athlétique et alluma un nouveau cigarillo.

— Bon. Voilà comment nous allons procéder. L'assaut aura lieu ce soir à dix heures précises...

5

Sherman essayait de dormir. Mais impossible de fermer l'œil. Il avait avalé trop de coke depuis le milieu de l'après-midi. La douleur sourde qu'il ressentait à la hanche franchissait, lui semblait-il, une distance infinie avant de l'atteindre. Paradoxalement, le désir d'être soulevé et enveloppé par des bras maternels, qui le tenaillait depuis que Loca avait quitté la pièce, lui donnait en même temps l'impression d'avoir rapetissé. Il se demandait s'il n'était pas en train de délirer.

Pourtant, il avait acquis une certitude, à laquelle il s'accrochait avec une véritable jubilation. La boulimie maniaque dont il souffrait depuis qu'on lui avait posé un Aspic avait mystérieusement disparu. Il n'avait rien mangé depuis vingt-quatre heures, et ne ressentait aucun des symptômes auxquels il s'était habitué depuis dix ans. En fait, depuis qu'il s'imaginait grabataire à cause de sa blessure à la hanche, jamais son désir de vivre n'avait été aussi fort.

La porte de sa chambre s'ouvrit soudain à la volée.

— Homère ! Mais que vous est-il arrivé, grands dieux ! dit une voix de stentor.

A peine eut-il le temps de tourner la tête que le visage anxieux de Don Burger apparut au-dessus de lui. Son ami lui prit la main. Sherman dissimula du mieux qu'il put une grimace de douleur.

— Enfin, vous voilà, Polynice, murmura-t-il au jeune Noir. Ce n'est pas trop tôt. Je ne m'habituais pas à l'idée de ne plus vous revoir.

A cet instant, il aperçut Loca, qui était entrée dans la chambre derrière Don Burger.

— Merci d'avoir tenu parole, dit-il à la jeune femme.

— Vous connaissez notre accord, Homère, puisque

c'est comme ça que votre ami vous appelle, répondit Loca, d'un ton légèrement moqueur. Je vous laisse seuls quelques minutes. Après, vous m'expliquerez comment vous comptez vous acquitter de votre dette.

— Un engagement est un engagement, répondit Sherman, avec une certaine solennité.

La jeune femme haussa les épaules et quitta la chambre en refermant la porte derrière elle.

— Qu'est-ce que c'est que cette histoire? demanda Don Burger, en s'asseyant au pied du lit. Qui sont ces femmes?

— Des alliées. Je vous raconterai... Mais vous d'abord : avez-vous compris mon message? Etes-vous passé chez moi?

— Je suis allé chez vous dès que j'ai reçu votre message. Il m'a été apporté par une jeune femme du nom d'Asu. Elle a une drôle d'allure, entre parenthèses...

— Vous n'avez encore rien vu!

— J'ai d'abord pensé que c'était un piège. Mais j'ai changé d'avis en trouvant le mot de passe du jour et votre nom de code dans le message. Voilà. Chez vous, j'ai lâché tous les pigeons. A l'heure qu'il est, tout le Réseau est prévenu.

Sherman poussa un soupir de soulagement. Pour la première fois depuis son rendez-vous chez Angelhardt, il pouvait respirer.

— Maintenant, les choses vont pouvoir suivre leur cours, dit-il.

Sherman avait rencontré Don Burger deux ans plus tôt à Westwood, dans le quartier de l'université de Los Angeles, au cours d'une manifestation anti-Fuchs qui s'était terminée par la mort d'une étudiante. La police, secondée par des contre-manifestants plus ou moins noyautés par des mouvements paramilitaires pro-Fuchs, avait violemment chargé la foule, au moment où Sherman s'apprêtait à prendre la parole. Dans la débandade qui avait suivi, il avait été pris en chasse par deux policiers en moto. Ces derniers l'avaient bloqué contre un mur et s'apprêtaient à le passer à tabac, quand Burger avait brusquement surgi de nulle part. Avec une vitesse et une précision hors pair, il les avait désarçonnés d'un coup d'épaule. Par la suite, Sherman avait appris que le Comité californien de la résistance avait chargé son sauveur de veiller personnellement sur lui.

Don Burger était un immense Noir originaire d'Oakland, une force de la nature. Expert en arts martiaux et membre de l'équipe de basket-ball de l'université, il faisait des études de littérature européenne comparée à l'université de Los Angeles, et parlait couramment au moins quatre langues. Son érudition était phénoménale, et Sherman avait par la suite passé des heures à discuter avec lui de l'influence de Shakespeare sur la poésie française du XIXe siècle, ou de l'importance d'Hölderlin dans la philosophie allemande. Quelques semaines plus tard, Sherman, nommé chef du Réseau pour la Californie-Sud, avait choisi Don Burger comme lieutenant de liaison.

Allongé dans son lit, Sherman raconta à Don Burger les événements survenus après son rendez-vous chez Angelhardt. Cependant, il laissa dans l'ombre l'épisode du sacrifice, pour ne pas compromettre la collaboration qu'il souhaitait voir s'établir entre le Réseau et les Virginas. Puis il évoqua l'extraordinaire proposition que lui avait faite Angelhardt.

— Vous réalisez ce que ça veut dire ? demanda Sherman.

— Inouï ! C'est la nouvelle la plus fracassante depuis la découverte du FS, s'exclama Burger, au comble de l'excitation. On va pouvoir répandre les NOX dans tout le pays. Etes-vous sûr qu'il ne s'agit pas d'un coup tordu d'Angelhardt ?

— Je ne vois pas quel serait son intérêt. Il n'y a qu'une seule chose qui intéresse Cœur d'Ange : l'argent. Sa réputation n'y résisterait pas, si son histoire se révélait fausse.

Sherman se sentit soudain complètement épuisé. Peut-être pourrait-il enfin s'endormir.

— Il faut que vous partiez, maintenant, dit-il à Polynice. Contactez Hercule, pour qu'il fasse un rapport au Comité national.

— Pas question, je ne vous laisse pas ici. Pas dans l'état où vous êtes.

— Loca ne me laissera pas partir, dit Sherman. Ça fait partie de notre accord. Elle m'a promis d'envoyer chercher un médecin.

— Quel accord?

— Je lui ai parlé des NOX. Ça l'intéresse. J'ai dit que je pourrai lui en procurer. J'espère que le CN me suivra. Expliquez la situation à Hercule. Les Virginas peuvent devenir d'excellentes alliées.

— Arrêtez vos conneries, le coupa Burger, brusquement en colère. Vous pensez vraiment que vous allez rester ici jusqu'à ce que l'affaire soit conclue avec Angelhardt? Ça peut prendre des semaines! Ce n'est pas sérieux. D'ailleurs, en quoi ces femmes sont-elles concernées par les NOX?

— C'est une histoire religieuse, dit Sherman, avec un sourire sibyllin.

— Religieuse? demanda Burger, ahuri.

Depuis quelques minutes, un bruit de voix se faisait entendre dans le couloir. Brusquement, la porte s'ouvrit, et Loca apparut, une lueur inquiétante dans le regard. Don Burger se leva aussitôt.

— Les flics doivent vous chercher, Sherman, dit-elle d'une voix tendue. Une de nos sœurs est passée devant le poste central d'East Los Angeles. C'est le branle-bas de combat! Il va y avoir du grabuge, s'ils ont découvert que vous êtes entre nos mains.

Sherman voulut se redresser, mais la douleur l'empêcha de bouger. Il ne réussit qu'à lever la tête.

— Que comptez-vous faire? demanda-t-il. Si vous souhaitez que notre accord se concrétise, Polynice doit absolument sortir d'ici.

Loca ne répondit pas. Elle regardait Sherman d'un air pensif.

— Si vous pensez que c'est à ma personne qu'ils en ont, reprit Sherman, vous devriez me livrer. Je vous demande simplement de protéger Polynice. Il donnera suite à mon engagement. Mais qu'il parte.

— Non! protesta Burger, furieux. Il est hors de question de tenir quelque engagement que ce soit si vous êtes livré à la police.

— Arrêtez de dire des bêtises, Polynice. Vous le ferez, parce que c'est nécessaire, dit Sherman d'un ton définitif. Je vous en donne l'ordre.

— Vous êtes touchants, tous les deux, dit Loca, mais c'est une idée, la proposition du chef.

On frappa à la porte. Loca alla ouvrir. Une Virgina murmura quelques mots.

— Ça, c'est la meilleure ! s'exclama Loca en se tournant vers Sherman. Les Compadres nous proposent une alliance. Ils viennent d'apprendre que la police va investir le quartier demain. Finalement, cette attaque a peut-être du bon. Je crois que je vais accepter leur proposition.

Elle se tourna vers Burger.

— Vous, dites au revoir à votre ami, et venez avec moi.

Elle sortit sans refermer la porte.

— Bonne chance, dit Sherman. Saluez les copains de ma part.

— Vous êtes sûr qu'il n'y a pas d'autre moyen ? demanda Burger, d'un air désolé. Vous ne voulez pas...

— Filez ! dit Sherman.

Ils se serrèrent la main avec émotion. Burger jeta un dernier regard sur son ami, et sortit de la chambre.

6

Après avoir été accueillie par les deux agents de l'ONU, Clara trouva refuge dans un bureau du poste de garde. Ils lui expliquèrent qu'une fois la nuit tombée, elle prendrait un bateau en direction de Flushing, où un avion l'attendait sur un aérodrome privé. Quant à eux, malgré les appuis du Réseau dans l'administration des Nations Unies, ils étaient grillés, et devraient disparaître.

La direction du FBBS de Washington ne tarda pas à contacter le secrétariat de l'ONU. Il lui fut répondu que l'affaire relevait de la sécurité des Nations Unies, et qu'en conséquence, aucune décision ne pouvait être prise en l'absence du secrétaire général.

Clara était impressionnée par l'efficacité du Réseau. L'organisation avait réussi à intervenir avec efficacité chaque fois qu'elle avait rencontré un obstacle. Les moyens mis en œuvre montraient l'importance que le Comité national de la résistance attachait à la réussite de sa mission.

Malgré ces pensées réconfortantes, Clara fut envahie par une profonde tristesse. Pour la première fois depuis que Don Burger, son ami, celui qu'elle considérait comme son frère, lui avait remis la lettre destinée à René Verne, elle se demanda si sa mission valait qu'on lui sacrifiât tant de gens : le lieutenant Lobell, Mira Cornfeld, sa nièce, et maintenant Hermès, dont elle ne connaîtrait sans doute jamais le vrai nom. L'idée qu'il se trouvait gravement blessé dans les griffes du FBBS l'obsédait.

Elle se sentit perdre courage, après une heure de solitude et d'attente angoissée, assise sur une chaise dans une pièce anonyme. Elle réalisait qu'elle subissait la vindicte du service fédéral le plus redoutable qu'aient jamais connu les Etats-Unis. Le visage d'Annabelle Weaver ne quittait pas son esprit. Le fait de l'avoir rencontrée rendait le FBBS encore plus effrayant. Jusque-là, l'organisation policière lui était apparue comme une énorme machine anonyme. Sa rencontre avec la jeune chef du FBBS avait tout changé.

Elle pensa à sa valise qu'elle avait perdue une deuxième fois dans l'accident, au dessin de Kathy Cornfeld qu'elle ne retrouverait jamais plus, et finit par s'endormir, épuisée.

Les gardes la réveillèrent à la nuit tombée.

Par le jardin de l'ONU, elle gagna le quai de l'East River où l'attendait une vedette à destination de Flushing.

Le capitaine du bateau lui annonça que la traversée durerait une demi-heure. Malgré le froid très vif, elle refusa de rester dans la cabine et s'assit à la proue du bateau, le chauffage de son pardessus réglé au maximum.

A gauche, aussi loin que portait la vue, les tours de Manhattan semblaient jaillir directement de l'eau noire de l'East River, formant un mur titanesque percé de milliers de feux scintillant dans la nuit. Beaucoup plus loin à droite, les lumières de Queens balisaient la rive est du boulevard obscur dessiné par le fleuve. Le ronronnement du moteur couvrait le lointain brouhaha de la ville.

Brusquement, Manhattan disparut, dissimulé par l'île Roosevelt, qui à cette hauteur sépare le fleuve en deux chenaux.

Clara frissonna. Un instant, elle regarda derrière elle. Elle devina plus qu'elle ne vit le sillage laiteux qui se formait sur le passage du bateau. Le bruit de l'étrave dans l'eau ne lui paraissait pas habituel. C'était la glace en formation, dont le froissement était ponctué de temps en temps par un bruit plus sourd. Si le froid persistait, lui avait dit le capitaine, toute circulation deviendrait impossible pendant quelques jours.

Derrière la vitre de la cabine, elle aperçut sa silhouette fantomatique, à peine éclairée par le halo émanant de son tableau de bord.

Clara avait le sentiment de s'être embarquée dans un voyage dont elle ne verrait jamais la fin. L'homme vers lequel elle courait depuis presque deux jours, René Verne, avait pris dans son imagination une place singulière. Elle se demanda s'il ressemblait au personnage qu'elle avait vu à la télévision, il n'y avait pas si longtemps : un homme posé, assez distant, qui tenait sans grande chaleur des discours brillants...

Une question l'obsédait. Quel motif pouvait pousser un tel homme à prendre le train plutôt que l'avion pour rentrer en Californie ? A priori, cette décision ne correspondait pas au personnage. Il faisait probablement partie de ces gens toujours débordés de travail. Peut-être était-ce un moyen de trouver un peu de temps... pour réfléchir à un problème de biologie ? Non, plutôt à quelque chose de plus personnel... Etait-il marié ? Avait-il adopté des enfants ? Elle n'en savait rien. Mais elle imaginait qu'il fuyait la cohorte des gens qu'il trouvait continuellement sur sa route. Etrange manière de fuir : ralentir, prendre délibérément la décision de perdre du temps. Cette idée lui parut étonnamment excitante. Pour la première fois, René Verne prenait à ses yeux une dimension humaine. Il lui plaisait d'imaginer que le savant recherchait autre chose que ce qu'il trouvait dans les laboratoires, ou les cercles politico-administratifs où il passait le plus clair de sa vie. Peut-être était-il engagé dans une quête personnelle qui avait pour corollaire de la mettre, elle, dans l'obligation de le poursuivre. Elle courait derrière un homme qui courait lui-même après une chimère. Voilà qui lui plaisait, et répondait à ses vœux.

Clara se sentit un peu ridicule : toutes ces élucubrations ne valaient pas grand-chose. Néanmoins, l'idée que sa poursuite fût déterminée, en quelque sorte, par celle de Verne, la passionnait. Elle pensa à toutes les femmes, dans l'Histoire, qui devaient leur renommée au simple fait d'avoir poursuivi un héros. Toutes les Pénélope qui avaient attendu leur Ulysse, après qui, ou après quoi couraient-elles ?

— Ça va devant ? demanda à cet instant le capitaine qui avait passé la tête hors de la cabine. Vous n'avez pas froid ?

— Ça va, merci, répondit Clara.

Au même moment, l'île Roosevelt disparut, et le spectacle somptueux de Manhattan resurgit à bâbord.

— Nous allons bientôt obliquer vers l'est pour passer Hell Gate, continua le capitaine. Nous quittons Manhattan. Vous êtes sûre que vous ne voulez pas rentrer ?

— Non, merci.

Il rentra la tête : il avait fait ce qu'il avait pu.

Hell Gate, la porte de l'Enfer... Ce nom rappelait à Clara un poème de Baudelaire, appris par cœur en classe de français, autrefois, au collège. Il y était question de la descente aux Enfers de Don Juan, debout, indifférent, courbé sur sa rapière, sur une barque barrée par la statue du Commandeur. A ses côtés se trouvait l'insupportable Elvire qui, malgré les multiples trahisons de son amant, le suppliait de lui accorder encore une fois ne fût-ce que l'ombre d'un sourire. Image traditionnelle et insupportable d'une femme sacrifiant sa vie pour l'amour d'un homme, au point de le suivre dans la mort.

Emportée par sa rêverie, Clara s'interrogeait sur les raisons qui pouvaient obliger une femme à avoir un comportement aussi délibérément négatif. Question mille fois retournée... Etait-ce cela, aimer un homme?

Don Juan ne l'intéressait guère. La quête de cet homme, à travers les mille et trois femmes qu'il se vantait d'avoir séduites, lui paraissait se résumer, finalement, à sa fascination de la mort représentée par la statue du Commandeur. Mais que dire de cette femme prête à le suivre en Enfer? Pourquoi s'attacher aux pas d'un homme à ce point hanté par sa folie d'homme? Quel pouvait donc être son motif secret?

La tentation pouvait-elle devenir si forte, qu'une femme n'ait d'autre désir que se laisser aspirer, pour le meilleur et pour le pire, par la quête menée par un homme? De s'attacher à lui, d'autant plus passionnément que l'objet de cette quête lui serait inaccessible? Pendant des siècles, les femmes avaient-elles appelé amour ce désir de se glisser entièrement à l'intérieur du rêve d'un homme, pour mieux l'accaparer?

Clara avait le vertige. Pour la première fois, elle se demandait s'il n'y avait pas une place dans sa vie pour un homme, dont la singularité la guérirait d'une attente sans nom. Qu'à travers lui, elle puisse accoucher enfin de ce que, faute de mieux, elle invoquait comme sa féminité.

La vedette, qui avait obliqué vers l'est et emprunté un chenal, passa sous un pont d'autoroute. Au-dessus de Clara, les phares des voitures dessinaient des arabesques mouvantes dans l'air chargé d'humidité.

Elle se souvenait de cette impression de désastre intime, le jour où elle avait appris qu'elle était une bio. Quelque chose comme un trou, une béance était presque apparue dans sa poitrine qui, par la suite, avait imprimé sa marque sur chaque événement de sa vie. Depuis, elle cherchait à donner un contenu à cette perte primordiale d'identité.

Elle découvrait que sa singularité de bio la privait de légende familiale, et la marquait de son sceau. Ce fût pour elle un choc profond. Pendant des siècles, les récits des ancêtres avaient tissé pour chaque individu né d'une mère un lien singulier entre sa généalogie et sa constitution biologique. Et voici que pour les êtres apparus comme elle dans les abysses des laboratoires, la trame s'était brutalement interrompue.

Un jour qu'enfant elle regardait son feuilleton de télévision favori, elle avait été frappée par une phrase banale, dite par l'héroïne du film à sa fille. Elle se souvenait encore de chacune de ses paroles : « Quand j'ai su que j'étais enceinte de toi, j'ai souhaité que tu ressembles à ma grand-mère que j'ai tant aimée et que tu n'as pas connue, la mère de mon père. C'est elle qui est sur la photo, dans ma chambre... »

Par la suite, elle avait pris l'habitude, avant de s'endormir, de réciter silencieusement cette phrase, comme une prière, avec le secret espoir qu'elle finirait par rêver des personnages dont parlait l'héroïne du feuilleton. Elle n'avait jamais osé en parler à ses parents adoptifs, évidemment incapables de lui transmettre les mots et les récits qui pourraient répondre à cet appel silencieux de tout son être. Qui, d'ailleurs, aurait pu y apporter une réponse ?

Elle se souvint de la discussion véhémente qu'elle avait eue plus tard avec Don Burger. « Finalement, tu es comme moi, avait-il dit, moi aussi, j'ai été adopté ! » Il ne comprenait pas la différence entre un utérien adopté, pour qui le fait d'avoir été porté par une femme impliquait une histoire, même mythique — les circonstances de sa conception, les avatars de la grossesse, les circonstances de l'abandon maternel, etc. —, et une bio, qui se savait le résultat parfaitement aseptisé d'une expérience de laboratoire.

Sa vie entière, pensait-elle, était conditionnée par cette absence originelle d'histoire et de corps. Elle avait toujours eu l'impression irraisonnée que sa naissance résultait d'un cataclysme. Sortie de la nuit la plus noire, elle se sentait guidée depuis toujours par la nécessité impérieuse de s'inventer une légende originelle qui donnât un sens à sa vie.

Elle se demandait, tout d'un coup, si le voyage qu'elle était en train d'accomplir n'avait pas une valeur proprement initiatique. Depuis qu'elle était partie de Los Angeles, beaucoup de choses avaient déjà changé pour elle. Le fait de porter la lettre, dans l'intimité de son corps jouait, pensait-elle, un rôle dans ce sentiment exceptionnel.

Alors qu'elle avait été, jusque-là, relativement indifférente au contenu du message, elle se demandait, soudain, ce que Joseph Milner pouvait avoir eu de tellement important à communiquer à René Verne, pour que la terre entière en soit bouleversée. Elle se sentait traversée par la formidable énergie que la lettre semblait focaliser, comme si cette prise de conscience apportait un sens nouveau à sa vie.

Avec une acuité exacerbée, elle eut l'impression de ressentir la présence au fond de son sexe du mince tube en or qui contenait la lettre et fut prise de l'envie irraisonnée d'écarter largement les cuisses, pour que l'air du large s'engouffre directement en elle. Comme un don d'elle-même, qui l'aurait ouverte à l'engendrement du monde.

— Nous avons passé Hell Gate, annonça le capitaine. Vous allez bientôt apercevoir Rickers Island. Tout de suite après, on entre dans Flushing Bay. Vous verrez les feux de l'aéroport de La Guardia sur votre droite. Notre destination est Flushing Meadow, au fond de la baie. Une voiture vous y attend. Elle doit vous emmener à l'aéroport de Flushing. C'est votre dernière chance de venir vous réchauffer dans la cabine.

Cette fois, Clara accepta l'invitation du capitaine.

7

Don Burger jeta un coup d'œil à sa montre. Neuf heures moins dix. Il était resté moins d'une heure au chevet de Kess Sherman.

— Après deux blocks, tu retrouveras le pont qui passe au-dessus de l'autoroute, dit Asu en pointant le doigt en direction de l'ouest. Moi, je te quitte ici.

Ils venaient de déboucher sur Brooklyn Avenue.

En arrivant, Don avait garé sa moto juste avant le pont qui enjambe le Long Beach freeway et, accompagné d'Asu, avait rejoint à pied le QG des Virginas. Les issues du bâtiment qui s'élevait au coin de Dangler Avenue et de New York Street étaient en effet barrées et gardées jour et nuit. Sur le chemin du retour, Don venait de franchir à nouveau les barrages. Il lui restait à parcourir quelques centaines de mètres sur Brooklyn Avenue pour retrouver sa moto.

La chaleur était étouffante, le ciel sans étoiles. Le vent tourbillonnant chargé de poussière annonçait qu'une pluie tropicale risquait de s'abattre bientôt sur la ville. La lumière des réverbères tapissait l'univers d'une couleur jaunâtre.

Don sourit en pensant au geste incongru d'Asu qui venait de lui tendre la main pour lui dire au revoir. Généralement, on se contentait de l'éternel bye-bye qui ne voulait plus dire grand-chose.

En dehors de sa mère, Don n'avait jamais connu de véritable intimité avec une femme, avant de rencontrer Clara Hastings. La première fois que la jeune femme l'avait embrassé, ils se trouvaient tous deux sur la plage de Venice, et Don venait de lui proposer de l'emmener avec lui à une réunion du Student Movement Against Biological Discrimination. Par la suite, ils s'étaient beaucoup rapprochés, au point qu'ils se voyaient ou se téléphonaient presque tous les jours.

Mais depuis que le Dr Heathrow avait réussi à lui enlever son Aspic comme à Sherman, ses rapports avec Clara avaient changé. L'idée du moindre contact physique avec elle, ne fût-ce qu'une simple poignée de main, le terrorisait. Il se mit à éviter les longues promenades qu'ils avaient l'habitude de faire ensemble, et s'arrangeait, depuis un an, pour que leurs rencontres aient lieu en public.

Clara ne semblait pas lui tenir rigueur de ce changement de comportement, au point qu'il s'était demandé si la jeune femme n'avait pas eu l'intuition des raisons de sa réserve. Après leur dernière rencontre au *Dôme*, où il lui avait remis la lettre destinée à René Verne, il avait pris la décision de lui avouer, à la première occasion, qu'il ne portait plus d'Aspic, malgré la terreur qu'il éprouvait à cette idée.

La chance qu'il avait eue jusque-là d'échapper aux contrôles AS, grâce à une complicité du Réseau, ne pourrait durer indéfiniment, pensa-t-il en débouchant sur le pont qui surplombait le Long Beach Freeway.

Soudain, il s'arrêta. Quelque chose d'inhabituel avait attiré son attention. Il regarda autour de lui. Pourtant, tout semblait normal. Depuis qu'il avait quitté Asu, il n'avait croisé personne. Une voiture passa à vive allure en direction de l'est. Machinalement, Burger jeta un coup d'œil sur l'autoroute en contrebas. Aussitôt, il comprit ce qui l'avait alerté.

Depuis qu'il s'était engagé sur le pont, pas une voiture n'avait emprunté la voie nord de l'autoroute, alors que la voie sud continuait à être balayée par la ronde des phares. Or, il se souvenait parfaitement que, lorsqu'il était arrivé en moto, les deux voies de l'autoroute étaient ouvertes. La clandestinité dans laquelle il vivait depuis des années l'avait rendu hypersensible au moindre changement de son environnement.

Mal à l'aise, il était sur le point de reprendre sa route, lorsqu'une procession de voitures apparut sur la voie nord. Avec stupeur, il réalisa qu'elles roulaient sur quatre files... dans le mauvais sens ! Il s'accroupit par pur réflexe, et passa précautionneusement la tête au-dessus du parapet du pont.

Devant lui, les voitures, qui avaient considérablement ralenti, se garaient en épi les unes à côté des autres. Des policiers en uniforme en sortirent, armés jusqu'aux dents.

Sans aucun doute, il s'agissait des préparatifs d'attaque des Virginas qu'avait évoqués Loca. L'action était manifestement programmée pour la nuit même.

Don se mit à courir, plié en deux. Sa moto, une

Harley-Davidson de 1000 centimètres cubes rutilante de chromes, était garée dans un renfoncement de l'autre côté du pont.

Essoufflé, il sortit un trousseau de clés et une lampe de poche de son blouson en cuir, ouvrit la sacoche en plastique attachée sur le porte-bagages arrière, et la vida de son contenu — outils, bidon d'huile, etc. Avec une deuxième clé, il ouvrit un double fond, et en sortit un mini-téléphone portatif. Il déplia l'antenne, enclencha l'appareil, et composa un numéro sur le cadran à touches.

— Agamemnon ? Ici, code 243. Polynice... J'ai retrouvé Homère. Blessé. Il ne peut pas bouger. Il est entre les mains d'une bande de East Los Angeles... Des femmes. Il prétend qu'elles sont des alliées... A vérifier... Leur QG va être attaqué cette nuit par la police. Ils l'ont repéré... Oui, il y a des chances sérieuses pour qu'il soit pris. J'y retourne... Je sais, mais j'y retourne quand même. Il y a des cas où les ordres... Arrêtez vos conneries, Aga. Ça ne changera rien... Je m'en fous, pensez ce que vous voudrez. Mais avant, je dois vous transmettre un message... C'est ça, écoutez-moi bien. De la part d'Homère : ce que Pluton lui a exposé au cours de son rendez-vous semble être une affaire en or... Oui, pour nous, il serait question d'un faux Dragon indétectable... Oui, exactement. On peut compter sur une grande quantité. C'est sans doute le meilleur moyen qu'on ait jamais trouvé pour s'opposer à la loi scélérate. OK ?... Il faut reprendre contact avec lui, qu'Homère s'en tire ou non. Vous aurez de mes nouvelles, par téléphone ou par un autre moyen. Peut-être une fille... Les Virginas, V.I.R.G.I.N.A.S. C'est ça, les Vierges en espagnol... Drôle de nom, comme vous dites. A bientôt, je vais couper... Je suis pressé, Aga... C'est comme ça. Salut !

Il coupa la communication, et sortit un Magnum 44 du double fond de la sacoche, qu'il glissa sous son blouson, dans la ceinture de son pantalon. Puis il remit tout en état et réenclencha le dispositif explosif de surveillance, assez puissant pour dissuader un éventuel voleur.

Il jeta un coup d'œil en bas du pont : d'autres voitures de police étaient venues rejoindre les premières. Concentrer, avant l'attaque, les forces de police sur l'autoroute prouvait que l'officier qui dirigeait l'attaque connaissait les règles de la guérilla, pensait Don, alors qu'il courait, plié en deux, en direction du QG des Virginas.

Dans l'obscurité la plus totale, il tourna dans Dangler Avenue. Le poste de garde se trouvait à quelques mètres.

Un faisceau de lumière éblouissante troua brusquement la nuit.

— Qui va là ? dit une voix de femme.

— Don Burger. Je suis passé avec Asu il y a quelques minutes. Il faut que je voie Loca le plus vite possible.

Des rires lui répondirent dans la nuit.

— On nous avait prévenues que tu chercherais peut-être à revenir, dit la même voix. J'ai pour instruction de t'empêcher de passer. Allez, tire-toi, hombre !

— Mais c'est très important, c'est...

— Tire-toi, je te dis.

— Je viens pour vous prévenir que les flics vont vous attaquer d'un moment à l'autre ! se mit-il à crier.

— Qu'est-ce que c'est que cette histoire ? Où es-tu allé chercher ça, toi le « nam » ?

Il entendit quelques murmures, puis :

— Ecoute, ne bouge pas. Je vais voir. Mais si tu nous as menti...

— Dépêchez-vous.

Il s'assit sur le bord du trottoir, et se gratta furieusement la tonsure, pourtant dépourvue d'Aspic.

Loca n'hésita pas une seconde. Trois escouades de filles furent envoyées aux avant-postes, dans les rues avoisinantes, et deux en appui. Le reste — une dizaine de filles — prit position dans l'ancien cinéma. Quant aux Compadres, il était beaucoup trop tard pour leur demander l'assistance qu'ils avaient offerte. Asu expliqua à Burger que Sherman avait pris un somnifère, et qu'il dormait à poings fermés.

Burger fut impressionné par le véritable arsenal que la

plus âgée des Virginas, Margarita, distribua à la trentaine de filles qui se trouvaient dans le bâtiment à cette heure tardive : revolvers ou pistolets automatiques, pistolets-mitrailleurs, fusils à pompe, lance-grenades... En dehors de son propre Magnum, il reçut, quant à lui, un pistolet-mitrailleur Beretta Scorpio, prit six chargeurs, et accompagna Asu sur le toit de l'immeuble, où deux filles les avait précédés.

Il se retrouva sur une vaste terrasse couvrant toute la surface du bâtiment, entourée d'un muret. Le vent s'était calmé. A l'ouest, du côté de la mer, des éclairs, accompagnés de sourds grondements, illuminaient le ciel. L'orage s'approchait rapidement.

Don s'allongea sur le dos et, avec du scotch, se mit à attacher deux par deux, tête-bêche, les six chargeurs dont il avait hérité. Autrefois, son frère lui avait montré ce truc de baroudeur qui permettait un énorme gain de temps : pour approvisionner son arme, il n'avait qu'à retourner le bloc formé par les deux chargeurs réunis, quand l'un s'était vidé de ses balles. « Le temps de sauver ta peau », avait ricané Samuel. A cette époque, son frère devait avoir vingt-deux ans. Il s'était engagé dans les marines, au grand dam de leur mère, qui espérait que son fils aîné étudierait la médecine. Don n'avait alors que quatorze ans, et il vouait une admiration éperdue à son frère. Les choses, depuis, avaient bien changé...

Quand les premiers coups de feu retentirent, Donald Burger se dit que le combat qui s'engageait était sans issue. Il ne voyait pas comment Sherman ou lui pourrait échapper au FBBS...

Don reprit ses esprits. Son épaule gauche lui faisait un mal de chien. Heureusement, la balle avait simplement traversé un muscle. Il avait été touché en voulant aider Asu, qu'il avait vue s'effondrer à quelques mètres sans pousser un cri. La balle l'avait cueilli au moment où il passait devant l'ouverture du grand escalier, qu'il avait dégringolé jusqu'à l'entrée de la salle.

Le bruit de la bataille provenant du hall était infernal.

Les cris se mêlaient aux coups de feu et aux explosions. Il n'avait que quelques marches à grimper pour se retrouver dans la mêlée.

Burger hésitait. Finalement, malgré le sentiment désagréable de profiter de la situation, il pensa qu'il avait mieux à faire. Il voulait d'abord vérifier s'il ne pouvait pas aider Sherman.

Il ouvrit une petite porte latérale qui donnait dans le corridor et la referma derrière lui.

Le bruit de la bataille s'estompa aussitôt. En nage, Don gravit une à une les marches de l'escalier qui menait tout droit à une porte étroite, qu'il franchit enfin en soufflant.

Le spectacle qui se déployait devant lui lui arracha une exclamation de surprise. Il venait de déboucher dans l'ancienne cabine de projection du cinéma. Presque tout le matériel était encore en place, comme si le projectionniste venait tout juste de sortir : deux projecteurs, dont l'un semblait en parfait état de marche, les gaines de refroidissement des lampes, la table de rembobinage le tableau de commande électrique... Les lucarnes de projection, dont les verres étaient brisés, donnaient directement dans la salle. Don avait l'impression qu'il suffirait d'abaisser les manettes du tableau de commande pour que les projecteurs se mettent instantanément en marche.

De plus en plus faible, il se dirigea vers le fond de la cabine, ouvrit une nouvelle porte, et se retrouva dans le couloir qu'il avait emprunté deux heures plus tôt pour rendre visite à Sherman. Il se dirigea vers la chambre du blessé, et ouvrit doucement la porte.

La lumière du couloir lui permit de constater que Sherman dormait. Il ne semblait pas avoir changé de position depuis que Don l'avait quitté. Le chef du Réseau pour la Californie du Sud n'avait manifestement rien entendu de la bataille qui se déroulait à quelques mètres de lui.

Don referma la porte, et retourna dans la cabine de projection.

Pris d'un étourdissement, il s'effondra dans l'unique

fauteuil de la pièce. Les lucarnes de projection lui offraient une vue plongeante sur l'estrade qui s'élevait devant l'emplacement de l'ancien écran de cinéma.

Au moment où il tournait les yeux, son attention fut attirée par un curieux objet appuyé contre le mur de la cabine. Il s'en saisit et resta stupéfait.

Il tenait dans ses mains un fusil à laser, comme seuls étaient censés en posséder les corps d'élite de l'armée américaine. Don vérifia qu'il était en état de marche. Comment un pareil engin, connu pour son efficacité redoutable, avait-il pu tomber entre les mains des Virginas? Il le posa en travers de ses cuisses, prêt à être utilisé, et se demanda s'il arriverait jamais à se relever de son fauteuil.

Quelques secondes plus tard, il dormait profondément.

Il sursauta, réveillé par un bruit de fusillade qui venait d'éclater dans la salle. Don aperçut deux Virginas courir vers l'estrade, suivies de près par plusieurs policiers en tenue de combat.

— Rendez-vous, les mains en l'air! entendit-il crier.

Les deux Virginas lâchèrent leurs armes. D'autres apparurent sur l'estrade, les bras en l'air, et descendirent dans la salle. L'espace d'une seconde, Don fut tenté d'utiliser son fusil à laser pour libérer les filles. Mais que pouvait-il faire, seul, assis dans la cabine de projection qui constituait une merveilleuse cible pour les flics qui avaient envahi la salle? Sherman et lui étaient bons pour vingt ans de pénitencier.

Les bruits de la fusillade avaient cessé. Seuls des bruits de voix retentissaient dans le bâtiment. On devait chercher Sherman. D'une seconde à l'autre, les flics allaient déboucher dans la cabine de projection. Il ne lui restait plus qu'à se rendre. Dommage. Avoir trouvé une telle arme, et ne pas avoir l'occasion de s'en servir...

Au moment où son regard se portait une nouvelle fois sur l'estrade, Don sursauta, piqué au vif. Devant lui se tenait son frère Samuel, dans son éternel blouson de baroudeur, serrant contre lui un bazooka armé.

Un instant, Don crut qu'il avait une hallucination. Mais non, c'était bien son diable de frère, Samuel Burger, qu'il n'avait pas vu depuis des mois.

La coïncidence était vraiment étonnante. Pourtant, il avait l'impression d'avoir attendu cet instant toute sa vie. Tous deux armés, face à face, membre chacun de troupes ennemies...

Don avait l'impression d'avoir reçu une injection de coke directement dans son cœur, dont il ressentait les battements désordonnés. Une douleur aiguë lui vrillait la poitrine. Il avait du mal à respirer.

Sans hésiter, il tendit la main et abaissa l'une après l'autre les manettes du tableau de commande électrique près du fauteuil. Plusieurs lampes s'allumèrent dans la cabine.

— Eh, là-haut... Que se passe-t-il? entendit-il.

Un des projecteurs s'alluma. Le faisceau incandescent illumina Sam Burger, en appui sur un genou, son bazooka pointé vers la cabine.

— Sam, cria alors Don.

Il sentait qu'il était sur le point de hurler... Mais hurler quoi?

— Eh, Sam, tu me reconnais?

Sam Burger s'était immobilisé, pétrifié.

— C'est toi, Don? dit-il enfin.

Il pinçait ses larges lèvres, jusqu'à les faire disparaître.

— Ça ne m'étonne pas de toi, dit-il encore.

Un silence. Puis, sur un ton enjoué, où perçait toute la tension accumulée depuis des années :

— Ça, c'est une coïncidence... N'est-ce pas, frangin? Mais ça devait nous arriver. Rends-toi, Don. Je m'occuperai de toi personnellement.

— Sam, sais-tu ce que je tiens entre les mains? répondit Don. Un fusil à laser. Il est réglé au maximum. Tu n'auras pas le temps de tirer. Tu as compris, frangin? Un fusil à laser, un LR.

— Tu bluffes, frangin, répondit Sam. Personne ne possède une arme pareille dans le civil.

— Comme tu voudras, Sam. Tu n'as qu'à parier avec moi, comme à la maison.

Sam ricana à son tour.

— Ce temps-là est passé, cher frangin. Maintenant...

— Tu n'es plus sûr de m'avoir.

— Exactement. Peut-être aurait-il mieux valu, finalement, ne pas nous rencontrer.

— C'est trop tard, mon cher Sam.

— Oui, trop tard.

Ils se turent.

Il n'y avait pas un bruit. Les dizaines de Virginas, surveillées par les dizaines de flics devaient retenir leur respiration, fascinées par la rencontre entre les deux frères.

— Je voudrais tout de même te demander quelque chose, dit-il finalement. En souvenir de notre mère.

— Non ! hurla Sam à ses hommes. C'est mon affaire. Je vous interdis de bouger. Continue, Don.

— Merci, Sam. N'importe comment, ils n'auraient pas eu le temps d'intervenir. J'aurais tiré sur toi avant. Ce que je voudrais que tu fasses, c'est que tu trouves un moyen pour nous sortir d'ici, mon ami et moi.

Malgré sa fatigue, Don ne quittait pas des yeux le doigt que son frère gardait appuyé sur la gâchette du bazooka. Il voyait distinctement la pointe de la fusée qui, d'un instant à l'autre, pouvait jaillir du tube et venir exploser dans la cabine. Il avait l'impression que ses yeux étaient soudain doués de la faculté de grossir et de rapprocher, comme l'auraient fait des jumelles.

— Peut-être, frangin, peut-être est-ce que je vais faire quelque chose en l'honneur de notre mère, et de notre enfance, lui répondit Sam.

— Tu nous laisserais partir ?

— Peut-être, oui. Pourquoi pas ? Je te laisserai partir. Mais vois-tu, je crois que tu me manquerais, frangin. Il n'y aurait plus personne pour me dire que je déshonore la famille.

— C'est vrai, répondit Don.

Don vit Sam bouger imperceptiblement. Il enfonça légèrement la gâchette du LR, prêt à déchaîner la foudre du laser.

Sam éclata d'un rire tendu. Don relâcha sa respiration. Son épaule gauche lui faisait de plus en plus mal. Il venait d'obtenir un nouveau répit.

— Ton honneur, dit Sam, tu peux...

— Excuse-moi, frangin.

Sam fit la grimace.

— Non, sincèrement. Ce n'est pas le moment de nous disputer.

— J'accepte tes excuses, alors.

— Et je te les offre bien volontiers. Cela dit, je ne suis pas sûr que tu aies compris ce que je te demande. Je voudrais pouvoir quitter les lieux avec un ami.

— Un ami? Tu veux parler de Kess Sherman?

— C'est ça.

— Et que m'offres-tu en échange?

— En échange? Tu pourras compter sur ma reconnaissance.

Sam éclata de rire.

Pour la première fois, Don vit le bazooka dévier de la ligne de mire.

Sa vigilance fut aussitôt alertée. Il se souvenait des propos de son frère, concernant la nécessité d'endormir l'attention de l'adversaire dans les secondes précédant une attaque décisive.

Il eut encore le temps de penser que cette fois, ils avaient tous deux perdu leur pari.

Le jet de lumière incandescente du laser jaillit quelques fractions de seconde avant que la fusée du bazooka vienne exploser dans la cabine.

Les deux frères furent instantanément réduits en poussière.

Deuxième Partie

Chapitre 7

1

Assis à l'arrière de sa voiture de service, Howard Black songeait à l'entretien qu'il venait d'avoir avec la Présidente à la Maison Blanche. C'était la première fois qu'elle le recevait dans le salon d'Or, depuis qu'elle y avait entrepris des travaux. Elle avait fait enlever les objets en vermeil datant de la Renaissance, tapissé les murs de plastech brillant du couleur ocre, et meublé l'espace de canapés en cuir blanc du plus pur style italien « sixties », ce qui donnait à l'ensemble une allure trop kitsch, pensait Black. Heureusement, elle avait conservé le Monet, « Matin sur les bords de la Seine », au-dessus de la cheminée. Sans doute souhaitait-elle avoir encore l'occasion d'évoquer son séjour à Paris, à la fin de ses études secondaires, comme avec Herr Hans Scheller, le nouveau président de l'Union européenne, lorsqu'il s'était arrêté devant la toile.

La Cadillac blindée du FBI s'engagea dans Pennsylvania Avenue. Par la vitre teintée, Black jeta un coup d'œil sur l'immense bâtiment du *Willard*, le fameux palace où les représentants de vingt et un des vingt-quatre Etats de l'Union s'étaient retrouvés en grand secret, en 1861, pour tenter une dernière fois d'éviter la Guerre civile.

C'était l'heure de gloire de l'attorney général Harris Taylor. Depuis deux jours, en effet, une conférence internationale réunissait dans l'hôtel les ministres de l'Intérieur du monde occidental, plus quelques autres, malgré les difficultés que Taylor avait rencontrées pour organiser ce vaste échange d'informations sur les nouvelles formes d'organisation policière rendues nécessaires par l'extension de l'épidémie de FS.

Black sourit. Son opinion n'avait pas changé : le Secrétaire du département de la Justice était un incapable. Il en était convaincu depuis qu'il avait été son assistant, juste avant d'être nommé directeur du FBI par la présidente Hughes.

Depuis sa promotion, un conflit latent s'était installé avec son ministre de tutelle, à cause des liens privilégiés que le directeur du FBI entretenait avec la Présidente. A plusieurs reprises, Taylor s'était plaint de la liberté que prenait Black de s'adresser directement à la Maison Blanche pour des questions qui concernaient son service, sans l'en avoir préalablement informé.

La complicité qui rendait si furieux le ministre de la Justice remontait aux années 80. A cette époque, Howard Black était le professeur de droit d'Elizabeth Hughes à l'Université George Washington. Des années plus tard, en 2004, après la brillante élection de Hughes comme Vice-Présidente des Etats-Unis sur le *ticket* Monroe, elle avait proposé à Black de se joindre à son *brain-trust*, tâche dont il s'était acquitté avec brio. Quelques heures après la mort tragique du Président, Elizabeth Hughes, qui venait de prêter serment dans l'avion qui la ramenait de Floride, proposait à Black la direction du FBI, lui confiant en particulier la tâche de créer le Federal Bureau of Biological Supervision, dont il avait été l'un des premiers à concevoir la nécessité.

En six mois, Black avait mené sa mission à bien, et confié la direction de la section spéciale à Claudia Lombard. Le FBBS allait ainsi devenir l'une des pièces maîtresses de la redoutable machine politico-policière que le directeur du FBI mettait sur pied pour faire face aux forces centrifuges qui travaillaient en profondeur le tissu national depuis l'apparition du FS.

Ce dimanche 22 janvier 2015, Howard Black avait

plusieurs raisons d'être satisfait. Il venait d'apprendre par un appel matinal de Claudia Lombard que Kess Sherman, le chef du Réseau de la Californie-Sud, avait été fait prisonnier. Quant à l'affaire Verne, elle semblait se développer selon ses prévisions, bien que la plus grande circonspection restât de rigueur.

En effet, Black ne voyait aucun inconvénient à ce que la lettre de Joseph Milner parvînt entre les mains de Verne. Intercepter le message eût été pour lui un jeu d'enfant. Mais il était convaincu que son contenu n'apporterait aucun éclaircissement sur la mystérieuse organisation internationale Socrates. Aucun des messages qui étaient tombés entre ses mains ne lui avait apporté la moindre lumière sur le but poursuivi par cette organisation, ni sur ses dirigeants. Leur contenu, d'une affligeante banalité, portait généralement sur quelque point obscur de philosophie ou de science. Malgré l'intervention des plus puissants ordinateurs du Service, les clés utilisées par Socrates pour chiffrer le contenu des messages restaient jusqu'à présent inconnues.

Or, Black était persuadé que René Verne, contrairement à Joseph Milner, n'avait rien à voir avec Socrates. Au cours de la réception d'inauguration de la conférence internationale qui avait eu lieu deux jours plus tôt au *Willard*, Black avait appris la mort du vieux savant de la bouche du ministre de l'Intérieur d'Autriche Hugo Hölbling. Ce dernier n'avait fait aucune difficulté pour lui promettre de lui envoyer les conclusions de l'enquête sur le suicide du Prix Nobel. En revanche, il n'avait pas paru convaincu par l'hypothèse de Black, selon lequel cette mort avait peut-être un rapport avec Socrates.

Le vieux Hölbling lui avait-il dissimulé des faits déterminants? C'était probable. Agacé, Black se gratta la tonsure. La réaction de Verne, quand il prendrait connaissance de la lettre, serait une précieuse indication : Milner avait probablement chargé son ancien élève d'une mission. C'était bien dans la manière du vieux savant, dont Black avait soigneusement étudié l'histoire et le profil psychologique.

Avant de se suicider, on n'envoie pas une lettre simplement pour donner des nouvelles de sa santé ! En attendant de découvrir son contenu, l'essentiel était de surveiller Verne. Dans les prochains jours, le FBI devrait impérativement découvrir quels seraient ses contacts.

La voiture était presque arrivée à la hauteur du Edgard J. Hoover Building, siège du FBI. Aucune affaire urgente n'appelait Black à son bureau si tôt un dimanche. Il serait encore dans la modeste maison natale, derrière Capitol Hill, qu'il partageait avec sa mère depuis la mort de son père, s'il n'avait reçu le matin même un appel de la Présidente lui demandant de passer la voir.

— Tony, dit soudain Black à son chauffeur. J'ai changé d'avis. Emmenez-moi au *Safeway* de Wisconsin.

— Bien, monsieur, répondit le chauffeur. Mais si vous souhaitez aller dans un grand magasin, nous sommes plus près de celui de New York Avenue, et je peux...

— Non, non. Je préfère le *Safeway*.

La voiture passa devant le siège du FBI, et tourna sur la gauche dans la 9e Rue.

Black n'était pas allé au *Safeway* depuis longtemps. Autrefois, la grande surface de Wisconsin Avenue, sur les hauteurs de Georgetown, avait été le lieu de prédilection des secrétaires qui cherchaient à se faire draguer par les jeunes cadres de l'Administration fédérale. L'apparition du FS n'avait fait que changer l'identité sexuelle d'une partie des protagonistes qui se donnaient rendez-vous dans le magasin sous prétexte d'emplettes.

Aujourd'hui, les rencontres avaient lieu exclusivement entre femmes. Cependant les hommes, même munis de leur Aspic, continuaient à jouer un rôle important, bien que silencieux, dans le déroulement de ces rencontres : poussant leur caddie rempli de boîtes de surgelés et autres conserves, ils formaient une armée d'observateurs qui ne perdaient pas une miette de ce qui se passait autour d'eux. Leurs regards envieux, voire concupiscents, constituaient, paradoxalement, autant d'indications pour les femmes à la recherche d'une aventure. Littéralement, ils leur désignaient qui valait qu'on se risque...

Mais ce que Black appréciait par-dessus tout, c'était, quant à lui, observer les hommes. Il lui arrivait parfois de rester des heures à regarder évoluer les nostalgiques du sexe, ceux qui continuaient envers et contre tout à chercher un assouvissement à ce qui, en principe, ne fonctionnait plus. Dans ces occasions, Black ressentait un étrange vertige qui le plongeait dans des méditations dont il tirait une vive satisfaction.

Ce jour-là, il remarqua un jeune éphèbe blond qui, depuis plusieurs minutes, tournait autour du rayon de conserve d'algues marines. Le jeune homme semblait attiré par le spectacle d'une femme habillée de manière particulièrement originale : son derrière était recouvert d'une courte jupe en plastech translucide, qui avait l'avantage de laisser entrevoir, à chaque pas, ses deux fesses parfaitement arrondies séparées par une ombre verticale.

Tenant des deux mains son caddie, dans lequel il avait jeté quelques boîtes, Black s'était arrêté à un endroit stratégique où il avait une vue synoptique de la scène. La jeune personne, qui ne pouvait ignorer le manège des deux hommes, continuait de remplir consciencieusement son caddie, comme si elle se préparait à recevoir chez elle tous les membres de son bureau.

Soudain, Black vit le jeune éphèbe s'arrêter net. La jeune femme avait disparu dans un angle mort. Elle réapparut quelques secondes plus tard accompagnée d'une femme d'une cinquantaine d'années. Les deux femmes se parlaient en souriant, poussant devant elles leurs caddies comme les nourrices d'autrefois promenaient leurs nourrissons dans des poussettes. Black vit la plus âgée passer légèrement une main sur les fesses de sa nouvelle amie. Mais il était plus particulièrement intéressé par le jeune homme blond dont les yeux, qui fixaient les deux femmes, exprimaient un désarroi douloureux.

C'était l'une des plus belles scènes qu'il ait eu l'occasion d'observer. Tout y était : le plaisir ostentatoire des femmes, l'angoisse envieuse du jeune homme... Lorsqu'elles passèrent devant l'homme blond, elles jetèrent sur lui un regard condescendant, et prirent la direction des caisses.

Désemparé, le jeune éphèbe se retourna, et découvrit alors qu'il était lui-même l'objet d'une intense attention. Aussitôt, il disparut vers le fond du magasin. Une fraction de seconde, Black ressentit une nostalgie aiguë, comme s'il venait de perdre un être — une chose? — qui, pour lui, aurait eu une importance décisive. Sans attendre, il se dirigea vers un rayon d'alimentation tout proche, où il choisit deux pots de confiture à la groseille dont sa mère raffolait.

Sur le chemin du retour, Black revécut la scène qu'il venait de surprendre avec un plaisir intense. Son excitation était telle qu'il avait l'impression que son corps prenait, au même instant, une expansion qui lui permettait d'atteindre enfin sa plénitude. Dans ces occasions, il lui semblait qu'un pan entier de sa personnalité sortait de l'ombre pour revenir à la vie pendant quelques heures.

Ragaillardi, il repensa à l'entretien qu'il avait eu le matin même avec la Présidente, sans prêter la moindre attention aux images sanglantes qui, de temps à autre, lui traversaient brusquement l'esprit.

Cet étrange phénomène mental se produisait depuis sa plus tendre enfance, au point qu'il n'en avait plus conscience. Cette fois, il s'agissait de brèves visions dans lesquelles la tête du jeune éphèbe du *Safeway* se séparait de son tronc, sous le regard affolé des deux femmes.

En fait, Black aurait été le premier surpris d'apprendre que son esprit était investi par autre chose que par l'entretien de la matinée.

Quand Elizabeth Hughes l'appelait ainsi, à l'improviste, sous prétexte de lui demander son avis sur quelque problème relevant du pouvoir, ce qu'elle cherchait, c'était le plus souvent de lui tirer les vers du nez sur une question dont il avait omis plus ou moins volontairement de lui parler. Ce matin, par exemple, elle lui avait demandé de venir à la Maison Blanche pour lui soumettre le discours qu'elle devait prononcer le lendemain pour clôturer la réunion des ministres de l'Intérieur.

Or, il n'avait pas fallu longtemps à Black pour s'apercevoir qu'en fait, la Présidente souhaitait connaître les derniers développements de l'affaire Verne. Elle avait rencontré les biologiste à l'époque où elle se trouvait à la tête de la Commission de biosociologie. L'idée qu'une mystérieuse organisation cherchait à entrer en contact avec le savant, voire à le recruter, la fascinait. Rien n'amusait plus la Présidente que les histoires d'espionnage.

Aussi, confortablement installée dans le salon d'Or, au rez-de-chaussée de la Maison Blanche, avait-elle pris un air soucieux pour demander à Black s'il croyait nécessaire d'informer de l'affaire le directeur de la CIA.

En attendant de comprendre les intentions cachées de la Présidente, le directeur du FBI avait tergiversé : confier l'affaire à deux services comportait un risque considérable ; le FBI était largement capable de réussir seul ; il s'agissait même d'une condition de réussite ; etc.

A sa surprise, la Présidente avait semblé se contenter de ses réponses. Et il avait fini par comprendre ce qu'elle cherchait à lui dire : elle ne le laisserait libre d'agir dans l'affaire Verne qu'après avoir pris des gages sur l'avenir. Elle l'avertissait qu'en l'occurrence un échec ne serait pas toléré.

— Très bien, Howard, avait-elle dit en mettant fin à l'entretien. Je vous laisse carte blanche. Je n'ai jamais eu qu'à me louer de la confiance que je vous accorde depuis... bientôt neuf ans, n'est-ce pas? Le temps passe si vite. Inutile, pour l'instant, d'en parler au sénateur George Penn. Laissons la commission sénatoriale en dehors de cette histoire. Le moment venu, on leur expliquera que le temps était un facteur capital dans votre réussite.

Sur ce dernier point, Black aurait eu mauvaise grâce d'insister. Le contrôle que les commissions du Congrès tentaient d'exercer sur l'Exécutif était toujours la cause d'une perte de temps et d'une dilution éprouvante. Il devait assumer ses responsabilités, comme il le faisait en effet depuis neuf ans.

Car l'accord profond qui le liait à la Présidente ne l'empêchait nullement de prendre des initiatives sans lui en parler. Cela faisait partie des jeux du pouvoir, tels qu'il les avait lui-même enseignés à l'université. La seule chose qu'il ne pouvait se permettre, c'était de se tromper au point de mettre en danger la Présidence, comme cela s'était produit à quelques reprises dans des affaires devenues célèbres. Les arcanes du pouvoir était ainsi faites que certaines initiatives du directeur du FBI devaient rester secrètes, tout au moins pendant leur mise en œuvre. Chaque fois que cela s'était produit, un regard de la Présidente avait suffi, le moment venu, pour le remercier.

Pour l'instant, il ne voulait surtout pas parler à la Présidente du rôle que jouait Edgard Bennett dans l'affaire Verne. L'agent spécial avait été mis à sa disposition par son vieil ami le général Tom Kutler, qui dirigeait la Military Intelligence Division, la MID, au Pentagone.

— Tu en fais ce que tu veux, avait dit ce dernier. C'est un excellent officier, très bien entraîné. Mais je ne veux rien savoir. Pour moi, il est en congé illimité.

Avec Bennett, Black avait pris un risque considérable. Depuis deux ans, l'agent spécial avait réussi à s'infiltrer dans le Réseau, sans rien cacher de son appartenance à la MID. Bien au contraire. Mais, grâce à la réussite de ses interventions en faveur du Réseau, qui se révélèrent chaque fois déterminantes, il avait réussi à prouver la sincérité de son adhésion au mouvement. Il avait définitivement gagné la confiance de l'organisation, le jour où il avait pu éviter qu'un membre important du Comité national de la résistance ne tombât dans une souricière tendue par le FBBS.

Les consignes que lui avait données Black étaient sans équivoque : si Bennett était pris par le FBBS, dont il était devenu l'ennemi déclaré, en aucun cas il n'était autorisé à faire connaître son appartenance à la MID, ni à parler de ses contacts réguliers avec le directeur du FBI.

Depuis deux jours, Hermès, comme on le nommait dans le Réseau, se trouvait plongé jusqu'au cou dans l'affaire Verne. La veille, à New York, il avait personnellement pris en charge Clara Hastings, la messagère de Joseph Milner.

Pour que la jeune femme puisse rejoindre Verne sans éveiller de soupçons, Black avait imaginé un stratagème, et fait appel au général Tom Kutler et à la MID. Effaré par ce que lui demandait le directeur du FBI, le général avait fini par accepter quand Black lui avait affirmé que la Présidente était au courant de son initiative, et qu'elle lui avait donné son entier accord.

Or, depuis la nuit dernière, Bennett, grièvement blessé, était tombé entre les mains du FBBS.

2

De tout le voyage insensé qu'avait entrepris René Verne depuis New York, le passage de la frontière du Nebraska, à Council Bluffs, fut le plus pénible. Comme à Beaver Falls, les voyageurs descendirent du train à deux heures du matin, pour présenter leur passeport et passer un contrôle FS. Mais, soit négligence, soit pur sadisme, ils durent attendre plus d'une heure, debout sur le quai glacé de la gare, que les gardes-frontières du Nebraska daignent faire leur travail.

Dès qu'ils découvrirent l'identité de Verne, les fonctionnaires de la police se confondirent en excuses, et lui proposèrent de le faire raccompagner à son compartiment. Mais à nouveau, Verne demanda à être traité de la même manière que les autres voyageurs.

Non qu'il s'attendît à quelque marque de reconnaissance de ses compagnons. La révélation de son statut de Public Official suscitait au contraire une hostilité à peine déguisée, malgré son refus de jouir de ses privilèges. Plus simplement, il devait constater que depuis le début du voyage, une irritation sourde l'opposait à toutes les manifestations de la force publique.

« Me voici dans une nouvelle crise d'adolescence », pensa-t-il, sarcastique.

Car, bien que naturellement porté à se rebeller, son comportement actuel lui semblait plus proche d'une réaction épidermique que d'une position anti-autoritaire. Habituellement, il acceptait sans culpabilité les avantages que lui conférait sa situation sociale. Cette fois pourtant, il constatait qu'au fur et à mesure qu'il progressait vers l'ouest, les marques de considération qu'entraînait sa qualité de personnage public lui devenaient tout simplement insupportables.

Parmi les voyageurs qui attendaient leur tour pour passer devant l'agent de la police des frontières, Verne remarqua une petite fille tenant contre sa poitrine une reproduction en plastech des poupées d'autrefois.

Le souvenir d'une poupée en porcelaine ayant appartenu à sa mère lui revint alors.

Cette poupée, le seul objet que sa mère eût conservé de son enfance polonaise, était juchée sur la dernière étagère de la bibliothèque du salon. Verne se rappelait avec précision le regard fixe de ses yeux en verre bleu. Le visage de la poupée, aux joues trop rouges, était encadré de cheveux blonds bouclés, et surmonté d'un chapeau à large bord entouré d'un ruban. Vêtue d'une robe en tissu imprimé serrée à la taille, elle avait des jambes roses qui jaillissaient de façon troublante d'un frou-frou de jupons blancs, et des pieds chaussés de vraies sandales vernies à brides, que sa mère nommait des *Mary Jane Pumps*.

Un jour, en l'absence de sa mère, René avait grimpé sur une chaise pour se saisir de l'objet tant convoité. Mais, au moment d'aboutir à ses fins, il avait perdu l'équilibre, et lâché la poupée qui s'était fracassée à ses pieds. Affolé, René avait essayé de recoller les morceaux du visage avec la colle à papier qu'utilisait son père pour sa collection de cartes postales, et n'avait pu que constater son échec. La mort dans l'âme, il avait alors décidé d'avouer son crime. Il avait disposé les restes de la poupée sur la table de la cuisine, arraché une feuille de son cahier de classe et, avec le stylo à encre qu'on lui avait offert pour ses six ans, il avait rédigé une lettre à sa mère, dans laquelle il lui demandait, comme juste punition de son crime, d'être envoyé dans un internat.

A son retour, sa mère n'avait pas dit un mot. Devant le désastre, elle avait pâli, et porté une main à sa bouche. Pour lui, ce silence avait été plus terrible que la pire des réprimandes. Plus tard, elle avait fait encadrer sa lettre, la première qu'il ait jamais écrite, et l'avait placée à la place de la poupée, bien en vue, en haut de la bibliothèque.

Depuis, cette image de poupée fracassée sur le sol restait étroitement liée, dans le souvenir de Verne, avec la certitude, qui pesait comme un morceau de plomb dans sa poitrine, d'avoir été, ne serait-ce qu'une fois, la cause du désespoir de l'être qu'il aimait le plus au monde.

Alors que, dans la nuit, le train franchissait bruyamment le Missouri sur un pont métallique, avant de pénétrer dans la ville d'Omaha, Verne se demandait si, finalement, cette image ne constituait pas le fond le plus intime de son expérience de la vie.

Il était tenaillé par l'envie de descendre à la prochaine gare, et de disparaître pour toujours, comme si cette décision avait été seule capable d'effacer le désespoir qui l'habitait, depuis qu'il avait appris la mort de Milner.

Une nouvelle fois — combien de fois avait-il fait ce geste depuis qu'il était enfermé dans la cabine du train ? — il alla se passer de l'eau sur le visage, puis revint s'asseoir.

Dans sa course nocturne, le train lui semblait aspiré dans une chute vertigineuse. Il avait l'impression que, sous la lumière électrique, l'atmosphère du compartiment était devenue trouble, comme si les vibrations des roues sur les longues tiges d'acier des rails provoquaient une densification de l'air.

Depuis que l'image de la poupée s'était imposée à son esprit, Verne souffrait avec une intensité qui le surprenait lui-même. Jamais il n'aurait imaginé que la disparition de son vieux maître aurait sur lui des effets aussi redoutables. Il avait l'impression que le deuil l'avait entraîné dans un territoire intérieur qu'il connaissait, qu'il avait parcouru autrefois, mais dont il n'avait conservé jusqu'à présent que la légende.

Il se leva et se mit à déambuler dans les trois ou quatre mètres de son compartiment.

Il étouffait. L'impression d'être en prison ne le quittait plus. L'idée de rester enfermé pendant encore trois jours lui devenait intolérable. Devait-il descendre à la prochaine ville, et prendre un avion ? Mais pour quelle destination ? San Francisco ? C'était le dernier endroit où il souhaitait aller. Et que faire en pleine nuit ? Une chambre d'hôtel ne valait guère mieux.

Il repensa à Joseph Milner, qui lui avait raconté un jour que dans le camp de Buna-Monowitz, il avait dormi tête-bêche pendant trois mois, sur le même bat-flanc, avec un codétenu dont il n'avait aperçu le visage que lorsque ce dernier, « sélectionné » pour être gazé, lui avait légué son unique trésor : une cuiller...

Il revit le regard de Joe — un regard d'une extrême douceur, lui semblait-il —, avant que le vieux savant ne quitte la dernière réunion de la Commission à laquelle il eût assisté. L'intransigeance de Milner dans son opposition à la loi Fuchs continuait à avoir en lui de profondes résonances. Il ne comprenait que trop bien la position de Milner. Leur désaccord provenait, non d'une différence de conception, mais d'une différence d'appréciation sur la place qu'on devait accorder à la réalité du mal qui avait gagné tout le pays de manière foudroyante. Le chiffre de vingt millions de malades atteints du FS aux Etats-Unis, avancé par le Disease Control Center d'Atlanta, était suffisamment parlant. Le quinzième de la population du pays ne pouvait être voué à une mort certaine sans que les considérations éthiques ne soient quelque peu à mettre entre parenthèses.

Verne frissonnait de la tête aux pieds. Il avait l'impression que ses émotions affleuraient la surface de sa peau, comme la toile, sur laquelle un artiste dépose une touche de peinture, porte la mesure exacte de la tension qui un instant a habité son corps.

Une lueur blanchâtre apparut à l'horizon, nappant la neige qui recouvrait l'immense plaine du Nebraska d'une lumière irisée. Le train longea la rivière Platte, dont les flots calmes charriaient des glaces aux formes compliquées, puis retrouva la plaine blanche qui s'étendait à l'infini jusqu'à se fondre dans le ciel.

Verne avait maintenant la curieuse impression que le train flottait dans un silence opaque. Devant lui, le pâle soleil d'hiver perçait à peine la brume.

Soudain, le train freina brutalement. Verne eut tout juste le temps d'agripper la barre fixée en travers de la fenêtre. Les freins serrés au maximum émirent un cri suraigu, à la limite du supportable. Le contenu de la serviette qui traînait sur le lit se répandit sur le sol.

Verne s'attendait à ce que les parois de la cabine viennent l'écraser à tout instant sous l'effet d'un choc colossal.

Enfin, dans un dernier soubresaut, le train s'immobilisa.

Au prix d'un effort considérable, Verne avait réussi à rester debout. Il lui fallut quelques secondes pour réaliser qu'un halètement d'une puissance incroyable ébranlait l'atmosphère. Rien de ce qu'il voyait par la fenêtre ne pouvais expliquer ce bruit.

Des éclats de voix se firent entendre dans le couloir. Verne ouvrit la porte, et se retrouva devant un jeune contrôleur qui essayait d'empêcher les voyageurs affolés de se précipiter vers la sortie.

— Mesdames et messieurs, regagnez vos compartiments, je vous en prie, suppliait-il. Nous allons repartir. Du calme, je vous en conjure...

— Quel est ce bruit? lui demanda Verne.

— Je n'en sais rien, monsieur. Le chef du train va passer dans quelques minutes. Refermez la porte de votre compartiment, s'il vous plaît.

Verne haussa les épaules et obéit.

Par la fenêtre, il vit passer une escouade d'hommes vêtus de parkas, la visière réglementaire de l'armée sur le front, le pistolet-mitrailleur en travers de la poitrine. Le savant se laissa tomber sur sa couchette, et jeta un coup d'œil à sa montre. Sept heure vingt. Sans que les machinistes aient été prévenus, les forces de police, ou de Dieu sait quel organisme paramilitaire, venaient d'arrêter le train en rase campagne. La brutalité du freinage prouvait assez la surprise des conducteurs du train.

Verne se leva, et se remit à tourner dans les quelques mètres carrés de son bedroom de luxe. Derrière la porte, les voix avaient disparu. Le curieux halètement continuait à ébranler l'atmosphère.

Soudain, il entendit des pas dans le couloir. Presque aussitôt, des coups violents ébranlèrent sa porte.

— Ouvrez! dit une voix habituée à commander. Ordre de la Sécurité Publique.

Verne n'avait jamais entendu parle de la sécurité publique. Peut-être s'agissait-il d'un nouvel organisme des pouvoirs publics?

Il ouvrit et se retrouva nez à nez avec un militaire. Les issues du couloir étaient gardées de chaque côté par un soldat en armes. Dans un réflexe absurde, il voulut refermer sa porte, mais l'homme la bloqua aussitôt avec la crosse de son arme.

— Monsieur Verne? dit-il du même ton sans réplique.

Verne acquiesça, surpris.

— Obéissez, et il ne vous arrivera rien. Prenez toutes vos affaires, passez votre manteau, et suivez-moi.

— Mais qu'est-ce..., voulut demander Verne.

— Pas de questions, coupa l'homme. Ne m'obligez pas à utiliser la force.

Verne remarqua alors avec inquiétude qu'aucun des militaires se trouvant dans le couloir ne portait de marquer distinctive sur sa parka. La rage au cœur, il jeta dans sa valise ses affaires éparpillées, et mit son pardessus en plastech. Précédé du chef de l'escouade, et suivi par les deux hommes en armes, il se dirigea vers la sortie du wagon.

Dehors, plusieurs hommes armés étaient en faction le long de la voie.

A peine Verne fût-il descendu du train, que son attention fut attirée par un bruit assourdissant qui provenait du ciel. Levant les yeux, il découvrit, abasourdi, un énorme hélicoptère à deux hélices immobilisé juste au-dessus du train. Il comprenait enfin la nature du halètement qui, depuis dix minutes, saturait l'atmosphère.

Verne se sentit un peu rassuré en découvrant l'étoile de l'armée peinte sur le flanc du Chinook. L'un des soldats — il semblait bien avoir affaire à l'armée — le poussa dans le dos avec la crosse de son arme. Verne, sa valise à la main, avança dans la neige avec peine vers la tête du train qui se trouvait à une vingtaine de mètres.

Les voyageurs, habitués aux interventions inopinées de la police, s'étaient agglutinés derrière les fenêtres des wagons, et le regardaient passer sans manifester la moindre émotion. Le savant remarqua la petite fille avec sa poupée serrée sur sa poitrine, et lui fit un signe de la main. La gamine sourit et voulut répondre à son geste, mais elle se fit immédiatement rabrouer par sa mère qui, debout derrière elle, regardait passer Verne d'un air sévère, comme un condamné à mort se rendant à l'échafaud. Il n'aurait pas été surpris de découvrir, derrière la motrice, un peloton de soldats, l'arme au pied, prêt à le fusiller.

En tout et pour tout, il découvrit un transport de troupes blindé muni d'une tourelle, le canon pointé sur la motrice, qui stationnait sur les rails.

« Les machinistes ont dû avoir la peur de leur vie », pensa Verne.

Plus loin, il vit un second Chinook, le ventre grand ouvert, posé sur la neige. Encadré par les soldats, Verne se dirigea vers le transport blindé, et prit place à l'intérieur. La porte se referma, et le véhicule s'ébranla en direction de l'hélicoptère.

3

Clara était dans un état d'épuisement qui l'affolait.

Deux hommes l'accueillirent au débarcadère. Sans un mot, ils l'emmenèrent en voiture dans un aéroport situé de l'autre côté de Flushing Meadow, où un jet privé attendait. Le pilote lui annonça que le vol durerait quatre heures et, sans autre explication, l'abandonna dans l'étroite cabine pour rejoindre son poste de pilotage.

Le vol fut un calvaire. L'avion qui, pour une raison inconnue, volait à basse altitude, était continuellement secoué par des trous d'air. Folle d'angoisse, Clara imaginait les pires scénarios — elle était, par exemple, kidnappée et déportée en Haïti où la population était, selon la rumeur, soumise à des expériences biologiques pour le compte de multinationales pharmaceutiques...

Elle ne se détendit qu'après l'atterrissage, en pleine nuit, dans un aérodrome qui évoquait les campements militaires enneigés de l'Alaska qu'elle avait vus à la télévision : radars, hangars d'avions, projecteurs éblouissants juchés à trente mètres du sol, enceinte électrifiée, tours de garde...

Un militaire la conduisit dans une jeep bâchée vers un groupe de bâtiments à deux étages, tous construits sur le même modèle fonctionnel en béton précontraint. Clara voulut l'interroger, mais le soldat refusa de répondre. Il la mena directement dans une pièce surchauffée, meublée d'un lit de camp, d'une table et d'une chaise.

— Vous resterez ici jusqu'à demain matin, dit-il.

— Vous ne pourriez pas me dire, au moins...

— On m'a seulement autorisé à vous dire que le plan prévu par Hermès se déroule selon les prévisions. Je vous apporte votre petit déjeuner à sept heures.

Il quitta la pièce et ferma la porte à clé derrière lui.

A son grand étonnement, Clara ne ressentit aucune joie d'apprendre que sa mission était sur le point d'aboutir. Que le Réseau possédât des complicités dans une base militaire ne la surprenait pas. On allait probablement l'accompagner le lendemain dans une ville du Middle West où elle pourrait monter dans le train de Verne. L'idée que tout serait fini dans quelques heures restait abstraite. Elle était épuisée, un point c'est tout.

Quelques minutes plus tard, elle plongeait avec délices dans un bain chaud.

Pourtant, malgré sa fatigue, Clara ne ferma pas l'œil de la nuit. Pendant des heures, elle resta assise, contemplant le ciel par la fenêtre grillagée. Parfois, elle avait l'impression d'entendre un sifflement ténu, à peine audible, qui semblait descendre des étoiles.

Peu à peu, elle vit le ciel pâlir et le jour se lever sur une immense plaine neigeuse s'étendant à perte de vue au-delà de l'enceinte électrifiée du camp.

A six heures moins cinq, l'atmosphère fut ébranlée par ce qui semblait être une armée d'hélicoptères décollant de la base.

A sept heures dix, son garde lui apporta son petit déjeuner : un broc de café, deux croissants avec du beurre et de la confiture.

— On me demande de vous prévenir que vous allez rencontrer un certain René Verne aux alentours de neuf heures, dit-il soudain.

— Le rencontrer... ici, dans le camp?

— Oui. Dans deux heures.

Elle ne toucha pas au petit déjeuner. L'état de vigilance, qui l'avait tenue éveillée, s'était encore accentué. Son cœur battait à se rompre. Elle resta un long moment immobile, puis se leva d'un seul coup, et s'enferma dans la salle du bains. Elle enleva son jeans, le plia soigneusement sur le bord de la baignoire, puis ôta sa culotte. A demi nue, elle s'accroupit et, avec un soupir imperceptible, enfonça lentement deux doigts dans son vagin.

Elle eut l'impression qu'elle venait de plonger dans un gouffre sans fond.

Le mince tube en or n'y était plus.

Une panique mortelle l'envahit.

Elle restait immobile. Paralysée d'angoisse, elle ne sentait pas les crampes qui, peu à peu, montaient dans ses jambes.

Elle finit par tomber en arrière. Allongée sur le carrelage, elle put enfin retrouver le tube et le fit rouler sous ses doigts.

Par la suite, elle pensa qu'il lui avait fallu tout ce temps — combien, elle ne le sut jamais — pour accepter l'idée qu'elle allait se séparer de la lettre.

Une fois habillée, elle sortit délicatement la lettre du tube, et la glissa dans son soutien-gorge. Sans hésiter, elle jeta le tube dans la cuvette, et tira la chasse d'eau.

Puis elle s'allongea, et s'endormit.

A neuf heures cinq, le battement furieux des hélices d'hélicoptères réveilla Clara. Elle se leva.

Quelques minutes plus tard, on frappait à sa porte.

— Mettez votre manteau et suivez-moi, lui dit le militaire.

Dehors, Clara eut l'impression que la température avait encore baissé. Le soleil était éblouissant. Elle parcourut quelques dizaines de mètres avec le garde, jusqu'à l'immense piste blanche.

Deux énormes hélicoptères stationnaient, leurs doubles hélices tournant encore. Une troupe de soldats s'avançait dans sa direction.

Clara porta la main à ses yeux.

Elle ne découvrit l'homme en civil, portant une valise, que lorsqu'il fut à quelques pas. A contre-jour, elle n'arrivait pas à discerner ses traits. Ce n'était qu'une ombre, une opacité du ciel.

Soudain, il fut tout près.

— C'est vous, n'est-ce-pas? demanda-t-elle, dès qu'elle eut discerné les traits de son visage.

Alors, ses jambes se dérobèrent, et elle s'effondra dans la neige.

Verne ne comprit pas tout de suite ce qui venait de se passer. Il avait seulement remarqué un personnage vêtu d'un pardessus sombre, accompagné d'un soldat, qui semblait l'attendre au bord de la piste. D'instinct, il s'était dirigé vers lui, persuadé que dans ce milieu militaire, un homme en civil devait détenir un pouvoir décisif.

Depuis qu'il avait quitté sous bonne garde le *California Zephyr*, il attendait avec impatience le moment où il se trouverait devant l'un des responsables de l'incroyable aventure qu'on l'obligeait à vivre. Il connaissait suffisamment de gens bien placés à Washington pour se sentir tranquille quant aux suites de cette arrestation rocambolesque.

Il était en colère.

C'est probablement la raison pour laquelle les mots que prononça Clara avant de s'évanouir ne parvinrent pas à sa conscience. En revanche, il perçut immédiatement ce que l'incident avait de fortuit, et ses réflexes de médecin jouèrent aussitôt.

Il enleva son manteau, et se retrouva à genoux, dans la neige, devant le personnage qui gisait sur le dos, la tête tournée de l'autre côté. Les militaires, embarrassés, formaient un cercle autour des deux civils.

— Ne la déplacez sous aucun prétexte, dit le soldat qui accompagnait l'inconnu. Je vais chercher le médecin.

— Je suis médecin ! dit Verne avec humeur, en soulevant doucement la tête du gisant pour la poser sur son pardessus plié.

C'est alors que Verne s'aperçut avec stupeur qu'il tenait entre ses mains la tête d'une femme. Il fut tellement surpris qu'il la laissa tomber.

Un petit rire retentit au-dessus de lui.

— Professeur Verne, vous feriez mieux de laisser mes hommes s'occuper de cette femme, dit une voix étonnamment douce. C'est pour elle que vous êtes ici. Ne soyez pas si pressé. Vous la retrouverez dans une demi-heure.

Verne se releva, et se retrouva face à l'homme qui venait d'arriver.

Rien ne le distinguait des autres militaires, si ce n'est l'absence d'arme visible. Il ne faisait pas partie de l'escouade qui avait arraisonné le train.

Avec sa grande pratique du pouvoir, Verne remarqua que les soldats s'étaient légèrement écartés de lui. Il devait être d'un grade élevé.

— Je vous suis, monsieur, répondit-il. Vous avez l'air d'être au courant de ce qui se passe. Vous me devez des explications.

L'homme sourit et fit signe à l'un des militaires.

— Je vous retrouve dans quelques minutes, professeur. Suivez ce soldat. Il va vous conduire dans mon bureau.

Il partit d'un pas vif en direction de l'un des bâtiments, accompagné par l'officier qui avait commandé l'assaut du train.

Verne suivit le soldat.

Il se retourna au bout de quelques mètres. Un garde était resté près de la jeune femme qui gisait dans la neige, toujours inconsciente, la tête reposant sur son manteau.

— Désirez-vous un café? demanda l'officier, qui venait d'allumer un de ces affreux cigares en tabatz, un ersatz de tabac supposé diminuer le risque de cancer des bronches.

— Volontiers, répondit Verne.

Même dans ses propos les plus anodins, la voix suave du militaire laissait planer une menace.

Verne le dévisagea avec curiosité. Les tempes argentées, la moustache avantageuse, la cravate réglementaire passée sous le deuxième bouton de la chemise, il avait l'apparence d'un officier ayant vécu le plus clair de son temps dans un bureau. Pourtant, les décorations qu'il arborait sur sa poitrine évoquaient une vie militaire mouvementée.

L'officier s'était tu. Manifestement, il attendait que le savant reprenne la parole le premier. Vieille habitude de stratège, pourtant sans objet avec Verne.

Ce dernier commençait à trouver la situation amusante. Ça le changeait du cours des pensées moroses qui ne l'avaient pas quitté depuis son départ de New York. Pour rien au monde, il n'aurait fait le moindre geste qui eût satisfait un homme pour lequel il ne ressentait aucune sympathie. Il était résolu à attendre, aussi longtemps qu'il le faudrait, que l'officier se décide à lui donner les raisons de sa présence dans ce curieux camp militaire du Nebraska, où aucun militaire ne portait les insignes de son grade, contrairement à tous les usages de l'armée américaine.

— Je ne me souviens pas que vous m'ayez dit votre nom, demanda soudain Verne, en buvant une gorgée de son breuvage favori.

« Pas mauvais, pour un café de l'armée », pensa-t-il.

— Ici, on m'appelle Bradbury, colonel James Bradbury, répondit l'officier avec son sourire mince, laissant entendre qu'il ne s'agissait pas de son véritable nom. Mais je suppose que ce qui vous intéresse, c'est de savoir à qui vous avez affaire. Eh bien, cher professeur, vous vous trouvez dans un camp de la Military Intelligence Division, la MID. Je suppose que vous en avez entendu parler.

— Effectivement, répondit Verne, qui commençait à comprendre.

Il était entre les mains du fameux service secret dirigé par le général Tom Kutler! Verne se souvenait que la MID avait été créée par l'armée, dans le but de poursuivre le travail entrepris par la CIA en Amérique centrale, après que l'Agence eut été mêlée, une fois de plus, à un scandale politique opposant le Congrès au Président. Par la suite, la MID était devenue un service secret dont les activités avaient fini par échapper presque entièrement au pouvoir législatif. Dans une récente soirée à Washington, Verne avait entendu un député de la Chambre des représentants, membre d'une commission de contrôle, dire qu'il était de plus en plus difficile de savoir ce qui se passait au sein de la MID. Il pensait qu'il s'agissait, à n'en pas douter, d'un des effets pervers de la loi Fuchs sur le fonctionnement des institutions américaines.

Le bras de fer s'était enfin engagé. Verne décida qu'il était temps de contre-attaquer.

— Ce que vous m'apprenez n'est pas sans me poser un problème... colonel, dit-il, en insistant sur le titre, comme s'il le mettait en doute.

— Ah oui? Peut-être pourriez-vous m'expliquer...

— Vous savez que je fais partie de la Commission de biosociologie. Je n'imagine pas que la MID organise un coup de force parfaitement illégal sur le territoire américain, sans s'être renseignée sur son objectif, en l'occurrence ma modeste personne, jusqu'à preuve du contraire. Il me reste donc à vous demander, mon colonel, ce que vous me voulez.

Le colonel écrasa son cigare.

— L'illégalité de votre invitation dans cette base n'est qu'un aspect secondaire de l'affaire qui nous occupe, professeur.

L'image du visage de la jeune femme étendue dans la neige traversa l'esprit de Verne.

— Ce sera à d'autres d'en décider, répondit-il d'un ton sec.

— Mais, certainement. Cependant, je suis prêt à

parier que dans une heure ou deux vous ne nous en voudrez plus du tout.

Le téléphone se mit à sonner. Le colonel décrocha.

— Très bien, dit-il, avant de raccrocher.

Il se leva, dominant Verne de toute sa hauteur.

« Quel cinéma », pensa ce dernier.

— Ce que j'ai à vous dire est assez simple, dit finalement Bradbury, comme à regret. Je suis chargé de vous mettre en contact avec la jeune personne que vous avez aperçue tout à l'heure. Les moyens mis en œuvre pour remplir cette mission vous paraissent sans doute excessifs, mais ils ont constitué un excellent exercice pour mes hommes. Lorsque vous en aurez terminé avec cette jeune femme — elle porte un nom de code étrange : Antigone...

— Antigone ?

— C'est ça. C'est grec, je crois. Lorsque vous l'aurez rencontrée, je vous aiderai à continuer votre voyage. Si vous voulez, je peux vous faire déposer à San Francisco.

Il se tut. Verne ne répondit pas.

— Vous imaginez ? Tout ce déploiement de forces pour un simple rendez-vous, reprit-il avec un petit rire. On vient de me prévenir par téléphone qu'Antigone a repris connaissance pendant son transport à l'hôpital. Elle va très bien. Elle vous réclame.

— Et elle ? demanda Verne. Qu'allez-vous en faire après notre rencontre ?

Le visage du colonel se ferma.

— J'ai ordre de la garder ici.

Verne se leva à son tour.

— Colonel, dit-il, cette affaire est beaucoup plus compliquée que vous ne voulez bien l'avouer. Vous en conviendrez avec moi.

— Je n'ai pas de commentaires...

— Précisément ! Faites-moi conduire, je vous prie, auprès de cette personne. Mais nous reprendrons cette conversation.

— A votre disposition, professeur.

L'hôpital se dressait au milieu d'un vaste jardin protégé, à l'écart de la base.

Verne apprit par un infirmier que la jeune femme venait de sortir faire une promenade. Le savant décida de partir à sa recherche.

Le chemin que lui avait indiqué l'infirmier s'enfonçait entre deux haies couvertes de neige. Pas le moindre souffle de vent ne troublait la limpidité cristalline de l'air. De chaque côté, des arbres squelettiques se détachaient sur le ciel d'un bleu impitoyable, semblables à des fossiles végétaux saisis dans une gangue minérale. Machinalement, Verne s'amusait à recouvrir de ses pas les traces fraîches de la jeune inconnue. Après des heures d'immobilité, le léger craquement de la neige sous ses semelles ajoutait au plaisir qu'il éprouvait à se mouvoir.

Antigone... Comme beaucoup de gens, il avait entendu parler de cette habitude des membres du Réseau de se donner des noms provenant de la mythologie grecque. Il n'y voyait, quant à lui, qu'une preuve supplémentaire de l'absence de maturité des quelques milliers d'hurluberlus qui se croyaient assez malins pour s'opposer aux mesures rendues nécessaires par l'épidémie de FS. Mais qu'une femme, membre du Réseau, organisât un rendez-vous dans une base militaire ultra-secrète, grâce à la complicité de la MID, voilà qui dépassait l'entendement. En fait, Verne avait la conviction que le colonel Bradbury l'avait mené en bateau, ce qui avait au moins l'avantage de lui montrer qu'on ne craignait pas ses réactions. Dans ce cas, quel pouvait être le but de la MID en kidnappant un Public Official ? Car, même si Verne comptait d'innombrables ennemis dans l'Administration, les manières cavalières de la MID ne pouvaient que provoquer l'unanimité contre elle.

A un détour du chemin, Verne aperçut Clara. Elle lui tournait le dos, perdue dans la contemplation de l'immense plaine qui s'étendait au-delà de l'enceinte. Elle portait le même manteau sombre que lors de leur brève rencontre, une heure plus tôt.

Au son de ses pas, elle se retourna d'un mouvement vif. Une fraction de seconde, il crut reconnaître son visage... Mais non, il ne l'avait jamais vue. Il remarqua son grand front, légèrement bombé, et les longues boucles de ses cheveux châtains.

Cela faisait une éternité qu'il n'avait vu une femme avec des cheveux aussi longs. D'où la question, toute scientifique, qui traversa son esprit, l'empêchant de prendre conscience du charme qui se dégageait d'elle : comment avait-il pu prendre un seul instant cette jeune femme pour un homme?

Il la fixait sans ciller depuis une bonne minute. Un sourire apparut sur les lèvres de Clara.

— Vous voudrez bien me faire part de vos conclusions, professeur, dit-elle avec une ironie légère.

Verne tressaillit, et émit un petit rire.

— Excusez-moi. Je pensais... mais peu importe ce que je pensais. Je suis content de vous retrouver. Enfin... vous voyez ce que je veux dire.

Ils rirent ensemble, et se mirent à marcher côte à côte. Le silence s'installa à nouveau entre eux.

Le chemin longeait l'enceinte de la base qui, à ce niveau, constituait la limite du jardin de l'hôpital. La double rangée de poteaux en ciment, sur lesquels était fixé le grillage de l'enceinte, formait deux lignes parallèles se rejoignant à l'horizon.

En rencontrant Verne pour la deuxième fois, Clara eut la confirmation de ce qu'elle pressentait depuis qu'elle était revenue à elle : derrière la brutale montée de fièvre qui avait submergé ses sens, elle découvrait une profonde déchirure, qui la laissait ouverte et désemparée. Marchant près de l'homme qu'elle poursuivait depuis deux jours — une éternité... —, elle refrénait le désir de lui tendre le message de Milner, et de se perdre en courant dans l'immensité blanche de la plaine.

Clara frissonna. Ainsi pourrait-elle, peut-être, stopper la montée de la vague incandescente qui se répandait peu à peu dans ses artères, et dont elle pressentait la force grandissante.

Elle trébucha. Avec une vivacité étonnante, Verne la rattrapa par le coude, et la regarda, étonné de sa faiblesse. Un instant, elle crut qu'elle allait à nouveau s'affaler de tout son poids dans la neige. Alors, avec ces deux poings enfouis dans les poches de son manteau, elle pressa violemment son ventre vide de la lettre qu'elle lui apportait.

Elle l'observa de côté, remarqua la ligne sombre qui prolongeait le pli de ses paupières comme un trait de rimmel, presque jusqu'aux tempes.

« Il devra patienter encore, décida-t-elle. Je ne suis pas prête. »

Elle se sentit mieux, et accepta alors de se laisser traverser par la tension perceptible dans chaque geste de Verne.

Il ne percevait rien de tout cela. Comment était-ce possible ?

Il était en train de se demander si l'espace séparant les deux clôtures était miné.

— Vous savez, ça fait une éternité que je vous cours après, dit Clara, d'une voix mal assurée.

— Je ne suis pas si difficile à joindre, pourtant.

— Vous trouvez...

Une bouffée de colère souleva soudain sa poitrine.

— J'ai failli me faire arrêter plusieurs fois. Un homme est mort, peut-être deux. Le FBBS est sur les dents...

— Le FBBS ?

Verne s'arrêta, et la regarda. Il fut frappé par sa pâleur.

— Je ne devrais pas vous le dire : je m'appelle Clara Hastings. Je suis une bio. Je suis envoyée par le Réseau. J'ai un message pour vous. Il provient de l'étranger.

— De l'étranger ?

Verne était abasourdi.

C'était une situation invraisemblable. Le Réseau — Bradbury avait dit vrai ! — remuait ciel et terre pour faire parvenir un message à un membre de la Commission de biosociologie, un des inspirateurs de la loi Fuchs. Dans ce but, l'organisation de résistance arraisonnait un train avec l'aide de l'armée — alors qu'elle aurait simplement pu adresser le message chez lui, à Inverness. Et il se retrouvait dans une base de la MID littéralement réquisitionnée à cet effet, en compagnie de la messagère — une bio membre du Réseau ! — lui annonçant, le plus tranquillement du monde, qu'elle était chargée de lui remettre une lettre.

— Tout ça, pour me remettre une lettre !

— Une lettre de Vienne.

— De Vienne ? Vous voulez dire...

— Oui. C'est une lettre qui vient d'Autriche, d'Europe !

Verne crut que le cœur lui manquait. Une lettre de Joe ! Impossible. Pourtant... Après des années de silence, le vieil homme lui aurait-il envoyé une lettre avant de se donner la mort ?

Le savant s'était arrêté de marcher. Il était blême, comme vidé de son sang.

— Monsieur Verne, dit Clara en ébauchant un geste.

— Excusez-moi. Cette nouvelle... J'avais un ami là-bas... C'est insensé. Vous avez cette lettre sur vous ?

Elle ne répondit pas. Elle sentait le contact du papier chaud contre son sein. Elle aurait eu envie de lui dire non, je n'ai plus la lettre, je l'ai perdue, désolée. Elle ne l'ouvrirait pas avant longtemps. Il suffisait de la garder sur elle. Ses jambes tremblèrent, il lui sembla qu'une hémorragie foudroyante noyait ses cuisses, elle sentit qu'elle mourait. Un voile passa devant ses yeux.

— Oui, je l'ai, dit-elle.

Elle pointa un doigt vers son sein droit.

— Attendez. Il faut que je réfléchisse, dit alors Verne. Il y a quelque chose qui ne va pas. Le Réseau, Milner, ça, je veux bien comprendre. Mais la MID ? Qu'est-ce que la MID vient faire dans cette affaire ? Pourquoi vous aide-t-elle ?

— Je ne sais pas, dit Clara d'une voix faible. Je ne sais pas ce que c'est que la MID.

— Marchons, voulez-vous ?

L'idée que Joe lui avait adressé un message avait mis Verne dans un état d'exaltation extraordinaire. Clara Hastings portait la dernière lettre de son ami et maître, elle venait d'au-delà de la mort, nimbée du pouvoir surréel des messagères des dieux.

— J'ai rencontré quelqu'un à New York que vous

connaissez peut-être. Elle m'a dit qui était l'auteur de la lettre. Elle a bien connu Joseph Milner.

— Comment s'appelle-t-elle?

— Mira Cornfeld.

— Ah, mais oui. Et c'est cette femme?...

— Elle travaille avec nous.

— Avec le Réseau?

— Oui. Elle a l'air d'y tenir un rôle important.

Le chemin s'incurvait, quittant l'enceinte du camp, pour suivre une barrière en bois, peinte en blanc, qui formait la limite du jardin de l'hôpital. Le bruit strident d'un quadriréacteur militaire décollant au loin déchira l'atmosphère. Puis ce fut à nouveau le silence. Ils apercevaient l'hôpital à travers les arbres décharnés.

— Qu'est-ce que la MID vient faire dans cette histoire? répéta Verne. Pourriez-vous me raconter comment vous êtes arrivée ici?

Elle lui raconta que la lettre avait été transmise au Réseau par un scientifique autrichien qui se trouvait pour vingt-quatre heures à San Francisco, et qu'elle devait impérativement être remise à Verne pendant son passage à New York, au siège de l'ONU. Clara raconta sa déconvenue, la chasse que lui donnait le FBBS, l'intervention des Cornfeld et de Hermès, et finalement son arrivée en avion dans la base de la MID.

Verne l'écouta sans l'interrompre. Elle se tut. Le récit de ses aventures l'avait à nouveau épuisée.

— Après tout, votre organisation a peut-être des complicités dans la MID. C'est d'ailleurs la seule hypothèse plausible. Mais, on peut aussi penser que notre entrevue a été organisée par la MID pour découvrir quelles étaient mes intentions dès que j'aurai pris connaissance de la lettre. Ma présence à l'ONU avait probablement un rapport avec son contenu. Voilà pourquoi vous deviez me la donner à New York.

— Vous pensez que la lettre vous arrive trop tard?

— Je n'en sais rien. Peut-être pas. Il faut d'abord que je sache ce que voulait ce vieux fou.

Il se tut un moment. Tous deux étaient accaparés par l'intrigue politico-policière dans laquelle ils se trouvaient brutalement plongés. Clara était soulagée. Elle parlait d'autre chose. Mais de quoi d'autre pouvait-elle encore parler ?

— Nous sommes sûrement surveillés, dit Verne. J'ai rencontré le colonel qui dirige la base. Il n'a fait aucune allusion à une lettre. Peut-être ne connaît-il pas la raison de notre rencontre, bien que cela paraisse surprenant. Toute cette affaire est bien compliquée. Donnez-moi la lettre.

Ils venaient de passer derrière un bosquet qui masquait l'hôpital. Clara se tourna. Elle glissa une main dans l'échancrure de son chemisier, prit la lettre, et la tendit à Verne. Il s'en saisit et la plongea dans la poche de son pardessus.

Clara n'avait plus qu'une envie : s'allonger dans la neige et sangloter. Plus jamais elle ne reverrait cet homme qu'elle avait trouvé.

Verne la regardait. Il était troublé. Pour la première fois, il s'aperçut de l'attirance qu'exerçait sur lui la jeune femme.

Dans le fond de sa poche, la lettre lui brûlait la paume de la main.

4

Le plus impressionnant, c'était l'absence de bruit.

Peut-être entendait-on un léger chuintement, à la limite de l'audible, provoqué par le sang circulant dans les tuyaux en plastique. Mais, plus probablement, il s'agissait d'une hallucination auditive.

Il n'y avait aucune raison que cela s'entende.

Les pompes hydrauliques étaient situées à l'étage au-dessous, là où disparaissaient les tuyauteries, avec le reste de l'intendance, comme disait Carol Gardner, la directrice du premier Centre d'eugénisme appliqué créé sur la côte ouest par l'Administration fédérale : les appareils d'oxygénation, de nutrition, ceux qui assuraient les équilibres fondamentaux — élecrolytiques, hormonaux, etc. — le renouvellement des composantes biologiques et moléculaires... Le tout sous le contrôle de l'ordinateur central, qui analysait les constantes biologiques de chaque unité toutes les vingt secondes, et réagissait instantanément au moindre signe de souffrance.

Depuis qu'elle venait sur l'île d'Alcatraz, au milieu de la baie de San Francisco, Melissa avait toujours refusé de visiter la « soute ». Le spectacle des cinquante APU — les Artificial Placentation Units —, disposés en quinconce dans chaque salle de l'unité de gestation, était suffisamment extraordinaire pour qu'elle ait toujours refusé de prêter l'oreille aux développements techniques que Carol Gardner, forte de sa compétence, brûlait de lui exposer. D'ailleurs, elle se contrefichait de la technique. Tout au moins, quand il s'agissait de l'événement le plus extraordinaire que l'homme ait jamais rendu visible.

Depuis sa première visite, en 2001, Melissa ne souhaitait qu'une seule chose : plonger tout son saoul dans les abîmes qui s'ouvraient en elle dès qu'elle pénétrait dans une salle de l'unité de gestation. L'expérience, à laquelle elle se soumettait plusieurs fois par an, était devenue pour elle aussi importante que pour d'autres la fréquentation d'une église ou d'un temple.

Ce dimanche matin, elle avait parcouru en voiture les trente kilomètres qui la séparaient du ferry de Sausalito, et s'était retrouvée un quart d'heure plus tard sur la Golden Gate Island, comme on avait décidé de nommer l'île d'Alcatraz depuis la construction du CEA, en 1999, sur les ruines de la célèbre prison fédérale. En fait, tout le monde continuait d'appeler l'île par son ancien nom.

Après sa rencontre avec Margaret Britten, Melissa avait passé une nuit agitée. L'angoisse qu'elle ressentait depuis sa dernière conversation téléphonique avec Verne n'avait pas arrangé les choses.

Elle s'était assoupie au lever du jour, juste le temps de faire un rêve, qui était peut-être à l'origine de son soudain besoin de faire une visite au CEA : elle avait eu la vision d'une jeune inconnue, pourtant étrangement familière, qui se tenait debout dans la pénombre, près d'une fenêtre. Vêtue d'une robe à fleurs qui tombait sans marquer sa taille, la jeune femme tenait la tête légèrement penchée. Ses cheveux flous étaient noués en chignon. L'expression du visage était rendue imprécise par l'obscurité. A moins que... Au moment de se réveiller, quelques dixièmes de secondes avant, moins peut-être, Melissa avait eu l'impression qu'elle avait esquissé un sourire, qui lui avait traversé la poitrine comme un coup de poignard.

Melissa s'était réveillée en sursaut.

Dans cette vision étonnamment fugace, la jeune inconnue était à l'écoute... de quel mystère? Une grande douceur se dégageait d'elle, immobile sauf le sourire, comme sur ces vieilles photos en couleurs qu'on appelait des daguerréotypes. Malgré tous ses efforts, elle n'avait pas réussi, pendant le trajet, à retrouver, derrière son rêve, le moindre souvenir.

Le silence se fit en elle dès qu'elle entra dans la salle de l'UG. Les cinquante unités de placentation artificielle semblaient suspendues dans la lumière glauque de la pièce. Devant ce spectacle, Melissa retrouvait chaque fois une étrange sensation de vide acoustique ; un vertige, un désir d'arrêter de respirer et de goûter la qualité inouïe du silence. Une densité primordiale de la présence.

Les fœtus étaient âgés de six mois. Dans la journée, les baies en vitres polarisées dispensaient une lumière constante et faible, mais suffisante pour discerner les unités. Mais, au fur et à mesure que les fœtus s'approchaient de la délivrance, dans les salles proches des huit mois et demi, âge auquel avait lieu l'opération, tout était plongé dans le noir, le jour comme la nuit, au moins pour une vision normale. Car l'atmosphère continuait d'être traversée de l'énergie lumineuse nécessaire à l'éveil de l'attention des futurs nourrissons.

La salle des six mois, celle que préférait Melissa, semblait baignée dans une eau marine. La lumière était suffisante pour discerner les APU : cinquante coupoles en verre rectangulaires d'une quarantaine de centimètres de haut, sur cinquante de long et trente de large, alignées à un mètre l'une de l'autre, sur trois rangées de tables.

Melissa s'approcha sur la pointe des pieds du premier APU, près de la porte. L'eau colloïdale contenue dans la coupole avait en particulier pour fonction de permettre la sustentation du système embryonnaire.

A travers le liquide opalin, la poche amniotique transparente était nettement visible, avec, à l'intérieur, le fœtus âgé de six mois, qui avait déjà son apparence définitive, celle d'un nourrisson de vingt-cinq centimètres, la tête disproportionnée, les jambes repliées comme celles d'un vieux sage oriental.

Melissa observa, émerveillée, les délicates narines, les paupières diaphanes, les doigts de quelques millimètres aux ongles déjà nettement dessinés. Cette fois, elle ne put retenir une exclamation de surprise en s'apercevant que le fœtus semblait sucer son pouce. Le seul mouvement perceptible était celui du cordon ombilical qui, battant au rythme du cœur de l'embryon, reliait son abdomen au placenta, dont les cotylédons s'ancraient fermement dans l'endomètre utérin tapissant les travées du fond de l'APU, où s'opéraient les échanges avec le sang « maternel ». Recueilli par une « veine » à la sortie de l'APU, il était transporté directement à l'étage inférieur, d'où il revenait par une « artère » après recyclage, pour diffuser à nouveau dans les travées.

Melissa ne pouvait s'arracher au spectacle : le fœtus semblait dormir, attendant qu'on l'éveille. Elle était certaine que la félicité dans laquelle il semblait plongé était un pur effet de l'imagination. Rien n'assurait qu'il ne souffrît pas de l'absence d'une véritable contention maternelle.

Que deviendrait l'humanité avec des êtres produits artificiellement, n'ayant jamais connu l'expérience d'une continuité existentielle de deux corps? se demanda-t-elle. Toutes les tentatives pour donner au fœtus un conditionnement se rapprochant aussi près que possible du corps maternel perdu à l'origine — les bruits du cœur et des viscères dispensés à heures régulières directement dans les APU ; les sacs de contention en latex, que l'on disposait autour des poches amniotiques pendant les derniers mois du développement, pour que le fœtus rencontre en bougeant une résistance équivalente à celle du muscle utérin de la mère; etc. —, toutes ces tentatives n'avaient aucune chance de remplacer ce qui était impossible d'analyser en termes biochimiques, physiologiques ou mécaniques, et dont l'importance apparaissait de plus en plus évidente à Melissa, malgré sa formation médicale conforme aux canons du matérialisme scientifique dans lequel elle avait été élevée.

Il y manquait... Qu'y manquait-il? Pouvait-on évoquer l'amour? Est-ce que cela avait seulement un sens de parler d'amour maternel? Elle repensa à son rêve, au sourire de la jeune femme immobile dans la lumière tamisée d'une fenêtre, et se souvint, avec un sentiment d'une perte irréparable, d'une photo que sa mère lui avait montrée de sa propre mère, quand cette dernière était enceinte d'elle.

Melissa chancela. C'était la première fois qu'elle se rappelait cet épisode. Elle avait toujours été persuadée qu'elle ne conservait aucun souvenir de sa grand-mère, morte alors qu'elle était encore en bas âge. Or, à n'en pas douter, Mamie était venue lui rendre visite, cette nuit, pour lui donner un sourire...

Elle eut un sanglot, et recula. Soudain angoissée, elle regarda autour d'elle, et eut la vision des cinquante champignons enfermés dans leurs bocaux, qui se mirent à ressembler à autant de minuscules champignons atomiques qu'une puissance diabolique aurait enfermés et immobilisés dans une instantanéité précaire, dans l'attente du nouveau Faust qui les libérerait. Sous ses yeux, la salle devint soudain le lieu où l'écheveau des forces inconnues qui tissaient l'avenir du monde risquait à tout instant de se dénouer en une explosion apocalyptique. Elle fit un pas en avant, et s'arrêta. Elle venait de réaliser qu'elle était mue par une impulsion d'une violence inouïe contre tous ces embryons flottant entre deux eaux.

Elle s'enfuit de la salle, horrifiée par la découverte d'une émotion dont elle n'avait jamais soupçonné l'existence.

Elle se retrouva dehors, pantelante.

Elle se dirigea vers la mer. L'air frais chargé de pluie agit sur elle comme une gifle. L'eau pénétrait dans son cou par le col de son imperméable.

La baie de San Francisco étalait ses fastes. A travers le léger brouillard qui surplombait les eaux bouillonnantes du Pacifique, les tours de la ville ne semblaient éloignées que de quelques encablures. Melissa s'appuya à la rambarde surplombant une falaise hérissée de rochers.

— Madame Verne ? appela une voix derrière elle.

Elle se tourna et leva la tête. C'était la jeune gardienne du CEA qui l'appelait depuis une fenêtre.

— On vous demande au téléphone. Je crois que c'est le professeur Verne.

Melissa se précipita vers le bâtiment du CEA. Depuis la veille, elle attendait qu'il la rappelle.

8.

La chambre de Verne se trouvait dans le même bâtiment que celle de Clara. Après avoir poussé le verrou de sa porte, le savant s'assit devant une table en bois adossée au mur. Au moment de lire la lettre de Joe Milner, il était pris d'une étrange inhibition. Il hésitait, comme s'il craignait de découvrir quelque sens inexploré, ou quelque texte inassignable qui risquerait d'approfondir encore le sentiment de perte dans lequel il vivait depuis une semaine.

Son regard erra dans la pièce anonyme, et découvrit un cafard courant le long d'une plinthe avec une frénésie qu'il trouva réconfortante. Il résista à l'impulsion de se lever pour attraper l'insecte, le poser sur la table, et l'observer se perdre dans les fentes abruptes du bois de pin, où un nom et une date avaient été gravés au couteau : « PATRICK CIGALA-1998 ». Peut-être l'inconnu avait-il, comme lui, attendu un message, et espéré une délivrance.

Frissonnant malgré la chaleur dispensée par un radiateur, Verne se décida enfin à sortir la lettre de la poche de sa chemise. Il déplia soigneusement la dizaine de feuillets à plat, sur la table.

Joe écrivait au stylo à plume, à l'encre bleu-noir comme toujours. La présence de l'écriture fine et nerveuse de son ami saisit Verne avec une telle force qu'il oublia aussitôt le lieu où il se trouvait, et le temps, et la nuit noire qui s'étalait sur la plaine du Nebraska.

Il oublia, et se mit à lire.

Mon cher ami,

Ce matin, il fait dix degrés dans ma chambre, et je n'arrive pas à quitter mon lit. Je dois dire que les deux petites pièces dans lesquelles j'habite depuis un an sont mal chauffées. L'appartement se trouve au dernier étage d'un vieil immeuble, à la limite de ce que les Viennois appellent la ville intérieure, l'Innere Stadt, anciennement close par des remparts. En quelques mois, je suis devenu un vieillard. Je ne sors plus, je me contente d'aller et venir, courbé en deux, entre mon lit — un vrai lit d'enfant — et un vieux fauteuil que j'ai placé près de la fenêtre. Il m'arrive de passer des heures à contempler le ciel au-dessus du clocher de l'église des Irlandais.

Ma rue porte un nom terrible : la rue du Cri-de-l'oiseau, la Schreyvogelgasse. Vous ai-je jamais dit que ma mère s'appelait Lea Vogel ? Il me semble que ce cri, parmi des millions d'autres, ne cesse de retentir à mes oreilles.

Etes-vous jamais venu à Vienne ? Je ne me souviens pas vous avoir jamais posé la question. J'ai du mal à croire que vous ne connaissiez pas le Ring, ce boulevard circulaire bordé de palais calamiteux, que François-Joseph, notre dernier grand empereur, a fait ériger à la fin du XIXe *siècle à la place des anciennes fortifications.*

Il suffit de s'y promener pour se pénétrer de toutes les illusions perdues de la vieille Autriche. Car c'est ici que s'est refermé le cercle — le Ring — impérial, qui devait capter le dessein millénaire de la dynastie des Habsbourg.

Par la suite devait disparaître la croyance en la légitimité du pouvoir des hommes. Dans cette ville hydrocéphale, grosse d'un empire perdu, j'ai parfois l'impression que la fin du monde a déjà eu lieu, et que l'Histoire s'est retournée comme un gant : en 1914, au moment de l'assassinat du prince héritier François-Ferdinand ; ou plus sûrement en 1938, quand l'Autriche s'est fait avaler par le IIIe Reich... Depuis, la question de savoir comment sortir de cette impasse historique continue de peser sur les rares esprits lucides qui habitent encore notre ville. Mais sans doute nous manque-t-il, pour venir à bout d'une tâche impossible, cette forme particulière de sagesse qui naît parfois de la désillusion.

La dernière fois que j'ai traversé le Ring, j'ai réalisé un vieux rêve : visiter la maison où Beethoven est mort, en 1827, rue des Espagnols noirs, dans le quartier de Heiligenstadt, non loin de la Berggasse, où Sigmund Freud a travaillé la plus grande partie de sa vie. Or, j'ai découvert que c'est dans cette maison qu'Otto Weininger s'est donné la mort en 1903, soit presque un siècle plus tard.

Otto Weininger, ça vous dit quelque chose ? Le nazillon juif antisémite, homosexuel, auteur de Sexe et Caractère *auquel on a fait un triomphe : haine des femmes, haine des juifs, « masculinité originelle du fascisme »... Que cet être immonde ait trouvé la force de se suicider — il était tellement antisémite qu'il a fini par tuer le juif qu'il était... — dans la maison où résonnait encore l'*Hymne à la Joie *de Schiller est plus qu'une coïncidence inquiétante.*

Vienne est tout entière dans cette surabondance de sens, dans ce jeu d'ombres et de correspondances, qui n'en finissent pas de mourir. Ce n'est plus qu'une ville évidée suspendue au bord du gouffre, qui vit dans le souvenir de la Mitteleuropa, et des œuvres géniales des quelques êtres singuliers qui se sont donnés en holocauste au cours d'une interminable descente aux enfers. Vue d'ici, la planète ressemble au décor d'un théâtre, où toutes les pièces auraient déjà été jouées.

De l'impasse la plus sombre naît parfois la lumière. Mehr Licht, comme disait Goethe, plus de lumière ! Mon cher René. Cela fait douze années que nous ne nous sommes pas vus, ni parlé. Et vous m'avez manqué, terriblement.

Quand je suis arrivé ici des Etats-Unis, les autorités de la ville ont voulu donner une réception en mon honneur au « Rathaus ». Evidemment, j'ai refusé. J'ai rejeté toutes les propositions universitaires qui m'ont été faites. On a fini par me laisser tranquille. J'ai même cru qu'on m'avait oublié. Je me trompais.

Au début, j'ai vécu chez le fils du physicien Albert Kloster. Un ami d'enfance. Il était mon voisin de palier.

Son fils Hermann est un peintre abstrait, ses toiles rappellent celles de Rothko. C'est chez lui que j'ai rencontré Hanna Mazel. Elle donnait des leçons de piano à la fille de Hermann. Elle était blonde et approchait de la cinquantaine...

Une semaine plus tard, je m'installais chez elle. Elle avait un très bel appartement donnant sur le Prater. J'ai commencé la rédaction d'un livre, pendant qu'elle jouait du Berg, ou du Webern. Ma pension de retraite et l'argent de ses leçons nous suffisaient amplement. Nous dormions dans le même lit – ça ne m'était pas arrivé depuis des années. Nous passions nos vacances d'été en Suisse, près de Lenzerheide, dans un chalet alpestre vieux de plusieurs siècles, en face d'un glacier aux formes torturées que j'apercevais derrière les frondaisons humides d'un bois de trembles.

Je me suis mis à fréquenter un groupe de savants et d'artistes, des amis de Hermann. Au début, je n'y allais que pour lui être agréable. Puis je me suis pris au jeu, malgré mon scepticisme. Cela faisait très longtemps que je n'avais rencontré des gens dont je me sentais si proche. Comme vous pouvez l'imaginer, notre principal sujet de conversation portait sur l'épidémie de FS. Mes amis avaient des contacts dans le monde entier.

C'est ainsi que j'ai entendu parler de Socrates. Au début, j'ai cru qu'il s'agissait d'un jeu d'intellectuels en mal de conspiration. Ce sont les réactions de plus en plus paranoïaques des pouvoirs publics qui m'ont ouvert les yeux. J'ai fini par découvrir que la libre discussion sur les différents aspects sociopolitiques et scientifiques du FS ne pouvait que les exaspérer, pour la simple raison qu'ils n'en avaient pas le contrôle. J'ai rapidement constaté que mes déplacements étaient surveillés, mon courrier ouvert, mon téléphone mis sur table d'écoute. Or, toutes ces mesures policières étaient d'autant plus grotesques que je n'avais rien à cacher. J'aurais volontiers répondu aux questions de mes persécuteurs, si seulement ils s'étaient donné la peine de m'interroger. Mais ç'aurait été trop simple.

On n'osait pas trop m'ennuyer – j'avais encore une

certaine notoriété –, mais on me faisait sentir que j'étais en liberté surveillée. Un jour, alors que j'étais à l'une de nos réunions, deux inspecteurs sont venus rendre visite à Hanna. Une autre fois, j'ai été convoqué au poste de police du quartier, sous un prétexte futile. Puis certains membres de Socrates ont commencé à disparaître. Ils réapparaissaient au bout de plusieurs jours, hagards, incapables de raconter ce qui leur était arrivé. Des appartements étaient cambriolés, nos amis étaient agressés dans la rue, sans aucune explication. La peur s'est installée parmi nous.

A cette époque, les journaux étaient pleins de discussions sans fin pour décider quel procédé l'Autriche devait choisir pour ses citoyens : l'Aspic américain, ou le Laïka russe. Comme vous le savez, le Parlement a choisi le Laïka. La limite d'âge des implantations ayant été fixée arbitrairement à soixante-dix ans, j'ai pu éviter une nouvelle émigration en Suisse, qui est le dernier pays d'Europe résistant encore à la vogue des implants.

Peu à peu, j'ai appris à me comporter en conspirateur. Je passais mon temps à me retourner dans la rue. Le moindre bruit nocturne me faisait sursauter. Hanna se moquait de moi. Elle prétendait que les flics n'oseraient jamais toucher à un seul de mes cheveux. J'étais trop connu. Dans cette atmosphère déliquescente, la télévision continuait à débiter ses discours lénifiants sur les mesures à prendre contre l'épidémie, les statistiques, les espoirs de traitements...

Un soir, en rentrant en taxi d'une réunion, une lueur rouge illuminait le ciel du côté du Park Ring. Une odeur de fumée flottait dans l'atmosphère. Les feux clignotants des voitures de pompiers jetaient des éclairs intermittents sur la foule retenue par un cordon de police...

Il n'est rien resté de l'immeuble où j'avais vécu neuf ans avec Hanna Mazel. On n'a rien retrouvé ni d'elle, ni de nos affaires. Mes deux manuscrits — j'étais sur le point de terminer un livre sur mon expérience des camps — étaient partis en fumée. On n'a jamais su ce qui s'était passé. L'enquête s'est enlisée dans les sables. Le dernier souvenir que je conserve d'Hanna, c'est celui de sa silhouette, assise de trois-quarts arrière à son piano – un Bösendorfer qui lui venait de son père –, au moment où je fermais la porte pour ne plus jamais la revoir.

Je vais fermer la porte. L'année que je viens de passer rue du Cri-de-l'oiseau m'aura au moins permis de fortifier cette certitude. Ne croyez pas que je sois amer. Ma rencontre avec Hanna a été un événement miraculeux. Grâce à elle, j'ai découvert que les surprises de la vie n'ont pas grand-chose à voir avec ce que nous en attendons. Cela s'est produit de manière inattendue, dans la gratuité du don véritable. Si j'avais espéré quoi que ce soit de cette nature, rien ne se serait produit. Je dirais volontiers la même chose de notre rencontre.

La semaine dernière, quelqu'un m'a justement parlé de Mathew King, notre cher directeur de l'hôpital de San Francisco. Je me suis souvenu de la première conversation que nous avons eue, dans cette party chez lui, à Sausalito. C'était en 1996. Vous vous souvenez ? Vienne, déjà, nous réunissait. A cause de nos lieux de naissance, j'ai en effet évoqué l'axe liquide de l'Europe que forment le Rhin et le Danube. Comme vous me faisiez remarquer que les deux fleuves ne coulent pas dans la même direction, je vous ai répondu, si je me souviens bien, qu'ils n'en constituent pas moins une continuité géopolitique. C'est ainsi que la même langue résonne dans les limbes de nos deux esprits, même si mon allemand est teinté d'un accent yiddish – pourtant parfaitement inaudible – qui me vient de mes ancêtres de Galicie. Ne dit-on pas que le yiddish ressemble à l'alsacien ? A moins que ce soit l'inverse. L'un et l'autre ne sont-ils pas des avatars de l'allemand ? Mais aujourd'hui, je ne suis plus du tout sûr d'avoir eu raison.

Le grand mythe d'une Europe homogène s'est effondré. Cette langue allemande, qui a tenu un rôle si déterminant dans l'histoire de l'Europe, et donc du monde, est secrètement porteuse de la cassure qui s'est opérée dans l'Histoire. Saviez-vous que les six millions de juifs morts dans les camps parlaient presque tous cette langue sous une forme ou sous une autre ? Plus rien ne s'est réellement passé en Europe depuis cet événement – je veux dire, rien de vraiment déterminant pour l'histoire des hommes. L'EU n'est qu'un arrangement économique reliant une partie des pays d'Europe, on l'oublie trop souvent. Les deux fleuves ont continué de couler, chacun dans une direction différente, mais la langue qui les unissait n'a plus rien unifié. Imaginez-vous un nazi demandant, dans sa langue maternelle, à un juif viennois de lui passer le sel? C'est encore possible dans la même langue. Cela arrive tous les jours. N'est-ce pas incroyable? Les restaurants de Vienne sont pleins de nazis demandant à des juifs comme moi de leur passer le sel. Parfois même, ils sont juifs eux-mêmes. Et je m'aperçois que je ne les comprends pas. Nous ne parlons plus la même langue. Pourtant, les mots sont identiques. Mais quelque chose s'est arrêté, comme si tout ce qui aspirait à une signification universelle était irrémédiablement devenu suspect. Cette terre a perdu ce qui constituait son originalité la plus profonde, le mélange des cultures. Chaque individu est devenu étranger à lui-même. La coupure est intérieure à chacun d'entre nous.

Pourtant, ici plus qu'ailleurs, on aurait volontiers imaginé que ce terrible isolement se comblerait du simple fait de vivre la même tragique aventure, je veux parler de l'épidémie de FS. Or, c'est tout le contraire qui se produit. Y avez-vous songé? Mais peut-être cette remarque prend-elle, dans cette partie du monde, un poids de vérité plus évident qu'ailleurs. L'épidémie virale, mortelle, interminable, qui atteint les hommes dans leur mémoire et leur fécondité, semble en Europe – et en Autriche en particulier – correspondre à ce qui était inconsciemment redouté... et attendu.

Car le plus étonnant, c'est qu'il n'y a pas eu de véritable surprise. Le phénomène, dans sa cruauté, a été ressenti comme moins scandaleux qu'ailleurs. En outre, les hommes de science, dans leur vanité, en ont rajouté dans ce sens : voilà du sérieux à se mettre sous la dent, ont-ils dit. Voilà qui n'est ni de la littérature, ni de la philosophie. Voilà qui nous campe résolument dans le réel. Celui qui découvre la moindre parcelle génétique – j'en fais partie – pense tenir l'univers en haleine. Ici comme ailleurs.

Songez à notre gloire, à notre puissance. Voyez comme les comités d'éthique se sont mis à fleurir partout : socio-éthique, politico-éthique, scientifico-éthique... J'ai même entendu parler, ces derniers temps, de la création d'un comité étho-éthique – sérieusement! C'est ainsi que, dans notre grande sagesse, nous nous sommes mis à donner notre avis sur tout et sur rien. Un député qui oserait faire campagne sans la garantie d'une équipe d'experts scientifiques courrait aujourd'hui à l'échec. Or ce phénomène, que vous connaissez également, mon cher René (les Etats-Unis, bien que plus sensibles à la dimension religieuse des choses, sont devenus, comme l'Europe, la chasse gardée des lobbies scientifiques...), sur quels critères s'appuie-t-il? Sur quelle leçon, quel message, quelle ouverture civilisatrice? Quel avenir? Continuerez-vous, vous aussi, à participer à la mascarade consistant à faire croire qu'une simple découverte scientifique réglera le problème qui assaille l'humanité? Vous savez comme moi – Dieu m'en préserve... – que je suis le dernier à sous-estimer l'importance de la recherche. Mais de quelle recherche parlons-nous?

J'ai souvent pensé, ces derniers temps, que c'est notre rapport intime avec la mort qui a changé depuis l'apparition du FS. Car aucune promesse d'avenir n'est plus audible. Nous vivons une époque purement négative, où le seul espoir que formulent les hommes est de revenir à ce que nous avons déjà connu : avant l'épidémie, avant la pollution, avant les bombes atomiques, avant les camps... Aujourd'hui, la mort nous vient ouvertement de la vie, de la pourriture même de la vie, du végétal-animal, de l'humide et du terrestre. Elle a perdu tous liens avec les splendeurs minérales et solaires que nos tragédiens proclamaient depuis Sophocle. Elle n'est plus portée par la pierre surchauffée à l'heure de midi – l'heure des morts, pour les Grecs – ni par la poussière dont Antigone recouvrait le cadavre de Polynice, mais elle est devenue un plongeon de plus en plus délétère dans la jungle humide des renoncements. Même la foi en une explosion rédemptrice des bombes, dans le feu des neutrons ou des protons, a disparu. Simplement, nous nous consumons de germes, de virus mutatifs et rétroactifs. Anonymes. Anonymes surtout. Une digestion de la vie par la vie. Un cancer. Aucun accomplissement, mais un avortement. Les miasmes de la vie sans fin, sans coupures, cycliques, ne laissant place à aucune glose. C'est le règne de la mort sans nom. Une digestion sans lumière. Le biologique dans toute son horreur. Le tragique sans héros. Œdipe n'a plus place parmi nous, il n'a même jamais existé, et je gage que le destin héroïque de Moïse n'aurait plus de sens aujourd'hui. Il ne rassemblerait plus aucun peuple. Car les gens ne s'apercevraient même pas de son existence.

Peut-être trouvez-vous que je me laisse aller, mon cher René. C'est cette ville qui en est responsable. Depuis des années, elle rumine son implacable pouvoir de se jouer de la mémoire des hommes. Plus que Paris, ou que Londres, elle rend évidente l'impossible réconciliation de notre culture – ou de ce qu'il en reste – avec les manifestations triomphales de la technique qu'elle a portées dans ses entrailles. Vue d'ici, la crise de la recherche médicale, d'autant plus forte qu'elle joue un rôle disproportionné, apparaît comme le signe du renversement qui s'est opéré dans notre société, comme si l'époque s'était retournée sur elle-même.

Vivre dans cette ville oblige à un excès de lucidité. C'est peut-être même son seul avantage. Ainsi, plus que jamais, je pense que notre impuissance à vaincre l'épidémie, depuis un demi-siècle, est le résultat de l'évolution de notre histoire. Les immenses progrès médicaux accomplis au XX*e* *siècle nous ont paradoxalement fait perdre la trace de ce qui est en jeu dans cette épidémie. Ce qui nous manque, ce sont les concepts qui nous permettraient de penser le FS ! Alors que la techno-science semblait être en passe de se substituer aux mythes fondateurs de notre société, nous assistions en fait à la crise invisible mais profonde de notre façon de penser cette techno-science.*

Il y a belle lurette que l'« explosion » de la biologie, si triomphale qu'elle ait été, ne parvient plus à masquer ce qui en constitue l'échec et la limite : concrètement, aujourd'hui, la mise au point d'un traitement du Feu Sacré. Au point où nous en sommes, l'échec de toutes les tentatives prophylactiques et thérapeutiques pour venir à bout du FS signe la fin de la médecine pasteurienne dans laquelle nous avons été élevés – comme par hasard, c'est à l'Institut Pasteur que l'agent du SIDA a été découvert en 1983 ! Ce qui aurait dû être le triomphe de la biologie moléculaire, ainsi que l'apogée de l'ère pasteurienne, a finalement constitué son échec.

Le temps est venu de procéder à une profonde remise en question des concepts que nous utilisons pour guider nos travaux sur le rétrovirus FS. Il ne s'agit évidemment pas de contester ce que nous avons déjà vérifié des centaines de milliers de fois sur les plans moléculaire, chimique, biologique, génétique, etc. Il ne s'agit pas tant de mettre en doute notre champ de connaissance que de le transformer par une démarche qui en modifie radicalement l'éclairage. Or je pense que cette mutation suppose un retour méthodologique sur notre passé, sur celui de notre science, jusqu'à passer au crible des liens qu'elle entretient avec l'histoire de l'Occident.

J'en suis venu à la conclusion que si, comme il est probable, un aspect fondamental du FS échappe à notre entendement, c'est du fait de l'occultation d'un concept, qui s'est produite au cours de l'histoire. Quel concept ? Nous l'ignorons. Cette « disparition » a sans doute été la condition même de la réussite de notre science, jusqu'à l'impasse où nous nous trouvons aujourd'hui. Si cette hypothèse contient ne serait-ce qu'une parcelle de vérité, elle nous oblige à rechercher ce qui a été éliminé pour constituer notre conception de l'univers, dans le but de le réintroduire dans notre représentation de la réalité. En un mot, je propose de considérer que l'apparition du FS, ainsi que sa généralisation endémique, est le résultat d'un oubli.

Prenons un exemple : est-il possible, et licite, de s'interroger scientifiquement sur les liens existant entre la microbiologie du rétrovirus du FS et le moment historique de son apparition, autrement dit, existe-t-il un lien entre les événements moléculaires et les événements historiques ? Pour la grande majorité d'entre nous, de tels propos ne peuvent qu'apparaître comme un retour aux positions métaphysiques les plus éculées. Pourtant, nous n'échappons pas — nous n'avons jamais échappé — à l'idée que l'histoire des hommes a une influence sur la génétique des rétrovirus!

Cette idée joue incontestablement un rôle dans le fonctionnement de notre pensée. Nous parlons constamment des « intentions » du FSV, de son comportement machiavélique, nous évoquons, à longueur de colonnes, la ruse par laquelle le virus se déguise en empruntant, au moment où il pénètre l'organisme, la structure du « marqueur de soi » de son hôte, échappant ainsi aux défenses immunitaires de l'organisme. Je ne crois pas qu'il s'agisse exclusivement d'un effet de rhétorique, ou plus exactement, je pense que cette rhétorique joue un rôle dans la manière que nous avons de comprendre le fonctionnement du phénomène-virus, voire interfère sur le virus lui-même!

Chaque nouvelle découverte scientifique agit sur la réalité du monde. Les antibiotiques ont eu plus d'impact sur l'évolution des micro-organismes que des siècles de sélection naturelle. De plus en plus fréquemment, des phénomènes apparaissent sans que nous puissions dire dans quelle mesure ils ont été déterminés par notre existence et notre influence sur le monde. Pourtant, nous restons incapables d'expliquer l'apparition du SIDA dans les années 1980. Les hypothèses ne manquent pas, et des plus probantes. Mais vous savez comme moi que, derrière ces constructions scientifiques, on ne trouve rien d'autre que ce qu'Ambroise Paré proclamait au XVI*e* *siècle, à propos de l'apparition de la syphilis, quand il invoquait « l'ire de Dieu, lequel a permis que cette maladie tombât sur le genre humain pour refréner leur lascivité et débordée concupiscence »...*

En fait, nous sommes choqués par nos propres pensées. L'idée d'une « intelligence cellulaire » nous paraît délirante, et pourtant nous ne cessons de jouer avec elle. Or ce rejet ne fait pas disparaître notre croyance en une « intelligence » de cette sorte. Elle ne fait que la déplacer dans une zone aveugle où elle échappe à notre sens critique. Autrement dit, la vieille querelle du finalisme revient par la fenêtre chaque fois qu'on la chasse par la porte. Le rétrovirus met à mal notre mode de pensée. Il est, pourrait-on dire, doublement « rétro ». Tout d'abord, parce qu'il est le micro-organisme qui, empruntant un chemin régrédient, a définitivement rendu caduc le « dogme » cher aux années 60 : « Une molécule d'ADN code toujours pour une molécule d'ARN, jamais l'inverse » — rappelez-vous le succès, à l'époque, du livre de Jacques Monod, Le hasard et la nécessité. *Mais il est également « rétro » parce qu'il réintroduit dans l'histoire — et singulièrement l'histoire de la science —, des conceptions dont nous avions pu nous croire définitivement débarrassés, les réservant au monde irrationnel, voire à la superstition.*

Je pense qu'il nous reste à opérer, mon cher René, une nouvelle « révolution copernicienne ». Un renversement de perspective qui nous permette enfin de mettre en jeu une causalité multiple, contradictoire, parfois hasardeuse, même si cela doit nous entraîner — transitoirement ? — à mettre en cause notre foi matérialiste en la science.

Mes travaux sur le gène Maggie, disparu depuis 8000 ans du patrimoine génétique humain, m'entraînent ainsi à envisager l'hypothèse d'un échange actif entre le génome d'une espèce et le monde vivant qui l'entoure. Dans une perspective inverse, le rétrovirus est le premier exemple — il y en a sans doute des milliers d'autres — d'une pénétration active du patrimoine génétique humain par un gène « étranger » qui se déguise pour y parvenir. Une telle hypothèse ouvre des horizons à ce point vertigineux que je vous envie le temps qu'il vous reste pour vous y consacrer.

Je comparerais volontiers la révolution de la pensée qui nous attend à celle qui s'est produite au début du XXe siècle, quand la nécessité d'intégrer la dimension du temps — la relativité — s'est imposée à la théorie de la mécanique ondulatoire. Toutes choses égales par ailleurs, il s'agit également d'intégrer le temps dans la phénoménologie biologique, qui a procédé jusqu'à présent par une « mise à plat » du temps dans l'espace. Nous sommes contraints aujourd'hui à penser le temps… dans le temps. Non pas le temps d'une vie, voire de plusieurs, mais le *temps d'une espèce, le temps de la vie. Le rétrovirus, par son mode d'action, procède, en quelque sorte, à une remontée dans le temps. Jusqu'à sa découverte et l'explication de ses modes de fonctionnement, le temps « descendait », si je puis m'exprimer ainsi, ce qui, paradoxalement, nous en débarrassait. Le système théorique dans lequel nous vivons depuis Darwin nous permettait de vérifier, à chaque occasion, les lois de l'évolution de la vie dans le sens d'une complexification de plus en plus grande — depuis le premier protozoaire, jusqu'au mammifère.*

Le corollaire « spatial » — combien de fois vérifié ! — de cette conception nous permettait d'affirmer que le fonctionnement du code génétique procédait toujours dans le sens centrifuge — de l'ADN à l'ARN, de l'ARN à la protéine, du gène à son produit. Depuis la découverte de la « reversetranscriptase », nous savons que le rétrovirus fait retour, en quelque sorte, de l'ARN à l'ADN. Bien qu'il ne s'agisse pas, à proprement parler, d'une réfutation pure et simple des règles établies par la « déontologie » darwinienne, nous devons prendre en considération le fait qu'il puisse s'agir du début de cette remise en question. Le message codé dont est porteur le FSV est centripète par rapport à l'hôte qu'il infecte. Du point de vue de la cellule, l'extérieur du monde, représenté par le virus, agit ainsi directement sur sa structure interne. L'agent est animé d'une « intention » mutative, si vous voulez bien excuser cet anthropomorphisme. Le rétrovirus, qui provient de l'extérieur du patrimoine génétique, est donc capable de modifier la mémoire de l'espèce. Voilà qui est vertigineux. Mais il reste à déterminer à quelles lois obéissent ces modifications — on ne fera pas l'économie d'une équation temporelle —, et si ces lois impliquent un passage régrédient entre le produit génétique — la protéine —, et le génome lui-même — je pense évidemment aux « biding proteins » et à l'action directe de ces hormones sur certaines séquences d'ADN.

Voici ce qui vous reste à faire, mon jeune ami. Vous en avez les compétences, et le génie. Aujourd'hui, dans votre Commission de biosociologie, c'est précisément ce que ne peuvent supporter vos collègues. Sans l'avoir explicite-

ment désiré, vous êtes celui qui les rappelle aux engagements qu'ils sont censés avoir pris. Vous êtes le témoin privilégié de leur mensonge, de ce qu'ils tentent de faire et font du pouvoir qu'ils ont reçu du peuple, qu'ils ont trompé grâce à la catastrophe du FS. Avez-vous encore l'espoir d'empêcher que leurs intérêts ne se consolident? Ne voyez-vous pas que vous êtes leur otage? Saisissez-vous ce que vous payez en liberté d'esprit, en collaborant au changement des règles qui garantissaient la justice démocratique? Mais ce n'est pas le plus grave. Après tout, vous trouvez peut-être – mais j'en doute –, une certaine satisfaction dans le rôle de censeur que vous vous êtes attribué.

Il y a plus grave : je pense que votre engagement dans cette tâche impossible ne laisse pas votre esprit intact. Dans les circonstances actuelles, votre charge, votre position sociale, constituent autant de barrières qui vous empêchent de saisir le moment où pourrait vous apparaître l'idée – la transgression géniale – nécessaire pour que soit découvert le traitement du FS. Vous êtes pourtant l'un des rares qui pourraient y parvenir.

Quittez la Commission de biosociologie. Votre départ est une nécessité, car vous avez une chance d'atteindre votre but – celui que nous avons poursuivi ensemble pendant des années. Il vous faudra également accepter de remettre en cause, avec le maximum de liberté, ce qui a constitué, jusqu'à ce jour, les bases de votre engagement dans la recherche scientifique. La liberté vous est nécessaire comme l'air. Et le courage inouï de vous remettre en question. A ce niveau, l'exigence vient de vous. C'est vous en effet qui m'éclairez. Sinon, comment pourrais-je encore vous parler?

Mon cher René. Je regrette de ne pas vous avoir revu, ainsi que la douce Melissa. La querelle qui nous a opposés me paraît aujourd'hui à mettre au compte d'une incorrigible vanité. Je pense en particulier à la certitude, dans laquelle nous baignons, d'avoir une influence décisive sur le cours des choses. La science est-elle à ce prix? C'est loin d'être sûr. Pourtant, tout nous pousse à le croire. Notre formation, le discours de nos pairs et de nos laudateurs. Les prix que nous gagnons, comme à l'école. Avez-vous déjà pensé que depuis ma naissance, en 1932, le nombre de chercheurs vivants, dans le monde, représente 95 % des hommes de science ayant existé depuis l'origine de l'humanité?

Enfin. Quand on se trouve poussé à agir, quand le jeu du monde nous entraîne et refuse de nous lâcher, nous n'avons guère le choix. Nous nous agitons sous l'emprise de certitudes mégalomaniaques. Encore heureux si nous n'échouons pas sur la grève désertée des laissés-pour-compte. Je dois dire que, depuis un an, c'est vers quoi je me suis dirigé. Sans doute n'ai-je jamais guéri de la tendresse que je porte aux « losers », comme on les appelle dans le doux pays d'adoption que vous habitez. J'ai bien failli réussir, je veux dire terminer ma vie dans la richesse et la gloire. Heureusement, cette soirée au Madison *de Washington m'a renvoyé à la justesse des choses. Vous m'avez sauvé la vie, mon ami.*

On quitte l'amour, c'est le plus dur. Pour le reste... Voyez comme, à nouveau, je me prends au sérieux. Je cherche encore à vous convaincre. Mais sans doute ai-je perdu mon temps, car vous étiez déjà convaincu! Il ne faudrait pas, en plus, perdre le sens de l'humour.

Joseph Milner

Post-scriptum :

Il me reste un mot à vous dire, à propos de Socrates. L'association est née à Vienne à l'initiative d'un groupe d'amis, il y a dix ans. Aujourd'hui, elle a des ramifications dans le monde entier. L'organisation est ouverte aux intellectuels, artistes et scientifiques, désirant participer à une réflexion commune sur les buts et les moyens de la science devant l'épidémie de FS. Au moment de sa création, elle a été en butte à la paranoïa qui règne chez la majorité de nos gouvernements, dès que le mot « science » — et en particulier « biologie » — est prononcé. Socrates a donc choisi la clandestinité, ce qui n'a pas peu fait pour accréditer sa réputation d'organisation séditieuse, entretenant des liens avec les divers mouvements de résistance qui fleurissent dans nos pays depuis quelques années.

Cette évolution malheureuse était d'autant plus prévisible que certains des membres de l'association sont effectivement en désaccord — aujourd'hui, on dit « en dissidence » — avec le projet de plus en plus affirmé des pouvoirs constitués de gérer l'ensemble des problèmes posés par l'épidémie. Je pense en particulier à la prétention de l'administration de dicter aux scientifiques les modalités de leurs recherches...

Cela dit, en tant qu'organisation, Socrates n'a pas de but politique, sinon celui de défendre indirectement la démocratie partout où cela s'avère possible. Mais c'est une position éthique. C'est ce qui fait son prix, et permet un recrutement sans exclusive. Pour cela, il suffit qu'une personne soit parrainée par deux membres, et qu'elle soit à même de témoigner de l'intérêt qu'elle porte aux activités et aux buts de Socrates. Evidemment, chaque nouveau membre s'engage à respecter les règles de l'association.

Je ne résiste pas au plaisir de vous parler de l'une d'elles, qui a suscité une controverse interminable parmi les membres scientifiques de Socrates, avant d'être finalement adoptée. Le socratien s'engage en effet à soumettre ses travaux à un comité ad hoc, avant de les communiquer, comme le prescrit la loi, aux institutions administratives. Le Comité, formé dans chaque pays de neuf membres renouvelables par tiers tous les deux ans, adresse ses critiques et ses suggestions au socratien qui, ensuite, est entièrement libre d'en faire ce que bon lui semble. Intéressant, n'est-ce pas? Cela aurait constitué pour nous une excellente occasion de plonger ensemble dans l'une de nos interminables discussions au Zack's, *à Sausalito.*

Je ne serais pas surpris, mon cher René, que les activités de Socrates vous intéressent un jour. Il est même possible que vous ayez besoin de son aide. Certains événements attendent leur heure pendant des années.

Il me reste à vous demander un service. J'ai appris que Mme Ban Zhao, une collègue biologiste d'origine chinoise, se rend au siège de l'ONU avec une délégation chinoise entre les 15 et 29 janvier prochains. Aussi, je me permets de vous demander de lui transmettre la formule suivante — il s'agit d'un fragment d'ARN messager —, dont j'ai des raisons de penser qu'elle pourrait lui être de la plus haute utilité dans ses recherches sur les changements métaboliques des cellules nerveuses en hyperthermie. La formule n'a rien de secret, même si ma demande vous oblige à transgresser quelque peu le stupide règlement international contingentant la libre circulation du savoir scientifique.

J'espère que je ne vous mets pas dans l'embarras. Je n'ai trouvé aucun autre moyen pour la contacter. Une dernière chose : remettez-lui la formule en main propre, et saluez-la chaleureusement de ma part. Vous ne le regretterez pas. Merci, mon ami, je compte sur vous!

AUGGAUGCGAAUGGUGAGCGUUAAAUGA
GUTUTUGCGGUGCGUACGAGAGUUAAAU
GAGUTTTCGUGUUGAGATTCUCCUCGA
GUAAAUGCGUGAGAAUUGCTUTAAUUACC
GUGAGUAAAUGGCGGUUGAGUGCUAAAU
GUDCTUTAAUUCCTTTUGCATTTTTA
GUUAAAUGGCGAAUAAUTTTCUCGAGUAA
AUGGCGGAUTUTUUAUACATTCGUUAA
AUGUUACUCGCGAAUUAAAUGUACCGUTU
TATTAGUUAAUGA.

Chapitre 9

1

Une serviette de bain nouée sur les cheveux, Annabelle sortit de la salle de bains, et s'arrêta devant la grande glace accrochée au mur de sa chambre.

Elle jeta un regard critique sur son corps nu finement musclé, puis se tourna de trois quarts pour apercevoir la ligne de son dos, qu'elle trouvait particulièrement réussie. En effet, à part les salières qui formaient deux ombres de part et d'autre de son cou, Annabelle trouvait son corps sans défauts. Dans ses moments de désœuvrement, elle pouvait passer des heures, ainsi, à se regarder et à scruter chaque millimètre de sa peau. Parfois, elle jouait à s'adresser des grimaces, ou prenait les poses les plus extravagantes, jusqu'à se faire rire toute seule comme une gamine.

Mais aujourd'hui elle n'avait pas envie de s'amuser. L'idée qu'elle allait devoir rendre des comptes à Claudia Lombard l'obsédait. La veille, la patronne avait cherché à la joindre plusieurs fois à New York, mais elle avait réussi à lui échapper.

— Pas question, dit Annabelle à haute voix en s'adressant une grimace, même si je dois me faire virer.

Pas question, en effet, de se retrouver à la merci de Claudia Lombard. Les quelques heures passés chez sa directrice lui avaient suffi. Pourtant, après le désastre de New York, il n'y avait aucune autre issue. Plus que jamais, la poursuite de sa carrière dépendait du bon vouloir de sa patronne.

La conclusion s'imposait d'elle-même : à moins d'un miracle, son équipée new-yorkaise l'obligerait à offrir sa démission.

Non qu'elle se sentît responsable de la mort de Paul Crick. Cet imbécile s'était comporté comme un débutant. Quelle idée, aussi, d'aller jouer les James Bond avec un revolver pointé sur sa poitrine ! Hermès avait raison : il avait débarrassé le FBBS d'un incapable. Dommage que l'homme du Réseau soit tombé dans le coma quelques minutes après son arrestation. Lui tirer les vers du nez aurait été un véritable plaisir.

Mais les médecins du Mount Sinai Hospital étaient très réservés quand à ses chances de survivre à sa blessure. La balle s'était logée à quelques millimètres du cœur, et Hermès avait perdu beaucoup de sang. Même s'il ne mourrait pas d'une hémorragie foudroyante, toujours possible, Annabelle ne pourrait pas l'approcher avant plusieurs semaines.

La veille, après l'accident, elle avait renoncé à se rendre au siège local du FBBS pour assister à l'interrogatoire de Mira Cornfeld et de sa nièce, persuadée qu'elle n'apprendrait rien des deux femmes. Avant sa mort, Paul avait évoqué les relations que la vieille entretenait en haut lieu. Cela méritait d'être contrôlé de plus près. En fait, les Cornfeld étaient plus utiles au Service en liberté qu'en prison. Le moment venu, elle en glisserait un mot à la patronne. Bien que tout cela risquât de n'avoir plus aucune importance.

Elle fut traversée par une bouffée de colère. Elle aurait donné n'importe quoi pour mettre la main sur Clara Hastings, qui avait bel et bien réussi à s'échapper. Après des heures de palabres, le porte-parole du secrétariat des Nations Unies avait autorisé un agent du FBBS, assisté d'un fonctionnaire de l'ONU plutôt réticent, à faire une rapide enquête dans le bâtiment international. L'agent n'avait pu que constater la disparition de la jeune femme. En outre, les deux gardiens appointés par l'ONU qui lui étaient venus en aide avaient disparu. Quand on les retrouverait, ils diraient qu'ils n'avaient rien fait d'autre qu'aider une jeune femme en détresse. Malheureusement, ajouteraient-ils, elle s'était volatilisée pendant la nuit sans laisser d'adresse.

Annabelle n'avait pas prévenu le Service de son retour à Washington. Elle avait besoin de temps pour réfléchir. Quand elle était entrée dans son appartement, l'odeur de Mary Peale flottait encore dans l'atmosphère. Son amie s'était contentée de recouvrir le lit avant de partir et, comme d'habitude, ne lui avait laissé aucun message. Dieu sait avec quelle garce elle était encore partie en week-end !

Pour la millième fois, Annabelle pensa qu'elle devrait arrêter toute relation avec la jeune secrétaire du State Department. Mais elle se connaissait : dans quelques heures, elle allait lui téléphoner, comme tous les jours, pour lui demander quand elle la reverrait.

Elle soupira, saisit ses seins à pleines mains, et se mit à les caresser. Depuis son retour de New York, sa poitrine lui faisait mal.

Décidément, elle était d'humeur massacrante. Elle se fichait éperdument de la capture de Sherman, que Kane lui avait annoncé triomphalement il y avait à peine quelques heures. Le chef du Réseau californien avait pourtant bien des choses à lui apprendre. Une piqûre de penthotal, et il n'arrêterait plus de parler.

Mais la seule chose qui intéressait Annabelle, pour l'instant, était la disparition de Clara Hastings. Le mélange si singulier de timidité et de détermination de la bio l'avait impressionnée. Peut-être trouverait-elle un moyen de la « retourner » ? L'imaginer agent double, entièrement sous sa coupe...

Mais Lombard lui répondrait que le plus urgent était de s'occuper de la lettre. Annabelle n'avait jamais cru à cette histoire de missive mystérieuse mettant en cause la sécurité du pays. Mais qui avait la lettre avait la fille. La surveillance exercée sur René Verne permettrait de l'intercepter à coup sûr. De ce point de vue, le fait que le savant ait pris le train pour rentrer en Californie était une bénédiction. Tout serait terminé dans les vingt-quatre heures. La lettre serait entre les mains du Bureau, et Clara Hastings au secret à Washington. Elle n'aurait plus qu'à s'occuper de la jeune bio... si elle faisait toujours partie du Service, pensa-t-elle avec rage.

Et si elle décidait d'attendre l'arrestation de la bio pour se manifester au Bureau ? Mais non, c'était impossible. Elle pouvait compter sur Claudia : dès demain matin, tout le monde serait à sa recherche.

Annabelle eut soudain une envie impérieuse de prendre Mary dans ses bras. L'oppression qu'elle ressentait s'était encore accentuée. Pendant qu'elle réfléchissait, elle avait continué à se caresser les seins. La serviette qu'elle avait nouée sur sa tête était tombée par terre. Elle se regarda dans le miroir, droite, un peu raide, une expression tendue sur le visage, les mains à hauteur des seins, les jambes écartées, le pubis épilé laissant nettement percevoir la fente de sa vulve.

La pointe de ses seins se durcit. Elle glissa deux doigts entre ses cuisses, et commença à se caresser, lentement, minutieusement, en accélérant peu à peu.

Elle surveillait son visage dans la glace, avide de voir monter sa jouissance. Ses hanches tournaient de plus en plus vite. Elle s'accroupit légèrement, enfonça ses doigts plus profondément en elle. Un cri rauque jaillit de sa gorge.

— Passez-moi Bill Morgan, demanda Annabelle.

Elle s'était habillée et soigneusement maquillée.

— Bill ? C'est Annabelle.

— Comment ça va ? répondit une voix d'homme. Ça, c'est une surprise. Toujours amoureuse de la patronne ?

— Arrête tes conneries, Bill. Garde ton humour pour tes copains.

— Moi, je disais ça...

— Bon, ça va. Écoute, Bill, j'ai un service à te demander. C'est urgent, et un peu délicat. Mais comme tu m'as dit que tu étais prêt à rembourser ta dette le jour venu...

— Parfaitement. Je n'oublierai jamais que tu m'as sauvé la mise quand Lombard a voulu me renvoyer.

— Bien. Alors, écoute. Tu as toujours tes entrées à l'ordinateur central?

— Bien sûr! C'est mon travail. Je...

— Et aux archives classées « Secret »?

— Oui. Mais...

— Tu peux donc tout visionner?

— Presque tout. Sauf ce qui concerne les membres du FBBS, et ce que me pique le FBI.

— Ça arrive souvent?

— Quelquefois. Mais dis-moi...

— Et comment peut-on se procurer le dossier concernant un membre du FBBS?

Bill mit quelques secondes avant de répondre.

— Pour ça, il faut être deux. Je ne connais que la moitié de la clé.

— Qui est l'autre?

— C'est Haldane. Mais je ne sais pas... Tu veux quelque chose qui concerne l'un d'entre nous?

— Exactement!

— Et je peux savoir?

— Tu es sûr que ta ligne de téléphone est protégée?

— J'ai changé de code hier. C'est pratiquement impossible de...

— Bon, ça va. De toute façon, je n'ai pas le temps. La personne qui m'intéresse, c'est la patronne!

Un sifflement retentit dans l'appareil.

— Eh bien? Toi, quand tu t'y mets! Et que veux-tu exactement?

— Le rapport d'enquête que le FBI a remis à la Commission civile du Congrès.

— Rien que ça!

Un silence, puis :

— Il faut que je réfléchisse, Annabelle. C'est une grosse affaire. Le Service va s'en apercevoir un jour ou l'autre. Il suffit que quelqu'un consulte la liste des opérations effectuées au cours des derniers jours. Et ça, c'est ineffaçable.

— C'est tout réfléchi, Bill. Ne me fais pas ton numéro. Tu diras que tu t'es trompé. Tu diras ce que tu veux. Tu peux ou tu ne peux pas?

— Tu es marrante, toi. Il faut que je mette Haldane dans le coup.

Un nouveau silence, puis :

— J'ai peut-être un moyen. Tu as besoin de ça pour quand ?

— Pour aujourd'hui.

— Aujourd'hui ? Mais tu es dingue ! Je ne sais même pas où il est. Et...

— Bill, c'est aujourd'hui ou jamais.

— C'est grave ?

— Très grave. Si je n'ai pas trouvé ce que je cherche ce soir, je disparais du Service.

— Ah merde ! Bon. Ne bouge pas de chez toi. Je te rappelle dans cinq minutes. Soit j'ai réussi à joindre Haldane et à le convaincre, soit c'est cuit, et tu devras trouver autre chose. D'accord ?

— Tu es un amour, Bill. J'attends ton appel.

— Ne te moque pas de moi, Annabelle. Tu en as rien à foutre, de moi. C'est le poste que j'occupe qui t'intéresse.

— Exactement. Mais dépêche-toi.

Annabelle raccrocha. Elle alla dans la cuisine, sortit une bouteille de cola-coke du réfrigérateur, et revint s'asseoir dans son salon.

Elle venait d'abattre ses cartes. Soit son intuition concernant le passé occulte du père de Lombard se révélait juste, soit c'était la fin de sa carrière.

Elle n'avait pas terminé sa bouteille que le téléphone sonnait. Le répondeur automatique se mit en marche. Annabelle s'assura qu'il s'agissait bien de Bill Morgan avant de décrocher.

— O.K. Ça marche, dit Bill. On se retrouve dans une heure au siège. Tu as de la chance que j'aie gagné au poker. Haldane me doit de l'argent. Ça te coûtera mille dollars.

— Mille dollars ? Mais il n'a jamais été question d'argent !

— C'est à prendre ou à laisser.

— Vous êtes vraiment des court-jus. O.K., ça marche. Mille dollars.

— Cash, dans une heure.
— Cash, dans une heure.

Annabelle raccrocha. « Des castrats, des pauvres types », se dit-elle. En tout cas, maintenant, c'était quitte ou double.

2

Howard Black n'aimait rien de plus au monde que l'atmosphère de sa maison le dimanche soir. Comme d'habitude depuis que la famille Black vivait à deux pas du Capitole, sa mère était confortablement installée au salon. Depuis soixante-deux ans, elle s'asseyait dans le vieux fauteuil en palissandre tapissé de cuir vert patiné à points de capiton qui trônait devant la cheminée. Raconter comment ce fauteuil était entré dans sa vie avait été l'un des grands succès des réunions des Women for American Tradition dont elle avait été l'une des militantes les plus zélées.

Son défunt mari avait acheté le fauteuil à un antiquaire anglais, et l'avait fait livrer à la maison pour l'anniversaire de sa femme le jour même où son fils Howard était né prématurément. Elle ajoutait qu'il ne fallait pas chercher ailleurs la raison pour laquelle son fils fêtait son anniversaire le même jour qu'elle, ce qui, pour son plus grand plaisir, déchaînait l'hilarité de ses amies.

Mrs Doris Black aimait parler, c'était son plus gros défaut. Mais aujourd'hui, presque toutes ses amies reposaient dans le cimetière de la Old First Presbyterian Church. Alors, c'est à son fils qu'elle tenait des discours interminables, pendant les quelques heures où il n'était pas au FBI. Howard l'écoutait en lisant le *Washington Times*, ponctuant les récits de sa mère par des raclements de gorge. En l'absence de son fils, sa mère se rabattait sur la vieille Jacky, une Noire presque aussi âgée qu'elle, qui s'occupait de la maison depuis dix-huit ans, et qui avait la particularité d'être totalement sourde.

Le dimanche, cependant, n'était pas un jour comme les autres. Après le service religieux à la Old First, auquel les habitants de la maison Black assistaient régulièrement, Jacky partait pour Bethesda rendre visite à sa fille. Howard passait son après-midi dans son bureau du premier étage. Mrs Black regardait ses émissions favorites à la télévision. Après un dîner frugal, que la mère et le fils prenaient en tête à tête dans la cuisine, ils s'installaient tous deux dans le salon sur le coup de six heures du soir. Howard allumait la rampe à gaz sous le feu de bois décoratif de la cheminée. Il s'asseyait en face d'elle et lisait à voix haute quelques pages de la Bible, tandis que Mrs Black, les yeux clos, les jambes recouvertes d'un plaid écossais, laissait reposer sa tête sur le napperon en dentelle qui décorait le haut de son fauteuil.

Aujourd'hui, Howard était sur le point de terminer le passage où Moïse redescend du Mont Sinaï après avoir parlé avec Jehovah. Les tables de la loi rédigées par son Dieu serrées contre sa poitrine, il découvre que son peuple, l'ayant oublié, s'est remis à adorer le Veau d'or...

Comme souvent ces derniers temps, la vieille dame n'écoutait plus, et laissait son esprit vagabonder, sous les effets combinés de la voix caressante de son fils et de la chaleur douillette du salon.

Elle se souvenait des leçons bibliques qu'Howard, adolescent, donnait aux enfants de la Sunday School, dépendante de la Old First. A cette époque, tous les membres de la communauté lui prédisaient un brillant avenir de prédicateur. Mais la Providence en avait décidé autrement. Au moins était-il resté fidèle aux fermes principes de son éducation presbytérienne.

Mrs Black oubliait volontiers que sa famille avait d'abord appartenu à une communauté luthérienne, avant qu'Howard ne décide, après son accession à la prestigieuse Central High School de Washington, de devenir membre de la communauté presbytérienne de la Old First. Un choix particulièrement judicieux. Cette nouvelle communauté avait en effet un prestige considérable parmi les classes moyennes, conservatrices et ségrégationnistes, qui constituaient le fonds de la population blanche de Washington DC.

Son fils avait réussi tout ce qu'il avait entrepris. D'abord capitaine du Corps des cadets, le célèbre mouvement scout, il avait eu son premier poste à la bibliothèque du Congrès à vingt-trois ans. Cinq ans plus tard, il était assistant de l'attorney fédéral du district de Colombia et professeur à l'Université George Washington. Enfin, il était devenu directeur du FBI.

Pendant quelque temps, Mrs Black n'avait eu qu'un seul sujet d'inquiétude : Howard ne semblait guère soucieux d'assurer une descendance à la famille. Mais le sujet était clos depuis longtemps. L'affreuse épidémie qui sévissait dans le pays l'avait amplement convaincue de la sagesse innée de son fils. Elle avait été fière de pouvoir annoncer à ses amies qu'Howard était un des premiers volontaires à porter un implant, à une époque où le port de l'Aspic n'était pas encore devenu une obligation légale.

Howard Black se tut et reposa la vieille Bible familiale sur ses genoux. La nuit était tombée. Le silence n'était troublé que par le léger sifflement émis par le gaz sous les bûches artificielles de la cheminée. Dans son fauteuil, ses cheveux platinés se confondant avec le blanc immaculé de l'appuie-tête, la mère s'était endormie. Howard regrettait qu'à son âge respectable elle continuât à se maquiller.

Il trouvait ridicule cette mode qui consistait à souligner la paupière inférieure d'un trait d'eye-liner, ridicule le blanc à joues, et la couleur des lèvres — bleu fuchsia, avait dit Mrs Black, coquette. Elle s'était fait le visage d'un personnage de la commedia dell'arte. Elle allait bientôt mourir... Une angoisse intolérable le replongea aussitôt dans le passage de la Bible qu'il venait de lire à haute voix.

C'était son préféré. Il était fasciné par l'épouvantable colère de Moïse, fracassant les Tables de la loi, au moment où il s'apercevait de la trahison de son peuple. Black voyait dans ce crime de lèse-majesté — Moïse détruisant la parole sacrée de Dieu qui, de ce fait, allait devoir se répéter lors de la deuxième rédaction des Tables — un acte d'un courage exemplaire. Que, par la suite, Moïse eût continué à être reconnu comme un guide par Dieu et par les Hébreux était pour Black la preuve tangible de la nécessité, pour un homme, de poursuivre le but qu'il s'était assigné, quelles que fussent les réactions de ses semblables, et quand bien même il agissait à l'encontre des lois considérées a priori comme les plus sacrées. Dieu finit toujours par reconnaître les siens.

— Howy, il y a longtemps que tu ne m'as pas lu ce passage, dit sa mère qui venait de se réveiller, de sa voix aigrelette. Je me demande si je l'aime tellement. Il y a trop de fureur. Je voudrais que dimanche prochain, tu me lises l'histoire de Judith et d'Holopherne. Tu veux bien ?

— Bien sûr, Mam. Mais tu as tort, pour Moïse. Il...

— Je sais, je sais. Mais je suis une femme. Pour nous, ce sont des histoires d'hommes. Ta voix est toujours aussi magnifique. Je regrette quelquefois que tu ne sois pas devenu le prédicateur que tout le monde attendait. Les gens ne se rendent pas toujours compte de ce qu'ils ont perdu. Je suis la seule à en profiter. Allez, je suis fatiguée, je vais me coucher.

Mrs Black se leva péniblement. Son fils l'aida à regagner sa chambre qui, pour lui éviter de gravir un étage, occupait depuis quelques années l'ancienne salle à manger du rez-de-chaussée.

Black revint s'installer dans son fauteuil. Il était content. Il avait toujours vécu avec sa mère. Elle faisait partie de l'ordre du monde. Depuis la mort de son père — Howard avait douze ans quand il avait été emporté en quelques secondes par un infarctus dans le tribunal où il exerçait son métier de juge —, il avait décidé qu'il ne la quitterait jamais.

Plongé dans sa rêverie, Black se laissa gagner par la torpeur. Il repensa à la conversation téléphonique qu'il avait eue quelques heures plus tôt avec le général Tom Kutler. Tout s'était passé selon leurs prévisions : René

Verne et la messagère du Réseau s'étaient rencontrés dans la base de la MID de Maywood, dans le Nebraska. Les hommes de service secret militaire n'avaient eu aucune difficulté à photocopier la lettre de Joseph Milner. Depuis une heure, le message était au service de décryptage du FBI. En dehors de longues considérations philosophico-scientifiques, la lettre faisait allusion à une envoyée de Socrates membre de la délégation chinoise des Nations Unies, à laquelle Verne devait porter un message. Très satisfait, Black avait demandé à être prévenu dès que Verne retournerait à New York.

Cette fois, les services de décryptage réussiraient peut-être à décoder le message. Kutler lui avait également parlé du problème Hermès. Le général était inquiet pour son agent. Il avait demandé à Black de le faire sortir du Mount Sinai Hospital, pour le transporter dans un hôpital de l'armée à Bethesda. Mais Black lui avait répondu que rien n'était possible avant l'intervention chirurgicale.

En fait, il vaudrait mieux qu'Hermès ne sorte jamais de son coma. Sinon, les choses risquaient de devenir intenables avec le FBBS. Claudia Lombard n'était pas née de la dernière pluie. Si elle apprenait le rôle joué par l'agent de la MID dans le Réseau, elle risquait de faire un scandale. Black s'imaginait mal expliquant à la directrice du FBBS qu'il l'avait manipulée depuis le début de l'affaire Milner. Elle avait téléphoné dans l'après-midi à son secrétaire, Larry Walton, pour l'interroger sur l'attaque du train et la disparition de Verne. Walton avait tout mis sur le dos du Réseau, mais c'était sans doute un peu court.

De toute façon, l'affaire risquait de ressortir un jour ou l'autre. Il était peut-être temps de remplacer Lombard à la tête du FBBS. Garder des collaborateurs aux mêmes postes trop longtemps était dangereux.

Black s'enfonça dans son fauteuil. L'image de l'homme qu'il avait aperçu au *Safeway* le matin lui revint en mémoire. Un instant, il revécut la même extase, et finit par s'assoupir.

Le téléphone sonna. Black jeta un coup d'œil à sa

montre : dix heures cinq. Il avait dormi presque une heure. Il décrocha.

— Allô? Qui? Ah, c'est vous, Haldane? Quoi? Annabelle Weaver?... Mais quel dossier veut-elle consulter?... Celui de Claudia Lombard? Bigre... Non, ne faites rien pour l'instant. Attendez que je vous rappelle. Vous êtes à votre bureau? Ne bougez pas. Dans cinq minutes.

Ça, c'était une nouvelle : l'une des principales collaboratrices de la directrice du FBBS faisait une enquête sur sa patronne! Black avait les moyens de stopper net les velléités de Weaver. Mais, si la jeune femme s'était décidée à prendre un tel risque — elle savait que le directeur du FBI finirait tôt ou tard par l'apprendre —, c'est qu'elle se sentait acculée. Elle devait avoir une raison sérieuse.

A cet instant, une vague réminiscence lui traversa l'esprit. Il composa un numéro de téléphone.

— Powell? C'est Black. Je voudrais que ça reste strictement entre nous. Pourriez-vous me communiquer le tableau de marche de l'officier Weaver?... C'est ça, pour les derniers jours... C'est elle qui s'est occupée de l'histoire de la messagère du Réseau. Elle est allée à New York?... Ah bien, elle était dans la voiture au moment de l'accident devant l'ONU... Comme otage? Bon. Où se trouve-t-elle?... Mais où peut-on la joindre?... Personne ne sait? O.K. Merci, Powell. Bouche cousue, c'est compris?

C'est bien ce qu'il pensait : la jeune femme avait rencontré Hermès. L'affaire était peut-être plus compliquée qu'il n'y paraissait. Annabelle Weaver lui adressait un message : laissez-moi fouiller dans le passé de Claudia Lombard, et je ne ferai pas d'histoires. Bon. Il fallait attendre, voir ce qu'elle allait faire. Il lui donnait jusqu'au lendemain matin. Restait à savoir quelle serait sa réaction si elle découvrait que Claudia Lombard, ex-Lombardi, était liée à la Mafia... Décidément, il allait rencontrer cette ambitieuse personne dans la journée du lendemain.

Black se râcla la gorge et composa un nouveau numéro de téléphone.

3

Claudia Lombard se réveilla en sursaut. Elle était sûre d'avoir entendu du bruit. Titus dormait dans un fauteuil, éclairé par un rai de lumière qui se glissait entre les rideaux de la fenêtre. César, l'autre chat siamois, était blotti contre elle. En chemise de nuit, Lombard se leva, se dirigea vers la fenêtre, et écarta légèrement les rideaux.

Tout paraissait normal. La neige scintillait sous la lumière des projecteurs qui éclairaient le jardin et la rue devant la maison. Le flic en faction passa devant la grille d'entrée, les mains dans les poches, sa visière réglementaire sur le front. Il devait faire moins vingt dehors. Soulagée, Lombard pensa aux deux agents du FBBS qui, jour et nuit, surveillaient la maison dans une voiture banalisée. Eux au moins étaient à l'abri du froid.

Elle referma soigneusement les rideaux, alluma, enfila son peignoir chinois et ses pantoufles en fourrure, puis sorti de sa chambre.

Sans bruit, elle descendit dans la cuisine que son vieux serviteur Billy avait nettoyée et rangée. Elle mit de l'eau à bouillir — depuis sa nomination, elle avait pris l'habitude de se lever au milieu de la nuit pour prendre une infusion —, et s'assit à la grande table en formica qui trônait au milieu de la pièce.

Elle était préoccupée par ce qui s'était passé à New York pendant le week-end : la mort stupide de Paul Crick, le directeur de l'antenne du FBBS, et la disparition de la messagère du Réseau Clara Hastings, dit Antigone.

Pendant la nuit de samedi à dimanche, elle avait vainement attendu que les agents spéciaux en faction dans le *California Zephyr*, lui annoncent la capture de Hastings, prévue au moment de sa rencontre avec René Verne.

Au lieu de quoi était arrivée, au petit matin, l'extraordinaire nouvelle de l'attaque du train par une bande équipée du matériel le plus sophistiqué, qui avait enlevé René Verne au nez et à la barbe de ses agents.

C'est ainsi que, l'un après l'autre, la messagère et le savant s'étaient envolés comme par enchantement. A moins d'un miracle, la lettre du Pr Milner était bel et bien perdue.

Pendant la journée de dimanche, Lombard avait téléphoné au secrétaire de Black, Larry Walton, pour lui demander un rendez-vous urgent avec le patron du FBI. Curieusement, Larry n'avait pas paru particulièrement alarmé par la nouvelle de l'attaque, qu'il connaissait déjà. Il s'était contenté de lui dire qu'il n'était pas sûr de pouvoir joindre le boss avant le lendemain après-midi.

Lombard n'avait pas compris cette réaction timorée. L'intervention d'une armée puissamment équipée, au beau milieu du territoire américain, n'était pas une affaire qu'on pouvait traiter à la légère. Un coup de force d'une telle ampleur posait une foule de questions : quel rapport les attaquants entretenaient-ils avec le Réseau ? L'organisation clandestine était-elle effectivement parvenue à ce point de sophistication et de puissance ? Possédait-elle des complicités dans l'armée ? Cela semblait probable. D'où la nécessité d'une intervention rapide du FBBS. Jusque-là, le Réseau avait toujours agi de manière artisanale : coups de main isolés, attaques surprise de bureaux du FBBS ou de centre de contrôle AS, publications subversives, destruction de matériel informatique du Service, etc. Ce qui s'était produit dans le Nebraska était d'une tout autre ampleur.

Au point que Lombard se demandait si, pour des raisons obscures, on n'avait pas décidé en haut lieu de confier l'affaire Verne à un autre service, telle la CIA, plus directement concernée par l'aspect international de l'affaire Verne. Cela pouvait expliquer la réaction du secrétaire de Black. Il avait sans doute reçu des instructions. Le fait que la télévision n'ait pas fait la moindre allusion à l'attaque du train semblait confirmer cette hypothèse. Pour l'instant, le black-out des médias était total.

Larry Walton l'avait rappelée en fin d'après-midi pour lui donner un rendez-vous avec Black le lendemain à quatre heures. Sa responsabilité étant dégagée, Lombard avait cessé de s'inquiéter. Ce qui ne l'empêchait pas de se poser des questions.

En revanche, l'échec de New York l'affectait directement. Rien n'indiquait qu'Annabelle Weaver en fût directement responsable. Mais ce qui mettait Lombard au comble de la fureur, c'était qu'Annabelle ait trouvé le moyen de disparaître, sans doute pour terminer son week-end dans les bras de Mary Peale... Devant cet affront, Lombard était décidée à faire muter Weaver dans un obscur bureau du FBBS au fin fond de l'Oregon!

Elle porta la tasse de verveine à ses lèvres. Elle imaginait là scène : toute la journée, elle refuserait de recevoir Annabelle, puis la convoquerait en fin d'après-midi, et lui apprendrait froidement qu'elle devrait quitter Washington dans la semaine. Désemparée, la jeune femme lui lancerait son fameux regard, qu'elle avait déjà tant de fois utilisé avec elle.

La lumière s'éteignit d'un coup.

Glacée de terreur, Lombard sentit son cœur s'affoler. Essayant de contrôler ses nerfs, elle jeta un coup d'œil vers la fenêtre, pour voir si la panne concernait tout le secteur, ou seulement sa maison.

A cet instant, elle entendit un léger froissement de tissu dans le couloir, puis un soupir.

Il y avait quelqu'un dans sa maison. Elle en était sûre.

Elle voulut appeler Billy, mais aucun son ne sortit de sa gorge.

Brusquement, la lumière se ralluma.

Deux hommes se tenaient debout dans la cuisine, de part et d'autre de la porte.

Lombard se leva brutalement. Sa chaise valdingua à travers la pièce.

— Mais qu'est-ce...

— Madame Lombard?

— Oui, mais...

Elle voulut crier pour alerter les gardes. Un rasoir effilé jaillit aussitôt dans la main de l'un des deux hommes.

— Ne faites aucun bruit. C'est dans notre intérêt,

madame. Le mieux serait que vous suiviez exactement nos instructions.

Elle avait affaire a deux Asiatiques, vêtus d'un strict costume sombre, d'une chemise immaculée et d'une cravate noire, le front ceint d'un bandeau blanc décoré de caractère japonais. Des yakusa ! Lombard connaissait de réputation la terrible Mafia japonaise qui sévissait sur le territoire américain. Récemment, elle avait lu un rapport du FBI précisant qu'en 2007 les Mafias japonaise et américaine avaient créé un Cartel, au cours d'une réunion clandestine qui s'était tenue à Waikiki, dans l'archipel de Hawaii. Entre autres facilités, la Mafia japonaise avait mis à la disposition de son homologue américaine les hommes de main les plus redoutables de la pègre internationale.

Les deux hommes se tenaient immobiles, les bras ballants légèrement écartés du corps, les yeux fixés sur elle. Elle les savait capables de la couper en rondelles en souriant. Mais où était Billy ? Et les gardes en faction devant la maison ? Au moins, elle savait à qui elle avait affaire. Elle connaissait la discipline de fer qui régnait chez les yakusa. Ils ne lui feraient pas n'importe quoi.

— Ça va, j'ai compris, retrouvant un peu de sang-froid : Que voulez-vous ?

— Nous sommes venus pour remplir notre mission, madame. Et comme vous le savez, pour les gens de notre Compagnie, une mission est une chose sacrée.

Lombard frissonna malgré elle.

— De quelle mission parlez-vous ?

— Nous sommes venus vous chercher.

— Me chercher ? Mais c'est hors de question ! Je ne bougerai pas d'ici.

Son interlocuteur fronça légèrement les sourcils. Instantanément, l'autre se déplaça vers elle avec une rapidité foudroyante. Il saisit son bras droit d'une main, et retrouva aussitôt son immobilité de pierre, les yeux fixés sur son camarade qui, manifestement, commandait l'équipe.

Elle eut l'impression qu'une pince d'acier venait de transpercer le muscle de son bras. Malgré sa terreur, elle remarqua l'absence de la dernière phalange du petit doigt, marque distinctive des yakusa.

— Madame Lombard, dit alors le chef, si je le lui demande, mon ami est capable de vous faire très mal. Il vaudrait vraiment mieux nous suivre sans faire d'histoires.

— Je ferai ce que vous me demandez, dit Lombard qui ne dissimulait plus sa panique.

— Dans ce cas, nous pouvons partir.

Le chef fit un signe à son acolyte, qui lâcha instantanément le bras de Lombard.

— Il faut que je dise un mot à Billy, mon domestique. Vous pouvez me suivre, je dois lui annoncer mon départ. Il pourrait s'étonner...

Le yakusa se contenta de la fixer sans rien dire.

Prenant son regard pour une autorisation, elle se dirigea en hésitant vers la porte et sortit de la cuisine. Les deux hommes la suivirent silencieusement.

La lumière du couloir était éteinte. Lombard avait à peine fait quelques pas qu'elle heurta une masse inerte gisant sur le sol.

— Billy ! Que lui avez-vous fait ? gémit-elle en s'agenouillant. Vous l'avez assommé ? Il a voulu me défendre. Ne pourriez-vous allumer ?

Le couloir s'éclaira.

Lombard poussa un cri. Billy gisait dans une mare de sang, la gorge tranchée. Les yeux exorbités, Lombard ouvrit la bouche, elle tourna la tête, sentit qu'elle allait s'évanouir... L'un des hommes la saisit, lui appliqua un foulard sur la bouche, en même temps qu'il lui appuyait violemment sur deux points de la base du crâne. Elle eut un hoquet et revint instantanément à elle.

Le yakusa silencieux lui tordit un bras dans le dos et, la laissant à peine se relever, la poussa sans ménagement devant lui. Elle se mit à marcher en titubant.

Ils arrivèrent dans le vestibule. Le chef, qui les avait précédés, décrocha les deux parkas qui avaient été pendues à la patère de l'entrée, et en tendit une à son homme de main, après lui avoir dit quelques mots en japonais.

— Madame, dit-il alors, je viens de charger mon camarade de vous assommer si vous opposez la moindre résistance. Encore une fois, il est de votre intérêt de nous obéir. Veuillez, je vous prie, passer ce vêtement.

Il lui tendit sa cape en plastech, qu'elle enfila par-dessus sa robe de chambre. Le chef ouvrit la porte de la maison et sortit sans se cacher dans la lumière des projecteurs.

Lombard le suivit, l'autre yakusa fermant la marche.

Ils ne cherchaient pas à se dissimuler. C'était mauvais signe. Qu'allait-il lui arriver? « Nous sommes venus vous chercher », avaient-ils dit. Peut-être s'agissait-il d'un rendez-vous concernant le FBBS. Ils la raccompagneraient après, avec des excuses... Mais elle n'y croyait pas beaucoup.

Ils traversèrent le jardin. La grille s'ouvrit en grinçant. Lombard eut une pensée pour les systèmes d'alarme sophistiqués que le FBBS avait placés autour de la maison. Ces Japonais avaient tout prévu.

Ils sortirent dans la rue.

Deux voitures, moteurs ronflants, attendaient au bord du trottoir. Le flic que Lombard avait aperçu quelques minutes plus tôt par la fenêtre avait disparu. Quant aux gardes, dont elle apercevait la voiture, elle préféra ne pas penser à l'état dans lequel ils devaient se trouver.

La portière s'ouvrit.

Quelques secondes plus tard, elle était assise entre les deux yakusa. Au volant, un troisième homme, en tout point identique, fit aussitôt démarrer la voiture. Lombard constata, par la lunette arrière, qu'une escorte les suivait.

— Auriez-vous l'obligeance de vous mettre ce bandeau sur les yeux, lui demanda l'homme de droite.

Exaspérée par la trop grande politesse du yakusa, Lombard eut un geste d'agacement, mais obéit.

Elle eut le temps de noter qu'ils s'engageaient sur Wisconsin Avenue, avant de se retrouver dans le noir.

Les yeux toujours bandés, elle descendit de la voiture.

Une forte odeur de cuisine orientale imprégnait

l'atmosphère. Le froid avait encore augmenté. Elle frissonna, puis se sentit un peu mieux. Elle était sûre, au moins, de ne pas avoir quitté la ville. La course avait duré dix minutes, peut-être moins. Elle devait se trouver dans le petit Chinatown de Washington.

Elle essaya de se concentrer sur ce qui se passait autour d'elle. L'un des hommes la tenait par le bras et la guidait. Elle n'entendait pas les deux autres.

Brusquement, elle eut chaud. Elle venait sans doute de pénétrer dans un abri. Sans un mot, l'homme la guida jusqu'à un escalier, qu'elle monta.

Elle entendit une porte s'ouvrir, et se refermer derrière elle.

Après quelques pas, son guide la lâcha.

— Il y a une chaise derrière vous, entendit-elle.

C'était la voix du chef yakusa. On la tira en arrière. Lombard se laissa faire, et fut soulagée de se retrouver assise.

Elle était épuisée. On lui enleva sa cape. Malgré le silence, elle était certaine de ne pas être seule.

— Allez-y, Claudia. Vous pouvez enlever votre bandeau.

Elle s'arrêta net. Elle connaissait cette voix. Un seul homme avait ce timbre nasillard, ce mélange de puérilité et de cruauté.

— Cœur d'Ange ! s'écria-t-elle, au comble de la surprise.

Le surnom du Padrone de la Mafia avait spontanément jailli de sa poitrine. Le gangster fit entendre un rire qui évoquait le couinement d'une souris. Lombard essaya de se débarrasser de son bandeau.

— Vous pourriez m'aider, au lieu de rire comme un ouistiti !

— Pas question. Le plaisir de voir la célèbre directrice du FBBS en robe de chambre chinoise — vous avez bon goût, ma chère et, je dois dire, un remarquable esprit d'à-propos —, dans un endroit pareil… Vous voir vous débattre avec ce bandeau… Croyez-moi, Claudia, je ne changerais pas de place pour tout l'or du monde.

— Ne vous vantez pas, Michael. Vous vendriez votre mère pour moins que ça.

Angelhardt resta coi.

Lombard réussit à faire glisser le bandeau, et garda les yeux fermés, éblouie par la vive lumière. Un moment, le bandeau resta coincé à hauteur de sa bouche.

— C'est le menton, le cap difficile, dit Angelhardt.

Son rire repartit de plus belle. Lombard réussit enfin à faire descendre le bandeau jusqu'au cou. Avec mille précautions, elle ouvrit les paupières. Il lui fallut un long moment pour discerner ce qui se passait autour d'elle.

Elle était assise au milieu d'une pièce sordide. Les murs, suintants d'humidité, étaient recouverts de plusieurs couches de papier peint en lambeaux. Une unique ampoule éclairait la pièce. En face d'elle, derrière une table où trônaient une bouteille et plusieurs verres, était assis Cœur d'Ange et, à ses côtés, un inconnu : une force de la nature, la soixantaine, des traits marqués de boxeur, une cigarette pendant aux lèvres.

Vautré sur sa chaise, Angelhardt souriait.

Dans un coin de la pièce, les yeux fixés sur elle, se tenait le yakusa muet, debout les bras ballants, comme dans la cuisine de Lombard.

Elle regarda à nouveau Angelhardt et, comme chaque fois, ses yeux vairons — l'un bleu, l'autre marron — la mirent mal à l'aise.

Le mafioso n'avait pas changé depuis la dernière fois qu'elle l'avait vu dans un palace de Miami. Dix-huit mois plus tôt, il avait fait usage d'un moyen moins brutal pour la rencontrer : il lui avait réservé une chambre communiquant avec la sienne, et ils avaient pu passer, ainsi, un après-midi à bavarder en secret. Elle avait toujours été fascinée par son étrange allure de magot chinois qui, à ses yeux, ne faisait que confirmer sa réputation d'extrême cruauté.

— Ça va? L'inspection est terminée? demanda Angelhardt. Je vous présente George Mattei. Je suis sur son territoire, et il a bien voulu m'aider à organiser cette rencontre. N'est-ce pas, Georgie?

L'homme répondit par un grognement. Il n'avait pas l'air de s'intéresser à la conversation. Assis à côté du redoutable Angelhardt, il avait l'allure d'un garde du corps sans envergure. Mais Lombard savait d'expérience qu'on ne pouvait se fier aux apparences.

Elle se dit qu'il était grand temps d'entrer dans le vif du sujet.

— Michael, depuis quand organisez-vous des kidnappings pour me rencontrer? Je ne vous pardonnerai jamais ce que vos hommes ont fait à mon domestique. Vous avez commis une énorme erreur en m'envoyant vos deux singes.

Elle avait à peine terminé que Angelhardt bondissait de sa chaise, les traits déformés par la fureur. En trois enjambées, il fut sur elle et, de toute la longueur de son bras, lui décocha une gifle qui résonna dans la pièce comme un coup de feu. Lombard faillit tomber de sa chaise.

— Arrêtez vos conneries! hurla Angelhardt, ivre de fureur. Ce que mes hommes ont fait à votre domestique n'est qu'un hors-d'œuvre! Si vous ne voulez pas sortir d'ici dans le même état, il va falloir faire un effort, ma fille. Alors, je vous conseille d'arrêter votre cinéma. Vous allez répondre à mes questions, un point c'est tout. C'est clair?

— Mais je ne comprends pas, Michael, répondit Lombard, qui avait porté une main à sa joue.

Des larmes se mirent à couler sur ses joues.

— Mais que vous arrive-t-il?

— Ce qui m'arrive? Tu entends ça, Georgie? La directrice du FBBS me demande ce qui m'arrive. Et c'est moi qui suis censé lui expliquer. Le FBBS me fout dans la merde, et je dois expliquer à la patronne ce qu'elle m'a fait. Tu ne trouves pas ça amusant, toi?

— Tu devrais l'asticoter un peu plus, dit George Mattei, qui prononçait ses premières paroles.

Lombard sentit son courage la quitter. Le petit homme la terrorisait. Elle l'avait connu en 1998, quelques mois après le suicide du sénateur Sullivan, dont son père avait été le conseiller personnel et l'homme d'affaires, alors qu'elle n'était encore qu'un agent du FBI.

Quelques années plus tôt, Peter Lombardi avait abandonné sa brillante carrière d'avocat pour se consacrer au futur sénateur. Quand on lui demandait la raison de sa décision, il répondait que son patron avait l'étoffe d'un futur président des Etats-Unis. Après l'élection du sénateur, son père était devenu nerveux, irascible. Six mois plus tard, il partait pour un mystérieux voyage au Canada. Malgré son absence au moment du suicide de Sullivan, il fut interrogé par le coroner. Des bruits circulaient dans la classe politique, concernant la mort du sénateur. On parlait de meurtre camouflé, de trafic d'influences... Jusqu'au jour où Michael Angelhardt était apparu dans la vie de l'ancien avocat. Les deux hommes avaient rendez-vous presque tous les jours. L'affaire fut classée en deux semaines, et la thèse du suicide définitivement retenue. Peu avant de mourir dans un accident de voiture, Peter Lombardi avait confié à sa fille qu'Angelhardt lui avait évité des ennuis qui auraient pu avoir, pour lui, des conséquences dramatiques.

Bien des années plus tard, après sa nomination comme directrice du FBBS, Lombard avait reçu un coup d téléphone de Cœur d'Ange. Malgré sa réputation, elle n'hésita pas une seconde à le rencontrer.

Par la suite, elle lui rendit de menus services. Angelhardt lui demandait de fermer les yeux sur le trafic d'alcool dont il était l'un des principaux organisateurs. Comme beaucoup de femmes, Lombard considérait la deuxième prohibition comme une atteinte aux droits fondamentaux de son sexe. Il était injuste que les femmes doivent se priver comme les hommes, sous prétexte qu'ils ne supportaient pas l'alcool à cause de leurs Aspics. Résultat, les femmes consommaient l'infâme cola-coke en toute légalité, alors qu'un petit verre d'alcool de temps en temps ne leur aurait fait aucun mal.

En acceptant de voir Angelhardt, Lombard ne faisait que se conformer aux vieux principes qui avaient fait la gloire de la démocratie américaine : tant qu'un individu n'était pas condamné, il était considéré comme innocent, quelle que fût sa réputation. Ainsi, depuis toujours, des membres patentés de la Mafia étaient-ils reçus aux réceptions les plus prestigieuses, jusques et y compris à la Maison Blanche.

Malgré leurs excellentes relations, Angelhardt avait toujours refusé de répondre aux questions de Claudia Lombard sur la nature des services qu'il avait rendus à son père.

— Eh, Claudia, vous entendez ce que dit mon ami ? Il dit que je devrais vous remuer un peu les côtes pour vous rafraîchir la mémoire.

— Michael, je vous jure que je ne comprends absolument pas de quoi vous voulez parler !

Angelhardt jeta un œil circonspect en direction de Lombard. Elle avait vieilli de dix ans.

— Vous connaissez Kess Sherman ? demanda sèchement le mafioso.

— Le type du Réseau de Los Angeles ?

— C'est cela même.

Il se tourna vers Mattei.

— Madame la directrice le connaît !

— Oui, répondit Lombard. Je sais aussi qu'il est entre nos mains depuis deux jours.

— Bien sûr ! Et les journaux de ce matin sont pleins de la prise du QG des Virginas de Los Angeles !

— Bon sang, mais quel rapport y a-t-il entre ce Sherman et vous ? hurla soudain Lombard, à deux doigts de la crise de nerfs.

Angelhardt la regarda, amusé.

— Vous ne saviez pas que j'avais rendez-vous avec lui il y a deux jours ? Non ? Vous ignorez que c'est à la suite de ce rendez-vous que les flics ont pris Sherman en classe ? Que le FBBS surveillait mon QG de Los Angeles ? Que j'ai perdu deux de mes meilleurs hommes dans cette histoire ? Vous ne savez rien de tout ça ?

— Rien ! dit Lombard, d'une voix blanche. C'est-à-dire... Je savais qu'il y avait eu une chasse à l'homme, avec l'aide de la police de LA. Mais personne ne m'a dit que vous étiez mêlé à l'affaire. Ni qu'on vous avait surveillé. C'est incroyable ! Je n'arrive pas à comprendre.

Le silence s'installa dans la pièce.

Angelhardt retourna s'asseoir à sa place. Il dévisagea Lombard d'un air songeur, les yeux mi-clos.

— J'ai entendu dire qu'une certaine Annabelle Weaver travaille pour vous, dit-il finalement.

— C'est exact. C'est l'une de mes assistantes. Mais qu'est-ce...

— Elle, au moins, était au courant. C'est un de vos agents qui la rencarde, un certain Robert Kane. J'ai mes sources. Elles ont l'air meilleures que les vôtres!

Lombard était abasourdie. Elle avait l'intuition que Cœur d'Ange disait vrai. Annabelle la trahissait. La colère lui fit du bien.

— Vous avez des contacts avec le Réseau? demanda-t-elle.

— C'est vous qui posez les questions, maintenant? Enfin, je veux bien vous répondre, ne serait-ce que pour vous prouver que des gens de votre propre Service vous mènent en bateau. J'avais en effet rendez-vous avec ce Sherman. Nous avons trouvé quelque chose concernant les Aspics. Ça pourrait intéresser le Réseau.

— Vous voulez dire, quelque chose qui leur permettrait d'échapper au contrôle AS? C'est que ce qu'ils cherchent depuis longtemps. Mais personne n'y croit. C'est impossible.

Angelhardt éclata de rire.

— Moi non plus, je n'y crois pas. Mais j'ai quelque chose à leur vendre, qui leur donnera quelque temps l'illusion d'avoir réussi. Quelque chose qu'on ajoute à l'Aspic et qui le neutralise un certain temps. C'est également censé les protéger des contrôles AS, en leurrant les appareils. Nous en portons un, mon ami et moi. Ça marche quelque temps. Après... Evidemment, on vous vendra le moyen de détecter la modification. Vous voyez, on fait d'une pierre deux coups. On leur vend cher un machin censé les protéger. En même temps, on vous vend le moyen de découvrir à coup sûr qui fait partie du Réseau. A tous les coups l'on gagne! Vous pourrez les coincer à chaque contrôle AS. Le temps qu'ils s'aperçoivent de la supercherie, vous aurez mis pas mal de ces gens sous les verrous... Et c'est le moment qu'a choisi le FBBS pour nous mettre les bâtons dans les roues !

— Relâchez-moi, dit brusquement Lombard.

— Pas si vite, ma belle. Vous avez encore beaucoup de choses à m'apprendre.

— Relâchez-moi, et je vous donne Weaver !

Angelhardt la regarda avec intérêt.

— Ah, ça commence à devenir intéressant... Mais pourquoi ne pourrais-je pas passer directement un accord avec elle ?

— Impossible. Elle est grillée.

— Ah bon ? Qu'est-ce qui vous fait croire ça ?

Lombard ne voyait pas pourquoi elle ne raconterait pas l'échec d'Annabelle pendant le week-end. L'affaire Verne ne présentait aucun intérêt pour la Mafia. Finalement, en lui racontant les circonstances de son rendez-vous manqué avec le Réseau, Angelhardt lui rendait un sacré service ! En lui dissimulant le rendez-vous de Sherman avec le mafioso, Annabelle avait manifestement cherché à la mettre en difficulté. Une manière, en somme, de démontrer en haut lieu ses propres capacités.

Lombard se dit tout d'un coup qu'elle devait vérifier si Black avait reçu Annabelle en tête à tête ces temps derniers. On ne sait jamais...

C'est ainsi que Lombard commit la plus grosse erreur de sa vie. Elle raconta l'échec de la mission d'Annabelle à l'un des membres les plus influents du Cartel de Waikiki. Elle parla de Clara Hastings, de la lettre de Milner et, après une brève hésitation, du kidnapping de René Verne. Après tout, l'événement allait s'étaler dans tous les journaux dans les prochaines vingt-quatre heures.

Captivé, Angelhardt ne l'interrompit pas une seule fois.

— Bigre, dit-il quand Lombard eut terminé son récit, je me demande pourquoi vous portez un tel intérêt à cette lettre.

— A cause de Socrates.

— Vous voulez parler de la fameuse organisation

internationale ? Ils doivent être plus puissants que je ne le pensais, pour que vous vous intéressiez tant à eux. Il est vrai qu'ils ont l'avantage d'exister dans plusieurs pays...

Il jeta un coup d'œil à George Mattei, qui avait l'air de s'être soudain réveillé.

— Très bien. On va réfléchir à tout ça. Pour l'instant, vous restez avec nous.

— Mais c'est impossible ! Le FBI est déjà à ma recherche. Michael, relâchez-moi. C'est votre intérêt. Je vous livrerai Weaver. Je...

— Cette Weaver ne nous intéresse pas. Qu'est-ce que vous voulez que nous fassions d'elle ? Elle a l'air maligne, cela dit. En ce qui vous concerne, il va vous falloir un peu de patience. Ce n'est qu'une question d'heures. Le temps d'avoir une conférence multiplex avec mes associés. Vous allez rester avec notre ami, dit-il en désignant le Japonais.

Le yakusa se dirigea vers elle et la saisit par le bras. Lombard fut sur le point de crier. Mais elle suivit le Japonais en silence. Imperturbables, les deux mafiosi la regardèrent sortir de la pièce.

4

Maintenant, elle savait.

Elle savait qu'elle s'était attendue au pire. Depuis son départ de Los Angeles, la tension avait été si forte que le brusque relâchement de ses nerfs avait transformé ses sensations les plus intimes.

Tout son corps était douloureux. Elle avait l'impression que des milliers d'insectes couraient sous sa peau, comme s'ils essayaient d'échapper à un incendie. Surprise par les sensations inconnues qui la clouaient au lit, elle était allongée depuis des heures, les yeux ouverts, comme le sable blanc du désert attend la première goutte d'eau venue du ciel.

Pourtant, son immobilité résultait d'un vertige de tous les instants. Ses émotions prenaient une dimension inhabituelle. Elle imaginait que son être était en résonance avec les objets qui l'entouraient, ou mieux, que chaque atome de l'univers était entré, de proche en proche, dans une transe répondant exactement à ce qui se produisait en elle. Pourtant, elle ne s'interrogeait nullement sur la mégalomanie qui habitait le fond de ses pensées diffluentes : seule l'invocation de Dieu aurait pu avoir quelque rapport avec son attente. Mais de ce vocable, elle ne connaissait pas l'usage. Habituellement, il disparaissait de ses pensées, à peine prononcé.

En fait, elle ne s'interrogeait pas. Ou pas encore. Cette nuit-là, la réponse lui était donnée avant même la question. Son âme était saturée d'une joie qu'elle n'aurait jamais crue possible. C'est ainsi qu'elle n'osait pas se laisser traverser par les images qui apparaissaient à l'horizon de sa conscience. A peine esquissées, elle les chassait. Voir, pour elle, était déjà trop. Car elle savait à quoi s'en tenir. Elle se disait que ça viendrait bien assez tôt. Pour l'instant, elle voulait rester les yeux ouverts, attentive à savourer la dimension inconnue qu'avaient prise ses émois. La souffrance était sans importance. Seule comptait ce que la douleur portait dans son intimité comme une subversion radicale, au point de la faire paraître insignifiante, ou bienvenue, c'était selon.

Il lui vint alors de se nommer. Je suis Clara, Clara Hastings comme ils disent, je sais ce que je ressens, mais par quel miracle, comment une telle chose est-elle possible, moi qui suis née d'un oubli de la matière ?

Brusquement, elle s'interrogeait, en effet, sachant que ce qui la tenait ne la lâcherait plus. La surprise formidable était que cette première fois soit en même temps la dernière, comme si le temps infini se concentrait en un point unique, un point absence de point, figure improbable de l'immatérialité avant même la chose, naissance. Elle savait cela aussi, des mots la traversaient comme des météores, elle les comprenait, ils étaient là pour elle depuis avant elle, comme si elle se souvenait d'une langue qu'elle n'avait jamais parlée.

Je suis malade, se disait-elle, je ne peux plus bouger, elle était malade en effet et ne pouvait plus bouger, mais quelle joie, elle aimait, elle brûlait, il faut que j'appelle, les larmes se mirent à déborder de ses paupières, un autre nom lui vint, René, René Verne, elle sut, elle savait.

Le Dr Arnold Strumwasser avait une soixantaine d'années. Grand, le ventre proéminent, il portait de fortes lunettes de myope qui donnaient à son regard une profondeur aquatique, comme s'il avait contemplé le monde à travers les eaux glauques d'un aquarium.

Il avait fait toute sa carrière médicale dans l'armée. Pupille de la nation — son père, sous-officier de carrière, était mort à la guerre de Corée alors qu'il n'avait que deux ans —, élevé par une mère infirmière militaire souvent absente, il avait fait des études sans éclat, et suivi tout naturellement une carrière ordinaire dans l'armée. Divorcé — sa femme l'avait quitté aussitôt après la naissance de leur fille, prétextant les trop nombreuses affectations de son mari —, il devait sa promotion comme patron de l'hôpital du camp de Maywood à la répugnance des médecins mieux notés à l'idée de vivre enfermés dans la base ultra-secrète de la MID, à des kilomètres de tout lieu civilisé.

En fait, le Dr Strumwasser était un excellent clinicien, et possédait une vaste expérience médicale acquise dans les quatre coins du monde. Pour faire carrière, il n'avait eu, tout au long de sa vie, qu'un seul défaut : celui d'avoir dramatiquement manqué d'ambition. Aussi avait-il accepté son affectation dans la base de la MID avec un réel plaisir, considérant que sa nomination comme patron d'un service hospitalier, à deux années de la retraite, était une chance inespérée.

Passionné par son travail, il avait rapidement été adopté par les soldats du camp. Sans l'avoir vraiment cherché, il était peu à peu devenu leur seul recours, au point que le pasteur de la base s'était plaint au colonel Bradbury de la concurrence déloyale du bon docteur.

En dehors de ses malades, le Dr Strumwasser avait une passion unique : la biologie. Son travail terminé, il regagnait son appartement, au dernier étage de l'hôpital, et passait ses soirées à lire la bonne dizaine de revues scientifiques auxquelles il était abonné, ou les derniers livres parus qu'il s'était fait envoyer par le service de documentation de l'armée. Il vivait l'épopée de la recherche scientifique par auteurs interposés, et connaissait les noms et les visages de la majorité des chercheurs de quelque renom.

Aussi, lorsque René Verne débarqua dans le bureau de Strumwasser à sept heures du matin — le docteur avait pris l'habitude de faire une rapide visite de ses malades avant que le personnel de jour ne prenne son travail —, le reconnut-il aussitôt. Une visite de la présidente des Etats-Unis ne l'eût pas ravi davantage.

— Il n'y a aucun doute, vous êtes bien René Verne, s'exclama-t-il, après s'être levé et avoir fait le tour de son bureau pour serrer la main de son visiteur. Je suis très flatté. Ahuri et flatté ! Que vient faire un savant de votre renom dans ce trou perdu ? Mais asseyez-vous, je vous en prie.

— Merci, répondit Verne en s'asseyant.

En d'autres temps, il se serait sans doute amusé de la réaction du médecin qui, vêtu d'une blouse blanche débraillée, un sourire ému sur le visage, était resté debout devant lui. Mais il était beaucoup trop préoccupé pour penser à rire.

— Vous êtes le docteur Strumwasser, je présume ?

— C'est ça, exactement ça. Les ancêtres de ma famille paternelle viennent de la Forêt Noire, en Allemagne. Nous sommes aux Etats-Unis depuis trois générations.

— Cela se trouve à quelques kilomètres de chez moi, de l'autre côté du Rhin. Je suis originaire d'Alsace.

— Je sais. Vous seriez étonné d'entendre tout ce que je connais de votre vie : l'Alsace, vos études à Paris, l'université de Californie, le FS, le centre Reiss-Kierkegaard... Je suis tellement content de faire votre connaissance. Mais, permettez-moi, vous êtes sans doute venu pour me demander quelque chose. Si je peux vous être de quelque utilité, je considérerais cette marque de confiance comme un honneur.

Verne sourit, touché par la considération de cet homme charmant, inattendue dans le camp militaire.

— Ecoutez, cher monsieur. Votre accueil me touche beaucoup. C'est même un peu inattendu. J'aurai peut-être besoin de votre aide, je n'en sais rien encore. Pour l'instant, je suis venu vous demander des nouvelles de la jeune femme que vous avez hospitalisée ce matin. Clara Hastings. Vous voyez de qui je veux parler?

— Mais bien sûr.

— Il se trouve que j'avais rendez-vous avec elle ce matin en bas du bâtiment où se trouvent nos chambres. Oui, nous sommes ensemble. Je veux dire : notre mission est commune... Enfin. Un soldat m'a appris qu'elle avait été hospitalisée d'urgence ce matin. Que s'est-il passé? Je suis inquiet pour elle. Il y a déjà eu cet évanouissement hier. L'avez-vous examinée? Puis-je la voir?

— Mais bien sûr, monsieur. Je me doutais bien, en vous voyant entrer dans mon bureau, que votre arrivée ici avait un rapport avec cette personne. Je l'ai examinée ce matin vers six heures. Elle avait quarante de fièvre. C'est elle qui a appelé à l'aide. Elle n'avait pas l'air de savoir très bien où elle se trouvait. Elle délirait un peu. Elle ne cessait de répéter votre nom.

— Mon nom? demanda Verne, abasourdi.

— Oui, votre nom. Ou plutôt, votre prénom. René par ici, René par là. Mais votre nom aussi, Verne, ou René Verne. Après, c'était un charabia incompréhensible. Je n'ai compris qu'une chose. Elle a dit clairement : « Le nom de René Verne était sur la lettre, que j'ai portée à l'intérieur de moi des journées entières. » Quelque chose comme ça. Mais je ne suis pas très sûr. Peut-être était-ce « Les lettres de René Verne, etc. » je ne sais pas. Ces paroles ont peut-être un sens pour vous. Je me suis dit qu'elle voulait parler de la première lettre de votre prénom, ou de votre nom, du R, ou du V. Une façon de dire qu'elle avait de l'affection pour vous, quoi...

— De l'affection? dit Verne, qui semblait tomber des nues.

— Oui. Enfin, ça ne me regarde pas. Mais c'est vrai que c'est devenu d'une obscénité incroyable, de nos jours, de dire qu'une femme a de l'affection pour un homme, ou vice versa. Et encore... j'utilise volontairement un mot anodin. Mais bon sang! Ça n'a pas toujours été comme ça. Ce n'est pas parce que... enfin, vous voyez ce que je veux dire. Ça n'empêche pas les sentiments, que diable! Enfin, je me demande pourquoi je vous raconte tout ça. Vous m'avez demandé comment elle va. Mon cher confrère, votre amie est atteinte d'une bonne crise de rhumatisme articulaire aigu. Je l'ai immédiatement mise sous antibiotiques. J'attends les résultats du prélèvement de gorge, du taux des transaminases sanguines et de la vitesse de sédimentation.

Il se retourna, et voulut aller s'asseoir derrière son bureau. Verne se leva aussitôt.

— On peut la voir?

— Evidemment. Excusez-moi. Je suis tellement troublé de faire votre connaissance. J'ai tant de questions à vous poser. Je connais tous vos articles, vous savez? A ce propos, je voulais vous demander...

— Une autre fois, si vous n'y voyez pas d'inconvénient!

— Mais bien sûr. Suivez-moi.

Ils sortirent du bureau, et empruntèrent le couloir qui desservait les chambres.

— En vingt-quatre heures, sa fièvre sera tombée, comme vous le savez. Enfin, je l'espère. Pour plus de sûreté, nous allons lui faire un électrocardiogramme. Mais je ne crois pas qu'il y ait de complications. Dès que j'ai les résultats du labo — ils m'ont dit avoir mis la main sur un magnifique streptocoque —, je commence les antibiotiques et l'immunoglobine spécifiques.

Le docteur ouvrit la porte d'une chambre.

Verne entra derrière lui.

A peine éclairée par la lumière grise de l'aurore qui émanait de la fenêtre, Clara gisait dans un lit. Seul son visage était visible. Le drap immaculé qui la recouvrait s'arrêtait au ras du menton. La tête légèrement penchée sur le côté, elle dormait. Elle était d'une telle pâleur qu'un instant Verne eut l'impression qu'elle était morte.

Il fit un pas en avant.

Alors que le docteur continuait de lui communiquer à voix basse les résultats de ses investigations médicales, il observa le léger frémissement des narines de Clara. Une vague d'émotion le submergea. Il tituba, et eut à peine le temps de saisir un montant du lit.

Il était terrorisé par l'impression que, d'une seconde à l'autre, il allait tomber de tout son poids sur la jeune femme. Il percevait chacune de ses inspirations à travers tout son corps, comme s'il était happé par un mouvement inexorable, auquel il ne pouvait échapper. Le temps d'un éclair, il pensa qu'il était en train de prendre un risque épouvantable — il savait n'y rien pouvoir, c'était le prix payé à la vie, la part d'ombre qu'il rendait à l'inanimé qui l'avait habité toutes ces années. En même temps, sa surprise était immense, qu'une telle chose fût possible, comme un accomplissement du temps.

Elle ouvrit les yeux.

Il revint au présent, il vit qu'elle lui souriait, il se demanda s'il allait tout oublier, si ce n'était plus, déjà, qu'un souvenir.

— Voici notre malade qui revient à la vie, dit alors Strumwasser, derrière lui. Comment vous sentez-vous, miss Hastings ? Nous nous sommes beaucoup inquiétés pour vous. M. Verne tenait absolument à vous voir.

— Ça va mieux, répondit Clara d'une voix faible. Décidément, je n'arrête pas de vous causer des ennuis. Je suis désolée.

A cet instant, un infirmier entra dans la chambre, et annonça que le colonel Bradbury attendait le professeur Verne dans le vestibule de l'hôpital. Le savant fit un sourire à la jeune femme et, avant de quitter la chambre, se tourna vers Strumwasser.

— Je vous retrouve dans votre bureau après mon entrevue avec le colonel. Vous m'avez proposé vos services. Je sais maintenant ce que je souhaite vous demander...

Chapitre 10

1

— C'est une crise de rhumatisme articulaire aigu, dit Verne au colonel, en fourrant ses mains dans les poches de son pardessus.

Ils venaient de sortir de l'hôpital. Le soleil, à peine visible à travers la brume matinale, était entouré d'un halo d'ombre.

— Ça ne présage rien de bon, dit le colonel Bradbury en hochant du menton en direction du ciel.

— Mais ça se soigne très bien ! Le traitement va la remettre sur pied en vingt-quatre heures. A moins qu'il n'y ait des complications cardiaques. A ce propos...

— Je parlais du temps, l'interrompit le colonel en riant. Mon cher professeur, je n'ai aucune intention de contester votre opinion sur la maladie de Clara Hastings !

Verne se retint pour ne pas montrer sa colère. Décidément, ce personnage l'exaspérait.

— Votre protégée s'en sortira. C'est la météo qui m'inquiète. On annonce une tempête. Et vous feriez bien de nous quitter rapidement, si vous ne voulez pas rester bloqué ici. Aucun avion ne pourra plus décoller d'ici quelques heures. Cela dit, vous ne m'avez toujours pas fait connaître votre destination. Si vous souhaitez rentrer à San Francisco, vous pouvez y être en trois heures.

Pourquoi pas, en effet? Retrouver Melissa, le Centre... Mais Verne n'avait pas envie de rentrer. Ou pas encore. Il avait besoin d'être seul. Il avait l'impression d'avoir quitté la côte ouest depuis une éternité.

— Et Clara Hastings? demanda-t-il.

Bradbury soupira.

— Je vous l'ai déjà dit, professeur. J'attends des instructions. Cela dit...

— Cela dit?

— Cette personne a rempli sa mission, n'est-ce pas? Je ne comprends pas pourquoi vous vous inquiétez pour elle.

— Sa mission? Que voulez-vous dire?

— Ecoutez, Verne. On n'a pas mobilisé la MID juste pour vous donner l'occasion de rencontrer cette personne. D'accord?

Verne ne répondit pas.

— Allez, je vais vous rendre encore un petit service, poursuivit le colonel, sur un ton ironique. Je ne crois pas que ça serve à grand-chose de vous cacher la vérité. Marchons jusqu'à ce sapin.

Des volutes de buée s'échappaient de la bouche de l'officier de la MID.

— Dans le Wisconsin, poursuivit-il, il y avait un sapin comme celui-là. Il restait décoré pendant un mois à l'époque de Noël. Aujourd'hui, ils sont en plastech. Tout est en plastech, depuis qu'on fabrique cette foutue matière collagénique...

Verne pensait à Clara. Il la revit, enveloppée dans son manteau sombre. La veille, ils étaient passés au même endroit en revenant de leur promenade. Il avait été intrigué par sa démarche. Elle attaquait le sol par la pointe du pied avec une surprenante délicatesse, la tête légèrement penchée, le regard attentif, comme si le simple fait de fouler la terre la plongeait dans une profonde méditation.

Une foule de détails lui revenaient en mémoire. Il se souvint du sérieux avec lequel elle lui avait tendu la lettre de Milner, en un mouvement d'une lenteur presque solennelle. Il pensa que certains enfants étaient accaparés, ainsi, par chacun de leurs gestes, qu'ils jouent ou qu'ils mangent, comme si la survie du monde en dépendait.

— ... Vous avez la lettre sur vous?

— Comment?

— Je vous demande si vous avez la lettre de Milner sur vous!

— La lettre de Milner? Mais qu'est-ce qui...

— Allons, Verne. C'est la première chose que nous avons cherchée sur Hastings, quand elle est arrivée à l'hôpital, hier matin, après son évanouissement. Nous en avons immédiatement fait une photocopie, avant de la remettre à l'endroit où nous l'avions trouvée. Dans son soutien-gorge, je crois. Vous êtes surpris? Ça m'étonne de vous.

Non, Verne n'était pas surpris. Dès que Clara lui avait parlé de cette lettre, il avait compris. A Washington, quelqu'un voulait savoir si elle contenait un message caché. C'était la seule façon d'expliquer l'aide qui avait été accordée à l'envoyée du Réseau jusqu'à leur rencontre. L'enquête devait concerner Socrates, et ses liens avec les résistants. Les services du FBI étaient déjà en train d'examiner la lettre dans tous les sens, à la recherche d'un code.

Verne était persuadé qu'ils ne trouveraient rien. Le plus drôle c'est qu'ils allaient s'échiner sur la formule biochimique que Milner lui demandait de transmettre à cette Chinoise, Mme Ban Zhao.

Milner disait sûrement la vérité lorsqu'il parlait de Socrates comme d'une organisation non politique. Verne ne pouvait imaginer qu'à la place qui était la sienne dans la constellation scientifique mondiale, on aurait réellement pu lui dissimuler l'existence d'une organisation subversive. Il connaissait plusieurs personnes qui avaient assisté à des réunions scientifiques de Socrates. Cela dit, l'Administration avait sa logique pour elle : savoir ce qui se tramait dans les laboratoires de recherche était incontestablement devenu une nécessité stratégique pour un Etat. Toutes choses égales par ailleurs, la situation était semblable à celle de l'équilibre de la terreur, au XXe siècle.

L'épidémie généralisée de FS n'avait fait qu'exacerber la nouvelle confrontation qui avait dressé, à la fin du siècle, le Nord et le Sud l'un contre l'autre, tous régimes politiques confondus. Le groupe des pays nantis contre le reste de la planète. Depuis, les données épidémiologiques avaient engendré de nouveaux clivages, entre les pays possédant les structures leur permettant de faire face tant bien que mal à l'épidémie, et ceux qui, d'emblée, avaient été débordés.

Bradbury ne chercha pas à interrompre le long silence de Verne. Il l'observait en souriant. Il savourait sa revanche, après le moment difficile qu'il avait passé la veille avec lui.

— Je ne vois pas ce que je peux dire de votre lamentable indiscrétion consistant à lire la dernière lettre d'un vieil ami, dit finalement Verne.

— Je vous comprends. Mais, que voulez-vous, ce sont les obligations de mon métier, qui valent bien les vôtres, mon cher professeur. En dehors de tout son blabla philosophique, votre ami vous demande de joindre ce savant à l'ONU — comment s'appelle-t-elle déjà? une Chinoise, je crois... —, pour lui transmettre une formule biologique. C'est bien ça? Il reconnaît lui-même que cette femme fait partie de Socrates. Bien qu'il le nie, nous avons des raisons de croire que Socrates est bien autre chose que la simple amicale d'intellectuels qu'elle prétend être, ne serait-ce que parce que les scientifiques se communiquent entre eux les résultats de leurs recherches bien avant d'en référer aux pouvoirs publics. Vous savez comme moi que depuis la résolution de l'ONU, toute découverte doit être soumise, dans chaque pays, à une commission dépendant du ministère de la Justice ou de l'Intérieur, avant d'être communiquée à l'étranger.

— Mais, colonel, vous savez aussi bien que moi qu'aucun savant digne de ce nom n'a jamais donné suite à cette résolution, et qu'aucun pays n'a, jusqu'à présent, sanctionné qui que ce soit pour le trafic dont vous parlez. La liberté de communication est la condition sine qua non du progrès de la science. Si vous mettez vos menaces à exécution, nous sommes tous foutus.

— Ce n'est pas sûr. Quoi qu'il en soit, nous en sommes toujours au même point en ce qui concerne le FS. Non? Mais les choses vont changer. Il est grand temps que l'Administration contrôle ce qui se passe dans votre milieu de privilégiés. Socrates représente un danger pour l'Etat qui est notre dernier rempart contre l'anéantissement.

— Colonel, vous me donnez envie de rire!

Le colonel regarda sa montre.

— Ecoutez, Verne, je n'ai pas beaucoup de temps. Riez si vous voulez, ça m'est égal. Je pense que nos services, ou ceux du FBBS, finiront par connaître la vérité. Nous décrypterons les messages qui circulent entre les membres de Socrates, ceux que nous avons déjà interceptés comme les autres. Nous saurons comment Socrates est organisé, le dessous des cartes, les lieux de réunion, les objectifs... Ce n'est qu'une question de temps. Je pense que la lettre de Milner est l'une de nos prises les plus importantes. Cette formule biologique...

— Elle est parfaitement banale.

— Nous verrons bien. J'ai reçu l'instruction de vous laisser partir, mais pas la jeune femme du Réseau. Elle va être confiée aux bons soins de FBBS. Après tout, c'est leur travail. Inutile de faire un dessin sur ce qui attend votre protégée. Le Réseau n'intéresse pas la MID. A moins que...

— A moins que?

— Si vous le souhaitez vraiment, je peux vous laisser partir avec elle.

— Et en échange?

— Vous me direz ce que contient vraiment cette lettre. Milner ne vous a pas écrit un simple message d'adieu. La mission dont il vous charge le prouve. Le reste, c'est de la poudre aux yeux. Washington me couvrira si j'échange Hastings contre ce que vous savez. Sinon...

— Le problème, mon cher colonel, c'est qu'il n'y a rien d'autre dans le message que ce que vous pouvez lire vous-même, en dehors de cette formule qui est une simple séquence d'ARN sans aucun intérêt pour vous. Désolé.

— C'est moi qui suis désolé. Je serai dans mon bureau cet après-midi. Si vous changez d'avis...

— Je ne changerais pas d'avis, même si je le voulais. Quant à ma mission, qui consiste à transmettre une simple formule moléculaire à un collègue, nous verrons si la CIA, ou vous-même, ou qui que ce soit d'autre, aura le culot de m'en empêcher.

Le colonel Bradbury haussa les épaules. Pour la première fois, Verne le vit se gratter la tonsure, comme le faisaient tous les hommes, en cette année de grâce 2015.

— Je vous ferai connaître ma décision concernant mon départ dès que je l'aurai prise.

Verne tourna les talons sans saluer le colonel, et se dirigea d'un pas décidé vers l'hôpital.

2

« ... La police se perd en conjectures sur les auteurs de l'attaque survenue hier matin. Selon une source généralement bien informée, il s'agirait d'une bande d'illuminés du Réseau. Les attaquants ont réussi à arrêter le train de San Francisco en rase campagne, après avoir dressé un barrage sur la voie. L'attaque a eu lieu à une dizaine de miles de McCook, dans le Nebraska, un gros bourg agricole situé à deux cents miles à l'est de Denver. Les causes de cet acte de piraterie restent pour l'instant mystérieuses. Il semble qu'aucune déprédation ni aucun vol n'ait été commis. Pour l'instant, tous les témoins sont retenus à Lincoln pour les besoins de l'enquête. Notre reporter, qui se trouve à la mairie, entrera en contact avec notre studio aux alentours de midi, heure à laquelle nous retransmettrons en direct la déclaration à la presse de l'assistant du District Attorney chargé de l'enquête, Rick McCarney. Nous espérons qu'il sera en mesure de nous communiquer toutes les explications que nous attendons sur cet événement incroyable... »

— Tu parles! marmonna Annabelle.

Comme chaque matin, elle avait préréglé sa télévision murale pour être réveillée à huit heures par le journal de la NBU, l'une des douze chaînes nationales. Le présentateur vedette, un quinquagénaire distingué aux cheveux poivre et sel, cherchait d'évidence à dissimuler par ses circonlocutions que les informations étaient filtrées par la police. En haut lieu, on attendait sans doute les premiers éléments de l'enquête pour décider de la ligne officielle à adopter.

Bien que le journaliste n'ait fait aucune allusion à la présence de René Verne dans le *California Zephyr*, Annabelle était persuadée que, derrière l'attaque du train, c'était bien le savant qui était visé. Peut-être même avait-on simulé une attaque pour le kidnapper dans le but de lui faire rencontrer la messagère de Milner. Si c'était le cas, le Réseau avait marqué un point décisif, et les choses ne pouvaient aller plus mal pour elle.

Elle décrocha du mur le « TV screen » extra-plat à cristaux liquides et l'emporta dans la cuisine, où elle l'accrocha à la poignée de la porte. Ayant sorti du four à ondes un « Ready breakfast », elle s'installa derrière le bar qui séparait la pièce du salon. Pendant qu'elle avalait rapidement un bol de céréales enrichies de tout ce que la terre comptait de produits fortifiants, le présentateur du journal télévisé continuait à broder sur l'événement principal de la matinée. Sur fond de gravures d'époque, il comparait ce qui était arrivé aux attaques des tortillards à vapeur du Far West par des bandes d'Indiens sur pied de guerre.

Après une pause publicitaire, le journaliste passa à la deuxième grande nouvelle de la matinée : la prise du QG des Virginas, à Los Angeles, dans la nuit de samedi à dimanche. Cette fois, aucun détail ne manquait. Le capitaine Paul Williams, chef de la police locale, interviewé sur les lieux mêmes du combat, commentait les images en direct avec une satisfaction horripilante.

A le voir expliquer en long et en large sa stratégie sans faire la moindre allusion à l'aide qu'il avait reçue du FBBS, Annabelle regretta presque la façon dont les Virginas s'étaient fait prendre. Le reporter, après avoir précisé que Loca, la chef de la bande, avait réussi à s'échapper avec quelques-unes de ses fidèles, raconta ensuite la mort extraordinaire des deux frères Burger.

Annabelle apprit ainsi que Samuel Burger, l'ancien marine, allait être décoré de la Purple Heart à titre posthume, avant d'être enterré dans le cimetière militaire de Oakland où il était né. Par un vote unanime de la Chambre, l'Etat de Californie avait pris la décision d'offrir l'arbre qui devait être planté sur sa tombe, comme le voulait la coutume depuis le décret rendant obligatoire la crémation.

En revanche, Donald Burger, le membre du Réseau frère du précédent, subirait la « punition des cendres », selon le mot célèbre du révérend Max Graham. Elles ne seraient pas enterrées, mais jetées directement dans la mer... « ou dans une décharge publique ! » pensa Annabelle.

Après une nouvelle interruption publicitaire, le présentateur annonça le chiffre hebdomadaire des morts par FS, Etat par Etat, communiqué directement par le Center for Diseases Control d'Atlanta.

L'énumération macabre fut suivie d'un reportage dans l'un des laboratoires du National Institute of Health de Bethesda, au cours duquel le directeur William Gallup fit le point des résultats de la recherche médicale sur le FS.

Excédée, Annabelle éteignit son poste, et alla raccrocher son « TV Screen » sur le mur du salon.

Avant de quitter son appartement, elle essaya une nouvelle fois de joindre Mary Peale. En vain.

Au carrefour de Union Station, Annabelle faillit emboutir un camion transportant des bouteilles de lait. Elle fit un geste obscène au livreur, qui la regarda, médusé, disparaître dans E Street en direction de l'ouest.

Malgré le plaisir qu'elle prenait à parcourir à pied les deux kilomètres qui séparaient son immeuble du bâtiment du FBI, Annabelle avait pris la décision, ce matin-là, de reprendre sa voiture, qu'elle avait laissée dans la rue en revenant de son expédition nocturne. Elle adorait pourtant sa Toyobishi décapotable, et ne supportait pas la moindre égratignure sur la carrosserie, comme il y en avait presque chaque fois qu'elle négligeait de la mettre au parking.

Mais, la nuit dernière, sa visite au sous-sol du bâtiment du FBI, où se trouvait l'ordinateur central, lui avait porté un coup au moral.

Tout s'était pourtant passé sans accroc. Au milieu de la nuit, elle était allée chercher l'argent promis à Bill Morgen chez une bookmaker de ses amies. Comme convenu, les deux comparses l'attendaient à dix heures du soir dans le bâtiment J. Edgar Hoover. Derrière sa table de contrôle, le garde avait passé leurs cartes d'identité au lecteur électronique, et les leur avait rendues sans commentaire.

Annabelle savait qu'à moins que ce ne fût déjà le cas, la direction serait mise au courant de ses investigations dans les heures suivantes. Aucun des prétextes qu'elle aurait pu alléguer pour expliquer les raisons de son enquête sur le passé de Lombard ne valait un clou. Morgen et Haldane savaient également à quoi s'en tenir. Mais, en tant qu'officier assistante de la directrice du FBBS, elle avait théoriquement le droit d'exiger leur coopération. Ils en seraient quittes pour une engueulade. En ce qui la concernait, ce serait une tout autre affaire. Elle jouait son va-tout. Soit elle réussissait à déboulonner Claudia Lombard, soit elle était bonne, dans le meilleur des cas, pour une mutation au fin fond de l'Alaska...

Le trio avait commencé par faire une halte dans le bureau de Morgan, qui lui avait réclamé les mille dollars promis. Puis le groupe s'était séparé. Pendant les quelques minutes nécessaires aux deux acolytes pour injecter, chacun sur un terminal, les deux clés d'entrée complémentaires qui permettaient d'ouvrir la bibliothèque ultrasecrète contenant les dossiers personnels des membres du FBBS, Annabelle était restée seule. Morgan était ensuite revenu la chercher, et l'avait conduite dans un bureau muni d'un terminal, où le nom de Claudia Lombard s'affichait en gros caractères sur l'écran.

— Voilà. Vous appuyez sur cette touche pour ouvrir,

sur celle-ci pour faire défiler, et sur cette autre pour fermer, avait-il dit en désignant les touches correspondantes sur la console. Vous avez une demi-heure. Après, un système de contrôle alerte automatiquement la Sécurité. Il faut alors produire des justificatifs spéciaux, etc. Pas la peine de compliquer notre histoire. Une demi-heure devra vous suffire. Et vous n'aurez pas de copie. C'est interdit. Appelez-moi si vous avez terminé avant. Je suis à côté.

Pendant une demi-heure, Annabelle avait consulté le rapport sur Claudia Lombard que l'officier du FBI avait adressé à la Civil Service Commission du Congrès. Elle avait épluché toutes les pièces à conviction, les photos, les témoignages, les récits. Elle avait appris beaucoup de choses sur sa patronne, sur sa vie, ses goûts, ses fréquentations, sa carrière...

Mais le rapport ne disait que peu de choses sur l'affaire Sullivan, qui n'avait concerné Claudia Lombard qu'indirectement, par l'intermédiaire de son père.

L'affaire avait éclaté en 1998. Le rapport précisait que le père de Claudia Lombard, Peter Lombardi, avait été pendant trois ans le conseiller personnel et l'homme d'affaires du sénateur de l'Indiana, après avoir abandonné une brillante carrière d'avocat à Indianapolis. Le jour de la mort de son patron, Lombardi était en déplacement au Canada.

Le rapport du coroner, dont l'officier reproduisait des extraits, mentionnait que John Theodor Sullivan s'était donné la mort pendant la nuit du 27 novembre 1994, en avalant une boîte entière de tranquillisants. Il avait laissé une lettre dans laquelle il exprimait, sans autre explication, son désir de se supprimer. L'autopsie avait confirmé la mort par intoxication.

Cependant, des éléments troublants jetaient un doute sur la thèse du suicide. L'après-midi précédant sa mort, le sénateur avait fait une partie de golf avec l'un de ses proches amis, le sénateur du Mississippi Harry Roman Calwell. Selon le témoignage de son partenaire, il avait paru en pleine forme. En outre, Calwell avait affirmé qu'au cours de la partie Sullivan avait évoqué l'existence d'une mystérieuse communication qu'il avait mis plusieurs mois à préparer, et qu'il souhaitait présenter au Sénat dans les jours à venir. Mais il avait refusé d'en dire plus. Cependant, Francis Jack Mason, le *floor leader* du parti démocrate auquel appartenait le sénateur Sullivan qui, pour le moins, était censé connaître les initiatives des membres de son groupe parlementaire, était tombé des nues quand le coroner l'avait interrogé sur ladite communication.

Aucun dossier n'avait été retrouvé dans les papiers du défunt. Sa femme, Susan Jennifer Sullivan, avait confirmé que son mari travaillait sur une affaire qui lui prenait le plus clair de son temps, mais dont il avait toujours refusé de lui parler. Pour corser le tout, on ne connaissait au sénateur aucune tendance dépressive.

Enfin, dernière curiosité, et non des moindres, John Sullivan était seul chez lui le soir de son suicide. Ses deux domestiques étaient absents : l'un était en congé, l'autre avait été arrêté sur la voie publique et retenu toute une journée par la police, à la suite d'une erreur due à sa ressemblance malencontreuse avec un malfaiteur recherché pour hold-up. Enfin, le même jour, la femme du sénateur était hospitalisée dans une clinique privée pour une intervention chirurgicale. Quant à l'alibi du père de Claudia Lombard, qui faisait un séjour à Ottawa, il était inattaquable. Un an plus tard, Peter Lombardi se tuait sans témoins sur une autoroute de l'Indiana, en perdant le contrôle de sa voiture.

A cet instant, l'attention d'Annabelle avait été attirée par un détail insolite qui lui avait fait battre le cœur. Elle avait même cru avoir trouvé ce qu'elle cherchait : le rapporteur racontait en effet que Peter Lombardi s'était fait connaître dans sa profession en assurant avec brio la défense de Michael Angelhardt, le célèbre Pardone de la Mafia, et cela dans la seule affaire où l'Administration fédérale avait faillit coincer le gangster.

En effet, la brigade fiscale du Trésor était sur le point de démontrer qu'Angelhardt avait blanchi une somme considérable d'argent, d'origine inconnue, qu'il avait investie dans une série télévisée à Hollywood, quand

Lombardi avait produit une pièce prouvant l'origine de l'argent, et fait acquitter son client. Malheureusement pour Annabelle, la découverte qu'Angelhardt avait été l'obligé de Peter Lombardi ne prouvait pas grand-chose. Après tout, défendre un Capo de la pègre faisait partie du métier d'avocat.

Lorsque Morgan était venu la rechercher, Annabelle avait fait le tour du dossier, sans avoir rien appris qui puisse relancer une enquête vieille de dix-sept ans. Un instant pourtant, elle avait eu l'impression fugace d'avoir noté quelque chose d'essentiel. Mais, malgré ses efforts, elle n'avait pas réussi à retrouver ce qui avait attiré son attention, et avait quitté le FBI la mort dans l'âme.

C'était donc la deuxième fois qu'en l'espace de quelques heures Annabelle pénétrait dans le parking du bâtiment J. Edgar Hoover, et garait sa voiture à la place qui lui était réservée.

Elle répondit en ronchonnant à une secrétaire qui la salua dans l'ascenseur. Après le week-end désastreux qu'elle venait de passer, l'idée de se retrouver en butte aux reproches hystériques de la patronne du FBBS la déprimait complètement. Elle espérait encore que Lombard serait trop accaparée par l'incroyable nouvelle de l'attaque du *California Zephyr*, pour s'intéresser à elle, mais elle n'y croyait pas une seconde.

« Si la patronne est chez Black, je rédige ma lettre de démission, je prends mes affaires et je disparais », pensa Annabelle, qui savait pourtant qu'elle n'avait que peu de chances de s'en tirer à si bon compte.

La secrétaire leva le nez de son écran quand Annabelle pénétra dans l'antichambre de son bureau.

— Ah, miss Weaver, c'est vous, enfin ! dit-elle aussitôt. Le secrétaire du directeur Howard Black vous a appelée à plusieurs reprises. Il demande que vous vous rendiez dans son bureau dès votre arrivée. Il a eu l'air très étonné de ne pas réussir à vous joindre.

Annabelle était stupéfaite. Lombard devait être avec le directeur, à moins que...

— Où est la patronne ? demanda-t-elle.

— C'est justement ça le problème : personne ne l'a vue ce matin, et elle n'est pas chez elle.

— Vous voulez dire... qu'elle n'est pas venue au bureau ?

C'était bien la première fois que cela se produisait. Elle serait d'abord passée au bureau avant de rejoindre Black. Annabelle n'imaginait pas que sa patronne se rende directement à une convocation du directeur du FBI. Il se passait quelque chose d'anormal.

— Bon, j'y vais immédiatement. Préparez... Non, attendez que je sois revenue.

Annabelle reprit l'ascenseur et monta directement au saint des saints, au sixième étage du bâtiment. Un garde l'attendait devant la porte de l'ascenseur. Elle passa le sas de détection d'armes, et fut immédiatement introduite dans le bureau du secrétaire de Black.

Vêtu d'un costume sombre, Larry Walton était un homme longiligne, aux manières précieuses, qui cultivait un faux air de clergyman.

— Miss Weaver ? dit-il d'un ton affecté. Un instant, je vous prie. Le patron va vous recevoir immédiatement.

Il se leva et disparut par une porte.

Annabelle était impressionnée. Elle avait rarement rencontré le directeur du FBI. Elle n'était pas sûre qu'il ait jamais fait attention à elle.

Walton revint presque aussitôt, et lui fit signe de le suivre.

La porte se referma derrière elle.

Le bureau, richement meublé en style trente du siècle dernier, était immense, et se prolongeait par une terrasse. Par la baie vitrée, on apercevait Pennsylvania Avenue avec au bout le dôme du Capitole resplendissant dans la lumière du matin.

— Venez vous asseoir, dit une voix qui sortait d'un immense fauteuil dont elle ne voyait que le dossier.

Les jambes croisées, des lunettes en demi-lune sur le nez, Black était en train de feuilleter un dossier. D'une main, il invita la jeune femme à s'asseoir dans un fauteuil qui tournait le dos à la véranda.

— Une seconde, et je suis à vous, dit Black, qui se prolongea dans ses papiers.

« J'aurais dû mettre un autre pantalon », se dit Annabelle, un peu surprise d'être soudainement préoccupée par son apparence. Cet homme lui en imposait. Cela ne lui était jamais arrivé, d'être aussi intimidée.

Black posa le dossier sur une table basse, passa le bout de ses doigts sur les quelques cheveux soigneusement peignés qui recouvraient son crâne dégarni, et se mit à observer Annabelle de ses yeux bleus avec une insistance qui la troubla.

« C'est ce qu'il cherche, le salaud », se dit-elle, bien décidée à ne pas se laisser impressionner.

Elle croisa les jambes, et tourna la tête pour échapper à son regard. Accroché au mur, un tableau étrange attira son attention. La peinture représentait une campagne rieuse vue en surplomb avec, en plein ciel, une forme humaine qui évoquait la chute d'un ange blessé sur le point de s'écraser sur le sol.

— C'est une représentation de la chute d'Icare, dit Black. Vous connaissez le mythe ?

Annabelle, qui connaissait l'histoire comme tout le monde, hésita une fraction de seconde, avant de se décider à faire un signe négatif de la tête.

— Non ? Vous m'étonnez. Il s'agit d'un mythe de la Grèce antique. Il y est question d'un mortel qui était obsédé par le désir de voler. Il se confectionna des ailes, dont il colla les plumes avec de la cire. Selon la légende, il parvint à voler. Malheureusement, par présomption sans doute, il s'approcha trop près du soleil, et il arriva ce qui devait arriver. La cire fondit, notre homme tomba et se tua. Ça m'aide parfois dans mon travail, de penser à cette histoire. Vous connaissiez Michael Angelhardt ?

Annabelle sursauta, surprise par la brutalité de la question. Etait-ce une coïncidence ? Depuis deux jours, elle avait rencontré deux fois le nom du Capo de la Mafia. Il y avait d'abord eu ce rendez-vous secret avec le chef du Réseau californien Kess Sherman, découvert par Robert Kane, qu'elle avait décidé, après mûre réflexion, de dissimuler à sa patronne. Et puis, cette nuit même, elle avait retrouvé le nom d'Angelhardt dans le dossier personnel de Claudia Lombard...

— Vous voulez parler du Padrone de la Mafia?
— Précisément.
— J'ai entendu parler de lui.
Black joignit ses mains devant sa bouche, les coudes appuyés sur les accoudoirs de son fauteuil.
— Ce n'est pas n'importe qui, cet Angelhardt. On l'appelle Cœur d'Ange. C'est ce que veut dire son nom, comme vous l'avez sans doute remarqué, en anglais comme en allemand. Car il est d'origine allemande. Vous connaissez son surnom?
— Oui.
— En tout cas, celui qui y a pensé ne manquait pas d'humour. Je veux dire, d'humour noir! Car, pour avoir du cœur... Je vais vous raconter une ou deux choses à son propos.
Black avait adopté le ton didactique qu'il prenait volontiers depuis qu'il avait enseigné à l'université.
— Voulez-vous boire quelque chose? Un cola-coke?
— Euh... non, merci.
Black jeta un regard aigu sur la jeune femme.
— Ne vous gênez pas pour moi. Je sais que Lombard a quelques préjugés concernant notre boisson nationale. Mais je ne vois personnellement aucun inconvénient à ce que l'on soit un peu attaché à la coke. Vous êtes sûre que vous ne voulez pas...?
— Si vous insistez.
— A la bonne heure!
Black porta à sa bouche un minuscule micro HF posé sur l'accoudoir de son fauteuil, et murmura quelques mots.
« Un micro HF... Evidemment, tout est enregistré », pensa Annabelle.
Elle commençait à se détendre. Ce qu'elle craignait ne s'était pas produit. Pour l'instant, il n'avait pas été question de son équipée de New York.
Elle remarqua que le directeur du FBI portait au petit doigt de la main gauche une chevalière en or sertie d'un diamant jaune.
« Au bas mot, elle vaut trois cent mille dollars », se dit-elle.

L'idée que Black était peut-être gay lui traversa l'esprit. Elle émit un petit rire involontaire. Aussitôt, Black la fixa avec une expression d'une telle froideur qu'elle se sentit clouée sur place. Elle se demanda s'il avait saisi le cours de ses pensées.

A cet instant, Larry Walton entra, portant un plateau. Il posa devant Annabelle une bouteille de cola-coke, un verre contenant une branche de menthe fraîche, un seau à glace, et ressortit aussitôt.

— Vous ne buvez rien? demanda Annabelle.

— Non, je ne bois pas.

Pour la première fois, elle le vit esquisser un sourire. Il utilisait tous les trucs. La regarder se défoncer était une vieille technique pour assurer son ascendant.

Elle but une gorgée de son cola-coke sans chercher à cacher sa satisfaction. Puis elle s'enfonça dans son fauteuil, le verre à la main.

Black prit aussitôt la parole.

— Michael Angelhardt est né en 1955 dans la banlieue de Chicago, à Joliet. Ses parents ont émigré d'Allemagne après la Deuxième Guerre mondiale, grâce à l'intervention discrète du Département d'Etat... Vous voyez ce que je veux dire. Son père a travaillé comme contremaître dans une usine locale. Dès son enfance, Angelhardt est devenu un chef redouté du quartier. Sa réputation était déjà solidement établie lorsque, à la tête d'un gang d'adolescents, il a froidement exécuté un rival à coups de barre de fer. Il n'est resté que trois ans dans une prison d'adolescents et, à peine sorti, s'est engagé dans une section spéciale de l'armée dépendant de la CIA pour se refaire une virginité. A l'époque, l'Agence, intervenait déjà beaucoup en Amérique centrale. Vous me suivez?

— Très bien.

Annabelle avala une nouvelle gorgée de sa boisson favorite. Son esprit devenait d'une acuité et d'une légèreté extraordinaires.

— C'est là qu'il a fait la connaissance de Juan Meyer. Vous en avez entendu parler?

— Non, jamais.

— Ce n'est plus de votre âge. Meyer est mort en 1988, en essayant de s'évader du pénitencier de Joliet, la ville natale d'Angelhardt. Vous n'étiez encore qu'une enfant. Il a été un des plus gros caïds du trafic de la cocaïne entre la Colombie et les Etats-Unis. C'est lui qui a formé Angelhardt. Colombien, Meyer était allemand par son père, ce qui explique peut-être leur complicité. Il a tout appris à Cœur d'Ange : le ramassage et le séchage des feuilles, la transformation en pasta, puis en cocaïne, le traitement en laboratoire, le passage clandestin aux Etat-Unis par avion via l'une des cinq cents îles des Bahamas, les sociétés gigognes, nationales et internationales, le blanchissage de l'argent, les complicités politiques, policières, judiciaires, tout...

« En 1987, à la suite d'un coup de fil anonyme, Meyer est tombé entre les mains d'un commando de la police colombienne, dans un ranch du Rio Negro. Beaucoup de gens pensent qu'il a été donné par Angelhardt. Ce serait tout à fait dans sa manière. Mais il n'y a pas de preuve. En tout cas, le pauvre Meyer n'a pas eu de chance. Il a été le premier des « narco-traficantes » à être extradé vers les Etats-Unis pendant les quelques mois de validité du traité d'extradition que notre pays a signé avec la Colombie, c'est-à-dire avant que la Cour suprême de Bogota, sous la pression de la Mafia locale, le déclare inconstitutionnel. Il a fallu attendre deux ans, ensuite, pour que la guerre contre le Cartel de Medellin, décrétée par le président Virgilio Barco, change les données du problème, que la Mafia américaine prenne le contrôle du trafic et que les extraditions reprennent.

« En Floride, Juan Meyer a été condamné à perpétuité par le tribunal de Jacksonville. C'est à la suite de son transfert dans l'Illinois, où il devait être jugé pour une vieille histoire de hold-up, qu'il a cherché à s'échapper et a trouvé la mort. Dans les années qui ont suivi, Cœur d'Ange est devenu l'un des plus gros Padroni de la Mafia. Il contrôlait tout le trafic de la cocaïne. A cette époque, il vivait dans une île des Bahamas, qui lui appartient toujours, dans les Exuma Cays, où se trouve un terrain d'aviation qui peut recevoir des jets internationaux.

Black se leva et, les mains dans les poches, se dirigea vers l'immense baie vitrée.

« Il va enfin entrer dans le vif du sujet », se dit Annabelle, qui se sentait merveilleusement bien. Elle pensa que ses ennuis étaient terminés. Si Black prenait la peine de lui parler si longuement, c'est qu'il avait besoin d'elle.

Il revint s'asseoir, et reprit sa position favorite, les mains jointes, les coudes appuyés sur les accoudoirs.

— En 1998, le docteur René Verne découvre par hasard un rétrovirus mutant, le SFV, qui change le cours de l'histoire du monde. Dans les mois qui ont suivi, des leaders politiques responsables, décidés à sauver le pays d'un désastre de plus en plus probable, compte tenu des hésitations de l'Administration en place, décident de se réunir régulièrement pour étudier les conditions nécessaires à une reprise en main du pays. Un énorme travail est abattu en quelques mois. Les éléments de ce qui va devenir la loi Fuchs sont peu à peu réunis. C'est ce travail qui va en particulier permettre au président républicain Glen Monroe, élu en 2004, de prendre immédiatement les mesures qui s'imposent.

« Or, pour les hommes politiques, la nécessité de généraliser les implantations d'Aspics à toute la population était freinée par le fait de devoir imposer, en même temps, une nouvelle prohibition de l'alcool. Vous connaissez les effets secondaires redoutables provoqués par l'alcool chez les aspiciens.

— Oui. Je me suis toujours demandé pourquoi on n'en était jamais venu à bout.

— Si j'ai bien compris, c'est une affaire de métabolisme cérébral. L'alcool augmenterait anormalement la réactivité des centre nerveux contrôlés par l'Aspic.

— C'est ce qu'on prétend, en effet.

Black sembla hésiter, avant de reprendre :

— Curieusement, pour beaucoup d'entre nous, c'était cette mesure qui paraissait la plus difficile à imposer au pays ! Sans doute, l'histoire de la première prohibition — Al Capone et Eliott Ness font partie du patrimoine national — est-elle pour quelque chose dans les réticences que nous avons rencontrées. Vous me suivez?

— Mais très bien, répondit Annabelle, d'une voix ferme.

— Que voulez-vous dire? demanda Black, surpris de la pointe de sarcasme qu'il venait de percevoir dans le ton de la jeune femme.

— Mais que votre analyse me paraît extrêmement juste. Sans whisky, il n'y aurait peut-être jamais eu de conquête de l'Ouest!

— Vous trouvez? En tout cas, c'est pour éviter un drame dans la population que l'idée géniale de trouver un succédané à l'alcool s'est imposée à tous, à la condition que ç'en soit réellement un, c'est-à-dire qu'il ait des effets psychologiques et physiologiques similaires, voire même plus intéressants pour le consommateur, sans en avoir les inconvénients. L'expérience de l'armée avait déjà démontré que la cocaïne était la seule drogue qui puisse remplir ce rôle. Ne me demandez pas pourquoi c'est la cocaïne qui fut l'heureuse élue, et non le haschisch, ou n'importe quelle autre drogue. Ça a un rapport, je crois, avec une histoire d'hormone intracérébrale. La cocaïne, non seulement ne présente aucun des inconvénients de l'alcool pour un porteur d'Aspic, mais à la longue, elle a tendance à renforcer l'effet inhibiteur de l'implant sur les fonctions sexuelles.

— Ce qui est une très bonne chose.

— Exactement. Or, envisager le remplacement de l'alcool supposait un colossal effort d'imagination et d'organisation de toutes nos administrations — fédérales, étatiques et locales —, en vue du jour où la coke allait devenir un produit en vente libre. Il fallait décider si on allait mettre la cocaïne à la disposition du public sous forme de poudre — c'était déjà le cas depuis longtemps! — ou bien s'il fallait la dissoudre dans une boisson, voire dans de la nourriture. Vous savez que si la boisson a eu gain de cause, c'est pour la simple raison que le dosage et le contrôle des quantités absorbées étaient plus simples à effectuer. Il fallut également prendre des mesures réglementaires à l'égard des compagnies productrices de cola-coke qui allaient apparaître sur le marché. Cette tâche a été confiée à la Food and Drugs Administration, dont les prérogatives ont été considérablement augmentées.

« Mais où veut-il en venir? » se demanda Annabelle. Elle connaissait tout cela par cœur... En tout cas, elle réalisait que depuis un certain temps déjà, Howard Black ne lui dissimulait rien de sa participation auxdites réunions. Manifestement, il souhaitait lui montrer qu'il avait confiance en elle.

— L'organisation de la production de la cocaïne dans les premières années de l'Administration républicaine ne s'est pas faite sans mal, en particulier en ce qui concerne les réactions de la Mafia à sa légalisation. Mais, comme vous le savez, cela a grandement facilité l'acceptation, par la majorité des hommes de ce pays, de l'implantation des Aspics. Regardez ce qui s'est passé en Grande-Bretagne, après que le gouvernement travailliste a refusé de légaliser la coke. En 2006, les émeutes ont fait six mille morts. Vous le saviez? C'est un chiffre ultraconfidentiel.

— Six mille? Je ne savais pas qu'il y avait eu autant de morts.

Annabelle se sentait de plus en plus perplexe devant le véritable cours que lui donnait Black sur l'histoire de la légalisation des boissons à base de coke. Il venait d'aborder les ennuis que l'Administration avait eus avec la Mafia, quelques années après que la Famille eut conquis de haute lutte le contrôle du trafic de la cocaïne.

L'effondrement du prix de la drogue avait en effet obligé la Mafia à se retourner vers des activités plus lucratives. L'accord de Waikiki, en 2007, entre les Mafias américaine et japonaise faisait partie de cette nouvelle stratégie du Milieu, qui s'était mis à jouer la carte de la collaboration internationale, à un moment où la cacophonie n'avait jamais été aussi grande entre les nations.

— ... Or, le paradoxe, aujourd'hui, continuait Black, est que la Mafia en soit arrivée une nouvelle fois à contourner la prohibition de l'alcool. Par son trafic, le

Cartel met en danger toute l'organisation politico-sociale qui nous a permis de lutter, jusqu'à présent, contre l'épidémie de FS. Paradoxalement, il a trouvé des alliées chez les femmes, qui considèrent l'interdiction générale de consommer de l'alcool comme une atteinte à leurs droits fondamentaux. A propos... Quelle est votre position à ce sujet?

— Je préfère la coke, comme vous pouvez en juger, répondit Annabelle, refusant de s'engager.

L'inquiétude la gagnait. Mais où se trouvait Lombard? Black n'avait encore fait aucune allusion à la patronne. Il ne semblait pas au courant de ce qui s'était passé pendant le week-end.

— Vous avez mille fois raison, dit Black. Nous n'allions pas interdire l'alcool qu'aux hommes!

Annabelle pensa au mouvement des Adorateurs du FS, composé en majorité d'hommes, qui prônaient le déclenchement systématique des décharges aspiques à l'aide d'alcool pour se rapprocher de Dieu. Un ticket direct pour le paradis, en quelque sorte. Les dernières statistiques du FBBS parlaient de quatre millions d'hommes ayant clandestinement adhéré à la doctrine de Max Graham. Quatre millions!

— La répression contre le trafic d'alcool est devenue une nécessité impérieuse, dit Black. Un projet de loi est en cours d'étude au Sénat. Il propose que la publicité pour le cola-coke soit subventionnée par les autorités sanitaires. Enfin, la situation aujourd'hui est telle que nous sommes littéralement entrés en guerre contre la Mafia et le Cartel de Waikiki. Vous me suivez?

— Oui, monsieur. Mais je pensais...

Elle s'arrêta.

— Mais je vous en prie, continuez.

— A priori, cela semble sans rapport avec ce que vous dites, mais je pensais à la lettre de Joseph Milner que nous cherchons à intercepter.

— Eh bien?

— Si j'ai bien compris ce qui s'est passé ce week-end, elle nous a glissé entre les doigts. Or, Lombard m'a affirmé que Socrates était directement impliquée dans cette histoire. Voilà une organisation internationale différente du Cartel, que vous n'avez pas citée. En vous écoutant, je me suis demandée si, finalement, ils n'avaient pas partie liée!

— Vous voulez dire, le Cartel et Socrates?

— Oui, exactement.

Black prit un kleenex dans une poche de sa veste, et se mit à essuyer soigneusement ses doigts les uns après les autres, comme s'il venait à l'instant de sortir ses mains d'une eau douteuse. Fascinée, Annabelle le regarda faire. Elle avait complètement vidé sa bouteille de cola-coke.

— Votre idée est intéressante, dit-il finalement. Je n'y avais pas songé. Vous ne manquez pas de subtilité, mademoiselle. Cela pourrait nous être utile. Je vais mettre quelqu'un là-dessus.

« Il en est aux compliments », pensa Annabelle. Et il continuait à ne pas parler de Lombard.

— Il faudrait peut-être en glisser un mot à la patronne, dit-elle, décidant de se jeter à l'eau.

Black lui jeta un regard surpris.

« S'agit-il d'une feinte? » se demanda Annabelle.

— Vous ne la reverrez peut-être pas de sitôt, dit-il enfin.

— Il est arrivé quelque chose à la patronne?

Le cri avait spontanément jailli de la poitrine d'Annabelle. Black prit un air ennuyé.

— Selon des informations précises et concordantes arrivées ce matin, Angelhardt se trouve à Washington depuis ce week-end.

— Mais, quel rapport avec...

— Or notre homme ne quitte jamais son fief de Los Angeles sans une bonne raison, continua-t-il, sans tenir compte de l'interruption. J'ai entendu dire qu'il ne supportait pas le froid de nos latitudes.

Annabelle était sur le point de prendre tous les risques. Elle pensa que si, pendant le week-end, Lombard avait communiqué avec Black, elle était fichue. Elle prit une longue inspiration.

— Quand je pense qu'Angelhardt avait rendez-vous il

y a tout juste deux jours avec Kess Sherman, à Los Angeles! dit-elle d'une traite.

Cette fois, la surprise de Black ne sembla pas feinte.

— Qu'est-ce que vous me racontez là?

En quelques mots, Annabelle lui rapporta ses conversations téléphoniques avec Robert Kane, concernant la rencontre du Cœur d'Ange avec Kess Sherman, le chef du Réseau de la Californie-Sud.

— A la suite de notre intervention, Sherman a trouvé refuge chez les Virginas, où il a finalement été arrêté au cours de l'attaque de leur QG.

— Ça, pour une surprise...

Cette nouvelle avait manifestement ébranlé le directeur du FBI. Annabelle ressentait un immense soulagement. Il n'avait pas parlé à Lombard.

— Et vous pensez que c'est le dirigeant du Réseau qu'Angelhardt voulait rencontrer? demanda Black.

— Ça m'en a tout l'air.

— Personne ne m'a parlé de ça. Qu'est-ce que la Mafia veut faire de ces illuminés? Ça ne tient pas debout. Vous en avez parlé à Lombard?

« Maintenant ou jamais... » se dit Annabelle.

— Oui, pendant le week-end. Mon intention, ce matin, était de la voir pour...

— Impossible, l'interrompit Black. Votre patronne a disparu.

— Disparu? Mais que voulez-vous dire?

— Elle est peut-être partie...

— Non. Elle n'est partie nulle part. Ce matin, son domestique Bill a été retrouvé la gorge tranchée.

Annabelle se leva brutalement.

— Billy? Mais je l'ai vu...

— Asseyez-vous donc. Je suis au courant. Vous étiez chez Lombard samedi.

— Mais sa protection? Enfin, ce n'est pas possible!

— L'agent de police qui surveillait la maison a été retrouvé dans un fourré. Même chose pour les deux agents du FBBS de garde. Quatre cadavres, tous morts de la même façon.

— Et... et Lombard?

— Aucune trace. Mais nous nous savons qui l'a embarquée. Tous ces meurtres portent une signature : celle des yakusa, les hommes de main de la Mafia japonaise.

— Vous voulez dire que la Mafia a kidnappé Lombard ?

— Oui, c'est ce que je pense.

— Mais alors, quand vous parliez d'Angelhardt...

— Oui. C'est un coup de Cœur d'Ange.

— Mais quel est son intérêt ? Je ne comprends pas. Il veut faire chanter le Service ?

— Peut-être. Pour l'instant, nous n'en savons rien. Une chose est sûre : Angelhardt veut quelque chose. Nous n'allons pas tarder à savoir quoi. Le problème, c'est que nous sommes dans une position qui, sur le plan stratégique, n'est pas très bonne.

— Nous n'allons tout de même pas lui céder !

— Ce n'est pas le problème. Angelhardt a les moyens de déclencher un scandale.

Il hésita.

— Votre patronne entretenait des rapports avec la Mafia depuis des années.

Abasourdie, Annabelle écarquilla les yeux. Incroyable : le directeur du FBI, l'ami personnel de la Présidente, venait de l'informer tranquillement que sa patronne avait des liens avec le Milieu. Ce qu'elle était allée chercher la nuit dernière dans les archives du FBI était donc vrai ! Cette confidence, venant de la part de Black, avait des implications considérables. Il semblait lui proposer une alliance contre Lombard ! Or, c'était sa disparition qui avait tout déclenché. Black craignait quelque chose. Mais quoi ? La Mafia avait-elle barre sur le directeur du FBI ? C'était trop énorme. A moins que...

— Cela dit, ajouta soudain Black, qui avait laissé un long silence s'installer entre eux, je pense que vous êtes déjà au courant de beaucoup de choses. Je me trompe ?

« Le moment de vérité est arrivé », pensa Annabelle. Suivant sa pente naturelle, elle joua aussitôt son va-tout.

— Vous faites allusion à la visite nocturne que j'ai faite dans nos archives ?

— En effet, miss Weaver. Qu'alliez-vous chercher dans nos archives secrètes ?

— Avant tout, je tiens à dire que je savais que vous en seriez informé.

— Sans doute... Mais venez-en au fait.

— La coïncidence avec ce que vous m'avez dit est vraiment extraordinaire. Il y a quelques jours, j'ai appris qu'avant de mourir, le père de Clara Lombard a été le défenseur de Michael Angelhardt dans une affaire fiscale pour laquelle il a failli être condamné.

Observant Black, Annabelle s'arrêta de parler.

« Elle est décidément finaude, cette Weaver », pensa-t-il.

— C'est exact, dit-il à haute voix. Mais, vos conclusions ?

— Je me suis demandé si cette histoire avait été signalée à la Commission civile de nomination du Sénat, ou si on avait sciemment voulu la cacher. Dans ce dernier cas, Mrs Lombard a pu subir des pressions, voire un chantage. J'ai donc cru de mon devoir d'aller vérifier.

— Et... ?

— Et ce n'est pas le cas. L'affaire est inscrite noir sur blanc dans le rapport. La Commission a décidé de ne pas donner suite. Cela me suffit amplement.

Black en était à son troisième kleenex. Il croisa ses doigts et les fit craquer en retournant les mains.

— Eh bien, vous avez tort, dit-il soudain.

— Tort ?

— Oui. Vous êtes décidément très perspicace, mademoiselle. La Commission a passé cette histoire par profits et pertes faute de preuves. En outre, la Commission sénatoriale était présidée par un ami de Claudia Lombard. Enfin, vous voyez...

— Vous voulez dire que la Mafia a joué un rôle dans la nomination de Lombard à la tête du FBBS ?

Pour la deuxième fois, Annabelle avait crié de surprise.

Black rit franchement.

— Ce que vous dites est un peu exagéré, miss Weaver. Comme vous le savez, j'ai personnellement désigné

Claudia Lombard à ce poste. Si vous connaissiez mieux votre patronne, vous sauriez qu'elle n'est pas femme à se compromettre trop gravement avec la Mafia.

« Trop gravement... » Annabelle jubilait. Elle se dit qu'elle allait poursuivre ses investigations.

— Nous en avons assez dit pour aujourd'hui, dit soudain Black, qui avait changé de ton. Weaver, écoutez-moi attentivement.

Black allait enfin dévoiler ses batteries.

— Dès qu'Angelhardt aura pris contact avec nous, je veux que vous le rencontriez, lui ou la personne qui le représentera. Avant tout, nous devons récupérer Lombard. Vous allez servir d'intermédiaire entre le gangster et moi. Compris ?

— Oui, j'ai parfaitement compris.

— Bien. Je ne suis pas surpris.

Il sortit un mouchoir en coton de sa poche et se moucha énergiquement une narine après l'autre. Un mouchoir en coton ! Annabelle n'en avait pas vu depuis des années.

— Vous n'êtes pas autorisée à divulguer quoi que ce soit de cette affaire, ajouta-t-il, lorsqu'il eut terminé. Et surtout pas à cette jeune personne du Département d'Etat... Comment s'appelle-t-elle déjà ?

— Mary Peale, répondit Annabelle d'une voix blanche.

— C'est ça, Mary Peale. Portez continuellement un walkietalk sur vous. Je veux pouvoir vous joindre à n'importe quelle heure du jour et de la nuit. Je compte sur vous.

Il poussa un soupir à fendre l'âme.

— Ce sera tout, miss Weaver.

Il prit le micro HF qui était resté sur l'accoudoir du fauteuil, et murmura quelques mots. Larry Walton entra dans la pièce.

« En voilà un qui n'en a pas perdu une miette », pensa Annabelle qui se leva, salua Black, et suivit le secrétaire.

Dans l'ascenseur, elle aurait volontiers bondi de joie. La chance avait tourné. Lombard était neutralisée.

Quand la patronne serait libérée... On verrait bien. Elle avait largement le temps de se préparer. Et elle avait gagné la complicité de Black.

Elle allait faire venir Kess Sherman à Washington. Elle voulait apprendre ce qu'il était allé faire dans le repaire d'Angelhardt. Qu'est-ce que le Réseau avait à voir avec la Mafia ? Elle y gagnerait peut-être une arme contre le mafioso.

Soudain, un souvenir lui revint, comme une bulle venant crever la surface d'un étang. Elle avait trouvé ce qui était resté à la limite de sa conscience, pendant qu'elle compulsait le dossier de Claudia Lombard dans le sous-sol du FBI : quelques semaines plus tôt, son attention avait été attirée par le nom de la veuve du sénateur John Sullivan, cité dans le *Washington Post*, dans une liste de notables accordant leur soutien à une œuvre philanthropique en faveur des enfants atteints de FS.

Elle devait absolument retrouver cette femme !

Chapitre 11

1

Au début, l'épidémie de FS avait décimé les descendants des premières communautés de la partie ouest du Marin County, qui avaient si profondément marqué l'histoire de la seconde moitié du XXe siècle : la « beat generation » des Kerouac, Ginsberg et autres Ferlinghetti ; les mouvements hippie des années 60, du folk, de la musique indienne, de la route et du psychédélique, qui avaient émigré de Sausalito pour se réfugier dans l'arrière-pays du comté, quand leur port d'attache de la baie de San Francisco devint trop à la mode ; les sculpteurs, peintres, menuisiers, écrivains, tapissiers, musiciens, potiers, instituteurs, gourous, agriculteurs, fabricants de bijoux et de vêtements de cuir ; les petites communautés de la Petite Amérique, installées sur quelques dizaines de miles dans leurs maisons en bois, les « carpenter houses », entre Mill Valley, Bolinas et Inverness ; qui ne refusaient jamais un joint au déshérité venu de Goa ou de Peshawar, qui vénéraient la terre et les arbres, les animaux et l'air.

Depuis des années, la population du West Marin souffrait, atteinte dans ses forces vives par l'épidémie. A une heure au nord de San Francisco, les communautés autonomes — « sustainable communities » —, celles des traditions les plus radicalement américaines, tout droit venues de l'épopée de la colonisation de l'Ouest, se repliaient frileusement sur elles-mêmes. Des dizaines d'hommes, de femmes et d'enfants mouraient, des dizaines de familles étaient décimées. Les survivants portaient en eux l'ombre de leurs utopies caressées des nuits entières devant des feux de bois. Leurs yeux étaient secs, et leurs poings blanchissaient à force d'attendre le jour où leurs enfants retrouveraient l'espoir.

Quelques familles étaient parties, qui avaient souhaité étourdir leur mémoire blessée dans l'anonymat des villes. La plupart, cependant, s'étaient organisées sur place.

Au début de la catastrophe, et contrairement à ce qu'on aurait pu attendre de communautés aux traditions anarchisantes si profondément ancrées, peu d'hommes avaient refusé de répondre à la convocation des centres de contrôle AS. En 2006, ils avaient été parmi les premiers volontaires à sacrifier leur sexualité, conscients de contribuer à enrayer la progression du mal, et avaient accepté sans rechigner de porter un Aspic, dans l'attente de l'heure où la découverte du traitement du FS leur rendrait la pleine fonction de leur corps. Les traditions d'éducation communautaire des enfants, d'origines aussi diverses que leurs mœurs avaient été libres, leur permirent de s'adapter plus facilement à la généralisation de l'adoption des enfants sortis des CEA.

Les références christiques, voire judaïques, reprirent de la vigueur, et en particulier leurs traditions apocalyptiques communes. Le zen connut également un développement considérable, remplaçant l'influence des cultes hindouistes que les anciens hippies avaient rapportés de leurs voyages en Asie. En effet, pour de nombreux membres de la communauté, les traditions du bouddhisme japonais apparaissaient mieux adaptées à une ère où la souffrance et les maladies du corps étaient devenues la préoccupation majeure de la population. Dans un doux syncrétisme, les exercices de méditation transcendantale coexistaient avec les expressions les plus avérées des traditions judéo-chrétiennes si chères à la civilisation américaine.

Ainsi, toute la microsociété du West Marin se serait

sans doute enfoncée toujours davantage dans la résignation, si la tournure qu'avaient prise les événements, à peine la loi Fuchs entrée en vigueur, n'avait transformé la perception de ce qui était réellement en jeu dans le nouveau cours des choses. Les mesures de coercition politico-administrative prises par l'Etat apparurent rapidement comme un moyen utilisé par une caste bureaucratique pour asseoir son pouvoir.

Les premiers signes de rébellion ne mirent pas longtemps à se manifester. Sans doute à cause de la réputation libertaire des communautés de la Petite Amérique, les dispositions vexatoires prises par l'Administration se multiplièrent. Les agents du FBBS mirent un point d'honneur à contrôler avec tout le zèle dont ils étaient capables l'application de la nouvelle loi. Des tensions et des drames fleurirent, entraînant des protestations de plus en plus indignées.

C'est une banale affaire de drogue qui fit définitivement basculer la minisociété du comté dans l'opposition. Un jour, le FBBS lança une chasse systématique, dans la région, de la production et de la consommation de marijuana, attaquant de front l'une des plus vieilles traditions des communautés du West Marin. Des avions équipés d'appareils à infrarouges photographièrent toutes les parcelles du pays. Grâce à l'analyse spectroscopique des clichés, la police fut en mesure de détecter à coup sûr les endroits où se cultivait le cannabis. Fouilles des maisons, descentes dans les lieux publics et arrestations se multiplièrent, contribuant à braquer définitivement les communautés contre le nouvel ordre.

Non que l'« herbe » eût conservé le rôle qui avait été le sien dans les sixties. La plupart des habitants de la Petite Amérique avaient depuis longtemps renoncé à l'usage des drogues douces. Mais il s'agissait d'une tradition, et d'un gage de liberté.

Pour les fils et les filles des anciens hippies, la cocaïne était un pur produit de la civilisation technocratique, entièrement dépendante des puissances d'argent. En revanche, l'« herbe » était considérée comme un produit artisanal qui ne demandait aucune préparation.

N'importe quel individu avait la possibilité de cultiver du chanvre indien sur son balcon ou dans son jardin, comme une banale ortie.

Le rejet de la loi Fuchs par les communautés autonomes fut conforté quand le bruit se répandit que la consommation de marijuana, pour un porteur d'Aspic, ne présentait pas plus d'inconvénients que celle de la cocaïne. Si la consommation d'« herbe » continuait d'être considérée comme un délit, c'était, disait-on, parce qu'il était impossible de contrôler sa production.

Lorsque la consommation de cocaïne sous forme de cola-coke fut légalisée en remplacement de l'alcool, le tollé fut général. Les communautés se mirent à douter de la valeur des proclamations scientifiques de la Commission de biosociologie. Pour les hommes du West Marin, le désir de retrouver la liberté de leur corps devint ainsi le plus puissant des moteurs de la contestation.

Aussi une affaire qui ne concernait qu'une différence de conception sur les effets comparés de la cocaïne et de la marijuana, fut-elle à l'origine de la naissance d'une des branches les plus virulentes du Réseau de résistance. En quelques mois, la grande majorité des habitants du Marin County apporta une aide décisive à l'organisation clandestine. Dans les premiers temps, il ne s'agissait que de poser des affiches contestataires sur les arbres bordant les routes du comté, ou de cacher un dissident recherché par le FBBS. Mais la résistance se fit bientôt plus active : des attentats eurent lieu, des archives furent saccagées...

Alors que des milliers d'hommes et de femmes continuaient de mourir du FS, la lutte contre la loi Fuchs devint une obsession pour tous les habitants du comté. Ils avaient largement eu le temps de voir se confirmer leurs craintes sur les mesures coercitives liées à l'implantation des Aspics, qui se révélaient un formidable moyen de mise au pas de la population par les pouvoirs publics. Mais, en dehors du danger biologique qui restait entier, deux problèmes redoutables continuaient d'entraver le souhait unanime des membres du Réseau de se libérer de la loi Fuchs : l'impossibilité d'intervenir directement sur l'Aspic une fois qu'il était posé, sans risquer une mutilation cérébrale irréversible ; et l'efficacité du FBBS, autrement dit l'extrême difficulté de tromper la police sociobiologique et les centres de contrôle AS.

Après leur mariage, René et Melissa Verne s'étaient installés à Inverness, dans le West Marin, et n'avaient rencontré aucune difficulté pour s'intégrer à la communauté locale. Personne ne semblait tenir rigueur à René d'être le découvreur du FS et de collaborer à la Commission de biosociologie. Les traditions de tolérance de la région, ainsi que le pragmatisme et l'absence de sectarisme du couple, permirent aux Verne d'être acceptés par leurs voisins comme des membres à part entière de la communauté.

Les Verne savaient que plusieurs habitants d'Inverness étaient membres du Réseau. Mais un accord tacite existait entre eux et leurs voisins : on ne parlait pas de ces choses, ni au *Rosemary* du village de Point Reyes, où les Verne avaient l'habitude, le dimanche, de retrouver leurs amis pour déjeuner, ni dans les soirées où ils étaient régulièrement invités. Par un miracle d'intelligence, la confiance de part et d'autre était restée entière, et les liens d'amitié s'étaient développés.

Aussi, Melissa ne fut-elle guère surprise lorsque, ce lundi matin, elle vit se profiler, derrière la vitre de son salon, la silhouette de Sim Le Mair, qui habitait une « carpenter house » au bord de Tomales Bay, dont l'avant, construit sur pilotis, surplombait directement l'eau de la baie.

Dès qu'il reconnut Sim, Tobee se mit à japper de plaisir. Melissa sortit au-devant de son ami et frissonna malgré les rayons du soleil matinal. Le brouillard, qui avait enveloppé la maison toute la nuit, s'était éloigné en direction du sud vers Stinson Beach.

— Hi, Mely. Content de te voir, dit Sim en la serrant dans ses bras.

Troublée par le contact du corps massif de son ami, Melissa le repoussa brusquement. Sim lui jeta un regard surpris.

— Entre, Sim, dit-elle en lui tournant le dos pour cacher sa confusion. C'est gentil de venir me voir.

Sim avait une quarantaine d'années. D'une stature hors du commun, il donnait l'impression d'une force exceptionnelle : les cheveux roux fournis et bouclés, le visage rieur, les yeux clairs, il était éternellement vêtu d'une salopette en jean qu'il portait sur une chemise écossaise, dont les manches étaient roulées sur des avant-bras musculeux couverts de poils bouclés.

— Tu as de la chance de me trouver, dit-elle en traversant le salon. Je devrais être à l'Institut.

— Je passais dans la vallée. Je suis monté pour voir René. Il est là ?

— Non, répondit-elle sèchement. Veux-tu une tasse de café ?

— Avec plaisir.

Il était intrigué.

Depuis la terrasse, la vue plongeait directement sur Tomales Bay qui, sur une trentaine de kilomètres, s'enfonce comme un doigt à l'intérieur des terres, dans un axe nord-ouest sud-est. En fait, la baie suit le tracé oblique de la faille géologique d'Andreas qui, du nord au sud, sépare invisiblement, sur plusieurs milliers de kilomètres, le continent américain du plateau continental de l'océan Pacifique. Tous les spécialistes s'accordent pour dire qu'un jour, un tremblement de terre détruirait toute la région. Ce jour-là, la Californie pourrait tout aussi bien basculer dans l'océan.

De l'autre côté de la baie, vers l'est, on discernait des troupeaux de vaches broutant l'herbe rase des collines qui formaient un contraste étrange avec la forêt épaisse de conifères du Parc national de Point Reyes, au milieu de laquelle s'élevait la maison des Verne.

Pour voir l'océan, il suffisait, depuis la maison, de marcher une demi-heure vers l'ouest, et de franchir l'arête du Parc. On quittait alors la forêt, et la vue s'ouvrait sur une immense plaine couverte de hautes herbes, qui s'inclinait doucement vers le Pacifique. Au loin, sous la ligne ténue de l'horizon, l'océan apparaissait comme une densification du ciel — c'étaient les mêmes gris traversés de couleurs à peine visibles —, bordée par le feston irrégulier de la plage de Limantour. Vers le nord, on devinait la pointe du Roi — Point Reyes —, et la baie de Drake où, au XVIe siècle, le corsaire Francis Drake avait été le premier homme blanc à mouiller son voilier, pour apparaître, dans sa gloire éphémère, aux regards confiant des Indiens miwoks.

Melissa jouait avec une des nombreuses pierres fossiles que René et elle allaient régulièrement ramasser au pied des falaises de Sculptured Beach ou de Secret Beach, où se découpait le squelette d'un poisson d'une douzaine de centimètres, vieux de plusieurs millions d'années.

En tee-shirt et en jean, elle était allongée sur un matelas mousse posé sur le plancher ajouré de la terrasse. Dans un siège en rondins, les jambes largement écartées, Sim se curait les dents avec une allumette. Par terre, sur un plateau, traînaient les restes du déjeuner qu'elle lui avait proposé de partager. Le silence était à peine troublé par le piaillement des alouettes qui voltigeaient dans le ciel.

D'un geste brusque, Sim replia ses jambes. Le claquement sec de ses talons sur le plancher fit sursauter Melissa.

— Ecoute, Mely. Il y a quelque chose qui ne va pas, dit-il.

— Que veux-tu dire ?

— Tu as la tête ailleurs. J'ai l'impression de te déranger. Je ne t'ai jamais vue comme ça.

— Mais pas du tout, Sim. Je...

— J'ai besoin de voir René. C'est important. Où est-il ?

Melissa ouvrit la bouche pour lui répondre, et éclata en sanglots.

— Mais que se passe-t-il, bon sang ? Tu ne peux pas me le dire ?

— Mais si, répondit Melissa. Je ne suis pas dans mon assiette, voilà ce qu'il y a.

Sim se leva.

— Je vais chercher un joint dans la voiture.

— Non, Sim. Je ne fume plus depuis longtemps. Ça va me déprimer.

— Ça te fera du bien.

Melissa écrasa le mégot muni d'un filtre en carton qu'avait confectionné Sim. Pour la première fois depuis deux jours, elle sentait son corps se détendre sous la chaude caresse du soleil.

Sim avait raison. Elle eut envie de rire. Un joint, à son âge ! Mais quelle tristesse, aussi. Et cette lucidité indéracinable... Elle aurait tant voulu, une fois encore, se fondre dans l'intensité lumineuse de la campagne alentour, encore si proche de la virginité originelle de la terre. Elle pensa au phare de Point Reyes. Chaque fois qu'une tempête déchirait l'océan, elle était surprise de le retrouver, dressé comme un I à l'extrême pointe de la presqu'île.

— Que lui veux-tu, à René ? Tu ne peux pas m'en parler ? demanda-t-elle à Sim.

— Bien sûr. Mais j'aurais préféré en parler avec lui. Ne te vexe pas, Mely, mais...

— Je ne me vexe pas.

— C'est à propos des Aspics. Un ami m'a raconté qu'on avait découvert un moyen de les remplacer par un autre appareil. Une fausse « araignée »... Tu vois ce que je veux dire ?

— Une fausse ? Tu veux dire que les hommes pourraient récupérer leurs facultés sexuelles quand ils le voudraient ?

— Exactement. Le contrôle AS n'aurait plus aucun moyen pour détecter la différence avec un vrai Aspic. Tu imagines les conséquences, si c'est vrai ?

Malgré sa tristesse, Melissa se mit à rire.

Elle aimait bien Sim. C'était un sculpteur extraordinaire. Il travaillait sur des morceaux de bois de séquoia trouvés sur la plage et qui avaient longuement baigné dans l'eau de mer. Il passait son temps à représenter des hommes portant un chapeau. Toutes sortes d'hommes, la forme et les veines du bois guidant le ciseau, visages burinés à l'expression farouche surmontés d'un chapeau cloche s'arrêtant au ras des sourcils. Des sculptures de toutes tailles, sans jambes ni abdomen, portant quelquefois une cravate. Elles faisaient penser aux statues de l'île de Pâques, avec leur rigidité totémique, l'éternité au fond des yeux.

Toute son œuvre donnait la même impression d'indestructibilité, comme si ses sculptures étaient faites de cet acier qu'on plonge dans l'eau froide encore rougeoyant, pour mieux en fixer la trame cristalline. Pourtant, la matière en avait été vivante, il y a bien longtemps...

Melissa était l'une des admiratrices inconditionnelles du sculpteur. Elle connaissait aussi sa maladresse dans le maniement du langage. Sim parlait comme un enfant, les yeux écarquillés, le visage animé, en faisant des gestes.

Elle repensa au trouble qu'elle avait ressenti lorsqu'il l'avait embrassée. Dans l'état où elle était, avant le FS, elle aurait sans doute fait l'amour toute la nuit avec Sim, pour se sortir de la haine. Elle eut soudain une envie folle qu'il la prenne dans ses bras.

Elle aurait voulu écraser la tête de René avec la pierre qu'elle tenait dans ses mains.

Sim la regardait. Elle soupira profondément.

— Et la sculpture ?

Sim sourit.

— Ça va. Je termine mon quatre-vingt-troisième *Homme au chapeau*.

Sim était désemparé. Il percevait l'agitation de Melissa comme si elle avait été transparente.

Il avait passé plusieurs années au Japon chez un maître potier, où il avait aussi étudié le « shibui » avec un maître calligraphiste. Il s'agissait d'une science de l'élégance qui ne pouvait être assimilée par l'élève que lorsqu'il en arrivait au point où il réussissait à se débarrasser de toutes les règles qu'on lui avait apprises. Prêt, en somme, à retrouver l'enfant qui sommeille en chacun d'entre nous. Retrouver l'enfant...

— Mely, tu ne m'as pas répondu. Tu penses que c'est possible, cet appareil ?

— C'est ça que tu voulais demander à René ?

— Oui. Tu réalises ? Nous serions libres. Le FBBS ne pourrait plus rien contre nous.

Libres de faire l'amour... Melissa s'allongea sur le dos.

— On serait libre aussi de mourir du FS, fit-elle sèchement.

Sim ne répondit pas.

— Mais quand tu dis nous, tu veux parler du Réseau ? reprit-elle aussitôt.

Sim se tut. « Je n'aurais jamais dû fumer », pensa Melissa.

— Je te demande à mon tour de ne pas te vexer, Sim. Excuse-moi, je suis énervée. Tu es mon ami.

— Ce n'est pas une raison. Tu sais bien que je ne peux rien te dire sur le Réseau. C'est la première fois que tu m'en parles. Je voudrais que tu répondes à une simple question : est-ce que l'existence d'un faux Aspic te paraît imaginable ?

— Pourquoi pas ? Il est toujours possible de défaire ce que l'homme a fabriqué. C'est sûrement compliqué. Ça demande une grande assurance technique, du temps, et de l'argent. Mais tu ne veux rien me dire de plus ?

Sim jeta un regard autour de lui comme s'il craignait d'être écouté.

— L'un des nôtres s'est fait arrêter à Los Angeles.

— Sherman ? Toute la presse parle de l'attaque du Q.G. des Virginas à Los Angeles !

— Il avait rendez-vous avec quelqu'un pour cette histoire de faux Aspic. C'est à ce moment-là qu'il s'est fait piquer. Il s'est réfugié chez les Virginas. Comment, nous n'en savons rien. Toute cette histoire est très bizarre. Le type avec qui il avait rendez-vous prétend être en possession de ce machin. Il appelle ça un NOX, un Non Operating Aspic. Il propose de nous en confier la commercialisation. Burger, un des nôtres, a pu communiquer avec nous avant de se faire tuer dans l'attaque du Q.G. des Virginas. Maintenant, la piste est coupée. Il n'y a plus qu'à attendre. On ne sait même pas si ce type va reprendre contact avec nous. Pourtant, ce serait le coup du siècle. Tu te rends compte ?

Sim se mordit les lèvres.

— Qui est ce type? demanda Melissa. Pour qui travaille-t-il?

— Je n'en sais rien. Sérieux!

Il rit.

— Bon. Je ne peux pas te le dire.

— Ah, tu vois!

— Ça ne m'appartient pas. Je me suis demandé si René avait entendu parler des NOX. Il est bien placé, à la Commission.

— Je ne crois pas, Sim. Il m'en aurait parlé. De toute façon...

Elle se tut.

— Eh bien, dis-le, bon sang!

— René ne rentrera pas. Je veux dire : il ne rentrera plus.

— Quoi? Comment ça, plus? Où est-il?

— Peu importe. D'ailleurs, je n'en sais rien. Quand il a appris que Milner était mort, il a pris le train à New York pour San Francisco, au lieu de prendre l'avion. Il m'a expliqué qu'il avait besoin de réfléchir. Ce matin, j'ai reçu un nouveau coup de téléphone. Il était très énervé. Sa voix était changée. Il m'a dit qu'il ne rentrerait pas, qu'il avait une mission à accomplir. Ça ne tient pas debout. Il me laisse tomber, il laisse tomber l'Institut à un moment où nous avons le plus besoin de lui.

Elle s'était mise à crier.

— Qu'est-ce qu'il fabrique?

— Il a sûrement quelque chose à faire, dit Sim, très ennuyé. Ne t'affole pas comme ça.

— Non, il ne reviendra pas. Je le sens.

— Qu'est-ce que te fait croire ça? Il n'a rien dit!

— Si! Avant de me quitter, il m'a dit : « Tu sais, je t'aime... »

— Comment ça, « tu sais, je t'aime »? Et c'est parce qu'il...

— Exactement. Il m'a dit qu'il m'aimait, au moment de raccrocher. Tu comprends? Il ne m'aime plus!

Melissa fondit en larmes.

Une sonnerie retentit. Melissa décrocha son téléphone portatif. C'était Margaret Britten, la conseillère du financier Gilbert Chamberlin.

— Bonjour Melissa. Vous êtes enrhumée?

— Oui, c'est ça.

— Ecoutez, je vous appelle en coup de vent. J'ai pris le premier prétexte pour m'échapper du bureau du patron. Melissa, les nouvelles ne sont pas bonnes... Chamberlin est furieux contre Verne. Son absence le jour de ma visite n'a rien arrangé. Le patron ne veut plus le soutenir.

— Mais...

— Il n'y a rien à faire. Il veut lui enlever la direction de l'Institut. Reiss-Kierkegaard va tomber au pouvoir de Doris Hathaway.

— Mais ce n'est pas possible! Ce serait la fin de l'Institut. Si vous faites ça...

— Melissa, vous exagérez. Ce n'est pas si grave. Cette femme a des qualités. Cela dit, je vous accorde que sa nomination risque de poser des problèmes avec l'équipe scientifique, qui est très attachée à Verne. Ça dépend de vous.

— De moi?

— Oui, de vous. Je voulais vous en glisser un mot avant d'en parler au patron. J'ai une chance de réussir. Il vous estime beaucoup.

— Mais de quoi parlez-vous?

— Eh bien... Je me suis demandé si vous ne pouviez pas poser votre candidature à la direction.

— Ma candidature?

— Oui.

— Mais c'est absolument impossible!

— Mais pas du tout. Melissa, réfléchissez. Vous en êtes parfaitement capable. Chamberlin sauverait la face. Il aurait sa sanction contre Verne, et le poste ne tomberait pas entre les mains de Hathaway. Il n'est pas idiot. Il sait que l'Institut aurait des ennuis avec ses chercheurs si elle était nommée. En outre...

— En outre?

— Le patron adore les blagues. Cette idée l'amuse.

— Ça l'amuse? Vous voulez dire qu'il sait déjà...

Un silence.

— Merde, dit Margaret Britten. Je me suis coupée. Bon. Tant mieux, après tout. Il est d'accord si vous acceptez. Il convoque immédiatement le conseil d'administration.

— Mais c'est délirant ! Qui a eu cette idée ?

— C'est moi.

Melissa tombait des nues. Mais que dire ? Personne n'accepterait Hathaway à la direction.

— Je dois en parler à René, dit-elle finalement.

— Mais bien sûr.

— Bon, je vais réfléchir. Rappelez-moi demain à l'Institut.

— Melissa. Acceptez !

— Je verrai. Au revoir.

Melissa raccrocha. Elle se leva, et se dirigea vers la baie vitrée, grande ouverte.

— On vient de me proposer la direction de l'Institut, dit-elle à Sim.

— A la place de René ? demanda-t-il, ahuri.

— Oui, à la place de René.

Elle avait l'air effondrée.

— Ecoute, Sim. Les deux jours que je viens de vivre ont été comme un tremblement de terre. Pendant des années, j'ai vieilli, comme tout le monde, avec la vague intuition que les choses ne sont pas éternelles. Chaque matin, on vérifie que l'être que l'on aime est présent près de vous, que le trajet qu'on doit faire pour aller à son travail n'a pas changé, que les chiens aboient, que les oiseaux volent, que l'air est respirable, et que les arbres sont verts. Et, un jour, tout change. Les arbres sont bleus, l'air est acide, les chiens chantent des requiems, les oiseaux rampent dans la glaise, on ne reconnaît plus la route que l'on a empruntée pendant tant d'années, l'être que l'on aime n'est plus là. Il n'est plus là, c'est tout. On se rend compte alors que l'on a toujours su qu'un jour il ne serait plus là. Pour moi, ce jour est arrivé. J'ai vieilli de dix ans.

Elle se détourna et disparut dans la maison sans un regard en arrière.

2

Strumwasser mit le clignotant à droite et jeta un coup d'œil dans le rétroviseur, persuadé de retrouver derrière lui l'énorme camion qui le suivait depuis cinq minutes. Mais la calandre rutilante avait disparu de son champ de vision.

Il fut pris d'un brusque accès de panique, imaginant follement que les trente tonnes d'acier venaient, d'un bond fantastique, de décoller du sol, et qu'elles allaient s'écraser dans la seconde sur l'ambulance et la réduire en bouillie.

A cet instant, un bruit de trompe d'une puissance inouïe retentit sur sa gauche. Affolé, Strumwasser faillit lâcher son volant. Semblable à un énorme animal rugissant, le camion frôla l'ambulance à pleine vitesse et, comme pour donner un ultime témoignage de sa fureur, éclaboussa le pare-brise avec un mélange gluant de boue et de sel.

Strumwasser avait presque stoppé l'ambulance. C'était chaque fois la même chose. A peine s'installait-il au volant qu'il avait l'impression que toutes les voitures qu'il croisait se transformaient en autant de monstres préhistoriques animés par une idée fixe : l'écraser comme un insecte malfaisant. Sans doute ses énormes lunettes étaient-elles responsables des véritables cauchemars qui l'assaillaient dès qu'il conduisait, ce qu'il cherchait à éviter le plus possible.

Tout s'arrangerait sans doute s'il consentait à se faire opérer de sa myopie. Mais Strumwasser était persuadé depuis toujours qu'il allait mourir sous anesthésie. Or, quitte à perdre la vie, il préférait que ce soit en regardant la mort en face.

— Celui-là, il vous en voulait, dit Verne, derrière lui.

— Ah ! Vous avez vu ? C'est incroyable. Je ne me suis pas trompé, n'est-ce pas ? Je ne roulais qu'à soixante-dix kilomètres à l'heure, et...

— C'est sans doute la raison de sa colère : vous rouliez trop vite pour qu'il vous double, et trop lentement pour le semer !

Avec précaution, Strumwasser engagea l'ambulance sur la sortie de l'autoroute en direction de North Platte.

— Je n'allais tout de même pas rouler plus vite ! Pas avec toute cette neige. On avait juste vingt kilomètres à faire sur l'autoroute, et il a fallu qu'on tombe sur ce mauvais coucheur.

La voiture arriva à l'intersection avec la nationale 83, qui filait tout droit à travers l'immense plaine du Nebraska.

Aucun arbre n'était visible. L'étendue neigeuse était désespérément vide, si ce n'était un couple de gigantesques silos à grains qui se profilait à l'horizon. Une pancarte indiquait que North Platte se trouvait à cinq miles. La lumière de ce milieu d'après-midi avait pris une consistance laiteuse, qui semblait recouvrir les objets d'une impalpable couche de gaze fluorescente.

— La tempête ne va pas tarder à se déclencher, dit Strumwasser.

L'ambulance roulait lentement en direction de la bourgade.

— On devrait s'arrêter en ville. Ce serait plus prudent. Je pourrais demander...

— Non, c'est trop risqué. Le colonel n'aurait aucun mal à nous retrouver. Allons jusqu'à Thedford comme prévu, même si nous devons mettre quatre heures pour parcourir les cent vingt kilomètres qui nous restent. Vous avez assez d'essence ?

— On va en prendre à North Platte. Comment va miss Hastings ?

— Ça va, répondit une voix faible provenant de l'arrière.

Dans son rétroviseur, Strumwasser n'apercevait qu'une touffe de cheveux châtains se détachant sur les draps blancs de la civière. En revanche, il voyait très bien Verne, assis à côté de la jeune femme.

« On a bien fait de se débarrasser de Dan », pensa Strumwasser.

Il se sentait coupable d'avoir abandonné l'infirmier sur le bord de la route, quelques kilomètres avant d'emprunter l'Interstate 80 qui, depuis Lincoln, traversait le Nebraska d'est en ouest en direction de Denver. Dan n'avait fait aucune remarque quand Strumwasser lui avait demandé de descendre en pleine campagne, sans autre forme de procès. Manifestement, il avait compris que toute leur équipée était une évasion déguisée, et qu'en se débarrassant de lui, le médecin-major le protégeait des représailles du colonel Bradbury.

Strumwasser n'était pas très inquiet pour lui-même. Il risquait tout au plus une mise à la retraite anticipée. Quand le colonel l'interrogerait, il dirait que l'état de santé de Clara Hastings nécessitait son hospitalisation au General Hospital de Lincoln. Ou de Denver. Denver aurait même été plus simple. Il connaissait un chef de service à l'hôpital.

Mais que répondrait-il si le colonel lui demandait la raison pour laquelle il avait décidé d'accompagner en personne sa patiente? Et pourquoi avait-il abandonné Dan Messmer, l'infirmier, au bord de la route?

— Vous avez l'air de vous amuser, dit Verne.

— C'est vrai. J'ai l'impression d'être en train de faire une énorme farce. J'espère que, comme il l'a prévu, le colonel ne reviendra pas à la base avant trois heures.

— Oui, espérons. Avec la tempête, nous serons provisoirement hors d'atteinte. Sinon, en hélico, ils nous auront vite repérés.

Le départ du colonel pour une mission de routine avait été un véritable coup de chance. L'officier qui, en son absence, assurait le commandement de la base était d'un grade moins élevé que Strumwasser, ce qui avait considérablement facilité les opérations.

Quand Verne était venu lui demander son aide pour faire évader Clara Hastings, son premier réflexe avait été de refuser. Non qu'il eût peur pour lui-même. Mais, sur le moment, le projet du savant lui avait paru irréalisable. Cependant, l'énergie qu'avait déployée Verne pour le convaincre l'avait fasciné, au point qu'il avait peu à peu reconsidéré sa position.

Pendant que le savant s'efforçait de démontrer au médecin-major que ses objections étaient réfutables, qu'en somme, il suffisait de désirer vraiment une chose pour qu'elle se réalise, qu'il fallait sauver des griffes des services de sécurité et du FBBS une jeune femme qui risquait d'être condamnée à des années de travaux forcés pour avoir transmis la dernière lettre d'un vieux savant à son plus cher élève, qu'il s'agissait d'un devoir moral, etc., le vieux médecin s'était souvenu d'un reproche que lui avait fait sa femme, quelques jours avant de le quitter.

Elle ne s'était pas mise en colère, comme cela lui était arrivé tant de fois. De manière totalement inattendue, elle avait rompu le silence qui régnait entre eux depuis plusieurs semaines, d'une phrase à première vue anodine.

— Si tu avais une seule fois été capable d'envoyer paître un de tes précieux confrères qui passent leur temps à te demander des services, je crois que je serais restée avec toi, avait-elle dit d'une voix égale, comme on lit une sentence à un condamné.

En fait, cette remarque l'avait profondément blessé. Mais il avait mis plusieurs mois à s'en apercevoir. Sur l'instant, il avait répondu que cela ne lui coûtait rien de rendre service à ses amis. Pourquoi s'en serait-il privé ? Dans son for intérieur, il avait trouvé que les paroles de sa femme témoignaient de son incroyable mesquinerie et, pour la première fois, avait réellement souhaité qu'elle le quitte. Quelque temps plus tard, elle était partie, en effet, emmenant leur fille avec elle.

Or, tandis que le grand savant René Verne s'époumonait à le convaincre d'aider Clara Hastings, il avait soudain pris conscience que rien ne lui avait jamais coûté dans la vie. Son affabilité proverbiale n'était sans doute que la plus creuse des politesses. Et voilà qu'il était sur le point de refuser à Verne son aide, avec cette indifférence secrète qui avait toujours été la sienne.

Or, ce que sa femme n'était jamais parvenue à obtenir pendant leurs années de vie commune, la passion que mettait le savant à sauver Clara Hastings le réussit. A sa grande surprise, Strumwasser découvrait qu'il était jaloux de la rage que mettait Verne à le convaincre.

D'un seul coup, il comprenait que le génie nécessaire aux grandes découvertes, aux grandes créations, ne devait que peu de chose à l'intelligence, cette politesse de l'âme, mais presque tout à la soif inextinguible du créateur d'imprimer aux événements sa marque, fût-ce jusqu'à frôler les frontières indécises de la mégalomanie. Cette perspective, dans sa nouveauté, bouleversa Strumwasser, à tel point que, pour la première fois, il prit la décision de bousculer le confort intime dans lequel il s'était confiné toute sa vie.

Ce qui était en question, ce n'était plus son admiration pour Verne et ce qu'il représentait. Tout au contraire, il ressentait une haine délicieuse envers lui, telle qu'il n'en avait encore jamais connu de sa vie. Avec une véritable jubilation, il s'apercevait qu'il lui en voulait de son impudence, de sa détermination à imposer ses vues quelles qu'en soient les conséquences.

Verne lui offrait la chance unique de vivre une aventure personnelle, à la condition de ne pas quitter le couple qui lui faisait découvrir des horizons insoupçonnés.

Pour arracher Clara aux griffes de la MID, Strumwasser échafauda un plan en quelques minutes : malade, Clara Hastings échappait à l'autorité du colonel pour passer sous celle du médecin-major qui, en conséquence, avait la possibilité de la faire hospitaliser au General Hospital de Lincoln.

Ils partiraient donc en ambulance. Strumwasser accompagnerait sa malade. Puis, la tempête de neige aidant, ils se réfugieraient chez le pasteur de Thedford, un ami qui habitait une petite ville située à cent cinquante kilomètres de la base, où Clara prendrait le temps de se reposer deux à trois jours.

Le départ du colonel Bradbury avait considérablement facilité l'exécution du plan de Strumwasser. Après avoir rempli l'ordre de mission, il l'avait personnellement apporté à l'officier chargé du commandement de la base qui, après avoir essayé en vain de s'opposer à la décision de son supérieur hiérarchique, n'avait pu que contresigner le transfert sanitaire de la prisonnière.

Quant à Verne, qui était libre de ses mouvements, son départ n'avait posé aucun problème.

C'est ainsi que l'ambulance avait franchi l'enceinte de la base, tous papiers en règle, et avait gagné l'étendue infinie de la prairie où, un siècle et demi plus tôt, des millions de bisons s'ébattaient librement.

La voiture passa une rangée ininterrompue d'énormes silos à grains, puis franchit la South Platte River sur un pont métallique. La rivière était gelée. Les premières maisons de North Platte apparurent.

Strumwasser ralentit et alluma ses gyrophares.

Quelques minutes plus tard, l'ambulance arrivait dans le centre d'une ville typique du Middle West : immeubles cossus bordant la rue principale — Main Street —, banques, magasins, églises. Quelques voitures stationnaient le long des trottoirs enneigés, où se hâtaient de rares piétons emmitouflés. Personne n'avait fait attention à l'ambulance.

— Vous devriez vous arrêter devant le MacDonald, dit Verne, en tendant un doigt en direction de l'enseigne du fast-food, le temps d'acheter des hamburgers et des boissons. Je n'ai pratiquement rien mangé depuis hier soir.

— O.K. Moi, je reste au volant. On ne sait jamais.

Strumwasser gara l'ambulance le long du trottoir, et laissa tourner le moteur.

— Clara, vous ne voulez vraiment pas manger quelque chose? demanda Verne à la jeune femme.

— Non, ça ira, je n'ai pas faim.

— Prenez-lui quand même une soupe chaude, conseilla Strumwasser.

Verne passa son pardessus en plastech et sortit de l'ambulance. Méfiant, il regarda autour de lui avant d'entrer dans le fast-food.

— Vous le connaissez depuis plus longtemps que vous ne voulez bien l'admettre, dit alors Strumwasser à Clara.

— Vous vous trompez. Je l'ai rencontré pour la première fois hier matin à la base. Mais qu'est-ce qui vous fait penser cela?

— Une idée. Il y a l'air d'avoir une telle... comment dire? Je ne voudrais pas être indiscret, miss Hastings, mais vous donnez vraiment l'impression de vous connaître depuis longtemps. Vous voyez ce que je veux dire?

— Non, répondit Clara avec une pointe d'humeur.

Elle laissa retomber sa tête sur l'oreiller.

— Ne m'en veuillez pas. Vous savez, je fais ce que je peux pour vous aider.

— Je sais, dit Clara, sans relever la tête. Mais je ne vois pas où vous voulez en venir.

— Eh bien, il y a quelque chose qui m'intrigue. Si ce que vous dites est vrai, j'aimerais savoir pourquoi vous avez une telle complicité avec cet homme.

Surprise, Clara se mit à rire.

— Je n'en sais rien. Ou peut-être que si : Verne est une homme qui rend les gens attentifs à ce qu'ils ne perçoivent pas d'habitude. Il dérange. Il doit susciter des amitiés indéfectibles, mais aussi de grandes inimitiés.

— Le voilà! S'il vous plaît, miss Hastings, ne lui dites rien.

Clara haussa les épaules.

Un sac en papier dans les mains, Verne revenait vers l'ambulance d'un pas pressé. Il ouvrit la porte, et s'engouffra dans la voiture.

— Démarrez, dit-il aussitôt à Strumwasser.

— Comment?

— Démarrez vite. Je crois que nous sommes repérés.

Strumwasser lança aussitôt l'ambulance sur la chaussée.

— Voilà, c'est lui. Regardez. Je ne me suis pas trompé.

Un policier en uniforme venait de sortir du fast-food. Lorsqu'il vit l'ambulance s'éloigner, il sortit un walkietalk de sa poche.

— On aurait dû y penser, s'exclama Verne, en enlevant son pardessus. Bradbury a dû prévenir les flics. Il va savoir, maintenant, que nous n'allons pas à Lincoln, mais que nous avons pris la nationale 83 vers le nord. Allez, Strumwasser, foncez. Je prendrai le volant à la sortie de la ville.

Le médecin-major accéléra. Il jetait régulièrement des coups d'œil dans son rétroviseur. Personne ne les suivait.

— A Stapleton, on peut faire un détour par Tryon, dit-il. C'est dans quarante kilomètres.

— Comment ça ?

— Au lieu de continuer sur la 83 jusqu'à Thedford, on peut passer par une petite route qui oblique à l'ouest. Ça va rallonger la route, mais peut-être que...

— C'est une bonne idée, dit Verne. Allons-y.

Un instant, Strumwasser se demanda ce qu'il était venu faire dans cette galère. Il se sentait soudain mal à l'aise. D'un moment à l'autre, il s'attendait à voir surgir une voiture de police derrière lui, sirènes hurlantes et gyrophares tournoyants. Mais rien ne se produisait. Peut-être Verne s'était-il trompé.

— Le flic faisait peut-être une simple vérification, murmura-t-il. Il n'en avait peut-être pas après nous.

— C'est possible. Mais dans le doute...

Les dernières maisons de North Platte disparurent. La voiture franchit la North Platte River, qui rejoignait sa sœur jumelle à quelques kilomètres à l'est. Strumwasser se dit que, s'ils étaient repérés, l'idée d'amener Verne et Hastings chez le pasteur de Thedford était sans doute une erreur. Ils n'auraient aucune chance. S'ils passaient par Tryon, ils avaient encore cent kilomètres à parcourir, et...

— Merde, s'écria soudain Strumwasser. On est cuits.

— Quoi ?

— On n'a pas pris d'essence. On n'en aura jamais assez pour aller jusqu'à Thedford.

— Et à Stapleton ? Y a-t-il une pompe à Stapleton ?

— Je n'en sais rien. Je ne sais même pas si nous pourrons aller jusque-là.

— Arrêtez la voiture, ordonna Verne. Je prends le volant.

Strumwasser freina brusquement, et sortit de la voiture. Le froid était mordant. En direction du nord, l'horizon avait totalement disparu. Il frissonna. Pour la première fois, il se dit qu'il ne sortirait peut-être pas vivant de cette expédition.

— La tempête approche, dit-il à Verne, qui s'installait au volant.

Bien qu'il eût réussi, jusqu'à présent, à ne pas dévier de l'axe de la route, René Verne conduisait au jugé. Le jour semblait avoir commencé à décliner, bien que l'éblouissement provoqué par la réverbération n'eût pas diminué. A la longue, la gêne qu'elle occasionnait se transformait en une véritable souffrance, aussi pénible que le crissement répété d'un ongle sur un tissu de soie, comme si une accumulation chimique se produisait à l'intérieur de sa tête, au lieu même où se croisent les nerfs optiques. Verne avait l'impression que la lumière du jour avait changé de nature, que la luminescence grise qui irritait si fortement ses nerfs provenait du fond même de l'univers — encore plus sombre que le noir, se disait-il. Et pourtant, la flambée douloureuse qu'elle engendrait dans son crâne avait le mystérieux pouvoir de lui indiquer son chemin.

De quelque manière, cette mobilisation aiguë de son attention évoquait le moment où, dans une salle de concert, le silence se fait dans l'attente du coup de baguette du chef d'orchestre qui va faire retentir la musique.

Verne plissait en vain les paupières. Peu à peu gagné par l'impression d'être immobile, il guettait, du coin de l'œil, le défilé des poteaux électriques longeant la route sur sa gauche, qui jaillissaient du néant gris et se ruaient vers lui à intervalles réguliers, faisant vibrer l'espace comme une corde de violoncelle sous les coups répétés de l'archet.

Il lui fallut un certain temps pour prendre conscience qu'une musique se faisait entendre dans sa tête, directement produite, lui semblait-il, par le choc de l'air saturé de cristaux scintillants, et les poteaux noirs qui filaient l'un après l'autre.

— Vous connaissez le *Seizième Quatuor* de Beethoven ? demanda-t-il soudain, sans détourner le regard du théâtre d'ombres indécises qui flottaient devant lui.

— Oui, répondit derrière lui la voix faible de Clara.

Strumwasser s'était endormi dans son fauteuil. Elle savait que Verne s'adressait à elle.

— J'ai découvert les derniers quatuors le jour de mes treize ans, continua-t-elle. Mes parents adoptifs m'ont offert l'intégrale par le groupe Fiedelman et, les premiers jours, je n'ai pas cessé de les regarder jouer sur mon écran.

Verne ne répondit pas. Clara crut qu'il avait oublié sa question depuis longtemps lorsqu'il dit soudain :

— C'était la musique que préférait ma mère, avec Schubert. Mon père, lui, aimait plutôt la peinture. Comment va Strumwasser?

— Il s'est endormi quelques minutes après que vous ayez pris le volant.

— Tant mieux.

Verne se tut à nouveau, accaparé par la conduite de l'ambulance.

— René, je voulais vous dire : ce que vous faites pour moi...

— Je ne fais rien pour vous!

— En tout cas, j'en bénéficie. Vous le faites pour le Réseau?

— Mais non, pas du tout. Ecoutez, Clara, ne vous mettez pas martel en tête. Il était hors de question de vous laisser entre les mains de ce pervers sadique de Bradbury. J'en ai fait une affaire personnelle. Je n'ai aucunement besoin de raisons politiques.

— Ce sont des raisons personnelles, très bien.

— Comment?

— Je dis que je trouve ça très bien.

Elle se tut.

— Comment vous sentez-vous? demanda alors Verne, avec une brusquerie qui cachait mal sa timidité.

— J'ai moins mal aux articulations, et presque plus du tout à la gorge. Mais j'ai toujours de la fièvre. Le traitement de Strumwasser a l'air de marcher.

Après un moment :

— Vous croyez qu'on va s'en tirer?

— Je n'en sais rien. Nous n'avons presque plus d'essence. La tempête approche. On verra bien.

— Parlez-moi du *Seizième Quatuor*, demanda Clara.

— Que je vous en parle? Je ne sais pas très bien... C'est le dernier quatuor qu'a composé Beethoven, comme vous le savez. Il est mort quelques mois plus tard. La fin de sa vie a été difficile. Il était sous le coup du suicide de son neveu Carl, qu'il adorait. Il le considérait comme son fils adoptif. Il n'avait plus d'argent et vivait aux crochets de son frère. Ce quatuor, il ne l'a jamais entendu — il était complètement sourd. Il n'a d'ailleurs été joué que bien après sa mort.

« Beethoven est le premier créateur que j'aie vraiment rencontré dans ma vie. Je devais avoir huit ans quand j'ai entendu la *Neuvième Symphonie*. Mes parents m'avaient amené à un concert dans la cathédrale de Strasbourg. Je me suis demandé comment un seul homme avait pu contenir toute cette musique. Depuis qu'elle a été inventée, des millions de gens l'ont écoutée. Ils ont eu la révélation de l'existence de... de cette chose, comment dire? cette chose autonome qui continue à vivre bien après la mort de son créateur. Elle existe pour les musiciens comme pour les auditeurs, comme elle a existé en son temps pour Beethoven. Il faut l'imaginer : il exécute son œuvre, et il se dit qu'elle est devenue autonome, qu'elle n'a plus besoin de lui. Elle est terminée. Comme lui, les autres vont maintenant la découvrir. Il y a dans tout cela un paradoxe qui n'a jamais cessé de m'intriguer.

« Prenez Einstein. Il écrivait ses équations sur des bouts d'enveloppes. Quand il a conçu la théorie de la relativité, l'univers — je parle très concrètement des milliards d'années-lumière d'espace infini —, l'univers était tout entier contenu à l'intérieur de son cerveau. Des dizaines d'années ont été nécessaires pour que la technique apporte les preuves irréfutables de ce qu'il avait découvert en rêvant... Avec Beethoven, c'est la même chose. Son œuvre est aussi "vraie" que la théorie de la relativité. Des millions de gens en témoignent depuis deux siècles. Mais je me laisse emporter...

— Mais pas du tout.

— Quand je vous ai demandé tout à l'heure si vous

connaissiez le *Seizième Quatuor*, un des thèmes du dernier mouvement me trottait dans la tête. Saviez-vous que, sur le manuscrit, Beethoven a écrit une épigraphe au finale ?

— Non, c'est la première fois...

— Comprenez-vous l'allemand ?

— Un peu ? Je...

— Il a écrit : "Muss es sein ? Es muss sein !", ce qui veut dire : "Cela doit-il être ? Oui, cela doit être !" Personne n'a jamais vraiment su ce qu'il avait voulu dire. Comme toujours, on évoque le besoin qu'avait Beethoven de se référer aux grandes catégories mutiques telles que le destin, le désespoir, l'inéluctabilité de la mort... En fait, je pense que la réponse est dans sa musique. La question est posée par les violons, comme une zébrure qui traverse le ciel : "Le faut-il ?" En contrepoint, le violoncelle répond par des graves à couper le souffle. Comme un tremblement de terre. Il répond : "Oui, il le faut. Il faut renoncer." C'est d'une tension extrême, vous vous rappelez ? On se dit que c'est terminé, et puis survient un thème sautillant, dansant même, quelque chose comme une musique populaire, c'est totalement inattendu, très court, et ça se termine par des pizzicati des cordes. Tzitzitzitzitzi... Une minute peut-être, et pffut ! c'est terminé. Beethoven vient de tirer sa révérence. La vie est tragique, mais raison de plus pour en rire.

Le silence s'installa à nouveau dans la voiture. Un court instant, Verne se demanda pour quelle raison il racontait tout cela à Clara Hastings. C'était bien la première fois qu'il essayait de parler de ce qu'il éprouvait en écoutant de la musique. Et il ne connaissait Clara que depuis deux jours...

Il réalisa alors que le passage rythmé des poteaux électriques qui défilaient sur sa gauche s'étaient transformé en autant d'appels du « grave », comme ceux du violoncelle dans le *Seizième Quatuor*.

Sous l'effet du vent, un nuage de cristaux de neige pulvérulents tourbillonnait devant la voiture. La conduite de l'ambulance devenait périlleuse. Le compteur indiquait à peine trente kilomètres à l'heure! A cette allure, ils n'avaient aucune chance d'arriver à Thedford.

Verne jeta un coup d'œil dans le rétroviseur. Clara s'était endormie. Il changea de position en grimaçant. Il avait mal au dos. Ils allaient probablement être obligés de s'arrêter devant un motel de Stapleton, à une quarantaine de kilomètres, où la police les attendrait.

Brusquement, la voiture fit une embardée. Dans un mouvement réflexe, Verne donna un coup de volant à droite. Il sentit les roues arrière déraper, leva aussitôt le pied de l'accélérateur, mais trop tard. L'accident était inévitable.

A cet instant, le voyant rouge de l'ordinateur anticrash s'alluma sur le tableau de bord. Le moteur s'emballa. Fasciné, Verne sentit le volant tourner entre ses mains. La voiture était devenue complètement autonome. Les roues avant du four wheel drive se mirent à patiner. La voiture fut secouée par une nouvelle embardée. Puis, comme par miracle, elle se retrouva dans la ligne de la route, le volant à nouveau docile dans les mains de Verne, le voyant rouge éteint.

L'incident n'avait duré que quelques secondes. Verne arrêta l'ambulance, les jambes tremblantes. Il tourna la tête : ni Strumwasser ni Clara ne s'étaient réveillés.

Il redémarra en douceur. Il était maintenant certain qu'ils n'auraient pas le temps d'arriver à Stapleton. La tempête allait les surprendre.

La visibilité continuait à baisser à vue d'œil. Discerner les poteaux électriques était devenu presque impossible. Le vent soufflait de plus en plus fort.

Bientôt, quelques flocons s'écrasèrent sur le parebrise. Sous l'effet du vent, la neige se mit à tomber par rafales horizontales. Malgré les essuie-glaces, la vitre fut entièrement couverte de neige en quelques secondes.

Verne avait arrêté la voiture. Il n'avait aucune idée de la distance qui les séparait de Staptelon.

— Nous voilà bien, dit-il à haute voix.

Il avait entendu parler de tempêtes ayant duré plusieurs jours, de voyageurs morts de froid dans leur voiture. Le réservoir de l'ambulance contenait à peine quatre litres d'essence. De quoi chauffer l'ambulance pendant deux à trois heures au maximum. Le thermomètre du tableau de bord indiquait une température extérieure de moins quinze.

Il n'y avait décidément rien à faire, sauf à appeler du secours par le téléphone de l'ambulance, ce qui signifiait, à coup sûr, être repris par le colonel.

Verne décida d'attendre le lever du jour.

Chapitre 12

1

— FBBS ou pas, répondit la secrétaire de rédaction du *Washington Post*, rien ne nous oblige à vous communiquer l'adresse de Susan Sullivan ! Je regrette...

Annabelle raccrocha rageusement. Il ne lui restait plus qu'une solution : demander l'adresse de la veuve de John Sullivan à Liz Claret, la secrétaire de la section de Washington du mouvement pro-gestatif WomRUT — Women for Return to Uterus, Les femmes pour le retour à l'utérus — qu'elle avait connue à l'université. Pourtant, l'idée de devoir demander quelque chose à Liz lui était presque insupportable.

Liz se fit un plaisir de lui communiquer l'adresse de la luxueuse maison de retraite où habitait Susan Sullivan, « au nom de notre ancienne amitié, et malgré toutes nos divergences... ».

Bel'Air se trouvait en Virginie, à Lexington Park, une riche villégiature boisée située au bord de la baie de Chesapeake, à une centaine de kilomètres de la capitale fédérale.

Malgré les instructions formelles qu'Annabelle avait reçues de Black le matin même, elle sauta sans hésiter dans sa voiture et prit la direction de Lexington Park.

C'est ainsi que ce lundi 21 janvier 2015 à trois heures cinquante de l'après-midi, l'agente spéciale du FBBS pénétrait dans le magnifique parc de la maison de retraite de Lexington Park. Après avoir jeté un coup d'œil distrait sur les arbres centenaires qui dominaient la baie de Chesapeake, elle gara sa voiture devant une immense bâtisse de quatre étages, flanquée d'une terrasse en bois bordée de colonnes graciles, dans le plus pur style des anciennes maisons de maître de Louisiane.

Le hall de réception, grand comme un terrain de base-ball, était décoré de fauteuils groupés autour de tables basses, séparées par des plantes exotiques.

Annabelle se dirigea vers une hôtesse en uniforme et lui demanda s'il était possible de rencontrer Mrs Susan Sullivan. L'hôtesse eut l'air surpris et, après avoir décroché son téléphone, lui demanda d'attendre.

Quelques minutes plus tard, une femme d'une cinquantaine d'années, une mèche de cheveux formant sur le front un triangle presque parfait, se présenta à Annabelle comme la sous-directrice de l'établissement. Elle s'installa en face de la jeune femme, mains jointes et genoux serrés, et lui demanda, d'une voix froide, la raison pour laquelle elle souhaitait rencontrer Mrs Sullivan. Annabelle comprit qu'elle n'arriverait à rien si elle se contentait d'une simple justification. Elle sortit sa carte du FBBS et la tendit à la sous-directrice, précisant que ce qui l'amenait à Lexington Park était du ressort de la police.

— Dans ce cas, je vous demanderai d'être brève, dit la sous-directrice avec réticence. Une infirmière va vous emmener dans la chambre de Mrs Sullivan.

Elle se leva, salua Annabelle d'un mouvement de tête imperceptible, et s'éloigna en faisant sonner ses talons sur le marbre.

Dans l'ascenseur, l'infirmière, une caricature de la sous-directrice, les traits coupés à la serpe, n'adressa pas un regard à Annabelle. Elle la fit entrer dans une vaste pièce plongée dans la pénombre. La jeune femme mit plusieurs secondes pour apercevoir une forme indécise allongée dans un immense lit en cuivre.

— Susy, dit à cet instant l'infirmière d'une voix sauraiguë, nous avons de la visite.

Annabelle se sentit immédiatement mal à l'aise.

L'atmosphère surchauffée était irrespirable. Une odeur aigrelette flottait dans l'atmosphère. L'infirmière remonta légèrement le store de la fenêtre. Un rai de lumière pénétra dans la chambre, éclairant le pied du lit.

Annabelle put enfin discerner celle qui avait été la femme du sénateur de l'Indiana, il y avait déjà presque vingt ans.

— Vous pouvez vous asseoir ici, dit l'infirmière, qui adressait pour la première fois la parole à Annabelle, en lui indiquant le siège qui se trouvait à la tête du lit. Je reviens dans dix minutes. Si vous avez besoin de moi...

Elle désigna la sonnette fixée au mur, et quitta la pièce, refermant soigneusement la porte derrière elle.

Susan Sullivan n'avait pas bronché. Elle était immobile, à moitié assise, le dos appuyé sur des oreillers, le regard vague. Sa tête minuscule se perdait dans la masse moelleuse du lit. Elle avait les pommettes saillantes, la peau ridée, le regard fixe, les cheveux rares, et portait une chemise de nuit rose bordée de dentelles, qui laissait entrevoir des épaules décharnées. Ses bras nus reposaient devant elle sur un drap du même rose. Les énormes veines bleues qui parcouraient le dos de ses mains semblaient sur le point de jaillir de sa peau parcheminée. Un gros solitaire scintillait à l'annulaire de sa main droite, tandis que celui de la gauche était littéralement étranglé par une alliance en or qu'elle n'avait manifestement jamais enlevée.

Annabelle était consternée. Elle ne pourrait jamais tirer quoi que ce soit de cette vieille femme qui semblait avoir définitivement quitté ce monde. Elle se demanda qui pouvait être la personne qui distribuait si généreusement la fortune de Susan Sullivan aux œuvres philantropiques, et signait à sa place dans le *Washington Post*.

Elle s'assit, jeta un regard autour d'elle — la chambre ressemblait à n'importe quelle chambre d'hôtel de luxe — et s'apprêta à parler, lorsque, à son extrême surprise, elle vit Susan Sullivan tourner la tête vers elle.

— Qui êtes-vous? demanda la vieille dame, d'une voix étonnamment claire.

— Je m'appelle Annabelle Weaver.

Sous des sourcils entièrement épilés et dessinés au crayon, le regard noir de Susan Sullivan était extraordinairement perçant. Annabelle pensa qu'elle s'était trompée, et se sentit soulagée.

— Je suis membre du FBBS, le Federal Bureau of Biological Supervision. Nous sommes en particulier chargés de contrôler l'application de la loi Fuchs. Vous savez sûrement à quoi je fais allusion.

Pendant qu'Annabelle parlait, la vieille femme avait détourné la tête vers la fenêtre. Annabelle ne la voyait plus que de profil. Elle n'avait aucun moyen de savoir si Susan Sullivan comprenait ce qu'elle lui disait. Elle aborda l'objet de sa visite, espérant que l'évocation de « l'affaire Sullivan » la ferait réagir.

— ... Je suis donc venue vous demander si vous possédez le moindre indice concernant la disparition de votre mari, dont vous n'auriez pas déjà fait état à la police en 1998. Mrs Sullivan, je ne crois personnellement pas à la thèse du suicide. Comme beaucoup de gens, je pense que la mort du sénateur John Sullivan a un rapport avec l'intervention qu'il s'apprêtait à faire au Sénat. Savez-vous quelque chose à ce sujet ? Je sais qu'on vous a déjà posé ces questions, mais, un indice vous est-il revenu depuis ? Une chose que vous auriez oublié de dire ? Cette affaire me tient particulièrement à cœur. Je me suis toujours dit qu'un homme tel que votre mari ne pouvait simplement pas, un beau jour, avoir décidé de se supprimer. Ça ne lui ressemble pas. En outre, découvrir ce qu'il voulait communiquer au Sénat pourrait être de la plus haute importance pour notre pays. Le fait qu'on l'ait supprimé le démontre suffisamment. Car on l'a assassiné, j'en suis sûre. Vous aussi, n'est-ce pas, Mrs Sullivan ?

Susan Sullivan n'avait pas bronché. Le silence s'appesantit. Annabelle se leva, s'approcha du lit et se pencha sur la vieille femme. Son regard s'était à nouveau éteint, mais des larmes coulaient sur ses joues.

Annabelle recula, agacée. Elle ne tirerait rien de cette vieille peau.

L'infirmière entra dans la chambre.

— Elle ne vous a rien dit, n'est-ce pas? demanda-t-elle, en s'approchant de la vieille.

Puis, de sa voix suraiguë :

— Allons, Susy, on va se reposer maintenant.

Elle aida la vieille femme à s'allonger, puis se dirigea vers la fenêtre, et baissa le store.

— La sous-directrice voudrait vous dire un mot dans le hall.

D'un geste sec, la sous-directrice invita Annabelle à s'asseoir. Annabelle n'avait plus qu'une idée : quitter le plus vite possible ce lieu épouvantable, et retourner à Washington.

— Je suppose que vous n'avez rien tiré de cette pauvre Mrs Sullivan.

Annabelle ne répondit pas.

— Avant que vous ne partiez, continua la sous-directrice sans s'offusquer du silence d'Annabelle, je voulais vous informer d'un point important. Au cas où vous ne le sauriez pas, la gestion de la fortune de Mrs Sullivan se trouve entre les mains de notre direction. Tout est évidemment légal. Au moment où Mrs Sullivan a signé les papiers nous demandant d'exercer une tutelle sur sa fortune, elle avait encore toute sa tête. Depuis, nous assurons la bonne renommée de notre maison en partie grâce à l'argent de cette pauvre femme, et...

Elle ne finit pas sa phrase. Son visage exprimait la plus vive surprise. Annabelle se retourna, et découvrit l'infirmière qui se dirigeait vers elles, avec dans les mains un paquet de la taille d'un petit livre, qu'elle tendit à Annabelle. La sous-directrice ébaucha un geste pour s'en saisir, mais Annabelle fut plus rapide.

— Mrs Sullivan me l'a donné pour vous, lui dit alors l'infirmière, visiblement bouleversée.

— Mrs Sullivan ? la coupa brusquement la sous-directrice, qui ne quittait pas le paquet des yeux. Mais que racontez-vous là, miss Gast ?

— Je ne sais pas. Elle s'est tournée vers moi. Elle s'est mise à me parler. Pour la première fois depuis trois ans ! Elle m'a donné une clé. Je me demande d'ailleurs d'où elle l'a sortie. Elle m'a dit de regarder dans la valise, celle qu'elle n'ouvre jamais, vous savez? Celle qui se trouve dans le cagibi. Dedans, j'ai trouvé tout un bric-à-brac. Des lettres, des photos, et ce paquet. Elle m'a dit de le prendre, et de le donner à la dame qui venait de lui rendre visite. Elle m'a même précisé que c'était pour son mari. Mais il est mort! Enfin, voilà, j'ai fait ce qu'elle m'a demandé. Peut-être... ajouta-t-elle en interrogeant du regard la sous-directrice.

Celle-ci lui lança un regard glacial.

— Mesdames, dit Annabelle, qui s'était levée, son paquet dans une main, je vous remercie beaucoup de l'aide précieuse que vous m'avez apportée. Au revoir.

Folle de curiosité, elle tourna les talons et s'éloigna vers la sortie.

2

La berline Toyobishi modèle Cadillac — l'une des meilleures voitures de luxe du marché américain — s'engagea en vrombissant dans l'allée enneigée et s'arrêta après quelques centaines de mètres. Howard Black demanda à son chauffeur de couper le chauffage. Son manteau en mohair lui suffisait amplement.

En fait, il était ennuyé. Il n'aimait pas prendre de risques inconsidérés. La rencontre avec Gabriel avait été soigneusement préparée, mais un contretemps imprévisible était toujours possible. Et l'imprévisible était précisément ce qu'il ne pouvait se permettre. Depuis que le lieu de rencontre avait été fixé dans le parc Anascostia, au même endroit où il avait rencontré Gabriel la première fois, quatorze ans plus tôt, une vingtaine d'agents spéciaux du FBI surveillaient toutes les allées menant au carrefour de l'Erable.

Depuis le début de l'après-midi, plus personne ne pouvait pénétrer dans un périmètre de cinq cents mètres autour du lieu de rendez-vous. Black se fiait à l'efficacité de Betty Shrine, à laquelle il avait confié l'opération. Il n'avait aucune crainte quant à sa capacité de garder le rendez-vous secret. Il lui avait déjà confié des missions autrement plus délicates, que l'agente spéciale du FBI, une femme sans grâce d'une quarantaine d'années issue d'une lignée d'officiers de l'armée de terre, avait menées à bien avec une précision digne d'éloges.

Black soupira. Il eût été bien incapable de dire ce qu'il craignait. Peut-être l'idée de revoir Gabriel était-elle seule en cause. La première fois, la rencontre avait eu lieu le 12 juin 2001, et avait sans aucun doute rendu possible la mise en application de la loi Fuchs...

Black contemplait les flots de l'Anacostia River, qui coulait dans le fond d'un vallon neigeux. Il aperçut soudain un individu engoncé dans un pardessus sombre, qui s'approchait à grandes enjambées de la Ford de service garée à quelques mètres devant la berline de Black.

Betty Shrine sortit de la voiture, échangea quelques mots avec l'homme, puis tendit un doigt vers le sommet de la butte, tout en opinant de la tête. Ils se séparèrent. L'homme s'éloigna dans les arbres, tandis qu'elle se dirigeait vers la Cadillac de Black.

Il baissa la vitre.

— Deux voitures se sont présentées au point Charlie, monsieur, dit Shrine. Brook a rencontré le dénommé Cooky, accompagné de trois hommes. Il est venu jusqu'ici pour me prévenir, car j'ai interdit toute émission radio.

— Bien.

— Cooky demande que vous acceptiez d'aller à pied jusqu'à l'érable, continua-t-elle. Gabriel ne viendra vous rejoindre que s'il peut vérifier que vous êtes seul. Je ne saurais trop vous recommander...

— Merci, Shrine. J'y vais.

— Mais, monsieur...

— Ce sera tout. Tony, ajouta Black à l'intention de son chauffeur.

Tony sortit et vint ouvrir la portière. Black s'extirpa péniblement de la berline, et boutonna son pardessus en mohair. Puis il se mit en marche vers le sommet de la butte, où se dressait un imposant érable plusieurs fois centenaire.

Black n'était pas revenu à cet endroit depuis son dernier rendez-vous avec Gabriel. Ce jour-là, la chaleur était à ce point accablante que ce dernier était arrivé en bras de chemise, sa veste sur l'épaule. L'érable était en fleurs... Aujourd'hui, ses branches nues dessinaient une dentelle finement ciselée sur le bleu glacé du ciel.

La dernière fois, il n'était encore qu'un des membres du National Political Action Comittee for Public Sanity — le défunt N.PAC.PS — qui avait joué un rôle essentiel dans l'élection à la présidence de Glen Monroe. Il avait fait du chemin depuis...

— Monsieur, dit soudain Shrine, qui l'avait suivi à quelques mètres.

Black se retourna. Ils venaient de dépasser la voiture de service.

— Qu'y a-t-il encore?

— Je voulais vous dire : les hommes de ce Cooky je-ne-sais-quoi...

— Eh bien?

— Ils portent un chapeau!

— Et alors?

— Rien, je voulais vous prévenir. Vous êtes sûr que...

— Merci, Shrine. Merci beaucoup. Laissez-moi, maintenant. Je redescendrai, disons dans à peu près quinze minutes. Vous les laisserez repartir. Je ne veux aucune intervention intempestive de votre part. C'est compris?

— Bien, monsieur. A tout à l'heure.

La neige crissait sous les boots en caoutchouc de Black. Des chapeaux! Il ne manquait plus que cela. Encore une provocation de Gabriel. Cette manie qu'il avait prise depuis quelque temps de se faire remarquer n'était pas un bon signe. Gabriel allait trop loin. Il se croyait tout permis.

Quelques années plus tôt, il n'aurait pas commis une pareille erreur. Il faudrait bientôt se débarrasser de lui. Mais la situation n'était pas encore mûre. Black devait attendre la fin du mandat d'Elizabeth Hughes. Après, il pourrait régler ses comptes. Pour l'heure, il devait avant tout comprendre ce qui se passait. L'absurdité du comportement de Gabriel avait une explication. Seul un nouvel atout pouvait lui donner cette confiance démesurée.

Dans l'incertitude, Black avait pris deux dispositions d'urgence : d'abord, il avait mis Annabelle Weaver « sur orbite », comme il aimait à se le répéter. A ce propos, il avait appris par la Sécurité, en début d'après-midi, que la jeune femme s'était rendue à la maison de retraite de Lexington Park. Décidément, elle ne manquait pas de souffle. Il allait devoir jouer serré avec elle. Mais il avait l'habitude. Un moment, il avait été tenté de l'appeler sur son walkietalk, pour lui demander de passer le voir séance tenante. Mais il avait jugé plus habile, finalement, de ne pas dévoiler qu'il était au courant de ses recherches.

La deuxième disposition concernait Edgar Bennett, l'agent de la MID que lui avait « prêté » le général Tom Kutler. Le matin même, une infirmière vacataire de l'hôpital du Mont Sinaï avait malencontreusement débranché l'appareil à respiration artificielle qui maintenait en vie Hermès, le temps de résoudre définitivement le problème qu'il représentait pour Black. L'agent double avait accompli sa mission : la lettre de Joseph Milner était entre les mains du FBI.

Black venait d'arriver au sommet de la butte.

Washington s'étalait à ses pieds. Sous les pâles rayons du soleil, le marbre blanc du dôme du Capitole avait pris une teinte mordorée. L'obélisque du Washington Monument jaillissait au milieu du Mall, comme une immense épée dressée au-dessus des arbres blanchis par la neige.

Black se retourna pour guetter l'arrivée de Gabriel. Il pensait à la lettre de Milner, dont il avait pris connaissance quelques minutes après qu'Annabelle Weaver eut quitté son bureau. Il n'avait pas compris grand-chose à ce texte oiseux et alambiqué, probablement composé pour couvrir un message codé de Socrates.

Gabriel apparut au milieu de l'allée. Engoncé dans un énorme pardessus en plastech qui le faisait paraître encore plus petit, il marchait en sautillant. Son visage n'avait pas changé. Gabriel était sans âge.

— Mon cher ami, dit Black, en ouvrant ses bras au Padrone de la Mafia. Depuis le temps...

Le visage de Cœur d'Ange se plissa d'un sourire qui, plus que jamais, le fit ressembler à un magot chinois.

3

Annabelle stoppa sa voiture à la sortie de Lexington Park.

Le paquet que lui avait remis l'infirmière était emballé dans un vieux papier de Noël décoré de feuilles de houx. Sous une épaisse couche de coton hydrophile, elle trouva une boîte recouverte de plastique bleu collé avec un vieux morceau de scotch desséché. Le paquet, vieux de plusieurs années, n'avait manifestement jamais été ouvert. Annabelle découpa le plastique à l'aide d'un canif et découvrit finalement deux minicassettes à enregistrement numérique.

Le cœur battant, elle déchiffra les inscriptions portées par les étiquettes numérotées I et II : deux initiales — J et S —, une abréviation — senat. com. —, et trois nombres séparés par des tirets — 6, 11 et 98.

Très excitée, Annabelle était persuadée qu'elle avait mis la main sur les cassettes qu'avait utilisées John Sullivan pour préparer sa fameuse communication sénatoriale. La date inscrite sur les deux étiquettes — 6-11-98 — indiquait que l'enregistrement avait eu lieu exactement dix-sept jours avant la disparition du sénateur.

Susan Sullivan possédait-elle les enregistrements depuis la mort de son mari ? Le dossier de Claudia Lombard était catégorique : au cours de ses perquisitions, la police n'avait trouvé aucune trace de la fameuse communication. Quant à la veuve du sénateur, elle avait toujours affirmé ne rien savoir du travail auquel s'était consacré son mari pendant les semaines qui avaient précédé sa mort. Dans ce cas, pourquoi aurait-elle si longtemps caché l'existence des cassettes ? Et pourquoi aurait-elle pris la soudaine décision de les donner à une agente de la police fédérale, après des années de silence ? A moins de mettre en cause l'intégrité de ses facultés mentales, ce qui n'expliquait pas grand-chose.

Annabelle franchit en un éclair les cent kilomètres séparant Lexington Park de Washington DC.

Arrivée chez elle, elle appela Larry Walton qui, à son grand soulagement, lui dit que le FBI était toujours sans nouvelles de Claudia Lombard.

Puis elle essaya à nouveau de joindre Mary Peale au State Department, mais une voix impersonnelle lui répondit que la jeune femme était absente pour la journée. Elle n'obtint pas plus de succès à son domicile.

Elle se prépara un cocktail à base de cola-coke, et s'installa avec son magnétophone à laser dans son salon. Agacée par la disparition de Mary, elle but son verre d'un trait. Mary avait toujours aimé entourer sa vie d'un certain mystère, mais elle n'était jamais restée plus de vingt-quatre heures sans donner de ses nouvelles.

Nerveusement, Annabelle glissa la première cassette dans le magnétophone.

Elle fut surprise par l'incroyable présence de la voix d'un homme pourtant mort depuis dix-sept ans. Elle était probablement la première personne à écouter cet enregistrement. Elle connaissait beaucoup de gens qui auraient aimé être à sa place. Grave, distinguée, la voix était celle d'un homme habitué à se faire obéir.

Le sénateur énuméra une liste de noms qui semblait sortir tout droit de l'imagination d'un créateur de bandes dessinées. Parfois, il y ajoutait des adresses, et ce qui ressemblait à des numéros de téléphone : « Robert Le Voyeur de la rue des Amis de Fred, 001 4020 », disait-il, ou encore : « Michel La Barbe de la place des Sacrifiés, 030 2050 »... D'évidence, Sullivan avait utilisé un code. Ce qui prouvait, pour le moins, qu'il se méfiait de son entourage, et expliquait qu'on n'ait trouvé aucune trace écrite de son projet de communication.

Peu à peu son discours s'étoffait. De multiples interruptions et changements d'ambiance indiquaient que l'enregistrement avait eu lieu à des moments différents. Quelquefois, Sullivan s'interrompait brusquement, comme s'il avait été dérangé par un visiteur. Après un clic d'interruption, il reprenait la même phrase. Quelquefois les bruits d'ambiance changeaient : silences, klaxons, brouhahas de foule...

Annabelle ne pensait plus à Mary. Fascinée par la voix d'outre-tombe du sénateur, elle essayait de comprendre. Elle aurait voulu déchiffrer le code elle-même, sans avoir à passer par les spécialistes du Service. Personne ne devait entendre parler de ces enregistrements. Tout au moins pour l'instant... L'idée de débarquer dans le bureau de Black avec des renseignements inédits sur l'affaire Sullivan la grisait.

Le nom d'un certain Eagleman revenait souvent. Il semblait jouer un rôle de premier plan dans ce que Sullivan appelait « l'affaire ». D'autres surnoms se représentaient régulièrement : Gabriel, Petit Eagle — petit aigle? —, ou, moins noblement, Chacal.

L'« affaire » semblait avoir de multiples ramifications. Manifestement elle n'avait plus aucun secret pour le sénateur. Soudain, l'attention d'Annabelle fut attirée par l'un des surnoms utilisés par Sullivan. Il était question d'un certain Rital...

« ... Le Rital devient un vrai problème. J'ai rencontré sa fille hier soir. Elle n'a pas l'air d'être au courant de quoi que ce soit concernant l'"affaire". Quelle naïveté, mon Dieu! C'est une des premières femmes engagées par la Marmite... »

La fille du Rital, la Marmite... Sullivan voulait-il parler de Claudia Lombard, l'une des premières femmes à avoir fait carrière dans le FBI? Fébrilement, Annabelle réécouta le passage. Elle était presque sûre d'avoir deviné juste : le Rital désignait l'avocat Peter Lombardi, et Gabriel, celui pour lequel il travaillait... Grands dieux, il ne pouvait s'agir que de l'ange Gabriel! Autrement dit Cœur d'Ange, Michael Angelhardt, le Padrone de la Mafia, dont Peter Lombardi avait en effet été l'homme lige! Annabelle aurait volontiers crié de joie.

Elle réenclencha le magnétophone. Décidément, ce que lui avait confié Susan Sullivan était une véritable bombe.

« ... 14 avril. Je viens de quitter le Rital. Il confirme

ce qu'il m'a déjà dit le mois dernier. L'éventuel accord entre le Comité et l'Organisation est entré dans une phase critique. Les négociations ont été reprises par le Chacal pour le Comité, et par Gabriel pour l'Organisation. Elles achoppent sur la demande de l'Organisation d'obtenir l'exclusivité de la production de la pasta pendant une période de cinq ans. Ce n'est évidemment pas tenable. Eagleman ne peut accepter ça. Le Chacal propose deux ans, et par la suite un intérêt dans la production de tous les produits annexes : boissons, etc. S'ils tombent d'accord, le plan serait le suivant : le produit continuerait à arriver par avion ou par bateau des pays du Centre. Il serait directement livré dans une île des Everglades à des agents contrôlés par la bande d'Eagleman. Les transactions porteraient sur des milliards de dollars. Incroyable ! En échange, l'Organisation mettrait sa puissance au service de Eagleman pour assurer sa victoire. J'ai à nouveau demandé au Rital pourquoi il m'avait donné son vrai patron. Il aurait pu continuer à travailler pour moi sans que je m'en aperçoive. Il m'a répondu que c'était par amitié pour moi. Bullshit. Il a également parlé de sa fille. Elle a entamé une carrière propre, comme il dit. Le deuxième point me semble plus près de la vérité. Il avait un sourire que je ne lui connaissais pas pour parler de sa petite Ritale. Une crapule au grand cœur ! Histoire classique. La "famiglia" ! Je me débarrasserai de lui dès cette affaire terminée. Je ne peux plus supporter de le voir tous les jours. Pendant trois ans, il a informé Gabriel de tous mes faits et gestes. S'il a trahi une première fois, il recommencera... »

Annabelle stoppa à nouveau le magnétophone. Elle commençait à comprendre. Bien qu'engagé comme conseiller personnel depuis trois ans par John Sullivan, Peter Lombardi avait continué à travailler pour Angelhardt. Puis il avait brusquement décidé de trahir son véritable patron. Peut-être était-ce l'affection qu'il portait à sa fille, promue brillante officier du FBI, au moment où elle commençait une nouvelle carrière à laquelle il ne voulait pas porter ombrage. Mais peut-être ses raisons étaient-elles moins nobles...

Quoi qu'il en fût, l'avocat avait pris la décision de donner Angelhardt au sénateur. En gage de bonne foi, il avait révélé le projet d'accord, en cours de préparation, entre un Comité assez puissant pour traiter d'égal à égal avec la Mafia — probablement un lobby politique ayant pignon sur rue — et la Mafia représentée par Michael Angelhardt. Le produit, les milliards de dollars, le trafic avec le Centre : il s'agissait évidemment de cocaïne. A l'époque, la poudre arrivait par cargaisons entières des pays d'Amérique latine, sous le contrôle exclusif de la Mafia américaine, après qu'elle eut imposé sa loi aux Mafias locales.

Mais dans quel but un lobby de Washington en arrivait-il à traiter directement avec la Mafia à propos du marché de la coke? Pour de l'argent? C'était peu vraisemblable. Pas sur une si grande échelle. Le risque de se retrouver inféodé au Milieu était trop grand.

Non. Selon toute vraisemblance, le but était politique. Le Comité devait être assez puissant pour estimer ne pas prendre de risques trop graves en se liant à la Mafia. Or, seule la politique pouvait donner un tel pouvoir, à condition d'être menée par des gens suffisamment haut placés. Voilà pourquoi la Mafia avait chargé Peter Lombardi d'espionner le sénateur démocrate John Sullivan. Elle s'informait de ce qui se tramait dans les allées du pouvoir.

Annabelle fut soudain prise d'un doute : pourquoi, en effet, la Mafia espionnait-elle un membre du parti démocrate? 1998 : c'était l'époque où le président démocrate Don Adams s'opposait à tout compromis avec les tenants de la proposition Fuchs...

Comme un rideau qui se déchire, l'affaire apparut soudain dans toute sa clarté : 1998 était avant tout l'année où avait été découvert le FS! De puissants groupes de pression cherchaient à obtenir du pouvoir fédéral qu'il prenne des mesures draconiennes pour stopper l'épidémie, même si cela devait entraîner, à terme, la suspension des libertés démocratiques. La bataille pour ce qui allait devenir la proposition Fuchs commençait. Elle était dirigée par les ténors les plus conservateurs du parti républicain, regroupés au sein du N.PAC.PS, le National Political Action Comittee for Public Sanity. En fait, c'était la victoire de 2004 du président Glen Monroe qui était en gestation.

Annabelle se souvenait du prêche télévisé de l'évangéliste intégriste Jimmy Wallace, membre influent du N.PAC.PS, qui avait eu un énorme retentissement dans tout le pays. Elle revoyait la célèbre tignasse blonde, et les sourcils froncés qui donnaient à son regard bleu une intensité presque insoutenable. Elle venait d'avoir vingt et un ans, faisait ses études de droit, et venait d'être élue à un poste de direction au W.MLAP. Dans son temple d'Albany, en Georgie, où cinq mille fidèles se pressaient en rangs serrés, Jimmy était apparu sur les écrans dans son éternel costume vert symbolisant l'espérance.

« ... L'œuvre du Malin doit être stoppée. Notre peuple est en péril, car nous sommes faibles. Dans notre pays, l'influence des communistes, des homosexuels, des catholiques, des juifs, des darwiniens, continue à être prépondérante, malgré l'épidémie qui atteint des millions, bientôt des dizaines de millions d'individus. Le Feu Sacré est le résultat évident de notre incurie. Le Seigneur nous punit, parce que nous avons péché. Mais dans son immense bonté, Il nous donne encore une unique chance : Il nous demande, que dis-je, Il nous supplie d'éradiquer le Mal qui Le fait souffrir, Lui qui déborde d'amour pour sa créature...

« C'est pourquoi nous allons lui obéir, pour être sauvés. Non pas demain, non pas dans une heure, mais tout de suite. Plus aucun des malheureux désignés par le Malin ne doit rester libre de contaminer ses frères. Nous devons les dénoncer. Nous devons les chasser, les parquer, les surveiller. Si nous désirons la victoire comme notre Seigneur l'a désirée pour nous quand Il est monté sur la Croix, nous devons avoir le courage d'aller plus loin encore. Nous devons Lui apporter la preuve que nous acceptons de souffrir pour Lui comme Il a souffert pour nous. Car la victoire, nous la voulons ! Et comment la voulons-nous ? Comment la voulez-vous ? Que demande aujourd'hui notre Seigneur pour nous racheter ? Il nous demande de renoncer à l'amour sexuel entre l'homme et la femme, celui qu'Eve, tentée par le Malin, a fait connaître à Adam pour le malheur des hommes.

« Oui, c'est ce que nous devons faire, c'est ce qu'Il nous demande : renoncer à la chair. Tel est le prix que notre Seigneur exige pour le rachat de notre péché. Mais, me diriez-vous, qui m'autorise à parler de la sorte ? Pour un chrétien, depuis quand l'amour est-il interdit entre un époux et son épouse ? Depuis quand, demandez-vous ? Mais depuis aujourd'hui, mes frères, car nous avons trop attendu. En voulez-vous une preuve ? Vous vous dites : "Ce ne sont que des élucubrations du vieux Jimmy Wallace !" Vous voulez une preuve qu'il s'agit de la volonté de notre Seigneur. Vous voulez un signe de Lui, vous l'attendez... Vous pensez : après, mais après seulement, je pourrai suivre Jimmy Wallace. Alors, je vais vous surprendre. Le signe, vous le connaissez, bien que vous ne l'ayez pas remarqué, hommes de peu de foi.

« Regardez, et vous le verrez ! Le signe, il s'est produit sur notre terre, dans un pays anglo-saxon comme le nôtre. Il s'est produit en Australie. Le grand savant Kelvin Fast — que Dieu le bénisse — en a été l'agent inspiré, quand il a réussi à mener à son terme la première grossesse artificielle. Son génie va permettre à notre race de se maintenir dans le monde sans avoir recours à l'acte sexuel, qui est devenu l'équivalent de la mort, et qui porte un nom : le Feu Sacré. Voilà ce qu'il a permis.

« Vous vous dites : mais c'est artificiel ! Le vieux Jimmy délire. Vous pensez : c'est de la science ! Ça n'a rien à voir avec notre Seigneur ! Pensez-vous vraiment cela ? Non. Vous ne pensez pas cela. Vous savez. Comme moi, vous savez. Comme moi, vous répondez : c'est un miracle. Un authentique miracle de notre Seigneur Jésus-Christ. Car je vous mets au défi : dans cette assemblée d'hommes et de femmes qui ont la vraie foi, qui peut se lever et dire : c'est artificiel, c'est de la science ! Qui peut dire : ce n'est pas notre Seigneur qui nous donne une chance de renoncer au péché de la chair auquel nous étions enchaînés pour assurer la reproduction de notre espèce? Qui, je vous le demande? Personne! Pensez-y : la réussite extraordinaire du docteur Kelvin Fast s'est produite trois années avant l'apparition du FS. Trois années... Que sont trois années comparées à l'éternité! Qui peut affirmer, après cela, qu'il s'agit d'un hasard, et non d'un signe de notre Seigneur?... »

La mort du révérend Jimmy Wallace, quelques mois plus tard, des suites d'un FS foudroyant, n'avait pas stoppé les vagues de conversion de dizaines de millions de gens au mouvement fondamentaliste de l'Eglise évangéliste...

Avec inquiétude, Annabelle réalisait que les enregistrements du sénateur Sullivan impliquaient sûrement des hommes politiques de l'Administration actuelle. En trahissant, le Rital avait apporté la preuve qu'une partie des plus hautes autorités du pays négociaient avec la Mafia. La production massive de coke avait été envisagée dès cette époque pour préparer la réussite du projet Fuchs.

Révélée, cette affaire aurait fait l'effet d'un cataclysme. Les tenants du projet n'auraient probablement jamais réussi à prendre le pouvoir dans le parti républicain, comme cela fut le cas à la suite de la malencontreuse réélection — 56 000 voix de différence! — du président démocrate en l'an 2000. L'histoire des Etat-Unis, et donc du monde, s'en serait trouvée changée.

Annabelle fut parcourue par un frisson d'horreur rétrospective. Elle commençait à saisir les raisons qui avaient poussé le sénateur de l'Indiana à tenir secret son projet de communication au Sénat. Dans le même temps, elle prenait conscience du fait que les implications de l'affaire la dépassaient largement. Elle côtoyait sans doute tous les jours les Eagleman, Petit Eagle, Coyotte... Si elle ne prenait pas de précautions, elle risquait de connaître le même sort que le sénateur Sullivan.

Sa belle assurance était en train de s'effriter. Elle imaginait la sous-directrice de l'établissement Bel'Air expliquant à un agent de la sécurité du FBI que Susan Sullivan lui avait remis un paquet. L'affaire était trop grosse pour elle. Elle avait besoin d'alliés. En racontant la vérité à Black et en lui remettant les cassettes, elle ferait d'une pierre deux coups : elle se protégerait, et donnerait des preuves de loyauté au puissant directeur du FBI.

Il était temps de se changer les idées.

Le soir même, elle se rendit au *Red Moon*, une boîte de femmes qu'elle fréquentait régulièrement.

Vêtue d'une culotte bouffante et d'un gilet de soie noire, portant comme unique bijou des boucles d'oreilles en onyx en forme de conque, Annabelle avait du mal à se frayer un chemin entre les habituées du night-club le plus huppé de Georgetown. Elle s'imprégnait de l'odeur douceâtre de sueur mêlée aux parfums et aux déodorants qui saturait l'atmosphère. Des flashes intermittents de lumière laser l'éblouissaient, tandis que la musique *sweetie* se déversait à flots sur tout ce que Washington comptait de femmes branchées.

Les couples se déhanchaient au rythme de la musique électronique. Toutes les femmes dansaient les yeux baissés, guettant leur reflet sur la piste-miroir d'où jaillissaient les flashes multicolores. La danse *sweetie* consistait en une série de variations inventée par une célèbre noctambule de Tokyo d'origine française, Claudine. Les danseuses écartaient et resseraient les genoux au rythme de la musique, les jambes légèrement pliées, les mains sur les hanches ou levées au-dessus de la tête. Leurs poitrines nues aux aréoles maquillées tressautaient sous les blouses transparentes.

L'ambiance était chaude. Annabelle commençait à se détendre. Elle adorait le *Red Moon*. Elle y venait souvent, avant sa rencontre avec Mary. A cette évocation, elle sentit sa douleur se réveiller.

Elle s'assit près de la piste avec un groupe d'amis. Une femme d'une cinquantaine d'années, les cheveux bleutés taillés en brosse, les paupières inférieures outrageusement maquillées, engagea la conversation. Manifestement, elle voulait rentabiliser sa soirée.

Peu désireuse de faire connaissance, Annabelle

répondait par monosyllabes tout en sirotant son cola-coke. Elle s'assura que son walkietalk était toujours dans la poche de son pantalon. Elle ne souhaitait qu'une chose : danser jusqu'à épuisement et rentrer seule chez elle.

Un vieux blues, qui devait avoir près d'un siècle, remplaça la musique sweetie. La lumière baissa. Sur la piste, les couples s'enlacèrent. Les mains disparaissaient dans les plis des vêtements. Emoustillée, Annabelle était sur le point d'accepter l'invitation à danser de sa voisine, lorsqu'elle aperçut Mary Peale.

Vêtue de l'ensemble bleu nuit qu'Annabelle lui avait offert pour son anniversaire, elle dansait avec une fille rousse aux mains couvertes de bagues rutilantes, qui la tenait par la taille. La tête renversée en arrière, les yeux fermés, Mary semblait en pleine extase.

« Elle est complètement défoncée », se dit Annabelle, qui faillit renverser la table en se levant.

Autour d'elle, les conversations s'étaient brusquement arrêtées.

Sans un mot, elle bondit, saisit la rousse par les épaules et, l'arrachant violemment à l'étreinte de Mary, l'envoya s'étaler de tout son long entre les jambes des danseuses.

Mary n'avait pas bronché. Elle souriait. Annabelle lui décocha une gifle qui claqua comme un coup de feu.

Les couples se remirent à danser.

Une main sur sa joue brûlante, Mary continuait de fixer son amie. Son sourire avait disparu.

Rouge de confusion, la rousse s'était relevée. Une barmaid se pencha à son oreille et lui dit quelques mots. Aussitôt, l'inconnue s'éclipsa sans demander son reste. Apparemment, on venait de la renseigner sur les fonctions d'Annabelle au sein du FBBS.

— Je te retrouve devant le *Moon* dans cinq minutes, dit Annabelle à Mary d'une voix blanche.

Elle tourna les talons et fendit la foule des danseuses en direction de la sortie.

Annabelle conduisait nerveusement. Le sang battait

dans sa tête. L'image du couple enlacé l'obsédait. Mary avait sûrement passé le week-end avec cette rousse.

— Tu as dû t'amuser, dit-elle d'un ton glacé, sans tourner la tête. Cette fille t'a donné ce que tu cherchais, si j'en juge par ton absence aujourd'hui au bureau.

Mary jeta un regard sur Annabelle.

— C'est exactement ça, dit-elle, avec une pointe d'ironie. Je crois même que je n'ai jamais...

— Jamais ?

— Non, ce n'est pas la peine. Tu ne peux pas comprendre !

— T'en fais pas, Mary, dit Annabelle après un silence, tu vas tout m'expliquer. Encore quelques minutes, et tout va devenir limpide... pour nous deux !

La porte d'entrée de l'appartement rebondit contre le mur.

— Je te donne une minute pour te coucher, dit Annabelle.

Mary avait enlevé son manteau de loutre, dont les poils lustrés chatoyaient sous la lumière tamisée du salon. Le tenant négligemment d'une main, elle le traînait sur la moquette.

Sans un mot, elle se retourna, montrant son dos nu par le profond décolleté de sa robe. Elle s'éloigna d'un pas nonchalant vers la chambre d'Annabelle.

« Ce que cette pute peut être belle ! » pensa Annabelle, qui sentait la fureur lui tordre le ventre.

Elle avait mal partout. Elle se versa un nouveau cola-coke, le dixième de la journée. Pas plus de trois, disait la publicité. Peut-être devrait-elle se mettre à l'alcool, comme certaines filles du WomRUT. Mais le côté débraillé de l'ivresse la dégoûtait.

Elle avala d'un trait le liquide ambré, et eut un étourdissement. Son cœur battait à se rompre. Elle inspira lentement, essayant de se calmer.

Elle ne savait pas quelle contenance prendre. Sa colère était si violente qu'elle ne savait qu'en faire.

Soudain, elle se leva, et marcha d'un pas rapide vers la chambre.

Mary n'avait pas allumé la lumière. Seul un rai de lumière provenant du salon éclairait la pièce. Le lit était défait. Annabelle s'arrêta, le temps de s'habituer à la pénombre. Peu à peu, elle discerna le corps de Mary, allongée sur le dos, les bras croisés sur sa poitrine.

Comme on se jette à l'eau, Annabelle se dirigea vers une commode et ouvrit un tiroir. Il ne lui fallut que quelques secondes pour trouver ce qu'elle cherchait : une ceinture en peau de serpent, qui avait appartenu à son père. Elle assura la boucle dans sa main gauche — sa « bonne » main —, et se tourna vers Mary.

— Tu sais ce que je vais faire? demanda-t-elle.

— Je pense que oui, dit la jeune femme dans la pénombre.

— Et... tu ne dis rien? Tu ne fais rien?

— Non. Mais tout sera fini entre nous. N'est-ce pas?

Les paroles de Mary firent sur Annabelle l'effet d'une morsure. Elle leva le bras. L'air siffla. Le claquement du fouet fut d'une sécheresse inattendue.

Annabelle ne s'arrêtait plus. Elle rugissait, ivre de sa force. Elle atteignait peu à peu les sommets de l'extase. C'était une découverte, une joie.

Elle entendait à peine les cris de Mary.

Quand elle revint à elle, le téléphone sonnait depuis quelques minutes. Elle s'assit sur le lit, à côté de Mary, qui ne bougeait plus, et resta prostrée.

Entraînée par son propre poids, la ceinture s'échappa de la main d'Annabelle et glissa sur le sol.

4

Enveloppée dans une cape de velours bleu-noir bordée d'un liséré rouge, la Jeune Vierge se tenait assise dans un poudroiement de lumière qui jaillissait des fenêtres à ogives de son palais. Le buste penché en arrière, le visage tourné, les mains jointes, elle suppliait l'Archange qui, dans un grand bouleversement d'étoffes rouge et or, la dominait tout entière, ses traits d'une surprenante virilité marqués par la solennité de son

Annonciation. Une flamme de tissu rouge accompagnait le geste de bénédiction — combien autoritaire — qu'il adressait à la Sainte.

Aux pieds de la Vierge, une énorme Bible manuscrite reposait ouverte sur un coffre en bois précieux. Car l'Ange l'avait surprise au cours de sa lecture. Sur la page de gauche du Livre — la plus éloignée du spectateur — s'inscrivait en lettres gothiques la prophétie d'Isaïe, sur laquelle Marie méditait au moment de l'apparition de l'Ange :

« *Ecce Virgo concipiet et pariet filium et vocabitur nomen eius Emmanuel* » — « Voici, une vierge sera enceinte, elle enfantera d'un fils, et il sera appelé Emmanuel » (Chapitre VII, verset 14).

Sur l'autre page, le même texte était reproduit, comme si le peintre avait refusé d'inscrire le verset suivant de la prophétie — le quinzième — qui disait :

« *Butyrum et mel comedet ut sciat reprobare malum et eligere bonum* » — « Il mangera du beurre et du miel jusqu'à ce qu'il sache rejeter le mal et choisir le bien » (VII, 15).

Comme chaque fois que le panneau de l'Annonciation lui apparaissait en rêve, Verne s'apprêtait à reprendre, les unes après les autres, les mille théories élaborées, au cours des années, pour expliquer pourquoi Grünewald avait inscrit le même verset sur les deux pages de la Bible. C'était en effet un véritable inventaire théorique qui l'attendait au plus profond de son sommeil. Mais au matin il se réveillait avec le sentiment amer d'avoir perdu la clé lui donnant accès à ses plus folles découvertes.

Cette fois, pourtant, l'énumération s'arrêta presque aussitôt, car la certitude d'avoir enfin trouvé la réponse s'imposait à lui. Et, tandis qu'il vérifiait point par point, il se laissait peu à peu gagner par un sentiment de triomphe.

Le plus étonnant — il l'avait maintes fois observé — était sa capacité de réfléchir en rêvant, avec une acuité inhabituelle. Et cette fois, sans aucun doute, sa nouvelle théorie était sans faille.

Un postulat lumineux s'était imposé à lui, lui permettant de résoudre l'une des énigmes les plus ardues du *Retable* : à l'origine, se disait-il, l'une des deux pages de la Bible était vouée à rester vierge. Mais le scribe avait commis une négligence impardonnable. Par inadvertance — à moins que ce ne fût à cause d'une tentation diabolique —, il avait refermé le Livre saint sur une encre encore fraîche, de sorte que le texte s'était imprimé sur la page opposée...

Dans son sommeil, Verne eut envie de se retourner. Mais, de façon inexplicable, son geste s'arrêta. Il avait l'impression d'être paralysé.

— Je suis en train de dormir, murmura-t-il dans un demi-sommeil.

Soudain angoissé par ce blocage, il se dit qu'il n'avait d'autre issue que de replonger, séance tenante, dans l'euphorie qu'il venait de connaître dans son sommeil. Un instant, il eut peur d'avoir perdu sa « trouvaille » mais constata, avec bonheur, que la mémoire lui était revenue.

Il se rendormit, en effet, et reprit son raisonnement avec méthode, comme tant de fois au cours de ses recherches en biologie moléculaire.

Mais une surprise désagréable l'attendait. Il ne reconnaissait plus ses certitudes. Il s'affola, recommença, mais dut se rendre à l'évidence : son erreur était criante. Il constatait que si son hypothèse avait été juste, le texte d'une des deux pages de la Bible serait apparu inscrit à l'envers.

La désillusion qu'il éprouva, dans son sommeil, fut à la hauteur de la joie qu'il avait connue quelques minutes plus tôt.

Alors, il tenta de saisir le sens de sa bévue, et conclut qu'un oubli en était responsable. Il avait toujours su, en effet, que dans le tableau, l'écriture était pareillement lisible des deux côtés du Livre. Or cette manipulation de sa mémoire — rendre l'un des deux textes illisibles, parce que inversé — avait été provoquée par son désir pressant de résoudre une énigme qui lui résistait depuis des années. En détournant son attention d'une réalité pourtant connue, elle lui avait permis de faire un rêve dans lequel il triomphait de toutes les résistances.

Ainsi, au moment où l'intention du peintre Grünewald lui redevint incompréhensible, il sut qu'il ne dormait plus.

Verne ouvrit les yeux.

L'obscurité était totale. Un formidable grondement se faisait entendre dans la nuit.

Il sursauta. Quelque chose venait de bouger contre sa poitrine. Il redressa la tête. Un froid vif lui fouetta le visage. La mémoire lui revint d'un coup. Il approcha sa montre-bracelet de ses yeux : cinq heures moins dix. Depuis onze heures du soir, il était allongé sur la civière de l'ambulance avec Clara Hastings. La tempête de neige ne s'était toujours pas calmée.

Sentant le contact du corps de la jeune femme contre lui, il se recula jusqu'à l'extrême limite de la civière. Malgré le sifflement assourdissant du vent, il perçut distinctement la lourde respiration de Strumwasser, qui dormait sur les sièges avant de la voiture.

Quelques heures plus tôt, les deux hommes avaient dû se rendre à l'évidence. Malgré les strictes économies qu'ils s'étaient imposées, il ne restait plus une goutte d'essence dans le réservoir pour réchauffer la voiture. Le thermomètre intérieur indiquait moins quinze, et risquait de descendre encore. Et Clara n'acceptait de se réveiller que le temps de boire quelques gorgées d'eau.

Verne était de plus en plus inquiet pour sa santé. Il craignait par-dessus tout une complication broncho-pulmonaire. Comme le médecin-major, il pensait que ses deux couvertures étaient nettement insuffisantes pour la protéger du froid.

Appeler du secours par téléphone était hors de question : même dans l'hypothèse où ils réussiraient à joindre quelqu'un malgré le peu d'électricité produite par la batterie à moitié gelée, personne ne prendrait le risque de venir à leur secours en pleine tempête, au milieu de la nuit. Il ne voyait d'autre solution que d'attendre le lever du jour, en espérant que l'ouragan finirait par se calmer. Encore devaient-ils tout faire pour ne pas mourir de froid.

Or, Verne était seul à posséder un pardessus chauffant en plastech. Celui de Clara était resté à la base. Quant à Strumwasser, il n'avait emporté qu'une simple parka.

— Vous savez ce que vous devriez faire, dit alors Strumwasser. Vous devriez vous allonger contre miss Hastings.

— Il n'en est pas question!

— Si vous vous couvrez tous deux avec votre pardessus, vous lui sauverez la vie, et conserverez la vôtre. Cette charmante personne vous doit déjà beaucoup. Quand on commence, il faut savoir aller jusqu'au bout. Je crois que je vais vous laisser vous débrouiller avec elle. Moi, je vais dormir sur les sièges avant. Bonne nuit, cher professeur. Réveillez-moi avec un bon café!

Il était parti d'un éclat de rire, et s'était couché.

La suggestion pleine d'ironie de Strumwasser l'avait laissé sans voix. Seul, il n'aurait jamais eu cette idée.

Immobile dans le froid, il avait attendu que le médecin-major s'endormît. Puis, retenant son souffle, il s'était penché sur Clara. Mal à l'aise, il avait essayé de la réveiller.

Soudain la voix de Strumwasser avait à nouveau retenti :

— Professeur, vous m'empêchez de dormir. Arrêtez votre cinéma, et allez-y. Vous ne faites que votre devoir de médecin, un point c'est tout. Allez, bonsoir!

En frissonnant, Verne s'était alors décidé à enlever son pardessus et, après avoir enclenché le chauffage, en avait recouvert la jeune femme. Puis, il s'était glissé près d'elle, surpris de s'apercevoir qu'il réussissait à ne pas la toucher en restant à l'extrême bord de la civière.

Dès que Clara avait senti sa présence, elle s'était reculée pour l'accueillir, au point que Verne avait cru qu'elle s'était réveillée. Paralysé d'angoisse, il avait pourtant dû se rendre à l'évidence : elle dormait d'un sommeil de plomb.

Après des heures de veille entrecoupées de courtes périodes de perte de conscience, il avait fini par s'endormir, et avait rêvé de l'Annonciation du *Retable*, comme si souvent depuis son enfance.

Immobile dans le noir, les oreilles assourdies par les ronflements de la tempête qui, par vagues, recouvrait l'ambulance d'une couverture de neige de plus en plus épaisse, Verne était encore étourdi par la joie qu'il avait éprouvé dans son sommeil, au moment où il avait cru résoudre l'une des énigmes du *Retable* de Grünewald qui lui tenait le plus à cœur.

Sans surprise, il s'aperçut que c'était la même joie qu'il éprouvait lorsque, dans son laboratoire, une nouvelle parcelle était arrachée à la réalité opaque de la biologie moléculaire. Il pensa que cette joie inégalable, et malheureusement si rare, était ce qui le reliait le plus profondément au monde.

Dans le but de retrouver ce bonheur ineffable, il s'était arrangé en dormant pour transformer la réalité du tableau d'Issenheim — la répétition identique, sur les deux pages, du verset d'Isaïe —, pour la rendre conforme à une théorie fictive.

Il devait retenir la leçon. Car comment être sûr que le même phénomène ne se produisait pas dans la recherche pour le traitement du FS ? Les chercheurs ne souffraient-ils pas tous d'une hypnose produite par les théories qui, pendant des décennies, leur avaient permis de faire des bonds prodigieux dans la connaissance scientifique ? Ne pouvait-on imaginer qu'ils fussent aveugles à un élément fondamental constitutif du réel, voire à plusieurs, parce que leurs connaissances en étaient arrivées à une trop grande sophistication ?

Verne s'était inconsciemment rapproché de Clara. Sentant que son corps commençait à s'ankyloser, il essaya de se retourner, réalisant en même temps ce qui l'avait empêché de bouger dans son sommeil.

Clara crut-elle qu'il allait s'éloigner ? A peine eut-il commencé à bouger qu'elle l'entoura de ses bras. Il se retrouva sur le dos, la jeune femme l'étreignant de tout son corps.

Il resta pétrifié. Dormait-elle ? Il ne savait que faire.

Ainsi René Verne et Clara Hastings restèrent immobiles l'un contre l'autre.

Peu à peu, il se sentit envahi par une émotion profonde. Un instant, il eut peur d'éprouver les premiers signes d'une décharge aspique. Mais il constata qu'il s'agissait de tout autre chose.

Une détente inconnue se répandait en lui, comme si la matière même dont il était constitué subissait une transmutation. Si loin qu'il fût encore de la peau de Clara, séparé d'elle par les vêtements et les couvertures, il reçut ce qui se produisait comme un don venu d'ailleurs, et un nouvel horizon.

Il se retourna et la prit dans ses bras. Toute peur l'avait quitté.

Ainsi, ils restèrent serrés l'un contre l'autre jusqu'au petit matin.

Ils entendirent le vent se calmer progressivement, mais ne virent pas le soleil roux se lever sur l'immense plaine couverte de neige, sous laquelle ils étaient enfouis, comme dans une crypte.

Chapitre 13

1

« C'est une chance que la tempête se soit calmée », pensa Sitt Hokkee.

Du haut de son tracteur, il repéra le monticule de Grey Knoll où il était venu tous les jours pour surveiller un piège à renards posé au début de l'hiver. La veille, dans l'après-midi, alors qu'il rentrait d'une visite au vieux Oral Curtain, le shaman de la tribu des Blackhawks, il avait trouvé un magnifique mâle, l'échine brisée par les énormes mâchoires en acier dissimulées dans la neige.

C'est ainsi qu'il avait décidé de se rendre de bon matin à Arnold, un petit bourg agricole des environs, pour vendre la fourrure, sans attendre le passage du chasse-neige du comté. Il avait l'intention de demander deux mille dollars pour sa prise à Peter McKormack. Comme d'habitude, le vieux trafiquant essayerait de marchander : cela pouvait durer des heures, autour d'un verre, dans le bar de Susie Loo. Mais, cette fois, Hokkee était résolu à refuser le jeu de l'Ecossais : la superbe fourrure bleu argenté de plus d'un mètre, que l'Indien avait dissimulé dans un sac à dos rempli de victuailles, valait beaucoup plus que le prix qu'il s'était fixé.

Une fois l'argent en poche, il irait faire sa tournée habituelle : il déposerait trois cents dollars dans une vieille boîte, sur la dernière étagère du hangar où Turtle

Neck, le « deputy-assistant » du shérif du comté, entreposait son matériel de pêche ; et il offrirait cinq cents dollars à Old Joe Chilsom, l'argentier du la tribu. Il lui resterait mille deux cents dollars : de quoi construire une nouvelle grange pendant l'été, si les Esprits de la prairie consentaient à lui offrir encore une ou deux prises du même calibre.

L'Indien tourna lentement le volant de son tracteur, attentif à ne pas sortir de la chaussée qui disparaissait sous la neige épaisse. Il se repérait sur l'alignement des poteaux électriques qui longeaient la route. Elle formait un coude de soixante degrés avant de reprendre sa direction première au lieu dit de Douglas Well. Dans la région, on racontait que ce caprice des Ponts et Chaussées était le résultat d'une dispute ayant opposé, plus de cent cinquante ans plus tôt, deux propriétaires de ranchs au sujet d'un point d'eau disparu depuis.

Hokkee pensa à son fils de deux ans. Depuis trois jours, Ben gisait au fond de son lit avec une angine. La veille, c'était une décoction d'herbes spécialement préparée pour lui que Hokkee était allé chercher chez le shaman Oral Curtain.

Soudain, alors que l'Indien venait de franchir le deuxième virage de Douglas Well, il aperçut, à quelques mètres devant lui, un énorme monticule de neige lui barrant la route. Surpris, il arrêta son tracteur, stoppa le moteur, et saisit sa carabine Winchester. Attentif au moindre bruit, il resta immobile un long moment, avant de reposer son arme.

Il s'agissait sûrement de l'ambulance dont on lui avait parlé le matin même. Le radio de garde des Blackhawks, chargée de surveiller les émissions de la police, était venu lui raconter avoir intercepté, pendant la nuit, plusieurs avis de recherche à propos de deux hommes et d'une femme circulant en ambulance dans la région.

L'Indien se pencha pour prendre une pelle-pioche entreposée sous son siège, et sauta de son tracteur. S'enfonçant jusqu'à mi-cuisses dans la neige, il s'approcha du monticule. Tout paraissait calme.

Sous le pâle soleil transperçant les brumes que la

tempête avait laissées derrière elle, Hokkee se mit à piocher vigoureusement la masse scintillante, jusqu'à ce que sa pelle percute en tintant un objet dur. Il venait de heurter une vitre d'automobile.

Satisfait, il retourna sur son tracteur, et sortit son walkietalk d'un coffre métallique.

2

Sherman trouvait la situation amusante. Il venait d'avaler la troisième bouteille de cola-coke que l'hôtesse de l'air lui avait apportée d'un air renfrogné. La première fois qu'elle était passée dans la section de l'avion réservée au prisonnier, son regard s'était délibérément attardé sur ses jambes gainées de plastech transparent. Au point où il en était, pensait-il, quelques mois de prison de plus ou de moins ne changeraient pas grand-chose.

Depuis les années 90, en effet, une simple dénonciation pour « incitation à la concupiscence » pouvait se révéler suffisante pour faire condamner un homme. Au lieu de disparaître d'un air outragé derrière le rideau qui séparait la cabine en deux parties, l'hôtesse aurait très bien pu se plaindre à l'officier de police assis à côté de Sherman. Profondément plongé dans la lecture des « comics » achetés au départ de l'avion, il ne s'était aperçu de rien.

Sherman ricana avant d'avaler une nouvelle gorgée de coke.

— Vous devriez arrêter de boire, Sherman, dit le US marshal Cleeve O'Casey, sans relever le nez de sa BD. Tant que vous ne serez pas enfermé à double tour dans la prison fédérale de Washington DC, je ne veux aucun ennui. O.K. ?

— Vous en faites pas, chef, répondit le prisonnier. La coke n'a jamais empêché personne d'aller en tôle.

Sherman était allongé au bord de l'une des allées centrales de l'avion, sur une civière reposant sur trois fauteuils dont on avait enlevé les dossiers. Assis à côté de lui, le US marshal O'Casey, qui devait avoir une trentaine d'années, portait sur le sommet de la tête une énorme tonsure d'une dizaine de centimètres de diamètre, comme c'était la mode parmi les membres de l'Administration fédérale.

« Une marque d'appartenance comme une autre », pensa Sherman qui, du coin de l'œil, observait le policier dont il avait fait la connaissance une heure plus tôt, dans l'ambulance qui le conduisait à l'aéroport international de Los Angeles.

Les autres fauteuils de la section réservée étaient vides, sauf celui où une infirmière en uniforme dormait à poings fermés.

L'avion fit une embardée, qui arracha un gémissement à Sherman. Depuis son accident, la douleur de sa hanche blessée n'avait fait que s'accentuer. Le médecin de la prison de Los Angeles avait diagnostiqué une entorse grave de l'articulation de la hanche gauche, et avait entièrement plâtré le bassin, en attendant l'opération. Sherman avait refusé de dépenser le moindre dollar pour assurer sa défense, qu'il disait vouloir conduire seul. Le jeune avocat commis d'office par le « Public defenders officer » lui avait conseillé de refuser son extradition. Pour lui, c'était une occasion de partir en guerre contre l'Administration fédérale, au nom de la liberté des Etats.

Mais Sherman avait accepté son transport sans discuter. En tant que membre du Réseau, il préférait mille fois avoir affaire au pouvoir fédéral.

— Vous m'écoutez, ou quoi ?

Sherman sursauta.

— Excusez-moi. Je rêvais.

— Est-ce que ça s'est vraiment passé comme on l'a dit ? demanda le policier.

— Comment ça ?

— Est-ce que les frères Burger se sont reconnus avant de s'entre-tuer ?

Sherman laissa échapper un soupir d'exaspération. Décidément, cette affaire fascinait tout le monde. Depuis deux jours, on ne parlait plus que du duel des frères ennemis. « Règlement de comptes à OK Corral ». Pauvre Don Burger... Quand les flics avaient trouvé Sherman dans sa chambre du QG des Virginas, ils lui avaient raconté la mort de Don avec un luxe de détails inouï.

En revanche, ils ne lui avaient rien dit de Loca. Quelques jours plus tard, cependant, Sherman apprenait par son jeune avocat qu'elle avait réussi à s'échapper avec quelques filles.

— Sherman, je vous ai demandé...

— Mais qu'est-ce que ça peut vous foutre, bon Dieu ! cria-t-il soudain.

L'hôtesse de l'air passa la tête entre les deux pans du rideau.

— Vous écoutez aux portes ? lui demanda Sherman, reprenant aussitôt un ton suave.

— Vous ne devez pas crier comme ça, monsieur, dit l'hôtesse. Les autres voyageurs...

— Vous avez raison. Veuillez m'excuser, mais c'est ce flic...

Le visage du marshal vira au rouge.

— Bougre...

— Allez, marshal, l'interrompit Sherman. Ne m'en veuillez pas. Je viens de vivre des heures difficiles. Vous disiez, les deux frères ? Je vais vous dire quelque chose. Les Burger sont morts comme on meurt depuis que l'homme a commencé à parler : avec l'espoir que ça servira à quelque chose. Une bonne fois, on devrait dire que ça ne sert à rien. Vous voyez ce que je veux dire ?

— Comment ? demanda le policier.

— Non, rien.

Sherman se dit qu'il ferait mieux d'essayer de dormir.

3

Comme convenu, Margaret rappela Melissa deux jours plus tard, pour lui demander quelle décision elle avait prise. En guise de réponse, Melissa lui proposa de venir avec elle rendre visite à un de ses vieux amis,

Clayton Powys, qui squattait depuis des années une cabane en bois à Laird's landing, une petite calanque du Parc national de Point-Reyes.

— Nous aurons le temps d'en parler. Vous verrez, la promenade dans le National Seashore est merveilleuse.

Margaret accepta.

En cours de route, Melissa lui expliqua que Clayton était un peintre vivant d'expédients. Il s'était engagé à réaliser une grande toile destinée à prendre place, un jour, dans le salon des Verne. En attendant ce jour mythique, Melissa venait régulièrement lui donner de l'argent.

Quand les deux femmes arrivèrent à Laird's landing, le vieil homme — cheveux blancs, barbe en broussaille, visage rieur, ventre proéminent sous une chemise western — était sur le point de se rendre à un mystérieux rendez-vous.

« Sans doute une réunion du Réseau », pensa Melissa.

Désolé de ne pas avoir été prévenu de la visite de Melissa, il lui proposa de la retrouver en fin d'après-midi.

Les deux amies décidèrent, en attendant, d'aller marcher sur la lande surplombant Tomales Bay.

L'humeur de Melissa était sombre. Elle n'avait guère envie de parler de sa candidature à la direction de l'Institut.

— Les gens du labo ne comprennent pas ce qui se passe. Ils n'arrivent pas à croire que René les abandonne. L'idée que Hathaway pourrait avoir le poste leur est insupportable. Finalement, ils ont donné leur accord à ma candidature, à condition d'en parler à René.

— Que leur avez-vous répondu ?

— Que dire ? répondit Melissa, avec humeur. Que Verne est tombé sur la tête ? Qu'il préfère aller se balader, à un moment où sa présence parmi nous est plus que jamais indispensable ? J'ai inventé qu'il s'occupait d'une affaire qui dépend de la Commission de biosocio, mettant en jeu la sécurité des Etats-Unis. D'où sa disparition soudaine, et le secret pesant sur toute l'affaire. Je leur ai dit qu'il serait absent plusieurs semaines. Evidemment, ils m'ont crue. A notre époque, il suffit d'évoquer une histoire politique pour être crédible. Sauf Claude Georges, le baba cool que je vous ai présenté au labo. Il a immédiatement donné sa démission. Impossible de le faire changer d'avis. Il ne veut plus m'adresser la parole. Voilà. Il me faut une démission écrite de René.

— Mely, je suis si contente que vous acceptiez. La prochaine fois que vous parlerez à Verne, vous lui demanderez...

— Rien du tout.

— Mais je ne sais pas où le joindre! Si nous ne réussissons pas...

— Eh bien, Hathaway sera nommée, un point c'est tout. Nous n'en mourrons pas.

Melissa prit un air si farouche que Margaret se tut. Les deux femmes marchaient en silence le long de la falaise. A leurs pieds, les eaux de Tomales Bay miroitaient au soleil.

— J'aime ce pays, dit Melissa, avec un grand geste du bras. Vous voyez là-bas, de l'autre côté de la baie? C'est un petit hameau qui s'appelle Marshall. Une fois par semaine, Clayton traverse en barque les deux kilomètres de courant.

— Mais pourquoi?

— Il a gagné Laird's landing au poker.

— Au poker?

— Exactement. Le précédent squatter était un vieux métis indien. La maison a été construite par un inconnu il y a plus d'un siècle, bien avant que la presqu'île ne devienne un Parc national. Clayton aura été le dernier à avoir vécu ici. Les Rangers ont déjà essayé plusieurs fois de le déloger. Mais, depuis quelques mois, ils ont arrêté de l'embêter. L'affaire s'est probablement enlisée dans les méandres de la bureaucratie de Washington. A moins qu'ils n'aient décidé d'attendre sa mort. Il ne leur faudra que deux heures pour raser sa cabane.

— Comment est-il arrivé ici?

— En suivant les hasards de la route. Un soir, au *Crazy Sailor*, le bar de Marshall, il a abattu ses cartes, un full aux valets par les dames, en même temps qu'il roulait sous la table, et devenait le maître des lieux!

Melissa prenait plaisir à raconter les aventures picaresques de son vieil ami.

– Le perdant était un métis moitié noir moitié indien, qui s'appelait Cahunga Smith. Il a pris Clayton sous les bras et l'a traîné jusqu'en bas du bouge, où sa barque était amarrée.

« Clayton raconte que, par grand vent, Cahunga était capable de diriger l'esquif, malgré l'absence de quille, en maintenant la barre sous sa cuisse, et en tenant d'une main les deux drisses de chanvre grossièrement nouées à la voile triangulaire qu'il hissait au mât pivotant grâce à un miracle d'équilibre. La barque pouvait alors s'envoler au premier coup de vent et traverser les eaux noires de Tomales Bay en quelques minutes. En revanche, par temps calme, Cahunga ramait. Il pouvait ramer des heures contre les courants violents provoqués par les marées.

« Cahunga a tout appris à Clayton. A la suite de leur mémorable partie de poker, ils ont vécu une année ensemble. Puis un beau jour, le métis a disparu. Clayton est sûr qu'il s'est retiré dans un lieu secret du National Seashore, pour retrouver, avant de mourir, les Esprits qui peuplent la lande et la forêt de la presqu'île. Clayton prétend qu'à la suite de la disparition de Cahunga Smith il s'est peu à peu coulé dans la peau de son ami, comme cela avait été le cas de Cahunga avec l'Indien qui l'avait précédé.

« Depuis des années, Clayton traverse la baie plusieurs fois par mois pour aller pleurer avec le tenancier du *Crazy Sailor* sur les méfaits de la deuxième prohibition, jusqu'à ce que ce dernier consente à sortir une bouteille de whisky de derrière les fagots. Chaque fois, Clayton termine la nuit dans l'arrière-salle du café, foudroyé par une décharge AS.

Melissa était devenue intarissable. La lumière du jour déclinait. Les deux amies aperçurent le toit de la cabane de Clayton.

Elles prirent place à la table en bois blanc qui occupait presque tout un côté de la pièce principale qui, avec ses fenêtres ouvertes sur trois côtés, ressemblait à l'étrave d'un navire échoué sur la plage.

Un groupe de pélicans passa en piaillant au ras des flots.

Melissa s'aperçut que le pin qui ombrageait la plage avait disparu. Il ne restait plus qu'une partie du tronc, fendu sur toute sa hauteur par la foudre.

— Il y a pire que de perdre un être qu'on aime, murmura-t-elle. C'est de s'apercevoir qu'on a été trahi. La colère m'empoisonne.

— Vous ne pardonnez pas à Verne.

— Pardonner quoi ? La crise de la quarantaine ? René Verne m'a trompée. Je me suis menti pendant des années.

— Il avait peut-être besoin d'être seul. Vous disiez que la mort de Milner...

— Milner était mon ami autant que le sien. Non, cela n'a rien à voir. Le problème, c'est que son besoin de solitude, il l'affirme contre moi. En fait, la crise couvait depuis des années. J'ai refusé de voir qu'il se retirait comme l'eau de l'océan à marée basse. Je lui en veux encore plus de sa lâcheté que de la mienne.

La violence de Melissa surprit Margaret.

— Vous pensez vraiment que Verne ne vous aime plus depuis longtemps ? demanda-t-elle.

— La question ne se posait même pas. Il vivait avec un acquis. C'est typiquement masculin. Nous étions mariés, nous avions fait l'amour, nous ne le faisions plus, c'était la faute au FS — il a bon dos, le FS, les choses se passeraient de la même manière sans l'épidémie. Je lui appartenais, la question ne se posait plus. Mon tort, c'est d'avoir accepté sa manière de voir, sans chercher à lui montrer que rien n'est jamais acquis.

— Vous ne pouviez pas savoir.

— Mais, Mag, je savais... On sait toujours. Mais on a peur.

Elle se tut, le regard perdu dans la nuit qui tombait.

— Il y avait la recherche. Nous avions une passion commune pour la biologie qui excusait tout le reste. Je suis peut-être injuste. Je n'en sais rien. Je suis surtout en colère. Vous savez, je n'ai aucune envie de ce poste. Si j'ai accepté, c'est pour être sûre de ne plus le revoir. Comme ça, il ne reviendra plus.

— Que voulez-vous dire ?

— Jamais René n'acceptera de travailler dans une institution que je dirige. Les vieux préjugés ont la vie dure. Il ne reviendra pas, un point c'est tout.

— Qui ne reviendra pas ?

Dans un grand claquement de porte, Clayton venait de déboucher dans la pièce, le visage fendu par un large sourire.

— Je suis content que vous soyez restées. On va préparer le dîner.

— C'est-à-dire...

— Allez, Mely, pas d'histoires. J'ai pêché ce matin deux magnifiques mulets. Présente-moi ton amie.

Pendant le dîner, Clayton demanda à Melissa si elle accepterait de venir, un jour prochain, assister à une réunion d'amis — « ses collègues du Réseau », pensa Melissa —, qui souhaitaient l'interroger sur le FS et les Aspics.

A une condition, répondit Melissa. Qu'il termine enfin son tableau. Il le promit.

4

Claudia Lombard se tenait en équilibre sur une jambe en haut d'une chaise dressée sur une table, tandis que l'autre jambe pendait dans le vide, attachée à un radiateur par une chaîne d'acier.

Dans sa position acrobatique, la directrice du FBBS colla son front contre la vitre d'un vasistas, et jeta un coup d'œil par l'étroite fente de lumière qui courait le long de l'un des montants. Aussitôt, elle faillit perdre l'équilibre, et se rattrapa au mur par miracle. Son vertige avait été provoqué par l'espace infini qu'elle venait de découvrir. On aurait dit que la pièce où on l'avait enfermée depuis trois jours était suspendue en plein ciel.

Un sanglot de rage lui monta à la gorge. Tous ses efforts pour échapper de sa geôle, fût-ce du regard, venaient d'être réduits à néant.

Avec d'infinies précautions, elle descendit de son échafaudage improvisé, remit la chaise à sa place et s'écroula sur le matelas posé à même le sol.

Deux heures plus tôt, l'événement qu'elle attendait depuis le début de son incarcération s'était enfin produit. Au moment où son geôlier s'apprêtait à boucler l'une des deux chaînes qui l'attachaient au radiateur, comme tous les matins après sa toilette, elle avait feint un étourdissement. Le Japonais n'avait pas perdu son sang-froid : il lui avait pressé un point d'acupuncture derrière les oreilles, et l'avait aussitôt fait revenir à elle. Mais, comme elle l'avait espéré, il avait oublié, ensuite, de vérifier s'il avait suffisamment serré l'anneau d'acier qui entourait sa cheville.

A peine le yakusa sorti, elle s'était endui la cheville avec un morceau de savon humide resté sur la table. Il lui avait fallu une heure pour libérer son pied gauche. Elle avait même cru, un instant, avoir perdu toutes ses chances : la chaîne s'était si bien coincée à la hauteur de ses malléoles qu'elle semblait s'être littéralement incrustée dans la chair. Serrant les dents pour ne pas crier, Lombard avait fini par vaincre l'obstacle, le pied en sang.

Avec un morceau de sa chemise de nuit, elle avait pansé sa cheville blessée, puis avait enfin réalisé son désir le plus cher depuis qu'elle se morfondait dans sa geôle : regarder à travers l'étroite fente d'où jaillissait un rai de lumière, à quelques mètres au-dessus d'elle.

Assise sur son matelas, Lombard enleva délicatement son pansement improvisé. Son gardien ne reviendrait pas avant plusieurs heures. Il allait s'apercevoir qu'elle avait réussi à détacher l'une de ses chevilles. Mais remettre la chaîne à sa place lui semblait une tâche impossible, d'autant que son cou-de-pied enflait de minute en minute. En outre, le savon la brûlait.

Lombard déchira un morceau de sa chemise de nuit et nettoya sa blessure avec l'eau de la carafe. Ensuite, elle confectionna un nouveau pansement, et s'allongea, le regard fixé sur la rainure lumineuse. Depuis qu'elle était enfermée, elle n'avait rien fait d'autre que guetter la disparition et la réapparition du jour.

Son expédition ne lui avait rien appris sur l'origine des bruits qu'elle entendait régulièrement derrière le mur où s'ouvrait le vasistas. Le plus souvent, c'étaient des chocs sourds, mêlés à des piétinements rapides, qui se déclenchaient brusquement. Parfois, elle entendait un halètement précipité, suivi de râles, comme si on égorgeait un animal. Une fois, un cri d'une sauvagerie inouïe lui avait glacé le sang. Tout ce remue-ménage durait une heure, peut-être plus, puis s'arrêtait subitement, la laissant épuisée, les nerfs à fleur de peau.

Lombard se leva et alla s'accroupir en grimaçant sur le seau d'aisance. Dans le silence absolu qui régnait dans la pièce, le bruit decrescendo de l'urine remplissant le récipient était d'une obscénité insoutenable. L'obligation de faire ses besoins dans un seau était la pire des humiliations que lui faisait subir Angelhardt depuis qu'il l'avait kidnappée.

La première nuit, en arrivant dans ce réduit humide et froid de quelques mètres carrés, elle avait tapé plusieurs heures sur la porte avec ses poings, jusqu'à ce que trois Japonais viennent brutalement l'attacher au radiateur, malgré ses hurlements.

Depuis, le yakusa muet, qu'elle avait appris à connaître, venait trois fois par jour lui apporter un bol de riz collant mélangé à quelques légumes méconnaissables. Chaque fois qu'elle avait essayé de lui adresser la parole, il s'était contenté de la regarder sans manifester le moindre intérêt pour ce qu'elle lui disait. Elle avait hurlé, pleuré, sangloté. Chaque fois, il était ressorti avec la même indifférence, emportant le seau d'aisance qu'il rapportait quelques minutes plus tard après l'avoir nettoyé.

Le matin, elle avait également droit à un broc d'eau pour sa toilette, et à une bouteille d'eau potable. Le yakusa muet lui détachait alors les chevilles puis, sans aucune pudeur, s'installait près de la porte, attendant les yeux mi-clos qu'elle ait terminé. Il conservait toujours la même position, les jambes légèrement écartées, les bras ballants le long du corps, prêt à bondir. Elle avait renoncé à lui demander de regarder ailleurs, et s'arrangeait seulement pour faire sa toilette en lui tournant le dos. Lorsqu'elle avait terminé, il venait lui rattacher les chevilles. Pas une seule fois Lombard n'avait osé se rebeller. Il la terrorisait.

Plus le temps passait, plus elle s'inquiétait. Au début, elle s'était persuadée que son enlèvement prendrait fin au lever du jour. Angelhardt voulait lui donner une leçon à cause de la surveillance qu'il avait subie à Los Angeles. Le moment venu, elle lui expliquerait que ce n'était qu'un malheureux concours de circonstances : en fait, le FBBS n'en avait qu'après Kess Sherman.

Restait l'histoire des NOX, dont lui avait parlé le Padrone. Elle lui dirait qu'elle trouvait l'idée amusante. Cela paraissait en effet un excellent moyen pour repérer les gens du Réseau, au moment de leur contrôle AS.

Angelhardt savait qu'il avait intérêt à s'entendre avec elle.

Après trois jours passés à mijoter sa rancune, le point de vue de Claudia Lombard avait évolué. Le fait qu'il soit possible de faire disparaître pendant tout ce temps, en plein Washington, un personnage de son importance, était impensable sans une complicité dans les hautes sphères de l'Administration. Dans la meilleure des hypothèses, Black négociait sa libération avec la Mafia, et le marchandage se révélait plus difficile que prévu. Mais elle en doutait sérieusement.

En fait, elle était maintenant convaincue que le patron du FBI cherchait tout simplement à se débarrasser d'elle !

Au début, cette idée lui avait paru tellement saugrenue qu'elle l'avait congédiée. Puis, le soupçon s'était imposé à elle avec une évidence croissante. Sa disparition avait sûrement un rapport avec les agissements d'Annabelle Weaver.

Son assistante l'avait trahie au moins à deux reprises : en passant sous silence le fameux rendez-vous entre Michael Angelhardt et Kess Sherman ; en disparaissant à New York sans prendre contact avec elle, comme elle l'aurait dû, après l'évasion de Clara Hastings.

Lombard connaissait suffisamment son assistante pour savoir qu'un comportement aussi désinvolte ne pouvait s'expliquer que si Annabelle était persuadée d'être en possession d'un atout déterminant.

Plus Lombard y pensait, plus elle était certaine qu'Annabelle avait trouvé un appui décisif auprès d'un membre haut placé dans l'Administration. Et de qui pouvait-il s'agir, sinon d'Howard Jefferson Black, le distingué directeur du FBI?

Pourtant, malgré tous ses efforts, elle n'arrivait pas à comprendre pourquoi le directeur du FBI, qui l'avait nommée à son poste et l'avait toujours soutenue, avait brusquement décidé de la laisser tomber. Paradoxalement, le problème Angelhardt était ainsi devenu relativement secondaire pour elle. En fait, elle n'avait plus qu'une obsession : retrouver sa liberté, pour régler son compte à cette jeune femme, pour laquelle elle ressentait encore, quelques jours plus tôt, une si vive attirance.

La porte de la pièce s'ouvrit brusquement. Pour la première fois, le yakusa muet était accompagné de son chef.

— Bonjour, madame, dit ce dernier avec son exaspérante politesse. J'espère que votre séjour parmi nous n'a pas été trop pénible. M. Angelhardt souhaite vous rencontrer cet après-midi. Je me suis permis de vous apporter des vêtements. Si vous voulez bien vous habiller...

— Angelhardt veut me voir? Cet après-midi? Mais quelle heure est-il? Détachez-moi! J'ai besoin d'une douche. Mais ce sont mes affaires! Quand êtes-vous retourné chez moi?

— Quelques heures après être venus vous chercher.

— La même nuit? Mais comment...

— Le patron répondra à toutes vos questions.

Il se tourna vers son compatriote, et lui adressa quelques mots en japonais. Ce dernier s'agenouilla aussitôt aux pieds de Lombard, qui eut un mouvement de recul : il allait s'apercevoir qu'elle avait réussi à libérer une de ses chevilles.

Effectivement, il saisit la cheville blessée, et se tourna

pour la montrer à son chef. Un curieux gloussement sortit de la gorge du Japonais. Lombard mit quelques secondes à comprendre qu'il riait.

— Je vois que vous avez réussi à détacher une cheville, dit-il. Ce n'était pas la peine de vous donner tant de mal. Sato viendra vous chercher dans deux heures. A tout à l'heure.

Les deux hommes sortirent.

Habillée de pied en cap, Lombard attendait, assise sur l'unique chaise de la pièce. Elle avait fait un paquet de sa chemise de nuit et de sa robe de chambre chinoise.

Le Japonais avait choisi ses vêtements avec goût. Il lui avait apporté son ensemble en mohair noir, ainsi que des bas et des bottes en cuir de même couleur, et son pardessus en plastech gris sombre aux parements roses.

Lombard se sentait presque dans un état normal. La perspective de retrouver bientôt le monde extérieur l'avait remise d'aplomb. Elle pensa soudain à ses deux chats Cesar et Titus, et se demanda comment ils avaient supporté son absence. Un peu confuse, elle réalisa qu'elle pensait à eux pour la première fois depuis sa disparition. Et les médias, avaient-ils parlé du kidnapping ? Comment allaient réagir ses collègues, lorsqu'elle reviendrait à Pennsylvania Avenue ?

Soudain, des bruits sourds se firent entendre derrière le mur. Elle perçut plus nettement que d'habitude un halètement qui, cette fois, évoquait celui d'un chien assoiffé.

Lombard se leva, s'approcha de la porte et actionna la poignée. Surprise, elle constata que la porte coulissait sans bruit. Devant elle s'ouvrait un couloir sombre éclairé par une unique ampoule. Lombard hésita à peine. Elle retourna prendre son pardessus, l'enfila et, munie du paquet contenant sa robe de chambre, franchit la porte en boitant.

Sur la pointe des pieds, elle longea l'un des murs, et arriva bientôt à un embranchement en forme de T. Chacune des deux branches était obturée par une porte située à quelques mètres. Après une légère hésitation, Lombard tourna à droite.

La porte était fermée à clef.

Elle rebroussa chemin et emprunta la branche de gauche. Les chocs sourds qui n'avaient pas cessé résonnaient de plus en plus fort. Devant la porte, elle fut prise de l'envie irrésistible de se signer, ce qui ne lui était pas arrivé depuis sa communion solennelle. Elle haussa les épaules, fit le signe de croix, et mit la main sur la poignée.

La porte s'ouvrit en grinçant et un flot de lumière envahit le couloir.

Lombard fit un pas en avant, et se retrouva sur une terrasse au sommet d'un immeuble. La cité de Washington se déployait à ses pieds. Le temps était superbe, le ciel lumineux.

Eblouie, elle ferma les yeux. Elle resta immobile, jouissant du picotement de l'air vif sur son visage.

A cet instant, elle entendit un léger frottement sur sa gauche, et s'aperçut, au même instant, que les bruits insolites, qui résonnaient sans interruption depuis dix bonnes minutes, avaient complètement cessé.

Elle ouvrit les yeux.

Formant un cercle autour d'elle, une dizaine de yakusa vêtus d'un kimono noir de combat, d'un pectoral et de protège-tibias en cuir, la tête recouverte d'un heaume qui leur donnait l'allure de samouraïs de l'époque Eïdo, l'épée au clair, l'observaient, aussi immobiles qu'elle.

Soudain, d'un geste aussi rapide que précis, celui qui était le plus en avant rangea son épée dans le fourreau qu'il portait sur le côté. Dans la seconde, les autres yakusa firent de même, au point que Lombard n'entendit que deux claquements presque simultanés.

Clouée de surprise, Lombard comprit qu'elle venait de déboucher sur le dojo d'entraînement des yakusa, et que les bruits qui l'avaient inquiétée depuis trois jours provenaient de leurs joutes.

Celui qui semblait être leur chef s'avança d'un pas, et enleva son heaume avec un geste d'une extraordinaire majesté.

Lombard reconnut le yakusa parlant.

— Vous avez fait ce que vous deviez faire, dit l'homme, avec un accent de respect dans la voix. C'est bien. Je vous salue, madame !

D'un coup sec, il inclina la tête en avant pour la saluer. Pour la première fois, Lombard aperçut sa tonsure. Dans un ensemble parfait, et bien qu'ils aient conservé leurs heaumes, les autres yakusa firent le même geste de salut. Eberluée, elle leur rendit la politesse, sans très bien savoir ce qu'elle faisait.

A cet instant, un cri terrifiant retentit, sorti tout droit de la mémoire ancestrale des hommes. Elle n'eut pas le temps de relever la tête, mais aperçut une ombre noire qui, comme l'éclair, fondait sur elle. Un immense éclat de lumière jaillit, et la traversa de part en part, au moment où sa tête roulait sur le ciment de la terrasse.

Chapitre 14

1

La tête dans la paille, Verne revivait pour la centième fois le sauvetage de l'ambulance par un Indien d'une réserve pawnee, lorsqu'un bruit saccadé ébranla la grange, faisant vibrer les cloisons en planches goudronnées.

Verne reconnut immédiatement le battement qui l'avait tellement intrigué au moment où il avait été enlevé du *California Zephyr* par la MID.

Il descendit précipitamment du grenier par l'échelle. S'arc-boutant des deux pieds sur le sol couvert de brindilles, il entrouvrit de quelques centimètres l'immense porte à coulisse qui donnait sur la cour de la ferme.

Dans un brouillard de neige scintillante, il vit un hélicoptère immobilisé dans l'air à deux mètres du sol, ses gyrophares lançant des éclairs multicolores.

Au même instant, il aperçut Sitt Hokkee qui sortait de la ferme. L'Indien s'avança sur la véranda qui s'élevait devant la maison construite en rondins grossièrement équarris, et s'arrêta contre la clôture, jambes écartées, une carabine Winchester dans ses bras croisés. Avec son teint cuivré tranchant sur le col en fourrure claire de sa canadienne, ses longs cheveux noirs encadrant son visage retenus par une lanière en cuir nouée sur son front, il avait tout l'air d'un Indien sorti d'un western des années 50.

Mais Verne savait que, au moindre danger pour sa famille, l'Indien n'hésiterait pas à se servir de son arme, même contre la police.

La première fois qu'il avait aperçu le petit Ben dans les bras de sa mère, il avait été frappé par sa ressemblance avec ses parents : l'enfant avait le regard noir de sa mère, la silencieuse Mow, et les traits de son père. Or, Verne n'avait pas rencontré de nouveau-né utérien depuis dix ans, et l'émotion qu'il avait éprouvée l'avait désarçonné. Plus tard, il avait discrètement vérifié que Sitt ne portait pas de tonsure.

L'hélicoptère se posa souplement dans la neige. Le sifflement des turbines décrut aussitôt. L'immense hélice ralentit, battant inutilement l'air transparent. Le H de SHERIFF peint sur la carlingue se coupa par le milieu, et la porte s'ouvrit, livrant passage à un policier en uniforme qui sauta dans la neige. Le pilote, nettement visible à travers la bulle en plexiglas de la cabine, était resté dans l'appareil. Impassible, l'Indien regarda le policier s'avancer vers lui dans la neige mal damée.

Verne n'était pas vraiment inquiet. Pourtant, toute la police du Nebraska était à leur recherche, sans parler du FBBS, de la MID, et de Dieu sait quels autres services secrets fédéraux ! Mais que la première visite reçue par la ferme des Hokkee soit celle d'un homme du shérif était plutôt rassurant. Comme la plupart des réserves d'Indiens, les Pawnee avaient probablement passé un accord avec la police locale pour les affaires internes à la tribu.

Le policier faisait de grands gestes, la tête levée vers l'Indien qui le dominait de toute sa hauteur. Soudain, l'homme en uniforme se tourna et pointa une main vers la grange.

Verne eut l'impression qu'il recevait un coup en pleine poitrine. Spontanément, il recula dans l'ombre. Si le flic exigeait de visiter la grange, ils étaient fichus. Il était hors de question de cacher l'ambulance qui stationnait au beau milieu de l'édifice. Sitt avait considéré qu'il était inutile de perdre son temps à dissimuler la voiture : si les flics entraient dans la grange, ils fouilleraient de toute façon la paille.

Le policier avait il remarqué les traces de pneus? L'Indien les avait pourtant soigneusement effacées.

Verne vit Sitt esquisser un sourire, et faire un geste en direction de sa maison. Après un instant d'hésitation, le policier refusa de la tête, salua Sitt, et revint sur ses pas.

Dans un bruit assourdissant, l'hélicoptère décolla et passa au-dessus de la ferme.

— On l'a échappé belle, murmura Clara.

Verne sursauta et se tourna vers la jeune femme qui se tenait à ses côtés. Elle avait revêtu les vêtements que lui avait donnés Mow — des jeans, des bottes indiennes en cuir fauve, un col roulé en laine brune, et un châle multicolore brodé. Accaparé par la visite des policiers, Verne ne l'avait pas entendue descendre du grenier où ils avaient passé la nuit. Il fut frappé par les cernes violacés qui creusaient son visage blême.

Elle esquissa un sourire.

— René, je préférerais que vous ne me regardiez pas trop en ce moment. Je n'aime pas l'idée que vous m'observiez comme un médecin.

— Mais pas du tout ! Vous avez mauvaise mine, et ça m'inquiète.

— Ne vous en faites pas. Je me sens très bien. J'ai l'impression de récupérer mes forces avec une vitesse incroyable depuis la nuit où...

Elle se tut et tourna la tête. Une boule incandescente éclata dans la poitrine de Verne.

Depuis la nuit qu'ils avaient passée dans l'ambulance, serrés l'un contre l'autre, le savant avait l'impression que l'empreinte brûlante de la jeune femme était restée incrustée dans sa peau. La nostalgie qu'il en éprouvait se réveillait à la moindre sollicitation, comme si son centre de gravité s'était brusquement déplacé à l'extérieur de son corps, dans un lieu pourtant proche, familier, étrange aussi, comme si l'air qui emplissait l'espace autour de lui avait acquis une densité plus grande. Il ressentait ce déchirement comme une attente, un effet inconnu de la vie, le résultat le plus improbable du fait même d'être en vie.

Depuis qu'ils avaient tous deux été sauvés d'une mort

certaine par les Indiens pawnee, ils n'avaient pas parlé de ce qui s'était passé entre eux. Dans la grange, ils avaient passé une nouvelle nuit, mais loin l'un de l'autre, séparés par un mur de paille.

René s'interrogeait sur son « emportement », comme il qualifiait intérieurement ce qui s'était passé pour lui dans l'ambulance, tout en sachant qu'il n'y avait rien à comprendre. Pas plus qu'il ne comprenait pourquoi la décharge aspique l'avait épargné. Parfois il incriminait le froid, mais il restait peu convaincu par cette explication, toute scientifique qu'elle fût. La seule chose dont il était sûr, c'était d'être prisonnier comme l'éclair de la terre par une nuit d'orage.

Clara respectait son silence. Elle ne lui demandait rien. Elle attendait, montrant aussi qu'elle savait attendre.

— Regardez ! Sitt vient nous rendre visite, s'exclama-t-elle.

Le halètement de l'hélicoptère avait cessé. Verne aperçut l'Indien qui marchait d'un pas résolu vers la grange. Il avait laissé son fusil sur la véranda. Verne ouvrit la porte en grand.

— Bonjour, dit Sitt. J'espère que vous avez passé une bonne nuit.

L'Indien s'était adressé directement à Verne, feignant d'ignorer la présence de Clara.

— Excellente, répondit Verne.

Il fit un geste en direction de la jeune femme.

— Je crois que Clara vous est très reconnaissante aussi.

Sitt se tourna vers elle, comme s'il venait seulement de la découvrir.

— Je suis très honoré, dit-il en la saluant de la tête.

— Dommage que nous ayons été réveillés par la police, reprit Verne.

— Peut-être pas. Venez dans la maison. Après le petit déjeuner, nous discuterons, pendant que les femmes s'occuperont du petit Ben.

Clara fit une grimace en direction de Verne.

— Je vais aller aider Mow, dit-elle finalement, laissant poindre la mauvaise humeur qu'avait provoquée la remarque de l'Indien.

Elle sortit de la grange.

Sitt la regarda traverser la cour de la ferme. Un sourire éclaira son visage :

— Votre femme est encore jeune. Elle doit découvrir qu'il est nécessaire de laisser à un homme ce qui lui revient.

— Vous avez sans doute raison, dit Verne, un peu surpris.

— Je suis curieux de savoir si vous pensez vraiment que j'ai raison.

— Je n'en suis pas sûr.

— Vous voyez bien. Vous, les Blancs, vous avez une curieuse conception de la politesse. Mais je vous suis reconnaissant de votre franchise. Sachez que la remarque que j'ai faite à propos de votre femme est de la plus haute importance pour l'ordre du monde... Vous m'accompagnez tout de suite ?

— Non. Je vais rester seul quelques minutes.

— Je vous retrouve tout à l'heure.

Il sortit sur les traces de Clara, qui venait de pénétrer dans la ferme.

Verne sourit en repensant à la grimace de Clara. Les deux fugitifs n'avaient pas mis longtemps à comprendre que, tant qu'ils se trouveraient sous le toit de l'Indien, ils devaient se soumettre sans discussion aux avatars de la politesse pawnee. Verne avait découvert avec un plaisir amusé les mœurs éminemment phallocratiques de l'Indien. Ce n'était pas exactement le cas de Clara. Mais tous les W.MLAP du monde n'y auraient rien changé !

Pourtant, les dernières paroles de Sitt l'avaient impressionné. Il n'avait pas imaginé que pour un Pawnee, ce qui régissait les rapports singuliers entre un homme et une femme avait des conséquences directes sur l'ordre de l'univers. Cette idée lui ouvrait d'un seul coup un horizon insoupçonné. Dans la société cosmopolite occidentale, les rapports entre les hommes et les femmes étaient devenus un pur enjeu sociologique, voire politique, et l'amour qui était censé les lier — même platonique tant que durait le FS — une pure démangeaison du cœur.

Paradoxalement, l'épidémie semblait avoir eu des conséquences très positives pour certaines minorités nationales. Chez les Pawnees, elle avait manifestement redonné un sens et une valeur aux vieux mythes qui dormaient depuis des décennies dans leur inconscient. C'était le cas de la plupart des réserves d'Indiens parsemées sur le territoire américain. En quelques années, les valeurs du passé avaient resurgi avec une force inattendue et ranimé la vie tribale, comme si l'épidémie, perçue comme un échec majeur de la civilisation occidentale, leur avait rendu foi dans leur culture et leurs traditions.

En outre, cette évolution semblait jouer un rôle direct dans les étonnantes statistiques dont Verne avait eu connaissance, et qui indiquaient très clairement que les Indiens des réserves constituaient le seul groupe social dans lequel le FS ne semblait pas en progression, sans que les scientifiques aient pu apporter un commencement de réponse à ce mystère.

L'hypothèse — la seule retenue jusqu'à présent — selon laquelle cette relative protection était liée à l'isolement des tribus paraissait de moins en moins pertinente à Verne. Avec une pointe d'humour, il se demanda si, finalement, il ne serait pas plus sérieux d'incriminer le fait que leurs préoccupations fussent à ce point concernées par l'ordre du monde. Peut-être cela avait-il une influence décisive sur leur comportement sexuel ? Verne se secoua. Voilà qu'il raisonnait comme ce vieil idéaliste de Joseph Milner !

Verne se dirigea vers l'ambulance. Il ouvrit la porte avant, s'installa à la place du conducteur, et regarda autour de lui.

Il n'y avait plus mis les pieds depuis son arrivée dans la ferme. Une odeur de plastique l'assaillit. Malgré la pénombre, il distingua nettement la civière sur laquelle il avait dormi avec Clara, et fut frappé par son étroitesse. Ce qu'il avait fait lui semblait inimaginable. Si Strumwasser ne lui avait pas suggéré de s'allonger avec la jeune femme, il aurait sans doute été le seul à se tirer d'affaire.

Depuis qu'il avait entrepris son voyage insensé, Verne avait parfois l'impression que certains êtres se trouvaient sur son chemin uniquement pour l'aider à poursuivre ce qui prenait l'allure d'une aventure initiatique.

C'était le cas de ce pauvre Strumwasser. Le cher homme y avait perdu la vie. Au moment où il avait découvert l'ambulance, Sitt n'avait pu que constater la mort du médecin-major. Rétrospectivement, Verne n'arrivait pas à comprendre ce qui avait poussé le médecin à venir en aide à Clara. Il se souvenait seulement que Strumwasser avait commencé par refuser sa proposition, et qu'il s'était brusquement ravisé. Maintenant, il était mort, son corps dissimulé dans la neige quelque part sur le territoire de la réserve.

Les Indiens avaient pris les choses en main avec efficacité. Un deuxième tracteur était venu aider Sitt à tirer l'ambulance vers la ferme. Un autre était passé derrière eux, muni d'un chasse-neige pour effacer les traces.

Verne avait appris que le Pawnee faisait partie d'une association indienne, la Vine Deloria, du nom du fondateur du Pouvoir rouge qui, dans les années 70 du siècle dernier, s'était rendu célèbre par ses manifestations politiques : occupation de terres abandonnées en Californie, occupation de l'île d'Alcatraz, prise d'otages à Wounded Knee, le célèbre champ de bataille entre les Indiens et les troupes américaines, où le général Custer avait disparu avec ses hommes.

Le petit déjeuner fut un régal : maïs, café, omelette, pain, confiture d'airelles... Clara mangeait avec appétit. Pour la première fois, Verne s'aperçut qu'elle allait effectivement mieux : le traitement de Strumwasser faisait son effet. Pendant tout le repas, l'attention des convives fut accaparée par le petit Ben qui, assis dans sa chaise d'enfant, avait manifestement l'habitude que l'on s'occupe de lui.

Le repas terminé, les deux jeunes femmes débarrassèrent la table, et quittèrent la pièce avec Ben. Sitt invita Verne à venir s'installer devant la cheminée, dans deux sièges en bois fabriqués par ses soins, comme les autres meubles. Il proposa une pipe finement ouvragée à Verne, qui la refusa après une pointe d'hésitation. Mais l'Indien n'eut pas l'air de se formaliser du refus de son hôte. L'odeur âcre du tabac se répandit bientôt dans la pièce. Verne attendit patiemment que le Pawnee prenne la parole, ce qu'il finit par faire, une fois sa pipe largement entamée.

— Il paraît que vous êtes un grand savant parmi les Blancs, dit-il soudain, en rejetant une volute de fumée. Mon grand-oncle aussi est un grand savant. Il vit dans le Sud Dakota. Il est très connu parmi les Indiens.

— Et quelle est sa science?

— Il n'y a qu'une seule science, chez les Indiens. La sorcellerie, comme vous appelez ça. C'est-à-dire la science de l'esprit. L'esprit contenu par la matière, par les choses. Pour le reste...

Sitt tapa le fourneau de sa pipe sur le cendrier posé devant lui.

— Le reste n'a aucune importance. Presque tout ce que les Blancs ont apporté en conquérant le pays n'a servi qu'à le rendre malade. Maintenant, il y a le Feu Sacré, comme vous appelez l'épidémie. Le feu a-t-il jamais été sacré, chez vous?

Verne sourit.

— C'est une question importante. Oui, mais il y a longtemps, sans doute.

— Si le feu était resté sacré, et l'air, et l'eau, et la montagne, et les animaux sauvages, peut-être n'y aurait-il pas de maladie qui touche les hommes dans leur force.

— Peut-être, en effet.

— Comment supportez-vous votre Pikkiemak?

— Mon quoi?

— Votre appareil anti-force. Pikkiemak est le nom d'un serpent dans l'une de nos légendes. Il s'est enroulé aux pieds de deux amants une nuit de pleine lune, au point qu'on ne put jamais les séparer. Ils moururent dans d'atroces souffrances. Seule la force sépare. Elle unit et elle sépare. L'union sans la séparation est faible, mais l'inverse également. Il faut que les deux existent. Comment supportez-vous votre Pikkiemak ?

— Euh... je m'en sors, merci. Vous n'en portez pas, vous ?

— Non.

Verne comprit qu'il n'était pas question de faire de commentaires sur le fait que l'Indien ne portait pas d'Aspic.

— On finit par l'oublier, dit-il, après un moment.

— Mais lui ne vous oublie pas, n'est-ce pas ? C'est terrible, de porter un appareil qui se souvient pour vous.

— Que voulez-vous dire ?

— Tous ces appareils pour se souvenir : les ordinateurs, les télévisions, les Pikkiemaks... Plus ils se souviennent pour vous, plus vous oubliez.

— Ce n'est pas exactement ça.

Verne essaya d'expliquer à Sitt tout ce dont il pouvait se souvenir grâce à l'ordinateur de son laboratoire : les centaines de millions de données, les connections illimitées avec les autres ordinateurs du pays...

L'Indien l'écouta en silence, puis il rétorqua :

— Mais, malgré toute votre mémoire, vous ne savez pas soigner le FS. Cela fait des années que la maladie se répand et vous ne savez pas la soigner. Les maladies deviennent de plus en plus compliquées, de plus en plus difficiles à soigner, et vos machines deviennent aussi de plus en plus compliquées, emmagasinent de plus en plus de données. Les deux choses sont liées. La maladie aura toujours le dessus, parce que vous avez oublié l'essentiel.

— L'essentiel ?

— Oui. Vous avez oublié l'influence de la pleine lune sur les deux amants dont je vous ai parlé !

De manière totalement inattendue, l'Indien partit d'un éclat de rire à en avoir les larmes aux yeux. Verne le regarda rire, vexé par cette soudaine gaieté.

Sitt finit par se calmer, et ralluma sa pipe avec une touffe d'herbes odorantes qu'il avait tirée d'une boîte ouvragée.

— Veuillez m'excuser. Mais, quand on est un savant,

je pense qu'il est très important de se souvenir de l'influence de la pleine lune.

Il sortit de la poche de son jean une vieille montre gousset, qu'il consulta d'un air important.

— C'est un cadeau de mon grand-oncle. Je dois aller au Conseil de notre réserve, au début de l'après-midi, pour parler de vous. J'aurai sûrement des nouvelles. Le policier de ce matin venait me prévenir que vous deviez quitter la ferme d'ici ce soir, ou au plus tard demain matin.

— Il est venu vous prévenir? demanda Verne, abasourdi. Je croyais...

— Il est avec nous. C'est un Indien cherokee. Nous devons préparer votre départ. D'ici là, je vous demande de rester dans la grange avec votre femme.

— Vous savez, Sitt... Je n'ai pas encore eu le temps de vous expliquer, mais Clara n'est pas ma femme. Elle est...

A nouveau, le rire tonitruant de Sitt résonna dans la pièce. Verne le regarda, interloqué.

— Vous savez, monsieur Verne, dit enfin Sitt, lorsqu'il eut repris son souffle : Clara est votre femme.

Verne resta sans voix.

Sitt se leva et se dirigea vers la chambre où s'étaient enfermées les deux femmes et son fils. Il revint quelques secondes plus tard, revêtu de sa canadienne.

— Vous les Blancs, vous avez vraiment oublié l'essentiel, dit-il le plus sérieusement du monde.

Il salua Verne de la tête, prit sa carabine Winchester accrochée à un étrier près de la porte, et sortit de la maison.

Verne était resté assis, surpris par son départ impromptu.

Il pensa à ses dernières paroles. Elles évoquaient celles de la lettre de Milner. Il mit une main sous son pull-over et sortit la feuille de la poche avant de sa chemise. Il réalisait qu'étrangement, depuis sa première lecture, trois jours plut tôt dans le camp de la MID, il n'y avait plus pensé.

A l'instant même où il la dépliait, la porte du fond

s'ouvrit silencieusement, et Clara entra. Accaparé par la lettre, Verne ne remarqua pas tout de suite son expression angoissée.

Elle s'arrêta devant lui.

— René, dit-elle d'une voix tendue.

Il leva les yeux.

— René, je dois retourner le plus vite possible à Los Angeles.

2

Howard Black eut un instant d'hésitation, avant de tendre son manteau à l'hôtesse de la morgue. Il l'aurait volontiers gardé sur les épaules pour se rendre dans le laboratoire du Dr Bernard Beadle, si cela avait été possible. En revanche, il décida de conserver ses gants de pécari.

Il s'engagea dans un couloir interminable derrière un infirmier, et jeta un coup d'œil à Larry Walton, qui marchait à côté de lui. Comme souvent, l'obséquiosité de son secrétaire l'agaçait. Il connaissait ses manies par cœur. A peine Walton se sentait-il effleuré par le regard de son patron que ses narines se pinçaient, les coins de sa bouche s'affaissaient, et son cou interminable se tendait vers l'avant, comme un cheval famélique sous la menace du fouet du cocher.

— Dites-moi, Walton... Avez-vous prévenu la famille?

— Bien sûr, monsieur. J'ai envoyé un télex en Italie dès que nous avons reçu la nouvelle.

— En Italie? Elle n'avait donc aucune famille en Amérique?

— Je crains que non, monsieur. Par contre, sa grand-tante italienne, la sœur de sa grand-mère paternelle, possède une nombreuse descendance du côté de Naples.

— Walton, évitez-moi ces détails inutiles, voulez-vous?

— Mais... Oui, monsieur.

— Et Weaver? Où est Weaver?

— Elle vous retrouve cet après-midi au siège, monsieur. Je crois qu'elle est allée ce matin à la prison municipale.

— Ah oui, pour rencontrer ce Sherman.

— C'est cela même, monsieur.

L'homme en blouse blanche indiqua une porte battante. Black hésita. Mais, sentant que Walton l'observait, il releva le menton et franchit l'obstacle d'un pas assuré. A sa grande déception, un nouveau couloir, tout aussi rutilant sous les lampes à iode, s'ouvrait devant lui.

— C'est encore loin? demanda-t-il avec humeur à l'infirmier.

— Nous sommes presque arrivés, monsieur.

— Dites-moi, Walton, reprit Black. Cette petite... Comment l'appelez-vous déjà? Vous voyez qui je veux dire... L'amie de Weaver.

— Vous voulez parler de miss Mary Peale, monsieur?

— C'est ça. Mary Peale. Elle est toujours chez Weaver?

— Elle n'a pas bougé de chez elle depuis lundi soir. Ça fait plus de deux jours.

— Très bien. Vous avez prévenu le Département d'Etat?

— Oui, monsieur. J'ai fait savoir à Campbell que l'absence de miss Peale était en rapport avec une affaire impliquant la sécurité des Etats-Unis.

— Il vous a demandé des explications?

— Non, monsieur. Je crois qu'il est trop malin pour poser des questions, monsieur.

Black sourit. Cela ne lui coûtait rien de rendre service à Annabelle Weaver. Quant à Walton, il était exaspérant, mais décidément indispensable.

Une nouvelle porte battante apparut sur leur gauche. Black imagina soudain qu'il demandait à Walton de se mettre à quatre pattes. Avec une précision extraordinaire, il vit le cou de son secrétaire se coincer entre les deux battants, et sa tête rouler sur le plastech brillant qui recouvrait le sol.

— Nous sommes arrivés, monsieur.

L'infirmier disparut par une petite porte située du côté

opposé, et s'effaça pour faire entrer les visiteurs. Angoissé, Black se tourna vers Walton, prit une profonde inspiration, et passa l'ouverture, suivi par son secrétaire.

La pièce, d'une dizaine de mètres de long sur quatre de large, était couverte du sol au plafond d'un carrelage blanc. Une odeur douceâtre, légèrement nauséabonde, flottait dans l'atmosphère. Trois tables en marbre étaient alignées, surmontées chacune par un scialytique aveuglant.

La surface de la plus proche, vide, était traversée par une rigole longitudinale se terminant d'un côté par une embouchure. Manifestement, elle servait à recueillir les liquides déversés sur la table. Une forme couverte d'un drap blanc gisait sur la deuxième, avec en son centre une protubérance de la taille d'un ballon.

Dans le fond de la pièce, le Dr Bernard Beadle se tenait de dos, devant la troisième table. Il tourna la tête en entendant Black entrer.

Petit, grassouillet, complètement chauve, le visage barré par une énorme moustache à la cosaque, une cigarette allumée au coin des lèvres, il portait, par-dessus un tee-shirt d'un blanc douteux, un immense tablier en caoutchouc qui lui descendait jusqu'aux pieds chaussés de boots en toile blanche. Dans sa main droite, il serrait une pince en acier inoxydable de taille respectable.

Black se trouvait devant l'un des plus célèbres médecins légistes des Etats-Unis.

— Bonjour, monsieur Black, dit ce dernier en saisissant sa cigarette entre le pouce et l'index de sa main libre. Je ne vous attendais pas de si tôt. Si j'avais su, je n'aurais pas commencé celui-là. Je suis à vous dans une seconde.

Il se tourna vers son aide, un jeune homme qui se tenait de l'autre côté de la table.

— On le terminera tout à l'heure, dit-il.

Dans un bel ensemble, ils recouvrirent d'un drap le cadavre que Black n'avait fait qu'entrevoir.

Le directeur du FBI, qui sentait la panique le gagner,

crut qu'il allait s'évanouir. Mais la présence de Walton le sauva, tant l'idée de se donner en spectacle à son secrétaire lui était pénible. Les mains derrière le dos, il s'appuya contre le mur près de la porte, et essaya de prendre un air indifférent.

Du coin de l'œil, il remarqua avec satisfaction la pâleur cadavérique de Walton, qui s'était également collé contre le mur. Le médecin légiste se retourna, et reprit sa cigarette. Effaré, Black réalisa qu'il n'avait pas ôté les gants en caoutchouc avec lesquels il venait de fouiller l'intérieur du cadavre.

— Approchez, dit le Dr Beadle, en montant la forme allongée sur la deuxième table.

Le visage de Black vira au gris. A cet instant, il aperçut un pied qui dépassait du drap, portant une étiquette attachée au gros orteil.

Voyant qu'il demeurait obstinément debout près de la porte, le Dr Beadle haussa les épaules, et saisit le drap qui recouvrait le cadavre de l'ex-directrice du FBBS.

— Attendez, je..., dit Black.

Les yeux dilatés par l'horreur, il sentit Walton se rapprocher de lui. Quant au médecin légiste, il avait suspendu son geste. Il observait Black d'un air surpris, attendant que ce dernier termine sa phrase.

— Je voudrais... Où a-t-elle été trouvée, me disiez-vous ?

— Je ne vous ai encore rien dit à ce sujet. La plice l'a trouvée à Chinatown. Dans deux boîtes à ordures. Mais, regardez. C'est une curiosité.

Il tira le drap d'un coup sec. Au même instant, Black entendit un bruit de chute. Walton gisait inanimé sur le carrelage. L'infirmier se précipita vers lui. Black reporta son attention sur la deuxième table.

Les yeux grands ouverts, la tête de Claudia Lombard était posée sur son ventre. Toute la peur de Black se mua soudain en une curiosité dévorante.

— Votre secrétaire est un peu émotif, dit alors le Dr Beadle. Elle est belle, vous ne trouvez pas ?

Black s'enfonça dans le fauteuil de sa limousine, les yeux fixés sur la tonsure de son chauffeur Tony.

Aucun doute n'était possible. La perfection de la décapitation équivalait à une signature. Le Dr Beadle n'en pouvait plus d'admiration. De sa vie, il n'avait jamais vu un tel coup. La section était parfaite. La vertèbre n'était pas écrasée, comme si elle avait été découpée à l'aide d'une scie de précision. Et pourtant, c'était incontestablement le travail d'une arme blanche. Le coup d'épée avait pénétré le cou par la face antéro-externe gauche. Une épée japonaise. Seuls les yakusa possédaient une telle science de l'épée... ou peut-être fallait-il dire un tel art ?

Cœur d'Ange avait prévenu Black : le Cartel de Waikiki était passé à l'attaque. Pour parvenir à ses fins, il était décidé à défier le pouvoir au plus haut niveau.

Cette histoire de NOX dont il lui avait parlé n'était pas claire. Black ne croyait pas un mot de ce que lui avait dit le mafioso. Il était persuadé que les NOX étaient de vrais faux-Aspics, et qu'ils permettaient effectivement de se débarrasser des prothèses en toute impunité. Ce que lui avait raconté Cœur d'Ange à propos de faux NOX facilement détectables que la Mafia avait l'intention de vendre aux membres du Réseau ne tenait pas debout. Financièrement, l'opération ne valait rien. Le Réseau ne mettrait que quelques jours pour s'apercevoir qu'on l'avait trompé.

Mais de vrais NOX, qui feraient réellement échec aux contrôles AS et au FBBS, c'était une tout autre affaire. Si son intuition était juste, Black imaginait que dans quelques années, le pays se trouverait, avec ces NOX, dans une situation analogue à celle qu'il avait connue quelques décennies plus tôt avec la drogue : d'un côté, il y aurait les branchés, avec les réseaux de consommateurs, les dealers, les gros trafiquants, le tout chapeauté par la Mafia, et organisé autour du commerce illégal d'un nouveau produit : le sexe ! Tous les stigmates qu'il avait connus avec la drogue seraient de retour : la défonce, le risque de mort, représenté cette fois par le FS, et l'état de guerre contre la police. Et puis, d'un autre côté, il y aurait les autres, les non-utilisateurs, la majorité des citoyens, ceux qui se résignaient, qui marchaient. Les branchés et les autres.

Après tout, pourquoi pas ? Black n'y voyait personnellement aucun inconvénient. L'important, pour lui, était de garder l'opinion de son côté, et de continuer à pourchasser la Mafia et ses épigones, tout au moins officiellement. Car, en sous-main, on ne pouvait éviter de passer les accords indispensables. La Mafia existerait toujours. La question n'était pas — n'avait jamais été — de la faire disparaître du pays. Elle consistait simplement à faire respecter les règles du jeu. Question de territoire.

La libéralisation de la production de la cocaïne — qui avait largement échappé à la Mafia depuis la mort de Monroe et son remplacement par Hughes — avait créé un vide. Le trafic d'alcool — sur lequel l'Administration fermait les yeux — n'avait pas remplacé le formidable pouvoir que la Mafia avait perdu avec l'exclusivité de la production de la coke. Tant que rien n'était venu remplacer la poudre, les choses étaient restées en l'état. Le meurtre de Claudia Lombard démontrait que la Mafia avait trouvé ce qu'elle cherchait depuis des années, un produit illégal pour reprendre l'initiative : les NOX !

Il fallait attendre, voir la tournure que prendraient les événements. Laisser croire au Cartel qu'il tenait effectivement le directeur du FBI. Perdre une bataille n'était pas perdre une guerre. Black en avait vu d'autres. L'assassinat de Lombard allait paradoxalement lui permettre une retraite tactique.

Heureusement, il y avait Annabelle Weaver. Finalement, les enregistrements de Sullivan allaient se révéler fort utiles. Il suffirait qu'Annabelle rencontre Angelhardt et qu'elle lui en glisse quelques mots. Si le scandale Sullivan éclatait, même dix-sept ans plus tard, tout le projet NOX tombait à l'eau. Les tractations et les accords secrets de 1998 obligeaient l'Administration actuelle et la Mafia à rester solidaires l'une de l'autre. Black se félicita de l'intuition qu'il avait eue de laisser Weaver fouiller le dossier Lombard. La jeune femme était intelligente, et avait immédiatement compris l'importance de l'affaire Sullivan.

La nouvelle guerre avec la Mafia risquait d'être

longue. Pour reprendre l'initiative, Black avait besoin d'un événement qui entraînât l'opinion derrière l'Administration actuelle. Quelque chose comme un énorme scandale. Verne?... Il n'osait pas trop y penser. Depuis que le savant s'était échappé avec la jeune militante du Réseau, il caressait l'espoir que le découvreur du FS serait celui par qui le scandale allait arriver.

« Si je réussis, ce serait l'un de mes plus beaux coups », pensa Black, au moment où sa voiture s'engouffrait dans le Edgar J. Hoover Building.

Distrait, il ne remarqua pas la petite Toyobishi décapotable d'Annabelle Weaver, qui sortit du parking et tourna dans la 9e Rue.

3

Clara était allongée dans la paille du grenier, les mains derrière la nuque, et observait les myriades de particules de poussière qui s'agitaient dans un rayon de soleil.

Elle éprouvait un immense chagrin. Quelques heures plut tôt, alors qu'elle se trouvait en compagnie de Mow et du petit Ben, elle avait entendu à la radio un reportage sur la prise du QG des Virginas, et le récit de la mort de celui qu'elle considérait comme son frère, Don Burger. Le tribunal de grande instance de Los Angeles, avait précisé le speaker, se réunissait dans l'après-midi pour confirmer, selon toute probabilité, que le corps du Noir subirait la « punition des cendres », autrement dit la dispersion après crémation.

En fait, le bruit courait que les cendres finissaient dans les usines de retraitement des ordures de la ville. L'un des soucis constants du Réseau, depuis quelques années, était d'intervenir pour empêcher cette condamnation, qui frappait terriblement l'imagination des gens. Dans le but de récupérer les cendres des condamnés et de leur donner une sépulture chrétienne, les morgues municipales étaient souvent attaquées.

L'amendement prévoyant une punition post mortem pour tout citoyen contrevenant à la loi Fuchs avait été voté au Congrès dès 2005 sous la pression du N.PAC.PS et de ses PAG — les Political Actions Groups — répandus dans tout le pays. On en était ainsi arrivé au paradoxe que les cendres des assassins étaient enterrées, alors que l'on refusait une sépulture aux citoyens ayant refusé de se soumettre au contrôle AS.

Personnellement, Clara attachait peu de prix à ce que deviendraient un jour ses cendres. En revanche, elle savait que la majorité de ses compatriotes attribuait encore plus d'importance à l'idée de recevoir une sépulture chrétienne, depuis que la crémation était devenue obligatoire. Elle en avait parlé quelquefois avec Don, et s'était même moquée, un jour, de cette « coutume superstitieuse »...

Aujourd'hui, elle ne riait plus. Il ne lui venait même pas à l'idée qu'elle pourrait laisser à d'autres le soin d'empêcher cette suprême infamie.

Don lui avait donné la meilleure part de lui-même. Il lui avait ouvert les yeux sur la nature perverse de l'Administration, et lui avait montré le chemin à suivre, sans jamais l'abandonner dans ses moments de doute ou de désespoir. Grâce à lui, elle avait pu dépasser sa condition de bio, refusant une identité déterminée uniquement par les conditions biologiques de sa naissance. La dette à l'égard de son ami était inextinguible.

En peu de mots, elle avait expliqué à Verne sa décision de rentrer à Los Angeles. Elle lui était reconnaissante de ne pas avoir cherché à la faire changer d'avis, malgré son désarroi. Puis, un messager était venu annoncer au savant que le Conseil de la tribu désirait le rencontrer. Depuis, elle attendait son retour dans la grange.

La fatigue avait remplacé les douleurs qui l'avaient clouée au lit. Avant la terrible nouvelle, Clara avait appris à découvrir le sentiment de liberté intense que donne la certitude d'aimer.

Sa mémoire se brouillait, lorsqu'elle s'interrogeait sur la scène étrange survenue dans la base de la MID. Avait-elle eu le temps d'apercevoir le visage de Verne avant de s'évanouir? Elle n'en savait rien. Elle se souvenait des mots qu'elle avait prononcés — « C'est vous, n'est-ce pas? » —, mais ne retrouvait pas ses traits, comme si une image singulière de René, à peine entr'aperçue, était venue s'incruster en elle comme une ombre noire, qu'elle était dorénavant seule à posséder. La tristesse l'empêchait de donner libre cours à la vague d'émotion qui lui venait quand elle repensait aux paroles d'amour que René avait prononcées pour la première fois. Même si elle ne devait jamais le revoir, elle savait qu'elle avait définitivement changé.

Elle entendit le bruit de la porte de la grange, et se leva d'un bond.

— Clara?

— Oui, René, je viens.

— Non, attendez. Que faisiez-vous?

— J'étais allongée. Je rêvais.

— Eh bien, faites-moi plaisir. Voulez-vous vous remettre comme vous étiez?

Clara sourit.

— Si vous voulez.

— Et ne regardez pas du côté de l'escalier.

Clara reprit sa position allongée. Ses yeux retrouvèrent les myriades de grains de lumière dansant dans le soleil.

L'air semblait plus agité. Elle entendit le grincement de l'échelle. Son cœur battait à tout rompre. Pour rien au monde, elle n'aurait regardé du côté de la trappe par où René allait déboucher d'un instant à l'autre, au premier étage de la grange. L'idée d'être regardée par lui sans le voir provoquait en elle une émotion inconnue.

Quand elle entendit les pas de René se rapprocher, elle eut envie de crier. Il s'agenouilla près d'elle... Puis ce fut le silence.

Elle dressa l'oreille, et finit par percevoir un bruit de respiration presque inaudible.

— Embrassez-moi, dit-elle soudain, les yeux fermés.

Elle sentit ses lèvres tièdes sur les siennes.

Ce premier baiser fut d'une légèreté insoutenable. Quelques secondes d'un contact à peine esquissé. Déjà, il s'éloignait.

Elle se mit à pleurer. Elle savait bien que rien de tout cela n'était impossible.

— J'ai rencontré leur Conseil au grand complet, dit René.

Il était assis à quelques mètres de Clara, le dos appuyé contre une poutre.

— C'était assez émouvant. Une dizaine d'Indiens assis en rond dans une sorte de maison communautaire. J'avais l'impression d'être revenu au temps des peaux-rouges, bien qu'ils s'habillent comme vous et moi. Sitt est sûrement un personnage important dans la communauté. Il était assis à droite d'un vieillard qui n'a pas dit un mot. C'est manifestement leur chef. On dit qu'un chef indien ne parle jamais. Il est là pour que les autres parlent. Il rend possible la parole. S'il parle, il est immédiatement remplacé. C'est considéré comme une faute. Ça vous intéressera peut-être de savoir qu'un chef est désigné par une femme, une grand-mère. C'est d'ailleurs son unique fonction. Celui qui était assis en face du chef m'a expliqué le rôle de l'association intercommunautaire Vine Deloria dans l'aide que les Indiens nous apportent. Non seulement ils sont au courant de notre identité, mais ils connaissent nos rôles respectifs : ils savent pourquoi nous sommes recherchés. J'ai appris que c'était également mon cas, « pour information », a dit la police. Quand je leur ai demandé pourquoi ils ne nous avaient pas remis aux autorités, ils ont répondu que je l'apprendrais plus tard. Ah oui... Ils sont d'accord pour vous aider à rejoindre Los Angeles. Vous transiterez par des réserves : les Navajos, les Hopis, les Papagos... Vous passerez les frontières la nuit. Dans deux jours, vous serez arrivée. Vous partez ce soir. Un Pawnee vient vous chercher en camion. Vous vous cacherez à l'arrière.

Verne se tut, le regard vague.

— Et vous? demanda Clara.

— Moi ? Je pars aussi, mais en direction de l'est. Pour prix de leur coopération, les Indiens m'ont demandé de rencontrer quelqu'un. Ils n'en ont pas dit plus. Ensuite, je serai libre de mes mouvements. Ça ne me dérange pas trop. N'importe comment, je dois me rendre à New York pour remplir la mission que m'a confiée Joseph Milner. Je pars demain matin en avion. Voilà. C'est ici que nos chemins se séparent.

Verne se tut à nouveau.

— Hé, là-haut ! cria soudain la voix de Sitt du rez-de-chaussée de la grange. Le camion sera ici à vingt heures. Je vous attends à la ferme.

— Entendu, répondit Verne.

Il regarda Clara. Elle jouait avec une brindille de paille. Elle se tourna vers lui.

— René, dit-elle. Avant de nous quitter, j'aimerais que vous fassiez quelque chose pour moi : parlez-moi de la lettre de Milner.

Verne se souvint alors de ses paroles, la seule fois où elle avait évoqué la lettre, et la façon qu'elle avait eue de la cacher sur elle : « J'ai parfois l'impression que c'est comme si un texte me hantait, dont je ne posséderais pas le code. »

— J'aimerais que vous m'expliquiez ce qui vous oppose à lui, continua-t-elle.

— Je suis consterné. J'aurais dû vous proposer moi-même de la lire. Si vous voulez, je...

— Non, pas du tout. Avant de vous quitter, je voudrais simplement comprendre ce qui vous oppose à Milner. Cela concerne-t-il vos travaux sur le FS ?

— C'est ce que pensait Joe. C'est loin d'être évident. Sa lettre commence par une longue réflexion sur les impasses de la culture européenne, symbolisée à ses yeux par la décadence de Vienne. Joe prétend qu'il existe une correspondance entre l'évolution historique et l'impossibilité où nous nous trouvons de comprendre le phénomène FS... Mais allons nous promener, voulez-vous ? J'ai besoin de respirer. Votre camion arrivera bien assez tôt.

Avant d'affronter l'air vif du soir, Verne insista pour offrir à Clara le pardessus grâce auquel ils étaient encore tous deux en vie. Il revêtit, quant à lui, une canadienne achetée à Hokkee, qu'il n'avait réussi à payer qu'après l'avoir menacé de lui régler leur séjour dans sa ferme.

Chapitre 15

1

Dans l'attente de la conférence de presse que Black avait convoquée pour 13 heures au siège du FBI, Annabelle avait décidé de faire une rapide visite à Mary Peale, qui l'attendait dans son appartement.

Au milieu de Pennsylvania Avenue, elle s'aperçut soudain que le moteur de sa Toyobishi faisait un bruit épouvantable. Il lui fallut plusieurs secondes pour réaliser qu'elle avait simplement oublié de passer sa troisième. Quelle idée, aussi, de se payer à prix d'or une boîte de vitesses manuelle!

La nouvelle de l'assassinat de Claudia Lombard, que venait de lui apprendre l'agente spéciale Betty Shrine au détour d'un couloir du FBI, l'avait complètement bouleversée.

Pour la première fois de sa vie, un doute s'était insinué dans son esprit, concernant la capacité du Service à défendre ses membres. Trop de questions restaient sans réponse. Black connaissait-il les raisons de la mort de Lombard? Et pourquoi avoir fait attendre Annabelle pendant trois jours, alors qu'elle était censée rencontrer Cœur d'Ange pour négocier la libération de sa patronne?

Annabelle avait fini par se convaincre que le silence de Black signifiait que des difficultés imprévues étaient apparues dans les contacts avec la Mafia. Sans doute ne voulait-il pas que son intervention devienne un danger supplémentaire pour la vie de Lombard.

Mais maintenant ? Que devait-elle en penser ? De la part d'Angelhardt, ce meurtre n'avait a priori aucun sens : le FBI savait qu'il était l'auteur du kidnapping. En outre, la disparition de Lombard faisait perdre à la Mafia un atout considérable. Pourtant, rien ne ressemblait moins à un acte irréfléchi que cet assassinat. Il n'y avait décidément aucun doute : à moins d'une soudaine aberration, bien improbable de la part de Cœur d'Ange, il avait voulu adresser un message au FBI. Mais lequel ? Et d'où lui venait une assurance aussi insolente ?

Annabelle repensa à son dernier entretien avec Black. Il lui avait proposé de venir écouter les cassettes du sénateur Sullivan dans son bureau, ce qu'elle avait interprété comme une nouvelle marque de confiance de sa part. Avant d'enclencher le magnétophone, le directeur du FBI l'avait interrogée sur Susan Sullivan, et lui avait ironiquement reproché de ne pas l'avoir tenu au courant de sa décision de poursuivre son enquête.

Pendant que la voix de l'ancien sénateur de l'Indiana se faisait entendre, Black déambulait dans son bureau, alors qu'Annabelle était installée dans un fauteuil.

Une demi-heure passa. Black stoppa brusquement le magnétophone.

— Nous pouvons en rester là. Ces cassettes ne m'apprennent rien. Je suis déjà au courant de tout ce que ce type raconte.

— Vous étiez au courant du projet d'accord entre le Comité et l'Organisation dont parle Sullivan ?

— Evidemment ! Nous étions en pleins préparatifs de l'accord secret que le N.PAC.PS était sur le point de signer avec la Mafia.

— Mais je pensais... Enfin, si vous le dites... Pourtant, je ne comprends pas. Le N.PAC.PS soutenait la candidature de Glen Monroe à la présidence... Et je crois me souvenir, mais je n'en suis pas sûre, que vous...

— Que j'en faisais partie, parfaitement. C'est moi dont parle Sullivan sous le nom de Coyote, ce qui, soit dit en passant, n'est pas du meilleur goût ! Mais ça ne m'étonne pas de lui. Entre nous, nous l'appelions le Phoque, je ne sais plus très bien pourquoi, d'ailleurs. Sans doute le côté sous-marin de sa personnalité ! Pas un coup fourré ne se produisait au Sénat sans qu'il en fasse partie ! Eagleman désigne le futur président Glen Monroe, et Petit Eagle, Elizabeth Hughes qui, à l'époque, faisait déjà partie du *ticket* soutenu par notre Comité pour les élections de l'an 2000. Comme vous le savez, Monroe n'a finalement été élu qu'en 2004. Mais j'ai en effet rencontré personnellement Gabriel à plusieurs reprises en 1998.

— Et qui est Gabriel ?

— Cœur d'Ange, évidemment, qui négociait pour la Mafia. Il y a des moments, ma chère, où l'intérêt de la nation passe avant nos convictions personnelles. En 1998, toutes les conditions étaient réunies pour que le danger du FS, qui guettait les Etats-Unis, se transforme en une véritable catastrophe. Le pays avait besoin que des citoyens prennent leurs responsabilités. C'était le cas du N.PAC.PS. Si nous voulions que le projet Fuchs soit viable, nous devions mettre la Mafia dans le coup. Or, libérer la production de la coke sans son autorisation, c'était risquer une guerre contre elle. La seule manière de l'éviter était de négocier, ce que nous avons fait. Sinon, tout notre projet tombait à l'eau.

— Et la mort du sénateur Sullivan ?

— Sa mort n'est pas claire, c'est le moins que l'on puisse dire. Nous n'y sommes pour rien. La police n'a d'ailleurs trouvé aucune preuve d'assassinat. S'il a été exécuté, c'est du travail de professionnel. Cela dit, beaucoup de gens peuvent avoir souhaité sa mort. Sullivan était l'une des personnalités les plus en vue du parti démocrate. Cependant, a priori, personne n'était au courant de l'enquête qu'il menait sur les négociations que je viens d'évoquer. Sauf Peter Lombardi, peut-être, le Rital. J'ai toujours pensé que son départ au Canada pour une prétendue affaire immobilière, quelques jours avant la mort du sénateur, n'était pas fortuit. D'ailleurs, comme vous le savez, il s'est tué en voiture un an plus tard sur une route déserte. C'est tout à fait dans la manière de la Mafia. Peter Lombardi était en fait chargé de surveiller le sénateur. Il a probablement eu vent du projet de Sullivan de dévoiler les négociations en cours, par une communication sensationnelle au Sénat...

Annabelle passa entre deux camions et se faufila dans M Street. De la part de la Mafia, l'assassinat de Lombard ne pouvait signifier qu'une chose : elle déclarait la guerre à l'Administration Hughes ! Or, si le Cartel décidait de prendre un tel risque, c'est qu'il était en possession d'un élément nouveau qui le mettait en position de force.

Peu à peu, elle sentait qu'elle se remettait du choc provoqué par la nouvelle de l'assassinat. En fait, elle était soulagée. Sa position au sein du FBBS s'en trouvait confortée. L'affaire de New York était définitivement enterrée. Et elle n'aurait jamais plus affaire aux persécutions harassantes d'une femme qui n'avait jamais cessé de lui faire des avances.

Pourtant, son malaise n'avait pas disparu. Black allait devoir se montrer d'une habileté diabolique avec la presse. La moindre erreur pouvait se révéler désastreuse. A priori, elle ne voyait pas comment il pouvait s'en sortir. Black semblait pris dans le piège que lui avait tendu la Mafia : il allait devoir se justifier, expliquer comment il était possible qu'un personnage aussi important que la directrice du FBBS disparaisse pendant trois jours sans que personne ne soit au courant, pour être finalement assassinée.

Annabelle sentit une bouffée de rage lui monter à la gorge. Elle n'avait pas la moindre idée de ce qui était en train de se passer. Elle avait horreur de se trouver dans la situation de devoir s'en remettre aveuglément à quelqu'un, fût-ce à son patron.

Elle était au moins sûre d'une chose — et c'est ce qui l'inquiétait — : quelque chose avait échoué dans le plan de Black, quel qu'il fût. Sinon, Lombard serait encore en vie.

Annabelle entra dans son appartement, les bras chargés de victuailles.

— Mary? cria-t-elle en claquant la porte du pied. C'est moi!

N'obtenant aucune réponse, elle passa par la cuisine pour déposer ses deux paquets, jeta son manteau sur le canapé de la pièce de séjour, et se dirigea vers sa chambre.

Les rideaux étaient presque entièrement tirés. Dans la pénombre, Mary était assise dans l'unique fauteuil de la pièce, vêtue d'un peignoir. Le corps droit, les mains sur ses genoux, le visage immobile, elle ne semblait pas s'être aperçue de l'arrivée d'Annabelle. Cette dernière s'approcha, hésita une seconde, et finit par s'asseoir sur la moquette au pied du fauteuil. Une fois installée, elle saisit l'une des mains de Mary, et leva les yeux vers elle.

— Mary, dit-elle d'une voix douce. Tu m'entends, Mary? Je sais que tu m'entends. Je vais te dire : je suis heureuse de savoir que tu m'attends chez moi. Que tu es là chaque fois que je rentre. C'est épouvantable, n'est-ce pas? Dis-moi quelque chose. Ça reviendra, tu verras. Tu ne m'en voudras plus. Mary?

Annabelle posa sa tête sur les genoux de la jeune femme, qui ne bronchait pas.

— Si tu savais... J'ai eu une matinée épouvantable. La patronne a été retrouvée assassinée! Elle est morte. Tu entends? On l'a retrouvée dans deux poubelles, sa tête dans l'une, le reste dans l'autre. Ah, mon Dieu! Ta main a bougé! Mary, tu comprends ce que je te dis? Mary?

Mais Mary restait silencieuse.

— Tu sais, je ne reste qu'une demi-heure : Black doit donner une conférence de presse à treize heures. Je me sens vide. En fait, je n'arrive pas à croire à cette histoire. Black est allé la voir à la morgue. Il faudrait que j'y aille aussi. Je suis sûre que ça me fera quelque chose. Qu'est-ce que tu en penses? Mary?... Ah, je voudrais tant que tu me répondes. Je suis allée voir Kess Sherman ce matin, à l'infirmerie de la prison, pour un interrogatoire sous sérum. Un drôle de nam. On lui a remis son Aspic. Il n'en mène pas large. Je l'ai interrogé sur son rendez-vous avec Angelhardt à Los Angeles. Il a parlé d'un faux-Aspic — il appelle ça un NOX —, que la Mafia aurait l'intention de lancer sur le marché. Une fois posé, ce machin serait indétectable dans nos centres de contrôle. Sherman est entré dans une véritable transe : il disait qu'il n'y aurait bientôt plus d'aspiciens, et que le FBBS serait réduit à l'impuissance. Un fanatique. Cette histoire ne tient pas debout. Il s'est fait avoir par Angelhardt. Je vais en parler à Black. Celui-là, je me demande comment il va s'en sortir. Mais je parle trop. Il faut que je te soigne.

Annabelle se leva et tira la jeune femme par la main. Comme une somnambule, Mary se laissa conduire sans résistance jusqu'au lit, où elle s'assit. Près d'elle, sur la table de nuit, se trouvait tout un attirail médical : pansements, flacons divers, bassine...

Avec des gestes mesurés, Annabelle enleva le peignoir de Mary. Le thorax de la jeune femme était entièrement enveloppé d'une bande de crêpe blanche. Annabelle se mit à la dérouler avec précaution. Au fur et à mesure, des pansements de gaze apparaissaient, collés directement sur la peau avec du sparadrap.

Une fois la bande enlevée, Annabelle ôta les pansements les uns après les autres, en les arrachant d'un coup sec. Chaque fois, Mary tressaillait. Mais elle se laissait faire sans le moindre gémissement.

— Doucement... C'est bientôt fini, disait Annabelle.

Peu à peu, des escarres violacées et suintantes apparurent, qui couvraient le corps de la jeune femme : le dos, les côtes... Seuls les seins étaient épargnés, objets de la vénération d'Annabelle, qu'elle avait miraculeusement protégés de sa furie meurtrière.

Avec un soin infini, Annabelle nettoya les blessures avec des compresses imbibées de savon liquide. Une odeur putride se dégageait des plaies, mais elle ne manifestait pas la moindre gêne. Au contraire, même : elle souriait, d'un sourire que bien peu de gens avait vu sur ses lèvres.

— Tu verras, Mary, disait-elle, bientôt tu reparleras...

Les traits de Mary frémissaient sous l'effet de la douleur. Mais son regard restait fixe.

Quand ce fut terminé, Annabelle s'agenouilla devant Mary. Elle attendit un long moment, comme si elle espérait une réaction de la jeune femme. Puis, elle se décida enfin et, avec une extrême lenteur, se pencha en avant. Mais, à peine eut-elle effleuré de ses lèvres l'un des mamelons de Mary que celle-ci, brusquement réveillée de sa léthargie, la repoussa avec une énergie féroce.

Annabelle roula sur la moquette. Les traits déformés par la rage, elle se releva aussitôt, et se précipita vers Mary, la main levée. Mais elle s'arrêta net : son geste à peine accompli, Mary s'était à nouveau plongée dans sa torpeur. Annabelle s'effondra brusquement à genoux et éclata en sanglots, les mains jointes sur son visage, comme on prie.

Mais Mary restait inaccessible, le regard vide.

A cet instant, le walkietalk d'Annabelle couina dans sa poche : elle sursauta, et porta l'appareil à son oreille. C'était Larry Walton qui, la voix pressante, lui demandait d'être à l'heure à la conférence de presse du patron.

2

A quelques pas de la ferme des Hokkee, Verne et Clara marchaient le long d'un ruisseau gelé bordé de saules fantomatiques.

Le soleil était sur le point de disparaître derrière la colline qui dominait la ferme. Dans la lumière déclinante, les cristaux de neige poudreuse jetaient des myriades d'étincelles palpitantes.

Les mains dans les poches de sa canadienne, Verne parlait d'une voix sourde. Clara avait l'impression que, maintenant qu'il avait commencé, rien n'aurait pu l'empêcher de dire ce qu'il avait sur le cœur.

— Le calvaire de Micha Oblomov a duré des semaines. A la fin, il ne pesait plus que trente kilos. C'était en 1998. Après sa mort, j'ai découvert que le rétrovirus du SIDA avait muté. En pénétrant dans le spermatozoïde, le virus échappait à tous les traitements qui avaient permis, jusque-là, une rémission de la maladie, même transitoire. Or, pendant qu'à travers le monde nous cherchions à mettre au point de multiples vaccins contre le SIDA, certains chercheurs nous mettaient en garde contre les dangers d'une mutation majeure du HIV. Joseph Milner était de ceux-là.

— Vous pensez que nous pourrions être responsables de l'apparition du virus FS ? demanda Clara, effarée.

— Pas exactement. Pourtant, il est incontestable que tant qu'un vaccin ne provoque pas l'éradication complète d'une maladie — la variole est un excellent exemple d'une réussite de ce genre —, le risque existe qu'il soit dépassé, un jour ou l'autre, à cause d'une mutation du germe. De là à penser qu'il joue un rôle dans ces mutations, il n'y a qu'un pas, que de nombreux scientifiques n'hésitent pas à franchir.

— Mais vous, qu'en pensez-vous ?

— Sincèrement, je n'en sais rien. C'est possible. Mais ce n'est pas une raison pour arrêter nos expériences. Pendant qu'on pèse le pour et le contre, les gens continuent à mourir. C'est ce dont il faut s'occuper avant tout. Depuis Pasteur, les vaccins ont sauvé des dizaines de millions de gens. Cela dit, le problème était angoissant, précisément parce que, dans le cas du SIDA, aucun vaccin n'avait jamais été concluant. La position de ceux qui voudraient qu'on arrête d'expérimenter des vaccins ne se justifie que dans la mesure où, jusqu'à présent, nous avons été incapables de mettre au point celui qui provoquerait l'apparition d'anticorps s'attaquant au corps du virus lui-même, de telle sorte qu'aucune mutation ne puisse plus l'invalider. Cela dit, le but de Milner n'était pas l'arrêt des expérimentations. Le problème qu'il pose est plus large. Ce qu'il met en question, ce sont les certitudes sur lesquelles notre science s'est construite.

— Mais, tout de même... La découverte d'un vaccin vous paraît-elle possible ?

— Encore une fois, pourquoi pas ? Cela dit, ce n'est pas dans ce sens que j'ai conduit mes recherches. Dès le début, j'ai été frappé par la fièvre anormalement élevée des patients atteints de FS. C'est l'une des constantes de la maladie. Or, cette fièvre s'accompagne d'une activation anormale des monocytes du sang. Il s'agit d'une variété de leucocytes... Vous voyez de quoi je veux parler ?

— A peu près.

— Dans le FS, les monocytes activés ont la particularité de produire une protéine dite « pyrogène », l'interleukine 1, qui provoque la montée de la fièvre des malades. C'est la voie que j'ai choisie dans mes recherches.

— Pouvez-vous m'expliquer ?

— Si le sang est porté à la température de 39°, on voit apparaître, dans la majorité des cas, des protéines dites HS, les « heat-shock proteins ». Ces protéines n'existent pas à la température normale, c'est-à-dire qu'elles ne sont pas produites à 37° par l'organisme. Or, on a découvert que le sang des effésiens présentait des quantités anormalement élevées de protéines HS, quatre à cinq fois plus que le sang chauffé d'un sujet sain, ce qui est considérable. Inversement, on a observé que le sang de certains sujets sains ne produisait jamais de HSP, même après avoir été chauffé. On les appelle les « HSP négatifs ». Or — je croise les doigts —, nous n'avons encore jamais trouvé de FS chez les HSP négatifs.

— Vous voulez dire qu'ils sont immunisés ?

— Enfin, je veux dire... c'est notre hypothèse de travail. Mais, jusqu'à preuve du contraire, je ne vois pas ce que ça pourrait signifier d'autre. Si nous arrivons à faire la preuve que des sujets possédant une conformation biologique particulière — dont nous ne savons pas ce qu'elle peut être, sinon que leur sang, réchauffé à 39°, ne produit aucune protéine HS —, si ces sujets n'attrapent jamais de FS, nous aurons fait un pas fondamental vers la mise au point d'un traitement.

— Vous aurez mis le doigt sur une immunité naturelle.

— Exactement. Dans ce cas, il nous restera à comprendre comment fonctionne cette immunité — et en particulier, quel est son rapport avec l'absence de protéines HS. Puis comment l'inoculer aux gens non immunisés. On est encore loin du compte...

La nuit était presque tombée. Clara glissa sa main dans la poche de la canadienne de Verne, et lui saisit la sienne.

— Avez-vous une idée sur l'origine de ces protéines HS? demanda-t-elle.

— Ce sont probablement des protéines fossiles, qui nous étaient utiles à une époque où notre balance thermique se situait effectivement à 39°, c'est-à-dire quand nous étions encore des oiseaux, il y a des dizaines de millions d'années.

— Des oiseaux... Vous voulez dire : des archéoptérix?

Verne sourit.

— C'est ça. Nous sommes là dans le domaine privilégié de Joseph Milner : l'archéologie génétique. Savez-vous qu'il est le découvreur du gène Maggie?

— Je crois me souvenir qu'il s'agit d'un gène que possédaient nos ancêtres, et qui n'existe plus.

— Il y a 8000 ans, selon ses calculs. La duplication qu'il a réussie du gène Maggie a été une véritable prouesse technique. Mais beaucoup de scientifiques considèrent qu'on a fait beaucoup de bruit pour pas grand-chose : rien ne prouve que Maggie existait chez tous nos ancêtres; il s'agissait peut-être d'une espèce particulière d'hommes, des cousins dont la lignée se serait éteinte, etc. Dans ce cas, l'intérêt scientifique serait nul pour les hommes d'aujourd'hui ; il s'agirait d'une simple curiosité qui, en tout état de cause, ne mériterait pas le prix Nobel.

— Et vous? Qu'en pensez-vous?

— Je pense que la découverte de Milner est très importante, même si je ne suis pas d'accord avec toutes les conséquences qu'il en tire. Les élèves de Milner considèrent que Maggie inaugure une nouvelle science destinée à révolutionner toutes nos conceptions biologiques et ethnologiques. Pendant des années, Joe a cherché à prouver que nos ancêtres avaient bel et bien vécu avec un gène disparu brutalement, sans que nous sachions comment. Nous aurions perdu un fragment de notre passé phylogénétique. Les conséquences d'une telle hypothèse sont énormes. Comprenez-vous pourquoi ?

— Pas vraiment.

— Comment vous expliquer? En biologie, nous avons une perception spatiale du temps. En d'autres termes, une molécule d'ADN, qui est le résultat de centaines de millions d'années d'évolution, nous ne la connaissons que pour autant que nous pouvons inscrire sa formule sur une feuille de papier. L'histoire de cette molécule n'apparaît que comme une projection sur l'espace de la feuille. Ce qui s'est transmis, de génération en génération, est le résultat d'une histoire, mais nous ne pouvons le représenter que de manière spatiale. Nous n'avons aucun moyen de rendre compte de la complexification d'une molécule d'ADN, depuis les premiers acides aminés apparus dans le fond d'une mare, il y a des centaines de millions d'années, et l'extraordinaire organisation de la molécule d'aujourd'hui. Nous travaillons avec une série de tranches historiques purement spatiales, qui vont des êtres les plus élémentaires, les virus, jusqu'aux cellules spécialisées de notre corps. Mais nous ne possédons rien ou presque sur l'histoire qui lie ces deux cellules. La dimension du temps ne s'inscrit tout simplement pas dans nos formules. Quelle que soit l'époque où s'est formée telle molécule, nous travaillons dans un temps zéro, comme les enfants qui disent « hier » en montrant l'espace situé derrière eux, et « demain », en désignant l'espace situé « devant ».

« La question que pose Milner est donc la suivante : comment introduire le temps comme l'un des paramètres de nos recherches? Comment intégrer le temps, non comme un passé légendaire ou imaginaire, voire métaphysique, mais comme une donnée effective de l'évolution biologique, qui agit *hic et nunc* sur le monde vivant?

« Ce qu'impliquent les questions de Milner est vertigineux, au point que l'on nage parfois en plein ésotérisme. Un exemple, parmi d'autres : pourquoi le SIDA est-il apparu au début des années 80? Réponse des scientifiques : c'est le hasard, auquel il faut ajouter les conditions nécessaires qui ont permis à ce hasard de se manifester, tels que la multiplication des échanges sexuels liée à la libération des mœurs, le développement des communications, l'augmentation de la population, etc. Or, sans le savoir, nous avons simplement évacué la question du temps, en la subdivisant en catégories : le hasard d'un côté, et une série de données statistiques de l'autre, tels que le nombre et la longueur des communications, la quantité d'échanges sexuels, la densité de population... On pourrait y ajouter l'hygiène, et pourquoi pas? le nombre de bains dans une population donnée, la quantité de savon utilisée, etc. En fait, toutes ces données n'expliquent strictement rien. On ne sait toujours pas pourquoi le SIDA est apparu en 1980! D'accord?

— D'accord. Milner, lui, considère que ce n'est pas par hasard si le SIDA est apparu au début des années 80.

— Il pense aussi que ce n'est pas par hasard s'il s'agit précisément d'une infection à rétrovirus. Ce qui nous manque, selon lui, ce sont les concepts qui nous permettraient de prendre la mesure de l'influence du temps dans des phénomènes qui, jusqu'à présent, ont été exclusivement considérés comme soumis au hasard des mutations.

— En somme, le hasard serait une manière de ne pas poser la question du temps, plutôt que l'inverse.

— Exactement. Pour Milner, l'apparition du rétrovirus dans le champ de nos investigations nous oblige en effet à poser cette question. En termes néo-darwiniens, le rétrovirus est une anomalie. Il « sait » trop de choses. Il fait ce qui n'était pas prévu par le protocole de la pensée scientifique : selon le dogme fondamental de la biologie édicté juste avant la découverte du rétrovirus, on ne pouvait jamais faire retour de l'ARN extranucléaire vers l'ADN génétique, de la périphérie vers le centre. Quelques années plus tard, les rétrovirus nous ont obligés à renouveler nos conceptions sur la défense de l'organisme, la différenciation entre le « soi » et le « non-soi », et la reproduction ; c'est-à-dire, ce qui nous constitue comme êtres pluricellulaires. Or, pour Milner, c'est la revanche du temps sur l'espace.

« Pour l'instant, nous nageons en pleine métaphysique. Jusqu'à preuve du contraire, nous n'avons pas la moindre idée de ce que pourrait être un concept qui ferait du temps une nécessité fonctionnant dans un registre analogue à l'espace. Il n'est pas du tout sûr que nous puissions faire en biologie la révolution qu'Einstein a introduite dans la physique. Je comprends ce que cherche Milner. Je ne suis pas sûr que nous puissions jamais le trouver. Dans cette mesure, je pense que nous devons par-dessus tout éviter de quitter le plan de la rationalité scientifique, qui est notre seul garde-fou. C'est dans son champ que nous trouverons les concepts qui nous manquent... si nous les trouvons.

« Milner, lui, n'est pas de cet avis. Il est tout prêt, même, à tenir compte de la pensée occulte, s'il peut en tirer quelque chose. Ce qui ne veut pas dire de l'occultisme.

— Quelle est la différence ?

— L'occultisme cherche à donner un sens supranormal aux phénomènes observés. Ce n'est pas ce qui intéresse Milner. Pour lui, il s'agit simplement de tenir compte de mode de pensée que nous n'avons pas su — ou pu — intégrer dans la science. Ainsi, le champ de la pensée biologique, tel qu'il s'est historiquement constitué, s'est érigé comme un écran qui nous empêche aujourd'hui de découvrir les concepts qui permettraient de progresser. Joe considère que le développement de la science, en tant qu'elle est une rationalisation du monde, a pour effet paradoxal de susciter l'apparition de nouveaux maux, contre lesquels nous ne savons pas lutter, du fait de la carence de nos théories. C'est ce qu'il dit quand il affirme que nous avons oublié quelque chose. Ce qui est oublié réapparaît, mais masqué dans les modes de pensée irrationnels : les légendes, les religions, les théories non scientifiques... Comprenez-vous le vertige qui nous saisit, à le suivre ? Milner soutient que le FS provient du fait que nous avons oublié quelque chose pour donner corps à notre conception scientifique du monde. Ce qu'il dit, c'est qu'il nous faudrait trouver, ou retrouver cette « chose », pour avoir une chance de vaincre l'épidémie. Ce qui implique une éthique.

— Une éthique?

— Oui. Soutenir la loi Fuchs, suspendre la démocratie pour sauver la population, c'était pour nous un moyen de gagner du temps pour trouver un remède au FS. Pour Milner, c'était, tout au contraire, nous condamner à ne jamais le trouver. Pour lui, il n'y a pas de solution de continuité entre nos recherches et nos positions éthiques, idéologiques, politiques... La défense de la démocratie fait partie intégrante de la recherche scientifique, comme les progrès de la pensée et de la spiritualité sont inséparables des progrès de la science! Malheureusement, je ne suis pas d'accord. Si nous avions suivi ses principes, nous serions tous morts. En démocratie, mais morts tout de même.

— Vous pensez toujours cela?

— Oui. Mais quelquefois, il m'arrive de regretter qu'il n'ait pas eu raison.

— Pourtant, j'ai l'impression que vous êtes plus proche de lui que vous ne voulez bien l'admettre.

— Peut-être... Joe passait de l'optimisme le plus flamboyant au pessimisme le plus noir.

— Vous voulez dire que vous-même... Ah, je crois que le camion vient d'arriver.

Deux phares trouvaient la nuit du côté de la ferme.

Ils s'étaient arrêtés de marcher. Ils étaient à peine visibles dans l'obscurité.

Elle voulut ajouter quelque chose, mais se ravisa.

Les bras de Verne s'ouvrirent et se refermèrent sur elle.

Ils se tinrent embrassés. Une éternité.

3

La grande salle de J. Edgar Hoover Building était noire de monde. Le directeur Howard J. Black donnait une conférence de presse à treize heures. La curiosité était d'autant plus grande que Black entretenait avec la presse des rapports exécrables.

Tout ce que Washington connaissait de journalistes

accrédités se pressait dans la grande salle du FBI un quart d'heure avant l'heure H. Le drapeau étoilé des Etats-Unis et celui du FBI frappé de l'aigle américain se dressaient derrière le pupitre bardé de micros.

Annabelle Weaver eut le plus grand mal à rejoindre sa place, dans la zone réservée aux collaborateurs de Black, sur le côté de l'estrade.

La cohue était indescriptible. Une dizaine de techniciens se pressaient derrière les caméras de télévision dressées sur une estrade. Au moins deux cents journalistes avaient pris place dans les fauteuils. D'autres se tenaient debout dans le fond. Annabelle aperçut Walter Pauling, le chroniqueur de CBS, Maggy Griffith, de ABC News. Elle reconnut Myriam Sheller, de NBC, en grande conversation avec Jenny Thomas, du *Washington Post*. Sten Volkin, du *New York Times*, semblait dormir, comme à son habitude.

Betty Shrine, l'agente spéciale qui lui avait appris la mort de Lombard deux heures plus tôt, était assise en face d'elle de l'autre côté de l'estrade. Dès que son regard croisa celui d'Annabelle, elle pointa un doigt dans sa direction, comme si elle essayait de lui faire comprendre quelque chose.

Annabelle jeta un coup d'œil à sa montre : Black avait dix minutes de retard. Ce n'était pas son genre. Elle sentit la nervosité la gagner. Autour d'elle, les assistants du patron, ainsi que deux collaborateurs directs de Lombard, ne cessaient de chuchoter. Sans doute les paris étaient-ils lancés sur la succession de Lombard...

Black déboucha soudain dans la salle par une porte latérale. Annabelle aperçut Larry Walton qui se dissimulait derrière la porte restée entrouverte. Ses yeux étaient fixés sur elle.

« A quoi il joue, ce nam ! » se demanda-t-elle.

Black s'approcha de l'estrade. Immobile, une main dans la poche de sa veste anglaise, il attendit que le silence se fît dans la salle.

Le directeur du FBI était sans doute un des seuls nams de Washington à continuer de s'habiller dans ce style suranné. Il ne manquait pas d'allure dans son fil-à-fil d'Ecosse anthracite à fines rayures blanches, rehaussé par une cravate club et une chemise bleu ciel à col boutonné.

Le silence s'installa peu à peu, mais Black continua de se taire. Il prenait son temps, comme s'il avait voulu regarder chaque journaliste dans le blanc des yeux.

Soudain, il posa ses yeux sur Annabelle, et se mit à la dévisager avec insistance, si bien que toute l'assistance se tourna vers elle.

« Mais qu'est-ce qui lui prend? »

Jamais elle ne s'était trouvée dans une situation aussi gênante. Elle était sur le point de se lever et de sortir, lorsque le directeur du FBI prit enfin la parole.

— Mesdames et messieurs, dit-il en se tournant vers le public, veuillez me pardonner la liberté que j'ai prise de vous imposer ce long silence. Je songeais aux propos que j'ai échangés avec la Présidente il y a quelques minutes, et qui sont la cause de mon retard, dont je vous prie de m'excuser. Je dois ajouter que j'ai également cherché à joindre l'attorney général Harris Taylor, mais j'ai malheureusement appris, à cette occasion, qu'il s'était absenté de Washington. Sans doute se repose-t-il des fatigues du colloque international qu'il vient si brillamment d'organiser dans notre capitale.

L'assistance éclata de rire. Chacun connaissait l'inimitié qui opposait les deux hommes.

— Je dirai enfin que je souhaitais m'assurer de votre attention pleine et entière...

« Il est gonflé », pensa Annabelle.

— ...car j'ai bien peur que les révélations que j'ai à vous faire ne suscitent une foule de questions qui nous entraîneraient trop loin pour cet après-midi. Je vais donc vous parler une vingtaine de minutes. Resteront ensuite vingt à vingt-cinq minutes pendant lesquelles mon secrétaire, M. Larry Walton, essaiera de satisfaire votre curiosité. Il sera à votre entière disposition pour vous apporter tous les éclaircissements voulus.

Une tempête de protestations s'éleva dans la salle.

« Cette fois, ils vont n'en faire qu'une bouchée », pensa Annabelle, de plus en plus inquiète.

Imperturbable, Black attendit que le calme revienne dans la salle.

— Vous avez tort de ne pas faire davantage confiance aux talents de M. Walton, reprit Black. Il en sait sûrement autant que moi sur ce qui se passe dans ce service. Je disais donc, trois quarts d'heure en tout.

— Autant partir ! murmura une voix.

— Pourquoi pas cinq minutes ! dit une autre.

— Nous ne sortirons que par la force des baïonnettes ! lança une troisième.

L'éclat de rire fut général et le désordre, indescriptible. Des journalistes s'agitaient, se levaient, criaient... Black restait imperturbable. Annabelle eut l'impression qu'il prenait un vif plaisir au tumulte qu'il venait de déclencher. En attendant, il regardait de temps en temps sa montre.

Le silence finit par revenir. Black se gratta la tonsure.

« Il est plus nerveux qu'il ne veut bien le montrer », pensa-t-elle.

— Mesdames et messieurs, j'ai une mauvaise nouvelle à vous annoncer.

Soudain, le silence fut total.

— Claudia Lombard, la directrice du FBBS et notre loyale collaboratrice, le commandant Lombard est morte assassinée.

Un vent de stupeur s'abattit sur l'assemblée.

— Elle a été découverte par les éboueurs ce matin même à six heures. Son corps se trouvait dans deux poubelles, au coin de H Street et de la Sixième Rue, dans Chinatown.

— Deux poubelles ? dit une voix.

— J'ai dit deux, en effet. Lombard est morte décapitée.

Une série d'exclamations jaillit de la salle.

« Incroyable. Quel cinéma ! » pensa Annabelle.

Elle crut voir l'ébauche d'un sourire apparaître sur les lèvres de Black. Larry Walton, dissimulé derrière la porte, porta nerveusement ses mains devant ses yeux, comme s'il voulait échapper à une vision. Elle remarqua sa pâleur inhabituelle.

— Mesdames et messieurs, veuillez faire silence, poursuivit Black. Je vous ai dit que vous alliez apprendre tout ce que vous devez savoir sur cette affaire. Mais il faut que vous me laissiez parler.

Le silence revint peu à peu dans la salle.

— La tête de Claudia Lombard se trouvait dans l'une des poubelles, et son corps dans l'autre. Elle était habillée et, d'après le Dr Bernard Beadle qui vient d'examiner le corps, il ne présente aucune autre trace de sévices. Si vous souhaitez plus d'informations, le docteur Beadle sera à votre disposition demain matin, quand il aura terminé son autopsie.

Le patron du FBI se tut, mesurant ses effets. L'assistance était suspendue à ses lèvres.

— Vous souhaitez évidemment savoir quels sont les individus qui ont osé s'attaquer à l'un des membres les plus éminents de notre Service, et pour quelle raison ils ont pris la décision de la supprimer. Subsidiairement, vous vous demandez sans doute ce qui autorise ces gens à déclarer ouvertement la guerre au FBI. Enfin, vous voulez que je vous apprenne ce que nous avons l'intention de faire pour les arrêter et leur faire subir le châtiment qu'ils méritent. Toutes ces questions, auxquelles nous répondrons dans les jours prochains, comme je m'y engage solennellement, trouvent un début de réponse dans la manière dont a été exécutée notre pauvre Claudia Lombard.

Black poussa un soupir, semblant retenir son émotion.

« Quel cinéma. Mais quel cinéma ! »

— En effet, la tête a été tranchée avec une précision diabolique. Le Dr Beadle vous en dira quelques mots demain. Le coup a été porté à l'aide d'une arme blanche, d'un coup, et d'un seul. Comprenez-vous ce que cela signifie ? Un seul coup a été suffisant pour lui couper le cou au niveau de la sixième vertèbre cervicale. Un seul coup pour les muscles, les deux carotides, les veines jugulaires, la trachée artère, les nerfs... Ce serait fascinant, si ce n'était aussi horrible.

Un silence de mort s'était installé dans la salle. On n'entendait même plus les habituels raclement de gorge.

« Il est fou ce nam ! »

— Un tel meurtre est signé. Vous avez tous deviné !

— Les yakusa, dit une voix dans la salle.

— Oui, madame, vous m'avez compris. Les yakusa, en effet. Seule la Mafia japonaise peut agir avec une telle cruauté. Seule elle peut croire échapper à nos représailles, sa base se situant dans un pays étranger. C'est pourquoi je vous pose une question, à vous les journalistes : pourquoi la Mafia japonaise viendrait-elle nous défier chez nous, aux Etats-Unis ? Pourquoi ?

— Le jeu... L'héroïne... La prostitution...

— Non. C'est pire. Il s'agit d'alcool, mes chers compatriotes. De trafic d'alcool.

— Mon Dieu, s'entendit dire Annabelle.

— La Mafia japonaise a compris tout le parti qu'elle pouvait tirer de la vente d'alcool aux Adorateurs du FS qui, comme vous le savez, se sont répandus comme une traînée de poudre dans notre pays, prônant le déclenchement de décharges aspiques sous l'effet de l'alcool, jusqu'à atteindre ce qu'ils appellent la « mort orgiaque ». Ces dernières semaines, nos gardes-côtes ont saisi plusieurs navires remplis de cargaisons d'alcool, dont nous savons qu'elles viennent du Japon. Les sommes en jeu sont incalculables. Que le trafic soit le fait d'une organisation criminelle étrangère à notre pays ne doit être une surprise pour personne. Nous pâtissons, paradoxalement, de l'affaiblissement de la Mafia américaine, qui n'a plus la force de s'opposer à la pénétration des Mafias étrangères !

— Ah ça !

Annabelle était abasourdie. Black venait de réussir à mettre hors de cause la Mafia américaine. Elle imagina Angelhardt devant son poste de télévision, ricanant, ravi de la dialectique du directeur du FBI. Mais pourquoi Black protégeait-il les meurtriers de Lombard ?

— Cette affaire met en cause la sécurité des Etats-Unis. Il est légitime de considérer qu'il s'agit d'une véritable déclaration de guerre contre notre pays. Nous avons pris contact avec les autorités japonaises. Le

Premier ministre Ito Tokosato doit entrer en communication avec notre Présidente dans... — il regarda sa montre —... deux heures. Le Conseil national de sécurité siégera demain matin pour décider des mesures à prendre. Mais je laisse ces détails au porte-parole de la Maison Blanche.

Black poussa un nouveau soupir, et jeta un regard en direction d'Annabelle.

— En ce qui nous concerne, l'enquête sur la « japanese connection » a commencé il y a plusieurs semaines. Pour des raisons que je ne sais dévoiler ici, dans la mesure où elles mettraient en cause la sécurité de plusieurs de nos agents, la direction en avait été confiée à Claudia Lombard. Elle vient d'y perdre la vie. Je suis ainsi en mesure de vous faire part des circonstances de la mort de notre admirable collaboratrice. Elle a disparu de chez elle dans la nuit de dimanche à lundi. La Mafia japonaise nous a demandé de relâcher deux de ses membres actuellement sous les verrous : Sato Kamakura et Teitaro Yoku. Devant notre refus, elle a malheureusement exécuté ses menaces. Vous comprendrez que jusqu'à ce matin, nous n'ayons rien dit de la disparition de notre collaboratrice : nous espérions encore la sauver. Mais cet espoir a été trompé. Nous ferons tout ce qui est en notre pouvoir pour arrêter les responsables de ce crime abominable.

Black se tourna à nouveau vers Annabelle.

— Un dernier mot. Je vous informe que j'ai confié la direction de l'enquête sur le meurtre de Claudia Lombard à l'officier Annabelle Weaver, ici présente.

Toutes les têtes se tournèrent vers Annabelle, qui eut l'impression que le plafond venait de lui tomber sur la tête. Elle vit Betty Shrine lui sourire et faire de grands gestes.

— Miss Weaver était la principale collaboratrice de Claudia Lombard, qui l'appréciait beaucoup. J'ajouterai que mon intention, une fois cette affaire terminée, est de confier la direction du FBBS à cette personne, dont j'ai également pu apprécier la compétence et l'esprit de sacrifice. Mesdames et messieurs, c'est à votre tour de parler.

Annabelle sentit une onde de joie l'envahir.

« Ce Black est un génie », pensa-t-elle.

Chapitre 16

1

René Verne jeta un coup d'œil par le hublot de sa cabine. L'eau avait viré au vert sombre au moment précis où le soleil passait derrière la langue de terre barrant l'horizon. Malgré la distance, il vit des lumières s'allumer dans ce qui ressemblait à un fouillis d'arbres. Il en conclut que le bateau était bien ancré dans une baie ou un estuaire.

Le voyage, qu'il avait effectué le matin même, avait été très pénible, ajoutant à son état d'épuisement. Le jet, un Cessna 830 à quatre places, avait volé à basse altitude, probablement pour échapper à une éventuelle surveillance.

Après trois heures de vol, l'avion s'était posé sur un aérodrome privé. Verne était passé directement à l'arrière d'un camion, et, après une demi-heure de route, dans une vedette parquée dans un garage à bateaux, où deux marins l'attendaient. Avant d'appareiller, ils lui avaient demandé de se coucher dans le fond de la cabine.

Après quelques minutes de traversée, Verne était sorti, dissimulé sous une couverture. Une fois enfermé dans la cabine, il avait découvert qu'il se trouvait sur un yacht privé. L'odeur entêtante d'iode et les mouettes qui traversaient en piaillant l'air du soir avaient définitivement confirmé qu'il était de retour sur la côte est des Etats-Unis.

Il retourna s'allonger sur la couchette.

Les mains derrière la nuque, il observa les reflets aquatiques qui dansaient au plafond. Il était trop énervé pour dormir. Bercé par le roulis, il pensa qu'une semaine plus tôt il n'aurait jamais accepté de parcourir 2 500 kilomètres du Nebraska à la côte est, convoyé par des inconnus, à la demande d'une bande d'Indiens qu'il connaissait à peine ! S'il venait à disparaître, personne ne saurait ce qu'il était devenu.

Le visage de Clara ne le quittait pas, tel qu'il l'avait vu, la veille, dans la grange...

Verne se leva et frappa à la porte de la cabine.

Une clé tourna dans la serrure, et il se retrouva face à un homme d'une soixantaine d'années, un visage d'ancien boxeur, des cheveux blancs lustrés soigneusement peignés en arrière.

L'homme restait silencieux, attendant que Verne prenne la parole.

— J'aimerais savoir ce que j'attends ici, demanda Verne.

— Le patron sera là dans une heure, répondit l'homme d'une voix rocailleuse. Il vous recevra tout de suite. Vous désirez quelque chose ?

— Quel patron ?

— Le patron...

— Bon. Eh bien, apportez-moi un café, si ce n'est pas trop vous demander.

L'homme referma la porte d'un coup sec.

Verne revint s'asseoir sur sa couchette : depuis une semaine, il avait passé presque tout son temps enfermé dans une cabine.

Quelques minutes plus tard, un marin lui apporta un horrible café américain délayé comme une infusion. Il portait un tee-shirt barré par le nom du bateau en lettres blanches : *Seawolf*.

Allongé, Verne revoyait le camion venu chercher Clara, disparaître dans un halo de lumière blanche. Il éprouvait un sentiment de rupture irréparable, de fin du monde.

Il ne la reverrait probablement jamais. Trop de choses les séparaient.

Perdu dans la contemplation de l'ongle cunéiforme de son index gauche, il réalisa soudain que les parois de la cabine s'étaient mises à vibrer. Il entendit le raclement de la chaîne de l'ancre.

Le bateau s'ébranlait quand le marin revint le chercher.

Sur le pont, il faisait nuit. Le yacht — un navire luxueux d'une bonne trentaine de mètres — longeait la côte à quelques encablures. Il descendait les eaux d'une baie, ou d'un estuaire. Malgré le froid, Verne se sentit revigoré par l'air du large.

Le marin tourna la poignée d'une porte ouvrant sur le pont, et le fit entrer.

Verne se retrouva dans un salon luxueux, meublé dans le plus pur style « bateau anglais » : bois précieux, cuivres, lampes vertes en verre dépoli... Les murs étaient presque entièrement occupés par des baies vitrées. De part et d'autre, on voyait les lumières de la côte. Vers l'avant, le noir du grand large.

A l'entrée de Verne, trois hommes installés dans des canapés en cuir avaient tourné la tête. Le savant reconnut l'homme au faciès de boxeur. A côté de lui se trouvait un petit personnage sans âge, le crâne dégarni, le corps vêtu d'un curieux survêtement en soie bleu nuit. En face de lui, était assis un Japonais, costume sombre, chemise blanche, cravate rouge carmin et, détail frappant, une chevalière en jade au petit doigt auquel il manquait une phalange.

Deux hommes encadraient la porte d'entrée : un Blanc en costume noir qui portait, vision extraordinaire, un chapeau Bogart sur la tête, et un Asiatique vêtu à l'identique, mais tête nue.

— Professeur Verne, entrez donc, venez vous asseoir ! dit le petit homme, en désignant la place libre en face de lui, à côté du Japonais.

— Nous n'avons pas été présentés, répondit Verne, mondain.

Le petit homme partit d'un éclat de rire, rappelant irrésistiblement le cri d'un ouistiti.

— Vous avez parfaitement raison, dit-il en se levant.

Verne fut frappé par sa petite taille.

— Je me nomme Angelhardt, Michael Angelhardt. Celui-là, c'est George Mattei, mon associé et ami, que vous avez déjà eu l'occasion de rencontrer. Et voici l'honorable Kenzo Ozaki, qui est japonais, comme son nom l'indique.

De nouveau, il éclata de rire.

— Je vous en prie, cher ami, venez vous asseoir. Nous sommes ici entre amis, pour discuter. Vous repartirez où bon vous semble dès que nous aurons terminé. Votre prochaine destination est New York, n'est-ce pas?

Verne se dirigea vers la place que lui indiquait le petit homme. Michael Angelhardt... Il avait déjà entendu ce nom. Mais où, grands dieux?

— Où sommes-nous? demanda-t-il en ignorant la question que venait de lui poser le petit homme.

Il s'assit et croisa ses jambes.

— Dans la baie de Chesapeake, répondit Angelhardt, visiblement satisfait de le voir si coopératif. A vol d'oiseau, Washington DC se trouve à une cinquantaine de kilomètres. Avez-vous fait un bon voyage? Nos amis les Indiens pawnee sont réputés pour leur hospitalité!

— Un peu secoué, répondit Verne.

Il venait de remarquer les yeux vairons d'Angelhardt. Manifestement, c'était le patron. Mais patron de qui, de quoi?

Les deux autres ne bronchaient toujours pas.

— Venons-en à l'objet et mon invitation sur votre bateau, continua Verne, si toutefois vous n'y voyez pas d'inconvénient.

Le petit homme éclata encore de son rire singulier.

— Votre invitation... Vous ne manquez pas d'humour, je vois! Vous n'aviez pas vraiment le choix, reconnaissez-le. Je suis très honoré de recevoir sur le *Seawolf* le célèbre professeur René Verne, découvreur du FS, et membre éminent de la Commission de bio-sociologie.

— Egalement, c'est grand honneur pour moi, dit le Japonais avec un épais accent, en inclinant sa tête d'un coup sec.

Le colosse ne disait rien.

— Cher monsieur, reprit Angelhardt qui semblait avoir une prédilection pour les formules de politesse, cette invitation est liée à un problème précis, auquel vous êtes seul à pouvoir apporter une solution. Nous aurions volontiers invité votre protégée, miss Hastings, si elle n'avait pas tenu à rentrer d'urgence à Los Angeles.

— Vous la connaissez?

— Evidemment! Mais je ne vous cacherai pas que, pour nous, seule votre présence est nécessaire sur ce navire. Comme vous avez pu le constater, nous entretenons d'excellents rapports avec la tribu pawnee où vous avez tous deux trouvé refuge. Vous avez eu une chance exceptionnelle. Cette nuit passée dans la tempête... La mort de ce médecin de la MID... Enfin! Croyez que je suis ravi que vous soyez sain et sauf. Le convoiement de votre amie vers Los Angeles s'effectue en ce moment même grâce à notre collaboration avec l'association Vine Deloria. Comme nous, les Indiens pensent que leur intérêt est aujourd'hui de venir en aide au Réseau. Vous comprenez, je pense, les raisons de notre position.

— « Notre collaboration... » « Notre intérêt... » Je suppose que vous voulez parler d'une organisation, et non seulement de votre précieuse personne?

Interloqué, Angelhardt fixa Verne un instant avant de reprendre la parole.

— C'est cela, en quelque sorte, dit-il finalement d'un ton nettement moins enjoué. Mon Organisation souhaite vous proposer une collaboration. Je dois dire que le fait que vous soyez passé dans la clandestinité constitue pour nous une condition encourageante. Est-ce que je me trompe?

Verne comprit enfin à qui il avait affaire. Il se souvenait que, quelques années plus tôt, un dénommé Angelhardt avait été arrêté par le FBI dans une sombre histoire de bootlegging. Le mafioso avait été relaxé pour absence de preuves. L'idée d'avoir affaire à la Mafia l'amusait plutôt. Qu'est-ce que la pègre pouvait avoir à demander à un chercheur? Et que voulait dire Angelhardt lorsqu'il prétendait vouloir aider le Réseau?

— Vous vous trompez, dit-il finalement. La police me recherche uniquement pour m'interroger sur l'aide que j'ai apportée à Clara Hastings. Jusqu'à preuve du contraire, aucune charge ne pèse contre moi. Clara Hastings était malade. Je n'ai fait que mon devoir de médecin. Cela dit, je ne saisis pas...

— Vous êtes là pour ça, cher monsieur, pour saisir. Vous ne pouvez savoir combien ce terme est adéquat. Pour saisir...

Verne sourit.

— Bon, ça va. De quoi s'agit-il ? Que me veut votre Organisation ?

— Monsieur Verne ! Pourquoi ne jouez-vous pas cartes sur table, comme c'est notre cas ? Nous savons tout de vous. Tout de votre passé, de vos recherches sur le FS à l'Institut Reiss-Kierkegaard. Tout de votre femme, du Comité de biosociologie... Vous êtes un personnage installé, monsieur Verne, c'est le moins que l'on puisse dire. Et voilà que vous prenez soudain la poudre d'escampette ! Vous ne retournez pas à l'Institut, vous prenez le train. Vous êtes soumis à la surveillance de tout ce que le pays compte d'agents du FBBS. Vous aidez une jeune membre du Réseau à échapper aux griffes de la police fédérale. Je ne vous apprendrai rien si je vous dis que le FBI s'intéresse particulièrement à votre aimable personne. Et vous prétendez que vous ne comprenez rien à ce qui motive cet enchaînement de faits extraordinaires ? Vous voulez que je croie ça ? Allons donc...

— Mais je vous assure...

— Monsieur Verne, parlez-nous donc, par exemple, de la lettre que vous portez sur vous !

Verne fut tellement surpris qu'il faillit porter sa main à la poche de sa chemise. En quoi intéressait-elle la Mafia ? Décidément, tout le monde en voulait à cette lettre !

— Je ne comprends pas ce que vous voulez dire.

— Allons, monsieur Verne. Nous savons tous deux qu'avant de se suicider, votre ancien maître, le professeur Joseph Milner, faisait partie de Socrates. Il semble même qu'il en ait été un membre éminent. Dans la lettre, il vous demande de porter un message à un membre de la délégation chinoise que vous devez retrouver à l'ONU. Est-ce que je me trompe?

Verne jeta un regard ébahi vers Angelhardt.

— Mais enfin, je ne comprends pas! En quoi cela vous regarde-t-il? En quoi êtes-vous concerné par une organisation internationale d'intellectuels?

Le rire d'Angelhardt fusa à nouveau. Cette fois, il fut accompagné par le Japonais, dont le corps tressautait sous l'effet de l'hilarité, sans qu'aucun son ne sortît de sa gorge.

— Mon cher professeur? Vous êtes d'une rouerie extraordinaire, ou d'une naïveté confondante! Une simple organisation d'intellectuels? Ne me dites pas que vous ignorez que les polices du monde entier courent après cette organisation! Soyons sérieux, voulez-vous? Beaucoup de gouvernements sont aujourd'hui obligés de tenir compte de Socrates, la première organisation internationale au monde à s'opposer aux mesures coercitives de la loi Fuchs et de ses semblables. Le bruit court même que le Réseau ne serait que le paravent de Socrates à l'échelon national. Mais vous n'avez pas l'air de cet avis...

— Non!

— Dans ce cas, relisez donc la lettre de Milner! Et le message qu'il y a à la fin de la lettre!

— Comment savez-vous cela?

— Comment nous le savons? Nous avons des amis. C'est l'un des avantages de l'Organisation dont je fais partie. Cela dit, personne n'a encore trouvé le chiffre utilisé par Socrates pour coder son message. Ce sont des malins. Peut-être pourrez-vous nous aider?

Pour la première fois, Verne était ébranlé. Il n'avait prêté qu'une vague attention à la formule qui se trouvait à la fin de la lettre, persuadé qu'elle ne constituait, comme l'écrivait Milner, qu'une séquence d'ARN messager entretenant un rapport quelconque avec Maggie. Verne connaissait trop la paranoïa des services secrets pour ne pas savoir que les scientifiques utilisaient tous les moyens pour se communiquer des formules, même les plus banales, en évitant les circuits officiels. Il fallait quelquefois des mois de démarches administratives pour obtenir l'autorisation de communiquer une formule, ce qui n'allait pas sans inconvénients pour la recherche. Verne se promit de regarder la formule de Milner de plus près.

— Vous boirez bien un bourbon, ou un verre de brandy? demanda Angelhardt.

— Non merci.

— Vous avez tort.

Angelhardt fit signe au garde du corps au chapeau Bogart, qui lui apporta aussitôt une bouteille de whisky et des verres qu'il était allé prendre dans un meuble-bar. Fasciné, Verne observa le mafioso verser une large rasade d'alcool dans trois verres, qu'il distribua à ses invités. Les trois hommes burent plusieurs gorgées avec un plaisir évident, sans paraître le moins du monde incommodés.

Verne ne disait rien. Etait-il possible qu'aucun de ces hommes ne portât d'Aspic? Il n'était pas choqué. Si Angelhardt avait cherché à le provoquer en buvant de l'alcool devant lui, il avait raté son effet.

— Ça fait du bien, dit enfin le mafioso, après avoir vidé son verre. Je disais donc... Votre situation nous intéresse, cher professeur. Je ne sais si c'est une chance ou une malchance pour vous. Sans doute les deux. Quoi qu'il en soit, sachez que, lorsque nous proposons une collaboration à quelqu'un, cette personne peut en retirer des avantages considérables. Elle devient notre obligée, en quelque sorte. Ce qui implique un contrat de confiance réciproque. Vous voyez ce que je veux dire?

— Mais je ne vous ai rien demandé!

— Je sais, je sais. Mais vous allez le faire, vous verrez. De toute façon, vous n'avez plus le choix. Vous êtes bien naïf si vous imaginez que le FBI vous recherche uniquement pour vous demander un témoignage sur un membre du Réseau. Non, ils veulent quelque chose de vous. Sans doute la même chose que nous, d'ailleurs. Et ils n'hésiteront pas à tout mettre en œuvre pour l'obtenir. Vous avez besoin d'aide, mon cher professeur. D'aide et de protection!

— Mais de quoi voulez-vous parler, bon Dieu? dit Verne, qui commençait à s'échauffer.

— Ah, je préfère ça. Vous commencez à comprendre. La lettre de Milner vous compromet, mon cher professeur, vous ne savez pas encore à quel point. Votre maître vous a fait un cadeau empoisonné. Si votre innocence est réelle, vous avez intérêt à ouvrir les yeux le plus vite possible. En outre, votre intérêt pour la jeune Clara n'a pas arrangé vos affaires. Elle est connue en tant que membre du Réseau. Que fait un membre éminent de la Commission de biosociologie avec elle, je vous le demande?

Verne ne répondit pas.

— Vous commencez à comprendre? Vous êtes mouillé, vous dis-je. C'est dans cette mesure que notre intervention peut vous être infiniment utile.

Angelhardt croisa ses jambes sous lui, comme un yogi. Verne se défendait contre la fascination que le personnage exerçait sur lui. Curieusement, il ne le trouvait pas antipathique. Les deux autres se taisaient.

— Pourquoi tenez-vous tant à rencontrer un membre de Socrates? demanda-t-il soudain.

— Voilà une excellente question, professeur. Excellente! Vous savez comme moi qu'il n'y a qu'une seule chose qui intéresse notre Organisation.

— L'argent!

— Exactement, l'argent. Ce que nous voulons, c'est proposer à Socrates une affaire. Une énorme affaire!

— Si j'ai bien compris ce que vous m'avez dit de Socrates, je ne pense pas que ces gens soient intéressés par l'argent.

— Sans aucun doute, professeur! Aussi ne sommes-nous pas concurrents, mais complémentaires. Nous avons quelque chose à vendre à Socrates, qui pourra en tirer un grand profit politique, et nous, un profit financier. N'est-ce pas l'idéal?

Verne haussa les épaules.

— Vous allez comprendre. Avez-vous entendu parler du Dr Sozo Kawakami?

— Je pense que oui, répondit Verne, en lançant un regard au Japonais, qui inclina aussitôt la tête d'un coup sec. Si je ne me trompe pas, Kawakami est un physiologue spécialisé en neurologie, qui a réussi, il y a quelques années, à faire vivre en laboratoire un cerveau humain pendant une semaine sous perfusion.

— Un mois, corrigea le Japonais en inclinant à nouveau la tête.

— C'est possible. Le scandale a été assez grand, bien que, au point où nous en sommes... Mais quel rapport ?

— Le Dr Kawakami vit actuellement à Nagasaki, où il fait des recherches pour le compte de l'Organisation japonaise — sœur de la nôtre, à laquelle nous sommes très liés —, et que notre honorable ami Kenzo Osaki présent représente. Or cet éminent docteur a réussi le tour de force de mettre au point un faux Aspic indétectable sous contrôle AS.

— Qu'est-ce que vous dites ? s'exclama Verne. Mais... et le code ?

— Le problème est réglé, vous dis-je. Si j'ai bien compris, deux minutes avec un ordinateur de moyenne puissance sont suffisants au moment de l'intervention, grâce à un programme mis au point par les informaticiens de Toshudo, en étroite collaboration avec le Dr Kawakami. En tout cas, les NOX existent, nous pouvons en témoigner tous les trois !

Encore sous le choc de la nouvelle, Verne lança un regard à George Mattei qui, sans se départir de son air blasé d'ancien boxeur, lui fit un clin d'œil.

— C'est ainsi que nous les appelons, continua Angelhardt. Ce que nous sommes en train de mettre au point, c'est un réseau international assez puissant pour s'opposer aux différents gouvernements et organismes internationaux. C'est pourquoi nous avons besoin de Socrates.

— Des NOX, répéta Verne, toujours abasourdi. Incroyable. Et le FS ? Vous allez relancer la sexualité dans le monde entier ! Pour gagner de l'argent, vous allez faire mourir des millions de gens !

— Vous croyez ? N'en soyez pas si sûr. Kawakami

prétend qu'il y a d'autres moyens de lutte. Il paraît que c'est une affaire d'immunité. On dit que l'immunité protège les gens qui n'ont pas d'ascendants homosexuels. L'homosexualité serait un des signes prouvant que la tare existe dans l'hérédité familiale. Bon débarras ! Ça fera de la sélection naturelle.

— Ce que vous dites est monstrueux.

— Je ne vous demande pas d'être convaincu. Je vous demande seulement de traduire le message de Socrates, et de nous mettre en contact avec la personne que vous devez rencontrer à l'ONU. En échange, nous pouvons vous aider. Vous pourrez retrouver miss Hastings, et nous vous offrirons un NOX.

— Un NOX ? Vous voulez dire... Vous me proposez de me mettre un faux Aspic ?

— Exactement. Vous avez le temps de réfléchir. Nous allons vous conduire à New York. Vous y serez demain matin. Ce yacht s'ancrera à Manhattan dans deux jours. Il restera trois jours à quai. Il vous suffira de venir nous voir. Nous avons une excellente installation dans le bateau. Une demi-journée est largement suffisante pour l'intervention. Vous ressortirez d'ici en pleine possession de vos moyens.

— Vous êtes complètement fou ! Si vous croyez...

— Réfléchissez. Deux plus trois, cela fait cinq jours. Vous avez cinq jours à partir de demain matin. Si vous ne venez pas, nous aurons d'autres moyens.

— C'est-à-dire ?

— Vous le saurez en temps utile. Ne vous faites aucune illusion, Verne. Vous ferez ce que nous demandons, de gré ou de force. Pour l'instant, nous vous proposons une collaboration libre. Cela peut changer...

2

— Monsieur Hyatt ! hurla Sherman.

« Et cette putain de sonnette qui ne fonctionne pas ! »

Il venait de se réveiller avec un mal de tête épouvantable. Depuis une semaine qu'il était incarcéré à Washington, c'était la première fois qu'il émergeait de la torpeur où l'avaient plongé les drogues administrées par le docteur Ralph Cline.

Ce n'était pas la joie. L'implantation de l'Aspic s'était plutôt mal passée. Ils n'en avaient rien à faire, à l'hôpital de la prison fédérale de Washington DC! Après tout, l'intervention était une punition. Il ne fallait pas trop compter sur les soins postopératoires! Quant à faire une anesthésie locale, comme c'était l'habitude pour la pose d'un Aspic, le Dr Cline n'avait pas voulu en entendre parler. La seule chose qui l'avait intéressé, c'était de comprendre comment le Dr Heathrow s'y était pris pour lui déconnecter sans dommages son « araignée au plafond », un an plus tôt. Peine perdue. De dépit, Cline l'avait pas mal charcuté, et Mr Hyatt avait dû lui changer plusieurs fois son pansement.

Pour Sherman, le seul sujet de satisfaction était la résistance qu'il avait opposée, malgré le sérum, à cette hyène de Weaver. Le traitement hypnotique qu'Heathrow lui avait fait subir quelques jours après avoir déconnecté son Aspic, destiné à le protéger du FBBS, avait marché. Sans doute la suggestion hypnotique finirait-elle par céder. Mais Heathrow ne risquait plus grand-chose. Il était parti rejoindre Peter Alexos du côté de Montréal. Les relations entre les deux pays nord-américains étaient au plus bas, depuis que les Canadiens avaient rompu l'accord de libre-échange qui les liait aux Américains depuis 1989. Il pouvait dormir en paix.

Sherman se retourna et constata avec surprise que la douleur de sa hanche gauche semblait avoir diminué. Mis à part une furieuse envie de pisser, les choses allaient plutôt bien, ce matin. Le repos forcé avait au moins cet avantage. Cline lui avait assuré que sa luxation ne méritait pas une intervention.

— Monsieur Hyatt, bon sang! hurla-t-il à nouveau. Mais qu'est-ce qu'il fout?

L'horloge au-dessus de la porte indiquait neuf heures moins cinq. C'était la première fois que l'infirmier ne le réveillait pas à sept heures trente avec un café et un bol de céréales. Sherman commençait à s'inquiéter. Son envie de pisser devenait dramatique. Il se voyait mal descendre du lit pour aller chercher le « pistolet » qui le narguait sur une table de soins à deux mètres, simplement parce qu'un garçon de salle avait oublié de le remettre à sa place sous la table de nuit. L'idée de se retrouver baignant dans sa propre urine lui était intolérable.

Dans son bas-ventre, les crampes s'accentuaient. Sherman était couvert de sueur. Soudain, l'idée lui traversa l'esprit qu'on l'avait délibérément laissé seul, l'urinal hors de portée. Peut-être l'observait-on par une caméra invisible ? Il se souvint des heures de supplice qu'il avait vécues au QG des Virginas. Décidément, la terre entière en voulait à ses fonctions naturelles ! Il ricana, sentant qu'il allait finir par céder. Après tout, au point où il en était, ça n'avait plus une telle importance. On finirait par l'envoyer dans un pénitencier, où il essayerait de ne pas compter chaque heure qui le séparerait d'une sortie hypothétique. Vingt ans. Il en aurait pour vingt ans ! Tout cela n'avait plus aucun sens.

Brusquement, une clé tourna dans la serrure, et la porte blindée s'ouvrit. L'infirmier en chef Dennis Hyatt entra : blouse blanche, la trentaine, le cheveu rare, les gesses précieux. Derrière lui, un garçon de salle apparut, portant un plateau avec son petit déjeuner.

— Ah, monsieur Hyatt ! dit Sherman d'une voix mourante.

— Vous avez faim à ce point ? demanda l'infirmier, un petit rire dans la voix.

— Non. Monsieur Hyatt, passez-moi le pistolet... Là, derrière vous. Vite !

— Pauvre monsieur Sherman ! s'exclama-t-il, quand il comprit ce qui se passait.

Il se précipita pour porter au prisonnier l'objet qu'il avait désiré le plus au monde au cours des dernières minutes. Les couleurs lui revinrent peu à peu aux joues.

— Mais quelle horreur ! Comment une telle chose est-elle possible ? Je vais prévenir la direction de la prison, et...

— Ne prévenez personne, monsieur Hyatt. Ça va

beaucoup mieux. J'ai déjà oublié. Mais que vous est-il arrivé ce matin?

— C'est cette grève grotesque. Le personnel de l'infirmerie s'est solidarisé avec les gardiens de la prison qui demandent une augmentation. Ce matin, un piquet nous a empêchés de pénétrer dans la prison pendant deux heures. Ils ont fini par trouver un accord avec la direction. Mais ce qui vous est arrivé n'a rien à voir! Voyons... Qui était de garde cette nuit?

A cet instant, la porte s'ouvrit à la volée et Annabelle Weaver apparut, accompagnée par un gardien en uniforme.

— Bonjour, mon cher Kess, dit-elle avec une pointe d'ironie. Comme vous voyez, je ne peux plus me passer de vous. Veuillez avoir l'obligeance de nous laisser, ajouta-t-elle à l'attention de l'infirmier, et vous aussi, sergent.

— Oui, laissez-nous seuls, reprit Sherman, imitant l'intonation d'Annabelle. Vous pouvez être tranquille. Miss Weaver ne risque plus grand-chose, depuis que le cher Dr Cline s'est intéressé à mon cas.

M. Hyatt pouffa, et quitta la pièce, sous le regard sévère du gardien.

Annabelle tira une chaise près du lit, et s'assit, un sourire aux lèvres. Ce fut le moment que choisit Sherman pour sortir le pistolet plein d'un liquide ambré de sous ses draps.

— Miss Weaver, soyez assez aimable pour poser ceci derrière vous, dit-il d'un ton affable.

Avant de réaliser ce qui se passait, Annabelle se retrouva le col du pistolet dans une main. Plusieurs secondes s'écoulèrent avant qu'elle se décide à se lever, décontenancée, pour aller déposer le vase sur la table de soins. Elle revint s'asseoir une lueur meurtrière dans les yeux.

— Vous ne perdez rien pour attendre, Sherman. Les petits malins comme vous...

— Mais, miss Weaver, qu'ai-je fait, encore?

— ... les petits malins comme vous, je les amène où je veux, et quand je veux. Quand j'en aurai fini avec vous, vous me mangerez dans la main!

Calmée, elle sortit un magnétophone et son sac, qu'elle posa ostensiblement sur ses genoux.

— Je voudrais que vous me parliez à nouveau des NOX et de votre rendez-vous avec ce mafioso. Comment l'appelez-vous déjà ? Angelhardt ? C'est ça, Angelhardt...

— Mais, miss Weaver, je vous ai déjà tout raconté ! Je ne vois pas...

— Je viens de vous expliquer, Sherman, que je n'en ai pas encore fini avec vous. Vous allez regretter le jour où nous nous sommes rencontrés. Alors, ces NOX?

3

Le bus scolaire s'arrêta dans un grand soupir de ses freins pneumatiques.

— Bellevue, tout le monde descend, dit le chauffeur, un chicano dont la longue tresse était nouée autour de la tonsure en cercles concentriques.

Les passagers du bus se levèrent en silence. L'humidité qui embuait les vitres rendait l'atmosphère irrespirable. Verne s'effaça pour laisser passer un énorme Noir — la cinquantaine, le regard fiévreux, la barbe hirsute striée de filets blancs, une couverture en laine de couleur incertaine sur les épaules —, et descendit du bus après avoir boutonné la canadienne que lui avait donnée Sitt.

Les énormes bâtiments de l'ancien hôpital Bellevue disparaissaient dans le brouillard qui montait par vagues de l'East River toute proche. Le froid humide pénétrait Verne jusqu'aux os. Frissonnant, il suivit le Noir qui se dirigeait en claudiquant vers le bâtiment principal, au milieu de la cohorte silencieuse de sans-abris de plus de quarante-cinq ans, comme le stipulait le règlement du Bureau des ressources humaines.

C'était en effet l'âge limite fixé pour avoir droit aux *shelters* mis à la disposition des sans-abris par la mairie. Tous les soirs à sept heures, une dizaine de bus de ramassage scolaire attendaient les indigents sur la 3e Rue, au sud-est de Manhattan, pour les convoyer vers l'ex-hôpital Bellevue, ou vers Fort Whashington, une ancienne caserne où l'on dormait aligné à neuf cents dans des hangars vitrés.

Quant aux plus jeunes, ils devaient se débrouiller. Rien n'était prévu pour eux. Toutes les nuits, ils se retrouvaient par dizaines sur les escaliers de secours de la gare routière, dans le hall d'attente de la gare centrale, dans les squares, sous des wigwams confectionnés avec des sacs poubelles, dans des maisons murées et squattérisées par centaines, dans les rues barrées, les cours, les vestibules des rares immeubles non gardés... Il n'y avait que des hommes — les femmes étaient fort correctement prises en charge par le W.MLAP —, en majorité noirs ou latino-américains, dont l'unique obsession était de trouver les quelques dollars qui leur permettraient de s'offrir leur dose quotidienne de cola-coke. Cette population disparate, en augmentation régulière depuis les années 60 du siècle dernier, était la proie privilégiée du FS.

Peu de sans-abris échappaient aux Spécial Hospitals de Harlem ou du Bronx, tenus par les nombreux mouvements religieux qui pullulaient dans la métropole. La surveillance exercée sur les indigents par les équipes biomédicales du FBBS était draconienne. Dans le but de contrôler le flux de cette population parallèle de plus en plus nombreuse, les nouveaux arrivants dans un *shelter* étaient numérotés à l'épaule par un tatouage indélébile.

Verne savait tout cela, quand il avait pris la décision de monter dans le bus. Epuisé, il constata avec soulagement que la queue qui s'était formée dans le hall de l'ancien hôpital avançait assez vite. Un écriteau demandait aux sans-abris de garder le silence et de se mettre torse nu. Un à un, ils franchissaient une porte après être passés sous un portique de détection d'armes surveillé par deux policiers en uniforme.

Verne ne souvint du dernier contrôle AS qu'il avait subi à la frontière de Pennsylvanie. Ils étaient deux, comme à Beaver Falls. Assis sur un tabouret surélevé, le préposé aux électrodes, le crâne entièrement rasé, était vêtu d'une blouse et d'un tee-shirt douteux. Sans un mot, il fit signe à Verne de pencher la tête, et lui appliqua brutalement les électrodes sur le crâne. Presque aussitôt, le technicien assis devant l'appareil de contrôle émit un grognement indiquant que tout était en ordre.

— Vous êtes nouveau? demanda alors l'homme au crâne rasé, après avoir jeté un coup d'œil sur l'épaule vierge de Verne.

— Oui. C'est-à-dire que...

— Sortez par là, l'interrompit l'homme, en désignant une porte.

Il se retourna aussitôt vers le misérable qui venait d'entrer.

Dans la pièce voisine, l'énorme Noir qui précédait Verne depuis l'autobus étais assis sur un tabouret, les bourrelets de son ventre nu débordant largement sur ses cuisses. Un infirmier venait de lui appliquer un tampon sur l'épaule. Le Noir fit une grimace.

— Vous pouvez vous rhabiller, dit le préposé au tatouage.

— Tout est terminé? demanda le Noir en se levant péniblement.

— Non, vous devez encore passer à la fouille. Après, vous pourrez aller dormir... si les punaises vous laissent tranquille!

— Je n'ai pas peur des punaises, répondit le Noir, avant de sortir de la pièce avec la dignité d'un navire quittant le port.

— Ces *niggers*, ils ont appris à vivre avec les parasites depuis le berceau, dit alors l'homme en ricanant.

Verne ne répondit pas. Il était trop fatigué. Il se demandait s'il n'avait pas fait une grossière erreur, en plongeant dans les bas-fonds de Manhattan pour échapper à la surveillance de la Mafia.

A peine arrivé à New York, il s'était rendu à Central Station déposer sa valise à la consigne. Il n'avait conservé sur lui qu'un vieux pantalon, un pull qu'il avait pris la peine de déchirer, et la canadienne de l'Indien, qu'il avait roulée par terre avant de la mettre. En sortant de la gare, il avait utilisé les quelques vieux trucs qu'il connaissait pour semer une éventuelle filature. La première nuit passée à geler sur un banc, dans un square surplombant l'Hudson, l'avait convaincu qu'il ne résisterait pas longtemps à ce régime.

Prendre une chambre dans un des nombreux hôtels de Manhattan lui paraissait exclu. Ils étaient tous sous surveillance policière. Verne était convaincu qu'Angelhardt lui avait dit la vérité : il était probablement devenu l'un des hommes les plus recherchés des Etats-Unis. Demander refuge à un ami ne valait guère mieux. Le FBI avait sûrement la liste complète de ses relations. Sans compter qu'il risquait de leur créer les pires ennuis.

Or, la seule chose importante était, pour l'instant, la mission que lui avait confiée Milner. Il serait toujours temps de prendre une décision pour la suite. Le mieux serait de retourner en Californie. Il n'aurait aucune difficulté à s'expliquer avec le FBI. Et en Californie, il pourrait peut-être revoir Clara. Après... Il n'y avait pas d'après.

Son esprit refusait d'aller au-delà. Ce que sa rencontre avec Clara avait changé dans sa vie dépassait son entendement. Quelquefois, il lui arrivait d'imaginer qu'il retournait à l'Institut Reiss-Kierkegaard, où il reprenait son travail aux côtés de Melissa. A d'autres moments, il était traversé par une émotion d'une telle intensité qu'il lui fallait plusieurs heures pour retrouver ses esprits, comme si son cœur s'était arrêté un moment de battre.

Pourtant, il n'avait aucune idée de ce qui lui arrivait. Il savait seulement que cela n'avait rien à voir avec les crises d'angoisse qu'il avait traversées encore tout récemment. C'était même l'inverse. Il aurait dit volontiers : l'inverse de l'angoisse, ou l'envers. Un relâchement des contrôles intérieurs. L'étrange était cette certitude qui l'habitait, alors qu'il s'interdisait de rêver. D'imaginer. Il ressentait ses émois, avec une violence étrange. Et c'était déjà trop.

Dans son état intermédiaire — ce mot lui était venu à l'esprit en débarquant pour la deuxième fois à Manhattan en l'espace d'une semaine —, la proposition d'Angelhardt lui avait semblé dérisoire. Il avait immédiatement décidé de refuser. Le rêve érotique qu'il avait eu à la suite de son entretien avec le mafioso, pendant la dernière nuit passée sur le yacht, avait étrangement renforcé sa conviction. Il l'avait d'ailleurs aussitôt oublié. Il savait seulement qu'il s'était réveillé au milieu d'une décharge aspique, comme c'était le cas lorsqu'on venait de l'implanter.

— Eh! Vous rêvez? C'est terminé, vous dis-je!

Verne jeta un coup d'œil sur son épaule. Il n'avait presque rien senti. Il lut à l'envers le nombre qui venait de s'imprimer pour toujours dans sa peau : 3 253 892.

— Il n'y a pas de 7, dit-il stupidement.

Le 7 était pour lui un chiffre singulier. Souvent, il repérait s'il y avait ou non un 7 dans un nombre, sans que d'ailleurs cela porte à conséquence. Il n'avait pas l'impression d'être particulièrement superstitieux. L'affaire, pour lui, se résumait à repérer, quand il y avait un 7, si le chiffre portait une barre horizontale, comme c'était le cas pour les 7 français. Car il préférait les 7 français. Les 7 anglo-saxons, il avait tendance à les confondre avec des 1.

— Eh alors, qu'est-ce que ça peut faire? demanda l'infirmier, surpris.

— Mais rien de particulier! Il n'y a pas de 7, c'est tout.

Il se leva, prit ses affaires, et franchit une nouvelle porte.

Dans la pièce suivant, il fut surpris de se trouver devant une femme. Il aurait parié que dans cet endroit, il n'y avait que des hommes. Le gros Noir qu'il suivait depuis le bus n'était plus dans la pièce.

— Asseyez-vous, dit la femme.

Elle avait la cinquantaine, un visage insignifiant.

— Vous avez le numéro 3 253 892, dit-elle, d'un air docte. En aucun cas, vous n'êtes autorisé à modifier votre tatouage. Sinon, vous ne serez plus accepté dans un abri dépendant de la ville de New York. Compris? C'est dans votre intérêt. Avez-vous des papiers d'identité?

— Non.

— Pas de permis de conduire, de carte verte, rien?
— Non.
— Vous vous appelez comment?
— Green. Gregory Harold Green.
Elle pianota sur un terminal d'ordinateur.
— Très bien, monsieur Green. Vous avez le lit 1207. Douzième étage.
— Cette fois, il y a un 7!
— Comment?
— Non, rien.
— Prenez l'escalier E, au bout du couloir. Les ascenseurs ne marchent pas. L'extinction des feux a lieu à huit heures quarante-cinq. Si vous avez besoin de vous lever la nuit, prenez un des seaux en plastique que vous trouverez sur le palier. Demain, vous devez avoir quitté les lieux à sept heures. Vos couvertures devront être pliées, votre seau vidé et remis à sa place. Ah, encore une chose : il n'y a pas de draps.
— De draps? demanda Verne.
Il se leva et sortit.
Une odeur aigrelette, mélange d'urine, de sueur et de crasse, le saisit à la gorge. Il remit sa chemise, son pull et sa canadienne — « Il doit faire tout juste dix degrés », pensa-t-il —, et s'avança dans le couloir qui s'ouvrit devant lui, avec l'impression qu'il titubait. C'était sans doute la faim. Pendant la journée, il s'était arrêté une seule fois à l'une des *soup-kitchen* sauvages qui pullulaient sur les trottoirs de Manhattan. Mais il n'avait pas pu finir sa soupe.
Le couloir de l'ancien hôpital était d'une saleté inconcevable. Des papiers traînaient partout, des boîtes de conserve, des chiffons...
Il gagna enfin l'escalier E, qui s'ouvrait au bout du couloir. Pour la première fois depuis qu'il était arrivé à New York, Verne eut chaud. Le long des murs, d'énormes canalisations en fonte vieilles d'un siècle, d'où s'échappaient de minuscules jets de vapeur, chauffaient la cage de l'escalier à une température idéale.
Une véritable cour des miracles s'y était installée. Chaque marche occupée l'avait été de haute lutte.

Verne se fraya difficilement un chemin au milieu d'une population hétéroclite enveloppée de chiffons : mélange de races — Blancs, Noirs, Chicanos, Asiatiques —, handicapés, malades... Tout ce monde parlait, riait, se disputait.

Au troisième étage, un groupe de spectateurs encourageait en criant deux hommes qui se battaient.

Verne crut qu'il n'arriverait jamais vivant au bout de cette montée interminable. Chaque marche franchie était une victoire. Il se demandait pourquoi les gens le dévisageaient avec une insistance anormale. Quand il passait, les conversations s'arrêtaient, et reprenaient derrière lui. Peu à peu, il se sentit gagné par une inquiétude sourde.

Il entendit quelques mots qui lui confirmèrent qu'il ne délirait pas.

Il aurait dû y penser plus tôt : ils en avaient après sa canadienne ! Inquiet, il accéléra le pas. Heureusement, la population se clairsemait au fur et à mesure qu'il enjambait les corps. Au dixième étage, constatant que le palier était vide, il enleva prestement sa canadienne, et la replia sous son bras. Il était en nage, et pensa qu'il aurait pu tout aussi bien disparaître à jamais entre le sixième et le septième étage...

Au onzième, il rattrapa le gros Noir, qui montait devant lui en soufflant. Au douzième étage, il n'y avait plus personne dans l'escalier.

Machinalement, Verne saisit un seau dans la pile qui se trouvait sur le palier, et emprunta un couloir.

Les cellules n'avaient plus de portes. La plupart étaient occupées par deux lits-cages portant un numéro peint en rouge sur le panneau de tête. Quand Verne découvrit la chambre qui lui avait été attribuée, le Noir était déjà installé sur le lit contigu.

Le matelas était dans un tel état que Verne décida d'utiliser une des deux couvertures qu'on lui avait données pour le recouvrir. Il plia sa canadienne en guise d'oreiller et s'allongea, se couvrant de l'autre couverture. L'odeur d'urine continuait de le poursuivre. Il jeta un coup d'œil vers le Noir, assis sur son lit.

Verne réalisa alors que l'inconnu ne l'avait pas quitté des yeux depuis qu'il était entré dans la chambre.

— Je m'appelle Gregory Green, dit Verne.

Le Noir sourit.

— Moi, c'est Hannibal.

— Hannibal comment?

— Hannibal. C'est un surnom. Mon vrai nom ne vous intéresserait pas, monsieur Verne.

Abasourdi, le savant s'assit brusquement.

— Vous êtes...

— Mais Green me convient, l'interrompit Hannibal.

— Comment m'avez-vous trouvé?

— J'étais en faction au coin de l'hôtel *United Nations Plaza*. Je vous ai vu passer. Le reste n'a pas été difficile.

— Ce qui veut dire que les autres...

— Vous avez eu de la chance, monsieur Green. Ni le FBI, ni la Mafia ne vous ont repéré. Ils étaient trop occupés à se surveiller les uns les autres. Il y avait du monde, cet après-midi, devant l'ONU!

— Mon problème, c'est d'entrer à l'ONU incognito. Si le FBI m'arrête avant...

Verne se mordit les lèvres. Rien ne prouvait que le Noir fût membre du Réseau. Toute l'histoire pouvait avoir été inventée par la police... ou la Mafia! Il venait peut-être de tomber dans un piège.

— On va vous aider à entrer incognito à l'ONU, dit alors Hannibal. Ce sera la meilleure preuve que je suis bien celui que je prétends être.

Verne sourit. Le Noir était loin d'être idiot.

— Et comment...

— Tout est arrangé. C'est une des premières choses qu'a demandées Antigone en arrivant à Los Angeles.

— Antigone? Vous voulez dire... Comment va-t-elle? Vous avez de ses nouvelles?

— Oui, j'ai des nouvelles. Malheureusement, elles ne sont pas très bonnes.

— Pas très bonnes?

Verne s'était presque mis à crier. Un sans-logis passa dans le couloir, et lança un regard curieux dans la chambre.

— Vous devriez faire attention, monsieur Green.

Le Noir se leva et alla jeter un coup d'œil dans le couloir, avant de revenir s'asseoir.

— Demain, toute la presse ne parlera que de ça. Antigone a été arrêtée avec deux autres membres du Réseau au cours d'une attaque du crématorium de Montebello. Il semble qu'elle soit tombée dans un piège. La police était manifestement au courant de son intention de s'emparer des cendres de Polynice pour les enterrer.

— Où est-elle ?

— Pour l'instant, au poste central de la police, à Los Angeles. Mais elle n'y restera pas longtemps. Essayer d'empêcher une punition des cendres est un crime fédéral.

Verne était effondré. Si besoin était, il avait maintenant la preuve de l'attachement qu'il éprouvait pour Clara.

— Il faut la sortir de là ! s'exclama-t-il, sans réaliser que par ces paroles, il franchissait pour la première fois la frontière qui le séparait de l'illégalité.

Une détermination froide, proche de la colère, s'était emparée de lui. D'un seul coup, le rapport fait de compromission, mais aussi d'intelligence et de scepticisme, qu'il entretenait depuis des années avec les pouvoirs publics, avait volé en éclats.

4

Annabelle n'arrivait pas à trouver le sommeil. Vêtue d'une robe de chambre, elle était installée dans son salon, un verre de cola-coke à la main.

Pour la vingtième fois de la semaine, peut-être, elle se disait qu'elle aurait préféré se retrouver seule. La présence de Mary Peale commençait à lui peser. Pourtant, à première vue, la jeune femme semblait normale : elle se nourrissait, se lavait, dormait...

Mais elle refusait de se laisser approcher. Surtout, elle ne parlait pas. Depuis « la nuit de la ceinture », elle n'avait pas prononcé une parole. Elle restait assise des heures, le regard perdu dans le vague, attendant le retour d'Annabelle.

Annabelle avait essayé de sortir avec elle : dehors, Mary marchait comme une somnambule. Un jour, elle avait fait un brusque écart et traversé la rue. C'était un miracle qu'elle n'ait pas été renversée par une voiture.

Depuis, les deux femmes ne sortaient plus.

« Ça ne peut plus durer », pensa Annabelle.

Après le week-end, elle parlerait au médecin qui s'occupait de Mary, le Dr Roland Church, pour qu'il lui trouve une clinique. L'expert de l'assurance avait enfin accepté de prendre en charge la malade, considérant que son état nerveux était d'origine inconnue.

Un léger bruit provenant de sa chambre attira alors son attention. Elle tendit l'oreille. La porte était restée ouverte. Peut-être Mary s'était-elle réveillée...

Soudain, elle sentit un filet d'air frais lui caresser le visage. Surprise, elle se leva, et se dirigea vers sa chambre, où elle s'arrêta, clouée de stupeur : la fenêtre était grande ouverte et Mary avait disparu.

Annabelle se précipita vers l'ouverture béante, et jeta un regard à l'extérieur.

Quatre étages plus bas, le peignoir de Mary gisait sur le trottoir.

Le lendemain, elle passa une partie de la matinée au poste du douzième district de la police municipale, en compagnie du lieutenant Steve Holmes. Malgré sa frustration, ce dernier dut laisser repartir la célèbre directrice du FBBS, qui devait rejoindre Howard Black pour l'accompagner à l'aéroport Washington International dans sa Cadillac blindée.

D'un ton neutre, Black présenta ses condoléances à Annabelle pour la mort de Mary Peale, dont l'état dépressif était connu. Au grand soulagement d'Annabelle, il ne fit aucune allusion sournoise à la présence de la jeune femme chez elle. Manifestement, ce suicide n'était pour lui qu'une simple péripétie.

En fait, Black avait demandé à Annabelle de l'accompagner à l'aéroport, parce qu'il souhaitait l'entretenir du nouvel appel du « Groupe de Boston », qui invitait tous les citoyens du pays à se rendre en masse à Washington DC le dimanche 20 avril, pour une grande manifestation de protestation contre la loi Fuchs.

— La Présidente semble penser que cette manifestation doit être interdite, dit Black. C'est également mon avis.

— Dans ce cas, il risque d'y avoir des incidents, soupira Annabelle. Je me demande si ce n'est pas ce que cherche le Réseau : faire la démonstration du caractère répressif du gouvernement.

Annabelle s'étira et allongea ses jambes.

La Cadillac laissa derrière elle le quartier du triangle fédéral qui s'étend entre la Maison Blanche et le Capitole, et s'engagea dans la traversée de l'immense perspective du Mall.

La journée était étonnamment chaude pour un 25 janvier. La brise tiède, qui soufflait du sud-est, annonçait le printemps qui n'apparaîtrait que dans six semaines. L'inquiétude qui agitait sporadiquement les cercles de la haute Administration fédérale, à propos de la grande manifestation du 20 avril, n'entamait en rien la jubilation que ressentait Annabelle depuis qu'elle avait été nommée à la tête du FBBS.

Elle avait déjà décidé que la mort de Mary Peale était une chance inespérée.

— Allons, ma chère. Vous n'allez pas, vous aussi, céder à la panique !

— Vous savez, je disais ça...

— Tout de même. Regardez Harris Taylor, à la tête de son ministère de la Justice. Il serait prêt à accepter n'importe quelle entourloupe du Réseau, plutôt que de prendre un risque politique ! Heureusement, la Présidente penche de mon côté. D'après les sondages des Renseignements généraux, la manifestation pourrait se révéler un succès considérable, beaucoup plus important que celui que nous escomptions. Boyd m'a parlé de cinq cent mille manifestants, même si nous prenions la décision de fermer les frontières intérieures. C'est considérable. Imaginez l'impact dans tout le pays. Sans parler du reste de la planète. Impensable. Le rassemblement ne doit pas avoir lieu. Nous avons largement le temps de nous organiser. En prévision d'un coup fourré, toujours possible, nous allons devoir multiplier les précautions : barrer les voies d'accès à la capitale, augmenter les contrôles... Nous ouvrirons un camp d'internement transitoire pour les quelques milliers de fanatiques qui réussiront quand même à passer. C'est en tout cas ce que je vais expliquer à cette femme du Réseau que j'ai dégottée grâce à vous, ma chère, pour qu'elle transmette le message à leur prétendu Conseil national de la résistance. Je la verrai à mon retour de Colorado Springs, dans deux jours.

— Peut-être avez-vous raison.

— J'en suis persuadé.

Annabelle poussa un nouveau soupir.

— Vous allez vous retrouver seul avec la Présidente ? demanda-t-elle, pour changer de sujet.

— Je n'en sais fichtre rien. La seule chose que je sais, c'est qu'il n'y a aucun moyen d'échapper à ce week-end dans son ranch.

La voiture roulait le long du bassin Tidal entouré de cerisiers, dominé par la rotonde en marbre blanc du monument dédié en 1943 au troisième président des Etats-Unis, pour le deux centième anniversaire de sa naissance.

— Quand j'étais enfant, dit alors Black, un professeur de mon *high-school* nous a obligés à apprendre par cœur les phrases de Jefferson qui sont reproduites sur les panneaux du Mémorial. Vous les connaissez ?

— Euh... non.

— « J'ai juré devant Dieu une haine éternelle à toutes les formes d'oppression de l'esprit humain... », se mit-il à déclamer avec grandiloquence. Je me demande ce que le bonhomme dirait aujourd'hui. Il ferait probablement le serment de lutter contre toutes les formes de tyrannie qui pèsent sur les corps, les pauvres corps des hommes ! Défendre l'esprit, ça a été plus facile qu'on ne l'a prétendu pendant des siècles. Il s'est défendu tout seul, le diable... Le problème, c'est le corps qui a faim, qui a des besoins, qui attrape des maladies incurables, qu'il faut enfermer, contrôler, qui est devenu un danger pour les autres corps. Avez-vous déjà réalisé cela? Aujourd'hui, le danger peut surgir du premier corps que vous rencontrez. Son sexe, sa couleur, ses symptômes, ses maladies... N'importe quel corps est un danger potentiel, voilà la vérité. Ce qui me menace, c'est votre corps, pas votre esprit. Il y a encore quelques années, je me souviens du plaisir que prenaient les gens à s'observer dans la rue. Aujourd'hui les regards se fuient. Les gens marchent les yeux au sol. Ce qui s'est passé avec les corps, dans les camps, pendant la Seconde Guerre mondiale, n'était que la préfiguration de ce qui se passe aujourd'hui sur la moitié du globe! Alors l'esprit, dans tout ça...

Mal à l'aise devant la tournure qu'avait prise leur conversation, Annabelle découvrait avec étonnement que le directeur du FBI semblait réellement préoccupé par le sort des dizaines de millions d'effésiens. Elle le vit jeter un coup d'œil sur sa montre.

— Tony, dit-il au chauffeur, accélérez un peu. Je ne voudrais pas faire attendre mon excellent pilote, le commandant David Kirk.

— Oui, monsieur. J'enclenche la sirène?

— Si vous voulez. Mais ne semez pas mon escorte, comme vous avez failli le faire la dernière fois!

— Oui, monsieur.

Sirènes hurlantes, la luxueuse voiture accéléra.

— En fait, dit alors Black, je voulais vous parler de Clara Hastings.

— J'en avais l'intuition, monsieur. Elle est entre les mains de la police de Los Angeles.

— Je sais. Faites le nécessaire pour que les autorités locales soient dessaisies de cette affaire le plus rapidement possible, et faites-la venir ici. Vous savez que les avocats du Réseau sont capables de trouver n'importe quel prétexte pour nous mettre les bâtons dans les roues.

Black jeta un coup d'œil sur les berges du Potamac, que la voiture venait de traverser par le George Mason Memorial Bridge.

— Souhaitez-vous rencontrer personnellement Clara Hastings ? demanda Annabelle.

— En effet !

— Et... pouvez-vous me dire la raison pour laquelle vous vous intéressez à elle ? Vous savez que je l'ai rencontrée il y a quelques jours, à New York, dans des circonstances compliquées.

Black se tourna vers Annabelle.

— Je suis au courant de vos démêlés avec Hastings et son garde du corps, celui qui est mort au Mount Sinai Hospital. Comment se faisait-il appeler, déjà ?

— Hermès.

— C'est ça, Hermès... Si je me souviens bien, cette Mrs Cornfeld, qui nous sert de messagère pour le Réseau, elle était aussi dans le coup.

— Hastings est en effet passée chez elle en arrivant à New York.

— Ecoutez, Weaver. Je n'avais pas l'intention de vous en parler tout de suite, mais je vais vous faire une confidence. En fait, la personne qui m'intéresse vraiment, c'est le professeur Verne !

— René Verne ?

— Exactement. Le petit Français inventeur du FS, à qui on a donné la nationalité américaine, des fonds pour créer son Institut, qu'on a nommé membre de la Commission de biosociologie.... Il se croit très malin, le cher professeur. C'est pourtant lui qui va nous aider à sauver la mise.

— Je ne comprends pas.

— Il va nous rendre un immense service, et nous permettre d'éliminer un grave danger menaçant notre pays. Sans le savoir, bien sûr. A son corps défendant...

Il rit.

— Mais pour ça, il faut que je rencontre Clara Hastings.

— Mais...

— Je vous en dirai plus une autre fois. C'est une opération délicate. Le moment venu, j'aurais besoin de votre aide, Weaver. Pour l'instant, reprenez en main le FBBS comme vous avez commencé à le faire. L'assassinat de Lombard semble avoir fait beaucoup plus de dégâts que je ne le pensais.

— Ce n'est pas un problème, répondit Annabelle.

— Je n'en doute pas. Je crois qu'on est arrivés.

Suivie de sa voiture d'escorte, la Cadillac passa en trombe devant le bâtiment de l'aérogare et franchit une grille gardée quelques centaines de mètres plus loin. La forme élancée d'un TX 17 hypersonique se profilait au bout de la piste, marqué du sigle de la présidence des Etats-Unis, *Air Force One*.

Annabelle était ravie à l'idée de retrouver la jeune femme qui avait réussi à lui échapper quelques jours plus tôt à New York, devant les bâtiments de l'ONU.

Chapitre 17

1

Le *Cramercy Park Hotel* s'élève sur une trentaine d'étages au coin de Lexington Avenue et de Gramercy Square, une ravissante place ornée d'un jardin réservé aux habitants des luxueuses maisons basses du XIXᵉ siècle qui l'entourent.

Hannibal avait expliqué à Verne que l'hôtel appartenait à une compagnie sud-américaine qui versait régulièrement des subsides au Réseau. Il n'en savait guère plus, sinon que le directeur de l'hôtel, un ancien footballeur d'origine uruguayenne nommé Ramon Saltillo, mettait à la disposition de l'organisation clandestine deux chambres aménagées au sous-sol, qui ne faisaient pas partie de la checking-list régulièrement supervisée par la police, et où on accédait par une entrée secrète.

Personne n'aurait pu soupçonner, en effet, que la discrète porte métallique qui s'ouvrait au rez-de-chaussée d'un immeuble anonyme de la 22ᵉ Rue desservait en fait le sous-sol de l'hôtel par les caves communicantes des bâtiments du block.

Vers six heures du matin, les deux hommes avaient quitté l'ancien hôpital Bellevue pour se rendre directement place Gramercy.

Verne se détendait dans un bain mousseux, quand Hannibal vint lui annoncer que la délégation chinoise avait été invitée pour le week-end dans une villa de Long

Island appartenant au Département d'Etat. L'informateur d'Hannibal avait précisé que madame Ban Zhao, à qui Verne devait remettre le message de Milner, avait retardé son retour en Chine, prévu initialement pour le lendemain dimanche, et serait encore joignable à l'ONU en début de semaine.

Verne disposait ainsi de deux longues journées pour méditer sur les événements qu'il venait de vivre.

L'idée qu'il allait pouvoir arrêter, ne serait-ce que quelques heures, la folle sarabande dans laquelle il s'était précipité depuis une semaine lui procurait une satisfaction morose. Depuis qu'Hannibal, la veille, lui avait appris l'arrestation de Clara, l'accablante nouvelle l'obsédait. Il connaissait le sort réservé aux résistants à la loi Fuchs, et ne se faisait guère d'illusions : il ne la reverrait jamais.

Au moment où elle lui avait fait part de son intention de retourner à Los Angeles pour s'opposer à la « punition des cendres » de Donald Burger, il avait aussitôt pensé que la mission qu'elle s'imposait comme un devoir sacré était une folie.

Comme beaucoup d'esprits scientifiques, il se fichait de savoir ce que son corps allait devenir après sa mort. Pour lui, un cadavre n'avait pas plus d'importance qu'une poupée de cire, et ne méritait sûrement pas qu'on prenne le risque de tomber entre les griffes du FBBS. Seuls comptaient les vivants, auxquels il se consacrait depuis tant d'années.

Assis sur son lit, contemplant l'ongle cunéiforme de son index gauche, il se demandait pour la millième fois pourquoi il n'avait pas essayé d'empêcher la jeune femme d'accomplir son funeste projet. Mais cela n'aurait servi à rien. Avec une précision douloureuse, il revoyait l'expression de Clara, quand elle avait appris la mort de Don Burger : un mélange de souffrance et de détermination.

Bien que ses yeux restaient secs, un sanglot lui monta dans la gorge.

A midi, Hannibal revint avec des provisions.

Verne lui confia la lettre qu'il venait d'écrire à

Melissa, et que le Réseau lui proposait de délivrer en mains propres. Succinctement, il faisait part à sa femme de sa résolution de mener à bien la mission que lui avait confiée Milner, quel qu'en fût le prix. Compte tenu de l'intérêt que lui portait le FBBS, il ne lui téléphonerait plus jusqu'à nouvel ordre. En attendant son retour en Californie, il lui demandait de transmettre à l'Institut sa décision de prendre un congé illimité, et l'assurait de sa tendresse.

Hannibal revint deux heures plus tard avec les journaux du jour et la valise de Verne, qu'il était allée chercher à la consigne de Central Station.

L'arrestation de Clara Hastings à Montebello, dans la banlieue est de Los Angeles était annoncée en première page du *New York Times*. L'article, qui ne disait pas grand-chose des circonstances de l'intervention de la police au crématorium, précisait seulement que deux hommes accompagnaient la jeune femme au cours de l'attaque.

Verne connaissait depuis longtemps la plume acide de l'auteur de l'article, une journaliste qui adorait s'ériger en censeur, chaque fois qu'elle avait la possibilité de monter en épingle un événement qui dérangeait le conformisme ambiant. Cette fois, ses considérations visaient le fait que la jeune résistante était née bio. A sa connaissance, écrivait-elle, c'était la première fois qu'on entendait parler d'une bio faisant partie d'un mouvement de résistance dont le principal objectif était d'obtenir la suppression de la loi Fuchs. Suivait une série d'appréciations plus ou moins bien intentionnées sur l'inconséquence de la jeune femme qui, selon toute vraisemblance, avait cherché à faire oublier ses « origines artificielles » dans une tentative désespérée de s'identifier au monde utérien.

— S'il vous plaît, rapportez-moi tout ce que vous pourrez trouver sur l'arrestation d'Antigone, demanda Verne à Hannibal, qui était sur le point de ressortir.

Ce dernier, qui avait fait disparaître la lettre destinée à Melissa sous la couverture qui lui servait de manteau, promit à Verne de revenir le lendemain.

Une fois seul, le savant s'installa au bureau qui se trouvait dans un coin de sa chambre souterraine. Il était temps de revenir à la mission que lui avait confiée Milner.

Verne sortit la lettre qu'il conservait dans la poche de sa chemise depuis qu'il l'avait reçue des mains de Clara, et la déplia avec application sur la table.

Emu de retrouver l'écriture à l'encre bleu-noir de son vieux maître, il se mit à tourner lentement les pages, et relut le passage où le savant autrichien parlait du virus comme d'une entité venue du fond des âges, témoignant des oublis que le progrès de l'humanité avait rendus nécessaires.

Verne était persuadé que les élucubrations de son vieux maître n'avaient pas grande valeur scientifique. Il n'en ressentait pas moins une profonde admiration pour la ténacité avec laquelle Milner avait tenu jusqu'au bout à ouvrir le discours scientifique à sa vision poétique du monde.

Enfin, il arriva au dernier feuillet, où se trouvait la fameuse formule biochimique d'un « fragment d'ARN messager ».

Verne imagina le vieil homme, dans sa soupente viennoise, notant avec soin, en lettres capitales, la série de symboles qui représentait le strict ordonnancement des bases puriques et pyrimidiques entrant dans la composition de la molécule d'ARN.

Le fait que Milner ait procédé de cette manière pour communiquer la formule était en soi une curiosité. Le savant avait manifestement voulu éviter les explications qui auraient accompagné une formulation moins symbolique, sans doute parce qu'elles risquaient de tomber entre les mains d'un quelconque service gouvernemental. Mme Ban Zhao, la destinataire de la formule, allait devoir se livrer à un fastidieux travail de décryptage. Le comique de l'affaire était que tous les gens ayant pris connaissance de la lettre — cela commençait à faire beaucoup de monde : la MID, le FBI et le FBBS, la Mafia... — étaient persuadés que la formule cachait un texte codé. Voilà qui expliquait amplement l'échec de leurs multiples tentatives de décryptage !

Verne était en train de recopier la formule sur un bloc de papier qu'il avait sorti de sa valise, lorsque son attention fut attirée par un détail incongru. Après un moment de stupeur, il dut se rendre à l'évidence : il s'était trompé. En aucune manière, la formule qu'il avait sous les yeux ne pouvait être celle d'une séquence d'ARN.

En effet, Verne venait de tomber sur le premier T symbolisant la Thymine. Or, cette base pyrimidique n'était présente que dans les nucléotides de l'ADN, et seule la lettre U, pour l'Uracile, aurait dû se trouver dans une formule d'ARN. Pourtant, une erreur de Milner était invraisemblable : jamais les deux symboles T et U n'auraient dû, en effet, se trouver côte à côte dans la même formule.

Verne regarda plus attentivement la formule :

AGUAAUUGATTATUTUGCCAUGUAAAUUAAGCG
CUCAUUGUAAAUUGCGAGGAGCAUAACTUTUA
GGCGGUAAAUGAGCUCTTTUAAUAAGCGGUAA
AUUGATTTTTACGUTTTCCUUAATUTCGUGUAAA
CUGUGAGUUGGCGGUAAAUGAGUGCUCAUAAT
UTCGUUAAGAGUGCGUAAAUGAUCUCCUCTTAG
AGUUGUGCTTTUGAGUAAAUUGAGAGUCAGCG
UGCCGUTUTUGAGUAAAUUGCGAGUGGUAAGC
GUAGGUA.

Sa stupeur passée, il acheva de la recopier, et procéda rapidement à une opération qui, pour un biologiste, était des plus banales. Il sépara les nucléotides — représentés par les symboles des quatre bases dont ils sont tour à tour composés, soit dans le cas de l'ARN : l'Adénine, la Guanine, l'Uracile, et la Cytosine — en « triplets », ou « codons ». Il procédait ainsi au même travail que le « destinataire » de l'« ARN messager », le ribosome de la cellule, qui décrypte le message transporté par l'ARN en lisant les significations par « triplets », pour pouvoir fabriquer la protéine commandée par l'ADN du noyau de la cellule. Dans ce sens, l'« ARN messager » joue exactement le rôle d'une ordonnance transportant une lettre entre l'ADN — le matériel génétique — et le ribosome — lieu de la cellule où se fabriquent les protéines nécessaires à l'organisme.

Il obtint le résultat suivant :

AGU-AAU-UGA-TTA-TUT-UGC-GAU-GUA-AAU-UA
A-GCG-CUC-AUU-GUA-AAU-UGC-GAG-GAG-CAU-
AAC-TUT-UAG-GCG-GUA-AAU-GAG-CUC-TTT-UA
A-UAA-GCG-GUA-AAU-UGA-TTT-TTA-CGU-TTT-C
CU-UAA-TUT-CGU-GUA-AAU-CGU-GAG-UUG-GCG
-GUA-AAU-GAG-UGC-UCA-UAA-TUT-CGU-UAA-G
AG-UGC-GUA-AAU-GAU-CUC-CUC-TTA-GAG-UUG
-UGC-TTT-UGA-GUA-AAU-UGA-GAG-UCA-GCG-U
GC-CGU-TUT-UGA-GUA-AAU-UGC-GAG-UGG-UA
A-GCG-UAG-GUA.

Verne devait se rendre à l'évidence : la présence simultanée et répétée du symbole U d'Uracile, et du symbole T, correspondant à la Thymine, prouvait incontestablement que la formule était fausse ! En l'occurrence, il ne pouvait s'agir ni d'un fragment de molécule d'ARN, comme le prétendait Milner, ni même d'un fragment d'ADN. En fait, d'un point de vue biochimique, la formule n'avait aucun sens !

Cette découverte fut un véritable choc pour Verne. Il se reprocha de ne pas avoir étudié plus attentivement la formule, le jour où Clara lui avait remis la lettre. Sans doute était-il trop bouleversé. D'autant que l'erreur de Milner était incontestablement volontaire : une manière de porter à la connaissance de son ancien élève un message qu'il ne voulait, en aucun cas, voir tomber entre des mains étrangères. En outre, le message « secret » impliquait sa destinataire, autrement dit la dénommée Ban Zhao à qui Verne était censé le porter.

Verne fut saisi d'une frayeur rétrospective : il avait été sur le point d'ignorer complètement ce que Milner souhaitait le voir transmettre !

Plus il considérait la formule, plus il remarquait les détails non conformes aux règles élémentaires de la transcription biologique.

N'importe quel étudiant sait que chaque combinaison ternaire de nucléotides — chacun des codons — est à l'origine d'un acide aminé entrant dans la composition de la protéine fabriquée par le ribosome. De la même manière qu'un mot est constitué d'un enchaînement de lettres, la future protéine est ainsi prédéterminée par l'enchaînement rigoureux des codons.

Or, Verne n'eut aucun mal à reconnaître les codons effectivement à l'origine de certains acides aminés — tel le codon CUC pour la leucine, ou GCG pour l'alanine —, mais découvrit rapidement que la plus grande partie des triplets étaient absurdes. En outre, il ne retrouvait pas les codons dits « codons non-sens » — sans correspondants d'acides aminés —, dont l'unique rôle est de rendre la lecture d'une formule possible : autrement dit, les « codons déclencheurs » AUG et GUG qui se trouvent au début de chaque séquence — comme les majuscules au début d'une phrase — et les « codons d'arrêt » UAA, UAG et UGA, uniquement chargés de mettre un point final à ladite séquence.

Ainsi, la formule de Milner aurait dû normalement commencer par un codon déclencheur, et se terminer par un codon d'arrêt. Ce n'était pas le cas.

A cet instant, Verne s'aperçut qu'à la différence des autres « inconnus », les deux codons qu'il avait reconnus — CUC et GCG — avaient la particularité d'être symétriques...

L'évidence lui sauta alors aux yeux : en effet, s'il retournait les deux triplets, il ne changeait rien à leur signification. Pourquoi ne pas essayer de retourner toute la formule ? Fébrilement, il se mit à recopier les lettres en commençant par la fin.

D'un coup, la formule devint lisible.

AUG-GAU-GCG-AAU-GGU-GAG-CGU-UAA-AUG-A
GU-TUT-UGC-CGU-GCG-ACU-GAG-AGU-UAA-AUG
-AGU-TTT-CGU-GUU-GAG-ATT-CUC-CUC-GAG-UA
A-AUG-CGU-GAG-AAU-UGC-TUT-AAU-ACU-CGU-
GAG-UAA-AUG-GCG-GUU-GAG-UGC-UAA-AUG-U
GC-TUT-AAU-UCC-TTT-UGC-ATT-TTT-AGU-UAA-A
UG-GCG-AAU-AAU-TTT-CUC-GAG-UAA-AUG-GCG
-GAU-TUT-CAA-UAC-GAG-GAG-CGU-UAA-AUG-U
UA-CUC-GCG-AAU-UAA-AUG-UAC-CGU-TUT-ATT-
AGU-UAA-UGA

Seul un biologiste habitué aux règles de la transcription biochimique avait une chance de s'apercevoir qu'il était nécessaire de retourner toute la formule. Le sens de la permutation était également évident : le dernier triplet retourné se transformait en codon déclencheur — GUA donnait AUG —, tandis que le premier formait un codon d'arrêt — AGU donnait UGA ! Milner avait même doublé les codons d'arrêt de la fin du message — juxtaposant UAA à UGA. Finalement, il avait utilisé une permutation en miroir comme premier niveau de cryptage !

Verne commençait à s'amuser. Il se souvint du rêve qu'il avait fait quelques jours plus tôt, où il avait également été question de reproduction en miroir, à propos d'un verset reproduit à l'identique sur chacune des deux pages de la Bible ouverte devant Marie, dans l'Annonciation du *Retable* d'Issenheim. En souriant, il se demanda si Milner aurait parlé de prémonition. Probablement pas, ce terme ne faisant pas partie de son vocabulaire. Mais, là aussi, on pouvait évoquer l'inversion du temps, qui se réfléchissait comme dans un miroir.

Poursuivant son travail de décryptage, Verne ne

voyait pas passer l'heure. Il ne lui fallut pas longtemps pour découper le texte en séquences commençant toutes par le même codon déclencheur — AUG —, et se terminant par un codon d'arrêt — UAA —, différent de celui qu'avait utilisé Milner pour terminer son texte.

AUG-GAU-GCG-AAU-GGU-GAG-CGU-UAA
AUG-AGU-TUT-UGC-CGU-GCG-ACU-GAG-AGU-UAA
AUG-AGU-TTT-CGU-GUU-GAG-ATT-CUC-CUC-GAG-UAA
AUG-CGU-GAG-AAU-UGC-TUT-AAU-ACU-CGU-GAG-UAA
AUG-GCG-GUU-GAG-UGC-UAA
AUG-UDC-TUT-AAU-UCC-TTT-UGC-ATT-TTT-AGU-UAA
AUG-GCG-AAU-AAU-TTT-CUC-GAG-UAA
AUG-GCG-GAU-TUT-CAA-UAC-GAG-GAG-CGU-UAA
AUG-UUA-CUC-GCG-AAU-UAA
AUG-UAC-CGU-TUT-ATT-AGU-UAA-UGA

Une demi-heure plus tard, il avait pris la décision de laisser momentanément de côté les triplets contenant un T, et avait inscrit sous chaque triplet « normal », pour une séquence d'ARN, les noms abrégés des acides aminés correspondants. Autrement dit, seuls les triplets « anormaux » et les triplets « non-sens » constituant la « ponctuation » des séquences n'avaient aucun nom d'acide aminé en exergue.

AUG-GAU-GCG-AAU-GGU-GAG-CGU-UAA
Asp Ala Aspn Gly Glu Arg
AUG-AGU-TUT-UGC-CGU-GCG-ACU-GAG-AGU-UAA.
Ser Cys Arg Ala Thr Glu Ser
AUG-AGU-TTT-CGU-GUU-GAG-ATT-CUC-CUC-GAG-UAA.
Ser Arg Val Glu Leu Leu Glu
AUG-CGU-GAG-AAU-UGC-TUT-AAU-ACU-CGU-GAG-UAA
Arg Glu Aspn Cys Aspn Thr Arg Gl
AUG-GCG-GUU-GAG-UGC-UAA
Ala Val Glu Cys
AUG-UGC-TUT-AAU-UCG-TTT-UGC-ATT-TTT-AGU-UA
Cys Aspn Ser Cys Ser

AUG-GCG-AAU-AAU-TTT-CUC-GAG-UAA
Ala Aspn Aspn Leu Glu
AUG-GCG-GAU-TUT-CCA-UAC-GAG-GAG-CGU-UAA
Phe Asp . Pro Tyr Glu Glu Arg
AUG-UUA-CUC-GCG-AAU-UAA.
Phe Leu Arg Aspn
AUG-UAC-CGU-TUT-ATT-AGU-UAA-UGA.
Tyr Arg Ser

Restait à trouver la signification que Milner avait voulu donner à cette accumulation de noms chimiques pour le moins barbare. En quoi l'asparagine — Aspn —, ou la phényl-alanine — Phe —, ou encore la tyrosine — Tyr — pouvaient-elles être porteuses d'une signification différente de celle qui leur était habituellement attribuée en chimie? D'autre part, le problème des triplets munis d'un ou plusieurs T restait entier. Pourquoi Milner n'avait-il pas utilisé le symbole U à la place du T, ce qui aurait été conforme à la biochimie — la Thymine étant la seule des quatre bases entrant dans la composition de l'ADN, qui se changeât en Uracile par déméthylisation, pour passer à l'ARN? Pourquoi cette erreur systématique?

Elle avait indéniablement eu un avantage : celle de mettre Verne sur la voie du cryptage adopté par Milner. Mais cela n'était pas suffisant pour expliquer ce mélange incongru.

Verne pouvait toujours essayer de mettre un U à la place d'un T. Ainsi TTT devenait UUU, c'est-à-dire la phényl-alanine, au même titre que UUA — les vingt acides aminés existant dans la nature se partageant en fait les soixante-quatre triplets théoriquement possibles, ce qui faisait plusieurs « synonymes ». Cela fait, la simple juxtaposition des premières lettres des acides aminés — G pour glutamine, ou L pour lysine — ne donnait pas grand-chose.

Pris d'une inspiration, Verne se souvint que chaque acide aminé possédait une lettre-symbole internationale. Il répéta l'opération précédente :

AUG-GAU-GCG-AAU-GGU-GAG-CGU-UAA
d a n g e r
AUG-AGU-UUU-UGC-CGU-GCG-ACU-GAG-AGU-UAA.
s f c r a t e s
AUG-AGU-UUU-CGU-GUU-GAG-AUU-CUC-CUC-GAG-UAA.
s f r v e i l l e
AUG-CGU-GAG-AAU-UGC-UUU-AAU-ACU-CGU-GAG-UAA
r e n c f n t r e
AUG-GCG-GUU-GAG-UGC-UAA
a v e c
AUG-UGC-UUU-AAU-UCC-UUU-UGC-AUU-UUU-AGU-UAA
c f n f f c i f s
AUG-GCG-AAU-AAU-UUU-CUC-GAG-GAG-UAA
a n n f l e e
AUG-GCG-GAU-UUU-CCA-UAC-GAG-CGU-UAA.
a d f p t e r
AUG-UUA-CUC-GCG-AAU-UAA.
p l a n
AUG-UAC-CGU-UUU-AUU-AGU-UAA-UGA.
t r f i s

danger
sfcrates
sfrveille
rencfntre
avec
cfnffcifs
annflee
adfpter
plan
trfis

Verne avait terminé son travail le cœur battant, sachant depuis le premier mot que la partie était gagnée. Le texte qu'il avait maintenant devant les yeux était pratiquement clair. Milner avait poussé le vice jusqu'à coder son message en français — autre signe montrant que le vieil homme s'adressait tout autant, sinon plus, à Verne qu'à sa destinaire chinoise !

Verne comprenait maintenant pourquoi il avait utilisé des triplets munis de T : il n'y avait en effet aucun acide aminé dont le symbole fut un *o*. Chaque fois qu'il avait eu besoin d'un *o*, Milner avait écrit TUT, qui ne voulait en effet rien dire dans une formule d'ARN. Même chose pour le *u* : il avait dans ce cas écrit trois T. En remplaçant les T par des U, Verne avait créé une équivalence entre TUT et TTT. Dans les deux cas, en effet, les deux triplets donnaient UUU, soit la phényl-alanine, dont le symbole était un f. En remplaçant les f par des u ou des o quand cela se révélait nécessaire, Verne obtenait enfin le texte français, dans toute sa clarté :

« Danger — Socrates — surveillé — rencontre — avec — Confucius — annulée — adopter — plan — trois — »

Verne avait passé l'après-midi à décrypter le message. Ainsi, non seulement son ancien maître faisait partie de l'organisation Socrates, mais le rendez-vous projeté avec une autre organisation dénommée, elle, Confucius, devait être annulé, ou déplacé, pour cause de surveillance policière.

Par la volonté de Milner, Verne se trouvait mouillé jusqu'au cou dans une affaire aux implications imprévisibles.

Il allait avoir beaucoup de questions à poser à Mme Ban Zhao.

2

Angelhardt était entré dans une violente colère en apprenant que Tony Calabretta avait perdu la trace de René Verne deux heures à peine après l'arrivée du savant à Manhattan.

— Le savant s'est rendu directement à Central Station en taxi, avait précisé George Mattei, le lieutenant d'Angelhardt au faciès de boxeur.

— Et ensuite ?

— Tony a dit qu'il s'était envolé !

— Envolé ? avait hurlé Cœur d'Ange, au comble de la colère. Et puis quoi encore ? Maintenant, c'est un hélicoptère qu'il leur faudrait, pour assurer leurs filatures !

— Calme-toi, Angie, avait répondu Mattei. Ça ne sert à rien de t'énerver comme ça. On le retrouvera. Verne n'est pas loin.

— Qu'as-tu fait de Tony ?

— Je l'ai envoyé à Bogota par le premier avion. Paulo Salazar saura l'employer dans une de ses haciendas.

— Georgie, tu deviens soft. Tony a salopé son boulot, un point c'est tout. Un rat de laboratoire lui a damé le pion, et il t'a raconté des histoires !

— OK, Angie. On va mettre deux équipes sur l'affaire, et on va retrouver ton bonhomme. Quant à Tony, Caracas lui fera du bien. A moins que tu ne préfères ?...

— Non, ce serait trop facile. Qu'il en bave un bon coup !

Mais les recherches étaient demeurées vaines.

Pendant cinq jours, le yacht était resté à quai dans Manhattan, au cas où Verne se serait décidé à réapparaître pour subir une intervention NOX.

Malgré le scepticisme d'Angelhardt, Mattei avait tenu à placer un guet en face du bâtiment des Nations Unies. Mais la seule chose qu'il en avait tiré était que le FBI avait eu la même idée, ce qui avait au moins eu l'avantage de prouver que Verne n'était pas tombé entre les mains du lieutenant Betty Shrine et de ses acolytes.

Pendant cinq jours, Verne avait été l'homme le plus recherché de New York. Finalement, Angelhardt avait conclu que le savant avait réussi à pénétrer dans les bâtiments de l'ONU dès le premier jour.

C'est dans cette atmosphère de déconfiture que, sur le point de quitter New York pour retourner dans l'Ouest, Cœur d'Ange avait reçu un message de Roxbury, l'invitant à se rendre dans le Connecticut, le lendemain mercredi, à l'heure du déjeuner.

La limousine blindée qui était venue le chercher venait de quitter l'Interstate 84 en direction de Brookfield.

Le mafioso était nerveux. Il n'était pas revenu à Roxbury depuis deux ans. La dernière fois, Marcello Cavani lui avait donné des nouvelles d'Isabella et de ses deux fils. L'aîné faisait des études de droit à Milan, et le cadet fréquentait la Chigiana de Sienne, où il apprenait le violoncelle. Quant à Isabella, elle continuait à vivre à Donnalucata, un petit village sur la côte sud de la Sicile.

Elle s'était calmée : plus de crises de nerfs, ni de neuroleptiques. Elle fréquentait assidûment une amie d'enfance, qui était venue la rejoindre. Les deux femmes passaient le plus clair de leur temps à se promener en voiture dans la campagne des alentours, sous la surveillance des hommes de Salvoni.

Angelhardt avait envie d'un verre de whisky. Il se reprocha d'avoir quitté Manhattan sans avoir pris la peine d'emporter une bouteille. Ses yeux suivaient le défilé des hêtres décharnés qui formaient un mur gris-brun de part et d'autre de la route. Il ne se souvenait pas d'avoir connu un hiver aussi froid. En fait, il n'avait qu'une idée : retourner vers la chaleur californienne.

Une nouvelle fois, il se demanda si on l'autoriserait un jour à rendre visite à sa femme. Douze ans qu'il ne l'avait pas revue ! Ce n'était pas le cas de ses fils, qui étaient venus passer l'été aux Etats-Unis, deux ans plus tôt. L'aîné, Peter, avait insisté pour demeurer en Amérique. Il voulait étudier le droit international à l'université de Harvard. Mais son grand-père en avait décidé autrement. Quant à John, il ne rêvait que d'une chose : faire carrière comme soliste dans les grandes capitales européennes. Il se désintéressait complètement des Etats-Unis et de son père.

La voiture passa le long d'un petit lac gelé. Une curieuse maison de tôle en forme de champignon s'élevait de l'autre côté, au milieu des arbres. Une fumée blanche montait de la cheminée. Comme chaque fois qu'il avait emprunté cette route, Angelhardt pensa à une maison de nains qu'il avait vue, enfant, dans un dessin animé de Walt Disney. A l'intérieur, il savait que deux hommes suivaient la progression de la voiture sur des écrans témoins, depuis qu'elle avait franchi le carrefour dit du Pinetree. L'entrée de Gordon Heights, la maison de don Thomas Capecchi, l'un des Padroni de la Mafia des Etats-Unis, n'était plus très loin.

La limousine s'arrêta devant un portail en bois blanc qui se prolongeait le long de la route par une barrière du même style. Lucio klaxonna. La portière s'ouvrit presque aussitôt. La voiture redémarra silencieusement, et s'engagea sur une route privée, qui s'enfonçait sur plusieurs kilomètres à travers bois, jusqu'à atteindre le sommet de Gordon Heights, la colline où s'élevait la maison de don Capecchi.

Angelhardt jeta un coup d'œil sur l'immense sculpture en métal rouge vif, pareille à un monstre fabuleux de plusieurs mètres de haut, qui se dressait sur sa gauche dans une clairière entourée de hêtres. Marcello lui avait raconté un jour que son créateur, un artiste nommé Calder, avait vécu dans la région au siècle dernier. A sa mort, son jardin était littéralement rempli de ces sculptures titanesques que le monde entier s'était arrachées pour des sommes astronomiques.

Quinze minutes plus tard, la voiture débouchait sur un terre-plein ovale couvert de neige, qui s'étendait devant une immense maison de deux étages peinte en blanc. Une véranda en demi-cercle, décorée de colonnes graciles, invitait les visiteurs à se diriger vers l'entrée principale, une porte-fenêtre vitrée.

Lucio fit signe à Angelhardt de ne pas quitter son siège. Mais ce dernier n'avait pas bougé : il connaissait les us et coutumes de Gordon Heights.

Débouchant de la maison, deux hommes vêtus de stricts costumes anthracite apparurent sur le terre-plein. L'un d'eux vint ouvrir la portière de la limousine, pendant que l'autre se plaçait à l'arrière, de manière à surveiller Angelhardt.

— Veuillez me suivre, dit l'homme qui tenait la portière.

Encadré par les deux hommes, Angelhardt pénétra dans la maison par une porte latérale. Il savait qu'en entrant il passait sous un portique de détection d'armes dissimulé dans l'huisserie de la porte.

Le vaste hall d'entrée, dallé de marbre noir et blanc étincelant, était décoré de glaces somptueuses.

Angelhardt enleva son pardessus en plastech, qu'il confia à l'un des deux gardes du corps. L'autre lui ouvrit l'une des nombreuses portes donnant dans le hall.

Le salon était luxueusement meublé dans les matières les plus modernes : titane, plastech, basalte... Négligeant les toiles abstraites multicolores accrochées aux murs, le mafioso s'approcha de la baie vitrée qui ouvrait sur le jardin, derrière la maison.

La vue portait jusqu'à l'horizon sur une suite ininterrompue de collines couvertes de forêts sombres. Aucune autre construction n'était visible. Le jardin couvert de neige, où se dressaient d'immenses arbres centenaires, descendait en pente douce jusqu'à un étang. En été, il resplendissait de fleurs.

Angelhardt gardait le souvenir des soirées qu'il avait passées dans ce lieu, une vingtaine d'années plus tôt, avec Isabella. Les deux amants se retrouvaient secrètement dans le parc au milieu de la nuit, pendant que leurs amis continuaient à se baigner dans l'étang. Un jour, Isabella avait avoué à son père qu'elle était enceinte. Cette nuit-là, les hommes du Padrino étaient allés chercher Angelhardt au *Piccadilly*, une boîte de Soho où il avait l'habitude de passer une partie de la nuit. Pendant trois jours, Cœur d'Ange était resté enfermé sous bonne garde dans un appartement du quartier de « Little Italy ». Puis, exactement comme aujourd'hui, une limousine noire était venue le chercher, pour l'amener à Roxbury.

L'entretien avec don Capecchi n'avait duré que cinq minutes. La panique qui, pendant trois jours, n'avait pas quitté Angelhardt avait soudainement disparu. Il savait que s'il était convoqué à Gordon Heights, sa vie n'était plus en danger.

Le Padrino n'avait pas élevé la voix. Il n'avait posé qu'une seule question : à quel moment Angelhardt avait-il commencé à avoir des relations sexuelles avec sa fille Isabella ? Ce dernier n'avait pas hésité : cela s'était passé ici, à Gordon Heights, au cours d'une soirée que la jeune fille avait donnée pour fêter sa sortie du collège. Don Capecchi n'ayant fait aucune remarque, Angelhardt avait poussé un soupir de soulagement : Isabella avait tenu parole. Elle avait caché à son père les véritables circonstances de leur rencontre.

Avant de prendre congé, le Parrain n'avait ajouté que deux choses. Il avait d'abord tenu à préciser que, pour un authentique Sicilien, le fait que l'amant de sa fille fût d'origine allemande constituait une raison suffisante pour qu'il disparaisse à jamais de la circulation. Mais il avait appris, entre-temps, que la mère de Michael Angelhardt était d'origine piémontaise, ce qui constituait une circonstance atténuante. « Bien que le Piémont... », avait-il ajouté, sans terminer sa phrase.

Puis, après un moment de réflexion, il avait annoncé à Angelhardt que le mariage aurait lieu le mois suivant, et qu'ensuite, son futur gendre devrait se rendre à Los Angeles pour y devenir le bras droit de Richie Warshavsky, dit Warshow, qui dirigeait les affaires de la Mafia en Californie.

En quittant Gordon Heights, Angelhardt avait éprouvé une joie intense. Il se sentait vengé des humiliations subies depuis sa naissance, dans la banlieue de Chicago.

Par la suite, il était devenu indispensable à la Mafia. A la mort de Warshow, il avait pris sa place à la direction de la Californie. Isabella lui avait donné deux fils. La famille Angelhardt s'était installée dans une somptueuse demeure du quartier Bel'Air, à Los Angeles.

Une nuit, son destin avait à nouveau basculé. Le mafioso était rentré de Las Vegas sans prévenir, à deux heures du matin. Comme à son habitude, il était d'abord allé embrasser ses enfants. Lorsqu'il était ressorti de la chambre de son cadet, il avait trouvé Isabella en chemise de nuit, blafarde, debout dans le couloir. Elle avait essayé de lui dire quelque chose, mais un bruit provenant de la chambre à coucher avait attiré son attention. Il avait violemment repoussé sa femme, et s'était précipité dans le couloir, où il s'était retrouvé nez à nez avec John Bernardi, son lieutenant, son ami, encore en train de passer sa veste.

John n'avait pas esquissé un geste quand Cœur d'Ange avait sorti son Colt Magnum 45...

L'affaire avait été étouffée et s'était terminée par un non-lieu.

Deux mois plus tard, le Padrino s'était personnellement déplacé pour venir rendre visite à son gendre, dans sa nouvelle maison de Malibu. Il lui avait annoncé qu'Isabella s'était définitivement installée en Sicile, et que Cœur d'Ange ne la reverrait plus. Quant à ses fils, le problème serait reconsidéré à leur majorité.

Don Capecchi avait ajouté que la Cupola, l'instante dirigeante de la Mafia — don Capecchi était-il le « Capo dei Capi » ? même Angelhardt n'en savait rien... —, était satisfaite de son travail, et en particulier de la manière dont il avait traité l'affaire Sullivan. Il avait donc été choisi avec deux autres Padroni pour mener à bien les pourparlers avec la Mafia japonaise, dans le but de constituer un Cartel.

Puis, sur le point de partir, le Padrino avait soudain ajouté qu'Isabella lui avait avoué les véritables circonstances de sa rencontre avec Angelhardt. Cœur d'Ange était devenu livide. Cela s'était passé à Aspen...

— Vous l'avez emmenée dans votre chambre après lui avoir fait boire un verre de whisky mélangé à une drogue. Elle a mis trois jours à s'en remettre. Ça n'explique évidemment pas pourquoi elle a pris goût à un type comme vous. John Bernardi n'a été que le suivant sur la liste. Il y en a peut-être eu d'autres : vous lui avez montré la voie. Car vous êtes un salopard, Angelhardt. Vous m'avez menti, et je devrais vous supprimer. Pour l'instant, on me demande de vous laisser faire votre travail. Tant que vous nous serez utile, il ne vous arrivera rien. Mais le jour où on n'aura plus besoin de vous...

Le Padrino avait fait un geste du tranchant de la main, et était sorti sans ajouter un mot.

Depuis, Angelhardt ne l'avait pas revu. Mais il vivait dans la hantise du jour où don Capecchi déciderait qu'il était effectivement devenu inutile à la Mafia.

— Come stai, Michael ?

Angelhardt fit volte-face et se retrouva devant Marcello Cavani, l'âme damnée du Padrino, qu'il n'avait pas entendu entrer. Le mafioso n'avait pas changé. Un peu plus de rides, peut-être. Mais ses cheveux étaient toujours aussi noirs, et son maintien étonnamment droit, pour sa petite taille.

— Ça va, ça va, Marcy...

Ils s'étreignirent.

— Tu n'as pas changé, dit Marcello avec son fort accent des faubourgs de New York.

— Toi non plus, Marcy.

— Viens t'asseoir.

Marcello désignait deus fauteuils en plastech.

— Je voulais te demander... Tu as des nouvelles de Sicile? demanda Angelhardt une fois qu'ils se furent installés.

— Elles sont bonnes, ami. Tout va bien. Isa est en bonne santé. Je crois que Peter pourra venir s'installer aux Etats-Unis l'année prochaine.

— Quoi?

— Le « Godfather » a trouvé un poste pour lui. Je crois qu'il lui a pardonné d'être ton fils, Mike. Il est content de ton travail, tu sais.

Angelhardt lui lança un regard sceptique.

— Si, si. Il trouve que tu te débrouilles bien dans l'affaire des NOX. Nos amis d'Extrême-Orient ne jurent que par toi. Il faut dire qu'ils ont des affinités particulières avec les Allemands. En tout cas, plus qu'avec les Italiens.

Marcello sourit d'un air entendu. Angelhardt rit d'un air un peu forcé. Il se détendait. Sa dernière heure n'était pas encore arrivée.

— Il y a malheureusement cette affaire du savant français... Comment s'appelle-t-il déjà?

— Verne. René Verne, répondit Angelhardt, peu dupe des soudaines difficultés de mémoire du mafioso.

— C'est ça, René Verne. C'est très embêtant, sa disparition à New York. Mais peut-être l'as-tu retrouvé?

— Non, pas encore.

— Dommage. Ce Verne devrait jouer un rôle important dans nos recherches pour trouver un accord avec Socrates.

Marcello Cavani se tut, et prit un air rêveur.

— Marcy...

— Oui, ami?

— Sais-tu ce que me veut le Padrino?

Cavani regarda Angelhardt d'un air surpris.

— Comment? Tu ne sais pas? Mais...

A cet instant, la porte s'ouvrit, et un garde du corps apparut.

— Don Capecchi vous attend, dit l'homme.

Angelhardt se leva aussitôt et jeta un regard désolé vers Cavani. Il aurait donné cher pour connaître les paroles qu'allait prononcer le principal lieutenant du Padrino.

Angelhardt suivit le garde du corps au premier étage. Il était impressionné. C'était la première fois que le Padrino le recevait dans la partie privée de la maison.

Le garde du corps frappa à une petite porte qui s'ouvrit aussitôt.

Angelhardt se retrouva dans une antichambre à peine éclairée, en compagnie d'un homme assis, sans doute un autre garde du corps. Après s'être accoutumé à la pénombre, Angelhardt s'aperçut que l'homme, qui semblait âgé, ne le quittait pas des yeux. Cœur d'Ange lui sourit. L'homme ne cilla pas. L'atmosphère commençait à devenir irrespirable lorsque, sans avoir dit un mot, l'homme se leva et frappa deux coups brefs à la porte. Une voix répondit. Angelhardt reconnut la voix du Padrino.

En entrant, la première chose qui frappa Angelhardt fut la petite taille de la pièce. La lumière provenant d'une unique fenêtre était tamisée par un store.

Assis devant son bureau, le Padrino était enveloppé dans une vieille robe de chambre, les pieds dans des chaussettes.

Il tourna la tête dès qu'il entendit Cœur d'Ange entrer.

— Ah! C'est vous, Angelhardt! Prenez ce tabouret. J'en ai pour une minute.

Il se retourna et replongea dans son travail.

Surpris, Angelhardt s'assit derrière don Capecchi, qu'il voyait de trois quarts arrière

N'ayant jamais rencontré le Padrino autrement que vêtu d'un costume de flanelle grise, cravate et pochette assorties, les cheveux lisses peignés au millimètre, il n'arrivait pas à se faire à l'idée de le voir en robe de chambre, les cheveux ébouriffés, les pieds dans des chaussettes.

Le Padrino, peut-être « il Capo di tutti Capi », en chaussettes !

Il regarda autour de lui. Les murs étaient entièrement recouverts de livres. Le bureau ancien, en bois précieux, était appuyé contre un mur, la fenêtre donnant sur le côté droit. En face de don Capecchi, une quantité invraisemblable de papiers annotés, ainsi que des cartes postales reproduisant des peintures célèbres, étaient épinglées sur un tableau en liège. Sur le bureau, le fouillis était tout aussi grand. Deux livres étaient ouverts. Des feuilles de papier remplis d'une écriture fine s'étalaient sur le plan de travail. Manifestement, le Padrino était en train d'écrire un livre.

Don Capecchi se retourna enfin.

— Voilà, j'ai fini. Mais vous en faites une tête !

— Padrino. Excusez-moi, c'est la surprise. Je ne m'attendais pas à vous voir aujourd'hui.

Il sortit de sa poche un mouchoir et s'essuya le front.

— Vous avez raison. Il fait chaud ici. Mais j'ai besoin d'avoir chaud quand j'écris.

— Vous écrivez ?

— Oui, j'écris un essai sur *L'Ethique*, de Spinoza. Vous connaissez ?

— Heu...

— Non, évidemment. C'est très intéressant. Vous m'excuserez de vous recevoir ici, mais j'en suis aux dernières pages, et je ne veux pas perdre trop de temps

— Mais, évidemment.

— Qu'avez-vous fait de René Verne ?

— Padrino, il ne faut pas m'en vouloir. C'est Tony Calabretta qui...

— Je sais tout ça. Vous ne l'avez pas retrouvé ?

— Non, Padrino. Mais je le retrouverai !

— Dans ce cas, arrêtez vos recherches. Je veux que vous vous concentriez sur nos amis de Washington DC. Vous allez retourner là-bas, et reprendre contact avec Howard Black. Je suis persuadé qu'il est en train de manigancer quelque chose.

— Mais, Padrino, je l'ai vu il y a quelques jours ! Il a promis de nous laisser tranquilles avec l'opération NOX. Il a l'intention d'attirer l'attention du public sur notre trafic d'alcool, de façon à nous laisser le champ libre.

— Oui, mais je n'en crois pas un mot. Que vous a-t-il dit, exactement ?

— Il m'a dit qu'il allait nous faire quelques ennuis avec l'alcool, mais qu'il ne toucherait pas au NOX, tant qu'aucun bruit ne courrait sur les circonstances de la disparition du président Glen Monroe.

— Il est malin. Il veut nous rendre responsables de la moindre rumeur. Et Claudia Lombardi ?

— C'était donnant-donnant. Il voulait qu'on l'en débarrasse.

— Et il a confié le FBBS à cette fille... Comment s'appelle-t-elle déjà ?

Décidément, on perdait beaucoup la mémoire à Gordon Heights.

— Annabelle Weaver.

— C'est ça. Annabelle Weaver. Une maligne, celle-là. Il doit avoir un plan.

Don Capecchi se tut quelques secondes.

— Savez-vous quand ont lieu les prochaines élections présidentielles ? demanda-t-il soudain.

— L'année prochaine. En novembre 2016.

— Exactement. Elisabeth Hughes ne se représentera pas. Elle termine son dernier mandat. Or Howard Black veut rester à la tête du FBI. Il n'a pas investi toutes ces années d'efforts et de travail pour les perdre au profit d'un quelconque démocrate. Il est probablement déjà en train de négocier sa place avec le successeur de la Présidente. Avec qui ? Le vice-président Knight, le sénateur Dahl, ou Cleary ? Vous ne le savez pas plus que moi. Mais Black, lui, le sait. Il sait qui sera le prochain candidat. Imaginez maintenant que le bruit se répande qu'une partie de l'Administration républicaine est mouillée dans la disparition du président Glen Monroe, pourtant républicain lui-même. Imaginez seulement. Même sans preuves... Qu'est-ce qui risque de se passer ?

— Aucun candidat républicain n'aura plus une chance d'être élu.

— Exactement. Black coule, mais le candidat républicain coule avec lui. Dans le cas contraire, si le candidat est élu, il tient le futur Président. C'est un malin, ce Black !

— Incroyable, Padrino !

— Pour lui, le seul problème, c'est nous. Sans nous mettre en cause, nous pouvons répandre des bruits concernant la mort de Glen Monroe suffisamment précis pour rendre l'atmosphère irrespirable pour le candidat du parti républicain. C'est ce qu'il craint. C'est sans doute la raison pour laquelle il a accepté l'opération NOX. Il a besoin de notre silence. Pour l'instant. Car quand le futur Président sera élu... Vous voyez ce que je veux dire ?

— Nous n'aurons plus aucun moyen de pression sur lui !

— Exactement. Il pourra dire que ce sont des racontars. Autrement dit, Black va contre-attaquer, disons en 2017. Ça nous laisse deux ans pour réussir l'opération NOX. Deux ans pendant lesquels il ne bougera pas. A moins...

— A moins ?

— A moins que, d'ici là, il trouve un moyen de provoquer un mouvement populaire de grande envergure contre les NOX.

— Et comment s'y prendrait-il ?

— Je ne sais pas encore. A vous de le surveiller. Retournez à Washington et restez-y. Je veux un rapport toutes les semaines.

— Bien, Padrino. C'est tout ?

— Oui. Au revoir, Angelhardt.

Don Capecchi se retourna vers son bureau.

Angelhardt sortit de la pièce.

Avec un immense soulagement, il se dit qu'il lui restait au moins deux ans à vivre.

Quelques minutes plus tard, on frappait à nouveau à la porte. Marcello Cavani entra dans le bureau de don Capecchi, suivi du vieux garde du corps qui avait introduit Angelhardt.

— Qu'en pensez-vous, don Facciotti, demanda le Padrino au vieil homme, d'une voix empreinte de respect.

— J'ai très bien entendu, dit le vieil homme, d'une voix faible. Il est fatigué, don Capecchi. Il est prêt à nous trahir, s'il en trouve le moyen. Il faut nous en débarrasser.

— Je suis de votre avis, répondit don Capecchi. Il faut trouver quelqu'un pour le remplacer dans nos rapports avec Black. Peut-être..., ajouta-t-il en regardant Cavani.

— Comme vous voudrez, Padrino.

— Nous verrons. Quant à Verne, il est toujours au *Gramercy Park?*

— Oui, Padrino.

— Dites à Ramon Saltillo qu'il ramasse tout ce qui traîne dans la chambre : les papiers dans la corbeille, etc. Tout ce que Verne a utilisé pour travailler sur le message de Milner. D'après Jeff Simon, il est maintenant prêt à entrer en contact avec nous pour se débarrasser de son Aspic. C'est bien ce qu'il a dit ?

— Oui, Padrino. Hier, au téléphone.

— Très bien. L'affaire est sur les rails. Il mettra encore quelques jours. Après, nous le tiendrons. Cela dit, j'aimerais bien savoir ce qu'il va faire avec cette Chinoise. Allez vous reposer, don Facciotti, je vous verrai tout à l'heure.

Le vieil homme sortit de la pièce.

Marcello Cavani s'apprêta à le suivre.

— Cavani, demanda alors don Capecchi, comment m'avez-vous dit que Jess Simon se faisait appeler dans le Réseau ?

— Hannibal, répondit Marcello, avec un sourire.

— C'est ça, Hannibal. Ce n'est pas mal trouvé ! A tout à l'heure.

Don Capecchi se retourna vers son bureau, et se replongea dans son traité de philosophie.

Chapitre 18

1

Le chauffeur de la « Marx Food Incorporated » ouvrit la cabine arrière du camion de livraison. Devant Verne s'étendait un immense entrepôt souterrain où s'entassait une quantité invraisemblable de marchandises attendant leur affectation dans les étages de la Conference Building de l'ONU. Deux employés en bleu de travail commencèrent immédiatement à décharger les caisses entassées dans le camion à l'aide d'un monte-charge autotracté, sans marquer la moindre surprise quand ils virent apparaître Verne. Le savant n'était manifestement pas le premier à choisir cette voie clandestine pour pénétrer dans l'enceinte de l'ONU.

Verne sauta du camion.

Un homme vêtu d'un costume gris de fonctionnaire s'approcha de lui.

— Professeur Verne ?

— Oui, c'est moi.

— Je suis Stephen Clark. Je suis chargé de vous accompagner auprès de M. Pierre Orsini. Veuillez m'excuser...

D'un geste précis, il épingla un badge au revers du savant.

— Si vous voulez bien me suivre, ajouta-t-il, en désignant le fond du hall. Nous allons prendre l'ascenseur.

Verne eut l'impression de déboucher dans une ruche en pleine activité. Précédé de son guide, il suivit un couloir jusqu'à une porte décorée d'une plaque de cuivre gravé : « Pierre Orsini, porte-parole du secrétaire général des Nations Unies. »

A peine les deux hommes étaient-ils entrés dans l'antichambre du bureau qu'une porte vitrée s'ouvrait à la volée. Un homme d'une cinquantaine d'années à moitié chauve, en manches de chemise, la cravate défaite, jaillit dans la pièce. A la vue des deux hommes, il fit une grimace.

— Qu'est-ce que vous foutez là? demanda-t-il à Clark, dans un anglais teinté d'un fort accent français.

— Mais, monsieur Orsini, c'est le savant...

L'expression d'Orsini changea aussitôt.

— Mais, bien sûr, où avais-je la tête? s'exclama-t-il, en tendant la main à Verne, un large sourire sur les lèvres. Professeur René Verne? Pierre Orsini. Je suis le porte-parole du secrétaire général de cette vénérable maison, dit-il en français. Enchanté de faire votre connaissance!

— Moi de même, répondit Verne, en lui serrant la main, content de rencontrer un ancien compatriote.

— Entrez dans mon bureau. Je suis à vous dans une minute. Le Conseil de sécurité siège toujours. C'est une calamité!

Le bureau était dans un désordre indescriptible : des bouteilles de cola-coke, des verres, de multiples postes téléphoniques traînaient sur la table au milieu de papiers éparpillés. L'unique fenêtre donnait directement sur la perspective de la 43e Rue, qui traverse Manhattan de part en part vers l'ouest, jusqu'à l'Hudson River. Derrière le bureau, une affiche épinglée au mur représentait la baie d'Ajaccio.

Verne s'assit dans l'un des deux sièges réservés aux visiteurs.

— Excusez le désordre, dit Pierre Orsini en refermant la porte.

Il s'installa en face du savant.

Avec son air débraillé, et son regard ironique, Verne trouvait Orsini plutôt sympathique.

— Expliquez-moi tout ce remue-ménage, demanda-t-il au fonctionnaire des Nations Unies. Y a-t-il de mauvaises nouvelles ?

— Cela dure depuis une semaine. Je dois dire que nous vivons des circonstances un peu exceptionnelles. Vous avez peut-être entendu parler des accusations de l'URSS contre la Turquie. C'est au tour d'Ankara d'être suspectée d'organiser les énièmes émeutes agitant les pays d'Asie centrale.

— J'en ai entendu parler.

— Eh bien, les Cinq Grands, plus les non-permanents du Conseil — actuellement l'Albanie, le Brésil et la Thaïlande —, s'étripent en réunion depuis deux jours. L'Europe Unie, les Anglais à leur tête — la France est dans l'obligation de suivre l'Angleterre, bien que, dans cette affaire, elle aurait sans doute préféré s'abstenir —, a pris le parti des Russes, alors que les Américains soutiennent la Turquie. Après tout, elle fait toujours partie de l'OTAN, ou de ce qu'il en reste, depuis que les Européens l'ont quittée. Ça se produit de plus en plus souvent, soit dit en passant...

— Que voulez-vous dire ?

— ... de voir les Européens soutenir les Russes et s'opposer aux Américains.

— Ça n'a jamais empêché les Américains et les Russes de s'entendre.

— C'est même exactement l'inverse. Rappelez-vous le sommet de Stockholm, et le duo de Hughes et de Tcherniakov. Il n'y a que les Européens pour croire qu'ils peuvent encore jouer de l'opposition entre les deux ex-Grands. Depuis que les yankees ont retiré aux Anglais leurs licences de fabrication des armes atomiques, ces derniers poussent systématiquement la CE à prendre les positions de plus en plus anti-américaines. Quant aux Chinois, ils n'interviennent pas, pour l'instant tout au moins. Ces derniers temps, ils joueraient même un rôle plutôt modérateur. Ça durera tant que le Japon n'entrera pas dans la bagarre. A ce moment-là, tout le monde sera d'accord pour leur tomber dessus ! Mais vous savez tout ça aussi bien que moi. Excusez-moi de vous parler boutique.

— Mais pas du tout. Je suis très intéressé.

— Je tiens à ce que vous sachiez combien je suis content de faire votre connaissance, professeur Verne. D'ailleurs, nous avons failli nous rencontrer, il y a une dizaine de jours. J'ai appris que vous étiez parti comme une fusée.

— Une obligation...

— Heureusement, il semble que des raisons tout aussi impératives vous ramènent dans notre cher New York !

— Exactement, dit Verne, que la faconde du porte-parole de l'ONU amusait. Vous êtes d'Ajaccio ?

— Ah ! Vous avez remarqué mon affiche. Vous connaissez la Corse ? C'est mon pays, en effet. Napoléon, Tino Rossi, et tutti quanti. Et vous, vous êtes alsacien, m'a-t-on dit ?

— A peu de choses près.

A cet instant, le téléphone sonna. Pierre Orsini répondit rapidement, et raccrocha.

— Je viens de parler avec le Dr Ann Van Bricken, de l'Office mondial de la santé. Vous la connaissez ?

— De réputation. Où en est la campagne de l'OMS contre la quarantaine des « pays rouges » ?

— C'est précisément la raison pour laquelle votre consœur vient à New York. Elle est chargée par Genève de convaincre l'Assemblée générale de voter la fin de la quarantaine des pays rouges, dits « de première nécessité », qui refusent la résolution 1257 du Conseil de Sécurité.

— Qu'est-ce que cette histoire ?

— Vous savez peut-être que les pays classés « rouges » sont ceux où la progression du FS dépasse 20 % par an, et qui refusent le contrôle des implantations d'Aspics ou de Laïkas par l'OMS. En conséquence, ils sont soumis à une quarantaine très stricte de la part de la communauté internationale, portant sur les personnes et sur les biens.

— Oui. Cela dure depuis un an.

— Depuis décembre 2013, exactement. Eh bien, l'OMS essaye par tous les moyens de changer cette politique à courte vue, c'est le moins que l'on puisse dire. Pour essayer d'assouplir la position de l'Assemblée générale, il a décidé de subdiviser les Rouges en pays de première et de deuxième nécessité. L'Office a pris en considération le niveau de vie, le PNB, etc. En gros, les « rouges de première N », comme on les appelle ici — « First N Reds » en anglais —, sont formés par les pays d'Afrique, dont le PNB par tête d'habitant est situé en dessous de trois cents unités internationales. Quant aux « rouges de deuxième N » — « Second N Reds » —, ils regroupent tous les autres pays refusant la résolution 1257, pour des raisons religieuses, idéologiques, etc. Dix-huit pays sont aujourd'hui concernés, ce qui est énorme. Après des mois de campagne, l'OMS a enfin réussi a obtenir l'accord du Conseil — et du secrétaire général — pour que, le cas échéant, la quarantaine des « rouges de première N » soit stoppée pour raisons humanitaires. Mais le Conseil a émis un préalable : que l'Assemblée générale adopte cette suspension. Vous me suivez?

— Très bien. On peut comprendre le refus de l'OMS de souscrire à l'augmentation des difficultés des pays déjà lourdement frappés par le FS!

— Ça se comprend, en effet! Malheureusement, la croisade de l'Office pour les « rouges de première N » a peu de chances d'être adoptée. Tant que la courbe des décès continuera à grimper, la grande majorité des Etats continuera à voter contre le réaménagement de la résolution 1257. C'est un cercle vicieux : l'OMS veut qu'on laisse les Africains se débrouiller comme ils l'entendent sur leur territoire. Les Africains ne font en effet aucune objection de principe contre les implants, mais ils veulent en avoir le contrôle. C'est pour eux une question de principe. Ils disent que leurs services sont aussi qualifiés que le FBBS pour mener à bien cette tâche. Mais la majorité de l'Assemblée générale n'a pas confiance dans leur volonté de procéder réellement à l'implantation des Aspics, en particulier à cause de l'impopularité dramatique que cette mesure rencontre dans les populations africaines. Elle continue donc d'exiger que le contrôle soit supervisé par l'Office mondial de la santé. Au fond, les « rouges de première N » veulent être traités comme des pays développés, alors qu'ils n'en ont pas les moyens. Pourtant, politiquement, leur position se justifie parfaitement, et elle est conforme à l'éthique internationale !

— Malheureusement, l'éthique politique et le FS ne font pas bon ménage.

— Exactement. En revanche, le problème que posent à la communauté internationale les « rouges de deuxième N » est, lui, réellement politique !

— Vous voulez parler des théocraties.

— En gros. Il y a les pays intégristes catholiques, et leur mouvement du retour à « Vatican I », comme la Pologne ; les hindous et leurs castes, qu'ils acceptent ou non les implantations ; certains pays d'obédience bouddhiste, bien que leurs positions soient plus tolérantes : pour eux, il s'agit avant tout d'un problème philosophique. Ils reconnaissent l'ampleur du problème, mais souhaitent le traiter d'une manière qui tienne compte des mythes et des croyances de leurs peuples. Il y a les chiites, qui ont trouvé une excellente occasion pour prôner une nouvelle guerre sainte : pour eux, l'Aspic est l'œuvre de Satan ; les sunnites qui, comme toujours, lâchent du lest... En fait, pour tous ces pays, le FS est du pain béni. Saviez-vous que l'attentat qui a ravagé le bâtiment des Nations unies à Genève a été revendiqué ?

— Par qui ?

— Par les Fanatiques de Dieu. Le mois dernier, l'Indonésie, à majorité sunnite, a pris parti pour la Guerre Sainte. Vous auriez vu l'expression du représentant de Djakarta, quand il est monté à la tribune pour annoncer que son pays se retirait du Comité biologique de contrôle de l'ONU. Manifestement, il avait lui-même du mal à avaler la couleuvre. Enfin... Pour les Indonésiens, il n'est plus question d'implants.

Djakarta a fermé les bureaux de l'OMS il y a un mois. Depuis, les Japonais parlent d'intervenir militairement, sous prétexte que leur population est menacée. Heureusement, personne ne veut entendre parler d'une guerre dans le Pacifique... sauf les Australiens, peut-être! Aux dernières nouvelles, ils soutiendraient les Japonais en sous-main, en échange de leur appui dans leur politique d'annexion larvée des îles du Pacifique.

— Je vois que la politique internationale est toujours aussi limpide!

— Heureusement, nous avons des experts, répondit ironiquement Orsini.

Ils se turent. Rêveur, Orsini dessinait des cercles concentriques sur une feuille de papier.

— Nous n'avons jamais eu un tel besoin de concertation, dit-il finalement. Pourtant, les Etats ne cessent de nous mettre les bâtons dans les roues.

— Ils ont peur, répondit Verne. Ils essayent de s'en tirer comme ils peuvent. C'est la vieille rengaine : chacun pour soi.

— Ils ont peur... ou ils s'en foutent! dit Orsini, hargneusement. Après moi, le déluge. C'est pourquoi l'initiative de Joseph Milner et de ses amis peut jouer un grand rôle pour la solidarité du monde.

— Vous voulez parler des recherches de Milner?

— Mais non! Je ne connais rien à la science.

Orsini se leva, et enfonça ses mains dans les poches.

— On ne m'avait pas trompé. Vous ne savez rien! Je dois dire que c'est assez étonnant. Ce n'est pas à moi de vous expliquer de quoi il s'agit. Il est d'ailleurs temps que vous vous rendiez à votre rendez-vous. J'ai réussi à joindre Mme Ban Zhao cette nuit, à son retour de Long Island. Elle sera ici dans... — il consulta sa montre — une demi-heure. Elle a proposé de vous retrouver au restaurant. Elle vous invite à prendre un breakfast.

— Vous êtes sûr? J'aurais aimé un peu plus de discrétion.

Pierre Orsini éclata de rire.

— Nous sommes dans une maison de verre, mon cher professeur. Soyez sûr qu'en ce moment, les bureaux centraux de la CIA, du KGB, de notre chère SGDE et de quelques autres, se demandent ce que le porte-parole du secrétaire général de l'ONU peut faire avec le professeur Verne. Ce que nous disons est sans doute en cours de transmission sous forme codée dans tous les coins de la planète! Mais je plaisante... La décision de votre collègue chinoise est tout à fait sage. On est beaucoup mieux protégé des indiscrétions dans une salle publique.

Le téléphone sonna à nouveau. Orsini répondit brièvement, et raccrocha.

— Ils sont enragés! La réunion du Conseil va sans doute continuer cet après-midi. Je dois aller retrouver le secrétaire général Juiang Kui. Je vais vous faire conduire à votre rendez-vous.

Il appela sa secrétaire par l'interphone.

2

Pendant les deux premières journées interminables passées dans la maison d'hôtes du *Pikes Canyon's Ranch* — un chalet en bois du plus pur style trappeur, perdu dans les sapins, dont les baies vitrées s'ouvraient sur le sommet bleuté haut de 4300 mètres de Pikes Peak —, Howard Black n'eut pas la moindre nouvelle de la Présidente.

Personne ne put le renseigner sur la raison pour laquelle « Liz » avait décidé de s'enfermer pendant deux jours dans sa résidence, située à quelques centaines de mètres seulement de la maison d'hôte, alors qu'elle avait convié plusieurs personnes à venir passer le week-end au ranch.

Black tua le temps en jouant au bridge avec les autres invités : la sous-secrétaire d'Etat au Trésor et son mari, Mr et Mrs Arnold Jones, et le rédacteur en chef de *USA Today*, Mr Edward Keene, qui, pas plus que le directeur du FBI, n'eurent la chance d'apercevoir la Présidente.

Enfin, le dimanche après-midi, comme Black se préparait à quitter le ranch, il reçut inopinément un appel téléphonique d'Elizabeth Hughes, le priant instamment de rester à *Pikes Canyon* jusqu'au lendemain lundi, pour l'accompagner dans une de ces promenades équestres qu'elle affectionnait, quelles que fussent les conditions météorologiques.

Malgré son horreur de la race chevaline, Black ne put qu'accepter.

Le lundi matin, à sept heures, Fred, l'un des gardes du corps de la Présidente, en tenue d'équitation de la tête aux pieds [illegible] bottes en plastoch noir, anorak matelassé bleu, oreillettes en laine jaune du plus bel effet... —, vint le chercher. La Présidente l'attendait, en selle sur son demi-sang alezan, accompagnée d'un deuxième garde du corps, également à cheval.

La matinée se passa à chevaucher à travers la magnifique région enneigée de Colorado Springs.

Bringuebalé sur Master, l'étalon bai de six ans qu'on s'obstinait à lui donner chaque fois qu'il accompagnait Elizabeth Hughes — et qui avait la particularité de rester obstinément collé à la croupe de Darling, la jument alezane de la Présidente —, il crut plusieurs fois sa dernière heure arrivée.

Mais le pire se produisit lorsqu'Elizabeth Hughes décida brusquement de quitter le chemin plus ou moins damé qu'ils suivaient au pas depuis une heure, pour couper directement à travers la forêt qui, à cet endroit, était en forte pente.

Le premier réflexe de Black fut de tirer sur les rênes pour retenir Master. L'étalon, comprenant que son cavalier cherchait à l'empêcher de suivre sa Darling, se cabra brusquement, hennit, et se précipita dans la pente, qu'il dévala en faisant des bonds fantastiques pour s'extirper de la neige qui lui arrivait jusqu'au poitrail.

La Présidente s'était arrêtée sous un érable pour admirer le spectacle de Black pendu au cou de l'étalon qui hennissait de plus belle. Parvenu à ses fins, Master s'arrêta net, ce qui permit enfin à Black de quitter la croupe de l'animal, mais dans les pires conditions.

En effet, son vol plané fut brutalement interrompu par une branche de l'arbre sous lequel la Présidente avait trouvé refuge. C'est ainsi que le directeur du FBI atterrit aux pieds de Darling, où il disparut presque entièrement dans la neige.

Sans doute serait-il mort étouffé, si Fred, le garde du corps de la Présidente, ne s'était précipité pour le tirer de ce mauvais pas, alors que retentissait le rire joyeux d'Elizabeth Hughes. Plus tard, Black devait se souvenir de son émoi au contact des bras robustes du jeune homme le sortant de sa prison gelée.

Couvert de contusions, Black termina la promenade sur le dos de Master — qui, depuis qu'il avait retrouvé sa place derrière la croupe rebondie de Darling, dont la queue brune venait régulièrement lui caresser le museau, était redevenu doux comme un agneau —, plongé dans une méditation morose.

En effet, un doute s'était glissé dans son esprit : Liz avait-elle agi volontairement en engageant sa jument dans la pente où l'avait suivie Master ? Savait-elle que l'étalon se précipiterait derrière Darling ? Malheureusement, la réponse ne pouvait faire de doute : la Présidente connaissait trop les chevaux pour ne pas avoir agi en connaissance de cause... Loin de le fâcher, cette pensée le plongeait dans une profonde perplexité qui ne prit fin qu'après qu'Elizabeth Hughes lui eut demandé, à la fin de la promenade, de venir la retrouver dans le salon de sa résidence.

Assis devant un feu de cheminée, dans le salon entièrement décoré de trophées de chasse, il dut attendre que la Présidente se fût changée, avant de la voir apparaître, dans l'éclat de la cinquantaine, habillée d'un ensemble souple en satin clair noué autour de la taille. Ses cheveux noirs, qu'elle portait en brosse comme la grande majorité des femmes de cette époque, accentuaient le caractère anguleux de ses traits, que tempérait un sourire ironique. Sa célébrité devait beaucoup à la vivacité et à l'intelligence de son regard gris.

Avec le charme redoutable dont elle était capable,

Hughes s'enquit de l'état de santé de Black, après sa chute malencontreuse. Elle s'excusa d'avoir disparu pendant tout le week-end — évoquant vaguement la situation internationale —, et aborda enfin le sujet qui devait apporter à Black quelques lumières sur l'étrangeté de son comportement.

— Cela fait combien de temps que nous nous connaissons, mon cher Black ? demanda-t-elle soudain.

— Vingt-neuf ans.

— C'est exact. A cette époque, vous étiez...

— ... attorney suppléant à la Cour suprême du District de Colombia.

— C'est cela. Et, par la même occasion, vous donniez des cours de droit à l'université George Washington, où je suis arrivée en 1989, nantie d'un « Master's degree » de l'université de Santa Fe. Vous vous souvenez ?

Black sourit, mais la tournure prise par la conversation n'avait fait qu'accentuer son inquiétude. C'était la première fois que Liz évoquait leur rencontre autrement que de manière allusive.

— Vous vous rappelez notre entrevue dans votre bureau, quand j'ai quitté l'université ?

— Vous partiez vous marier à New York.

— Oui, et je vous ai fait une promesse. Vous vous en souvenez ? Je vous ai dit : « Un jour, j'aurai besoin de vous. »

— Permettez-moi... Ce ne sont pas exactement les paroles que vous avez prononcées.

— Comment cela ?

— Vous m'avez dit : « Un jour, je ferai appel à vous », et non : « J'aurai besoin de vous. » Ce n'est pas tout à fait la même chose.

— Mais c'est la même chose ! répondit avec humeur la Présidente.

— Si vous le dites...

— Mais peu importe. Mon cher Black, je tenais tout particulièrement à évoquer aujourd'hui le souvenir de notre rencontre, et de notre pacte. Car il s'agit bien d'un pacte, n'est-ce pas ?

— Un pacte que vous avez tenu, en effet!
— Que voulez-vous dire?
— Vous avez effectivement fait appel à moi.
— Ne soyez pas impertinent. Je vous ai en effet confié l'une des situations les plus enviées et les plus prestigieuses de notre Administration, et l'un des postes clés du pouvoir. D'ailleurs, je ne cherche nullement à contester mon choix : vous êtes l'un de mes meilleurs collaborateurs, et celui sur lequel je puis toujours compter. N'est-ce pas, Black?
— En effet, madame la Présidente.
— Je n'en doute pas. C'est pourquoi, quand le sénateur Dahl m'a dit...
— Qui?
— Le sénateur James Arthur Dahl. Vous le connaissez?
— Bien sûr. J'ai cru que vous parliez du sénateur Male.
— Ce cul-terreux! Non, c'est bien de Dahl dont je parlais. Je l'ai rencontré jeudi dernier au cours d'une réception à l'ambassade de Suède. Cet excellent homme m'a demandé quelques minutes d'aparté, au cours desquelles il m'a annoncé, avec l'air important que vous lui connaissez, que, sauf objection de ma part, il avait l'intention de se présenter aux primaires des prochaines élections présidentielles. Il a enrobé son discours du bla-bla habituel : il attendrait mon avis, il espérait avoir mon soutien avant de faire connaître sa décision, etc. Je dois le revoir la semaine prochaine à la Maison Blanche avec Clark Crowe, qui vient d'être élu président du Comité national républicain au Congrès... Etiez-vous au courant?
— J'en ai en effet entendu parler.
— Ah bien! Et pourriez-vous m'expliquer pourquoi vous ne m'avez rien dit?
— Parce que je ne viens pas vous voir chaque fois que j'apprends quelque chose d'un homme politique! Il ne réussira d'ailleurs pas.
— Là n'est pas la question. J'ai appris, depuis, que vous l'avez rencontré à plusieurs reprises au sujet de cette candidature. Est-ce exact?

— C'est le cas, en effet! Mais qui...

— Je suppose que c'est l'effet du hasard!

— Non, pas du tout. J'ai également rencontré à ce sujet le vice-président Henri Knight, le gouverneur James Cleary, et j'ai l'intention de rencontrer tous les hommes politiques qui risquent de se présenter aux élections.

— Et vous ne me dites rien!

— Cela fait partie de mon travail, madame la Présidente... et de ma conception de mon service. Je vous en aurais parlé le moment venu.

— Eh bien, cela fait partie, ni de ma conception de votre travail, ni de la manière dont j'envisage votre service. Je souhaite que, dès demain, vous me fassiez parvenir un rapport détaillé sur les entretiens que vous avez eus à ce sujet avec chacun des trois hommes que vous venez d'évoquer. Il n'y en a pas eu d'autres?

— Non, madame la Présidente. Vous avez dit... par écrit?

— C'est cela. Par écrit.

— Bien. Vous l'aurez demain matin.

La Présidente se leva, manifestant que l'entretien était terminé.

Contenant mal sa fureur, Black la salua. Arrivé à la porte du salon, il se retourna :

— Madame la Présidente, il y a quelque chose que je voudrais vous dire.

— Ça ne peut pas attendre?

— Je ne pense pas.

— Eh bien, dites. Mais rapidement.

— Des échos sont arrivés en ma possession concernant les Italiens.

— Les Italiens?

— Ceux qui prétendent avoir des informations sur l'accident d'avion dans lequel le président Monroe a trouvé la mort.

— Mais je croyais cette affaire réglée! répondit la Présidente, avec une soudaine pointe d'inquiétude.

— Oui. Mais vous savez comment cela se passe. Les Italiens sont brusquement devenus plus exigeants. J'ai cru comprendre qu'ils ont l'intention de lancer un nouveau commerce ces prochains mois.

— Quelles sont vos intentions ?

— Je voulais précisément vous en parler ce week-end. Je pense que nous devons à tout prix éviter que des bruits ne circulent à propos de cette affaire. Cela ne serait sans doute pas pris très au sérieux par la presse, mais cela risquerait de mettre en cause le succès de la politique que vous menez depuis que vous assumez la charge suprême. Imaginez seulement que cela donne le petit coup de pouce nécessaire à l'élection du candidat démocrate ! Je pense, par exemple, au sénateur Harry Calwell.

— Où voulez-vous en venir, Black ? Ce que vous dites est évident ! Nous en avons déjà discuté mille fois.

— Heureusement, les contacts que j'ai conservés avec les Italiens me permettent, pour l'instant, de contrôler la situation. Question de stratégie. Ce que je voulais vous dire, puisque vous me posez la question, c'est que les entretiens que j'entreprends avec les futurs candidats de notre parti vont dans ce sens.

— C'est-à-dire ?

— Je veux m'assurer qu'ils resteront solidaires de notre Administration. Je pense que nous gagnerons les prochaines élections. Mais, même dans ce cas, nous devons nous assurer des intentions du futur candidat républicain, quel qu'il soit. Je connais des moyens pour cela. Cela dit, je voulais préciser à madame la Présidente que si elle n'est pas satisfaite de ma manière de mener mon service, je suis tout prêt...

— Je ne l'accepterai pas.

— Bien, dans ce cas... A demain, madame la Présidente.

— Black !

— Oui, madame la Présidente ?

— Vous prendrez *Air Force One* avec moi pour rentrer à Washington. Nous reparlerons de tout cela. Nous partons dans une heure.

— Oui, madame la Présidente.

Il sortit, avec la satisfaction d'avoir vu s'allumer, à la fin de l'entretien, une lueur d'inquiétude dans les célèbres yeux gris de la Présidente.

Songeur, il emprunta le chemin qui parcourait les quelques centaines de mètres séparant la résidence principale de la maison d'hôtes.

Il s'arrêta au bout de quelques pas, réalisant que c'était la première fois qu'il se trouvait seul à Pikes Canyon. En dehors de la Présidente, de Max, le serveur attitré de la résidence, et des deux gardes du corps qui les avaient accompagnés, il n'avait pas rencontré âme qui vive depuis le début de la matinée. Pourtant, il savait que le territoire du ranch était soumis à la surveillance la plus stricte. Des dizaines de policiers, accompagnés de chiens, gardaient les clôtures ; des rampes de fusées, servies par des militaires, étaient pointées vers le ciel, prêtes à abattre tout aéronef qui aurait la folie de survoler la propriété présidentielle...

Mais un silence impressionnant régnait sur le ranch. Pas un souffle n'agitait les sapins, les érables, et autres bouleaux qui se dressaient autour de lui comme autant de colonnes plantées dans la neige.

Il reprit sa marche avec un sentiment d'irréalité désagréable.

A cet instant, il remarqua un grand hangar en planches s'élevant au milieu des arbres. Une voiture tout-terrain était garée devant le bâtiment, d'où s'échappaient quelques bribes de musique.

Il s'approcha et jeta un coup d'œil par l'une des fenêtres du hangar.

Le spectacle qu'il découvrit le cloua sur place.

Au milieu d'une salle occupant tout le rez-de-chaussée du bâtiment, Fred et Nigel, les deux jeunes gardes du corps qui les avaient accompagnés, le matin même, à la promenade à cheval, dansaient l'un en face de l'autre, entièrement nus. La musique, que Black percevait distinctement, ressemblait à du jazz « cool » des années 1960. Au rythme de la musique, les deux hommes remuaient lentement leurs corps finement musclés, les bras tendus au-dessus de la tête, les yeux fermés.

De peur d'être découvert, Black fit un pas en arrière. Mais les danseurs semblaient complètement absorbés par le spectacle qu'ils se donnaient l'un à l'autre.

Fasciné, Black perdit la notion du temps. Il observa Fred s'approcher en dansant de Nigel. Peu à peu les deux hommes ralentissaient leurs mouvements.

Arrivés à quelques centimètres l'un de l'autre, ils tendirent la main au-dessus de leur Aspic, en formant un cercle avec le pouce et l'index.

Soudain, avec une violence inattendue, ils se saisirent à bras-le-corps, et se serrèrent l'un contre l'autre, s'immobilisant complètement.

Black sentit son cœur s'affoler. Jamais, devant aucune des scènes publiques qu'il avait guettées, il n'avait ressenti une telle excitation. Il réalisait que, pour la première fois, il avait l'occasion de surprendre une cérémonie d'Adorateurs du FS.

Il entendit distinctement Nigel pousser un cri et s'effondrer sur le sol.

— C'est la décharge aspique! murmura-t-il, d'une voix extatique.

Il vit Fred s'agenouiller près de son partenaire, lui saisir le sexe, et en approcher lentement sa bouche. Nigel était secoué de soubresauts nettement perceptibles. Soudain, au moment où les lèvres de Fred se posaient sur la verge nettement turgescente de son compagnon, il se plia en deux, et s'effondra près de Nigel...

Black revint lentement à lui et jeta un coup d'œil à sa montre. Il n'était resté que quelques minutes allongé dans la neige.

Il se leva, un goût de bile dans la bouche, et glissa à nouveau un regard dans le hangar. Les deux hommes semblaient endormis, l'un gisant sur le dos, l'autre sur le ventre, le bras de Fred passé en travers de la poitrine de Nigel.

Secoué par la nausée qui lui remontait du plus

profond de ses entrailles, Black s'éloigna dans la direction du chalet d'hôtes en titubant.

Marcher lui permit de retrouver ses esprits.

Quand il arriva au chalet, il n'avait plus qu'une idée : prendre la place de Nigel dans les bras de Fred.

3

Par la baie vitrée du restaurant, Verne apercevait l'immense perspective de l'East River, barrée au loin par la ligne élancée du pont de Queensboro. Un bateau chargé de containers remontait lentement le fleuve en direction du nord, longeant le jardin de l'ONU couvert de neige. Vers l'est, le soleil roux perçait la brume qui cachait l'enchevêtrement inextricable des rues du quartier de Queens.

Verne regarda autour de lui. Très peu de monde avait pris place autour de la vingtaine de tables largement espacées du restaurant. Le brouhaha feutré des conversations était à peine audible. Le petit déjeuner n'était pas une heure propice aux mondanités. A moins que les habitués ne fussent accaparés par la réunion du Conseil de sécurité dont lui avait parlé Orsini ?

Lorsque Ban Zhao apparut à l'entrée de la salle, Verne sut que c'était elle qu'il attendait.

Alors qu'elle marchait vers lui, le silence se fit dans la salle.

Etonnamment grande et souple, Ban Zhao était vêtue d'une longue robe chinoise en soie chamarrée vert et bleu, dont les reflets mordorés chatoyaient dans la lumière du matin. Ses pieds étaient chaussés de fins escarpins en cuir noir.

Décontenancé par cette apparition, Verne se leva gauchement.

Elle s'arrêta devant lui en souriant.

Elle était beaucoup plus âgée que ne le laissait supposer la souplesse juvénile de sa démarche. Son long cou orné d'un rang de perles était marqué de plis profonds, et ses yeux bridés entourés d'un fin réseau de rides. Avec son chignon haut perché, ses deux diamants piqués dans les lobes exceptionnellement longs de ses oreilles, son maquillage discret, elle évoquait étrangement une statue de Bouddha en porcelaine de l'époque Kin, pour laquelle il avait eu un coup au cœur, des années plus tôt, dans une exposition d'œuvres chinoises classiques au Grand Palais de Paris. Etudiant, il avait longtemps conservé une affiche en couleurs reproduisant le visage hiératique du Bouddha qu'il avait trouvée par hasard chez un bouquiniste des quais de la Seine.

— Professeur Verne ?

Son accent indéfinissable ne faisait qu'accentuer son charme. Ses lèvres, étonnamment pleines et sensuelles, contrastaient avec la finesse de ses traits.

— C'est moi. Je vous en prie, asseyez-vous.

Chacun des gestes de la Chinoise témoignait du plaisir qu'elle semblait éprouver à se mouvoir. Elle agissait comme si les objets — la table, le fauteuil... — n'avaient été créés que pour lui donner l'occasion de les découvrir.

Verne était impressionné par la séduction qui se dégageait d'elle. A aucun moment, cependant, il n'avait l'impression qu'elle cherchait à l'attirer dans un jeu conventionnel. Au contraire, il était persuadé que ses gestes avaient la même fervente précision lorsqu'elle était seule. Elle mouvait ses longs bras avec une souplesse irréelle, la tête penchée, comme à l'écoute de ses pensées.

Verne se sentit gagné par une légère euphorie, trouvant dans la beauté de Ban Zhao une sorte de grandeur métaphysique.

Ils commandèrent deux breakfasts continentaux. Puis Ban Zhao reprit la parole.

— Le professeur Joseph Milner m'a beaucoup parlé de vous, monsieur Verne.

— Vous le connaissiez ?

— Je n'ai pas eu l'occasion de le voir souvent, mais j'ai le sentiment de l'avoir bien connu. Vous étiez très liés, n'est-ce pas ?

— Il y a quelques années, quand il habitait les Etats-Unis. Depuis, je l'ai perdu de vue.

— Vous avez su...

— Les circonstances de sa disparition me sont insupportables. C'est le monde actuel qu'il ne supportait plus.

— Vous pensez que c'est la raison de son suicide ?

— Ce n'est pas votre avis ?

— Je n'en suis pas sûre. Il pensait peut-être qu'il avait fait son temps.

— Mais il a renoncé. Il a tout abandonné.

— Vous êtes en colère. Vous lui en voulez beaucoup ?

— Oui.

— Il y a un âge où on a le droit de renoncer. C'est peut-être la preuve que l'on a vraiment vécu...

Verne trouvait révoltante cette idée du suicide comme solution à la difficulté de vieillir. En outre, évoquant l'abandon de Milner, il savait qu'il accusait implicitement son vieux maître de lâcheté.

Pourtant, il était dérouté par le calme qu'il éprouvait en parlant avec cette femme étonnante. Cela lui rappelait certains moments privilégiés qu'il avait connus avec les quelques hommes dont il cultivait l'amitié. Mais il était sensible à la féminité de Ban Zhao, à sa sensualité retenue, sans ressentir pour autant l'impatience si particulière qui était attachée au souvenir de Clara. En fait, il découvrait le plaisir singulier de converser sans arrière-pensées avec une femme dont la maturité et l'épanouissement le fascinaient.

La regardant verser le café dans leurs deux tasses, il observait l'extrême précision avec laquelle la Chinoise effectuait son geste. Son aisance, plus que son élégance même, en disait long sur le travail qu'elle avait dû accomplir pour atteindre une telle perfection du geste : l'avant-bras était légèrement penché, le poignet à peine plié, la main tenait l'anse du broc sans la moindre crispation, chaque doigt ayant naturellement trouvé sa place. Verne avait l'impression étrange que cette femme dirigeait le mouvement des choses, tel le jet bouillant du café, autant avec son esprit qu'avec son corps.

Il attendit qu'elle eût reposé le broc et tourné sa tasse de façon à ce qu'il puisse la saisir par l'anse pour reprendre la parole.

— De quelle région êtes-vous? demanda-t-il.

— Je suis d'origine pékinoise. Je suis née l'année de la prise de pouvoir des communistes.

Il lui fallut quelques secondes pour saisir le sens de ce qu'il venait d'entendre. La révolution chinoise datait de 1949. Ban Zhao avait... soixante-six ans!

Il prit un air tellement ahuri qu'elle éclata de rire.

— Je présume que vous venez de calculer mon âge! J'ai en effet plus de soixante-cinq ans. J'ai deux enfants, qui sont eux-mêmes déjà grands-parents. Mon mari est mort l'année dernière. Peut-être avez-vous entendu parler de lui : Ban Lushan. Il était physicien. Il a poursuivi les travaux de Stephen Hawking sur les trous noirs cosmiques. Il a démontré que les trous noirs émettent un rayonnement, bien qu'on ait longtemps cru que c'était impossible.

— Tout le monde a entendu parler du rayonnement de Ban Lushan.

— Je l'ai connu à Taïwan, où j'ai vécu près de quarante ans. J'ai quitté la Chine continentale avec ma famille à cinq ans, au début des années 50. Mon père était écrivain. Impossible pour lui de vivre dans la Chine de Mao. J'y suis retournée avec mon mari en 1996, à l'époque de la réconciliation entre les deux Chines.

— Et que faites-vous? demanda Verne. Milner m'a écrit que vous étiez biologiste.

— Pas exactement, bien que je travaille dans le laboratoire de recherche biologique de l'université de Pékin. En fait, mon travail concerne plus les chercheurs que la recherche elle-même!

— Vous êtes psychologue?

Ban Zhao sourit.

— Non, pas du tout. Concrètement, mon travail consiste à tenir les annales du laboratoire.

— Les annales? Vous voulez parler du registre des expériences?

— Cela en fait effectivement partie. Mais mon objectif est beaucoup plus ambitieux. En fait, je rédige l'histoire du laboratoire. Je tiens les archives, non seulement des expériences scientifiques, de leur conception à leur réalisation, mais également des rapports entre les chercheurs, de leurs questions, de leurs discussions... Je suis une observatrice chargée de faire en permanence la synthèse de ce qui se passe dans le labo. En ce sens, mon champ d'expérimentation est sans limites. Chacun est censé collaborer avec moi et me faire part de ses réflexions, de ses observations. C'est un travail qui passionne tout le monde. Mais il s'agit d'autre chose que d'un intérêt purement littéraire. Il n'a de sens que dans la mesure où chacun a pu constater son extrême utilité dans l'avancement de nos recherches.

— Ce que vous racontez est stupéfiant. Je me demande comment personne n'a encore eu cette idée chez nous. Avez-vous déjà publié des conclusions? Quand avez-vous commencé cette expérience?

— En 1999. Vous réagissez exactement comme Joseph Milner quand il est venu à Pékin.

— Il est allé vous voir en Chine?

— Oui, il y a deux ans. Il est resté une semaine. C'est la seule fois où je l'aie rencontré. Il m'a fait une très forte impression. Il disait que ce dispositif était l'un des premiers exemples concrets de ce qu'il pressentait depuis longtemps sur la nécessité de reconsidérer entièrement les fondements de la recherche scientifique. Quant aux publications, nous en avons proposé plusieurs à *Science*, à *Nature*, à *Lancet*... Mais leurs comités de rédaction les ont refusées, considérant que nous avions un point de vue trop subjectif.

— Quelle est la spécialité de votre laboratoire?

— Nous travaillons sur le FS, comme votre Institut.

Les révélations de Ban Zhao plongeaient Verne dans une perplexité infinie.

— Vos notes influencent-elles directement les

scientifiques dans leur recherche ? Excusez mon insistance, mais ce que vous me racontez m'intéresse prodigieusement.

— Ne vous excusez pas. Votre intérêt est plutôt flatteur. Oui, je pense que mon travail a influencé certains des chercheurs du laboratoire dans leur travail, ainsi que dans leurs résultats. Comprenez-moi bien : il ne s'agit pas pour moi d'écrire avec plus ou moins de bonheur l'histoire d'un laboratoire, mais d'agir de telle sorte que des sources de réflexion et de sensibilité a priori différentes puissent se rencontrer. Comment vous dire... En un sens, je fais un travail d'écrivain.

— Que voulez-vous dire ?

— Mes collaborateurs participent à l'écriture de mes textes dans la mesure où ils en sont les lecteurs actifs et assidus. Nous invitons régulièrement des personnalités de toute obédience à les lire, à donner leur avis, leurs suggestions... Ainsi, chaque membre de l'équipe du laboratoire est non seulement concerné par ce que j'écris, mais y participe activement.

— Existe-t-il en Chine d'autres centres de recherche pratiquant cette méthode ?

— Nos conceptions sont en train de se répandre. Pour l'instant, le gouvernement nous laisse tranquilles. Mais une enquête administrative est en cours depuis quelques mois, et je dois avouer que nous sommes assez inquiets.

— Vous risquez quelque chose ?

— On n'est jamais sûr de rien, avec l'administration. Notre méthode de travail engendre une multitude de contacts entre les laboratoires et les grandes structures de recherche, dont l'enjeu échappe aux pouvoirs publics. Ils ne comprennent pas le véritable enjeu de ces échanges. Pour un esprit soupçonneux, cela peut facilement ressembler à une entreprise subversive. Nos registres ont déjà fait l'objet de plusieurs visites nocturnes.

— C'est tout de même étrange que je n'en aie jamais entendu parler !

La Chinoise sourit.
— Je ne trouve pas cela surprenant.
— Comment cela?
— Je pense que les soupçons de l'administration traversent les frontières. Non qu'il existe à ce sujet un véritable accord entre gouvernements. Pas encore... Bien qu'à cet égard, la réunion des ministres de l'Intérieur qui vient de se tenir à Washington soit inquiétante. Pour le moment, la résistance aux changements que nous préconisons reste sournoise et diffuse. Notre méthode de travail entraîne un changement radical dans le rapport que le chercheur entretient avec l'objet même de sa recherche — ce qui, pour l'instant, n'inquiète pas trop les pouvoirs publics, tant que le but théorique des travaux n'est pas remis en cause —, mais aussi avec les structures administratives. Selon leur logique politique, les Etats ne peuvent que chercher à nous barrer la route à plus ou moins longue échéance. Nous vivons dans une ère où la liberté de penser n'est qu'une fiction. Voyez les incroyables pressions — et par conséquent les compromissions — qui pèsent sur les actes des scientifiques et sur leurs conséquences — les attributions de postes, de crédits, etc. En revanche, si un chercheur estime qu'un travail comme le mien peut l'aider dans ses travaux, que cela peut contribuer à dévoiler, sinon à expliquer des événements biologiques incompréhensibles, eh bien, cela prouve aussi qu'un changement radical est en cours dans son mode de pensée, dans son rapport avec le réel. Et ce simple fait appelle sans doute une réaction négative des pouvoirs constitués, un combat. Or, ce combat est justement notre objectif et celui de Socrates.
— Nous y sommes...
— Bien sûr!

Ban Zhao expliqua à Verne que son travail était un exemple, parmi d'autres, de la révision actuelle des origines de la civilisation rendue nécessaire par l'impasse dans laquelle l'humanité se trouvait plongée depuis l'épidémie de FS. La collusion conservatrice des pouvoirs établis, à travers la planète, n'en était que le résultat le plus visible. Elle était une réaction de peur devant la perte des outils intellectuels qui, normalement, auraient dû permettre de penser les événements, et non de les subir. Les religions avaient lamentablement échoué dans leur prétention à s'ériger en gardiennes des sources de la spiritualité humaine. Ce gâchis était le résultat d'une série vertigineuse de renoncements d'ordre esthétique, philosophique et éthique, engendrés par la légèreté des hommes devant les progrès de la science. Tout se passait comme si le progrès avait provisoirement déchargé les hommes de leur vigilance à l'égard de la complexité des événements, de leurs sens multiples, insaisissables, pour les faire adhérer à un credo unique. Aujourd'hui, ils payaient le prix de leurs renoncements.

— ... Je dirais volontiers que le réel se venge. Si nous voulons survivre, il va nous falloir remonter la pente. C'est notre devoir de scientifiques. L'expérience que j'ai acquise grâce à ce travail me persuade que l'essentiel, à notre niveau, consiste à traquer les traces de ces fourvoiements en nous-même, dans nos habitudes mentales plus encore que dans les protocoles expérimentaux ou les théories qui les fondent.

— Selon vous, il n'y aurait pas de coupure entre la personne du scientifique et l'objet qu'il étudie, que ce soit un virus ou une roue de bicyclette !

— Exactement. Etant bien entendu qu'il n'y a pas de rapport de causalité stricte entre les deux instances. Il ne s'agit pas de décrire le comportement d'un rétrovirus en fonction du fait que le chercheur qui l'observe a mal à la tête !

— J'avais compris, dit Verne en souriant. Je reconnais là une partie des thèses de Milner. Peut-être n'y ai-je pas suffisamment réfléchi. Il me manquait une méthodologie, un cadre expérimental comme le vôtre. J'avais l'impression d'avoir affaire à des positions mystiques mal digérées par Milner lui-même !

— Ce n'est pas un problème simple, mon cher professeur.

— Sûrement pas. Mais pouvez-vous me parler de Confucius ?

— C'est le pendant chinois de Socrates. Une association composée de personnalités intellectuelles et artistiques qui se réunissent dans tout le pays pour approfondir la réflexion sur la crise de la recherche scientifique, et trouver des solutions pratiques, comme celle de notre laboratoire. Voilà. Vous savez presque tout. Nous n'excluons aucune piste. Actuellement, nous examinons les grands mythes fondateurs de notre civilisation. Nous cherchons à évaluer de quelle manière ils modèlent notre vision du monde. Comme vous le savez, la civilisation chinoise doit beaucoup au confucianisme, au taoïsme et au bouddhisme ch'an qui ont constitué les sources de notre culture millénaire. Mais nous n'oublions pas pour autant le marxisme, dont vous connaissez le rôle prépondérant au cours du XXe siècle. Aujourd'hui, deux aberrations triomphent dans le monde, contre lesquelles nous luttons de toutes nos forces : l'une, qui consiste à croire que le progrès de l'humanité se résume au progrès de la science, l'autre qui prétend que le progrès scientifique se résume à l'accumulation de ses résultats matériels. Vous pouvez donc imaginer notre joie lorsque nous avons découvert l'existence de Socrates en Occident. Depuis, nous cherchons par tous les moyens à garder le contact. Mais les conditions politiques nationales et internationales nous obligent à prendre certaines précautions.

Verne se demanda si Ban Zhao était au courant du fait qu'il ne savait rien de Socrates.

— Je voudrais vous poser une question personnelle, dit-il brusquement. J'aimerais savoir d'où vous est venue votre vocation. Quel est votre itinéraire? Qu'est-ce qui vous a amenée à faire ce travail d'écrivain de laboratoire?

Ban Zhao semblait hésiter a répondre.

— Je crois que beaucoup de choses sont en train de changer pour moi, ajouta-t-il, sans très bien savoir pourquoi.

Il avait l'impression de s'être jeté à l'eau.

— C'est bien possible, en effet, répondit la

Chinoise avec un sourire. Et c'est bien volontiers que je réponds à votre question. A l'origine, j'ai eu une formation de professeur de peinture et d'histoire de l'art. Chez nous, l'un ne va pas sans l'autre. Puis, j'ai fait une thèse sur le peintre classique Shitao, que je considère comme l'un de mes maîtres. Vous en avez entendu parler ?

— Le moine Citrouille-Amère ? Bien sûr ! J'ai lu son *Traité sur la peinture* quand j'étais étudiant. Je me souviens d'une chose, en particulier : il écrit quelque part que l'activité du peintre ne consiste pas à imiter la nature, mais à reproduire l'acte même par lequel la nature crée. Cet aphorisme m'a beaucoup impressionné à l'époque.

— Je suis très impressionnée moi aussi, répondit Ban Zhao. Je ne pensais pas que vous connaîtriez ce peintre et théoricien. Il y a probablement peu d'hommes de science, en Occident, qui sauraient parler de Citrouille-Amère.

— Ce n'est rien.

— Mais ne croyez pas ça ! Je comprends de mieux en mieux l'estime où vous tenait Joseph Milner.

— Ce que vous dites me fait plaisir.

Verne eut du mal à contenir son émotion.

— Pour en revenir à Shitao, dit Ban Zhao, qui feignit de n'avoir rien remarqué, il est de ceux qui ont le mieux démontré la proximité qui existe pour les Chinois entre la peinture et l'écriture. Cela concerne en particulier la poésie. Ce qui n'est pas évident pour vous, Occidentaux. Il est vrai que vous ne possédez pas notre merveilleuse écriture idéographique. Pour Shitao, un peintre ne fait rien d'autre qu'écrire avec un pinceau et de l'encre. En chinois d'ailleurs, le caractère signifiant « peindre » signifie également « écrire ». Tout cela pour vous dire qu'étant devenue une assez bonne calligraphe, c'est tout naturellement que je me suis mise à l'écriture. Mes débuts dans un laboratoire de biologie se sont faits un peu par hasard. Immédiatement, j'ai été passionnée par le travail des chercheurs, et j'ai entrepris des études de biologie, tout en travaillant dans le laboratoire comme simple laborantine. Pour me rendre utile, j'ai également commencé ce travail d'écrivain. J'aurais sans doute choisi de peindre des scènes du laboratoire pour égayer mes collaborateurs, si le directeur ne m'avait, d'un mot, convaincue d'écrire. Je n'ai plus cessé depuis.

— Vous êtes donc la première à exercer votre art dans un laboratoire ?

— De cette façon, oui. Mais je me situe tout de même dans une tradition. Le hasard a voulu que je porte le même nom que la première annaliste de mon pays. Vous connaissez la misogynie de la société chinoise. L'écriture, traditionnellement, était considérée comme une activité masculine. Or Ban Zhao — Zhao veut dire « rayon de soleil » — vivait au premier siècle après Jésus-Christ, sous la dynastie des Han. Son frère Ban Gu possédait la charge d'annaliste attitré de la dynastie régnante. A la suite de sa mort prématurée, sa sœur l'a remplacé, pour que la charge d'annaliste ne soit pas perdue par sa famille. Ainsi Ban Zhao devint-elle la première femme écrivain connue en Chine, la première à avoir transformé la tenue des Annales de la Cour en une véritable histoire analytique. Elle est également l'auteur d'un *Traité sur les femmes* qui l'a rendue célèbre. Vous voyez, le destin...

— Je vous remercie de ce que vous m'avez appris sur vous, dit Verne avec cérémonie.

Il jeta un regard autour de lui, et sortit de la poche avant de sa chemise le message de Milner, qu'il avait recopié sur une feuille de papier. Il le posa sur la table, et mit sa main par-dessus.

— Vous savez, je pense, que je dois vous remettre un message..

— ... de la part de Milner.

— C'est ça.

Elle regardait la feuille.

— Je connais le contenu, murmura Verne.

— Comment ?

— J'ai décrypté le message de Milner. Il vous

adresse une formule d'ARN fausse, qui concerne un rendez-vous entre Socrates et Confucius !

Ban Zhao resta interdite.

— Et comment vous y êtes-vous pris? demanda-t-elle finalement.

En quelques mots, Verne lui expliqua comment il avait remarqué des erreurs dans la transcription symbolique de la formule, et comment il avait décodé une formule sur laquelle les spécialistes s'étaient cassé les dents. Il raconta son entrée forcée dans la clandestinité, pourchassé qu'il était par le FBBS et la Mafia qui, tous deux, voulaient découvrir le sens du message.

Ban Zhao n'eut pas l'air surprise d'apprendre qu'il était recherché par les services de l'Administration fédérale. Par contre, le fait que la Mafia fût mêlée à l'affaire la laissa perplexe. Verne lui rapporta le propos d'Angelhardt concernant les NOX, et son désir d'entrer en contact avec Socrates pour « faire une affaire ».

Le savant fut abasourdi par la réaction de Ban Zhao.

— Ce que vous m'apprenez me ravit. Sachez qu'à l'université de Pékin nous expérimentons depuis deux ans les NOX du docteur Sozo Kawakami, et qu'ils sont parfaitement au point ! Evidemment, personne n'est officiellement au courant. Mais j'ai la conviction que le gouvernement nous laisse agir. Vous savez peut-être que la position de la Chine, en ce qui concerne les implantations, n'est pas aussi claire qu'elle y paraît. Probablement un reste de notre vieux scepticisme bouddhique.

— Mais... il s'agit d'un trafic organisé par une organisation criminelle !

— Je reconnais bien là l'idéaliste que vous êtes. Et quand bien même? Nous sommes engagés dans une guerre dont les résultats sont aussi incertains que l'étaient ceux de la bataille contre l'axe germano-japonais au XXe siècle. Que les NOX fassent l'objet d'un trafic ne me gêne pas outre mesure. Je suis persuadée, en revanche, que les implants ont un impact négatif sur la personnalité des hommes — et donc, sur celle des femmes! —, et que cet effet déborde largement la question de l'inhibition des fonctions sexuelles. C'est psychologique, ou physiologique, comme vous voudrez. Leurs capacités les plus nobles sont atteintes, telles leurs facultés d'invention, qui impliquent en particulier la possibilité renouvelée de transgresser les tabous. Vous savez, plus un seul membre de Confucius ne porte d'Aspic.

— Vous voulez dire que dans votre laboratoire...

— Tous nos collaborateurs de sexe masculin portent aujourd'hui un NOX, répéta-t-elle avec force. Cette décision a joué un rôle considérable dans le changement d'atmosphère que nous avons obtenu dans notre laboratoire.

— Et ils ont...

Verne hésita à poursuivre.

— En prenant certaines précautions, ils ont en effet des relations sexuelles.

Puis, après un silence :

— C'est également mon cas, ajouta-t-elle d'une voix soudain incertaine.

Verne était bouleversé.

Ils restèrent un moment silencieux, assis l'un en face de l'autre, dans la lumière dorée de cette fin de matinée d'hiver new-yorkaise.

— Je pense que nous allons devoir nous séparer, dit-elle soudain.

— Je crois, en effet. Je voulais vous dire...

— Oui?

— J'aimerais que vous sachiez que vous pouvez compter sur moi... Je veux dire pour Socrates.

— J'espérais cette réponse, répondit Ban Zhao.

Elle ouvrit son sac à main, sortit un papier plié qu'elle tendit à Verne, et prit celui qui contenait la formule.

— Voici le numéro de téléphone de notre contact à New York, dit-elle. Cette personne attend votre appel ce soir.

— Ce soir?

— Oui. Pourquoi perdre du temps? Encore un

mot : dès que nous nous serons quittés, vous vous rendrez au vingt-deuxième étage, où se trouve le bureau de notre délégation. Vous demanderez Shen Xi. Vous vous rappellerez?

— Oui. Shen Xi.

— Très bien. Il vous fera sortir de l'ONU par la voiture diplomatique. Voilà. Nous nous sommes dit beaucoup de choses.

Elle posa sa main sur la sienne.

— Adieu, mon ami. Je ne crois pas que nous nous reverrons. Je suis heureuse de vous avoir rencontré.

— Adieu, Ban Zhao. Que Dieu vous garde.

Verne garda longuement les yeux fixés sur l'entrée du restaurant d'où Ban Zhao venait de lui adresser un dernier geste d'adieu de la main avant de disparaître.

Troisième Partie

DEUX MOIS PLUS TARD

Chapitre 19

1

Dans la deuxième quinzaine du mois de mars 2015, la présidente des Etats-Unis Elizabeth D. Hughes réunit à trois reprises le Cabinet du gouvernement dans le « bureau de crise » de la Maison Blanche, pour adopter une position définitive à l'égard de la grande manifestation du 20 avril. L'idée qu'elle allait peut-être devoir assister au rassemblement, dans sa capitale, de plusieurs centaines de milliers de personnes vociférant contre son Administration lui était très pénible.

Sa première impulsion, après avoir pris connaissance du « Deuxième appel du Groupe de Boston », avait été d'interdire la manifestation, comme le lui avaient suggéré plusieurs de ses conseillers personnels — en particulier le directeur du FBI Howard Black —, en vertu des pouvoirs étendus que lui donnait la loi Fuchs, quand il s'agissait de « causes, événements, actions de toutes sortes, organisations, publications, films, émissions de télévision, afférents à l'épidémie de Fièvre Spermatique, dit Feu Sacré, aussi longtemps que ladite épidémie continuera de sévir à un échelon national, et qu'un traitement spécifique n'aura pas entravé, sinon stoppé, sa prolifération endémique ».

Néanmoins, elle était consciente que cette position lui faisait prendre un risque politique considérable, dans la mesure où elle s'opposait à l'une des plus vieilles traditions américaines : le droit de manifester pacifiquement ses opinions sur la voie publique.

Ses conseillers personnels, le Cabinet, et les membres du NSC – le National Security Council – étaient tout aussi partagés qu'elle.

Lassée de leurs tergiversations, Hughes se laissa peu à peu séduire par la proposition du secrétaire d'Etat à la Marine, l'amiral Bernard J. Anderson, qui, en accord avec le chef d'état-major des Armées, le général C. Ibbetson, et le commandant des marines, le général Alfred D. Roy, lui avait conseillé, dès les premiers jours, d'autoriser la manifestation, à la condition de confier au corps des marines de la base de Stafford de soin d'assurer l'ordre dans la capitale. « Le déploiement des forces armées aura un effet autrement plus dissuasif que l'interdiction de la manifestation », ne cessait de répéter le secrétaire d'Etat. En outre, il voyait un avantage incontestable à assurer le succès du rassemblement : l'Administration Hughes trouvait ainsi une occasion inespérée de démontrer son esprit de tolérance et son sens de l'équité face au pays tout entier.

Dans le débat qui s'était instauré au sein du Cabinet, l'amiral avait trouvé un allié en la personne de l'attorney général Harris Taylor qui, en désaccord avec le directeur du FBI Howard Black, craignait par-dessus tout que le rassemblement ne dégénérât. Une manifestation bien encadrée valait mille fois mieux qu'une émeute.

En revanche, le vice-président Henry Knight et le reste du Cabinet pensaient qu'il valait mieux interdire le rassemblement, même s'il était nécessaire de barrer les voies d'accès à la capitale pendant une semaine entière.

C'est au cours d'une réunion du NSC que Michael Palmer, le directeur de la CIA, trouva l'argument qui devait définitivement convaincre la Présidente : reprenant, sans le savoir, les raisons qu'avait invoquées Annabelle Weaver dans une récente conversation avec

Howard Black, il soutint qu'une interdiction risquait d'avoir pour conséquence paradoxale d'assurer une victoire du Réseau, dans la mesure où l'opinion l'interpréterait comme une provocation du pouvoir. A un an et demi de l'élection présidentielle, un tel faux pas pouvait se révéler désastreux.

C'est ainsi que le 24 mars, le porte-parole de la Maison Blanche déclarait à la presse que la grande manifestation, appelée par le soi-disant « Groupe de Boston » pour le 20 avril dans la capital fédérale, était autorisée à la suite d'une décision personnelle de la présidente des Etats-Unis.

2

Clara s'assit par terre, le dos appuyé contre le lit. Cette fois, sa chute avait été amortie par la couverture qu'elle avait étalée sur le sol avant de s'endormir. Depuis que Weaver avait décidé de laisser allumé en permanence le scialytique de sa cellule — en fait, c'était un véritable projecteur —, elle tombait régulièrement de sa couchette.

La pièce — un cube sans fenêtres d'une vingtaine de mètres carrés — était entièrement couverte de carrelage blanc. Cette blancheur éblouissante n'était tempérée que par deux bandes parallèles bleu marine, de dix centimètres de large chacune, qui faisaient le tour de la pièce, du sol au plafond.

Un mois plus tôt, quand on l'avait enfermée dans sa cellule, elle avait eu l'impression d'entrer dans une immense boîte entourée par deux rubans, qu'elle aurait vus de l'intérieur en transparence.

Dans un coin de sa geôle se trouvait la salle de bains : une cuvette sans rabattant pour ses besoins intimes, un lavabo surmonté d'une glace minuscule — dans laquelle elle ne pouvait voir qu'une partie de son visage —, une douche — un simple pommeau accroché au mur, dont l'eau s'évacuait directement par un trou ménagé dans le sol —, qui ne fonctionnait que lorsqu'une petite lampe verte s'allumait à côté du pommeau. Clara vivait dans la terreur d'être endormie au moment du signal, qu'elle passait son temps à surveiller pour ne pas manquer les cinq minutes d'eau qui lui étaient octroyées. Sinon, elle devait à nouveau attendre, elle ne savait jamais combien de temps. Aussitôt qu'elle voyait la petite lampe s'allumer, elle arrachait ses vêtements — un chemisier et un pantalon en plastech blanc qu'elle portait à même la peau — et, avec un soulagement indicible, se précipitait sous l'eau.

Elle avait remarqué que la caméra de surveillance pivotait sur son axe pour la suivre dans ses ablutions. En fait, il n'y avait pas un seul endroit, dans sa cellule, où elle puisse se protéger de l'œil électronique. Parfois, elle imaginait les flics du FBBS en train de l'observer pendant qu'elle prenait sa douche, ou dans des moments encore plus intimes.

Les premiers temps de son incarcération, elle attendait que le scialytique soit éteint, bien qu'elle fût convaincue que ses persécuteurs continuaient de l'observer à la lumière infrarouge. Mais, depuis que la lampe restait allumée nuit et jour, elle agissait, par défi, comme si la caméra n'existait pas.

La jeune femme se leva péniblement, et alla s'installer sur la cuvette hygiénique. Elle jeta un coup d'œil sur l'horloge qui se trouvait au-dessus de sa couchette — deux aiguilles bleues fixées directement sur le mur, sans aucune marque pour indiquer les heures. Il était six heures moins vingt, mais elle ne savait pas si l'heure était celle du jour ou de la nuit. Elle avait perdu la notion du temps quelques jours après avoir été enfermée dans cette prison ultra-moderne. L'horloge ne mesurait qu'un semblant de temps se déroulant identique à lui-même, sans que rien ne vînt différencier les jours et les nuits.

Clara n'avait pas même la possibilité de marquer le défilé des jours par une série d'encoches sur le mur. Le carrelage en plastech poli était inaltérable. En outre, ses geôliers avaient refusé de lui procurer le papier et les crayons qu'elle avait réclamés à cor et à cri les premiers jours de sa captivité.

Depuis son transfert de Los Angeles, elle n'avait eu aucune nouvelle de l'avocate que le Réseau lui avait adressée. La revoir était d'ailleurs la seule chose qu'elle eût réclamée à Annabelle Weaver, au cours des trois entretiens qu'elle avait eus avec elle.

Sa seule distraction provenait des émissions de télévision à la gloire du FBBS, qu'elle pouvait suivre sur l'écran encastré au-dessus de la porte d'entrée, et qui disparaissaient aussi soudainement qu'elles apparaissaient. Malgré leur caractère outrageusement publicitaire, Clara les attendait avec impatience, car elles lui donnaient enfin la possibilité de voir des couleurs. Il n'y avait en effet aucune couleur dans la pièce, au point qu'après quelques jours, elle s'était persuadée que les deux bandes qui couraient sur les murs — il lui arrivait de les suivre des yeux pendant des heures — étaient noires.

Tout le blanc uniforme et brillant qui l'entourait finissait par agir sur son esprit comme une râpe sur une peau irritée. De temps à autre, elle repérait le mince interstice que dessinait la porte de la cellule dans la blancheur immaculée du mur, comme pour se convaincre qu'elle pourrait un jour sortir de ce cube.

La nourriture arrivait toutes les huit heures, de jour comme de nuit, par une trappe qui s'ouvrait brusquement, avec un claquement sec, dans le mur près de la salle de bains. Rien ne permettait de différencier les repas les uns des autres. C'étaient chaque fois les mêmes céréales humectées d'eau sucrée, et une purée de protéines artificielles contenant les vitamines et autres éléments nécessaires à son organisme, le tout accompagné d'une bouteille d'eau, que Clara s'obligeait à avaler consciencieusement. Ensuite, elle déambulait des heures de long en large, jusqu'à tomber d'épuisement sur sa couchette, où elle s'endormait d'un sommeil de plomb.

Clara rêvait beaucoup. C'était la seule activité mentale qui lui permettait de se défendre contre le désespoir. Elle revivait des épisodes récents, ou en imaginait d'autres, qu'elle construisait comme on écrit un roman. Souvent, les deux personnes qui comptaient — ou qui avaient compté — le plus dans sa vie se mettaient à exister auprès d'elle, au point qu'elle leur adressait directement la parole. Elle retrouvait Don Burger — et c'était, chaque fois, le même déchirement de le revoir vivant, et le même remords de n'avoir pas réussi à recueillir ses cendres pour les enterrer au pied du chêne de Laurel Canyon, dans les hauteurs d'Hollywood, où ils étaient si souvent allés se promener ensemble pour refaire le monde au cours d'interminables discussions.

Mais René Verne, lui, ne la quittait jamais.

Elle revivait chaque seconde des journées qu'elle avait passées avec lui — sept exactement, elle les avait comptées —, depuis leur rencontre sur la base de la MID, jusqu'à leur séparation dans la ferme de Sitt Hokkee. Elle se souvenait de chacune de ses paroles — non des significations, qui changeaient selon son humeur, mais de la voix, dont la présence, immuable, l'obsédait au point qu'elle devait parfois se boucher les oreilles des deux mains, comme pour se retrouver elle-même. Mais à peine la voix de René s'était-elle éloignée qu'elle la recherchait aussitôt, soulagée de constater qu'elle lui revenait.

Elle revivait le moment où il l'avait serrée dans ses bras, dans la grange de l'Indien pawnee, après lui avoir raconté, en souriant, qu'il avait déjà dormi avec elle, dans l'ambulance, leur sauvant la vie à tous deux. Elle ne gardait aucun souvenir de cette nuit de tempête, sinon l'impression étrange qu'au plus profond de sa solitude, quelque chose avait changé. Comme si elle y avait gagné la certitude d'avoir été portée, tel un nourrisson par sa mère, comme si le lien qui s'était tissé entre René et elle avait rétrospectivement comblé cette faille intime qu'elle partageait avec tous les bios.

Pourtant, il s'agissait encore d'autre chose, qui lui venait de l'homme, et dont elle portait l'ombre ainsi qu'un message, un fruit dont elle aurait connu la saveur sans en avoir mordu la chair. Cette présence, dont elle mesurait chaque fois, du fond de sa geôle, le peu de réalité, la déchirait. Ainsi, allongée sur le carrelage blanc, une main sur le ventre, l'autre perdue au-dessus de ses cheveux qui avaient été rasés le jour de sa capture, elle revenait bouleversée de ses songes.

— C'est extraordinaire. Pouvez-vous augmenter le contraste ? demanda Black à l'agent chargé de manipuler le réglage de l'écran de contrôle. C'est cela... Essayez d'obtenir un gros plan de sa main droite. Je voudrais savoir ce qu'elle est en train de faire.

— Oui, monsieur, répondit l'agent.

— Elle ne fait rien d'extraordinaire, remarqua Annabelle Weaver, debout derrière le siège de Howard Black.

Elle se mit à rire, ravie de voir combien son patron appréciait sa découverte.

Ils se trouvaient dans le poste de surveillance du bloc spécial constitué de quelques cellules aménagées dans la prison fédérale à l'initiative de Claudia Lombard. Parmi les six écrans de contrôle que l'agent de surveillance avait sous les yeux, seul celui correspondant à la cellule de Clara Hastings était allumé.

— Voilà, dit Black, d'une voix qui cachait mal l'état d'excitation où le mettait le spectacle. Cette pose, cette façon de s'allonger sur le dos... Je suis sûr qu'on pourrait la surprendre !

— Cela fait quinze jours que ça dure, répondit Annabelle. Vous pouvez me croire. Tout se passe dans sa tête. Elle ne fait rien de répréhensible, si vous voyez ce que je veux dire. Et tant qu'on ne saura pas capter directement ce qui se passe dans la tête...

— Ne riez pas, miss Weaver. C'est à l'étude. Je suis persuadé qu'on y parviendra un jour. Cela dit, comment pouvez-vous être si sûre de vous ?

— Vous pouvez me faire confiance, monsieur. Certains signes ne trompent pas. Nous possédons également un enregistrement sonore, que je peux vous faire entendre, si vous le souhaitez. Vous pourriez constater que, dans les moments où elle prononce le nom de René Verne — d'habitude, elle ne prononce que son prénom, mais hier, elle a dit son nom en entier, alors qu'elle marchait dans sa cellule —, dans ces moments, ses manifestations émotionnelles et physiques sont claires comme de l'eau de roche.

— Si vous êtes sûre de vous... Vous savez, miss Weaver, ce que vous avez découvert pourrait se révéler d'une extrême importance. Je pourrais même dire que cela pourrait concerner l'intérêt national.

— Je suis très flattée, monsieur. Mais je ne comprends pas.

— Vous comprendrez plus tard. Pour l'instant, il faut que je réfléchisse un peu. Si ce que vous affirmez est exact, nous tenons peut-être un moyen de nous sortir des difficultés dont je vous ai parlé.

— Vous voulez parler du trafic de...

— Ce n'est pas le moment.

— Excusez-moi.

— Je veux d'abord être sûr que Clara Hastings et amoureuse de ce Verne.

— C'est une certitude, monsieur !

— Bon. Ecoutez, voilà ce que vous allez faire.

Il se passa une main sur la tonsure.

— Convoquez notre attachée de presse, Mrs London, et étudiez avec elle le moyen de communiquer toute l'histoire de Clara Hastings à la presse. Mais en aucun cas vous ne devez faire allusion au professeur Verne. Vous m'avez compris ?

— A la presse ? Mais monsieur...

— Aucun mention ne devra être faite de la lettre de Joseph Milner, ni du rôle d'Hastings dans sa délivrance.

— Mais ce n'est pas possible ! Est-ce que vous réalisez...

— Le nom de Socrates ne devra pas non plus être prononcé. En revanche, je veux que tout le pays parle de l'histoire des frères Burger, et des événements qui se sont produits après leur mort : enterrement avec les honneurs pour l'un et punition des cendres pour l'autre ; coup de main avorté de Clara Hastings pour s'emparer des cendres de... comment s'appelait-il, celui-là ?

— Donald Burger. L'autre s'appelait Samuel Burger. Monsieur, permettez-moi, mais est-ce que vous avez pensé que des millions de gens risquent de prendre parti pour elle ? On ne pourra plus...

— Vous demanderez à Mrs London de trouver tous les détails concernant la vie de Clara Hastings : il faudra insister sur le fait qu'elle est la première bio que nous ayons arrêtée pour un délit impliquant le Réseau. Parlez de son passé, de son adoption, de ses études, de la façon dont elle a été recrutée par le Réseau...

— Cela risque de demander des mois d'enquête.

— Nous n'avons pas le temps. Inventez des témoignages. Il faut que les gens s'intéressent à elle. Racontez comment elle a connu Donald Burger. Une touche de romantisme ne ferait pas de mal.

— Vous voulez qu'on dise qu'elle était amoureuse de Burger ? demanda Annabelle, de plus en plus consternée.

— Mais non ! Cela risque de se retourner contre elle. Un homme, un Noir... Non, il est indispensable qu'Hastings inspire de la sympathie, même aux utériens. Beaucoup de gens ont des sentiments ambivalents vis-à-vis du Réseau. Il faut qu'ils sachent que cette jeune bio, membre du Réseau, a risqué sa vie pour empêcher qu'une « punition des cendres » soit appliquée à un homme qu'elle considérait comme son frère. Vous voyez le tableau ?

— Je ne vois que trop bien ! Je suis désolée, mais je ne peux pas faire ce que vous me demandez. A moins que vous ne m'expliquiez...

— Miss Weaver, sachez que vous ferez tout ce que je vous demande, l'interrompit Black d'un ton sec. Vous aurez les explications en temps utile.

Annabelle pâlit, hésitant sur le parti à prendre devant cette soudaine attaque.

— Je suis au regret, monsieur, de devoir vous offrir ma démi...

— Vous ne m'offrez rien du tout, miss Weaver. Vous ferez ce que je vous demande, un point c'est tout. Il fallait réfléchir avant d'accepter vos nouvelles responsabilités. Maintenant, je considérerais cela comme un abandon de poste en face de l'ennemi. Vous m'avez compris ?

— Bien, monsieur.

Black resta un instant silencieux.

— Cela dit, vos scrupules vous honorent. A moins que votre attitude ne soit dictée par je ne sais quelle inimitié contre la jeune femme que nous sommes en train d'observer.

— Nullement, monsieur. Mais cette histoire risque de n'intéresser personne ! Comment expliquer à la presse que nous revenons sur des événements vieux de deux mois ?

— Votre objection est justifiée. Le mieux serait d'engager en sous-main un jeune avocat qui lancerait une campagne de presse en faveur de Clara Hastings. Il pourrait contester, par exemple, la légalité de son extradition de Californie.

— Hastings avait déjà un avocat à Los Angeles.

— L'avocate du Réseau ? Faites-la disparaître quelque temps.

— Mais que se passera-t-il si la cause d'Hastings devient trop populaire ?

— C'est précisément ce que je cherche ! Vous devriez réfléchir un peu à ce que vous dites : il y a trente secondes, vous m'expliquiez que le cas d'Hastings n'intéressait personne. Allons, assez discuté. Quand cette opération aura commencé, vous ferez venir cette jeune femme dans mon bureau. Que pensez-vous d'un rendez-vous de principe mercredi en huit à neuf heures ?

— Ça ne nous laisse pas beaucoup de temps.

— C'est largement suffisant. Voyez cela avec Larry Walton. Avez-vous conservé ses vêtements ?

— Je n'en sais rien. Ils sont sans doute restés à Los Angeles.

— Dans ce cas, trouvez-lui ce qu'il faut. Je souhaite qu'elle ait l'air aussi naturel que possible.

— Doit-elle quitter la section spéciale?

— Nous verrons. Voilà d'ailleurs un excellent argument pour son nouvel avocat. Je propose d'appeler notre plan l'« Opération Terre Promise » !

Il ricana.

— Au revoir, miss Weaver. Et merci de m'avoir organisé ce spectacle.

— Et merde ! grommela Annabelle, dès que Black eut quitté la pièce.

— Pardon? demanda l'agent de contrôle.

— Ah, vous ! Mêlez-vous donc de ce qui vous regarde, dit Annabelle d'une voix hargneuse. Et ne perdez pas de vue votre prisonnière.

Elle claqua violemment la porte derrière elle en sortant de la pièce.

3

Melissa Verne jeta un coup d'œil par la fenêtre : elle arrivait à peine à distinguer les maisons de Marshall. Sous le ciel parcouru de nuées, les eaux de Tomales Bay étaient couvertes d'une écume blanche.

Elle était assise à côté de Margaret Britten, dans la pièce principale de la maison de Clayton Powys, à Laird's landing. Autour d'elle, les amis de Clayton Powys et de Sim Le Mair — ils étaient une vingtaine — avaient pris place sur les quelques chaises de la pièce, ou s'étaient assis par terre.

Tous se taisaient, écrasés par la torpeur d'un après-midi passé à marcher sur les chemins de la presqu'île. En dehors de Sim Le Mair qui fabriquait, d'un air songeur, une sculpture avec de la mie de pain, Melissa ne connaissait que quelques-unes des personnes présentes : Matthew Cregg, le plombier, qui confectionnait son premier joint de la journée ; Richard Church et sa femme Ruth qui, comme d'habitude, se faisaient la tête ; Isabelle Irkowitz, l'intellectuelle, qui n'avait pas levé le nez d'un livre de Malcolm Lowry ; d'autres, dont elle ne connaissait pas les noms, bien qu'elle les ait souvent rencontrés dans le pays.

Tout le monde attendait Clayton et son vieux complice, le menuisier Bob Lang. Ils étaient partis à San Rafael pour chercher l'envoyée du Réseau qui arrivait de Los Angeles. En dehors des deux amies, c'était tout le Comité de direction du Réseau du West Marin qui se retrouvait à Laid's landing.

Sim avait beaucoup insisté pour que Melissa tienne la promesse qu'elle avait faite à Clayton de venir à la réunion. Il lui avait seulement expliqué qu'on souhaitait son avis professionnel, dans une affaire qui pouvait avoir des conséquences décisives dans la lutte du Réseau.

Bien que surchargée de travail, Melissa avait finalement accepté l'invitation, à la condition d'amener son amie Margaret Britten. Sim, qui connaissait l'avocate, n'avait fait aucune objection.

Depuis deux mois, en effet, les deux amies ne se quittaient plus. Et Mag avait beaucoup changé. Sa sophistication très up-to-date avait disparu. Ses cheveux étaient plus longs, son maquillage plus discret. Pour l'heure, il se résumait à un simple trait d'eyeliner sur la paupière inférieure, et à une touche de blanc à joues. Elle avait également renoncé aux chemisiers transparents, et portait un pull en cachemire noir qui moulait sa poitrine sans ostentation.

Sans l'aide de Mag, Melissa n'aurait jamais réussi à s'en sortir. Au début, l'avocate venait régulièrement l'aider à régler les multiples problèmes administratifs qui assaillaient la nouvelle directrice de l'Institut. Malgré sa charge de conseillère de Gilbert Chamberlin, elle lui téléphonait ou la voyait tous les jours.

En fait, en l'absence de Mag, Melissa appréhendait de se retrouver seule dans sa maison d'Inverness. Même son chien Tobee avait changé : il ne sortait plus guère le soir pour chasser les coyotes, et restait des heures allongé dans le salon au pied du fauteuil de René, dressant l'oreille au moindre bruit extérieur.

Un soir, Melissa lui avait fait part de sa décision de mettre sa maison en location, et de s'installer à l'Institut dans son appartement de fonction. « C'est une folie », lui avait répondu Margaret. Elle imaginait mal Melissa passant tout son temps entre le laboratoire et le bureau de direction, côtoyant nuit et jour les deux autres résidents de l'Institut, le Dr Steve Jackson, auquel elle n'adressait pratiquement plus la parole, et miss Doris Hathaway, qui guettait avec impatience sa première erreur. Mais Melissa paraissait décidée.

C'est ainsi que deux jours plus tard, Margaret lui avait proposé de venir habiter avec elle Inverness.

Depuis, les deux amies passaient leurs nuits à discuter, bâtissant de folles théories sur le monde et sur le pourrissement des rapports entre les hommes et les femmes.

Cependant, un accord tacite s'était établi entre elles : elles évitaient de parler de René Verne.

Le moteur diesel du quatre roues motrices de Bob Lang résonna dans le canyon débouchant sur la plage de Laird's landing. Des portières claquèrent et la voix de stentor de Clayton retentit.

La porte s'ouvrit à la volée, et le peintre entra dans la maison en gesticulant. Avec une agilité surprenante, il esquissa un entrechat, s'immobilisa au milieu de la pièce et se mit à fixer ses invités de son regard enfantin, comme s'il s'attendait à des applaudissements pour son entrée théâtrale.

Une nouvelle fois, Melissa se demanda quel âge pouvait avoir le vieux peintre. Il avait sûrement dépassé les soixante-dix ans. Chaque fois qu'on lui posait la question, il répondait qu'il ne connaissait pas sa date de naissance...

— Regardez qui je vous amène, s'exclama Clayton avec une jubilation communicative, en tendant un doigt derrière lui. Et ne me dites pas qu'il n'y a pas de jolies filles dans le Réseau !

Tous les regards convergèrent vers la jeune femme qui venait d'entrer dans la pièce, suivie par Bob Lang, un quinquagénaire que personne n'avait jamais vu sans un pare-soleil transparent calé sur le front, et la ceinture en cuir où il rangeait ses outils de menuiserie.

Entièrement vêtue de noir — veste en cuir serrée à la taille et pantalon bouffant passé dans des bottines à talons —, étonnamment petite, les cheveux noirs taillés en brosse, le teint pâle, l'inconnue portait sur son sein gauche une rose cramoisie en pierres précieuses qui chatoyait dans la lumière.

La jeune femme jeta un rapide coup d'œil autour d'elle, s'arrêtant un court instant sur Melissa, qui eut un choc en découvrant l'intensité de son regard sombre, à demi voilé par des paupières ourlées d'un blanc ivoire.

— Incroyable, non? reprit Clayton. Je vous présente Diane, comme on l'appelle chez nous. En sortant du bus, à Green Baye, elle est venue droit vers moi. Elle m'a demandé si j'étais bien Icare. Oui, ai-je répondu, car je sais enfin quel soleil va me brûler les ailes!

Tout le monde rit.

Diane restait imperturbable. Melissa, qui ne l'avait pas quittée du regard, se dit que le nom de la chasseresse lui allait comme un gant.

— Venez vous asseoir, mademoiselle, dit-elle, en désignant la chaise entre Margaret et elle. N'en veuillez pas à notre ami. Ici, tout le monde l'aime bien, ce qui n'arrange guère ses manières.

L'assistance rit de plus belle.

— Merci, répondit Diane, qui vint s'asseoir.

Melissa, qui avait remarqué son accent mexicain, aperçut la rose tatouée que l'inconnue portait sur la joue gauche. Elle se pencha vers elle.

— Vous êtes Loca, n'est-ce pas? murmura-t-elle.

La jeune femme la regarda, surprise.

— Comment connaissez-vous mon nom?

— J'ai entendu parler de votre tatouage. Je crois que nous avons un ami commun : Kess Sherman. Je l'ai connu il y a des années, bien avant qu'il ne se fasse arrêter après l'attaque du QG des Virginas.

A cet instant, Sim prit la parole dans son style inimitable.

— Passons aux choses sérieuses. Diane est mandatée par la direction de la Californie pour rencontrer notre groupe. Clayton vient de m'expliquer que son retard était dû à un contrôle surprise du FBBS à l'aéroport de Los Angeles. Avant de donner la parole à notre amie, je vais dire quelques mots au sujet de la présence du docteur Melissa Verne, et de son amie Margaret Britten. J'ai demandé à Melissa, que presque tout le monde connaît ici, de venir assister à cette réunion. Elle est venue avec son amie. Sa présence ne l'engage en rien. C'est un service qu'elle nous rend, parce que nous avons besoin de ses lumières. Voilà. Je propose qu'on écoute Diane. Après, nous pourrons discuter.

Il se rassit, manifestement satisfait d'avoir réussi à faire un si long discours sans bafouiller. Près de lui, Clayton s'était installé à califourchon sur une chaise. Tout le monde avait les yeux tournés vers Diane.

Très concentrée, cette dernière se pencha légèrement en avant, les mains jointes entre les cuisses.

— Je suis venue vous apporter deux messages, dit-elle.

Tout le monde semblait subir le charme de son accent rocailleux.

— Au nom du Comité de la résistance de Californie, je dois vous rappeler l'importance de l'appel lancé par le « Groupe de Boston » pour le rassemblement du 20 avril. C'est la première manifestation du Groupe depuis le 6 janvier 2003, où il appelait à la création du Réseau. Depuis le vote de la loi Fuchs, notre lutte est restée clandestine et a pris les formes les plus diverses. Elle est devenue l'un des problèmes majeurs du FBBS dans le pays. Mais, malgré nos succès, les progrès sont loin d'être suffisants. Depuis des années, nous attendons le jour où notre lutte entrera dans la deuxième phase prévue par Peter Alexos, qui doit marquer le début de la déconfiture du régime fasciste dans lequel nous vivons, et nous rapprocher du moment où la démocratie sera rétablie. Or, cette deuxième phase doit commencer.

Elle regarda autour d'elle. Le silence était total.

— Ce nouvel appel signifie que les neuf membres du Groupe de Boston — ceux qui étaient présents à la réunion de 2003, et ceux qui ont pris la place des disparus — sont en possession d'informations leur permettant de conclure que le moment d'intensifier notre combat est arrivé. C'est le sens de la grande manifestation du 20 avril à laquelle nous sommes conviés. Cent vingt organisations politiques, philosophiques et religieuses ont annoncé leur participation. Dans le monde entier, le succès de cette manifestation sera interprété comme l'expression de notre résolution et de notre foi en l'avenir. Pour éviter une épreuve de force, des pourparlers avaient indirectement été engagés avec les pouvoirs publics, pour que le rassemblement soit autorisé. La décision positive de l'Administration Hughes comble nos vœux. Il nous reste à assurer le succès de la manifestation.

Elle se tut.

— Ouf! dit Clayton, qui leva le doigt, comme un écolier. Je peux vous poser une question?

— Clayton, arrête ton cinéma, dit Sim.

— Je peux vous demander où vous êtes allée chercher toutes ces belles paroles? Parce que moi, je veux bien aller à Washington le 20 avril prochain. Il y a longtemps que nous n'avons pas fait une vraie manifestation de masse. Je trouve cette idée formidable. Mais comment dire? Ne m'en veuillez pas, Diane, de vous parler franchement, mais je trouve que vous ne rigolez pas assez. Votre sérieux m'impressionne. Tenez, vous voulez que je vous dise? Il me fait penser au discours des guignols du pouvoir!

— Mais pas du tout, Clayton, tu déconnes complètement! dit une voix au fond de la pièce. Ce que dit Diane est de la plus haute importance. Je voudrais dire que...

L'empoignade devint générale. Diane ne disait rien. Elle attendait. L'expression sévère n'avait pas quitté son visage.

« En voilà une qui prend la vie au sérieux », pensa Melissa.

— Arrêtez, bon sang! hurla Sim, qui s'était levé. Diane est venue spécialement pour nous rencontrer. Je me fous de connaître l'avis de Clayton, de Bob, ou de Kathy sur sa manière de parler. On doit l'écouter, un point c'est tout.

— Mais, Sim, on a tout de même le droit...

— On discutera après, quand Diane aura terminé!

Peu à peu, le silence revint.

Clayton simula un fou rire, qu'il réprima en plaquant une main sur la bouche. Mais il se tut.

Melissa était impressionnée. Elle trouvait l'idée de se rendre à une grande manifestation à Washington DC extraordinairement excitante. Elle gardait en mémoire les récits de ses parents qui, lorsqu'ils étaient étudiants, avaient participé aux grandes manifestations en faveur des Droits civiques et pour la paix au Viêt-nam qui avaient ponctué les années 60...

Diane reprit la parole comme si de rien n'était.

— Le deuxième point, c'est que le West Marin va devoir offrir une contribution particulière à cette nouvelle phase de la lutte. Le Réseau a en effet besoin d'un lieu secret, situé au bord de l'océan, où certains produits stratégiques doivent être bientôt débarqués.

— De la contrebande? s'amusa Clayton. Ah mais, voilà qui devient intéressant!

— De la contrebande, en effet, qui pourrait coûter à chacun d'entre nous une condamnation à vie, précisa Diane.

— De quel produit s'agit-il? demanda une voix.

— De faux Aspics indétectables, dit-elle alors, mesurant l'effet de ses paroles, que les hommes pourront porter à la place des vrais. On les appelle des NOX, des « Non-Operating Aspics ». Les livraisons auront lieu pendant la nuit, dès cet été.

Cette fois, Clayton oublia de plaisanter. La stupéfaction se lisait sur tous les visages.

Melissa comprit enfin la raison pour laquelle on lui avait demandé d'assister à la réunion. En tant que médecin spécialiste du FS, elle était censée interroger Diane, qui connaissait probablement déjà les réponses.

Elle se sentit mal à l'aise. Par son intermédiaire, en effet, les révélations de Diane compromettaient l'Institut Reiss-Kierkegaard.

Mais il était trop tard. Partir ne servirait plus à rien. En outre, cette histoire de faux Aspic pouvait avoir des conséquences incalculables. Elle décida qu'il était de son devoir de rester.

4

Clara Hastings entra dans le bureau du directeur du FBI. Elle fit un pas et s'arrêta aussitôt, les bras croisés sur sa poitrine.

Black la regarda longuement sans rien dire.

Manifestement, Weaver avait cherché à l'humilier. Cela faisait longtemps qu'il n'avait pas vu une Américaine vêtue d'une robe. Seules les Orientales avaient conservé cette mode ancienne. Pourtant, loin de la ridiculiser, la robe lui donnait une allure surprenante.

Il se souvint d'une vieille photo qui représentait sa mère debout, souriante, en robe de soirée, au bras de son père en smoking. Le cliché avait été pris à New York, bien avant sa naissance, à la sortie d'une représentation d'opéra au Lincoln Center. La robe de sa mère ressemblait étrangement à celle de la jeune femme qui se tenait devant lui : mêmes plis souples tombant depuis la ceinture, même corsage ample recouvrant les épaules les bras jusqu'au pli du coude, même tissu ocre en fibres naturelles.

Black ressentit un léger malaise causé, lui sembla-t-il, par le regard fiévreux de Hastings, dont l'intensité était soulignée par de profonds cernes violets.

— Asseyez-vous, je vous prie, dit-il enfin, en désignant un fauteuil.

— Non, répondit sèchement Clara.

— Comme vous voudrez.

Depuis qu'elle était entrée dans le bureau, Clara n'avait pas quitté des yeux la baie vitrée, où le dôme du Capitole resplendissait dans la lumière printanière.

Black se leva. Il fut aussitôt pris d'un étourdissement, qui l'obligea à prendre appui sur le bras de son fauteuil. Cela lui arrivait de plus en plus souvent. Vaguement inquiet, il repensa à Fred qui s'était levé à six heures du matin sans témoigner la moindre fatigue. Malgré sa lassitude — il n'avait jamais à ce point ressenti le poids de son âge —, et les protestations du garde du corps de la Présidente, il avait insisté pour préparer leur petit déjeuner. C'était en effet leur première nuit depuis une semaine. Pendant toute la durée de la visite officielle d'Elizabeth Hughes dans les rares pays d'Amérique latine restés amis des Etats-Unis, il avait cru devenir fou d'impatience.

— Savez-vous qu'il est beaucoup question de vous dans la presse? dit Black, en se dirigeant vers le bar, où il se versa un verre de cola-coke.

« Encore une mauvaise habitude de Fred », pensa-t-il, en avalant son verre d'un trait.

— Excusez-moi, vous en voulez? demanda-t-il en se tournant vers la jeune femme.

— Non, répondit à nouveau Clara, qui s'était appuyée contre le mur près de la porte.

— Vous n'êtes pas curieuse de savoir ce que l'on dit de vous?

— Que voulez-vous que l'on raconte que je ne sache déjà?

— Vous allez sans doute être surprise. Tenez, dit-il, en prenant un journal qui traînait sur une table basse. « L'avocat Art Dewey déclare que sa cliente Clara Hastings se trouve au secret depuis plus d'un mois dans un cachot de la prison fédérale... » Regardez, c'est dans le *Washington Post* d'aujourd'hui!

Surprise, Clara hésita avant de prendre le journal que lui tendait le directeur du FBI.

— Qui est cet Art Dewey? demanda-t-elle, après avoir rapidement parcouru l'article. Je n'ai jamais rencontré ce monsieur. Tout ça n'est qu'un tissu de mensonges.

— Comment? Vous ne le connaissez pas? Mais il faut ordonner une enquête! Aucun avocat n'a le droit de défendre vos intérêts sans votre accord.

— Vous vous moquez du monde, monsieur Black. Vous savez pertinemment que je n'ai rencontré personne depuis que je suis à Washington, en dehors de votre épouvantable assistante.

— Vous n'aimez pas Annabelle Weaver ? Vous avez tort. Elle a une personnalité fascinante. Mais revenons à Dewey qui prétend être votre avocat. Je pensais que vous l'aviez rencontré à Los Angeles.

— A Los Angeles, mon avocat s'appelait Maggie Manheim. Je ne cesse de la réclamer. C'est un coup monté !

— Vous avez probablement raison. Je ne serais pas surpris que le « Comité pour la libération de Clara Hastings » y soit pour quelque chose.

— Qu'est-ce que c'est que cette histoire ? demanda Clara qui, cette fois, ne cacha pas sa stupéfaction.

— Vous n'en avez pas entendu parler non plus ? C'est très curieux. De quoi vous entretient donc Annabelle Weaver ? Vous savez qu'elle est directrice du FBBS...

— Il n'y a pas de quoi être fier !

Elle rendit le journal à Black.

— Je ne comprends rien à cet article, poursuivit-elle. Je n'ai jamais été une dirigeante du Réseau. A quoi rime tout le bruit que l'on fait autour de moi ?

— C'est précisément ce que je voulais vous demander, ma chère Hastings.

— Je ne suis pas votre chère !

— Si vous voulez, ma chère Hastings... Tout a commencé avec la brusque apparition de ce Comité, il y a une semaine. En quelques jours, vous êtes devenue un grave sujet de préoccupation pour le gouvernement. Vous ne voulez vraiment pas vous asseoir ?

Sans répondre. Clara s'assit sur le coin du fauteuil que lui désignait Black. Ce dernier s'installa avec soulagement en face d'elle. Non sans une certaine admiration, il se dit que cette femme semblait avoir porté des robes toute sa vie.

— Que voulez-vous de moi ? demanda Clara.

— Je voudrais que vous dénonciez publiquement les activités de ce Comité.

— Et pourquoi le ferais-je?

— Parce que ces gens vous font du tort. Vous avez commis un crime...

— Vous me faites rire! Un crime...

— Mais bien sûr! Vous savez, mon travail ne consiste pas à juger une loi qui a été adoptée par la majorité des deux Chambres, et ratifiée par la Cour suprême. Je suis chargé de la faire respecter, un point c'est tout.

— Eh bien, faites votre travail et laissez-moi tranquille.

— Sans doute. Mais je suis sensible à votre jeunesse.

Clara sourit.

— Mais oui, ma chère Hastings, votre cas m'intéresse. J'admets que je trouve votre engagement étonnant pour une bio. Je pense que vous finirez par comprendre que vous avez commis une faute. Et puis, passer toute une vie dans un camp de travail est un gâchis intolérable. Vous ne trouvez pas?

— En effet.

— A la bonne heure. Miss Hastings, j'aimerais vous convaincre. Sachez que le District Attorney peut demander des circonstances atténuantes. Vous ferez au maximum cinq ans de camp de travail, et vous serez libre.

— Je ne vous ai rien demandé.

— Mais vous veniez de laisser entendre... Vous avez tort.

— Cet avis me rassure. Mais permettez-moi, à mon tour, de vous poser une question.

— Je vous en prie.

— Comment justifiez-vous que je sois tenue au secret depuis des semaines? Pourriez-vous m'expliquer pourquoi je n'ai rencontré qu'une seule fois l'assistant d'Attorney District Irwin O'Neel? Ne parlons pas d'un avocat... Cela fait des semaines que je demande à voir Maggie Manheim. Et voilà qu'un dénommé Art Dewey, dont je n'ai jamais entendu parler, apparaît brusquement sur la scène sans que je ne lui aie rien demandé. Depuis que je suis arrivée à Washington...

— Le 8 février.

— Et nous sommes le?

— Le mercredi 26 mars.

Le visage de Clara se crispa.

— Cela fait presque deux mois que je suis enfermée dans une cellule d'isolement.

— Tant que l'enquête est en cours... Pour les affaires concernant l'épidémie de FS, la loi Fuchs nous accorde les pleins pouvoirs pendant une période de trois mois renouvelable une fois par décision du District Attorney. Cela fait six mois de pleins pouvoirs. Et, comme vous le savez, aucune libération sous caution n'est autorisée.

— Je n'ai rien à voir avec le FS.

— Ne me dites pas que le Réseau n'a rien à voir avec le FS!

— Le Réseau s'oppose aux mesures antidémocratiques prises par votre gouvernement, un point c'est tout! Cela fait des années que vous prétendez agir au nom de l'épidémie de FS. C'est un abus de pouvoir pur et simple.

— Parfaitement légal, ma chère Hastings.

— La guerre d'Indépendance de nos ancêtres était illégale! Les mesures que vous avez prises au nom du peuple sont en fait tournées contre lui. La loi Fuchs bafoue la Constitution. Elle est illégale dans sa forme comme dans son esprit. Une majorité de circonstance n'a jamais suffi à bâtir une loi.

— Vaste sujet, miss Hastings, que je n'aborderai pas aujourd'hui avec vous, si vous le voulez bien.

— Vous ne cessez de l'aborder.

— Comment cela?

— Vous venez de me demander de dénoncer les actes du « Comité Clara Hastings ».

— C'est exact.

— Autrement dit, vous voulez que je m'oppose à la volonté d'un groupe de citoyens, dont le droit de se réunir et de proclamer leur opinion est garanti par la Constitution!

— Je ne vous ai rien demandé d'illégal.

— Vous commettez quelque chose d'illégal en me demandant de prononcer des paroles ou de commettre des actes qui pourraient se retourner contre moi.

— Touché ! Je ne vous savais pas si experte en droit.

— Ce n'est pas le cas. D'ailleurs, cette discussion m'ennuie. Je crois qu'il est temps que je regagne ma cellule.

Black sourit. La jeune femme réagissait comme il l'avait espéré.

— Si c'est ce que vous désirez... Souhaitez-vous connaître le nom des citoyens qui font partie de ce Comité ?

— Je ne vois pas...

Black prit un papier qui se trouvait devant lui, et se mit à énumérer les noms avec lenteur, comme s'il avait beaucoup de mal à les déchiffrer.

— Michael Klug... David... Hayes, Jane Shapiro... Kathrin Finch... Jesse Simon... René Verne, Ber...

— Qui ?

Clara avait pâli.

— René Verne. Vous le connaissez ?

— Décidément... Je ne vois pas à quoi vous jouez, monsieur Black. Annabelle Weaver m'a assez rebattu les oreilles avec la lettre que j'ai apportée au professeur Verne, pour que je sache à quoi m'en tenir.

— J'avoue prendre un certain plaisir à parler avec vous, miss Hastings. J'espère que vous ne m'en voulez pas trop de céder à mon désir de vous taquiner un peu. Avez-vous la moindre idée qui puisse expliquer la raison pour laquelle Verne vous porte un intérêt si prononcé ?

— Comment voulez-vous que je le sache ?

— C'est curieux, tout de même, parce que... Saviez-vous qu'il n'est jamais retourné travailler dans son Institut californien depuis votre rencontre ?

Le visage de Clara exprima soudain la stupéfaction la plus vive.

— Il n'est jamais rentré ?... Mais que fait-il ?

— Nous n'en savons rien. Nous avons perdu sa trace

quelques jours après votre incarcération. Nous savons seulement qu'il se trouve toujours sur la côte est. Il a manifestement trouvé des protecteurs. Peut-être le Réseau...

— Le Réseau? C'est impossible.

— Pourquoi impossible?

— Mais parce que... Ce ne sont pas ses opinions. Il a son travail, ses recherches. Il fait partie de la Commission de biosociologie, il...

— Il a interrompu toutes ses activités, vous dis-je. La lettre de démission qu'il a envoyée à la Commission, début février, a fait un certain bruit. Mais vous m'avez l'air inquiète, miss Hastings...

— Evidemment que je suis inquiète! Cet homme a été la courtoisie même. Il m'a aidée dans un moment particulièrement difficile!

— Ne vous emballez pas, ma chère.

— Je ne suis pas...

— Je sais. Ce que je voudrais savoir, c'est si, à votre avis, il est resté sur la côte est à cause de vous.

— A cause de moi? Ecoutez, monsieur, la plaisanterie a assez duré. Voulez-vous, s'il vous plaît, me faire raccompagner dans ma cellule? Je refuse de poursuivre.

— Bien, dit Black, en poussant un soupir sonore. Vous ne manquez pas de courage, miss Hastings, je dois en convenir. Avant de vous faire raccompagner, permettez-moi tout de même de vous poser encore une question.

— Je viens de vous dire...

— Si vous me répondez, je demanderai à Annabelle Weaver de vous transférer dans une autre prison. Vous pourrez également rencontrer votre avocat et communiquer ainsi avec votre Comité de soutien. Qu'est-ce que vous en pensez?

— Que voulez-vous savoir?

— Je voudrais que vous m'expliquiez pourquoi vous avez voulu kidnapper les cendres de Donald Burger. Je n'arrive pas à comprendre ce qui pousse une bio à courir un risque aussi insensé.

Pour la première fois depuis le début de l'entretien, un sourire apparut sur le visage de Clara.

Black ressentit un choc, dont il ne comprit pas la cause.

— Ça vous intéresse vraiment? demanda la jeune femme, une pointe d'ironie dans la voix.

— Mais oui. Je vous l'ai dit.

— Pourquoi faut-il que les choses les plus simples paraissent si obscures à certains? Je suppose que vous penserez que je vous raconte des histoires, si je vous réponds que je ne souhaitais pas laisser sans sépulture le corps d'un homme qui a été pour moi comme un frère.

— Un frère? Vous, une bio, vous avez fait de ce Noir un frère?

— C'est ce que je viens de vous dire.

— Mais ma pauvre petite... C'est le sens même de ce que vous dites qui est dévoyé! Comment pouvez-vous évoquer la fraternité pour symboliser votre attachement à ce... voyou?

— Vous ne comprenez pas. Il ne s'agit pas d'un symbole. Don était mon frère.

— C'est une imposture.

— Une imposture?

— Parfaitement! Il aurait d'abord fallu que vous soyiez née du ventre d'une femme pour avoir la moindre idée de ce dont vous parlez! Cette évocation de la fraternité ne vous coûte pas plus que celle de la maternité!

— Ne vous mettez pas en colère, cher monsieur Black...

— Ce n'est pas la question.

— Mais si, c'est tout à fait la question. Vous semblez tirer je ne sais quelle supériorité du fait d'avoir été porté par une femme. C'est bien cela?

— En quelque sorte.

— Avez-vous un frère?

— Non, mais...

— Vous êtes-vous fait un frère, comme vous dites, ou une sœur?

— Vous êtes d'une naïveté confondante. Dire d'un homme qu'il est votre frère, c'est affirmer l'existence d'un partage : celui d'une mère, même si ce partage est purement symbolique — la mère-race, la mère-nation, la mère-langue, que sais-je... Encore faut-il savoir de quoi on parle !

— Pourtant, Don Burger était mon frère. Pas un ami, un frère. Réellement un frère. Je n'ai pas eu besoin de l'expérience dont vous parlez — être née du ventre d'une femme — pour savoir que nous étions liés par une certitude : celle d'appartenir à la même famille. J'ajouterai, puisque vous en parlez, que cette certitude me vient de mon propre ventre, à défaut d'avoir connu celui d'une mère. Mais vous ne pouvez pas comprendre. Paradoxalement, vous êtes limité par le fait que vous croyez connaître votre filiation biologique. Heureusement, tous les utériens ne réagissent pas comme vous. Il y avait Don...

— ... et René Verne.

— Et René Verne, oui. Contrairement à ce que vous pensez, je crois qu'une bio est mieux placée pour témoigner de ce qu'est la fraternité, ne serait-ce que parce qu'elle est capable de reconnaître un homme — ou une femme — qui lui apporte ce qui lui a manqué depuis sa conception.

— Vous parlez de la fraternité comme d'une découverte !

— Oui, je crois que le mot est approprié.

Black se tut. Pendant une fraction de seconde, il eut l'impression qu'une voix qu'il n'avait jamais entendue venait fugitivement de retentir en lui.

Clara s'était levée. Machinalement, il se leva à son tour.

La jeune femme se dirigea vers la porte.

— Je vais vous faire changer de prison, dit-il. Cela prendra quelques jours.

— J'ai tout mon temps, répondit Clara.

Elle s'arrêta devant la porte, attendant que Larry Walton vienne la chercher pour la confier à ses gardes.

Quand elle eut quitté son bureau, Black se dirigea

vers la baie vitrée. Une douleur sourde lui nouait le ventre. Agacé, il chassa une nouvelle fois l'idée qu'il était peut-être en train de couver une maladie. Une seule chose comptait : il avait maintenant la certitude qu'il tenait la solution des difficultés qu'il rencontrait avec la Mafia depuis qu'elle s'était organisée en Cartel avec les yakusa. Le plan « Terre Promise » était sur les rails.

— Et maintenant, mon cher René Verne, à nous deux, murmura-t-il en laissant son regard errer sur la perspective de Pennsylvania Avenue.

5

Le lendemain de sa rencontre aux Nations Unies avec Mme Ban Zhao, Verne se rendit à l'adresse qu'elle lui avait indiquée, au coin de Park Avenue et de la 85e Rue, où il devait rencontrer une certaine Hestia.

Mira Cornfeld (il ne devait connaître son véritable nom que plus tard) le reçut dans un salon évoquant une fumerie coloniale de la Casbah d'Alger, façon 1935. Assise dans un fauteuil, avec son chat persan à ses pieds, son tricot, un châle sur les épaules, des lunettes cerclées sur le bout du nez, un chignon gris piqué d'épingles et un fort accent russe, elle lui rappelait les vieilles dames des contes de Grimm qui avaient bercé son enfance.

— Nous comptions sur vous, dit-elle tout de suite.

Ensuite, elle lui parla longuement de Joseph Milner. Elle l'avait connu à Vienne dans sa jeunesse, des années avant qu'ils n'émigrent tous deux aux Etats-Unis.

— Avant de mourir, je crois que Joseph a réussi ce qu'il souhaitait le plus au monde dans ses dernières années : vous convaincre de travailler avec nous.

Elle évoqua ensuite sa brève rencontre avec Clara Hastings. Verne était bouleversé à l'idée que Clara était assise à la même place quinze jours plus tôt.

Pendant un moment, il n'arriva plus à suivre les paroles de Hestia.

Elle lui racontait son arrestation par le FBBS, quelques heures après le départ de Clara. Le directeur du FBI, Howard Black, s'était montré d'une grande courtoisie. Il lui avait posé une ou deux questions anodines, avant de lui demander de transmettre un message au Réseau — « seulement si cela vous est possible »... Il souhaitait mettre en garde ses dirigeants contre la tentation de maintenir la manifestation du 20 avril, au cas où elle serait interdite. Le lendemain, elle avait été relâchée.

— Black croit m'utiliser. Il me prend pour une vieille toquée qui rend des services épisodiques au Réseau. C'est un sale type, mais un excellent joueur. Il ne sait évidemment pas que j'étais à Boston en 2003.

Verne apprit ainsi que Mira Cornfeld faisait partie du Groupe qui avait lancé le célèbre Appel à la résistance du 6 janvier 2003, et qui venait de récidiver, le 11 février dernier, en conviant la population à une grande manifestation à Washington DC le 20 avril.

Quelques jours plus tard, Verne se rendait au Canada, dans la réserve des Mohawks, pour rencontrer un autre chef historique du Réseau, le philosophe Peter Alexos.

L'entrevue eut lieu dans une cabane en bois, comme il en existe des milliers au Canada.

Les traits et la chevelure blanche du vieux Peter Alexos lui rappelaient irrésistiblement le saint Jean l'ermite de la troisième ouverture du *Retable* d'Issenheim : revêtu des célèbres feuilles de palmier, le saint est en grande conversation avec saint Antoine engoncé dans sa robe de bure. Les yeux d'Alexos, légèrement plissés, donnaient l'impression qu'il était continuellement sur le point de sourire.

La conversation se déroula devant un feu de bois. Peter Alexos parla tout de suite à Verne du « Projet Socrates », qu'il souhaitait développer dans l'ensemble des Etats-Unis. Par la suite, Verne devait découvrir que la cabane était équipée des moyens de communication les plus modernes : visuophone, radio connectée à un puissant ordinateur codeur et décodeur, etc.

— Le Projet Socrates avait besoin d'un homme tel que vous pour avoir une chance de réussir, lui dit le vieux philosophe.

— C'est possible, répondit Verne. Mais nous n'en serions pas là sans Joseph Milner, Mme Ban Zhao, et tant d'autres, qui sont morts ou enfermés dans les prisons.

— Vous avez raison. Mais vous êtes tout de même l'un des seuls — sinon le seul — à pouvoir faire passer le message de Socrates dans le pays.

— Je suis très flatté. Mais je ne comprends pas pourquoi...

— Permettez-moi. Vous avez déchiffré, je crois, le message que Milner voulait faire parvenir à Confucius. Vous êtes donc bien placé pour savoir que, dans ce message, il est question d'un rendez-vous entre Confucius et Socrates.

— En effet. Ce rendez-vous a dû être retardé pour des raisons de sécurité.

— Il n'a pas été retardé.

— Comment cela?

— Ce rendez-vous très important a déjà eu lieu.

— Je ne comprends pas. Mme Ban Zhao m'a dit...

— Précisément.

— Où voulez-vous en venir?

— Mais nulle part, mon jeune ami. Confucius et Socrates se sont rencontrés par l'intermédiaire de vos deux personnes. Le message est passé. Il va maintenant pouvoir fleurir aux Etats-Unis, comme il fleurit en Europe grâce à Joseph Milner.

Quand Verne comprit enfin ce que voulait lui faire comprendre le vieil homme, il eut l'impression que le plafond lui tombait sur la tête.

— Vous voulez dire que la conversation que j'ai eue avec Mme Ban Zhao constitue, en fait, la rencontre tant attendue entre les deux organisations?

— Quelles organisations ? Confucius existe maintenant dans presque toute l'Asie. Socrates se développe en Europe. Mais l'Amérique est en retard. Rien n'a encore été fait, ou si peu. Ce retard se comprend, d'ailleurs : il est le tribut payé à l'avancée de la science américaine. On vous attendait, mon jeune ami. Le rendez-vous que vous avez eu avec Mme Ban Zhao était de la plus haute importance.

— Mais c'est incroyable ! Elle était au courant ?

— Je pense que oui.

— Elle aurait dû me le dire. Au fond, je me suis fait avoir sur toute la ligne par Joe !

— Vous croyez ? demanda Alexos en plissant les yeux.

Ils abordèrent également le problème des NOX. Alexos avait été mis au courant de l'affaire par le Réseau de Californie, à la suite du funeste rendez-vous entre Sherman et Angelhardt. Les scrupules qui tourmentaient Verne, depuis que Cœur d'Ange l'avait informé de l'existence des faux Aspic, ne hantaient pas plus le chef du Réseau que Ban Zhao. L'idée d'une collaboration avec le Cartel de Waikiki lui paraissait tout à fait envisageable. Le Comité national de la résistance — qui, outre les membres du groupe de Boston, regroupait des représentants du Réseau de chaque Etat américain — avait donné les pleins pouvoirs au philosophe pour mener à bien les négociations sur la distribution des NOX par le Réseau.

Quelque temps plus tard, sur les indications de Verne — qui possédait un numéro de téléphone qu'Angelhardt lui avait donné sur son yacht — une rencontre eut lieu entre des représentants de la Mafia et ceux du Réseau dans la réserve des Objiiways d'Ontario.

Verne prit alors l'une des plus graves décisions de sa vie — après celle d'avoir emprunté le train à New York, un jour de janvier 2015, comme il aimait à se le répéter.

Tirant les conclusions du fait qu'il était devenu un hors-la-loi recherché par la police, que sa vie antérieure de chercheur à l'Institut Reiss-Kiekegaard, de membre de la Commission de biosociologie, et de mari de Melissa Verne, était passée à la trappe et qu'il faisait donc, *ipso facto*, partie du Réseau, il décida qu'il était temps de faire taire ses scrupules d'intellectuel et de se débarrasser de son Aspic pour se lancer dans la bataille du Projet Socrates.

Cette fois, il fut au rendez-vous du yacht d'Angelhardt, qui vint mouiller au Canada, dans la baie du Saint-Laurent, près des îles de la Madeleine.

Son « hospitalisation » dura deux jours.

Verne fut très impressionné par le matériel que les yakusa avaient installé dans le navire. En sa qualité de médecin, il demanda à suivre l'intervention, ce qui lui fut accordé, aucune anesthésie générale n'étant jugée nécessaire.

Allongé sur le billard, le crâne rasé, il observa dans un miroir suspendu au-dessus de sa tête le travail d'une précision extraordinaire des trois bras du robot télécommandé par deux techniciens japonais assis derrière une console. Sa fascination était telle qu'il a oublié ce qui aurait pu se produire si l'ordinateur avait fait la moindre erreur concernant le chiffre codé qui protégeait son Aspic d'une intervention étrangère.

Levé une demi-heure après la fin de l'opération sa joie fut à la hauteur de l'événement : il était enfin débarrassé de son « araignée au plafond ».

La voiture filait dans la nuit. Verne se frotta les yeux. La lune clignotait derrière les arbres. Il refréna l'envie de baisser la vitre pour s'imprégner de l'odeur de la forêt, pensant que le vent allait peut-être augmenter son mal de tête, l'une des rares séquelles qu'il conservait de son opération. Assis à l'avant, Hannibal conduisait en sifflotant un aire de Duke Ellington.

Verne n'avait pas appris grand-chose de lui depuis qu'il l'avait rencontré dans l'ex-hôpital Bellevue. Il savait seulement qu'il se prénommait Jess, ou Jessy. C'est ainsi que l'avait appelé une vieille femme qui vendait des ordinateurs de poche à la sauvette dans les rues de New York.

« Eh, Jessy, avait-elle crié, comment va ta vieille mère ? » L'énorme Noir avait pris un air gêné, et n'avait pas répondu.

Assis à côté de lui, Melos semblait sur le point de s'endormir. A chaque cahot, sa tête brune s'affaissait, et se relevait presque aussitôt.

Verne avait fait sa connaissance le matin même, en arrivant à Kahnawake, la réserve des Mohawks située sur la rive sud du Saint-Laurent, à quelques kilomètres de Montréal, « entre le chemin de fer, la voie maritime, le pont et les autoroutes des Blancs », avait précisé Melos. Le soir venu, le jeune Indien avait proposé d'aider Ulysse et Hannibal à retourner aux Etats-Unis.

Verne avait ainsi traversé à la rame la baie d'Alexandria, à l'extrême est du lac Ontario, où prenait naissance le Saint-Laurent, avec ses deux compagnons. Grossis par la fonte des neiges, les flots grondants du fleuve avaient plusieurs fois failli renverser la barque. Mais l'expérience de Melos leur avait sauvé la vie.

Dans une heure, ils seraient à Buffalo.

Verne jeta un coup d'œil à sa montre et soupira. Neuf heures dix. Ils seraient probablement en retard.

— Vous roulez à quelle vitesse ? demanda-t-il à Hannibal.

— Quatre-vingt-dix à l'heure. Ne vous en faites pas, patron. On ne va pas m'arrêter pour excès de vitesse. Ça va, derrière ?

— Ça va. Mais j'ai hâte d'être arrivé.

— Vous en aurez jusqu'à quelle heure ?

— Je n'en sais rien. Pourquoi ?

— Parce que j'irai rendre visite à un ami, pendant que vous bavardez avec vos collègues. Je reviendrai vous chercher vers minuit.

— Pas de problème.

Curieux, tout de même, pensa Verne. Quel que fût l'endroit où ils se rendaient, Hannibal devait rendre visite à un ami. Sans doute profitait-il des multiples rendez-vous du savant pour accomplir d'autres missions pour le compte du Réseau. Tout de même, cela le mettait mal à l'aise.

Il sentit un frisson le parcourir, et résista à l'envie d'avaler un comprimé. Depuis l'intervention, il était atteint de symptômes bizarres, bien qu'il n'eût encore constaté aucun changement sur le plan génital. Pourtant, il se sentait différent. Une vivacité à laquelle il n'était pas habitué, imprégnait toutes ses émotions, comme si l'intérieur de son corps s'était brusquement ouvert au vent du large.

Pour le reste... Il payait sans doute des années d'inhibition sexuelle. Il découvrait avec étonnement les milles gestes conjuratoires qu'avait engendrés la crainte d'une décharge aspique, et qu'il conserverait sans doute longtemps. Mais ce qui le surprenait pardessus tout, c'était la capacité nouvelle de son esprit à faire des bonds qui l'auraient ahuri quelques semaines plus tôt. Il passait du coq à l'âne, ou entrait brusquement dans des fous rires, qui laissaient pantois ses interlocuteurs. En fait, il réagissait comme un adolescent.

Ce qu'il appelait sa « mission Socrates » accaparait tout son temps. Malgré son épuisement, il ressentait sa nouvelle vie comme une libération. Jamais il n'aurait imaginé qu'il aurait un tel plaisir à rencontrer des hommes et des femmes de milieux si divers, dans tous les Etats-Unis. L'obligation à laquelle il s'était conformé depuis son enfance, de se conduire comme un « bon garçon », son désir compulsif de se conformer à ce qu'était censé souhaiter la majorité, sa soif de bien faire pour que rien ne puisse lui être reproché, tout cela avait volé en éclats.

Quelquefois, il se sentait vaguement coupable en songeant à Melissa, qui avait disparu de sa vie, comme s'il ne l'avait jamais connue. Dix-sept années de vie commune...

Un jour, il s'apercevrait peut-être qu'il avait perdu un être précieux, et saccagé des années de patiente construction. Le couple... Il se souvenait avoir lu le témoignage d'un résistant français de la Deuxième

Guerre mondiale, qui racontait que, malgré la peur, la Gestapo, la torture, il avait vécu dans la Résistance les plus belles années de sa vie.

Car, pour l'instant, il vivait comme il le désirait, libre de ses mouvements et de son cœur, mais désespéré de ne pouvoir partager avec Clara sa joie nouvelle, sauvage, d'être enfin en vie. Il n'avait aucune nouvelle...

Les deux fois où il avait revu Angelhardt — qui, depuis qu'il portait un NOX, avait pris avec lui un ton de camaraderie potache qui le mettait au supplice —, il lui avait demandé de faire tout ce qui était au pouvoir de son organisation pour venir en aide à la jeune résistante. Une fois, Angelhardt avait tenté d'émettre une plaisanterie grivoise, mais la colère de Verne avait été tellement violente qu'il n'avait plus osé faire la moindre allusion à la jeune femme, si ce n'était pour l'assurer que la Famille allait s'en occuper.

Mais rien ne venait.

A cette idée, le savant sentit croître son angoisse. Il eut une envie furieuse de se laisser aller aux vieux réflexes — génuflexion, langue collée au palais... — qui lui servaient à prévenir une décharge aspique. Mais comme rien ne se produisait, il eut un petit rire et recommença à respirer normalement.

Une dizaine de jours plut tôt, alors qu'ils se trouvaient à Baltimore, il avait appris par Hannibal que Clara était gardée au secret dans une cellule de la prison fédérale de Washington DC.

Verne était aussitôt parti pour la capitale, où il avait rencontré un journaliste du *Washington Post*, probablement membre du Réseau, Alexander Pollock, qui avait découvert que l'information concernant Clara Hastings provenait d'un jeune avocat très introduit dans les hautes sphères du pouvoir, un certain Art Dewey. Accompagné du journaliste, Verne se rendait le même jour chez l'avocat — la trentaine, lunettes en écaille, cheveux roux, cravate tire-bouchonnée. Ensemble, ils prenaient la décision de fonder le Comité pour la libération de Clara Hastings, dont Alex

Pollock se faisait fort d'annoncer la création en première page du *Post*. C'est ainsi que quarante-huit heures plus tard, tous les Etats-Unis apprenaient l'histoire de la jeune résistante.

— Hannibal, dit soudain Verne, quand j'en aurai fini à Buffalo, je voudrais retourner à Washington DC.

— Mais, c'est dangereux, chef. Ils ont renforcé les frontières des trois Etats entourant le district de Colombia. Je n'ai pas prévu de passage. Il faudrait que je prévienne...

— On passera comme la dernière fois.

— Ce n'est pas possible. L'homme qui nous a convoyés en bateau a été arrêté pour trafic d'alcool.

— On en trouvera un autre. Jusqu'à Baltimore, on peut passer?

— Heu... oui. J'ai juste un ou deux coups de fil à donner.

— Très bien. Là-bas, on avisera. D'accord?

— Bon. C'est vous le chef. Et l'Indien?

— Il rentre au Canada par ses propres moyens.

— OK, boss.

Verne décida quand même d'ouvrir la vitre. L'air de la nuit lui fouetta le visage. Une immense vague d'émotion l'envahit. De toutes ses forces, il serra les bras contre sa poitrine et ressentit une douleur aiguë lui traverser l'épaule gauche.

Il ne pouvait pas s'en empêcher. Il aurait donné n'importe quoi pour serrer Clara contre lui.

Chapitre 20

1.

L'érable du parc Anascostia était en fleur, comme lors du premier rendez-vous de Black avec Gabriel, qui avait également eu lieu en avril.

Mais, à la différence de l'année 2001, il se sentait affreusement faible. Ses muscles ne lui obéissaient qu'au prix d'un effort considérable. A tout instant, il avait l'impression qu'il allait s'effondrer sur le chemin menant au carrefour de l'Erable. Betty Shrine lui avait bien proposé de l'aider, mais il avait tenu à rester seul, comme c'était convenu avec Gabriel depuis le premier jour. Il ne voulait pas prendre le risque de manquer un rendez-vous d'une telle importance.

Pesant de tout son poids sur la vieille canne qui avait appartenu à son père, Black réussit à arriver jusqu'à l'arbre centenaire. Il reprit son souffle, une épaule appuyée contre l'écorce rugueuse de l'arbre, et jeta un regard las sur la ville qui s'étendait à ses pieds.

La vision du dôme du Capitole surplombant la capitale fédérale, surmonté d'une statue en bronze symbolisant la liberté, le mit soudain dans une rage épouvantable. Dans un de ces états crépusculaires dont il était coutumier, mais qui, habituellement, ne duraient que le temps d'un clignement de paupières, il imagina qu'il saisissait d'une main le « Washington Monument », semblable à une épée dressée dans le ciel, et qu'il décapitait le célèbre dôme d'un seul coup, au ras de la colonnade !

« Décidément, Hughes a fait la bêtise de sa vie en autorisant la manifestation du 20 », pensa Black.

Il ricana, et une quinte de toux le plia en deux. Eructant, crachant, les yeux remplis de larmes, il lui fallut plusieurs minutes pour reprendre son souffle. Mais, comme d'habitude, il chassa instantanément l'inquiétude que ces symptômes provoquaient en lui. Bien qu'il sentît ses forces l'abandonner chaque jour davantage, il se refusait à consulter un médecin. Il ne quittait presque plus son bureau, se contentant de se faire reconduire le soir chez lui par Tony.

Quant à Fred, il semblait n'avoir plus une minute pour lui rendre visite, depuis la nuit qu'ils avaient passée ensemble après le retour de la Présidente. Tour à tour, Black avait essayé la persuasion et la menace, mais rien n'avait réussi à convaincre le jeune homme de consacrer ne fût-ce qu'une heure au directeur du FBI.

Black refusait de comprendre les raisons évidentes pour lesquelles Fred l'évitait. Les rares personnes de son entourage qui avaient cherché à lui dire que son état général leur inspirait des inquiétudes s'étaient fait remettre à leur place avec la dernière violence.

Tout comme lui, sa mère semblait ne s'être aperçue de rien, et continuait d'attendre toute la journée le moment béni entre tous où ils se retrouvaient au salon, après le dîner.

Même Larry Walton, son vieux secrétaire, avait renoncé à lui en parler. Désespéré, ce dernier constatait jour après jour les progrès de la maladie sur le visage de son patron.

Mais aujourd'hui, alors que Black se traînait avec mille difficultés à un rendez-vous d'une importance capitale, il se demanda pour la première fois si Fred l'évitait à cause de sa maladie. Cette idée le mit dans une telle rage qu'il assena un violent coup de canne sur le tronc de l'érable et faillit tomber à la renverse.

A cet instant, il entendit des pas précipités derrière lui : c'était Betty Shrine, qui arrivait en courant.

— Monsieur, dit-elle, essoufflée. Un messager de Gabriel vient d'arriver à la voiture de garde. Il dit qu'au dernier moment son patron s'est trouvé dans l'obligation de venir accompagné.

— Comment ça, accompagné? Vous voulez dire qu'il veut venir avec quelqu'un?

— C'est cela même. Le messager insiste pour dire qu'il s'agit d'un contretemps indépendant de la volonté de Gabriel.

— Mais de qui... Qu'est-ce qu'il propose, alors?

— Rien. Si j'ai bien compris, c'est à prendre ou à laisser.

— Qu'est-ce qui est à prendre ou à laisser?

— Il vient accompagné, ou pas du tout. Si vous voulez que nous intervenions, monsieur...

— Mais non, surtout pas. Qu'est-ce que vous allez chercher là. Laissez-moi réfléchir... Ils sont censés arriver ensemble par le même chemin?

— Oui, monsieur. Et ils passeront tous deux au détecteur d'armes. Plusieurs de nos hommes les surveilleront aux jumelles. Mais, si je puis me permettre... Il s'agit d'un changement de dernière minute. Gabriel aurait dû nous prévenir. Je n'aime pas ça. Je vous conseillerais...

— Merci pour vos conseils, Betty. Mais je préfère que vous gardiez vos réflexions pour vous. Bon, je vais les voir tous les deux. Vous n'avez rien remarqué d'autre?

— Non... Ah, si. Les hommes de Gabriel ne portent pas de chapeau.

— Comment?

— Ils ne sont pas affublés des ridicules chapeaux qu'ils portaient lors du dernier rendez-vous. Mais ça n'a peut-être aucune importance.

— Sans doute que si. Faites savoir à Gabriel que je l'attends. Ne les perdez pas de vue, tout de même...

Black eut un frisson et resserra la ceinture de son manteau en plastech. Il se sentait horriblement mal. Il ne parlerait à Gabriel que quelques minutes, et se ferait aussitôt raccompagner chez lui.

Respirant avec peine, il aperçut deux hommes montant l'allée qui débouchait sur sa droite. Gabriel marchait devant. Il portait un costume gris, une chemise blanche, et une cravate en soie. Son visage était inquiet. Il semblait avoir perdu son ancienne assurance.

L'autre homme, vêtu d'un costume sombre, était presque aussi petit que Gabriel, à ceci près qu'il se tenait très droit, cherchant ostensiblement à se grandir. Son teint basané et ses cheveux noirs trahissaient des origines méridionales.

Black ne l'avait jamais vu. Peut-être les photos que ses agents étaient en train de prendre au téléobjectif le mettraient-elles sur une piste. Mais, si l'homme acceptait de s'exposer de cette façon, c'est qu'il ne devait pas avoir grand-chose à craindre.

Les deux hommes s'arrêtèrent à un mètre de Black, l'inconnu toujours légèrement en retrait. Gabriel était nerveux. Ses yeux vairons fuyaient le regard de Black.

— Comment allez-vous, directeur? dit-il, avec un entrain forcé. Vous m'avez l'air fatigué. Vous avez maigri : le surmenage, sans doute.

— Je me porte très bien, Angelhardt. Ne vous en faites pas pour moi. Mais j'aimerais que vous me présentiez votre ami, que vous avez eu l'impudence d'amener avec vous. Comme vous le savez, ce que nous avons à nous dire doit rester confidentiel. Je vous propose donc...

— Je vous présente Marcello Cavani, l'interrompit sans vergogne Cœur d'Ange. C'est un membre de la Famille. Il doit reprendre une partie de mes affaires.

Black sentit une bouffée de colère l'envahir.

— Mon cher Angelhardt, dit-il en se contrôlant avec peine, je viens de vous dire qu'il est hors de question que nous discutions en présence d'une tierce personne, un inconnu qui plus est.

— C'est pourtant la seule chose que nous puissions faire, dit alors l'inconnu, d'une voix étrangement douce.

Black ressentit un choc.

« Cet homme est un tueur, pensa-t-il. Il est beaucoup plus dangereux que Gabriel. »

— Sinon, nous repartons, continua l'inconnu. Je crois que vous avez été prévenu de ma présence il y a quelques minutes. Vous aviez la possibilité de refuser.

— Désolé, directeur, surenchérit Angelhardt, mais ce sont des instructions de la Famille.

Pour la première fois de sa vie, Black ne savait comment réagir. Cette hésitation fit plus pour le convaincre qu'il était vraiment malade que toutes les allusions de son entourage.

« Il est hors de question de rompre avec la Mafia, pensa-t-il, en tout cas, tant que les élections présidentielles ne sont pas passées. »

Le silence s'était appesanti.

Au prix d'un effort considérable, Black réussit à contrôler sa nausée.

— Comprenez-moi, il est normal que je prenne des précautions, reprit-il. Etes-vous sûr, mon cher Angelhardt, que votre ami saura tenir sa langue ?

— Mais comment donc, directeur. Comment pouvez-vous douter une seconde d'un membre de la Famille ?

— Bien. N'en parlons plus. Très brièvement, voilà ce que j'ai à vous dire : le transfert de Clara Hastings vers le pénitencier de Lorton aura lieu le jeudi 3 avril.

— A quelle heure ?

— Je n'en sais rien. Probablement le matin. A vous de vous débrouiller.

— Nous nous débrouillerons.

— Je vous rappelle notre accord : vous devrez me faire savoir chaque jour où se trouvera la fugitive.

— C'est convenu.

— Une question : savez-vous où est le professeur René Verne ?

— Oui.

— Bien. C'est tout pour moi.

Cœur d'Ange prit sa respiration, jeta un coup d'œil rapide en direction de son compagnon qui n'avait pas bronché pendant que Black parlait, et sembla soudain se raviser.

Le directeur du FBI comprit alors que le mafioso était terrorisé. Cette idée le réconforta.

— Vos services ont eu la main un peu lourde avec nos hommes, à Saint-Louis, dit finalement Angelhardt. La Famille souhaite que cela ne se reproduise pas.

— Il faudrait savoir. C'est soit l'alcool, soit les NOX.

— Je sais. Mais ce n'est pas une raison. Le fils d'un de mes oncles a été blessé dans la fusillade.

— Désolé.

— Pour le reste, la Famille est satisfaite. J'ai un message de mon oncle à votre intention. Il m'a demandé de vous faire savoir qu'il espère beaucoup que vous continuerez à occuper le bureau directorial du J. Edgar Hoover Building dans deux ans.

— Dites-lui que je suis tout à fait flatté de ses bons vœux, et transmettez-lui mes amitiés.

« Le salaud, pensa Black. Il m'avertit qu'il est hors de question que notre accord saute après les élections. »

— Monsieur le directeur, je vous salue. Je vous ferai signe comme d'habitude en cas de nécessité.

— Moi de même, mon cher Angelhardt.

Black réalisa que « mon cher » lui avait cette fois échappé.

— Good bye, dit froidement Cavani.

Black ne répondit pas.

Il regarda les deux hommes s'éloigner vers l'ouest. Il eut soudain la certitude qu'il ne reverrait plus jamais Gabriel.

2

Un matin, dans la chambre de l'hôtel *Guest Quarters* où il était descendu incognito depuis une semaine, Verne tomba sur un article du *Washington Post* rapportant, en première page, que le fourgon cellulaire qui transportait Clara Hastings à la prison de Lorton avait été attaqué au cours de son transfert.

A l'occasion du hold-up, trois prisonniers avaient disparu : deux droits communs et Clara Hastings, devenue célèbre depuis la création du Comité de libération. Déplorant l'insécurité régnante, le journaliste, qui s'étonnait que le fourgon n'ait pas été escorté par une voiture de police, concluait son article en supposant que les deux droits communs avaient bénéficié d'un coup de main du Réseau pour libérer la jeune résistante.

Vingt-quatre heures plus tard, en sortant de l'université George Washington, Verne fut légèrement bousculé par un cycliste qui, profitant de la confusion, lui glissa un papier dans la main. Verne apprit ainsi une nouvelle bouleversante : il allait revoir Clara Hastings.

« Trouvez-vous le 20 avril devant la National Gallery of Art, précisait le message, bâtiment ouest, porte nord donnant sur Constitution Avenue. Le musée sera fermé à cause de la manifestation. A 15 heures précises, la porte ouvrira quelques secondes. Vous direz le mot "Paris" au guide en uniforme qui vous aura ouvert. Il vous mènera directement auprès de miss H. Attention : soyez exact. Il n'y aura pas de deuxième tentative. Signé : Cœur d'Ange. »

Depuis, le savant ne tenait plus en place. L'idée qu'il était sur le point de retrouver Clara, qu'il croyait perdue à jamais, le mettait dans un état d'exaltation parfois proche de l'ivresse.

Pourtant, il lui arrivait de céder à des moments d'abattement inattendus. Depuis qu'il avait décidé de ne pas retourner en Californie, c'était la première fois qu'il la revoyait telle qu'elle lui était apparue, un après-midi d'automne dans l'atelier de Micha Oblomov, évitant son regard.

Dix-huit ans avaient passé, des années de labeur, de luttes, d'angoisses partagées. Un jour, comme tous les couples, ils avaient dû se soumettre aux conséquences désastreuses de l'épidémie de FS, et avaient réussi, après l'implantation de Verne, à vivre avec humour leur chasteté forcée.

Aujourd'hui, Verne réalisait que, malgré son immense tendresse pour elle, une cassure s'était installée entre eux depuis longtemps. Etait-ce l'effet du temps, les désillusions d'une vie consacrée au travail ? Il se souvenait de sa déception, le jour où il lui avait dit ne pas vouloir d'enfant, bien avant que la loi Fuchs ne fût entrée en vigueur. Il l'aimait, pourtant, et n'avait jamais envisagé de la quitter. Maintenant que sa décision était irrévocable, il s'autorisait enfin à souffrir pour elle, et sa joie de revoir bientôt Clara était tempérée de culpabilité.

Pendant deux jours, il continua héroïquement à mener les discussions qu'il avait engagées, lors de son précédent séjour, avec des collègues du Centre national de recherche de Bethesda, pour les convaincre de collaborer au Projet Socrates et de soumettre le déroulement de leurs recherches à un « écrivain de laboratoire », comme c'était déjà le cas dans certains des laboratoires les plus prestigieux des Etats-Unis.

Sa mission se révélait plus difficile qu'il ne l'avait imaginé. Lorsque, après des semaines d'efforts, une équipe de laboratoire prenait enfin la décision de tenter l'expérience, il lui fallait encore trouver la personne capable de réaliser une tâche aussi singulière. Et, l'oiseau rare une fois découvert, commençaient d'interminables discussions pour mettre au point les modalités d'une collaboration sans lesquelles l'expérience était vouée à l'échec. Parfois, l'équipe finissait par sombrer dans de véritables psychodrames, tant l'innovation promue par Verne bouleversait les us et coutumes. Il fallait alors patiemment dénouer les fils, revenir aux éléments du protocole. Enfin, l'expérience une fois commencée, il fallait s'assurer qu'elle resterait confidentielle jusqu'au moment, tant attendu, où le Projet Socrates apparaîtrait au grand jour.

Ce vendredi 18 au soir, en regagnant son hôtel, Verne s'interrogeait pour la millième fois sur ce qu'il ferait quand il aurait retrouvé Clara. Devait-il profiter de la manifestation pour disparaître avec elle dans les profondeurs du pays ? Mais où aller, dans quel lieu, dans quelle direction ? Devait-il en parler à Hannibal ? Probablement pas : moins de gens seraient au courant de leur cavale, moins ils risqueraient d'être découverts.

Quant à leur destination, finalement, ils improviseraient.

3

Depuis quelques jours, un vent de colère soufflait dans les bureaux du J. Edgar Hoover Building. Les agents du FBBS avaient manifestement du mal à admettre que la manifestation soit autorisée.

Annabelle n'en continuait pas moins à penser que le choix de la présidente Hughes était judicieux, et rendait hommage à son sens politique.

Deux jours avant le grand meeting, elle fut convoquée au domicile du directeur Black, où elle n'était encore jamais allée.

En entrant dans sa maison de Capitol Hill, elle fut frappée par l'odeur étrange qui évoquait l'odeur douceâtre d'un sous-bois après une pluie d'automne.

Elle ne fit qu'entrevoir la mère de Black, une femme voûtée, les cheveux blancs bleutés, les yeux sans couleur.

Le directeur du FBI la reçut dans son salon. Assis dans un fauteuil, il était enfoui sous une couche épaisse de lainages, malgré la chaleur infernale de la pièce.

En quelques jours, Black avait vieilli de plusieurs années. Sa maigreur naturelle s'était accentuée, son teint était devenu terreux. Mais sa voix, surtout, impressionna la jeune femme. Elle exprimait toute la souffrance qui, en quelques semaines, s'était accumulée en lui.

Au long silence qui s'installa entre eux, Annabelle comprit que Black rassemblait ses esprits pour lui parler avec la solennité d'un malade inquiet de la gravité de son mal. En ces temps d'épidémie, le moindre symptôme prenait des allures de catastrophe.

— Comme vous pouvez en juger, je suis malade, dit finalement Black d'une voix chevrotante. Et je me trouve dans l'obligation de prendre certaines dispositions... Pendant quelque temps, je ne serai plus en état d'assurer la charge que m'a confiée la Présidente. Vous me suivez?

— Très bien, monsieur.

— Bien. Vous êtes une femme intelligente, miss Weaver. Je l'ai toujours pensé, malgré votre propension à croire que tout serait parfait en ce monde si le Women's MLAP prenait le pouvoir.

— Mais pas du tout, monsieur.

— Mais si. Cela dit, je vous comprends. L'important, aujourd'hui, c'est que les hommes continuent à porter un Aspic. Vous êtes d'accord?

— Comment ne pas l'être?

— En effet. Il y a cette manifestation dans deux jours. La Présidente a été conseillée. Les gens du NSG se croient plus malins que tout le monde. Ils pensent que cela va tourner en leur faveur. Mais nous allons au désastre.

— Au désastre?

— Exactement. Si je n'étais pas là pour l'aider, la Présidente perdrait les élections l'année prochaine. A propos, vous ne l'avez peut-être pas encore appris : elle m'a annoncé hier son intention de présenter un amendement à la Constitution pour rectifier le XXIIe.

— Le XXIIe?

— Celui qui limite la présidence à deux mandats. Il date de 1951. La Présidente veut se présenter une troisième fois.

Black fut pris d'un accès de toux si violent qu'Annabelle crut qu'il n'arriverait plus à reprendre son souffle.

— Excusez-moi, réussit-il à articuler après un moment. C'est cette bronchite.

— Monsieur, je ne sais pas si je peux...

— Allez-y, Weaver. Vous savez que vous pouvez me parler.

— Je voulais vous demander si vous aviez consulté un médecin.

Une lueur de colère s'alluma dans les yeux de Black.

— Ah non, miss Weaver! Vous n'allez pas, vous aussi, me conseiller d'aller voir un de ces charlatans! Il n'en est pas question. J'irai mieux dans quelques jours. S'il n'y avait pas la Présidente... Oui, elle aussi. Elle m'a demandé de me faire remplacer le temps de me reposer. Je ne sais pas si vous réalisez. Enfin... J'ai pensé à vous.

— A moi?

— Oui, à vous! Vous y voyez un inconvénient? Non? Ne vous en faites pas. Le train-train de la maison sera assuré par Larry Walton. Il sort d'ici. Vous n'aurez qu'à faire ce qu'il vous dit. Je serai en contact avec lui. Il va falloir vous présenter à la Présidente. Appelez son secrétariat lundi.

— Bien, monsieur.

— Ce n'est pas tout. Vous allez également devoir prendre en main la seule affaire qui, aujourd'hui, ait de l'importance. Elle doit permettre à la Présidente d'arriver à ses fins. Vous voyez qui cela concerne...

— Vous voulez parler de Clara Hastings.

— Mais non! Enfin... Hastings est mon appât. Le véritable héros, si je puis dire, c'est René Verne.

— Le professeur Verne?

— Ecoutez-moi bien, miss Weaver. Clara Hastings est entre les mains de gens avec qui je suis en contact.

— Vous savez où elle se trouve?

— Non seulement je sais où elle est, mais je sais aussi que dans deux jours, elle va retrouver le professeur Verne! Leur rendez-vous va avoir lieu ici, à Washington DC. Que pensez-vous de cela?

— Mais on va pouvoir les pincer!

— Pas question! Vous feriez capoter toute l'opération... Il faut qu'ils restent ensemble. Nous ne devons surtout pas perdre leur trace.

— Mais pourquoi? Pourquoi doivent-ils rester ensemble?

Black reprit son souffle. L'excitation lui avait mis des couleurs aux joues.

— Parce que je veux que la terre entière sache que le découvreur du FS — que dis-je, le découvreur, l'inventeur, oui! — est passé avec armes et bagages du côté du Réseau. Je veux qu'on sache que pendant que la nation entière souffre sous le joug de la loi Fuchs, Verne batifole avec une bio recherchée par toutes les polices du pays. Vous me suivez?

— Vous voulez dire...?

— Mais oui! Ce charmant monsieur porte un NOX!

— Un NOX?

— Exactement. Un faux Aspic!

— Mais je pensais... Vous m'aviez dit... Mais c'est terrible!

— Non, c'est merveilleux, miss Weaver. Imaginez seulement : au lieu de consacrer toute son énergie à la recherche du traitement du FS, un savant membre de la Commission de biosociologie protège une criminelle avec laquelle il a des rapports sexuels ! En outre, la fille est une bio. Vous voyez ? Dans quelques jours, tous les journaux du pays vont se déchaîner.

— Incroyable !

— Je vois que vous commencez à comprendre. L'inventeur du FS passe le plus clair de son temps avec une bio, dont il est l'amant actif ! Il faudra les enregistrer. Il nous faut toutes les preuves. Imaginez le retentissement du procès au nom de la sauvegarde de notre race, la double condamnation à mort, « la punition des cendres » ! Un chef-d'œuvre, vous dis-je...

Annabelle était abasourdie. Cet homme était génial.

— Monsieur, votre plan est extraordinaire. Tous les porteurs d'Aspic...

— Mais oui ! Ils vont être fous de rage. Et ne parlons pas des femmes. Ah, j'imagine les articles : le savant, payé à prix d'or pour rechercher un remède à la pire épidémie que l'humanité ait connue, s'adonne à la débauche avec une bio membre du Réseau... Le Réseau ne s'en remettra pas. Verne va nous mener à la « Terre Promise » : il va nous faire gagner les élections. Mais, comme Moïse, il n'aura pas le droit d'en profiter.

Black partit d'un éclat de rire croassant qui relança sa quinte de toux.

Annabelle venait de prendre conscience du formidable machiavélisme qu'impliquait toute l'opération. Le directeur du FBI semblait tirer tous les fils. Depuis des semaines, il savait que l'opération NOX, que la Mafia et le Réseau menaient de concert, était authentique. Et il était sur le point de retourner le plan à son profit.

Avec un respect mêlé de crainte, elle réalisait que, depuis la mort de Claudia Lombard, elle n'avait été qu'un rouage dans le plan diabolique de cet homme. La disparition de son ex-patronne avait-elle également été programmée par lui ?

En quittant le salon, elle jeta un dernier regard sur Black. Il était sur le point de s'assoupir.

Il survivrait. Un être tel que lui ne pouvait être vaincu par une maladie.

4

Depuis 1775, date de la création des marines, c'était la première fois que le corps d'élite de la Navy était appelé à intervenir dans une affaire ne relevant en principe que du domaine des forces de police, ou bien, au cas où la sécurité de l'Etat était en jeu, de l'armée de terre, comme l'avait fait remarquer d'un air pincé son chef, le général Charles Claudius Redford, au cours d'une réunion de l'état-major général des armées.

Les marines dans les rues de Washington, cela ne s'était jamais vu. Le secrétaire de la Marine, l'amiral Bernard J. Anderson, qui avait de la suite dans les idées, avait particulièrement insisté sur le fait que le prestige du célèbre corps d'infanterie de marine ne pouvait qu'accentuer le rôle dissuasif qu'on lui assignait dans l'« Opération Castor », comme s'empressa de la qualifier l'état-major, sans doute influencé par la conjonction, chez ce petit rongeur, d'un mode de vie aquatique avec la compulsion à construire des barrages.

Les préparatifs de ce qui devait être une véritable invasion militaire de la capitale durèrent plusieurs jours. Toute la semaine précédant le 20 avril, les Washingtoniens assistèrent, ébahis, au spectacle de groupes de soldats en battle-dress accompagnés de sous-officiers, le tout supervisé par des officiers, prenant des notes, vérifiant des cartes, mesurant la chaussée ou peignant des repères, pendant que des groupes de civils sans doute des organisateurs de la manifestation, procédaient à peu de choses près aux mêmes préparatifs, tout en jetant subrepticement des regards vers les soldats qui feignaient de les ignorer.

Le vendredi 18, tous les bureaux dépendant de l'Administration fédérale et de la municipalité furent fermés à 14 heures, sur ordre des instances gouvernementales et de la mairie.

Ainsi, les milliers de fonctionnaires purent rejoindre les autres habitants de Washington déjà installés sur la presqu'île du East Potomac Park, pour assister, le long du Washington Channel, au spectacle grandiose de l'arrivée des marines dans des péniches de débarquement, scène immortalisée par les cameramen du service de propagande de la Marine. Des vivats saluèrent l'appontement des soldats dans leur tenue de campagne — fusil automatique et sac à dos, auquel était attaché le casque de campagne, visière sur le front dégageant la tête rasée.

A 16 heures, tous les carrefours, monuments et bâtiments publics de la ville étaient investis par l'armée : transports de troupe blindés, tanks amphibies légers de type Patton Clear Fighter munis de canons à laser, automitrailleuses à double fûts, jeeps de liaison, le tout survolé par les hélicoptères de la « Cavalerie aéroportée » du corps des marines.

A 18 heures, les voies d'accès aux lieux stratégiques de la capitale — principalement la Maison Blanche, les bâtiments du Capitol Hill et du Federal Triangle — furent barrées par la police militaire. Seuls les piétons étaient autorisés à circuler dans l'immense périmètre où sont concentrés les trois quarts des immeubles de l'Administration fédérale.

L'autorisation officielle, rendue publique le 24 mars, avait causé une immense surprise aux organisateurs. Elle fut aussitôt analysée par les principaux responsables comme une reculade du pouvoir devant la force montante de la protestation des citoyens qui, outre le « Groupe de Boston », étaient représentés par les multiples associations de bienfaisance, les mouvements philosophiques et religieux, les syndicats, les corporations et les municipalités qui s'étaient associés à l'appel.

Cependant, rendus méfiants par des années de lutte, de nombreux membres du Réseau s'attendaient à rencontrer des formes d'opposition autrement plus insidieuses de la part des pouvoirs publics : refus de passage aux frontières intérieures, contrôles AS renforcés, barrages dans le centre de la ville...

Aussi furent-ils pris au dépourvu lorsque, le 9 avril, le porte-parole du ministère du Transport, Steve Fenton, demanda, par voie de presse, aux manifestants ayant l'intention de rejoindre la capitale par la route d'arborer, sur le pare-brise de leurs voitures particulières ou de leurs autocars, un logo représentant un castor, délivré gracieusement par les services fédéraux pour faciliter leur arrivée à Washington DC.

Les manifestants durent se rendre à l'évidence : le sigle permettait effectivement de passer les frontières intérieures sans autre formalité. En outre, lorsqu'ils arrivaient dans les faubourgs de Washington, des écriteaux munis du fameux castor leur indiquaient le chemin pour garer leur véhicule dans l'un des nombreux espaces verts de la capitale : Rock Creek, ou berges du Potomac, Anacostia Park, etc.

Incapables d'expliquer les raisons de cette brusque tolérance de l'Administration Hughes, de nombreux protestataires refusèrent de se compromettre en arborant le sigle officiel. Mais, face à l'obligation de subir à nouveau les habituelles entraves à la circulation, ils finirent par se ranger à l'avis général.

Vendredi après-midi et samedi toute la journée, des trains supplémentaires arrivaient toutes les dix minutes à Union Station. Toutes les compagnies aériennes avaient affrété des vols spéciaux pour la capitale. Les cars arrivaient par dizaines, dégorgeant les milliers de manifestants qui allaient peu à peu remplir les alentours de l'immense perspective du Mall et de Constitution Gardens, qui s'étend sur plus de trois kilomètres entre le Capitole et le Lincoln Memorial, où la manifestation était convoquée pour le dimanche à 14 heures.

Le soir venu, profitant du beau temps, et malgré le froid encore vif de ce printemps précoce, des manifestants — en majorité des jeunes qui avaient répondu en masse à l'appel du Mouvement des jeunes pour la libération du pasteur baptiste noir James Morse — s'installèrent dans des sacs de couchage, pour dormir dans les parcs, les jardins, et sur les berges du Potomac, dans cette ville noyée de fleurs et de verdure.

C'est ainsi que, ce samedi 19 au soir, la population du pays tout entier s'endormit avec l'image, recueillie sur leurs écrans de télévision, de centaines de milliers de citoyens américains convergeant vers la capitale, dans l'espoir d'assurer un succès grandiose à la manifestation.

Chapitre 21

1

Négligemment appuyé contre un arbre de la Western Plaza, le sergent Charles O'Brian s'ennuyait ferme. De l'endroit où il se trouvait, il apercevait le canon à laser d'un tank Clear Fighter, qui se détachait contre la grille entourant le jardin de la Maison Blanche. Plus près de lui, deux automitrailleuses « Firestone » barraient le carrefour de la Pennsylvania Avenue de la 14e Rue, prenant en enfilade la célèbre perspective. Sur sa droite, le transport de troupes dans lequel attendaient les hommes de son peloton était parqué à quelques mètres de l'entrée de l'hôtel Willard.

Après les deux années passées au Costa Rica, où Charlie s'était battu contre les métis du commandant Miguel Mendez — ou Dieu savait quelle tribu d'Indiens ralliée à la Révolution catholico-légitimiste —, c'était la première fois qu'il sortait de la base en tenue de combat. Ses hommes le surnommaient Charlie Skinhead, ou plus simplement Skin, à cause d'une blessure reçue six mois plus tôt dans une embuscade près de Puntarenas, où un éclat d'obus de mortier lui avait entièrement scalpé l'arrière de la tête, laissant son cerveau à nu. Après trois mois passés à l'hôpital de la Navy, à San Diego, où il s'était fait remplacer l'os de l'occiput par une plaque en acrylique recouverte d'une greffe de peau rose sortie directement des cultures du laboratoire — d'où son surnom —, il était rentré dans son pays, au Texas, dans la petite ville de Fairfield.

Pendant dix longues semaines de convalescence, il avait cru devenir fou d'ennui, et était sur le point d'éponger tout le cola-coke du pays quand, un beau jour, il avait reçu son affectation comme sergent instructeur dans la base de Stafford, en Virginie.

Il se trouvait ainsi parmi les marines mobilisés pour monter la garde dans la capitale contre la marée montante des envahisseurs, tâche dont il avait commencé à s'acquitter dans un état de rage dont il ne comprenait pas la cause.

Sa mission avait pourtant été parfaitement définie par le lieutenant Pfeiffer :

— Ces cons ont besoin d'être impressionnés, lui avait expliqué l'officier. Tu n'auras qu'à exhiber ton arme, et ils se tiendront tranquilles.

Pourtant, il y avait sûrement autre chose, pensait Charlie. Il le sentait confusément. Des années de formation, et l'expérience de deux années d'une guerre sans merci lui avaient appris à ne pas trop se fier aux explications de ses supérieurs. Pas plus qu'à l'aspect pacifique d'un village d'Indiens de la cordillère de Guanacaste, ou au sourire d'une indigène.

Depuis qu'il avait enfilé son battle-dress et passé son fusil automatique en bandoulière, il était en tout cas fermement décidé à faire face à toute éventualité.

— Eh, Skin, c'est à notre tour d'aller nous balader, cria une voix derrière lui.

Charlie se retourna avec nonchalance. C'était Bill Davis, le seul Noir de son peloton, qui venait d'arriver en courant.

— Sois pas si pressé, négro, dit Charlie, d'une voix traînante. Aujourd'hui, les filles, t'auras juste le droit de les regarder!

C'était la plaisanterie en vogue parmi les marines, depuis qu'ils étaient affublés d'un Aspic.

Les filles... Charlie ricana. Il ne savait pas très bien ce que c'était, une fille. Comme tous les marines, il en avait entendu parler par les anciens, ceux qui faisaient partie des « Leather Collars » avant la loi Fuchs. Tous les soirs, le mess des sous-officiers retentissait des rires provoqués par les récits des virées nocturnes d'autrefois, dans les bars de Panama pleins de chicanas lascives.

Chez les marines, c'était une affaire de tradition : on continuait à parler de sexe. Pourtant, seuls les Adorateurs du FS en connaissaient encore quelque chose. L'armée était ainsi atteinte d'une véritable épidémie de conversions à la nouvelle religion. Quant à Charlie, il ne pouvait pas les encadrer. Leur donner la chasse était une de ses passions, au point qu'une fois libéré, il envisageait de s'engager comme garde dans un pénitencier de la Navy, où les « fans du FS » étaient enfermés.

Du coin de l'œil, Charlie aperçut le peloton de Tom Field qui revenait de l'Ellipse, cet immense terrain circulaire situé entre les jardins de la Maison Blanche et le Mall où se dressent les 169 mètres de l'obélisque du Washington Monument.

C'était leur tour, en effet. Charlie ajusta ses lunettes de soleil, et suivi de Davis, qui l'avait attendu sans mot dire, se dirigea vers le transport blindé où étaient installés ses hommes.

— Allez, les gars, en route ! ordonna-t-il.

Ses hommes sortirent du blindé en bougonnant et se placèrent en file indienne.

— Eh, Skin, est-ce qu'on patrouille le chargeur engagé ? demanda Guido, le caporal rital que Charlie ne pouvait pas sentir.

— T'en fais pas. Je te ferai signe, si on a besoin de se défendre. Pour l'instant, garde ton cran d'arrêt, et tiens-toi à carreau. Tu serais capable de descendre toute la patrouille rien que par peur de ton ombre.

Les soldats s'esclaffèrent.

Content de sa répartie, Charlie se mit en marche en direction de l'Ellipse, suivi de ses hommes.

Guido Fabiani, qui fermait la marche, jeta un coup d'œil à sa montre. Il était onze heures du matin. La journée s'annonçait splendide. Autour de lui, des milliers de manifestants convergeaient vers le Mall.

Le *Washington Post* daté du samedi 19 avril publiait une interview d'Annabelle Weaver, la nouvelle directrice du FBBS, dans lequel elle expliquait que tout le FBI s'était mobilisé pour retrouver Clara Hastings. L'affaire était devenue une cause nationale dépassant largement le cas de la jeune résistante.

Verne était inquiet. Il se demandait s'il n'avait pas fait une erreur en créant le fameux Comité de soutien avec l'avocat Art Dewey et Alexander Pollock, le journaliste du *Washington Post.* Compte tenu des circonstances, l'attention que les médias portaient à Clara Hastings était devenue pour le moins gênante.

Le succès du Comité dépassait en effet tout ce que le savant aurait jamais pu imaginer. Tous les jours, les journaux nationaux évoquaient, par un biais ou un autre, l'odyssée de la jeune femme. Des milliers de lettres de soutien parvenaient aux rédactions...

— Excusez-moi, monsieur.

Verne se déplaça pour laisser descendre une vieille dame à la station de métro Federal Triangle.

La rame était bizarrement vide, au moment où des dizaines de milliers de manifestants se pressaient à quelques mètres au-dessus. Les gens avaient peut-être mal compris les consignes affichées partout par la Metropolitan Area Transit Authority, stipulant que seules les stations desservant le Mall et ses alentours seraient fermées le 20 à partir de 13 heures.

En quittant l'hôtel, Verne avait expliqué à Hannibal qu'il souhaitait être seul pour rendre visite à un collègue qui habitait quelque part sur Capitol Hill, et qu'il le retrouverait le soir à l'hôtel. Finalement, il avait renoncé à parler de son rendez-vous avec Clara.

Malgré les nécessités de l'heure, il se sentait un peu coupable d'avoir menti à celui qui était devenu un fidèle compagnon, depuis qu'ils s'étaient rencontrés dans l'ex-hôpital Bellevue. Mais il n'avait pas le choix. Après sa fuite, Hannibal saurait quoi faire de ses affaires. Verne avait pris sur lui tout l'argent qu'il avait pu trouver — mille deux cents dollars en espèces —, ainsi que des fausses cartes de crédit que lui avait procuré le Réseau. Il était prêt.

Midi vingt, lut-il à sa montre. Dans un peu moins de trois heures, il serrerait Clara dans ses bras...

Il descendit à Smithsonian.

Il aimait bien le métro de Washington, et ses vastes voûtes décorées de caissons en béton précontraint, qui lui donnaient l'impression de circuler dans une ruche aux proportions gigantesques. Les lumières bleutées indirectes transformaient les voyageurs en autant d'ombres surnaturelles.

Il emprunta un immense escalier mécanique, et aperçut, très loin au-dessus de sa tête, le carré bleu du ciel.

En débouchant à la lumière du jour, il eut un mouvement de recul : la foule était énorme, le bruit assourdissant. Autour de lui, des milliers d'hommes, de femmes, d'enfants circulaient dans tous les sens, semblant pris d'une agitation maniaque. Il fut aussitôt happé par la masse des manifestants, et réalisa, angoissé, qu'il lui serait impossible d'arrêter de marcher.

Les muscles crispés, les yeux au ciel pour échapper au flot mouvant, il aperçut soudain la pointe imposante de l'obélisque du Washington Monument, qui dominait la foule.

Il cessa de lutter, essayant seulement de se diriger vers le seul point ayant quelque consistance dans le maelström où il était plongé. Il se souvenait du mot d'ordre qui appelait la population à se réunir autour du monument érigé en l'honneur du premier président des Etats-Unis et des Pères fondateurs d'une Constitution censée protéger les citoyens de l'arbitraire du pouvoir politique.

Malgré les cris, les bousculades, et son horreur des foules, Verne commençait à se détendre. La foule autour de lui était plutôt gaie. Les gens étaient restés trop longtemps enfermés dans leur solitude. Ils avaient enfin une occasion de se réunir, et donnaient libre cours à leur joie, retrouvant, l'espace d'un après-midi, des comportements abandonnés depuis des décennies.

Près de lui, un groupe de jeunes chantait des airs du Sud en s'accompagnant de deux banjos. D'autres déployaient des banderoles ou brandissaient des panneaux : « Les ouvriers de Dallas, contre la loi Fuchs » ; « Vive le sexe libre » ; « Les Aspics à la ferraille ». Des mots d'ordre étaient résolument humoristiques : « Le Feu Sacré n'est pas tombé dans l'oreille d'un sourd » ; « La Présidente enceinte » ; « Les virus se moquent de nous »...

Verne commençait à s'amuser.

Plus il s'approchait de l'obélisque, plus la masse des gens, chahutant, criant, chantant, portant panneaux et banderoles, devenait compacte. Ils étaient de toutes races, et de toutes obédiences : des Noirs du NAACP — le National Association for the Advancement of Colored People —, du News Moslems, du Black Liberal Party. Des Indiens en tenue nationale du VDA — la Vine Deloria Association dont faisait partie Sitt Hokkee —, de la NIA — la National Indian Association —, de la Red Power. Des Latino-Américains et des Cubains des Brown Berets, de la Raza, des Juifs du JOF, la Jewish Organisation for Freedom. Des femmes de la WomRUT — Women for Return to Uterus, qui militaient pour le retour aux grossesses naturelles. Des étudiants du Student Power, de New Hippies, qui portaient les cheveux longs et des fleurs sur leurs vêtements ; du Mouvement des étudiants contre la discrimination biologique dont Clara avait fait partie. Des mouvements religieux, tels les mormons de l'Utah, les témoins de Jéhovah, les pentecôtistes, les catholiques intégristes, les catholiques libéraux, les juifs hassidiques et les juifs réformés, les musulmans témoins d'Allah et les musulmans sunnites du Croissant vert. Il y avait les représentants du NET — le New Exultant Task —, notoirement affilié au Réseau, et de l'American Civil Liberty Union, qui avait porté la loi Fuchs devant la Cour suprême, et avait été déboutée par cinq voix contre quatre. A une voix près, avait souvent pensé Verne, la situation des Etats-Unis aurait été radicalement différente !

Tous ces gens s'étaient peu à peu immobilisés, pressés les uns contre les autres. Tournés vers l'obélisque, ils attendaient le moment prévu par le comité d'organisation, qui avait proposé de marquer, par trois minutes de silence, la mort de la liberté. Ensuite, la foule était appelée à crier des slogans : « A bas la loi Fuchs », « Retour au droit constitutionnel », « Disparition des Aspics »...

Verne était finalement content de se trouver là. L'envie le prenait de bavarder avec les gens. Il aurait souhaiter leur expliquer qui il était, et leur parler de la Mission Socrates.

Soudain, il entendit son nom. Il se retourna. Un groupe d'inconnus le désignait du doigt. On l'avait reconnu. René Verne, le découvreur du FS, l'ancien membre de la Commission de biosociologie. Ils ne semblaient pas hostiles. Ils exprimaient tout juste leur curiosité.

Verne fut saisi d'angoisse.

Obsédé par l'idée que quelque chose pourrait l'empêcher de se rendre à la National Gallery à 15 heures, il s'éloigna dans la direction du musée en jouant des coudes.

La foule devenant moins dense, il respira. Son attention fut alors attirée par le titre d'un journal plié dans la poche d'un manifestant. Un nom était lisible : Angelhardt. Verne s'approcha et demanda à l'homme — un quinquagénaire rigolard, portant d'énormes lunettes — s'il l'autorisait à jeter un coup d'œil sur la première page. C'était la dernière édition du *Washington Times*, sortie une heure plus tôt.

A côté du grand titre sur quatre colonnes qui se rapportait à la manifestation du jour, un article annonçait la mort du « célèbre chef de la Mafia, Michael Angelhardt, assassiné en pleine rue, à trois heures du matin, d'une rafale de mitraillette ».

Le choc fut terrible. Verne dut faire un énorme

effort pour ne pas se laisser gagner par la panique. La disparition du mafioso signifiait-elle que son rendez-vous avec Clara était annulé ?

— On dirait un tapis persan, dit Larry Walton.

Annabelle jeta un coup d'œil sur le secrétaire de Black. L'air guindé, il avait la tête penchée devant un hublot.

« Il ne perdra jamais ses airs de majordome britannique », pensa-t-elle.

— Voilà une image qui ne me serait jamais venue à l'esprit, répondit-elle ironiquement.

Walton se tourna vers elle, avec un air de reproche.

« Il faut que je fasse attention. Le bougre est loin d'être idiot. »

Depuis une demi-heure, ils survolaient la capitale à deux cents mètres d'altitude, confortablement installés dans la cabine du dirigeable que les services de sécurité avaient affrété pour surveiller la manifestation. Une dizaine de personnes se trouvait à bord. En dehors de Annabelle Weaver et de Larry Walton, tout le monde était occupé avait expliqué le commandant du dirigeable : les deux pilotes assis devant le poste de pilotage, les agents spéciaux installés derrière leurs lunettes à résolutions multiples — l'un d'eux lisait sur les lèvres ce que disaient les manifestants —, les photographes derrière leurs appareils ultrasensibles, qui prenaient des clichés du moindre détail — jusqu'au dixième de millimètre.

L'appareil avait une autonomie de trois heures, avant de retourner à la base de Stafford pour refaire le plein. Annabelle avait souhaité participer à l'un des vols pour observer la manifestation. Walton lui ayant demandé un entretien en tête à tête, elle lui avait proposé de l'accompagner.

Ils étaient maintenant installés l'un à côté de l'autre dans le fond de la cabine, près d'un hublot qui leur permettait de découvrir le spectacle coloré des centaines de milliers de manifestants envahissant le Mall. Grâce au bruit des deux moteurs à hélice se mêlant au brouhaha de la foule, ils pouvaient se parler sans contrainte.

— Pourriez-vous me dire ce qui vous préoccupe tant, mon cher Walton ? demanda Annabelle, radoucie.

Le secrétaire de Black prit un air soulagé.

— Je voulais vous parler de la disparition de Michael Angelhardt, répondit-il.

Depuis le début de la matinée, toute la presse annonçait la mort du mafioso qui avait reçu une rafale de mitraillette dans la poitrine en sortant du *Black Label*, la nuit précédente, à trois heures du matin.

— Avez-vous la moindre idée... ? demanda Annabelle.

— C'est un règlement de comptes interne à la Mafia. De nos jours, personne ne se risquerait à toucher un cheveu d'un membre de la Famille sans l'accord du « Godfather ».

Annabelle acquiesça.

« La manifestation est un succès incontestable », pensa-t-elle, impressionnée par le spectacle de la foule qui emplissait le Mall, depuis Constitution Gardens jusqu'au Capitole.

Décidément, elle ne cessait de découvrir des prolongements à l'affaire qu'évoquaient les propos de Walton. Depuis qu'elle avait compris que le directeur du FBI avait bel et bien entretenu des contacts avec la Mafia, elle n'avait plus cessé de s'interroger sur les raisons de cette collaboration. L'époque du N.PAC.PS dont parlait le sénateur Sullivan sur ses bandes magnétiques était révolue et la rupture avec la Mafia, après la libéralisation de la production de cocaïne, semblait avoir été définitive.

Or, la veille, Black lui avait clairement fait entendre que ses relations avec la Mafia n'avaient jamais cessé.

Une seule chose pouvait expliquer un tel imbroglio : la Mafia possédait un moyen de pression sur la personne de Black. A moins que ce ne fût sur la Présidente elle-même !

Annabelle frissonna. Si son hypothèse était juste, le

plan « Terre Promise » qu'avait imaginé Black était, en quelque sorte, une réplique au chantage de la Mafia. Chacun semblait prendre ses marques pour la bataille finale. L'assassinat d'Angelhardt faisait partie de ces préparatifs : le mafioso s'était probablement trop compromis.

Tout tournait, semblait-il, autour de la fameuse affaire des NOX. Si le plan « Terre Promise » réussirait, c'en serait fini de cette histoire. Sinon, l'Administration risquait de sauter. Et elle, Annabelle, ferait partie de la charrette.

Elle n'avait pas le choix : le plan « Terre Promise » devait réussir.

— La mort d'Angelhardt n'est pas une grande perte, dit-elle à Walton, qui avait respecté son silence. Cela dit, je me demande ce que va devenir le plan « Terre Promise » dont m'a parlé le patron. Cœur d'Ange ne devait-il pas nous indiquer où et quand nous pourrions surprendre Verne et Hastings ensemble?

Larry Walton ne parut pas surpris d'apprendre qu'Annabelle était au courant des multiples contacts entre le directeur du FBI et le mafioso, impliqués par le déroulement du plan « Terre Promise ».

— Rien n'est compromis, répondit-il. Nous avons seulement changé d'interlocuteur : le nouveau s'appelle Marcello Cavani. C'est le bras droit d'un des Padroni de la Mafia, Thomas Capecchi.

— Eh... comment peut-on joindre ce monsieur?

— Cavani nous contactera. C'est son intérêt autant que le nôtre. D'autant que la Mafia ne semble pas avoir saisi, jusqu'à présent, les véritables implications du plan « Terre Promise ».

— Vous voulez dire que l'exploitation du scandale Verne implique que nous nous opposions au développement des NOX?

— Exactement, miss Weaver. Je suis content que vous ayez saisi tout l'intérêt du plan de monsieur Black!

— Son plan est en effet ingénieux! Eh bien... Il ne nous reste plus qu'à attendre d'être contactés. C'est cela?

— Oui, miss Weaver.

Walton sembla hésiter à poursuivre. Annabelle resta de marbre, attendant qu'il se décide.

— Miss Weaver, dit finalement le secrétaire particulier de Black. Il faut que je vous dise encore une chose. Le patron ne serait sans doute pas d'accord, mais...

Annabelle remarqua pour la première fois des gouttes de sueur perler sur le front du secrétaire.

— Je vous écoute, Walton.

— Eh bien... Je crois que le patron est atteint du FS.

— Du FS! Mais alors...

Elle se tut. Elle n'allait pas demander à Walton son opinion sur les causes de la maladie du patron!

Elle y avait déjà pensé. Grands dieux : ce serait donc vrai. Il serait atteint du Feu Sacré! La situation devenait décidément explosive. Mais passionnante.

— Vous pensez que Black le sait? demanda-t-elle brusquement.

— Je l'ignore.

Pour la première fois, elle le vit prendre un air malheureux.

— Miss Weaver, dit-il enfin, si vous devez vous occuper de « Terre Promise », il faut que je vous dise un mot des NOX.

— Des NOX? Mais je sais...

— Vous saviez qu'ils fonctionnaient réellement?

— Evidemment!

Elle n'allait pas lui dire qu'elle ne l'avait appris que la veille, de la bouche même de Black!

— D'ici quelques mois, n'importe qui pourra s'en procurer dans le pays.

Annabelle pensa que Walton devait absolument devenir son allié.

— Black protège la Mafia, dit-elle d'un ton neutre. Je me demande bien pourquoi.

Pour la première fois, Annabelle vit Walton sourire.

— C'est précisément ce dont je voulais vous parler, miss Weaver, dit-il, avant que vous ne vous rendiez à la Maison Blanche. Mais il me faudrait quelques garanties...

Annabelle tenait sa réponse : le secrétaire particulier de Black lui proposait un marché impliquant, en particulier, qu'il trahisse son patron.

Elle sentit l'excitation la gagner.

— Dites-moi à quoi vous faites allusion, et nous pourrons peut-être aborder le chapitre des garanties.

— Cela concerne l'accident d'avion du président Glen Monroe. Mais je n'en dirai pas plus, avant...

Elle triomphait.

— Eh bien d'accord : parlons de vos garanties !

2

Lentement, l'énorme dirigeable approchait du Washington Monument.

Melissa baissa les yeux. Jamais elle n'avait vu autant de monde. Depuis une heure, elle marchait comme une somnambule derrière Sim Le Mair, dit Hercule, dont la haute silhouette fendait la foule comme la proue d'un navire. Elle avait de la fièvre et se sentait étrangement vide. Les bruits de la foule lui parvenaient atténués, comme s'ils traversaient une vitre invisible avant de l'atteindre. Margaret Britten, qui marchait à ses côtés, avait renoncé à lui adresser la parole.

« Je me demande ce que je suis venue faire ici », pensa Melissa.

Elle regrettait de ne pas avoir renoncé à son voyage. A la maison, Tobee l'attendait sans doute devant la porte, assis sur son arrière-train, attentif au moindre bruit de voiture passant dans la vallée.

Elle aurait dû se libérer de l'engagement qu'elle avait pris avec Mag. Une semaine plus tôt, entraînée par l'enthousiasme général qui avait suivi la fin de la réunion de Laird's landing, elle avait en effet décidé, avec son amie, de venir à la grande manif, du 20.

Or, en arrivant à Washington avec Sim, Clayton et

quelques autres, elle avait soudain été traversée par la pensée qu'elle était peut-être venue à Washington avec le secret espoir de retrouver René dans la foule. Depuis, elle était obsédée par cette idée insensée.

Elle jeta un coup d'œil vers Clayton, qui traînait la patte derrière elle. Le pauvre vieux avait l'air épuisé. Il avait perdu son air guilleret.

Paradoxalement, le bruit et la musique lui étaient d'autant plus pénibles qu'ils lui arrivaient atténués. Un attroupement s'était formé autour d'un groupe d'Indiens cherokee en costume national, qui psalmodiaient une complainte dans la langue de leurs aïeux. Plus loin, elle vit un orchestre composé de Noirs en costume des années 30 – de l'époque du *Cotton Club* de Chicago. Ils marchaient en soufflant dans leurs cuivres, les veines du cou saillantes. Derrière eux, une cohorte de gens dansaient en chantant.

Soudain, elle sentit qu'on la saisissait par le bras. Il lui fallut quelques secondes pour reconnaître Loca, la Diane du Réseau.

– Mais non, je vais très bien, répondit-elle à la jeune femme, qui s'inquiétait de son état. Ne vous en faites pas pour moi.

Ensuite, elle perdit complètement le fil des événements.

Plus tard, elle devait se souvenir qu'elle avait continué à marcher derrière Sim, avec Mag à ses côtés. Diane était accompagnée de trois latino-américaines. Dans un demi-brouillard qui, curieusement, ne l'empêchait nullement de noter les moindres détails, elle remarqua que les chicanas portaient sur la joue gauche le même tatouage que Diane.

« On m'appelle Loca, la folle », lui avait dit Diane, avec une voix passionnée, quand Melissa l'avait interrogée sur la signification de son tatouage, à la fin de la soirée chez Clayton Powys. « Chez nous, c'est une marque de respect. »

Melissa aperçut l'obélisque du Washington Monument et, pour la première fois depuis qu'elle suivait Sim, elle sut où elle se trouvait. Mais cela n'eut pour effet que de la plonger encore plus profondément dans son humeur morose.

Soudain, une vague de fond traversa la foule. Melissa leva les yeux, et vit une multitude de feuilles de papier voleter en l'air. Elles provenaient d'un hélicoptère qui fit plusieurs passages au-dessus de la foule avant de s'éloigner. Les gens se bousculaient pour attraper les tracts, et prenaient un air excité dès qu'ils les avaient lus.

Melissa sentit ses jambes flageoler. Elle luttait contre l'envie de se laisser tomber par terre, où la foule la piétinerait jusqu'à ce que mort s'ensuive...

Kess Sherman s'éloigna de la fenêtre. Depuis son lit, il avait remarqué une première feuille de papier voletant dans la cour intérieure de l'hôpital. Puis une deuxième, une troisième... Il s'était levé, avait regardé vers le carré de ciel qu'il apercevait à travers les barreaux de sa fenêtre, mais ne vit rien. Sans doute un malade s'amusait-il à effeuiller un livre depuis un étage supérieur.

En tout cas, c'était la première fois qu'il marchait sans ses béquilles.

Depuis le début de l'après-midi, en effet, il exultait. Malgré ce que le Dr Cline lui avait annoncé la veille — « Dans trois jours, vous allez enfin nous débarrasser le plancher... » — le grondement sourd provenant du Mall le mettait dans un état d'exaltation qu'il n'avait pas connu depuis longtemps.

Il se souvenait d'une journée où il avait connu une joie comparable. Cela se passait en France, où il était allé avec Jane pour leur premier voyage à l'étranger. Un soir de juin, ils étaient allé écouter la *Cinquième Symphonie* de Mahler dans une cathédrale de Paris, qui portait le nom d'un saint. Il avait eu la même impression de vagues sonores émanant directement des murs en pierre.

« Alleluia », murmura-t-il, en s'asseyant sur son lit.

Un bruit de clés se fit entendre. La porte de la chambre de sécurité s'ouvrit, et l'infirmier Hyatt fit son apparition, son perpétuel sourire sur les lèvres.

— Monsieur Sherman, gronda-t-il, en l'apercevant debout sans ses béquilles, vous ne devriez pas...

— Allons, monsieur Hyatt, c'est un grand jour. Je vais enfin pouvoir vous serrer dans mes bras.

— Monsieur Sherman, soyez sérieux.

— Monsieur Hyatt, vous m'embrassez, ou je vous empêche de partir à la manifestation !

L'homme prit un air ravi. Il s'approcha de Kess, qui lui déposa un baiser sonore sur le front.

— Tenez, dit-il en tendant une feuille de papier à Sherman. C'est interdit, mais ça va vous faire plaisir. C'est un tract qui a été lancé par un hélicoptère de la Navy. En bas, on ne parle plus que de ça.

— Ah, tout s'explique ! Permettez-moi...

Sherman lut le papier. Abasourdi, il découvrit un message d'un supposé « Comité de la Navy contre la loi Fuchs » qui, en deux lignes, apportait son soutien aux manifestants. Sûrement un piège. Mais, dans ce cas, lequel ?

— C'est incroyable, s'exclama-t-il.

— N'est-ce pas ? Ça va faire du grabuge dans la Navy !

— Allez, monsieur Hyatt. Cela mérite un nouveau baiser.

— Monsieur Sherman, répondit l'infirmier, dont l'expression témoignait du plaisir qu'il prenait à s'occuper de Sherman. Allez, reprenez vos béquilles. Le docteur ne sera pas content.

— Le docteur, le docteur... Cline m'a annoncé que je devais vous quitter au milieu de la semaine.

— Comment ? demanda Hyatt, en regardant Sherman d'un air consterné.

— Eh bien oui, mon brave. Tout a une fin. Il va falloir que je réponde de mes crimes. Monsieur Hyatt...

L'homme s'était laissé tomber sur une chaise, et venait d'éclater en sanglots.

Une vague d'émotion submergea Sherman. Il se pencha sur son infirmier, et le prit dans ses bras. Immobile, il écouta longuement les sanglots de l'homme qui se mêlaient aux vagues sonores de la foule grossissant sur le Mall.

D'une pichenette, le sergent O'Brian chassa le tract qui était venu se coller contre la crosse de son fusil automatique, et jeta un regard furieux sur les manifestants qui s'agglutinaient derrière les barrières métalliques, de l'autre côté de l'avenue. Depuis qu'ils avaient pris leur poste, des jeunes gens s'amusaient à adresser des gestes obscènes aux soldats, qui restaient impassibles.

O'Brian avait disposé ses hommes le long de la grille du jardin de la Maison Blanche, à l'endroit où il forme un demi-cercle le long d'Exécutive Avenue. Le dos tourné à la résidence de la Présidente, dont on apercevait la rotonde au fond du jardin, les marines se tenaient à quelques mètres les uns des autres, les jambes écartées, le fusil leur barrant la poitrine.

« Si j'en attrape un... », pensa Charlie, en regardant les manifestants.

— Dis aux gars que surtout ils restent calmes, cria-t-il à Bill Davis, qui se trouvait à dix mètres sur sa droite.

En cas de coup dur, il suffirait que le Clear Fighter, qui se trouvait à une centaine de mètres, montre le bout du museau, pour que les manifestants déguerpissent. Bien que, pour sa part, il aurait volontiers lâché une rafale au-dessus de cette bande de tarés, ne serait-ce que pour voir leur réaction.

Soudain, il s'aperçut que le bruit infernal qui n'avait pas cessé de retentir depuis des heures décroissait rapidement. Au même instant, il remarqua que tous les manifestants s'étaient tournés vers le Washington Monument.

Curieusement, ce phénomène, incompréhensible pour lui, fit plus pour le convaincre qu'il était confronté à une foule ennemie que les horions qu'il venait d'essuyer pendant une demi-heure.

Il serra la crosse de son P 26. Il n'avait pas éprouvé une tension pareille depuis son départ du Costa Rica.

Entre les jardins de la Constitution et les eaux miroitantes du Capitol Reflecting Pool, dans lesquelles se reflétait le dôme du Capitole, l'immense foule des Américains en colère emplissait le Mall, s'étalant jusqu'au nord et au sud du célèbre obélisque, sur la vaste prairie de l'Ellipse, et autour du Tida Basin, bordé de cerisiers en fleur.

Des centaines de milliers d'hommes, de femmes, d'enfants, portés par l'espoir que la démocratie renaisse dans un pays qui l'avait inventée deux siècles et demi plus tôt, tenaient à bout de bras banderoles et pancartes exigeant l'abrogation de la loi Fuchs.

L'image de ce parterre humain, plus coloré que le plus coloré des champs de fleurs, était retransmise dans le monde entier par les caméras de télévision des deux hélicoptères de la CBN qui s'était assuré l'exclusivité des prises de vues. Ainsi des centaines de millions de téléspectateurs stupéfaits découvraient l'exigence, proclamée par deux millions d'Américains, de retrouver la libre disposition de leur corps malgré les terribles dangers de l'épidémie.

A 14 heures, le silence tomba d'un coup sur l'immensité humaine. Il s'abattit sur la foule comme une traînée de sable, faisant disparaître chaque bavardage, chaque chanson, chaque cri. Aucun signe, aucune proclamation n'avait été nécessaire pour que le bruit cesse. Spontanément, les gens se redressaient, impressionnés par la gravité de leur revendication, angoissés par les incertitudes de leur avenir.

En cet instant, les pensées rejoignaient les êtres chers emportés par la terrible épidémie.

Les gens se recueillaient, traversés par une immense nostalgie : connaîtraient-ils à nouveau l'insouciance ? Retrouveraient-ils la joie de boire une gorgée d'eau dans une rivière, et celle de faire l'amour dans la simplicité de leur désir ? Car ce qui s'offrait à la vie, du seul fait d'être en vie, semblait à jamais avoir disparu.

Le monde avait perdu l'innocence et désespérait les hommes.

Or, la foule apprenait, pour l'éprouver dans son

corps, qu'elle ne retrouverait sa liberté qu'au prix d'un combat acharné.

Les trois minutes passèrent.

Quelques pigeons, un instant trompés par l'immobilité et le silence de la masse humaine, avaient repris leur envol.

Un grondement sourd se mit alors à monter de la foule. Les premiers cris retentirent, et peu à peu s'amplifièrent, devenant un rugissement d'une puissance surnaturelle qui jaillissait de centaines de milliers de gosiers tournés vers le ciel.

« A bas la loi Fuchs », « Vive la démocratie »...

Peu importaient les paroles. La voix suffisait. Sa force disait tout. Une voix qui sortait de la foule, parcourant l'univers d'ouest en est, du nord au sud, sans cesse renaissante, aux significations multiples, un chœur immense à la complexité infinie, un chant de la terre.

— René!

Melissa enfonça ses ongles dans le bras de Sim.

— Melissa! Que se passe-t-il?

— C'est René, j'en suis sûre. Je l'ai vu passer, là-bas...

— Tu es sûre?

— Mais oui. Il m'a reconnue. Il porte sa veste en velours.

Elle avait l'impression de devenir folle.

Depuis quelques minutes, les gens vociféraient autour d'elle.

Mais elle se taisait. Elle ne pouvait pas, elle ne pourrait jamais. Crier avec une foule ne changerait rien. C'était le comble de l'absurde, le témoignage des illusions irréductibles dans lesquelles s'enfermaient les êtres humains.

Elle était trop consciente, aussi, de ce qui risquait de se produire si, par démagogie, le gouvernement cédait à la pression des gens pour abroger la loi Fuchs. L'épidémie repartirait avec une telle vigueur qu'en moins de dix ans la question de la survie du peuple américain se trouverait posée.

Et voilà que, tout d'un coup, elle apercevait René. Dieu seul savait après quelle chimère il courait, depuis le mois de janvier.

Elle fut prise d'un étourdissement, et s'appuya sur le bras de Sim. Elle aurait voulu courir. Mais impossible.

Autour d'elle, les gens continuaient de crier. Ils riaient. La manifestation retrouvait son allure de fête. Même Mag semblait s'amuser.

— Sim, dit Melissa, allez voir. Je suis sûre que c'était lui.

— D'accord. Je vais faire un tour. Ne bougez surtout pas d'ici. Margaret, appela-t-il.

L'avocate les rejoignit.

— Je vais faire un tour, lui dit-il. Reste avec Mely.

— J'ai aperçu René, dit Melissa à Margaret. Il m'a reconnue...

Sim s'éloigna dans la direction qu'elle lui avait indiquée.

Malgré le bruit formidable de la foule criant ses slogans à plein gosier, Verne avait distinctement entendu son nom. Surpris, il s'était retourné, et avait aperçu Melissa, pâle et défaite, qui se retenait au bras de Sim Le Mair pour ne pas tomber.

Son premier réflexe fut de fuir. Sourd aux jurons des gens qu'il bousculait sans ménagement, il s'éloigna vers l'est, et gagna la 14e Rue qui traverse perpendiculairement le Mall.

Epuisé, il s'arrêta devant ce qui ressemblait à un gigantesque ruban métallique brillant dans le ciel.

Il mit quelques secondes à reconnaître la sculpture de José de Rivera, *Infinity*, une immense bande de Möebius en acier qui s'élève sur plusieurs mètres de hauteur devant le National Museum of American History.

Ses pas l'avaient guidé dans la bonne direction. Une fois passé le musée d'Histoire naturelle, la National Gallery of Art ne se trouvait plus qu'à cinq cents mètres.

Verne quitta le Mall et rejoignit Constitution Avenue, où une porte devait s'ouvrir pour lui à 15 heures.

Devant le musée, il s'assit sur un banc en pierre, au pied d'un pin séculaire. Il lui restait un quart d'heure d'attente.

Il pensait à Melissa. Il avait beau se dire qu'il n'avait pas eu d'autre solution que la fuite — impossible de risquer le moindre retard à son rendez-vous —, l'idée qu'elle allait interpréter son comportement comme un signe de lâcheté lui était intolérable.

Pourtant, pas une fois il ne mit en question sa résolution de faire tout ce qui était en son pouvoir pour retrouver Clara.

3

— Vous pouvez sortir...

Clara toisa l'homme qui venait d'ouvrir la porte. Elle ne l'avait encore jamais vu. Il était vêtu d'un curieux uniforme bleu marine à boutons dorés qu'elle ne parvint pas, sur le moment, à identifier. Il ne ressemblait pas aux Asiatiques qui la gardaient enfermée dans son réduit depuis qu'ils l'avaient arrachée au fourgon cellulaire.

Ces derniers, des Japonais d'une efficacité redoutable, manifestement des hommes de la pègre, lui avaient bandé les yeux avant de la faire monter dans une voiture.

Une dizaine de minutes plus tard, ils lui faisaient grimper un escalier escarpé — une odeur de cuisine chinoise imprégnait l'atmosphère —, pour la conduire dans une pièce suintante d'humidité, éclairée par une unique lucarne, où elle avait enfin pu enlever son bandeau.

Deux hommes étaient installés derrière une table. Seul le plus petit — qui la fixait avec de curieux yeux vairons — s'était adressé à elle. Il s'était présenté comme un ami de René Verne, et lui avait expliqué qu'elle resterait enfermée quelques jours, le temps que la police cesse ses recherches dans la capitale. Ensuite, elle pourrait retrouver son ami.

Elle était sur le point de lui poser une foule de questions, mais l'homme l'avait aussitôt interrompue : il n'avait plus rien à ajouter.

Les yeux à nouveau bandés, on l'avait conduite dans une pièce où elle allait passer plusieurs jours : quelques minutes en voiture, des mains qui vous guident, des marches à descendre...

Elle n'avait eu aucun mal à s'acclimater à son nouveau lieu de captivité, infiniment plus confortable que la prison fédérale : elle était autorisée, en particulier, à prendre des douches et à lire la presse.

Pourtant, elle nc se faisait guère d'illusions : avoir échappé aux griffes du FBI n'était pour elle qu'un miracle sans lendemain. On l'avait kidnappée pour servir de monnaie d'échange. Quant à la promesse du gangster concernant d'hypothétiques retrouvailles avec René, elle signifiait seulement que ses ravisseurs connaissaient les circonstances de son évasion de la base de la MID, et souhaitaient, pour un temps, s'assurer de sa collaboration.

Pendant ces quelques jours de répit, elle avait suivi avec passion les préparatifs de la grande manifestation du 20, aini que l'extraordinaire développement de la campagne orchestrée par « son » Comité, qui, malgré l'annonce de sa disparition, avait continué de plus belle.

Aujourd'hui, on venait la chercher, pour la livrer, sans doute, aux griffes de l'abominable Weaver...

— Je vais revenir ici ? demanda-t-elle à l'homme en uniforme, avec un vague espoir.

— Je ne crois pas, madame, répondit-il.

Clara passa le blouson en plastech qu'on lui avait donné avant sa sortie de prison — en plus d'un pantalon en velours et d'un pull à col roulé — puis, renonçant à emporter les numéros du *Washington Post* où étaient relatés ses exploits, sortit dans un petit hall.

L'homme en uniforme ouvrit une porte.

— Je vous prie de m'excuser, dit-il, mais aujourd'hui les ascenseurs ne sont pas fiables. Une panne de courant peut toujours arriver. Il vaut mieux monter à pied.

Ils grimpèrent l'un derrière l'autre un escalier à colimaçon, l'homme ouvrant la marche. Clara perçut une rumeur sourde qui s'amplifiait peu à peu.

— Qu'est-ce que ce bruit? demanda-t-elle.

— C'est la manifestation.

Surprise de ne pas y avoir pensé, Clara comprit que le rassemblement devait être incroyablement proche.

— Mais nous sommes tout près!

— On ne peut plus près, répondit l'homme, avec un petit rire.

— Mais, comment est-ce possible? Je n'ai rien entendu.

— La pièce dans laquelle vous avez séjourné se trouve au troisième sous-sol.

Arrivé en haut de l'escalier, l'homme ouvrit une nouvelle porte.

Clara eut l'impression d'être brusquement précipitée dans un ouragan sonore. Abasourdie, elle suivit son guide, passa la porte... et resta clouée de stupeur.

Elle venait de déboucher dans une immense rotonde bordée par une vingtaine de colonnes ioniques en marbre vert sombre d'une trentaine de mètres de hauteur, soutenant un dôme ajouré par un vitrage circulaire, et décoré de nids d'abeilles. Au centre de la rotonde, dont les murs étaient couverts de marbre rose clair et le sol de dalles noires, se dressait une immense fontaine épousant la forme d'une vasque, surmontée d'un Mercure ailé reposant gracieusement sur un pied. Mais le plus extraordinaire, peut-être, était le bruit de ces milliers de voix mêlées, amplifié par les proportions gigantesques de l'édifice, rebondissant sur les pilastres et les corniches, les colonnes, les surplombs, comme si, dans cet espace dantesque apparemment désert, des milliers d'âmes invisibles criaient leur douleur.

Clara frissonna. Elle réalisait que la foule des manifestants se pressait à quelques mètres, juste derrière le mur septentrional du bâtiment.

— Où sommes-nous? demanda-t-elle enfin à son guide.

— Au musée de la National Gallery of Art, répondit-il simplement.

— Au musée...

Elle était restée enfermée dans les sous-sols d'un musée pendant presque une semaine !

— Pourtant, il n'y a personne !

— Le musée est fermé à cause de la manifestation.

Mais oui, évidemment...

— Mais alors, que faisons-nous ici ? demanda-t-elle.

— Vous avez un rendez-vous dans...

L'homme consulta sa montre.

— ... une vingtaine de minutes.

— Un rendez-vous? Vous voulez dire... Je dois rencontrer quelqu'un?

— C'est ce qu'on m'a dit.

— Mais où ça?

— Vous devez attendre cette personne dans la section de la peinture française. Par là, ajouta l'homme en tendant un doigt. Au bout du hall se trouve un jardin d'hiver. C'est la salle qui s'ouvre sur votre droite.

L'homme désignait l'un des deux halls qui s'ouvraient de chaque côté de la rotonde, formant l'axe des deux ailes du musée.

— Mais, vous êtes sûr...

— Attendez là-bas. En cas d'imprévu, on viendra vous chercher. Maintenant, je vous laisse.

— Attendez, dit précipitamment Clara à l'homme qui avait déjà tourné les talons.

— Oui?

— Je voulais vous demander : à quoi correspond votre uniforme?

— Je suis guide de musée, madame.

Clara avança dans le hall aux proportions aussi titanesques que la rotonde qu'elle venait de quitter. La lumière émanait d'une verrière voûtée culminant à une trentaine de mètres. De chaque côté du couloir s'ouvraient les salles d'exposition.

Le bruit de la foule s'était légèrement atténué. Clara s'avança jusqu'au jardin d'hiver, une vaste pièce rectangulaire où poussaient des plantes luxuriantes aux essences exotiques. Mais, au lieu de se diriger vers la salle que lui avait indiquée le guide, elle continua tout droit : elle avait aperçu, de l'autre côté du jardin, un balcon bordé d'une rambarde transparente, surplombant une baie vitrée ouvrant sur l'extérieur.

Fascinée, elle s'approcha.

De l'autre côté de la vitre s'étendait l'agora, une immense dalle en béton qui sépare le bâtiment ouest, où elle se trouvait, du bâtiment est de la National Gallery, construit au XXe siècle par le fameux architecte sino-américain Pei. Mais ce qui la fascinait, c'était la masse des manifestants occupant l'esplanade.

Depuis deux mois, en effet, elle n'avait vu presque personne. Avec avidité, elle se mit à observer tous ces hommes, ces femmes, ces enfants brandissant des banderoles, des pancartes...

Absurdement — personne ne pouvait la voir, ni l'entendre —, elle eut envie d'appeler, il fallait qu'on vienne la chercher, elle voulait se retrouver dans la foule. Mais ses cris se perdaient dans le torrent sonore qui l'enveloppait de toutes parts.

Elle se tut et resta un long moment accoudée à la rambarde, émerveillée d'être témoin de cet événement inouï : des milliers de gens criant librement leur désir d'être libres.

Elle se tourna enfin et entra dans la première salle située sur sa droite.

Depuis les dernières paroles du guide, l'idée qu'elle avait effectivement rendez-vous avec René restait bloquée à la lisière de sa conscience. Elle refusait d'y penser. Cette évocation était la source d'une joie si grande qu'elle la fuyait instinctivement : la déception risquait d'être trop douloureuse. Elle éprouvait un engourdissement de l'âme, une attente. Simplement, elle ne savait pas ce qu'elle attendait.

Elle entra dans la salle 72, sur sa droite — elle ne devait jamais savoir qu'elle commettait ainsi une inversion, car, revenant sur ses pas, la salle que lui avait indiquée le guide se trouvait maintenant sur sa gauche.

Un tableau attira son attention : elle pensa immédiatement qu'il s'agissait d'une réplique — d'un répons — à celui qui l'avait tellement impressionnée, trois mois plus tôt, au Metropolitan Museum de New York.

Il était seul, accroché, sur une avancée du mur. C'était un Manet : mêmes tons bruns, mêmes contrastes, même liberté du dessin. Il représentait un homme en tenue de toréador vu de profil, allongé le dos sur le sable d'une arène, la tête ballante sur sa gauche. A l'arrière-plan, son bras droit, replié, reposait sur sa poitrine, le bout des doigts sur l'abdomen, tandis qu'au premier plan, le bras gauche, allongé le long du corps, tenait dans la main la pointe d'une cape rose encore enroulée. Dans le fond, près de la tête, on devinait le pommeau de l'épée que le matador avait lâchée, au moment où il était tombé, foudroyé.

Le cadavre pesait de tout son poids : malgré l'éclat de la fête, il n'y avait rien d'aérien ni d'héroïque dans cette mort qui avait frappé, brutalement, froidement, séparant à jamais le toréador de sa gloire, dont il ne restait qu'accessoires, jeux de lumière, matière.

Manet avait peint sa toile dans les mêmes tons que *La Jeune Femme en costume d'espada*. L'homme portait le même costume noir — petit gilet et culottes nouées au-dessous du genou —, la même ceinture large et les mêmes bas de soie blanche, les mêmes chaussures à boucles.

Clara se souvenait de la jubilation qu'elle avait éprouvée en découvrant le tableau du Met. Aujourd'hui, elle ne ressentait plus aucune joie, comme si la mort avait effectivement frappé. De la gloire de la femme aperçue à New York, il ne restait qu'une dépouille, aussi belle qu'inutile.

Bien que tout opposât les deux personnages, une femme, un homme, tout les rassemblait, en effet. Dans le tableau du Met, la femme avait été représentée comme prise sur le vif, le talon levé, le visage tourné vers le spectateur. Elle semblait savoir ce qu'elle voulait, dans son déguisement d'homme.

L'homme, lui, gisait immobile, réduit à une forme.

Clara s'interrogeait sur ce qui l'avait émerveillée à ce point à New York. Etait-ce que le peintre ait représenté une femme en costume de toréador, au moment de donner l'estocade ? Elle se souvint avoir trouvé un air obscène à l'épée que dressait la jeune travestie au-dessus d'une cape évoquant une robe froissée tenue avec désinvolture. Une comédie de la virilité. Une femme portait triomphalement les oripeaux de la gloire masculine. Un homme tué gisait à ses pieds, dont elle avait volé le costume de lumière, les illusions, et le désir de perpétuer la comédie du pouvoir.

De cette comédie, il ne restait que la mort.

Ainsi, entre le moment de son arrivée à New York et l'instant présent, Clara avait tissé un lien insensé qui, mieux que toute explication, lui donnait la certitude d'être arrivée à un tournant de sa vie.

Elle comprit alors — et alors seulement — qu'elle allait revoir René Verne. La lucidité du regard de l'artiste qui imprégnait la toile, la traversant, devenait la sienne.

Les images des deux tableaux de Manet formaient dans son esprit comme une spirale vibrante, lui indiquant la voie à suivre.

Une folie : elle, la bio, porterait un enfant de Verne.

Quand elle l'entendit prononcer son nom, elle trouva assez de force pour dire à Verne qu'elle n'en pouvait plus de l'attendre, avant de se jeter dans ses bras.

Sim Le Mair cherchait René Verne. Il était convaincu que Melissa ne s'était pas trompée, et que le savant était bel et bien passé à quelques mètres.

Il attendait ce moment depuis des semaines. Par le Réseau, il en savait beaucoup plus sur les dernières aventures de Verne que ne le soupçonnait Melissa.

Il avait entendu parler, comme tout le monde, de la virulente lettre de démission du savant à la Commission de biosociologie, dont il dénonçait l'évolution récente.

En revanche, peu de gens savaient que Verne collaborait activement avec le Réseau, par l'intermédiaire du Projet Socrates. Sim pressentait qu'une révolution intellectuelle était en gestation dans le monde scientifique, comparable à celle qu'avait connue le monde de l'art au tournant du XIXe et du XXe siècle.

A l'époque, bien peu de gens auraient imaginé, par exemple, que le peintre des *Demoiselles d'Avignon* serait considéré, quelques décennies plus tard, comme l'un des plus grands créateurs de l'histoire. Entretemps, le goût, les modes de pensée avaient radicalement changé. Le génie de Picasso avait été de percevoir ce changement avant les autres, sinon de l'inventer. Telle était en tous cas la conviction de Sim. Sa foi dans le rôle joué par quelques fortes individualités sur le cours de l'histoire, découlait directement de la pratique de son art. Pour lui, le travail harassant sur des morceaux de bois rejetés par la mer débordait le cadre de sa vie, et prenait son sens dans son appartenance à l'histoire des hommes.

Aussi, son désir de retrouver René Verne pour participer au Projet Socrates, n'était-il que l'autre versant de la conviction qui le poussait à consacrer sa vie à la sculpture.

Rôdant sur Constitution Avenue, il aperçut Verne par le plus grand des hasards devant le bâtiment ouest de la National Gallery, une fraction de seconde avant que ce dernier ne disparaisse par une porte.

Machinalement, Sim regarda l'heure à sa montre : 15 heures précises. Verne avait sûrement un rendez-vous concernant Socrates.

Il se mit en faction dans une encoignure, espérant que le savant emprunterait le même chemin pour sortir du bâtiment.

Une voiture de police déboucha lentement sur Executive Avenue et s'arrêta au milieu de la chaussée, à la hauteur du sergent Charles O'Brian.

« Il ne manquait plus que ça », se dit Charlie.

Il n'aimait pas les flics, qui finissaient toujours par

venir l'emmerder, chaque fois qu'il allait s'offrir un verre de cola-coke dans un bar.

Deux policiers en tenue sortirent du véhicule. Ils jetèrent un regard goguenard sur les marines immobiles devant la grille de la Maison Blanche, puis se dirigèrent vers les manifestants qui vociféraient de toute leur force derrière la barrière métallique les empêchant d'empiéter sur la chaussée.

Matraque à la main, ils se mirent à déambuler devant les manifestants qui formaient les premiers rangs de la foule se pressant sur l'Ellipse en les fixant dans le blanc des yeux.

Charlie ressentait dans son corps les effluves de violence qui traversaient le no man's land de l'avenue.

— Mais qu'est-ce qu'ils foutent, ces deux connards! S'ils cherchent des crosses, ils vont être servis.

Ses mains se crispèrent sur son arme. Il avait entendu dire, par un officier, que la police était furieuse qu'on lui ait ôté ses prérogatives.

Les flics, après avoir parcouru quelques dizaines de mètres, revinrent vers leur voiture en riant.

— Eh, patate... Bonne chance! cria l'un deux, en faisant un geste obscène en direction de Charlie.

La voiture démarra en trombe et disparut vers l'ouest.

Charlie jura et cracha.

L'humeur des manifestants avait changé. Il remarqua un grand rouquin, une veste en jean sur les épaules qui, depuis quelques minutes, soupesait dans la main une boîte de cola-coke, comme s'il s'agissait d'une balle de base-ball.

Charlie eut soudain l'intuition de ce qui allait se passer. Mais trop tard : la boîte explosa contre la grille, aspergeant le marine de cola-coke. Il se rappela le bruit que faisaient les grenades des chicanos, quand elles heurtaient le blindage de son transport de troupe, avant d'exploser. Sans même y penser, il déverrouilla son arme.

Quelques secondes plus tard, ses hommes et lui recevaient un véritable déluge de projectiles de toutes sortes.

— Eh, Bill, cria Charlie. Va chercher le Clear Fighter. Magne-toi le train.

Le Noir partit en courant.

— Pointeeez... armes! hurla Charlie.

Il se mit en position de tir, le doigt sur la gâchette.

Aussitôt, un flottement apparut dans les rangs des assaillants. Du coin de l'œil, il vérifia que ses hommes étaient prêts.

A cet instant, son attention fut attirée par un groupe de quatre jeunes femmes, toutes vêtues de cuir noir : c'étaient des chicanas, il les sentait à des kilomètres. L'une d'elles se mit à faire de grands gestes dans sa direction. Autour du groupe, les gens s'étaient calmés, et semblaient écouter attentivement ce que disait la jeune « latino ».

Charlie grogna, et mit en joue la chinaca qui continuait de dégoiser.

Les projectiles pleuvaient de plus en plus dru autour de lui. Certains manifestants avaient sauté par-dessus la barrière. Il reçut une bouteille contre une cuisse. Sa rage et sa frustration devinrent intolérables.

Soudain, la chicana s'arrêta de parler, le regarda droit dans les yeux et, avec une lenteur théâtrale, lui fit un bras d'honneur.

Dans la seconde qui suivit, son visage éclata, et son sang, mêlé à des éclats de cervelle, se répandit sur sa poitrine avant même que Charlie n'entende la détonation de son propre fusil. Elle tomba lentement. Ses compagnes se mirent à crier.

Des manifestants franchissaient la barrière, de plus en plus nombreux. La foule hurlait, piétinant tout sur son passage.

Charlie tirait avec pondération. A chaque coup, un mort, c'était ce qu'on lui avait enseigné. Surtout, ne pas gâcher les munitions.

Il ne s'arrêta de tirer que lorsqu'il entendit le grondement du Clear Fighter. Sa mission était accomplie. Pas un seul manifestant ne s'était approché à moins de trois mètres de la grille de la Maison Blanche.

— Attention, cria Margaret, qui courait en tenant Melissa par la main.

Elle fit un écart, évitant une femme qui venait de tomber devant elle.

Depuis que la fusillade avait éclaté, la panique était indescriptible. Personne ne comprenait ce qui s'était passé. Quand elles avaient entendu les coups de feu, les deux femmes se trouvaient sous un bosquet d'arbres, à quelques mètres de l'Ellipse, en compagnie de leurs amis du groupe de Point Reyes. Après un moment de stupeur, la foule avait reflué en hurlant, s'écartant de la fusillade. Aussitôt, Margaret avait perdu ses amis de vue.

Courant, trébuchant, elles réussirent enfin à tourner le coin sud d'un énorme bâtiment officiel.

— Arrête, gémit Melissa, en reprenant son souffle. Que s'est-il passé ?

— Je n'en sais rien.

— L'armée tire sur la foule, cria quelqu'un qui passait en courant. Vous ne devriez pas vous arrêter ici.

— Ce n'est pas possible ! dit Melissa, consternée.

— Mely, viens, filons. Dans quelques minutes, ils vont tout boucler.

Les deux femmes se remirent à courir vers l'est.

— La voiture n'est plus loin. Encore un effort.

— Il faudra bien, murmura Melissa.

— Il y a sûrement des morts.

« Pourvu que René n'ait pas été touché », pensa Melissa.

— René !

Verne sursauta, et ébaucha un geste pour protéger Clara.

Le couple venait de franchir la porte du musée donnant sur Constitution Avenue. Encore sous le coup de leurs retrouvailles — il garderait toujours le souvenir des traits de Clara, au moment où il avait pris son visage amaigri entre ses mains pour l'embrasser —, il mit quelques secondes pour reconnaître Sim Le Mair, qui venait de surgir devant lui.

— Sim ! Mais, qu'est-ce que tu fais là ?

— Je te cherchais. Je t'expliquerai. On n'a pas le temps. Il faut partir tout de suite.

Verne réalisa alors que l'avenue était pleine de gens fuyant vers l'est.

— Mais que se passe-t-il?

— L'armée a tiré sur la foule. Viens avec moi. Je connais un moyen de vous faire sortir d'ici.

— L'armée a tiré?

Verne hésita. Comment dire à Sim que la femme qui l'accompagnait était recherchée par toutes les polices du pays?

— Merci, Sim, mais ce n'est pas possible.

Il fit un geste en direction de Clara.

— Elle...

— Je sais. Je connais toute l'histoire. Vous ne vous en tirerez pas sans mon aide. Venez.

Verne interrogea la jeune femme du regard.

— Allons-y, dit Clara. On a peut-être une chance.

— Bon. On te suit, Sim.

Le visage du colosse se fendit d'un large sourire.

— Enchanté de faire votre connaissance, dit-il enfin, en tendant la main à Clara. Je suis Hercule.

— J'ai entendu parler de vous.

Ils se mirent à courir.

Chapitre 22

1

Une quinzaine de jours s'était écoulée depuis les événements tragiques du 20 avril, au cours desquels dix-sept manifestants avaient trouvé la mort.

La commission d'enquête désignée par la Présidente — quelques heures avant celle du Congrès — venait de faire savoir qu'elle communiquerait ses conclusions à la Maison Blanche le lendemain 6 mai, vingt-quatre heures avant de les rendre publiques.

Depuis, le pays entier retenait son souffle. Les bruits les plus contradictoires circulaient dans la capitale.

Alexander Pollock, l'un des reporters les plus en vue du *Washington Post*, qui s'était beaucoup démené en faveur du Comité pour la libération de Clara Hastings, avait mené une difficile enquête pour découvrir comment la décision de confier aux marines une tâche relevant de la police avait été prise. Son article, paru une semaine après les événements, avait fait un bruit considérable. Il confirmait, en effet, que les plus hautes autorités de la nation étaient impliquées dans la décision. L'ordre avait été donné, semblait-il, avec l'aval personnel de la Présidente, très probablement à la suite d'une réunion du Conseil national de sécurité. Quant aux auditions auxquelles procédait la commission d'enquête du Congrès, elles semblaient devoir confirmer les révélations du journaliste.

Aussi la mission qui amenait Annabelle Weaver, ce mardi 6 mai, dans le Connecticut, était-elle attendue avec une particulière impatience en haut lieu.

Elle était arrivée à Bradley International, l'aéroport de Hart ford, capitale de l'Etat, le matin même, par le vol régulier de Washington DC. Contrairement à ce qu'avait annoncé la météorologie nationale, la journée était particulièrement ensoleillée.

Annabelle, épuisée, était sur le chemin de retour, et venait de traverser Broomfield, à quelques kilomètres de l'aéroport.

Elle imaginait ce qui allait se passer dans deux heures, à son retour dans la capitale fédérale : toutes sirènes hurlantes, la voiture officielle la conduirait directement à la Maison Blanche. La Présidente la recevrait dans le bureau ovale, comme au lendemain de la manifestation. Annabelle lui annoncerait, du ton modeste qui sied aux grandes occasions, que sa mission était un succès complet. Après les félicitations d'usage, elle refuserait la récompense que la Présidente ne manquerait pas de lui offrir. Elle avait tout son temps. Son destin étant officiellement lié à celui d'Elizabeth Hughes, la plus grande circonspection était de mise.

Elle était ainsi fermement décidée à soutenir la proposition de l'attorney général Harris Taylor de faire nommer Patricia Johnson à la tête du FBI en remplacement d'Howard Black. Pat, un pur produit de l'Establishment washingtonien, était une des plus vieilles collaboratrices de l'attorney général. Sa nomination signifierait de facto la réconciliation entre la direction de la police fédérale et son ministre de tutelle, ce qui, dans la période difficile que traversait l'Administration Hughes, était un atout à ne pas négliger. Annabelle insisterait simplement pour que Larry Walton conserve son poste. Quant à elle, elle se ferait titulariser à la tête du FBBS, comme le lui avait déjà proposé Hughes. Walton pourrait ainsi tenir son engagement, et l'informer de ce qui se tramait à la direction du FBI.

En fait, elle n'avait pour l'instant qu'une idée en tête : prendre des vacances. Elle proposerait à Mary Gale, la secrétaire que Larry Walton lui avait adressée — ce diable ne manquait pas d'intuition —, d'aller passer quelques jours avec elle dans l'Arizona. Il y avait longtemps qu'elle avait envie de se promener dans le Grand Canyon. Curieux qu'elle s'appelât Mary. Sans doute ce que l'on appelait les hasards de la vie...

Car Annabelle aimait la vie. Elle se sentait bien dans sa peau, et satisfaite d'elle-même. L'entrevue qu'elle venait d'avoir avec don Thomas Capecchi s'était merveilleusement bien passée. Elle revenait persuadée qu'elle avait eu affaire au « Godfather » de toute l'Organisation, le Capo de la « Cupola », le mystérieux aréopage qui dirigeait la Mafia.

Il était personnellement venu la chercher dans le grand salon qui se trouvait au rez-de-chaussée de Gordon Heights, et lui avait proposé de faire quelques pas dans le jardin de la propriété.

La personnalité de don Capecchi l'avait déroutée. L'homme portait ses cheveux gominés et plaqués sur la tête, comme au temps d'Al Capone. Pourtant, il n'avait pas grand-chose à voir avec le célèbre gangster. Le Padrino était grand, bedonnant, et flanqué de bras interminables. D'apparence placide, il donnait l'impression de ne jamais s'énerver. Mais son regard gris, dont on ne savait jamais s'il riait, ou s'il vous jaugeait, était capable de vous clouer sur place.

Curieusement, don Capecchi avait commencé par lui parler philosophie. Il lui avait demandé si elle connaissait un dénommé Spinoza, dont elle n'avait jamais entendu parler. Devant sa réponse négative, il avait paru déçu, mais avait pris la peine de lui expliquer qu'il s'agissait d'un philosophe hollandais sur l'œuvre duquel il venait de finir un livre.

Puis, sans transition, il avait abordé l'objet de la visite d'Annabelle à Gordon's Heights.

— Ainsi, vous êtes une patriote? avait-il demandé.

— Heu... Comme tout le monde. Plus ou moins.

— Non, non, ne vous sous-estimez pas, mademoiselle. Ce que vous êtes en train de réussir n'est pas donné à tout le monde.

Elle avait sursauté. « Vous êtes en train de réussir... » Cela signifiait-il qu'il était d'accord?

— Ecoutez-moi bien, miss Weaver, car je tiens à ce que vous rapportiez mot pour mot ce que je vais vous dire à notre chère Liz. Mes associés et moi-même avons décidé de rompre unilatéralement le Cartel de Waikiki qui, comme vous le savez, nous lie depuis trop longtemps à nos collègues japonais. Nous sommes d'accord pour renoncer à l'importation des NOX sur le marché américain, en échange de la reprise de contrôle de la production de cocaïne. Ceci signifie, en clair, que nous avons l'intention de prendre le contrôle des trois compagnies qui produisent la drogue et fabriquent le colacoke. C'est bien ce qui nous a été proposé?

— Oui, c'est cela même.

— Bien. L'Administration fermera donc les yeux sur les moyens que nous utiliserons pour arriver à nos fins.

— Mais... sans violence?

— Miss Weaver, nous ne sommes plus au XXe siècle. Pour mener à bien un tel projet, il existe une infinité de moyens ne différant guère de ceux qui sont utilisés tous les jours dans la haute finance. Wall Street est un des lieux où nous comptons agir. Mais il en existe d'autres. Tout ce que nous demandons, c'est que l'Administration ne nous mette pas de bâtons dans les roues. Ce serait désastreux pour tout le monde. Entendu?

— C'est noté.

— Cela dit, je peux vous avouer que l'accord qui nous liait aux yakusa ne me plaisait guère. Les affaires ont beau constituer l'essentiel de nos activités, je préfère trouver un arrangement qui ne sorte pas du pays. Et puis, je dois reconnaître que, finalement, pour les gens, ces Aspics ne sont pas une mauvaise chose, vous ne pensez pas?

Ils étaient retournés dans la maison, où un homme vêtu d'un costume anthracite leur avait servi le thé. Annabelle avait choisi cet instant pour remercier le Padrino de l'aide patriotique qu'il avait apporté à la Commission d'enquête présidentielle sur les événements du 20 avril, dont elle venait d'apprendre les conclusions.

Grâce à don Capecchi, en effet, la Commission avait été en mesure d'établir que les soldats avaient agi en état de légitime défense, faisant avorter une tentative d'assassinat de la Présidente. Cette hypothèse, purement théorique au début de l'enquête, s'était considérablement renforcée quand le FBI avait découvert que, parmi les morts, se trouvait une jeune femme d'origine mexicaine surnommée Loca qui, quelques semaines plus tôt, dirigeait une bande de chicanas d'East Los Angeles, les Virginas.

Par un hasard étonnant, Annabelle avait personnellement eu affaire à cette bande au moment de la capture de Kess Sherman. Lors de sa déposition devant la commission présidentielle, on lui avait d'ailleurs demandé de raconter par le menu les événements qui avaient ensanglanté, quelques mois plus tôt, tout un quartier d'East Los Angeles.

Loca était la première manifestante que le sergent-instructeur des marines Charles O'Brian avait tuée, à la suite d'une véritable provocation fomentée contre les forces armées. Trois autres ex-Virginas se trouvaient parmi les victimes.

Ce fait troublant avait attiré l'attention du FBI — avec l'aide d'indicateurs payés par le Padrino — sur l'existence d'un groupe subversif qui, profitant de la manifestation, avait projeté de sauter les grilles de la Maison Blanche pour assassiner la Présidente. En outre, des armes et des cordes avaient été découvertes sur les cadavres. L'enquête avait démontré que le groupe, originaire de Los Angeles — des armes de guerre avaient été retrouvées dans une villa *downtown* —, avait été recruté parmi les membres des nombreuses bandes qui fleurissaient dans la ville. Enfin, il semblait incontestable que le groupe entretenait des liens étroits avec le Réseau.

Quant aux deux marines « Adorateurs du FS », qui s'étaient emparés d'un hélicoptère pour lancer des tracts en faveur de la manifestation, ils venaient d'être condamnés à 192 années de pénitencier chacun.

— Liz possède maintenant le moyen de sauver la

face, avait conclu don Capecchi. C'est une bonne chose pour nos affaires. En autorisant cette manifestation, elle a pris des risques inconsidérés. Je me demande comment une personne aussi avisée a pu prendre une pareille décision. Black y était opposé. Croyez-vous que quelque chose va changer après sa mort?

— C'est bien possible. Peut-être la mort d'Angelhardt y sera-t-elle aussi pour quelque chose, avait crânement répondu Annabelle.

Le Padrino avait éclaté de rire.

— Comment avez-vous su que ces deux-là se rencontraient régulièrement?

— Je l'ai appris.

— Je vois que Larry Walton vous a jouée gagnante. C'est bon signe. La collaboration entre Black et Angelhardt a été une nécessité pour les deux parties. Mais, au point où nous en étions arrivés, je pense que le directeur a eu une excellente idée en mettant fin à ses jours.

Une semaine plus tôt, en effet, la voiture de Black était tombée dans le Potomac. Une heure après l'accident, on repêchait les cadavres du directeur du FBI, et d'un certain Fred Cooper, garde du corps de la Présidente. Bien que plusieurs journaux aient suggéré qu'il pouvait s'agir d'un suicide ou d'un meurtre maquillés en accident, rien n'était venu étayer cette hypothèse.

— C'est probablement mieux comme ça, en effet, avait répondu Annabelle, qui n'avait rien ajouté.

Elle avait lu le rapport secret du FBI établissant, avec certitude, la thèse du suicide.

— Je connaissais Black depuis 19...

— 1996!

— C'est cela. Vous êtes bien renseignée, miss Weaver. Tant mieux. Car cette fois, il n'y aura pas d'entourloupes. Je vous considère comme personnellement engagée. Vous êtes d'accord?

— C'est bien naturel.

— Dans ce cas... Vous êtes une jeune femme ambitieuse. Ça ne me dérange pas. Au contraire. Cela dit, j'aimerais que vous me racontiez comment vous vous y êtes prise pour convaincre la Présidente de nous rendre le marché de la cocaïne.

Un instant, Annabelle avait hésité.

— Je lui ai dit que j'étais au courant des circonstances de la mort de Glen Monroe, avait-elle répondu finalement.

— Vous voulez parler de l'accident d'avion ?

— Oui.

— Qui vous a mis au courant ?

Cette fois, elle était restée silencieuse.

— Larry Walton ?

Elle avait ri, et il avait répondu à son rire.

Tout était consommé. Elle avait réussi. Il lui restait à dire un mot du plan « Terre Promise ».

— J'ai encore une chose à vous demander.

— Vous êtes insatiable.

— Nous avons perdu la trace du professeur René Verne et de Clara Hastings. Savez-vous où ils se trouvent ?

— Expliquez-moi à nouveau pourquoi ces deux-là vous intéressent à ce point ?

Elle avait souri. Contrairement à ce que lui avait dit Larry Walton, le jour de la manifestation, don Capecchi était parfaitement au courant des implications de « Terre Promise ». Il voulait seulement les entendre de la bouche de la direction du FBBS. En tout état de cause, l'hypothèque des NOX était levée, maintenant que la Mafia renonçait à leur exploitation.

Elle lui avait donc expliqué le plan « Terre Promise » imaginé par Black pour provoquer un mouvement d'opinion assurant la réélection d'Elizabeth Hughes.

Don Capecchi avait joué le jeu, disant qu'il trouvait l'idée de Black excellente.

— Black était un fin politique. C'est entendu. Le moment venu, je vous ferai savoir où ils se trouvent.

En la raccompagnant à la porte, il avait ajouté :

— C'est grâce à notre accord avec les Japonais que le professeur René Verne est équipé d'un NOX. Or, si j'ai bien compris, c'est la condition *sine qua non* pour que le plan « Terre Promise » puisse réussir, autrement dit qu'Elizabeth Hughes soit réélue. Finalement, notre collaboration n'a jamais cessé. Elle a seulement subi quelques déboires... Vous savez, à moins de se détruire mutuellement, deux puissances comme les nôtres sont condamnées à collaborer. N'oubliez pas de préciser ce point à mon amie Liz. Je vous salue, miss Weaver.

Annabelle donna un coup de volant.

Elle avait failli quitter la chaussée. Elle était épuisée.

A son retour de vacances, elle se consacrerait à la réussite de « Terre Promise ». Elle allait prendre Robert Kane comme second. C'était un excellent collaborateur. Le mieux serait d'installer des caméras dans le refuge choisi par Verne et Hastings. Une fois qu'on les aurait localisés, elle n'aurait plus qu'à attendre, jusqu'au jour où elle aurait accumulé suffisamment de preuves pour les faire arrêter.

Puis, ce serait le procès. Il serait retentissant.

Elle imaginait la campagne de presse :

« Le célèbre savant Verne, découvreur du FS, amant de la bio Clara Hastings... » « L'un des principaux responsables de la loi Fuchs, le professeur Verne, a conservé une activité sexuelle... » « Le professeur Verne, membre pendant des années de la Commission de biosociologie, travaillait pour le Réseau... »

Par avance, elle savourait l'indignation générale.

Elle aurait alors définitivement gagné la partie.

2

Depuis le début de la matinée, René et Clara marchaient à travers l'Eldorado, dans la Sierra Nevada. A Foresthill, le ranger Bruce Baker leur avait donné une boussole et une carte d'état-major, en leur précisant qu'à la condition de conserver la direction du nord-est, ils ne pouvaient manquer le lac Tahoe.

Sim Le Mair était reparti la veille pour Point Reyes, après avoir promis de venir leur rendre visite le mois suivant à King's Beach, au bord du lac.

Un sac sur le dos, Verne suivait Clara. Ils gravissaient un chemin qui traversait une forêt de hêtres. Ils marchaient en silence, heureux de se retrouver seuls en pleine nature.

Verne songeait aux derniers événements. Le fait que Sim l'eût attendu à la sortie de la National Gallery, le jour de la manifestation, restait pour lui un mystère insondable, qu'il mettait au compte des intuitions fulgurantes d'un sculpteur qui, chaque jour, inventait des gestes pour transformer un morceau de bois en œuvre d'art.

Les fugitifs étaient sortis de Washington dans le camping-car de Sim. Grâce à la décision prise sur l'heure par l'Administration, après la fusillade, d'ouvrir les frontières entre Etats pendant trois jours, pour faciliter le retour des manifestants, ils avaient parcouru les 4 500 kilomètres les séparant de San Francisco en un temps record.

René et Clara s'étaient installés clandestinement chez un vieux misanthrope membre du Réseau, dans une de ces « carpenter-houses » en bois célèbres pour l'originalité de leur architecture. Isolée dans les arbres, la maison s'élevait au sommet d'une colline, à Dogtown, lieu-dit situé près de Bolinas.

Presque aussitôt, Sim était reparti en voiture pour la frontière du Canada, porter une missive destinée à Peter Alexos de la part de Verne. Les Indiens cree, de la région de Calgary, dans la province de l'Alberta, devaient se charger de convoyer le message jusqu'à Montréal. Dans sa lettre, Verne expliquait au chef du Réseau les raisons pour lesquelles il décidait d'interrompre momentanément sa mission, qu'il souhaitait reprendre dès que Clara et lui seraient en sécurité.

Pendant ces longues journées passées à attendre le retour de Sim, René avait peu communiqué avec Clara. En fait, malgré leur solitude, il l'évitait. Trop de choses s'étaient passées, qu'il désirait comprendre. Désœuvré pour la première fois depuis des mois, il était heureux d'avoir le temps de se retrouver, comme il l'avait expliqué un soir à Clara. Enigmatique, elle lui avait répondu que la tension et la violence qu'ils avaient connues, l'un et l'autre, avaient besoin d'être respectées pour qu'il leur soit possible de faire connaissance.

Clara était restée des heures allongée au soleil, à lire les livres de la très riche bibliothèque de leur hôte. Le soir, elle disparaissait dans sa chambre, laissant René à ses pensées. De temps à autre, angoissé malgré tout à l'idée qu'elle pourrait interpréter sa réserve comme un manque d'intérêt à son égard, il venait la retrouver et lui parlait, avec fébrilité, des problèmes soulevés par le Projet Socrates, ou des nouvelles perspectives de recherche auxquelles il lui arrivait de penser. Mais il évitait de parler de lui, ou d'elle, ou de ce qu'ils allaient devenir.

Pas une fois il ne fit allusion au fait quc ses capacités sexuelles lui étaient revenues depuis qu'il portait un NOX. Comment pourrait-il jamais parler de sa panique, la première fois qu'il s'était réveillé en état d'érection, et de l'effort qu'il avait dû faire pour calmer son angoisse ? Il était resté allongé un temps infini, sans bouger, dans l'attente d'une décharge aspique, jusqu'au moment où il avait pu admettre, avec un intense soulagement, que rien ne se produirait. Par la suite, il avait attendu plusieurs jours avant d'oser se caresser, le cœur battant, et de constater — avec quelle surprise — qu'il avait retrouvé toutes ses sensations, comme lorsqu'il était adolescent, et qu'il se touchait le sexe à travers ses poches dans les moments les plus incongrus...

A son retour, Sim leur avait appris qu'il s'était arrêté à Foresthill, un bourg situé au pied de la Sierra Nevada, à une centaine de kilomètres au nord du West Marin, chez un vieil ami possédant une maison au bord du lac Tahoe. C'était un endroit rêvé. En outre, le lac avait l'avantage de se trouver à proximité immédiate de la frontière du Nevada.

Le lendemain, ils partaient pour Foresthill, et rencontraient l'ami de Sim, Bruce Baker. Au cours de la soirée, ce dernier leur avait raconté que les cinquante kilomètres séparant Foresthill du lac Tahoe étaient l'une de ses promenades favorites. Sautant aussitôt sur l'occasion, le couple avait décidé de partir à pied à travers l'une des régions devenues célèbres pour avoir été, à une autre époque, le théâtre d'une autre forme de Feu Sacré : la ruée vers l'or.

A peine le soleil eût-il disparu derrière l'un des pics rocheux qui flamboyaient au-dessus d'eux dans le ciel pâli par l'approche de la nuit, que la température tomba de plusieurs degrés.

— Il va falloir trouver un lieu pour bivouaquer, remarqua René, qui avait du mal à cacher son anxiété à l'idée de tout ce qu'il aurait dû dire à Clara, avant de se trouver dans la situation de dormir avec elle.

— On va passer par là, dit-elle soudain, en pointant un doigt vers un bouquet d'arbres. Ça nous changera un peu.

Sans attendre, elle s'engagea sur un chemin à peine visible, qui se dirigeait tout droit vers une forêt touffue.

Verne eut envie de lui crier qu'ils risquaient de se perdre, mais renonça. Clara semblait savoir exactement où la conduisaient ses pas...

— Nous sommes arrivés!

— Comment?

— C'est ici qu'on va passer la nuit.

René regarda autour de lui. Ils venaient de déboucher dans une clairière entourée de bouleaux, dont les troncs argentés luisaient dans la lumière du soir. Les jeunes feuilles bruissaient sous l'effet de la brise.

— Viens, regarde par là.

Elle se dirigea vers un monticule couvert d'herbe situé presque au centre de la trouée.

— C'est là que nous allons dormir, dit Clara, qui semblait ravie.

L'endroit était bien choisi. Le monticule les protégerait du vent du nord-ouest. René enleva son sac à dos, et se mit aussitôt à déplier la tente prêtée par Bruce.

— Pourquoi ne pas dormir à la belle étoile? demanda alors Clara.

— C'est impossible. Il va faire très froid au milieu de la nuit.

— Mais non. Tu verras. Il suffit d'attacher nos deux sacs de couchage ensemble, et de nous envelopper dans la toile de la tente. Imagine, voir le ciel en dormant!

Verne la laissa faire.

Il la regarda sortir les deux sacs de couchage, ouvrir entièrement les fermetures à glissière, puis les assembler. Après tout, le seul risque qu'ils prenaient, c'était d'être obligés de monter la tente à la lueur d'une lampe électrique, à trois heures du matin.

Ils mangèrent froid. Pas question de faire un feu, cela aurait pu attirer l'attention d'un ranger. Ils se taisaient, écoutant les mille bruits de la forêt. C'était une nuit sans lune. Une myriade d'étoiles parsemait le ciel.

L'angoisse n'avait pas lâché René. Il avait peur d'effaroucher Clara. Dérouté, ne sachant quelle contenance prendre, inquiet de l'émotion grandissante qu'il ressentait à l'idée de dormir avec elle, il cherchait désespérément comment lui dire qu'il avait retrouvé tous ses moyens.

Impossible.

Le grand sac de couchage était prêt.

— Je suis fatiguée. Je vais me coucher, dit Clara.

Ils enlevèrent leur anorak, et en recouvrirent le sac de couchage. René attendit que Clara se soit glissée — tout habillée — à l'intérieur du sac, avant de la rejoindre. Assis, il rabattit la toile de tente par-dessus les anoraks, puis s'enfouit au plus profond de la couche pour recouvrir ses épaules.

Immédiatement, Clara vint se pelotonner dans ses bras, avec une impétuosité qui le paralysa. N'osant plus bouger, il réalisa, au bout d'un certain temps, qu'elle s'était endormie.

Allongé sur le dos, engourdi par la chaleur qui se dégageait de leurs corps enlacés, il resta longtemps les yeux ouverts, le regard perdu dans les étoiles.

Enfin, il s'assoupit.

Soudain, il sursauta.

Il avait entendu un bruit.

Il ouvrit les yeux et dressa la tête.

Il lui fallut plusieurs secondes pour se souvenir de l'endroit où il se trouvait. Sans doute avait-il été réveillé par un animal. A présent, le silence était total. Le froid extrêmement vif lui picotait le visage. Et pourtant, il avait chaud. Clara avait eu raison.

Elle lui tournait le dos, dormant en chien de fusil.

Il se retourna et vint se coller contre elle. La sensation était grisante. Il posa une main sur sa hanche et comprit, à cet instant seulement, qu'elle était entièrement nue.

C'était incompréhensible. Comment avait-elle réussi à se déshabiller sans le réveiller? Sa surprise était telle qu'il ne s'aperçut pas immédiatement qu'il bandait. Mais quand il réalisa ce qui lui arrivait, il n'osa plus bouger, conscient que, si elle ne dormait pas — dormait-elle? —, Clara ressentait la dureté de sa verge contre ses fesses.

Après un moment, il resserra son étreinte. Elle poussa un soupir, et se retourna brusquement.

Elle était dans ses bras, ses lèvres abandonnées contre les siennes. Un calme extraordinaire s'empara alors de lui. Toute peur, toute angoisse, toute impatience avait disparu. Il jouissait de sa puissance, de la certitude où il se trouvait soudain que rien ne pourrait plus l'arrêter.

Aidé par Clara, qui s'impatientait à son tour, il défit son pantalon. Il riait maintenant, et elle répondait à son rire. Cela ressemblait à une lutte joyeuse contre l'inertie de ses vêtements, qui retardait le moment où ils allaient se retrouver.

Il fut nu, enfin, du moins le crut-il — il devait découvrir, plus tard, que sa chemise était restée entortillée autour de l'une de ses épaules. Avec impétuosité, il guida la main de Clara qui saisit sa verge. Il gémit avec elle, ses mains découvrant le corps de la jeune femme. Jamais il n'avait connu un tel bouleversement.

Il sut qu'elle était prête. Un regain de vigueur le traversa et, enfin, il la pénétra.

— Je te donne tout, dit-il, sentant qu'il mourait.

3

René et Clara s'installèrent dans la maison du ranger Bruce Baker, qui ressemblait à un labyrinthe de verre et de bois s'étirant entre d'énormes blocs de granit surplombant le lac Tahoe.

Ils se parlaient et faisaient l'amour, sans retenue,

heureux de découvrir qu'il n'y avait aucune place, entre eux, pour la lassitude.

Deux mois passèrent.

Un matin — c'était le début de l'été —, un bateau accosta au débarcadère de *Rocky Roost :* Hercule venait chercher Verne. Il devait se rendre au Canada pour assister à une importante réunion du Comité national de la résistance.

René Verne reprenait son bâton de pèlerin.

Pendant ses absences, Sim s'installait dans la maison. Il tenait compagnie à Clara, ou sculptait. Il repartait quand le savant était de retour.

Un soir, Clara apprit à René qu'elle était enceinte. Ils passèrent une nuit blanche, conscients qu'ils allaient mettre au monde un être unique né d'une bio et d'un utérien, « sans grand-mère maternelle », comme le remarqua Clara.

L'été passa. Le FBBS semblait avoir abandonné ses recherches. Dans la presse, on ne parlait plus du Comité Clara Hastings. Il n'était question que des suites du massacre du 20 avril, et de l'instabilité politique amplifiée par l'approche des élections présidentielles.

René et Clara auraient sans doute passé des jours paisibles, entrecoupés par les voyages du savant, si un incident n'était venu les ramener à la réalité. En octobre, malgré les risques, René décida d'emmener Clara à San Francisco pour qu'elle consulte un ami retraité ayant exercé le métier d'accoucheur, le Dr Mark Runcie. Les deux amants firent le voyage enfermés dans la cabine arrière de la camionnette du ranger, conduite par Sim Le Mair. Le médecin confirma à Clara qu'elle attendait une fille. A leur retour, ils eurent la désagréable surprise de découvrir que la porte de *Rocky Roost* avait été forcée. Avant de prendre la fuite, les voleurs avaient emporté quelques objets sans importance.

Inquiets à l'idée que les auteurs du cambriolage étaient peut-être des agents du FBBS, Hercule et Verne décidèrent d'entreprendre des travaux qui leur permettraient peut-être de s'enfuir, au cas où les choses tourneraient mal. Il s'agissait de relier le sous-sol de la maison à une ancienne galerie minière passant dans le terrain de *Rocky Roost*, et qui débouchait près de l'embarcadère.

Creuser le souterrain leur prit un mois, avec l'aide de deux membres du Réseau.

Puis l'hiver arriva. Après de nombreuses palabres, René décida que Clara accoucherait à *Rocky Roost*. On irait chercher le Dr Runcie.

Pour aider la jeune femme, Hercule fut chargé de convaincre Sitt Hokkee et sa femme Mow de venir s'installer quelque temps à la maison.

René retrouva l'Indien pawnee avec un immense plaisir. Sitt ne sembla pas surpris d'apprendre que le savant ne portait plus de Pikkiemak, et que Clara attendait un enfant « naturel ». Il se contenta de sourire.

Julia naquit le 29 février, à trois heures du matin. Quand le Dr Runcie arriva, Mow avait déjà langé la petite fille, et enterré le placenta, comme c'était la coutume chez les Pawnee.

— Il n'y a rien à dire, remarqua le docteur, dissimulant mal sa déception d'avoir manqué son ultime chance de mettre un enfant au monde.

Après un mois, les Hokkee repartirent pour le Nebraska retrouver le petit Ben.

Au printemps, un couple de quadragénaires vint s'installer à quelques centaines de mètres de *Rocky Roost*. Les Watson cherchèrent plusieurs fois à se lier avec René et Clara, qui vivaient dans la terreur que l'existence du bébé soit découverte. Devant le peu d'empressement des habitants de *Rocky Roost*, le couple finit par se décourager.

Dans les moments où le Projet Socrates lui laissait quelque répit, Verne apprenait l'allemand. Il lisait Paul Celan, dont il avait emprunté les œuvres complètes à un collègue germaniste. La découverte de cette langue, dont il connaissait toutes les inflexions depuis son enfance alsacienne, lui procurait de grandes joies.

Le soir où ils prirent la décision de se séparer de Julia — elle devait se cacher dans une famille amie, avant d'être officiellement adoptée à trois ans —, René pensa au poème qu'il venait de traduire dans *Contrainte et Lumière :*

« Maintenant ce qui est joint
survient, coupant le souffle... »

Il aurait voulu, à cet instant, que le temps cesse de s'écouler.

Chapitre 23

1

— C'est inadmissible, crie Annabelle.

Elle est folle de colère et doit se contrôler pour ne pas donner l'ordre d'envahir immédiatement *Rocky Roost*.

Elle est arrivée une heure plus tôt de Washington par le dernier vol TX 17 de l'American United. Pour ne pas attirer l'attention, l'hélicoptère qui est venu la chercher à l'aéroport de San Francisco l'a déposée à deux kilomètres du lac Tahoe, où une voiture l'attendait.

Or, à peine arrivée, son assistant Robert Kane lui apprend que des perturbations électromagnétiques empêchent la réception correcte des images de la maison du professeur Verne.

— Très bien, dit-elle, après avoir retrouvé son sang-froid. Habituellement, à quelle heure le couple rentre-t-il de sa promenade en bateau?

— Avant la tombée de la nuit, probablement vers cinq heures, répond-il. Mais les Watson les surveillent sur le lac, et...

— Je sais tout ça, l'interrompt-elle d'un geste agacé.

Ils sont tous deux installés dans la cabine arrière d'un camion banalisé du FBBS, où se trouvent les écrans permettant de visionner toutes les pièces de

Rooky Roost. Le chauffeur a éloigné le camion, pour vérifier si la réception des images est meilleure. C'est le cas en effet, mais Annabelle préfère se rapprocher de la maison.

— Ça nous donne, disons, une heure, dit-elle. Où est John Volta?

— Il se balade avec ses appareils. Il dit que le champ magnétique qui perturbe...

— Je me fous de son champ magnétique! Il a eu un mois entier pour s'en occuper. Si on rate l'enregistrement à cause de lui...

Elle ne termine pas sa phrase, et s'asseoit nerveusement devant les douze écrans de contrôle, répartis quatre par quatre sur une console. Pour l'instant, ils sont tous éteints.

Cela fait quatorze mois qu'elle attend cet instant. Pendant un an, la Mafia a refusé de lui communiquer l'endroit où René Verne et Clara Hastings ont trouvé refuge. Une année pendant laquelle les recherches que le FBBS et le FBI ont entreprises de leur côté n'ont rien donné.

Pendant les premiers mois, Patricia Johnson, la nouvelle directrice du FBI, lui a fait part plusieurs fois de ses soupçons concernant la promesse de don Capecchi. Le Padrino leur aurait-il tendu un piège? Son intention est-elle réellement de leur révéler où se trouve le couple, ou veut-il les faire attendre, le temps d'acquérir le contrôle du marché de la coke, pour refuser, ensuite, de leur communiquer l'adresse?

Pourtant, Annabelle n'a pas douté de la parole de don Capecchi. Rien ne justifie, à son avis, que la Mafia veuille rompre avec l'Administration Hughes, à un moment où elle est sur le point d'obtenir ce qu'elle cherche depuis des années : le contrôle du marché de la cocaïne.

Or, les choses semblent se dérouler comme prévu : les premiers échos des manœuvres économico-financières de la Mafia parviennent à Annabelle deux mois après son entrevue avec le Padrino. Larry Walton, l'ancien secrétaire de Black, devenu entre-temps celui de Patricia Johnson, lui apprend un jour que le ministère de la Justice a reçu des instructions secrètes pour qu'une opération en cours d'office public d'achat sur la « CK International » puisse se dérouler jusqu'à son terme, malgré une plainte du chairman de la société auprès du SEC, la Security Exchange Comittee, pour délit d'initié et violation de la loi antitrust.

Quelque temps plus tard, une rencontre a lieu avec Marcello Cavani, l'homme de confiance de don Capecchi, sur un yacht, quelque part au milieu de la baie de Chesapeake. Le mafioso lui confirme que le silence du Padrino concernant la cachette de Verne ne signifie qu'une chose : tant que les opérations de contrôle ne sont pas terminées, la Mafia souhaite conserver une garantie contre un éventuel changement de cap de l'Administration.

Impuissante, Annabelle émet une seule objection : elle exige de recevoir l'information à temps pour mener à bien l'opération « Terre Promise ». Elle fixe comme limite le milieu du mois de mai 2016, soit deux mois avant la Convention démocrate de juillet, qui doit désigner l'adversaire d'Elizabeth Hughes aux élections présidentielles.

Le 12 mai 2016, Annabelle reçoit enfin le message tant attendu, qui lui permet de déclencher l'opération « Terre Promise ».

« Le “contrôle CK” s'est terminé à la satisfaction de notre groupe. Vos deux oiseaux se trouvent en Californie, dans une maison — la villa *Rocky Roost* — située au bord du lac Tahoe, à King's Beach. La femme a donné naissance à une fille nommée Julia le 29 février dernier. Le père est souvent absent. Il est en relation avec le Réseau et, sans doute, avec Socrates. Nous sommes prêts à collaborer à “Terre Promise”, si nécessaire. Bonne chance. Signé : Marcello Cavani. »

Annabelle pousse un cri de joie. Un enfant ! La bio Clara Hastings a eu un enfant utérien de René Verne ! Le plan « Terre Promise » ne peut plus échouer.

— Ici John Volta, dit soudain une voix dans la cabine. Vous me recevez ? Over.

— Roger. Ici Kane, répond ce dernier qui a passé un casque-écouteur muni d'un micro. As-tu trouvé quelque chose ? Over.

— Oui. C'est le transformateur électrique de King's Beach qui est responsable de nos ennuis. Nos installations créent une surcharge. Dans dix minutes, tout devrait rentrer dans l'ordre. Over.

— Reçu. Over.

— Cela veut-il dire que tout le quartier va tomber en panne d'électricité ? demande Annabelle à Kane.

— Non. John doit nous connecter directement sur le reste du réseau. L'éventualité était prévue.

— Je ne veux de panne sous aucun prétexte. Compris ?

— Il n'y en aura pas, miss Weaver.

— Vous êtes responsable.

Annabelle pense que, depuis un an, sa vigilance est régulièrement mise à l'épreuve. La confusion politique régnante finit par avoir une mauvaise influence sur le Service. Depuis le massacre du 20 avril la situation du pays est devenue extrêmement fluctuante. Le nombre d'attentats contre les centres AS a considérablement augmenté, et rencontre un écho de plus en plus grand dans certaines couches de la population. Ainsi, depuis quelque temps, des pénitenciers subissent les attaques directes du Réseau.

Dans la tourmente, la Présidente reste étonnamment calme, faisant l'admiration d'Annabelle. La dernière fois qu'elle l'a rencontrée — deux jours après avoir reçu le message de la Mafia —, Elizabeth Hughes a montré une foi inébranlable dans son destin.

Pourtant, les derniers sondages secrets des Renseignements généraux, bien qu'excellents dans l'ensemble, ont mis en évidence au moins un scénario selon lequel elle perdrait les élections.

Depuis plusieurs mois, en effet, des sondages prospectifs montrent qu'il est possible de faire basculer un certain pourcentage de la population soutenant les thèses du Réseau. Cette population fluctuante rejoint le camp de la loi Fuchs, après avoir regardé quotidiennement pendant un mois, sur une chaîne nationale de télévision, un montage commenté d'un film fictif montrant René Verne et Clara Hastings vivant ensemble. Au-delà d'un mois, la lassitude apparaissant, la courbe s'inverse.

Or, ce pourcentage, qui est invariablement de 8 %, grimpe à 14 % si le couple a donné naissance à un enfant utérien — hypothèse toute théorique avant qu'elle n'ait été confirmée —, et à 28 % si on montre un rapport sexuel dudit couple !

Cette découverte étonnante des Renseignements généraux entraîne des conséquences redoutables. En effet, elle démontre que si la Présidente gagne largement les élections dans le cas où son adversaire démocrate est Bob Wayne, le chanteur de *close music*, le problème se complique si c'est le sénateur Harry Calwell.

Après trois vérifications sur trois populations témoins différentes, il a fallu se rendre à l'évidence : le sénateur, un modéré qui prône un simple réaménagement de la loi Fuchs, conserve toutes ses chances de battre la Présidente, si aucun rapport sexuel n'est montré à la télévision ! Dans ce cas, il gagne avec 51 % des voix. En revanche, si tous les aspects de la vie conjugale des Verne sont dûment enregistrés et projetés aux téléspectateurs, il perd les élections avec 48 %.

Or, dans la mesure où la Convention démocrate, qui s'est tenue à La Nouvelle-Orléans le 12 juillet dernier, a désigné le sénateur Harry Calwell comme candidat à la Maison Blanche, la conclusion s'est imposée d'elle-même : l'opération « Terre Promise » ne pourra assurer la victoire de l'Administration Hughes qu'à la condition expresse que 28 % de la population en faveur des thèses du Réseau bascule du côté de la loi Fuchs. Autrement dit, aucun aspect de la vie conjugale de Verne ne doit rester dans l'ombre.

— Ça y est, il a réussi, dit Kane.

Annabelle sursaute.

— Excusez-moi... Comme vous aviez l'air songeuse, j'ai pris la liberté de couper les haut-parleurs.

— Rebranchez-les.
— Attendez une seconde...
Kane se concentre sur ses écouteurs.
— On a de la chance, dit-il à nouveau. Le bateau des Verne arrive. Il apponte dans dix minutes.
— Prévenez les hommes, et dites au chauffeur de reconduire le camion à sa place. J'espère, cette fois, qu'on va réussir.
Kane dit quelques mots dans son micro.
Le camion s'ébranle.

2

Clara grimpe l'escalier qui mène de l'embarcadère à *Roocky Roost.*

Elle regarde René qui, devant elle, porte Julia dissimulée sous une couverture. Elle entend l'enfant geindre. Julia est dans le noir. Comment pourrait-elle ne pas s'angoisser? Depuis sa naissance, René et elle passent leur temps à la dissimuler. Jamais elle ne s'est trouvée au grand air, où elle aurait eu le temps — un temps si précieux, si nécessaire — de découvrir l'espace infini qui l'entoure. Même dans les CEA, on considère qu'il est nécessaire de sortir régulièrement les nourrissons des espaces clos dans lesquels ils restent confinés toute la journée.

Inquiète, elle se retourne à plusieurs reprises.

René a raison. Cela devient angoissant. Ces derniers temps, ils rencontrent les Watson presque chaque fois qu'ils sortent le bateau. Même au milieu du lac, ils n'osent plus mettre Julia sur le pont, et la gardent enfermée dans la cabine.

Quoi qu'il en soit, le problème ne se pose plus : Hercule vient demain soir pour chercher la petite.

René a posé une main sur la tête de Julia. Il est bientôt arrivé à la maison.

René, qui porte Julia.

Elle est bouleversée. Le simple fait de le voir porter sa fille...

Ma fille.

Un sanglot lui monte à la gorge. Mais pas de larmes. Elle ébauche un geste de rage. Elle a tout le temps envie de pleurer. Mais ses yeux restent secs.

René a ouvert la porte. Elle entre derrière lui. Dans la maison, elle retrouve l'odeur familière des tuiles en bois chauffées par le soleil. Elle se détend un peu.

Mon Dieu, quelle tristesse.

Ils sont dans la cuisine. Elle tend le biberon à René. Elle lui a demandé de nourrir Julia.

Cela fait deux semaines qu'elle a arrêté de lui donner le sein. Elle n'avait pas le choix. Depuis quelques jours, elle ne sent plus la tension douloureuse dans sa poitrine. La première nuit, elle s'est levée pour allaiter Julia en cachette. René est arrivé. Il les a regardées sans rien dire. « Mes deux femmes », comme il dit. C'était la dernière fois. Il lui a dit qu'elle devait s'arrêter. Sinon, ce serait pire. Il a raison, bien sûr...

Aujourd'hui, elle le regarde comme il la regardait hier.

— Elle a la même énergie que toi, dit Verne.

Il s'est tourné vers elle.

Quand il est ému, ses yeux sourient. Elle a envie, soudain, de le battre. De lui arracher Julia. De s'enfuir. Si elle pouvait pleurer...

— Je n'en sais rien, répond-elle. Mon énergie, ton intelligence... Que restera-t-il de tout ça dans trois ans?

— Une merveilleuse petite fille. La meilleure part de notre vie. On a de la chance, Clara. Pense à ces millions de gens qui ne...

— J'y pense, mais ça ne me console pas. Allons la coucher.

Elle sort de la cuisine. Elle ne comprend pas pourquoi elle est en colère contre lui.

— Laisse-moi, je vais la changer, dit Clara, d'un ton plus sec qu'elle ne le souhaiterait.

— Si tu veux...

Il lui tend la fillette.

Elle nettoie soigneusement les fesses de Julia avec un coton imbibé de savon liquide, verse du talc — elle devra penser à acheter un nouveau tube de cette pommade adoucissante — et, en guise de couches — devenues introuvables —, elle pose sur le derrière de sa fille un grand morceau de coton hydrophile recouvert d'un torchon propre.

Julia babille. Elle joue avec le hochet que Sim lui a offert. Elle le met dans la bouche, ce qui la fait baver.

Clara attache le torchon avec du sparadrap, passe un pyjama à Julia, et la couche dans son berceau.

Elle regarde René embrasser sa fille. La colère qui l'a envahie a disparu aussi vite qu'elle est apparue. Elle ne comprend pas ce qui lui prend. Elle éprouve une vague de tendresse pour René. Elle a envie qu'il la prenne dans ses bras, mais n'ose pas le lui demander.

Il fait doux. René est sur le balcon. Il lit le livre de Kess Sherman, l'ancien chef du Réseau pour la Californie du Sud, que Clara lui a offert pour son anniversaire. Sim le lui a apporté en cachette. Pour une fois, il laisse de côté ce poète allemand au curieux nom français.

Elle s'est déshabillée et allongée nue sur le drap du lit, sans couvertures. Elle regarde la lumière rousse du soleil couchant, qui joue avec le miroir accroché au mur, en face d'elle.

Elle scrute son corps : ses seins sont moins tendus, les pointes un peu rentrées dans leurs aréoles. La voussure de son ventre a presque disparu. Pourtant, il n'est plus pareil. Elle le sent plus qu'elle ne le voit.

Elle se souvient de sa grossesse. Elle est restée des heures, assise dans cette chambre, surveillant, chaque jour, l'augmentation du volume de son ventre. Le temps s'étirait. Cela aurait pu durer des mois, des années. Sa seule inquiétude était causée par les absences de René, requis par Socrates. Tous deux savaient qu'il risquait d'être arrêté par le FBBS.

C'était prévu. Tout était prêt : le Réseau la prendrait en charge, la conduirait en lieu sûr où elle pourrait accoucher...

Lorsqu'il revenait, c'était l'émerveillement retrouvé. Chaque seconde était gagnée sur l'absence, sur la mort. Le premier jour, ils faisaient l'amour des heures entières. Ils parlaient de Julia.

A travers tous les Etats-Unis, le Réseau était au courant de l'imminence de la naissance de la fille de Clara Hastings et du professeur René Verne. Le premier enfant né d'une bio ! C'était un événement considérable, qui prenait valeur de symbole pour les milliers de gens luttant pour retrouver la liberté de leur corps. La direction du « WomRUT » lui faisait parvenir une lettre de félicitations. Avant même sa naissance, Julia Verne était devenue une célébrité, le porte-drapeau d'une cause.

Mais Clara n'aimait pas cela. Régulièrement, René lui explique qu'on n'échappe pas à son destin. La naissance de Julia est en effet un événement. Il n'empêche. Elle rêve d'un avenir où Julia aurait une enfance comme n'importe quel autre enfant. Pourtant, elle doit se rendre à l'évidence. La réalité est terrible : il n'y a pas d'enfant comme Julia.

L'accouchement eut lieu, à *Rocky Roost*, le 29 février 2016. Le médecin n'était pas arrivé à temps, mais Mow connaissait tous les gestes. Trois heures de douleur, et puis, une joie infinie.

Clara se souvient de la première fois où elle a serré Julia contre sa poitrine, son émerveillement devant ses ongles transparents, ses mains déjà capables de saisir, sa bouche cherchant le sein. Elle l'a regardée téter pendant des heures, s'amusant à enrouler autour d'un doigt ses rares cheveux châtains...

Et puis, la décision de la séparation est venue, inéluctable. Il est nécessaire de la protéger.

Pour Clara, c'est comme la mort.

Elle voudrait pleurer mais ses yeux restent secs. Elle entend René tourner les pages de son livre. Il s'arrête. Il se lève. Il entre dans la chambre.

— N'allume pas la lumière, murmure-t-elle. Viens t'allonger près de moi.

Il la prend dans ses bras, la serre de toutes ses forces.

Alors, enfin, elle peut pleurer. De toute son âme, elle pleure. Elle couvre le visage de René de baisers. Elle sent l'érection de l'homme contre son ventre. Elle saisit sa verge. Prends-moi, René, j'ai tant besoin de toi.

Il a cessé de bouger. Elle aurait voulu . Elle le repousse, sans rien dire. Il roule sur le côté. Elle l'aperçoit, allongé sur le dos. Il l'attend. Elle s'agenouille sur lui, prend sa verge, et la guide en elle. Elle se referme sur lui. Elle vibre, elle part, elle sombre. Elle retrouve Julia, sa fille, la femme qu'elle sera. Elle sent qu'elle devient folle. Elle s'entend gémir. Mon Dieu.

— Chut, murmure soudain René.

Il lui saisit les poignets.

— Quoi? Qui a-t-il? C'est la petite?

— Non. Ecoute, dit Verne.

Elle entend un bruit de moteur qui s'emballe, et s'arrête soudain.

— Un bateau vient d'accoster au ponton. Habille-toi vite.

Il la repousse.

Affolée, Clara s'est habillée à toute vitesse : elle a passé un jean, un chemisier blanc, des tennis. Elle se précipite dans la chambre de Julia. On frappe à la porte d'entrée.

Son cœur bat à se rompre. Elle prend la petite, l'enveloppe dans une couverture. Elle entend René. Il parle avec quelqu'un dans l'entrée. Sa voix a l'air normale. Il faut qu'elle aille voir. Elle emporte Julia avec elle.

C'est Sim. René se tient à côté de lui, son Uzi dans une main.

— Hercule ! Mais...

Aussitôt, il lui ferme la bouche d'un baiser. Elle ressent un coup au cœur : jamais il n'a fait ce geste. Que se passe-t-il ?

— Je suis venu vous surprendre, dit Sim d'un ton jovial. J'ai eu envie de venir passer quelques jours avec vous. On aura tout notre temps pour parler.

Quelques jours... On est foutus. Il devait venir le lendemain pour chercher Julia, et repartir avec elle.

— Si tu allais chercher une bonne bouteille à la cave ? demande Sim à René. J'ai besoin d'un remontant.

René soulève la trappe sous l'escalier, et disparaît. Sim se tourne vers Clara. Il lui fait un clin d'œil et, avant même qu'elle ne le réalise, lui prend Julia. Elle veut dire quelque chose, protester, mais renonce : il a cligné des yeux, lui faisant signe de se taire.

A cet instant, René réapparaît, le haut de son corps au-dessus de l'ouverture de la trappe.

— Venez, dit-il, d'un ton sans réplique.

Sim se précipite, Julia dans ses bras.

Elle les suit.

Ils s'enfuient.

Clara court, haletante.

En deux mots, Sim lui a appris qu'ils étaient cernés par le FBBS. Des caméras surveillent leurs faits et gestes. Elle connaît la femme qui dirige l'opération : Annabelle Weaver. Cette femme l'a vue avec Julia, l'a regardée faire l'amour.

Elle a peur.

Il leur reste une petite chance.

Elle a du mal à discerner Sim, qui porte Julia enveloppée dans sa couverture. Les flashs de lumière de sa lampe de poche les éclairent par intermittence. Elle entend les pas de René, derrière. Il la heurte chaque fois qu'elle ralentit.

Le souterrain est interminable.

Enfin, une vive lumière apparaît au bout du tunnel. Sim arrête de courir.

— Les salauds. Ils ont des projecteurs.

Il se tourne et tend Julia à Clara. Elle prend l'enfant dans ses bras.

Sim lui fait signe de ne pas bouger, et s'éloigne vers la sortie du tunnel.

Elle serre sa fille contre sa poitrine. La gosse gémit. Pourvu qu'elle ne pleure pas. René, silencieux, lui entoure les épaules. Elle sent contre elle l'arme qu'il porte en bandoulière. Il enlace ses deux femmes.

— Vous êtes tout ce que j'ai au monde, murmure-t-il.

Une boule noire lui dévore la poitrine. A nouveau, Julia gémit.

— Elle a soif? demande-t-elle.

— Non, elle babille.

— Ah...

Sa fille. Son chef-d'œuvre de fille.

Ils vont peut-être mourir, dans quelques secondes, une balle et, fini, plus personne.

Mon Dieu, je vous en prie.

Des larmes coulent le long de ses joues. Elle n'a pas cessé de pleurer, depuis que René l'a prise dans ses bras. Une éternité... Un sanglot la déchire. Elle sent l'étreinte de Verne qui se resserre. Son ventre est ouvert, il s'est mis à saigner.

— On a encore une chance, entend-elle.

C'est Sim. Il est revenu. Elle a du mal à comprendre ce qu'il dit.

— Tous les projos sont braqués sur la maison. L'embarcadère n'est pas éclairé. Il va falloir courir.

Elle le voit tendre les bras. Non, elle ne donnera pas Julia. Au moins la serrer, si elle doit mourir.

— Soyez raisonnable...

Elle sent que Sim lui arrache Julia des bras. Elle le laisse faire. Elle voudrait hurler.

Son cœur est un bloc de glace.

Sim assure la couverture autour de l'enfant. Il prend une longue inspiration et, soudain, disparaît.

— Cours! crie René.

De toutes ses forces, elle se met à courir.

Maintenant, elle voit distinctement Sim, portant Julia. Plus loin, il y a l'embarcadère, et la vedette sur laquelle il est arrivé. Une vingtaine de mètres encore...

Elle entend des cris. Elle essaye de courir encore plus vite.

— On est repérés, crie René derrière elle. Je vous couvre !

Que dit-il ? Soudain, elle se trouve en plein jour. Les projecteurs... Ils ont tourné les projecteurs.

Elle entend des bruits de rafales.

Une explosion.

Un cri.

Sim saute avec Julia dans le bateau. Elle est sauvée.

Et René ? Elle se retourne.

Il court vers elle, plié en deux. Elle entend les balles siffler. Elle n'a plus qu'un mètre à faire pour rejoindre Julia. De l'intérieur du bateau, Sim l'appelle.

— Clara !

Soudain, elle voit René tomber. Elle hurle. Elle ne peut pas. Elle tend les bras, fait un pas. Il relève la tête.

— Saute dans le bateau, bon Dieu ! hurle-t-il.

René...

Elle sent un formidable coup de poing à la hauteur de sa poitrine. Son cœur éclate.

— René, murmure-t-elle.

Sur elle, le noir.

3

« Je suis une bio. En faisant cet enfant, j'ai l'impression d'avoir réussi à saisir l'ombre tapie en moi depuis ma naissance, au moment où elle allait disparaître pour toujours. C'est comme si la possibilité m'avait enfin été donnée de lire un message venu de la nuit de mes origines. Je pense aux habitants de Pompéi, ensevelis brusquement par l'éruption du Vésuve. Au

XIXe siècle, un archéologue italien a eu l'idée de couler du plâtre dans les matrices que les cendres volcaniques avaient formées en refroidissant autour des fantômes d'êtres humains ensevelis depuis mille sept cents ans. Emerveillé, il a découvert l'expression des hommes, des femmes, des enfants – les uns endormis, les autres criant d'horreur – à l'instant de leur disparition, consumés par les cendres incandescentes. L'ombre de ces gens, sublimée par le feu de la terre, s'était conservée en creux, matrices intactes suspendues dans l'instant de leur disparition. Il aurait suffi d'un geste maladroit pour que leur trace disparaisse à jamais et tombe en poussière. Or – peux-tu le comprendre ? –, c'est ce qui s'est passé, pour moi. Avec Julia, c'est une part essentielle de mon être que j'ai saisie au moment où elle allait disparaître, comme le plâtre du sculpteur se saisit de l'œuvre en séchant.

« Je ne crois pas que l'humanité survive aux bios. Dans deux générations artificielles, peut-être trois, les formes transmises par le portage maternel auront disparu. Les êtres auront muté, et l'humanité ne sera plus humaine. Elle sera plastique, biologique, mais non humaine. Julia m'a rendue à mon humanité. Elle m'a récupérée à la frontière. En la portant, c'est elle qui m'a fait naître. Je suis venue à la vie. Certains peintres ont ainsi porté jusqu'à l'incandescence leur quête du moment où la forme et la couleur prennent naissance, interrogeant ce point de vacillement entre l'inerte – la cendre – et ce qui va naître, et vivre.

« Tout cela, je l'ai porté en moi, avec elle, notre fille, cela a pris forme et s'est nommé au fur et à mesure que je la sentais vivre en moi. Je te donne tout, m'as-tu dit, je sais maintenant ce que tu voulais dire, peut-être ne le savais-tu pas toi-même, tu me rendais à la vie. A ma vie de femme. Et maintenant, tu voudrais que je me sépare d'elle ? »

A la lueur d'une lampe de poche enveloppée dans un linge pour en atténuer la lumière, René caresse le visage de Clara. Elle gît dans la cabine de l'*Aleph*. Elle semble dormir. Elle a perdu beaucoup de sang, mais Verne a réussi à arrêter l'hémorragie à l'aide d'un pansement compressif trouvé dans la pharmacie du voilier. Elle survivra. La balle n'a fait qu'érafler les côtes. Un centimètre plus à droite, elle était morte.

Il remonte sur le pont, reprend la barre. Il a failli tout perdre. Clara, Julia. Le chemin sera long, jusqu'au jour où ils se retrouveront tous les trois. Son cœur se serre.

Il jette un coup d'œil sur le compas fluorescent, et redresse légèrement la barre. Il doit impérativement conserver son cap pour arriver à Skunk Harbor. Là-bas, après avoir sabordé le voilier, ils passeront la nuit dans la grotte qu'il a équipée avec Hercule, et où le Réseau viendra les chercher.

Verne sent le foc faseyer sous le vent du nord-ouest. Il borde la voile : un quart de tour de winch, la drisse se tend, le voilier gîte... Il doit filer trois nœuds, peut-être quatre.

Il se souvient des paroles de Clara, la nuit dernière, sur la terrasse de *Rocky Roost :* Pompéi, les formes enfouies sous la cendre du Vésuve...

La haine a fait trop de ravages.

Il pense qu'il faut changer de perspective, ne plus considérer les manifestations de la vie — telles que les maladies virales — comme les ennemies de la vie.

Avec la biologie moderne, c'est la question de la lutte pour la conservation de la mémoire qui se pose, comme si l'homme ne faisait, par son intelligence — et par toutes les formes d'écriture — qu'ajouter une page à l'histoire de la terre.

Considérer le rétrovirus comme une forme de mémoire faisant littéralement retour, telle une mémoire perdue, est la voie qu'il souhaite explorer, comme Joseph Milner avait commencé à le faire à sa manière : la seule chance de trouver un remède au Feu Sacré est de reconnaître au virus sa place dans le règne vivant, et non plus de le traiter comme un ennemi à exterminer.

Car l'homme n'a plus le choix : il est tenu à respecter la vie comme mémoire du monde, ou à s'anéantir lui-même.

« Tomber en poussière », disait Clara.

« Le Feu Sacré, pense Verne, est une revanche du règne vivant contre son oubli par l'homme. »

Dans la nuit, la silhouette massive de la côte ressemble à un animal endormi. Skunk Harbor : il est temps d'abattre les voiles.

Glossaire des principales abréviations

FS	Fièvre spermatique ou Feu sacré.
FSV	Virus du feu sacré.
Aspic	« Anti-Sex Pick ».
Contrôle AS	« Aspic Supervision ». Contrôle du fonctionnement de l'Aspic.
DA	Décharge aspique.
NOX	« Non-Operating Aspic ». Faux Aspic.
SH	« Special Hospital ». Hôpital spécialisé dans le traitement du F.S.
CEA	Centre d'eugénisme appliqué.
APU	« Artificial Placentation Unit ». Unité placentaire artificielle.
UG	Unité de gestation.
FBBS	« Federal Bureau of Biological supervision ». Bureau fédéral de supervision biologique. Section du F.B.I.